Лев Николаевич Толстой

Анна Каренина

•

안나 까레니나 2

창비세계문학

71

•

안나 까레니나 2

•

레프 니꼴라예비치 똘스또이

최선 옮김

창비

차례

•

일러두기

1. 이 책은 Л. Н. Толстой, *Собрание сочинений в 20 томах*, Государственное издательство художественной литературы, Москва 1963 가운데 제8권(1963)과 제9권(1963)을 번역 저본으로 삼았다.
2. 본문 중의 각주는 번역 저본에 붙은 후주 및 모스끄바에서 출판된 22권짜리 전집 중 제8권(1981), 제9권(1982)에 붙은 후주, 옥스퍼드판 영어 번역(1998) 후주, 펭귄판 영어 번역(2006) 후주, 로제마리 티에체(Rosemarie Tietze)가 새로 번역한 데테파우(dtv)판 독일어 번역(2009) 후주, 프레드슨 바워스(Fredson Bowers)가 편집한 V. Nabokov, *Lectures on Russian Literature* (1981, 2012년 이혜승이 우리말로 번역했다) 등을 참고했다.
3. 외국어는 가급적 현지 발음에 준하여 표기하되, 일부 우리말로 굳어진 것은 관용을 따랐다.
4. 본문 중의 모든 외국어(프랑스어, 영어, 독일어 등)는 발음을 적거나 뜻을 풀어 적은 뒤 이탤릭으로 표시했고 원어는 각주에 옮겨적은 뒤 어느 나라 말인지 표시했다.
5. 각주에서 참조용으로 밝힌 우리말 성경 구절은 『성경전서 개역개정판』(대한성서공회 2008)에 따랐다. 러시아 성경의 우리말 번역은 우리말 성경과 다소 다르다.

제3부

1

세르게이 이바노비치 꼬즈니셰프는 정신노동에서 벗어나 푹 쉬고 싶었고, 습관대로 외국으로 나가는 대신 오월 말에 시골의 동생에게로 왔다. 그의 신념에 따르면 최선의 생활은 시골 생활이었다. 그는 지금 이 생활을 즐기려고 동생에게로 온 것이었다. 꼰스딴찐 레빈은 무척 기뻐했는데, 이미 올해에는 니꼴라이 형을 기다리지 않았기에 더욱 그랬다. 하지만 세르게이 이바노비치에 대한 사랑과 존경에도 불구하고 꼰스딴찐 레빈은 시골에서 형과 함께 있는 것이 거북했다. 그에게는 형이 시골을 대하는 태도가 거북하고 불쾌했다. 꼰스딴찐 레빈에게는 시골이 삶의 장소, 즉 기쁨과 고통과 노동의 장소였지만, 세르게이 이바노비치에게는 시골이 한편으로는 노동으로부터 휴식하는 장소였고 다른 한편으로는 그 유용성을 의식하며 만족스럽게 복용하는, 퇴폐함의 유용한 해독제였다. 꼰스딴찐 레빈에게 시골은 의심할 바 없이 유용한 노동의 장소로서 좋았지만, 세르게이 이바노비치에게 시골은 아무것도 안 할 수 있고 안 해야 하는 곳이어서 특히 좋은 곳이었다. 그외에도 농민에 대한 세르게이 이바노비치의 태도는 얼마간 레빈을 불쾌하게 했다. 세르게이 이바노비치는 농민을 사랑하며 안다고 말했고 농부들과 자주 대화했으며, 그것도 가식 없이 으스대지 않고 잘하는데다 이런 대화에서 매번 농민들에게 유용하면서 그가 농민들을 잘 안다는 사실을 증명하는 일반적인 자료들을 끌어냈다. 농민에 대한 이러한 태도는 꼰스딴찐 레빈의 마음에 들지 않았다. 꼰스딴찐 레빈은 농민을 공동 노동의 주 참여자로만 여겼고 그래서, 농민을 존중하고 농민에 대해 어떤 혈연적 애정을, 그 자신이 말하듯 아마도 유모의 젖과 함께 체득된 애정을 가졌음에도 불구하고, 공동 노동의 참여자로서 그는 가끔 농민들의 힘, 공손함, 정의로움에 경탄하기도 했지만 매우 자주, 공동 노동에 필요한 다른 자질들이 요구될 때 그들의 태평함, 불결함, 주벽, 거짓말 때문에 화가 치밀곤 했다. 만약 그에게 농민을 사랑하느냐고 묻는다면 그는 뭐라고 대답해야 할지 결코 몰랐을 것이다. 그는 일반적으로 사람들을 사랑하기도 하고 싫어하기도 하는 것처럼 농민을 사랑하기도 하고 싫어하기도 했다. 물론 그는 선량한 사람으로서 사람들을 싫어하기보다는 사랑했기 때문에 농민에 대해서도 그랬다. 하지만 농민을 어떤 특별한 무엇으로 사랑하거나 싫어할 수는 없었다. 왜냐하면 그는 농민과 함께 살 뿐만 아니라 그의 모든 이해관계가 농민과 연결되어 있는데다, 자신을 농민의 일부로 여기고 있었고 자신이나 농민 안에서 어떤 특별한 자질이나 결점을 보지 못했으므로 자신과 농민을 대립시킬 수 없었기 때문이었다. 그외에도 비록 오랫동안 지주로서, 조정자로서, 가장 중요한 역할인 조언자로서(농부들은 그를 믿었고 사십 베르스따 떨어진 곳에서도 그에게 조언을 구하러 왔다) 농부들과 매우 가까운 관계를 맺고 살고 있었지만 그는 농민에 대해서 어떤 정해진 판단을 하지 않았고, 농민을 아는가 하는 질문에는 농민을 사랑하는가 하는 질문만큼이나 답하기 어려웠을 것이다. 그에게는 농민을 안다고 말하는 것은 인간을 안다고 말하는 것과 같았을 것이다. 그는 항상 모든 종류의 인간들을 관찰하고 인식했는데 그중에는 농민도 포함되어 있었다. 그는 농민을 선량하고 흥미로운 사람들로 여겼고, 끊임없이 그들 안에서 새로운 특징들을 발견하여 그들에 대한 이전의 판단을 바꾸고 새로운 판단을 내렸다. 세르게이 이바노비치는 반대였다. 그는 자기가 좋아하지 않는 생활과 대립되는 것으로서 시골 생활을 사랑하고 칭송하는 것과 똑같이 자기가 좋아하지 않는 계층의 사람들과 대립되는 사람들로서 농민을 사랑했고, 바로 이와 똑같이 농민을 인간 전반에 대립되는 무엇으로 알고 있었다. 그의 방법론적 사고 속에는, 부분적으로는 농민의 생활 자체에서 도출된 농민 생활의 특정한 형태들이 명확하게 형성되어 있었으나, 그것은 주로 이런 대립물로서였다. 그는 한번도 농민에 대한 자신의 견해나 그들에 대한 공감의 태도를 바꾸지 않았다. 농민에 대한 형제간의 논쟁에서 항상 세르게이 이바노비치가 동생을 이겼는데, 그것은 세르게이 이바노비치는 농민에 대해, 그들의 성격과 특징과 기호에 대해 확고한 관념을 가지고 있었기 때문이었다. 꼰스딴찐 레빈에게는 아무런 확고한 불변의 관념이 없어서 이 논쟁에서 꼰스딴찐은 항상 자가당착을 드러냈던 것이다.

세르게이 이바노비치는 동생이 훌륭한, 심장이 있는 (그가 프랑스어로 표현하듯이) 제대로 된 젊은이지만, 상당히 명민함에도 불구하고 순간적인 인상에 좌우되며 모순으로 가득 찬 머리를 가졌다고 생각했다. 형으로서 그는 동생을 배려하며 가끔 그에게 사물의 이치를 설명해주었지만, 동생이 너무 쉽게 패배하기 때문에 그와의 논쟁에서는 만족을 느낄 수 없었다.

꼰스딴찐 레빈은 형을 굉장한 지력과 교양을 가진, 최고의 의미에서 고귀한 인간으로서, 공공선을 위한 활동에 능력이 있는 사람이라고 보았다. 하지만 나이가 들면 들수록, 형을 알면 알수록 그의 영혼 깊숙한 곳에서 점점 더 자주 떠오르는 생각은, 자신에게는 전혀 없는 이 공공선을 위한 활동이 아마도 자질이 아니라 반대로 어떤 것의 결핍—선하고 명예롭고 고귀한 소망이나 취향의 결핍은 아니지만—심장이라고 부르는 생명력의 결핍, 인생에 수없이 나타나는 여러 길들 중에서 하나를 선택하고 그 하나만을 원하여 그리로 향하는 행위의 결핍이라는 것이었다. 형을 더 많이 알게 될수록 그는 세르게이 이바노비치나 공공선을 위해 활동하는 많은 다른 사람들이 심장으로 공공선에 대한 사랑에 이르는 것이 아니라 그렇게 하는 것이 좋다고 머리로 판단하고 그렇기 때문에 그 일을 한다는 것을 점점 더 뚜렷이 알아차리게 되었다. 이러한 레빈의 생각이 더욱 확고해진 것은, 형의 심장에는 공공선의 문제나 영혼 불멸의 문제가 체스 게임이나 새로운 기계의 교묘한 구조와 그다지 다를 바 없이 다가간다는 것을 알아차렸기 때문이었다.

게다가 꼰스딴찐 레빈이 시골에서 형과 함께 있는 것이 거북한 것은 시골에서, 특히 여름에 레빈은 항상 일로 바빴고 필요한 모든 것을 해치우는 데 긴 여름날도 모자란 반면, 세르게이 이바노비치는 휴식을 취했기 때문이기도 했다. 그러나 세르게이 이바노비치는 지금 휴식을 취하고 있기는 하지만, 즉 저술을 하지는 않았지만, 지적 활동에 익숙한 사람이어서 그의 머리에 떠오르는 생각을 아름답고 농밀한 형식으로 말하고 싶어했고 누군가에게 들려주기를 좋아했다. 가장 일상적이고 자연스러운 청자는 동생이었다. 그래서 친해서 편한 둘의 관계에도 불구하고 레빈은 형을 혼자 두는 것이 거북했다. 세르게이 이바노비치는 햇볕 아래 풀밭에 누워 몸을 태우면서 한가하게 이야기하기를 좋아했다.

"넌 믿지 못할 거다." 그는 동생에게 말했다. "이 우크라이나적 게으름이 얼마나 쾌감을 주는지 말이다. 머릿속에 생각이라고는 한가지도 없다. 아주 시시한 거라도 말이다."

하지만 꼰스딴찐 레빈은 앉아서 그의 말을 듣는 것이 지루했다. 자기 없이 농부들이 들로 나가서, 알 게 뭐람, 보지 않으면 아무렇게나 일을 하는 것을 알기 때문에 특히 그랬다. 쟁기의 보습을 제대로 조이지 않을 것이고, 제대로 안 하고는 나중에 신식 쟁기는 말도 안 되는 생각이라는 둥, 안드레예브나의 갈고리 쟁기는 어디 그러냐는 둥 말을 늘어놓을 것이기 때문이었다.

"이렇게 뜨거운데도 돌아다녀야 하는 거냐?" 세르게이 이바노비치가 그에게 말했다.

"아뇨, 곳간에만 잠깐 가면 돼요." 레빈은 말하고 들로 달려갔다.

2

유월 초에 유모이자 가정부인 아가피야 미하일로브나가 그녀가 새로 절여둔 버섯이 담긴 병을 가지러 지하실로 갔다가 미끄러져 넘어져서 손목을 삐었다. 막 의학교를 마친 수다스러운 젊은 시골 의사가 왔다. 그는 손을 진찰하고 나서 삔 것이 아니라고 말하고 찜질을 하더니, 유명한 세르게이 이바노비치 꼬즈니셰프와 대화를 즐기려고 식사에 남아서 이런저런 일에 대해 자신의 유식하고 개화된 견해를 피력하고 지방의회의 엉터리 같은 상황을 한탄하면서 군郡의 온갖 소문들을 늘어놓았다. 세르게이 이바노비치는 주의 깊게 귀를 기울이며 이것저것 묻기도 하고 새로운 청자를 얻은 것에 고무되어 이야기를 나누면서 몇가지 날카롭고 무게 있는 견해를 피력하기도 했는데, 젊은 의사의 존경 어린 칭송을 받자 기지로 빛나는 활기찬 대화 이후에 으레 그러듯이 활기찬 기분 상태에 빠져들었다. 의사가 떠난 뒤 세르게이 이바노비치는 강으로 낚시를 하러 가고 싶어했다. 그는 낚시질을 좋아했는데, 마치 자신이 그런 바보 같은 일을 좋아할 수 있는 것을 자랑스러워하는 것 같았다.

밭갈이를 가야 했던 꼰스딴찐 레빈은 까브리올레[1]로 형을 태워다주기로 했다.

때는 바야흐로 여름에서 가을로 넘어가는 시기로, 올해의 수확은 이미 결정이 난 상태였고 내년의 파종을 염려하기 시작하고 풀베기를 앞둔 시기였다. 호밀은 모두 패기는 했지만 회색빛 도는 초록빛으로 완전히 여물지는 않은 채 아직은 가벼운 이삭이 바람에 나부끼고 있었고, 초록빛을 띠는 귀리는 사이사이 흩뿌린 듯 돋아난 노란 잡초 덤불과 함께 늦갈이 밭 위에 솟아 있었으며, 때 이

1 말 한마리가 끄는 2인용 이륜마차로, 한 사람은 말을 몬다. 두 사람 위로 지붕 덮개를 펼칠 수 있으며 뒤쪽으로 마구간지기 소년이 설 수 있는 발판이 있다. 18세기 프랑스에서 고안된 이래 빠리와 런던에서 많이 볼 수 있었다.

른 메밀은 벌써 잎이 우거져서 땅을 덮었고, 가축들에게 밟혀 돌처럼 단단해진 휴경지와 쟁기가 들어가지 않아 남겨진 두렁도 반절은 갈아엎어진 상태였고, 수레로 실어 내간 약간 마른 거름이 향기로운 풀과 함께 석양에 냄새를 피우고 있었으며, 낮은 지대에는 잘 건사한 풀밭이 낫을 기다리면서 줄기째 뽑혀 거무스레해진 잡초 더미와 함께 끝없는 바다처럼 펼쳐져 있었다.

때는 매년 되풀이되는, 매년 농민들의 온 힘을 요구하는 풀베기를 앞두고 한숨 돌리는 시기였다. 수확은 좋았고, 이슬 맺히는 짧은 밤으로 이어지는 여름 낮은 밝고 뜨거웠다.

들판에 다가가려면 숲을 지나야 했다. 세르게이 이바노비치는 누런 턱잎들로 얼룩덜룩하고 그늘진 쪽으로는 어두운, 막 꽃을 피우려 하는 보리수를 가리키기도 하고, 에메랄드처럼 푸릇푸릇 빛나는 올해 돋아난 싹들을 가리키기도 하면서 내내 동생에게 숲의 아름다움을 찬탄했다. 꼰스딴찐 레빈은 자연의 아름다움에 대해서 말하는 것도 듣는 것도 좋아하지 않았다. 그에게는 이러쿵저러쿵 말을 하는 것은 그가 본 것으로부터 아름다움을 앗아가는 것이나 다름없었다. 그는 형의 말에 동조하긴 했지만 저도 모르게 다른 생각을 하게 되었다. 그들이 숲을 지나올 때 그는 모든 주의를 언덕에 있는 휴경지를 살펴보는 데 기울였다. 풀 때문에 누렇게 보이는 부분도 있었고 정방형으로 나뉘어 있기도, 거름 더미가 널려 있기도 했고 갈아엎어진 부분도 있었다. 들에는 짐마차들이 줄지어 가고 있었다. 레빈은 짐마차들을 세어보고 필요한 모든 것이 나왔다는 데 만족했다. 풀밭을 보자 그의 생각은 이제 풀베기에 대한 문제로 넘어갔다. 그는 항상 건초 수확에서 특별히 생생하게 마음을 사로잡는 무엇을 느끼곤 했다. 풀밭으로 다가간 레빈은 말을 멈춰세웠다.

무성한 풀층 밑으로 아침 이슬이 아직 남아 있었고, 세르게이 이바노비치는 발을 적시지 않으려고 풀밭을 지나 농어가 잡히는 버드나무 덤불까지 마차를 몰아주기를 청했다. 꼰스딴찐 레빈은 자기 풀밭을 밟는 것이 무척 아까웠지만 풀밭으로 마차를 몰았다. 키가 큰 풀들이 마차 바퀴와 말의 발 옆으로 가볍게 휘어지며 젖은 바큇살들과 바퀴 축에 씨를 남겼다.

형은 낚싯대를 정리하고 나서 덤불 아래에 앉았고, 레빈은 말을 끌고 가서 붙들어매고 바람에 일렁이지 않는 거대한 바다 같은 녹회색의 초원으로 걸어들어갔다. 명주같이 부드러운, 잘 여물어가는 씨를 품은 풀은 낮은 목초지에서 거의 허리까지 닿았다.

초원을 가로질러 길로 나온 꼰스딴찐 레빈은 벌떼가 든 벌통을 메고 가는 한쪽 눈이 부어오른 노인을 만났다.

"뭔가? 잡은 건가, 포미치?" 그가 물었다.

"잡긴 뭘 잡아요, 꼰스딴찐 드미뜨리치! 제 것이나 지킬 수 있으면 좋겠어요. 도망간 게 벌써 두번째예요……[2] 고맙게도 애들이 쫓아갔어요. 나리네 밭을 갈다가요. 말을 풀어서 타고 따라갔지요……"

"그래, 그건 그렇고, 뭐라 말할 텐가, 포미치? 풀을 벨까, 기다릴까?"

"무슨 말씀이세요! 우리는 성 베드로 축일까지 기다릴 셈이에요. 나리는 항상 일찍 베시지만요. 하느님이 좋은 풀을 주실 거예요. 그래야 가축들이 좋이 먹을 수 있습죠."

2 새로 사양(飼養)한 벌떼가 날아간 것을 말하는 것 같다.

"근데 날씨는 어떨 것 같나?"

"하느님 뜻이죠. 아마 날씨도 좋을 거예요."

레빈은 형에게 다가갔다. 아무것도 잡히지 않았지만 세르게이 이바노비치는 지루해하지 않았고 최고로 기분이 좋은 듯했다. 레빈은 형이 의사와의 대화로 인해 흥이 올라서 이야기를 하고 싶어 하는 것을 눈치챘다. 그러나 레빈은 반대로 내일 풀베기 일꾼들을 동원할 지시를 하고 그를 강하게 사로잡는 풀베기에 대한 의혹을 없애기 위해 되도록 빨리 집으로 가고 싶었다.

"자, 그럼 가죠." 그가 말했다.

"대체 서둘 게 뭐 있니? 좀 앉아 있자. 근데 너 아주 푹 젖었구나! 안 잡히지만 좋구나. 모든 사냥이라는 게 자연과 함께해서 좋은 거지. 이 힘찬 강물이 얼마나 멋있냐!" 그가 말했다. "이 강변의 풀밭을 보면……" 그가 계속했다. "항상 그 수수께끼가 떠올라. 너 알지? '풀이 물에게 말하지. 우리는 흔들리고 흔들린다. 우리가 뭐지?'[3]"

"전 그 수수께끼를 몰라요." 레빈이 우울하게 대답했다.

3

"너에 대해 좀 생각해보았다." 세르게이 이바노비치가 말했다. "의사가 이야기한 대로 너희 군에서 일어나는 일은 정말 엉터리구나. 그는 영리한 청년이야. 다시 말하겠다만, 네가 회합에 나가지

3 항상 흐르는 건 물, 항상 그대로 있는 건 강변, 항상 흔들리는 건 풀이라는 수수께끼를 말하는 듯하다.

않고 지방의회 일을 멀리하는 것은 좋지 않다. 제대로 된 사람들이 멀리하게 되면 모든 게 어찌 될지는 분명한 일이야. 우리가 돈을 내고 그들은 급료를 받는다. 근데 학교도 간호사도 산파도 약국도 없으니."

"저도 시도해봤어요." 레빈이 내키지 않는 듯 나직한 목소리로 대답했다. "근데 못 하겠어요. 그러니 어떻게 해요!"

"뭘 못 하겠다는 거냐? 난 사실 이해를 못 하겠다. 무관심과 무능력 때문이라고는 생각할 수 없다. 아마 그냥 게으름이겠지?"

"세가지 다 아니에요. 전 시도해봤고, 아무것도 할 수 없다는 걸 알았어요." 레빈이 말했다.

그는 형의 말에 거의 관심이 없었다. 강 건너 경작지를 바라보다가 뭔가 검은 형체를 보았는데 그것이 말인지, 말을 탄 관리인인지 구별할 수가 없었다.

"어째서 아무것도 할 수 없니? 시도해보았는데 네 식대로 되지 않은 거겠지. 그래서 넌 굴복한 거야. 어떻게 넌 자존심도 없니?"

"자존심이라뇨?" 형의 말을 듣고 속이 상해서 레빈이 대답했다. "모르겠어요. 대학에서 다른 사람들은 적분을 이해하는데 전 못 한다고 하면 그건 자존심의 문제지요. 하지만 여기에서 이런 일을 하기 위해서는 먼저 자신에게 모종의 능력이 있다는 믿음을 가져야 해요. 그리고 이 모든 일들이 아주 중요하다는 확신이 있어야 하지요."

"그래서, 그 일이 중요하지 않다는 말이냐?" 동생이 자기가 중요하다고 생각하는 것을 중요하지 않다고 보고, 특히 자기 말을 거의 듣고 있지 않는 것에 속이 상한 세르게이 이바노비치가 말했다.

"제겐 중요하게 보이지 않아요. 전 관심이 없어요. 제게 뭘 원해요?" 레빈은 자신이 본 것이 관리인이고 아마도 관리인이 경작지에서 농부들을 내보내고 있는 것 같다고 판단하며 대답했다. 그들은 쟁기를 엎어놓았다. '벌써 다 갈았나?' 그는 생각했다.

"하지만 들어봐라." 형이 아름답고 명석한 얼굴을 찌푸리면서 말했다. "모든 것에는 한계가 있는 법이다. 사람이 독특한 괴짜고 솔직한 인간이고 거짓을 싫어하는 것은 매우 좋은 일이야. 나도 다 안다. 하지만 네가 말하는 것은 의미가 없거나 아주 나쁜 의미가 있을 뿐이야. 어떻게 넌 그걸 중요하다고 생각하지 않는 거냐. 네가 확언하듯이 네가 사랑하는 농민들이……"

'난 한번도 그렇게 확언한 일이 없지.' 꼰스딴찐 레빈은 생각했다.

"도움을 못 받고 죽게 되고, 거친 여자들이 아이들을 학대하고, 농민들이 무지몽매 속에서 지내며 온갖 서기들의 힘에 휘둘리는데, 너는 그들을 도와줄 힘이 있는데도 그게 중요하지 않다고 생각해서 그들을 돕지 않는 거지."

세르게이 이바노비치는 그를 딜레마에 빠트렸다. 너는 무지해서 행할 수 있는 것을 알아볼 능력이 없거나, 아니면 자신의 편안이나 허세 때문에, 또 어떤 알지 못할 이유 때문에 그걸 하기를 원하지 않거나, 둘 중 하나라는 것이었다.

꼰스딴찐 레빈은 형의 말을 따르거나 공공선에 대한 애정이 부족하다는 걸 인정하는 수밖에 없다는 것을 느꼈다. 이 점이 그를 모욕하고 화나게 했다.

"이렇게 하든 저렇게 하든……" 그는 단호하게 말했다. "무언가를 잘되게 할 수 없다는 건 알아요……"

"뭐라고? 돈을 제대로 써서 의료적 도움을 주는 게 불가능하다고?"

"제가 보기에는 불가능해요…… 사천 평방베르스따인 우리 군에는 눈웅덩이가 많고 눈보라 치는 곳도 많고 일할 수 있는 시간도 짧은데, 모든 곳에 의료 지원을 할 수 있다고 생각하지 않아요. 게다가 전 원체 의학을 믿지 않아요."

"이런, 무슨 소리니. 그건 부당한 말이다…… 내가 수천가지 예를 들어주지…… 그럼 학교는?"

"뭐 하러 학교가 필요해요?[4]"

"무슨 말을 하는 거니? 교육의 유용성을 의심한다는 거니? 그게 네게 좋다면 모든 사람에게도 좋은 거야."

꼰스딴찐 레빈은 자신이 도덕적으로 궁지에 몰린 것을 느끼고 화가 나서 자기도 모르게 자기가 공공사업에 무관심한 이유를 말해버렸다.

"아마 그 모든 게 좋은 일이겠지요. 하지만 뭣 때문에 제가 한번도 이용하지 않을 의료시설이나 내가 내 아이들을 보내려고도, 농민들이 그들의 아이들을 보내려고도 하지 않을 학교를 설립하는데 신경을 써야 한단 말이에요?" 그가 말했다.

이 예기치 않은 관점이 순간 세르게이 이바노비치를 놀라게 했다. 하지만 그는 당장 새로운 공격 계획을 세웠다.

그는 잠시 말을 멈추고 낚싯대 하나를 꺼냈다가 다시 물에 던지고 나서 미소를 지으면서 동생을 향했다.

"그래, 그런데…… 첫째로, 의료시설은 필요해. 우리도 아가피야 미하일로브나 때문에 지방자치회 의사를 불렀지."

"글쎄요, 제 생각에는 손이 그냥 굽은 채로 남을 것 같아요."

4 이는 작가 똘스또이의 견해와는 매우 다르다. 이 작품을 집필하던 1870년대에 그는 학교와 교재 일에 몰두하느라 이 작품의 집필에서 종종 손을 놓기도 했다.

"그건 두고 보아야지. 다음으로는, 글을 아는 농부나 일꾼은 네게 더 긴요하고 더 소중하지."

"아니요. 아무한테나 물어보세요." 꼰스딴찐 레빈이 단호하게 대답했다. "일꾼이 글을 알면 훨씬 나빠요. 길을 고칠 수도 없을 테고, 다리는 놓자마자 훔쳐가고요."

"근데……" 세르게이 이바노비치는 얼굴을 찌푸리며 말했다. 그는 반론을 좋아하지 않았고 특히 하나의 이야기에서 다른 이야기로 건너뛰고 아무런 연결 없이 새로운 논리들을 도입해 결국 어떻게 대답해야 할지 모르게 되는 그런 반론을 좋아하지 않았다. "근데 문제는 그게 아니지. 넌 교육이 농민을 위해서 좋은 일이라는 것을 인정하겠지?"

"인정해요." 레빈은 무심코 말했는데, 곧바로 그는 자기가 생각지도 않은 것을 말했다는 생각이 들었다. 그는 이것을 인정하게 되면 자신이 아무런 의미도 없는 엉터리 같은 말을 하고 있다는 것을 증명하는 셈이라고 느꼈다. 이것이 어떻게 증명될지는 모르나 틀림없이 논리적으로 증명될 것이고, 그는 이 논거를 기다리고 있었다.

논거는 꼰스딴찐이 예상했던 것보다 훨씬 간단한 것으로 판명되었다.

"네가 그것이 좋은 일이라고 인정한다면……" 세르게이 이바노비치가 말했다. "너는 명예심을 가진 사람으로서 그런 일을 좋아하고 동조하지 않을 수 없을 것이고, 그것을 위해서 일하기를 원치 않을 수 없을 거야."

"하지만 전 아직 그 일이 좋은 일이라고 인정하지 않아요." 꼰스딴찐 레빈이 얼굴을 붉히며 말했다.

"뭐라고? 네가 방금 말했잖니……"

"그러니까 저는 그 일이 좋다고도, 가능하다고도 인정하지 않아요."

"노력해보지 않고는 알 수 없는 거지."

"그럼 그렇다고 가정해봐요." 레빈은 전혀 그렇다고 가정하지 않았지만 그렇게 말했다. "그렇다고 가정해봐요. 그렇지만 저는 여전히 제가 왜 그것을 염려해야 하는지 모르겠어요."

"무슨 말이냐?"

"자, 우리가 이왕 이런 대화를 한다면 철학적 관점에서 설명해줘요." 레빈이 말했다.

"이해가 안 간다, 여기에 철학이 왜 필요한지." 세르게이 이바노비치는 레빈이 보기에 마치 동생에게는 철학에 대해서 논할 권리가 없다는 듯한 어조로 말했다. 그리고 이 점이 레빈의 신경을 돋우었다.

"자, 왜 필요한지 말하죠!" 그가 열을 내며 말을 시작했다. "전 우리의 모든 행동의 동력은 여전히 개인의 행복이라고 생각합니다. 귀족으로서 저는 지방의회에서 저의 복지에 기여할 만한 것은 아무것도 볼 수 없어요. 길은 좋지 않고, 더 좋아질 수도 없어요. 제 말들은 나쁜 길로 다니지요. 의사나 의료시설은 제게 필요 없고, 조정판사[5]도 필요 없어요. 한번도 그를 만난 일이 없고 앞으로도 없을 거예요. 학교는 필요 없을 뿐만 아니라 제가 말한 것처럼 해롭기까지 해요. 지방자치라는 것은 그냥 일 제샤찌나당 십팔 꼬뻬이까를 지불해야 하고 시내로 가서 벼룩들과 함께 자면서 온갖 말도

5 1864년 사법개혁 이후 도입되었다. 이들은 지방의회에서 선출되어 약식재판을 하거나 간소화된 방법으로 재판을 했다. 법률 지식이 없는 경우도 많았다고 한다.

안 되고 역겨운 이야기를 들어야 하는 의무일 뿐이지요. 저를 움직일 만한 개인적 이해관계가 없어요."

"내 말 좀 들어봐라." 세르게이 이바노비치가 미소를 지으며 말을 막았다. "개인적 이해관계가 우리로 하여금 농노해방을 위해 일하도록 한 건 아니지만, 우리는 그 일을 했다."

"아뇨!" 점점 더 열을 올리며 꼰스딴찐이 말을 막았다. "농노해방은 다른 문제였어요. 거기엔 개인적 이해관계가 존재했지요. 우리를, 모든 좋은 사람들을 내리누르는 그 멍에를 벗어던지고 싶어서였죠. 하지만 지방의회 의원이 되어 내가 살지도 않는 도시에 오물 청소부가 얼마나 필요하며 어떻게 하수도를 놓아야 하는가에 대해 의견을 내고 토의하는 거나, 햄을 훔친 농부를 재판하는 데 배심원으로 앉아서 여섯시간 동안이나 변호사와 검사가 하는 온갖 자질구레하고 시시한 이야기를 듣고 재판장이 우리 바보 영감 알료시까와 '피고, 햄 절도 사실을 인정합니까?' '뭣이라구요?' 하는 따위를 듣는 건……"

꼰스딴찐 레빈은 이미 이야기의 초점에서 벗어나서 재판장과 바보 영감 알료시까의 흉내를 내었다. 그에게는 이 모든 것이 같은 문제와 연관된 것으로 여겨졌다.

하지만 세르게이 이바노비치는 어깨를 으쓱했다.

"그래서, 네가 말하고 싶은 게 뭐냐?"

"제가 말하고 싶은 건 단지 저와…… 제 이익에 관계된 권리를 항상 모든 노력을 기울여 지킬 거라는 거예요. 경찰이 거처를 뒤져서 우리나 대학생들을 수색하고 우리 편지를 읽는다면 전 이 권리를, 제 교육과 자유의 권리를 온 힘을 다해 방어할 거예요. 전 제 자식들과 형제들과 나 자신에 관계되는 병역의 의무에 대해서 잘 이해해요. 전 저와 관련된 것을 논의할 준비가 되어 있어요. 하지만 지방의회의 예산 사만 루블을 어떻게 분배해야 하는지, 바보 영감 알료시까를 어떻게 재판해야 하는지는 이해하지 못하겠고 이해할 수도 없어요."

꼰스딴찐 레빈은 둑이 터진 듯이 말을 쏟아냈다. 세르게이 이바노비치는 씩 웃었다.

"만일 내일 재판이 있다면 넌 네가 옛날식 형사재판을 받는 피고였으면 좋겠니?"

"저는 재판을 받지 않을 거예요. 제가 누구를 찔러 죽이는 일은 없을 테니까 그럴 필요가 없지요. 정말로요!" 그는 다시 전혀 적당하지 않은 이야기로 건너뛰며 말을 계속했다. "우리의 지방자치기관이나 이 모든 것은 유럽에서 스스로 자란 숲과 비슷하게 보이려고 성령강림절에 꽂아놓은 자작나무와 비슷해요. 나는 기꺼이 물을 줄 수도 없고 이 자작나무들을 믿을 수도 없어요!"

세르게이 이바노비치는 동생이 이야기하려는 것을 당장 알아차렸지만 어깨만 으쓱했는데, 이 몸짓으로 그들의 논쟁에 뭣 때문에 자작나무가 등장하는지 놀랍다는 것을 나타내려는 의도였다.

"그래도 그렇게 판단할 수는 없는 거지." 그가 말했다.

하지만 꼰스딴찐 레빈은 스스로도 알고 있는, 공공의 이익에 대한 무관심이라는 결점을 변명하고 싶어졌다.

"제 생각엔요……" 꼰스딴찐이 말했다. "어떤 활동도 개인의 이익에 기초를 두지 않으면 확고할 수가 없어요. 이건 보편적 진리, 철학적 진리죠."

세르게이 이바노비치는 다시 한번 씩 웃었다. '꼰스딴찐에게도 자기 성향에 맞는 자기 철학이란 것이 있는 게지.' 그는 잠시 생각했다.

"그래. 근데 철학은 건드리지 마라." 그가 말했다. "모든 시대의 철학의 주요 과제는 바로 개인의 이익과 공공의 이익 사이에 존재하는 필수적 인과관계를 찾으려는 데 있단다. 하지만 문제는 그게 아니고, 내가 네 비유를 고쳐주어야 한다는 거지. 꽂은 게 아니라 심거나 씨를 뿌린 자작나무들은 좀더 조심스레 다루어야 한다. 그들의 제도에서 무엇이 중요하고 무엇이 의미가 있는가 하는 데 대한 이해력이 있고 그것들을 존중하는 백성만이 미래를 가질 수 있고 역사적이라고 불릴 수 있어."

그리고 세르게이 이바노비치는 문제를 레빈은 도달할 수 없는 철학적, 역사적 영역으로 옮겨갔고 레빈의 견해의 부당함을 전부 보여주었다.

"네가 마음에 들어하지 않는 것 말인데, 미안하지만 그건 우리 러시아인의 게으름과 무지다. 그리고 난 네가 일시적 오류를 범하고 있고 그건 지나가리라고 믿는다."

꼰스딴찐은 침묵했다. 그는 완전히 패배한 것을 느꼈고 동시에 그가 말하고자 했던 것을 형이 이해하지 못했다고 느꼈다. 다만 그것이 왜 이해되지 못했는지 알 수 없었다. 자신이 말하고자 하는 것을 충분히 명확하게 표현할 수 없었기 때문인지, 아니면 형이 그를 이해할 마음이 없었거나 이해할 수 없었기 때문인지. 하지만 그는 이에 대해 더 깊이 생각하지 않고 형에게 반론을 제시하지도 않고서 완전히 다른 일, 자기의 개인적인 일에 대해 생각했다.

세르게이 이바노비치는 마지막 낚싯줄을 감아올렸고, 꼰스딴찐은 말을 풀었다. 그리고 그들은 떠났다.

4

형과 대화하는 동안 레빈을 사로잡고 있었던 개인적인 일은 다음과 같았다. 레빈은 작년에 한번 풀베기하는 데 갔다가 관리인에게 화가 나서, 자기식으로 진정할 방법을 써서 한 농부의 낫을 잡고 풀을 베게 된 적이 있었다.

그는 이 일이 무척 마음에 들어서 몇차례 더 풀베기를 했다. 집 앞의 풀밭 전체를 다 베었고, 올해는 농부들과 함께 하루 종일 풀베기를 하겠다는 계획을 이른 봄부터 세웠다. 형이 도착한 다음부터 그는 풀베기를 할 것인지 말 것인지 이리저리 생각해보았다. 그는 형을 하루 종일 혼자 두는 것이 마음에 걸렸고, 또 형이 이것 때문에 그를 비웃을까봐 겁이 났다. 하지만 목초지를 지나오면서 풀베기의 인상을 기억한 그는 이미 풀베기를 하기로 거의 마음먹고 있었다. 신경을 돋우는 형과의 대화 이후에 다시 이런 생각이 의식의 표면으로 떠올랐다.

'육체적 운동이 필요해. 그러지 않으면 내 성격이 확실히 망가져버릴 거야.' 그는 잠시 생각하고 나서 형과 사람들 앞에서 거북하건 말건 풀을 베기로 결심했다.

저녁 무렵 꼰스딴찐 레빈은 사무실로 가서 이런저런 작업에 대해 지시를 내린 후, 내일 가장 넓고 좋은 풀밭인 깔리노프 목초지를 베기 위한 일꾼들을 부르라고 이 마을 저 마을로 사람을 보냈다.

"그리고 내 낫을 찌뜨에게 좀 보내주겠나? 날을 세워서 내일 가져오도록 말이야. 아마 나도 풀을 벨 거야." 당황하지 않으려고 애쓰면서 그가 말했다.

관리인은 씩 웃으며 말했다.

"그럽죠."

저녁에 차를 마신 후에 레빈은 형에게도 말했다.

"날씨가 괜찮아진 것 같아요." 그가 말했다. "내일 풀베기를 시작해요."

"난 그 일을 무척 좋아한다." 세르게이 이바노비치가 말했다.

"저도 끔찍하게 좋아해요. 가끔 농부들과 함께 직접 풀베기를 했지요. 내일도 하루 종일 벨 거예요."

세르게이 이바노비치는 고개를 들고 호기심 어린 눈초리로 동생을 바라보았다.

"뭐? 농부들과 나란히 하루 종일?"

"네, 아주 기분이 좋아요." 레빈이 말했다.

"그건 육체적인 단련에 좋지만 네가 그걸 견뎌낼 수가 있을는지." 세르게이 이바노비치가 조롱기가 전혀 없는 어조로 말했다.

"해봤어요. 처음에는 힘들었는데 나중에는 끌려들어가요. 제가 뒤처지지는 않을 거라고 생각해요……"

"놀랍구나! 하지만 농부들이 그걸 어떻게 생각할까? 틀림없이 나리가 이상한 짓을 한다고 비웃겠지."

"아뇨, 그렇게 생각하지 않아요. 아무튼 이건 매우 즐거우면서도 힘든 일이어서 생각할 틈도 없어요."

"하지만 네가 어떻게 그들과 함께 식사를 하겠니? 그리로 포도주와 칠면조 요리를 가져오라고 하는 건 좀 거북한 일이니 말이다."

"아뇨, 그들 쉬는 시간에 맞춰서 저도 집으로 돌아와요."

다음 날 아침 레빈은 평소보다 일찍 일어났지만 집안일을 처리하느라 지체하여, 풀베기 장소에 도착했을 때는 일꾼들은 벌써 두 번째 두둑을 베어나가고 있었다.

산 아래로 그늘이 진, 이미 풀을 벤 목초지 부분이, 회색빛 도는 줄들과 첫번째 두둑을 베기 위해 출발한 자리에 일꾼들이 벗어놓은 윗옷 더미와 함께 벌써 산 위에서부터 시야에 들어왔다.

그가 말을 타고 가까이 가니 일렬로 길게 줄을 지은 농부들이 갖가지로 낫을 휘두르며 풀을 베고 있는 모습이 눈에 들어왔다. 윗옷을 입은 이들도 있었고 벗고 속내의만 입은 사람들도 있었다. 세어보니 마흔두명이었다.

그들은 예전에 저수지였던 목초지의 울퉁불퉁한 바닥을 따라 천천히 움직이고 있었다. 레빈은 자기 집 일꾼 몇명을 알아보았다. 예르밀 영감이 아주 긴 하얀 루바하를 입고 허리를 굽히고 낫을 휘두르고 있었다. 레빈네 마구간에서 일했던 젊은 청년 바시까가 낫을 힘껏 휘두르며 베고 있었다. 풀베기에 있어서 레빈의 선생 격인, 몸이 마른 편인 찌뜨도 있었다. 그는 뒤처지는 적이 없이 앞서 나가며 낫을 가지고 장난하듯이 자기가 맡은 넓은 두둑을 베어나갔다.

레빈은 말에서 내려 말을 길가에 묶고 찌뜨를 만났는데, 그는 덤불에서 다른 낫을 꺼내 그에게 건넸다.

"나리, 준비됐어요. 면도날입죠. 절로 베여요." 찌뜨가 모자를 벗고 낫을 주면서 미소 지으며 말했다.

레빈은 낫을 쥐고 눈짐작으로 가늠해보았다. 자기 두둑을 다 마치고 땀을 흘리는 유쾌한 일꾼들이 한 사람 한 사람 길로 나와서 웃으면서 나리와 인사했다. 그들은 모두 그를 쳐다보았으나, 키가 크고 주름 잡힌 얼굴에 수염이 없는, 양가죽 재킷을 입은 노인이 길로 나와 그에게 말할 때까지 아무도 입을 열지 않았다.

"나리, 주의하시우. 시작한 거니 처지시면 안 되우!" 그가 말하자 레빈은 일꾼들 사이에서 웃음을 참는 소리를 들었다.

“처지지 않도록 애쓰겠네.” 그는 말하고 찌뜨 뒤에서 시작할 시간을 기다렸다.

“주의하시우.” 노인이 되풀이했다.

찌뜨는 자리를 터나갔고 레빈은 그의 뒤를 따라갔다. 풀은 길가에 나 있어서 짧았는데, 레빈은 오랫동안 풀을 베지 않은데다 그를 향하는 시선들에 당황하여 처음에는 팔을 크게 휘둘렀지만 잘 베지 못했다. 뒤에서 말하는 소리들이 들렸다.

“제대로 조여지지가 않았어. 낫자루가 너무 높아. 봐, 몸을 저렇게 구부리잖아.” 한 사람이 말했다.

“낫등으로 좀더 힘을 줘서 눌러야지.” 다른 사람이 말했다.

“괜찮아, 좋아, 베이네.” 노인이 말을 이었다. “봐, 되지. 줄을 너무 넓게 잡으면 지치는데…… 자기 것이니 나리가 어련히 잘하시려고. 하지만 벤 줄 좀 봐! 우리가 저렇게 하면 등짝을 두들겨맞곤 했지.”

풀은 더 부드럽게 움직였고 레빈은 이런저런 말을 들으면서도 아무 대꾸도 하지 않고 그저 되도록 더 잘 베려고 애쓰면서 찌뜨 뒤를 따라갔다. 그들은 백보가량 베어나갔다. 찌뜨는 조금도 지친 기색이 없이 쉬지 않고 계속 나갔지만 레빈은 버티지 못할까봐 벌써 겁이 나기 시작했다. 그만큼 그는 지쳤다.

그는 자신이 마지막 힘을 다하여 낫을 휘두르고 있는 것을 느꼈고 찌뜨에게 쉬자고 말하려고 마음먹었다. 하지만 그 순간 찌뜨가 스스로 멈추더니 허리를 굽히고 풀을 집어 낫을 닦으며 날을 세웠다. 레빈은 허리를 펴고 숨을 깊게 쉬고 나서 주위를 둘러보았다. 그의 뒤에 있던 농부는 분명 많이 지친 것 같았다. 그는 레빈을 따라오지도 못하고 멈춰서서 날을 세우고 있었기 때문이다. 찌뜨는 자기 낫을 갈고 나서 레빈의 낫을 갈았다. 둘은 계속 베어나갔다.

중간에 쉰 다음에 벨 때도 마찬가지였다. 찌뜨는 멈추지도 않고 지치는 일도 없이 계속 낫을 크게 휘둘렀다. 레빈은 뒤처지지 않으려고 애를 쓰면서 그의 뒤를 따라갔지만 점점 더 힘들어졌다. 그가 이제 더이상 힘이 없다고 느꼈을 때 찌뜨가 멈추었고 날을 갈았다.

그렇게 첫번째 두둑을 다 베었다. 이 긴 줄은 레빈에게 특히 어려워 보였다. 이 두둑을 다 벤 후 찌뜨가 낫을 어깨에 메고 벤 곳 위로 그의 신발 뒤축이 남긴 자국을 따라 천천히 뒤돌아 걷기 시작했고 레빈도 역시 자기가 벤 곳을 걷기 시작했다. 비록 땀이 얼굴에 홍수처럼 흘러내려 코 아래로 뚝뚝 떨어지고 등 전체가 물에 담근 것처럼 젖었지만 그는 상쾌했다. 특히 기분이 좋은 것은 이제는 자기가 해낼 수 있으리라는 것을 알기 때문이었다.

그의 만족감은 그가 벤 부분이 모양이 좋지 않다는 것 때문에 조금 상했다. '손을 덜 휘둘러야 해. 더 몸 전체로 해야지.' 그는 찌뜨가 벤 실처럼 곧게 된 부분을 자신이 벤 헝클어지고 고르지 못한 부분과 비교하며 생각했다.

레빈이 알아챘듯, 찌뜨는 첫번째 두둑을 특별히 빨리 베어나간 것이었다. 아마도 주인을 힘들게 하려고 한 모양이었고 두둑도 길었다. 다음 두둑부터는 수월해졌지만 레빈은 여전히 농부들에게 뒤지지 않기 위해서 온 힘을 다해야 했다.

그는 농부들에게 뒤지지 않고 되도록 잘해내야겠다는 것 이외에는 아무것도 생각하지 않았고 아무것도 바라지 않았다. 낫에 풀이 베이는 소리만 들려왔고, 그는 앞에서 멀어져가는 찌뜨의 곧은 모습, 휘어진 반원 모양의 벤 자리, 파도처럼 천천히 출렁이는 풀, 자기의 낫 부근의 꽃송이들과 휴식을 하게 될 열의 끝만을 보았다.

그게 뭔지, 어디에서 왔는지 알 수 없지만 일하는 중간에 그는 뜨거워진 땀이 흐르는 어깨에서 문득 시원한 느낌을 받았다. 그는 낫을 가는 동안 하늘을 쳐다보았다. 낮고 무거운 구름이 다가와 큰비를 내렸다. 윗옷을 가져다 입는 농부들도 있었고, 레빈과 마찬가지로 상쾌한 기운 아래 어깨를 기분 좋게 들썩이는 농부들도 있었다.

한 두둑 한 두둑 베고 또 베어나갔다. 긴 두둑도 있고 짧은 두둑도 있고 좋은 풀이 있는 두둑도, 나쁜 풀이 있는 두둑도 있었다. 레빈은 시간 감각을 완전히 잃어버려 지금이 늦은 시간인지 이른 시간인지 전혀 알지 못했다. 그의 노동에는 이제 그에게 커다란 쾌감을 주는 변화가 일어나고 있었다. 그는 노동하는 중간에 자기가 일을 하고 있다는 것도 잊는 순간들이 있었는데, 그 순간에는 일이 쉬워졌으며 그가 벤 곳이 찌뜨가 벤 것처럼 고르고 모양이 좋았다. 하지만 그가 자기가 일을 하고 있다는 것을 의식하고 잘하려고 하기 시작하면 일은 어렵게 느껴졌고 모양 좋게 베이지 않았다.

그는 한 두둑을 더 베고 나서 또 나가려고 했지만 찌뜨가 멈추더니 노인에게 다가가서 낮은 소리로 뭔가를 말했다. '뭐에 대해 말하는 거지? 왜 베어나가지 않는 거지?' 레빈은 농부들이 벌써 네시간 이상 쉬지 않고 베었고 아침을 먹어야 한다는 것을 짐작하지 못하고 잠시 생각했다.

"나리, 아침을 먹어야죠." 노인이 말했다.

"벌써 시간이 그렇게 되었나? 그러세, 아침을 먹세."

레빈은 낫을 찌뜨에게 주고, 윗옷 더미가 있는 곳으로 빵을 가지러 가는 농부들과 함께 비에 젖은 풀을 벤 두둑들을 건너서 말 쪽으로 향했다. 그제야 그는 날씨를 짐작하지 못했고 비가 건초를 적셨다는 걸 깨달았다.

"건초를 망치겠는데." 그가 말했다.

"괜찮아요, 나리. 비 올 때 베고 날씨 좋을 때 갈퀴질하라고 하잖아요." 노인이 말했다.

레빈은 말을 풀어서 커피를 마시러 집으로 왔다.

세르게이 이바노비치는 막 일어난 참이었다. 커피를 마신 레빈은 세르게이 이바노비치가 옷을 입고 식당에 나오기 전에 다시 풀을 베러 떠났다.

5

아침을 먹은 후 레빈은 앞서 풀을 벤 자리가 아니라 그를 자기 곁으로 부른 농담 잘하는 노인과 가을에 혼인한 후 처음으로 풀을 베러 나온 젊은 농부 사이에 자리를 잡았다.

노인은 곧바른 자세를 취하고 밖으로 휜 다리를 일정하게 성큼성큼 움직이면서 앞서 베어나갔다. 그는 걸어가면서 손을 휘두르는 것 정도로밖에 힘들어 보이지 않는 정확하고 고른 동작으로 놀이하듯이 한결같고 키가 큰 풀들을 젖혀나갔다. 그가 낫질을 하는 것이 아니라 날카로운 낫이 저절로 축축한 풀에 닿아 싹싹 소리를 내는 것 같았다.

레빈 뒤에서는 젊은 미시까가 베어가고 있었다. 신선한 풀로 엮은 띠를 두른 잘생긴 그의 얼굴은 몹시 힘들어 보였다. 하지만 사람들이 그를 보자마자 그는 미소를 지었다. 힘들다고 말하느니 차라리 죽어버릴 태세인 듯 보였다.

레빈은 그들 사이에서 베어나갔다. 한낮의 풀베기는 그리 어렵지 않게 여겨졌다. 그를 적시는 땀이 그를 식혀주었고 등과 머리와 팔꿈치까지 걷어올린 팔을 달구는 태양은 일에 강인함과 끈기를 더해주었다. 무엇을 하는지에 대해 생각하지 않을 수 있게 되는, 그 의식하지 않는 상태의 순간들이 점점 더 자주 찾아왔다. 낫이 스스로 베었다. 행복한 순간들이었다. 더 즐거운 순간은 풀밭이 끝나고 이어지는 강에 다가가 노인이 두툼하고 젖은 풀로 낫을 훔치고 나서 신선한 강물에 날을 씻고 양철통[6]에 물을 채워서 레빈에게 건넸을 때였다.

"자, 나의 끄바스를 드셔보십시오! 어때요, 좋지요?" 그는 한쪽 눈을 찡긋거리며 말했다.

사실 레빈은 한번도 이런 이파리가 떠다니고 녹맛이 나는 미지근한 음료를 마셔본 적이 없었다. 그러고 나서 곧 낫을 손에 쥐고 느릿느릿 여유롭게 산책하는 복된 순간이 왔다. 그동안 그는 흐르는 땀을 씻고 가슴 가득히 숨을 들이쉬고, 풀베기 일꾼들의 대열과 주위에서 일어나는 일, 숲과 들판을 바라볼 수 있었다.

베어나가면 베어나갈수록 레빈은 점점 더 자주 몰아의 순간을 경험할 수 있었다. 이때는 이미 손으로 낫을 휘두르는 것이 아니라 온통 생명으로 가득한 자신을 의식하는 육체를 따라 낫이 스스로 움직였고, 그러면 아무 생각 없이 마술처럼 일이 저절로, 제대로 정확하게 되었다. 이때가 가장 행복한 순간들이었다.

어려운 점은 다만 이 무의식적인 상태를 중단하고 생각해야 할 때, 흙덩이를 부수거나 뽑히지 않은 잡초를 베어내야 할 때였다. 노

6 풀 베는 사람들이 허리에 차는 양철통으로, 물이나 낫을 가는 숫돌을 담는 데 쓰인다.

인은 이 일을 수월하게 했다. 흙덩이가 나타나면 노인은 움직임을 바꾸어 발꿈치나 낫 끝으로 양쪽에서 짧게 두들겨 흙덩이를 부수었다. 그러면서 그는 자기 앞에 펼쳐진 것들을 살펴보고 관찰했다. 가끔 그는 풀뿌리를 파내어 먹거나 레빈에게 권하기도 하고, 낫 끝으로 잔가지를 잘라내기도 하고, 메추라기의 작은 둥지를 들여다보기도 했는데, 낫 바로 아래로부터 둥지에서 나온 암컷이 날아가기도 했다. 도중에 발견한 독사를 잡아서 포크로 찍어올리듯이 낫으로 들어올려 레빈에게 보여주고 던져버리기도 했다.

레빈도, 그의 뒤에 있는 젊은이도 그렇게 움직임을 바꾸는 것은 어려웠다. 둘은 하나의 긴장된 동작만을 되풀이하면서 일에 몰두하고 있어서 동작을 바꾸면서 동시에 자기 앞에 놓인 것을 관찰하기는 불가능했다.

레빈은 시간이 가는 것도 몰랐다. 얼마 동안이나 베었느냐고 묻는다면 그는 반시간이라고 말했을 것이다. 하지만 이미 점심시간이 다가오고 있었다. 새 두둑을 베기 시작하면서 노인은 사방에서 키 큰 풀 사이와 길을 따라 조그만 소년 소녀 들이 작은 손을 늘이고서 빵 꾸러미와 헌 헝겊조각으로 마개를 한 끄바스 단지를 들고 풀베기하는 사람들에게로 보일 듯 말 듯 다가오는 것에 레빈의 주의를 돌렸다.

"봐요, 딱정벌레들이 기어오네요!" 그는 그들을 가리키며 말하고는 두 손으로 가리고 해를 보았다. 두 두둑을 더 벤 후 노인이 멈췄다.

"자, 나리, 식사하시죠!" 그가 단호하게 말했다. 강가에 이른 풀 베는 사람들은 두둑을 넘어서 윗옷들이 놓여 있는 곳으로 갔다. 그곳에는 점심을 가져온 아이들이 그들을 기다리고 있었다. 농부들이 모여 앉았다. 멀리 있는 사람들은 짐수레 아래에, 가까이 있는 사람들은 그 위로 풀을 던져둔 유약버들 덤불 아래에 모여 앉았다.

레빈은 그들에게로 다가앉았다. 그는 떠나고 싶지 않았다.

나리 앞에서의 조심스러운 태도는 이미 오래전에 깡그리 사라지고 없었다. 농부들은 점심 먹을 채비를 했다. 어떤 이들은 씻었고, 젊은 사람들은 강에서 목욕을 했고, 어떤 이들은 쉴 곳을 마련하여 빵 꾸러미를 풀고 끄바스 단지의 마개를 열었다. 노인은 빵을 잘게 부숴 사발에 넣고 숟가락 자루로 으깬 후 양철통에서 물을 따라 붓고 나서 다시 빵을 잘라 넣고 소금을 뿌린 다음 동쪽을 향하여 기도했다.

"자, 나리, 나의 쮸리까[7] 좀 드시지요." 그는 접시 앞에 무릎을 꿇고 앉으면서 말했다.

쮸리까가 정말 맛이 좋아서 레빈은 집으로 가서 식사하려던 생각을 바꾸었다. 그는 노인과 점심을 먹으면서 노인의 집안일에 대해 매우 생생한 관심을 가지고 대화를 나누었고, 노인이 흥미를 가질 만한 자신의 모든 일과 처지에 대해 그에게 털어놓았다. 그에게는 노인이 형보다 더 가깝게 느껴졌고, 이 사람에게 느끼는 애정 때문에 미소가 절로 떠올랐다. 노인이 다시 일어나서 기도를 하고 버드나무 가지 바로 아래에 풀을 베개 삼아 누웠을 때 레빈도 똑같이 그렇게 했다. 햇볕 아래 그의 땀이 밴 얼굴과 몸으로 집요하게 들러붙는 모기와 딱정벌레에도 불구하고 그는 곧장 잠이 들었고, 해가 버드나무 가지의 다른 쪽으로 돌아가서 그를 비출 때에야 잠이 깨었다. 노인은 벌써부터 일어나 앉아서 젊은이들의 낫을 두들

7 빵을 부수어 끄바스와 소금을 넣어 먹는 수프.

겨 바로잡고 있었다.

레빈은 주위를 둘러봤지만 어딘지 알아볼 수 없었다. 그렇게 모든 것이 변해 있었다. 거대한 목초지가 풀이 베여 이미 풀향기를 풍기는 목초 다발과 함께 비스듬하게 비치는 저녁 햇살에 독특하고 새로운 빛을 발하고 있었다. 강가의 베인 덤불과 이전에는 볼 수 없었으나 지금은 보이는, 강철빛을 내며 굽이쳐 흐르는 푸른 강, 움직이며 일어나는 사람들, 아직 다 베지 않은 목초지의 가파른 풀 벽, 베인 목초지 위를 휘돌며 날아다니는 매들, 이 모든 것이 완전히 새로웠다. 정신이 들자 레빈은 얼마나 베었고 앞으로 얼마나 더 벨 수 있을까 가늠해보았다.

마흔두명이 굉장히 많은 일을 했다. 예전에 농노의 부역으로 낫 서른개를 동원해 이틀 걸렸던 큰 목초지가 다 베여 있었다. 베이지 않은 곳은 모퉁이의 짧은 두둑들뿐이었다. 하지만 레빈은 이날 되도록 더 많이 베고 싶었고 그래서 빨리도 지는 해가 유감스러웠다. 그는 전혀 피곤을 느끼지 않았다. 그저 더 빨리, 되도록 많이 일하고 싶을 뿐이었다. "어떻게 생각하나, 마시낀 베르흐까지 더 벨 수 있겠나?" 그는 노인에게 물었다.

"하는 데까지 해보죠. 해가 높진 않네요. 젊은이들에게 보드까를 좀 마시게 해주면 어떨까요?" 오후 새참 시간에 농부들이 다시 앉고 담배를 피우는 사람들이 담뱃불을 붙이기 시작했을 때 노인은 젊은이들에게 "마시낀 베르흐를 베면 보드까가 있을 거다"라고 선언했다.

"못 할 줄 알고! 자, 가자, 찌뜨! 힘껏 휘두르자! 밤에 실컷 먹자. 가자!" 여기저기서 말하는 소리가 들리더니 빵을 마저 씹으면서 풀베기 일꾼들은 일을 시작하러 갔다.

"자, 얘들아, 처지지 마!" 찌뜨는 말하고 거의 속보로 앞서 나갔다.

"가자, 가자!" 노인이 말하더니 그의 뒤를 쫓다가 쉽게 그를 따라잡았다. "내가 앞서 나갈 거다! 조심해!"

그러고는 젊은이고 늙은이고 경쟁하듯이 풀을 베어나갔다. 하지만 그들은 아무리 서둘러도 풀밭을 망치지 않았고, 베인 풀들은 마찬가지로 깨끗하고 가지런하게 쌓여나갔다. 모퉁이에 남아 있던 두둑은 오분 만에 다 베였다. 뒤에 있는 일꾼들이 두둑을 다 베기도 전에 앞서가는 일꾼들은 벌써 까프딴을 어깨에 걸치고 길을 건너 마시낀 베르흐로 갔다.

그들이 양철통을 달그락거리며 숲으로 둘러싸인 마시낀 베르흐 계곡에 다다랐을 때 태양은 벌써 나무 꼭대기에서 가라앉고 있었다. 골짜기 가운데는 풀이 허리까지 올라왔는데, 부드럽고 연약하고 잎이 넓었고, 숲에는 여기저기 며느리밥풀이 섞여 있었다.

가로 방향으로 나아갈지 세로 방향으로 나아갈지 잠시 의논하고 난 후 유명한 풀베기 일꾼인 덩치 크고 거무스레한 쁘로호르 예르밀린이 역시 선두로 나갔다. 그는 한줄을 끝내고 돌아와 옆으로 이동했고, 그러자 모든 사람들이 그의 뒤를 따라 줄을 짓더니 언덕을 내려가며 골짜기를 따라 베어가기도 하고 언덕을 올라가며 숲 맨 가장자리를 따라 베어가기도 했다. 해는 이미 숲 뒤로 넘어갔다. 벌써 이슬이 내렸고, 해는 언덕 위에 있는 일꾼들만을 비추고 있었다. 이미 김이 오르고 있는 저지대와 다른 쪽에 있는 일꾼들은 이슬을 머금은 상쾌한 그늘 속에 있었다. 노동은 정점에 다다라 막 끓고 있었다.

물기 어린 소리를 내며 잘린, 톡 쏘는 향기를 뿜는 풀이 높이 쌓였다. 짧은 두둑들을 따라 사방에서 몰려든 일꾼들이 양철통을 달그락거리고 낫 부딪는 소리를 내기도 하고 낫 가는 숫돌을 날에 스치기도 하고 즐겁게 소리치기도 하면서 서로서로 앞다투어 베어나갔다.

레빈은 여전히 젊은이와 노인 사이에서 베어나갔다. 양가죽 재킷을 입은 노인은 여전히 유쾌하고 장난스럽고 동작이 자유로웠다. 숲에서는 축축한 풀밭 위로 부풀어오른 자작나무 버섯들이 연이어 나타나 낫에 베였다. 하지만 노인은 버섯을 볼 때마다 매번 몸을 굽혀 주워서 품속에 집어넣었다. "또 할망구에게 줄 손님일세." 그는 중얼거렸다.

축축하고 연한 풀을 베는 것이 아무리 쉽다 해도 골짜기의 가파른 사면을 따라 오르락내리락하는 것은 어려웠다. 하지만 이것도 노인을 힘들게 하지는 못했다. 그는 낫을 여전히 힘껏 휘두르면서, 커다란 짚신을 신은 발로 작은 보폭의 확실한 걸음을 떼며 천천히 가파른 사면을 기어올라갔다. 비록 그의 몸 전체와 셔츠 아래로 걸쳐 있는 바지가 떨리기는 했지만, 그는 가는 길에 있는 풀 하나, 버섯 하나도 놓치지 않으면서 여전히 농부들과 레빈과 농담을 했다. 레빈은 그의 뒤를 따라가면서 자주 자신이 낫 없이도 올라가기 힘든 가파른 언덕을 낫을 들고 오르다 꼭 쓰러질 거라고 생각했지만, 그는 올라갔고 할 일을 했다. 그는 내면에 있는 어떤 힘이 자신을 움직이는 것을 느꼈다.

6

그들은 마시낀 베르흐를 다 베고 마지막 두둑까지 마무리하고 나서 까프딴을 입고 즐겁게 집으로 돌아갔다. 레빈은 말에 올라 농부들과 아쉽게 작별하고 나서 집으로 돌아왔다. 산 위에서 그는 주위를 둘러보았다. 아래로부터 올라오는 안개 때문에 농부들은 보이지 않았다. 쾌활하고 걸걸한 말소리, 웃음소리, 낫 부딪치는 소리만 들렸다.

레빈이 땀으로 젖은 머리카락을 이마에 붙이고 검게 탄 젖은 등과 가슴을 보이며 쾌활한 목소리로 세르게이 이바노비치의 방으로 들이닥쳤을 때, 그는 벌써 오래전에 식사를 마친 후 자기 방에서 얼음 넣은 레몬수를 마시며 막 우편으로 받은 신문과 잡지를 읽고 있었다.

"우리는 목초지를 다 베었어요! 아, 얼마나 멋지고 놀라운지요! 형은 어땠어요?" 레빈은 어제의 불쾌한 대화를 완전히 잊은 채 말했다.

"웬일이야! 무슨 꼴이야!" 세르게이 이바노비치는 처음 순간 동생을 불만족스럽게 훑어보며 말했다. "문 좀, 문 좀 닫아!" 그는 소리쳤다. "분명 열마리는 들어왔을 거야."

세르게이 이바노비치는 파리를 견딜 수 없어서 자기 방 창문은 밤에만 열어놓고 문은 닫아두려 애쓰고 있었던 것이다.

"에이, 한마리도 안 들어왔어요. 들어왔으면 내가 잡아줄게요. 얼마나 즐거웠는지 모를 거예요! 오늘 하루는 어떻게 보냈어요?"

"잘 보냈다. 한데 넌 하루 종일 풀을 베었니? 이리처럼 배가 고프겠구나. 꾸지마가 너를 위해 음식을 다 준비했어."

"아뇨, 전 먹고 싶지 않아요. 거기서 좀 먹었어요. 이제 씻으러 갈게요."

"그래, 가라, 가. 나도 곧 네게로 갈게." 세르게이 이바노비치는 동생을 보고 고개를 가로저으며 말했다. "그래, 가. 빨리 가." 그는 미소를 지으며 덧붙였다. 그리고 자기 책을 모은 후 함께 나가려고 했다. 갑자기 그 자신도 유쾌해졌고 동생과 떨어져 있고 싶지 않았던 것이다. "근데 비가 오는 동안엔 어디 있었니?"

"무슨 비요? 몇방울 내릴까 말까 했어요. 그럼 곧 올게요. 형도 하루를 잘 보냈지요? 그래요, 역시 멋졌겠지요." 레빈은 말하고 옷을 갈아입으러 갔다.

오분 후에 형제는 식당에서 만났다. 레빈은 먹고 싶은 생각이 없었으나 꾸지마를 모욕하지 않기 위해서 식사를 하려고 앉았다. 그러나 먹기 시작하자 식사가 아주 훌륭한 것 같았다. 세르게이 이바노비치는 미소를 지으며 그를 바라보았다.

"아 참, 네게 편지가 왔다." 그가 말했다. "꾸지마, 아래층에서 좀 가져다줘. 근데 문을 조심히 닫아야 해."

편지는 오블론스끼에게서 온 것이었다. 레빈은 그것을 소리 내어 읽었다. 오블론스끼가 뻬쩨르부르그에서 써보낸 것이었다. "돌리로부터 편지를 받았다네. 그녀는 예르구쇼보에 있네. 그런데 모든 게 어려운 모양이야. 부디 그녀에게 가서 조언도 하고 도와주게. 자네는 모든 걸 알잖아. 그녀가 자네를 보면 기뻐할 걸세. 그녀는 완전히 혼자야, 불쌍하게도. 장모는 온 가족과 함께 아직 외국에 있다네."

"잘됐네요! 그녀에게 꼭 가야겠어요." 레빈이 말했다. "아, 우리 함께 가요. 아주 좋은 여자예요. 그렇게 할 거죠?"

"여기서 멀지 않니?"

"한 삼십 베르스따 돼요. 어쩌면 사십 베르스따일지도 몰라요. 하지만 길이 아주 좋아요. 같이 가면 아주 멋질 거예요."

“나도 아주 좋다.” 내내 미소를 지으며 세르게이 이바노비치가 말했다.

동생의 모습은 곧바로 그를 유쾌하게 만들었다.

“자, 네 식욕 좀 봐!” 그는 접시 위로 굽힌 동생의 적갈색으로 탄 얼굴과 목을 보며 말했다.

“멋져요! 갖가지 부질없는 생각에 맞서는 데 그게 얼마나 유용한 생활 태도인지 형은 아마 믿지 못할 거예요. 제가 의학에 노동요법[8]이라는 새로운 용어를 도입할 거예요.”

“내가 보기에 네게는 그런 게 필요 없는 것 같은데.”

“네. 하지만 여러 신경병 환자들에게요.”

“그래, 그건 실험을 해봐야지. 나도 너를 보러 풀베기하는 데로 가보려고 했지만 해가 견딜 수 없이 뜨거워서 숲 너머로 가지를 못했다. 난 좀 앉아 있다가 숲으로 해서 마을로 갔단다. 거기서 네 유모를 만났는데, 농부들이 너를 어떻게 보는지 그녀의 생각을 떠보았단다. 내가 이해한 바로는, 그들은 너를 지지하지 않는 것 같다. 그녀가 말했어, ‘나리가 할 일이 아니지요’라고. 대체로 백성들의 생각에는 이른바 ‘나리가 할 일’에 대한 요구가 매우 확고하게 정해져 있는 것으로 보인다. 그들은 나리들이 그들의 생각 속에 정해진 테두리를 벗어나는 것을 허락하지 않아.”

“그럴 수 있어요. 하지만 이건 제 인생에서 맛보지 못했던 만족감이에요. 나쁜 건 아무것도 없어요. 그렇지 않아요?” 레빈이 대답했다. “그들 마음에 들지 않아도 어쩔 수 없어요. 게다가 괜찮다고 생각해요. 아닌가요?”

---

8 Arbeitscur(독일어).

"대체로……" 세르게이 이바노비치가 계속했다. "넌 오늘 보낸 하루를 만족스러워하는 것 같구나."

"아주 만족스러워요. 우린 풀밭을 다 베었어요. 그리고 제가 거기서 얼마나 멋진 노인과 사귀었다고요! 이게 얼마나 멋진 일인지 형은 상상도 못 할 거예요."

"그래, 그렇게 잘 보냈단 말이지. 나도 그랬다. 첫째로 나는 체스 두 문제를 풀었어. 하나는 아주 마음에 들어. 졸로 발견한 거야. 네게 보여줄게. 그리고 우리의 어제의 대화에 대해서 생각했다."

"네? 어제의 대화요?" 행복하게 눈을 껌벅거리며 식사로 배가 불러 숨을 헐떡거리던 레빈은 어제의 대화가 무엇이었는지 정말로 기억하지 못하고 물었다.

"나는 네가 부분적으로 옳다는 것을 발견했다. 우리의 의견 차이는, 너는 원동력을 개인의 이익에 두고 나는 어느정도 교육을 받은 사람은 공공의 이익을 생각해야 한다고 가정한 것에 있다. 아마 물질적으로 이익이 되는 활동이 더 바람직하다는 너의 견해가 옳을지도 몰라. 대체로 너는 프랑스인들 표현으로 너무 *충동적인*[9] 성격이야. 넌 열정적이고 힘이 넘치는 활동이 아니면 아무것도 원하지 않으니 말이다."

레빈은 형의 말을 들으면서도 정말로 아무것도 알아듣지 못했으며 알아듣고 싶지도 않았다. 그는 다만 형이 그가 아무것도 듣고 있지 않았다는 것이 드러나는 질문을 할까봐 두려울 뿐이었다.

"바로 그거야, 이 친구야." 세르게이 이바노비치가 그의 어깨를 건드리며 말했다.

---

9 prime-sautière(프랑스어).

"그럼요, 물론이죠. 근데 말이죠! 제 의견을 고집하는 것은 아니에요." 레빈이 어린애 같은, 잘못을 아는 듯한 미소를 띠면서 대답했다. '근데 내가 뭐에 대해 물었지?' 그는 생각했다. '아마 나도 옳고 형도 옳았나보다. 그러니 다 좋네. 일 처리하러 사무실에 갔다와야겠다.' 그는 몸을 뻗고 미소를 지으며 일어섰다.

세르게이 이바노비치도 싱긋 웃었다.

"갈 거면 함께 가자." 그토록 신선함과 활력으로 둘러싸인 동생과 헤어지고 싶지 않아서 그가 말했다. "가자. 필요하면 사무실에도 같이 가자."

"아아, 이런!" 레빈이 세르게이 이바노비치가 놀랄 정도로 매우 크게 소리쳤다.

"왜, 왜 그러냐?"

"아가피야 미하일로브나의 손은 어때요?" 레빈이 자기 머리를 때리며 물었다. "나는 그녀에 대해서도 잊고 있었어요."

"훨씬 나아졌어."

"음, 그래도 그녀에게 빨리 가봐야겠어요. 형이 모자를 다 쓰기도 전에 돌아올게요."

그리고 그는 구두 뒤축으로 딱따기 부딪치는 소리를 울리면서 계단을 달려내려갔다.

7

스쩨빤 아르까지치가, 관리가 아닌 사람들은 이해하지 못하지만 관리라면 누구나 아는 가장 자연스럽고 필수적인 의무, 이것 없이는 관리로 일하기가 불가능한 의무, 즉 내각에 자신의 존재를 알리는 의무를 위해서 뻬쩨르부르그로 가서, 이 의무의 실현을 위해서 집에 있는 거의 모든 돈을 가져다 쓰면서 경마장과 별장을 다니며 유쾌하고 편안하게 시간을 보내고 있는 동안, 돌리는 지출을 최대한 줄이기 위해서 아이들과 함께 시골로 이사했다. 그녀는 지참금으로 받은 영지 예르구쇼보로 떠났는데, 이 마을은 바로 봄에 숲이 팔린 곳으로 레빈의 뽀끄롭스꼬예로부터 오십 베르스따 떨어져 있었다.

예르구쇼보의 오래되고 커다란 저택은 오래전에 무너졌고, 공작이 짓고 증축한 곁채만 남았다. 이 곁채는 모든 곁채들이 그렇듯이 짧은 옆면이 마차 진입로 남쪽을 향해 있었지만 이십년쯤 전 돌리가 어린애였을 때에는 살 만했고 편안했다. 하지만 이 곁채도 지금은 낡고 썩어 있었다. 스쩨빤 아르까지치가 숲을 팔 때 이미 돌리는 그에게 집을 돌아보고 필요한 곳을 고치도록 하라고 부탁했었다. 스쩨빤 아르까지치는 죄책감을 가진 모든 남편들이 그렇듯이 아내의 편안함에 대해 무척 신경을 써서, 몸소 집을 돌아보고 그가 생각하기에 필요하다고 여겨지는 모든 것에 조처를 취했다. 그는 모든 가구에 크레톤 면으로 커버를 씌우고 커튼을 달고 정원을 손질하고 연못에 다리를 놓고 꽃을 심으면 된다고 생각했다. 하지만 그는 다른 많은 필수적인 것들을 잊었고, 이런 것들이 부족해서 나중에 다리야 알렉산드로브나는 무진 고생을 했다.

스쩨빤 아르까지치는 아무리 사려 깊은 남편이고 아버지이고자 노력해도 자신에게 아내와 아이들이 있다는 사실을 아무래도 기억할 수 없었다. 그는 독신자의 취향을 가지고 있어서 그것에 맞췄던 것이다. 모스끄바로 돌아온 그는 아내에게 모든 것이 준비되었고 집은 동화 속의 장난감 집 같다고, 어서 이사할 것을 매우 권고한다고 호언장담했다. 아내가 시골로 떠나는 것은 그에게 여러 면에서 매우 편리했다. 아이들의 건강에 좋고, 지출은 줄어들고, 그는 자유로웠으므로. 다리야 알렉산드로브나 자신도 여름 동안 시골로 옮겨가는 것이 필수적이라고 여겼는데, 그것은 특히 성홍열을 앓은 후에 건강을 회복하지 못하는 딸아이를 위해서, 그리고 드디어 그녀를 괴롭히는 사소한 모욕들로부터, 나무 장수, 생선 장수, 구두장이에게 갚을 외상들로부터 해방되기 위해서였다. 게다가 끼찌가 한여름에는 외국에서 돌아와야 했고, 미역을 감도록 처방받은 그녀를 시골집으로 부르려고 꿈꾸었기 때문에 시골로 떠나는 것이 더욱 마음에 들었다. 끼찌가 온천장에서 보낸 편지에는 여름을 예르구쇼보에서 돌리와 함께 그들의 어린 시절 기억을 회상하며 보내는 것보다 더 즐겁게 웃을 일은 없으리라고 쓰여 있었다.

시골 생활의 처음 얼마간은 돌리에게 매우 어려웠다. 그녀는 어렸을 적에 시골에서 살았고, 그녀에게 시골은 도시의 모든 어려움으로부터 벗어나는 곳이고 비록 시골 생활이 멋지지는 않아도(이런 것에 돌리는 쉽게 적응했다) 그 대신 싸고 편안하다는 인상이 남아 있었다. 모든 것이 싸고, 모든 것을 구할 수 있고, 아이들에게 좋고. 하지만 이제 주부로서 시골에 오자 그녀는 이 모든 것이 그녀가 생각했던 것과 완전히 다르다는 것을 깨달았다.

도착한 다음 날 폭우가 쏟아졌고 밤에 복도와 아이들 방으로 물이 새어들어와서 침대를 거실로 내놓아야 했다. 쓸 만한 요리사는 없었고, 암소 아홉마리는, 가축지기 하녀의 말에 의하면, 임신 중이거나 아직 송아지거나 아주 늙었거나 젖이 안 나오거나 했다. 아이들에게 줄 버터와 우유마저도 모자랐다. 계란은 없었다. 암탉은 구할 수가 없었다. 보랏빛의 힘줄이 질긴 늙은 수탉을 튀기거나 삶았다. 바닥을 닦을 여자들도 구할 수 없었다. 모두가 감자밭에 가 있었다. 말 한마리가 말을 안 듣고 끌채를 매기만 하면 사납게 버텨서 마차를 타고 나갈 수도 없었다. 미역을 감을 곳도 없었다. 강변은 온통 가축들이 짓밟은데다가 길에서 들여다보였다. 산책마저 나갈 수 없는 지경이었는데, 부서진 울타리를 통해 정원으로 짐승이 들어왔고, 무서운 황소 한마리가 울부짖고 있어서 꼭 들이받을 것만 같았기 때문이었다. 제대로 된 옷장도 없었다. 있는 것들은 닫히지가 않거나 옆을 지나가기만 해도 저절로 열렸다. 쇠솥이나 항아리도 없었다. 빨래 삶을 통도, 하녀들이 쓸 다리미판도 없었다.

처음 얼마 동안 평온과 휴식 대신 그녀가 보기에는 무시무시한 이런 곤경에 빠지자 다리야 알렉산드로브나는 절망했다. 그녀는 온 힘을 다해서 종종거리며 일을 보았고, 출구 없는 처지를 느꼈고, 매 순간 눈에 고이는 눈물을 겨우 참았다. 예전에 기병대 특무상사였고 반듯한 외관 때문에 스쩨빤 아르까지치가 좋아해서 문지기들 중에서 뽑아서 임명한 지배인은 다리야 알렉산드로브나의 곤경에 아무 상관도 하지 않았으며 그저 예의 바르게 "아무래도 어쩔 도리가 없습니다. 참 더러운 사람들이에요"라고 말할 뿐 아무런 도움을 주지 않았다.

상황은 벗어날 수 없어 보였다. 하지만 오블론스끼 집안에는 모든 가정집과 마찬가지로 눈에 띄지 않지만 가장 중요하고 유용한 인물이 있었다. 바로 마뜨료나 필리모노브나였다. 그녀는 여주인을 안심시키고 모든 것이 절로 다 잘될 거라고(이것은 그녀의 말이었고, 마뜨베이는 그녀로부터 배운 것이었다) 다독였고, 스스로도 서두르거나 흥분하지 않고 행동했다.

그녀는 곧바로 영지 관리인의 아내와 친해져서 첫날부터 그녀와 관리인과 함께 아카시아 나무 아래에서 차를 마시며 모든 일을 의논했다. 곧 아카시아 나무 아래에 마뜨료나 필리모노브나 클럽이 형성되었고, 영지 관리인의 아내, 촌장, 창고지기로 이루어진 이 클럽을 통해 생활의 어려움이 조금씩 완화되었으며, 일주일이 지나자 실제로 모든 것이 절로 다 잘되었다. 지붕을 고쳤고, 요리사를 구했다. 요리사는 촌장의 대모였다. 암탉을 사들였고, 암소들은 젖을 내게 되었고, 정원은 장대로 울타리를 쳤고, 목수가 빨래판을 만들었고, 옷장은 고리를 달아 더이상 저절로 열리지 않았고, 방수용 모포를 씌운 다리미판이 안락의자 팔걸이에서 서랍장 위로 걸쳐지게 되었고, 하녀 방에서는 다리미 냄새가 났다.

"자, 보세요! 내내 걱정만 하셨죠." 마뜨료나 필리모노브나가 다리미판을 가리키며 말했다.

보릿짚대로 욕장까지 지었다. 릴리는 미역을 감게 되었으며, 평온하지는 않아도 안락한 시골 생활에 대한 다리야 알렉산드로브나의 희망이 부분적으로 이루어지게 되었다. 아이 여섯과 함께 다리야 알렉산드로브나가 평온할 수는 없었다. 한 아이가 병이 나면 다른 아이도 병이 날 것 같고, 또다른 아이는 뭔가 부족해서 걱정이고, 그러다보면 또 한 아이는 나쁜 성질을 보이기 시작하고…… 등등이었다. 드물게만, 드물게만 짧게나마 평온한 시간이 생기긴 했다. 하지만 이 분주함과 번거로움이 다리야 알렉산드로브나에게는 유일하게 가능한 행복이었다. 이 분주함과 번거로움이 없었다면 그녀는 홀로 자신을 사랑하지 않는 남편 생각만 했을 것이다. 하지만 그외에도, 아이가 병에 걸릴까봐 두려워하는 것이나 병 자체, 또 아이들이 드러내는 나쁜 성질을 보고 괴로워하는 것이 아무리 어머니에게 힘든 것이긴 해도, 이제는 아이들 자체가 작은 기쁨을 주어 그녀의 괴로움을 보상해주었다. 이런 기쁨은 아주 작은 것이어서 모래 속에 섞인 금처럼 눈에 띄지 않았고 나쁜 순간에는 그저 괴로움만, 그저 모래만 보였다. 하지만 오직 기쁨만을, 오직 금만을 보는 좋은 순간도 있었다.

지금 시골에서 떨어져 살면서 그녀는 이 기쁨을 점점 더 자주 의식하게 되었다. 아이들을 보면서 그녀는 자주 자기가 잘못 생각했으며 엄마로서 아이들에게 선입견을 가졌다는 사실을 스스로에게 납득시키려고 애써야 했음에도 불구하고 각기 다른 성격을 가진 아이들 여섯이 모두 다 드물게 멋진 아이들이라는 것을 스스로에게 말하지 않을 수 없었고, 그래서 그들이 있어서 행복했고 자랑스러웠다.

8

오월 말에 이미 모든 것이 어느정도 자리가 잡혔을 때에야, 시골 생활을 제대로 준비해놓지 않았다는 그녀의 불만에 대한 남편의 답장이 왔다. 그는 모든 것을 제대로 생각하지 못한 데 대해서 용서를 구하면서 가능한 한 가장 빠른 시기에 오겠다고 약속했다. 이 가능한 한 가장 빠른 시기란 나타나지 않았고, 다리야 알렉산드로브나는 유월 초까지 시골에서 혼자 지냈다.

베드로 재계 기간[10] 중 한 일요일에 다리야 알렉산드로브나는 아

10 부활절에서 50일째 되는 성령강림절 이후 6월 29일 베드로와 바울 축일 전까지의 재계 기간. 부활절은 3월 하순에서 4월 하순 사이, 춘분 후 최초의 만월 다음

이들 모두를 성찬식에 참석시키기 위해 미사에 갔다. 다리야 알렉산드로브나는 동생과 어머니, 친구들과의 진솔한 철학적 대화에서 종교에 관한 자유로운 태도로 그들을 놀라게 했다. 그녀는 교회의 도그마에 신경 쓰지 않고 그녀 특유의 기이한 종교인 윤회를 굳게 믿었다. 하지만 가정에서는 보여주기 위해서뿐만 아니라 진심으로 모든 교회 의식을 엄격하게 이행하고 있었고, 그래서 아이들이 일 년 가까이 성찬식에 참석하지 않았다는 사실에 걱정스러웠으므로, 마뜨료나 필리모노브나의 격려와 동조 속에 이번 여름에 이를 이행하기로 했던 것이다.

다리야 알렉산드로브나는 며칠 전부터 미리 모든 아이들에게 옷을 어떻게 입혀야 할지 생각해두었다. 옷을 짓고 고치고 빨고, 솔기와 주름 장식을 내어 박음질하고 단추를 달고 리본을 준비했다. 영국인 가정교사가 맡은 따냐가 입을 옷만이 다리야 알렉산드로브나의 애간장을 꽤나 태웠다. 영국 여자는 옷을 고치면서 주름을 제자리에 잡지 않았고 암홀을 너무 파서 옷을 완전히 망쳐버렸다. 따냐의 어깨가 볼썽사나울 지경으로 조여 보였다. 하지만 마뜨료나 필리모노브나가 앞섶을 붙이고 케이프를 만들 생각을 해냈다. 일은 제대로 되었지만 영국 여자와 거의 싸울 지경에 이르렀다. 하지만 아침에는 모든 것이 준비되어 아홉시—신부님께 그때까지 미사를 기다려달라고 부탁한 시간이었는데—가까이 되자 옷을 갈아입은 아이들이 기쁨으로 환히 빛나며 어머니를 기다리면서 현관 앞에 서 있었다.

마차에는 말을 안 듣는 보론 대신 마뜨료나 필리모노브나의 주

에 오는 첫 일요일이다.

장대로 관리인의 말 부로고를 매었고, 옷단장에 신경을 쓰느라 지체했던 다리야 알렉산드로브나는 하얀 모슬린 드레스를 입고 리네이까에 오르려고 나왔다.

다리야 알렉산드로브나는 주의를 기울여 설레는 마음으로 머리를 빗고 옷을 차려입었다. 예전에 그녀는 아름답고 사람들 마음에 들게끔 옷을 입었지만, 나이가 들면서는 옷을 차려입을 때 점점 더 마음이 불편해졌다. 그녀는 자신이 미워진 것을 보았던 것이다. 하지만 지금 다시 그녀는 만족스럽게 설레는 마음으로 옷을 차려입었다. 지금 그녀는 자신을 위해서, 자신의 아름다움을 위해서가 아니라 이 매력적인 아이들의 어머니로서 전체적 인상을 망치지 않기 위해서 차려입었다. 마지막으로 거울을 보면서 그녀는 자신에게 만족했다. 그녀는 아름다웠다. 그녀가 예전에 무도회에서 바랐던 것처럼 그렇게 아름다운 것이 아니라 그녀가 지금 염두에 두고 있는 목적에 알맞게 아름다웠던 것이다.

교회에는 농부들과 여인숙 주인들과 그들의 아내들 이외에는 아무도 없었다. 하지만 다리야 알렉산드로브나는 그녀의 아이들과 그녀가 경탄을 불러일으킨 것을 알았다. 그냥 그녀에게 그렇게 여겨졌을 수도 있다. 성장을 한 아이들은 그 자체로도 멋졌을 뿐만 아니라 행동을 잘해서 사랑스러웠다. 사실 알료샤는 완전히 잘 서 있다고는 할 수 없었다. 알료샤는 계속 몸을 돌려 자기 코트 뒤를 보고자 했지만, 여전히 지극히 사랑스러웠다. 따냐는 숙녀처럼 서서 동생들을 돌보았다. 하지만 작은딸 릴리는 모든 것에 순진한 놀라움을 보여서 너무 귀여웠고, 성찬식에서 "*좀더 주세요*[11]"라고

11 Please, some more(영어).

말했을 때는 미소를 짓지 않을 수 없었다.

집으로 돌아오는 동안 아이들은 자신들이 무엇인가 성대한 의식을 치렀다는 것을 느꼈고 매우 얌전했다.

집에서도 모든 것이 좋았다. 하지만 아침을 먹는 동안 그리샤가 휘파람을 불어서, 그리고 더 나쁘게는 영국 여자의 말을 안 들어서 단 파이를 못 먹게 되었다. 다리야 알렉산드로브나가 그 자리에 있었다면 이런 날 벌을 주게 하지는 않았을 것이다. 하지만 그녀는 영국 여자의 지침을 지지해야 했고, 그리샤에게는 단 파이가 주어지지 않을 거라고 확인해주었다. 이것이 모두의 기쁨을 좀 망쳤다.

그리샤는 니꼴렌까도 휘파람을 불었는데 니꼴렌까는 벌을 받지 않았다고, 또 자기가 우는 것은 파이 때문이 아니며 그런 건 아무래도 좋은데 자기를 공정하게 대하지 않은 것 때문이라고 말하면서 울었다. 그건 정말 너무나 슬픈 일이어서 다리야 알렉산드로브나는 영국 여자와 협의하여 그리샤를 용서해주려고 마음을 먹고 그녀에게로 향했다. 하지만 거실을 지나다가 그녀는 두 눈에 눈물이 솟을 만큼 가슴을 기쁨으로 채우는 광경을 보게 되었고, 그녀 자신은 죄인을 용서했다.

벌을 받은 소년은 홀의 구석 창가에 앉아 있었고 그 옆에는 따냐가 접시를 들고 서 있었다. 따냐는 인형을 먹인다는 핑계로 자기 파이를 어린이방으로 가져가도록 허락해달라고 영국 여자에게 부탁했고, 그것을 방으로 가져가는 대신 동생에게로 가져왔던 것이다. 소년은 자기가 겪은 불공평함 때문에 계속 울면서 가져온 파이를 먹고 있었고 흐느끼는 중간중간에 중얼거렸다. "누나도 먹어. 같이 먹어, 같이."

따냐는 처음에는 그리샤에 대한 동정심에 마음이 움직였지만 나중에는 자기의 선행에 대한 의식이 마음을 움직여서 역시 눈에 눈물이 고여 있었다. 하지만 따냐는 거절하지 않고 나누어 자기 몫을 먹고 있었다.

둘은 어머니를 보고 놀랐으나, 그녀의 얼굴을 보고는 자신들이 하는 행동이 좋은 행동이라는 것을 알고 웃음을 터뜨렸고, 파이가 가득한 입으로 웃으며 입술을 두 손으로 닦느라 환한 얼굴을 눈물과 잼 범벅으로 만들어놓았다.

"아이, 이를 어째! 하얀 새 옷! 따냐! 그리샤!" 어머니는 옷을 구해보려고 애쓰면서 말했지만 눈물이 가득한 눈으로 감격한 미소를 짓고 있었다.

그녀는 아이들의 새 옷을 벗기고 여자애들에게는 블라우스를 입히고 사내애들에게는 낡은 재킷을 입힌 다음, 버섯을 따고 미역을 감으러 가기 위해서, 관리인에게는 성가신 일이었지만, 그의 부로고를 다시 리네이까에 매라고 했다. 어린이방에서 환호성이 터졌고 그 소리는 미역을 감으러 떠나기 직전까지 멈추지 않았다.

바구니 가득 버섯을 모았고 릴리조차 자작나무 버섯을 찾아냈다. 전에는 미스 굴이 찾아서 릴리에게 보여주곤 했지만 이제는 릴리가 큰 머리가 달린 자작나무 버섯을 찾아내자 모두가 환호성을 질렀다. "릴리가 큰 모자 버섯을 찾아냈다!"

그러고 나서 그들은 강가로 가서 자작나무 아래에 말들을 세워놓고 미역을 감으러 갔다. 마부 쩨렌찌는 말파리들을 쫓느라고 꼬리를 흔드는 말들을 나무에 매어놓고 자작나무 그늘 아래 풀밭 위에 누워서 쮸쮼[12]을 피워 물었고, 욕장에서는 물놀이하는 아이들의

12 파이프로 피우는 싸구려 담배.

즐거운 비명 소리가 쉴 새 없이 들려왔다.

모든 아이들을 지켜보고 장난을 막고 하는 것이 번거롭긴 했지만, 아이들이 벗어놓은 양말, 바지, 구두를 모두 기억하고 헷갈리지 않는 것도, 구두끈과 단추를 풀고 끄르고 다시 여미고 하는 것도 힘이 들긴 했지만, 다리야 알렉산드로브나는 스스로도 항상 미역 감는 것을 좋아했고 아이들의 건강에도 좋다고 여겼기에 이렇게 모든 아이들과 미역 감는 것만큼 즐거운 일이 없었다. 그 통통한 다리들을 모두 헤아려가며 양말을 잡아당기거나, 그 발가벗은 작은 몸들을 팔에 안고 물에 담그거나, 즐거운 외침 소리나 놀라는 비명을 듣거나, 겁을 먹거나 기뻐서 눈을 크게 뜬 숨 가쁜 얼굴들, 자신의 천사들의 물방울 튄 얼굴들을 보는 것은 그녀에게 큰 즐거움이었다.

아이들의 반이 이미 다 옷을 입었을 때, 옷을 예쁘게 차려입고 멧두릅과 흰잎엉겅퀴를 찾으러 나온 시골 아낙들이 지나가다가 미역 감는 곳으로 다가와 수줍은 듯이 걸음을 멈췄다. 마뜨료나 필리모노브나가 그중 한 아낙에게 물에 빠진 수건과 블라우스를 말려달라고 하려고 소리쳐 불렀고, 다리야 알렉산드로브나는 시골 아낙들과 이야기를 나누게 되었다. 아낙들은 처음에는 손을 가리고 웃으며 질문도 못 알아듣더니 곧 대담해져서는 이야기를 나누었고, 아이들을 가리키며 진정으로 찬탄을 보내어 다리야 알렉산드로브나의 마음을 샀다.

"어머, 넌 설탕같이 하얗구나." 한 아낙이 따냐를 보고 감탄해서 고개를 흔들면서 말했다. "근데 말랐네……"

"음, 아팠으니까."

"에구, 조것도 미역 감았고만." 다른 아낙이 젖먹이를 가리키며 말했다.

“자, 봐요, 이제 겨우 석달 됐는데.” 다리야 알렉산드로브나가 자랑스럽게 말했다.

“에구, 조것 봐!”

“자네도 아이가 있나?”

“넷 낳았는데 둘 살았네요. 사내애 하나 여자애 하나. 여자애는 지난 재계 기간 전에 젖을 뗐지요.”

“몇살인데?”

“두살요.”

“근데 왜 그렇게 젖을 오래 먹였지?”

“우린 다 그렇게 하는데요. 재계가 세번 지나야……”

대화는 다리야 알렉산드로브나가 가장 흥미로워하는 쪽으로 진행되었다. 어떻게 아이를 낳았나? 무슨 병을 앓았나? 남편은 어디 있나? 자주 보나?

다리야 알렉산드로브나는 헤어지고 싶지 않을 만큼 시골 아낙들과 이야기하는 것이 정말 흥미로웠고, 그들의 관심거리는 완전히 일치했다. 다리야 알렉산드로브나가 가장 흡족했던 것은 이 시골 아낙들이 모두 무엇보다도 그녀에게 많은 아이들이 있고 아이들이 다 예쁜 것에 감탄한다는 것을 확실하게 알 수 있었다는 점이었다. 아낙들은 다리야 알렉산드로브나를 웃기기도 했는데, 영국 여자는 자기 때문에 일어난 웃음의 이유를 알지 못하여 모욕을 느꼈다. 젊은 아낙들 중 하나가 영국 여자가 옷을 다 입는 것을 지켜보다가 세번째 치마를 입었을 때 결국 참지 못하고 “에구, 저런, 휘감고 또 휘감았는데도 휘감는 게 끝이 없네!”라고 한마디 하여 모두가 배를 잡고 한바탕 웃었던 것이다.

9

미역을 감고 난 후 젖은 머리를 한 아이들 모두에 둘러싸여 다리야 알렉산드로브나가 머리에 수건을 두르고 집에 거의 다 왔을 때 마부가 말했다.

"어떤 나리가 오네요. 뽀끄롭스꼬예에서 온 나리인 것 같아요."

다리야 알렉산드로브나는 앞을 바라보고 그들을 향해 오고 있는, 회색 모자를 쓰고 회색 코트를 입은 낯익은 레빈의 모습을 보고 기뻐했다. 그녀는 그를 만나는 것을 항상 기뻐했지만, 지금은 그가 자신의 제일 훌륭한 모습을 보게 되어서 특히 기뻤다. 아무도 그녀의 위대함을 레빈보다 더 잘 이해할 수 없었던 것이다.

레빈은 그녀를 보자 자신이 그리는 미래의 가정생활의 한 장면을 눈앞에 보는 것 같았다.

"병아리들을 거느린 어미 닭 같군요, 다리야 알렉산드로브나."

"아, 정말 기뻐요!" 그녀가 그에게 손을 내밀며 말했다.

"기쁘시다고요? 근데 제게 알리시지도 않았네요. 저희 집에는 형이 와 있어요. 전 스찌바에게서 당신이 여기 계시다는 소식을 받았지요."

"스찌바에게서요?" 다리야 알렉산드로브나가 놀라면서 물었다.

"네, 여기로 옮겨오셨고 제가 뭐라도 돕는 걸 허락하실 거라고 생각한다고 썼더군요." 이 말을 하더니 레빈은 갑자기 당황해서 말을 끊고, 말없이 리네이까 곁에서 걸어가며 보리수나무 순을 따서 씹었다. 그는 다리야 알렉산드로브나가 그녀의 남편이 해야 할 일을 제삼자가 돕는 것을 이해하지 못하리라고 생각하고 당황했던 것이다. 실상 다리야 알렉산드로브나는 스쩨빤 아르까지치가 가정

일에 타인을 관여시키는 이런 행동이 마음에 들지 않았다. 그리고 그녀는 곧 레빈이 이 점을 이해하고 있다는 것을 알아차렸다. 이런 사려 깊은 이해, 이런 섬세함 때문에도 다리야 알렉산드로브나는 레빈을 좋아했다.

"물론 전 이해했지요." 레빈이 말했다. "그 말은 저를 보고 싶어 하신다는 것을 뜻하는 거라고요. 그래서 전 무척 기쁩니다. 물론 도시 살림을 하던 분에게는 여기가 낯설 거라고 생각합니다. 필요하다면 제가 힘껏 돕지요."

"오, 아니에요!" 돌리가 말했다. "처음에는 불편했는데요, 지금은 제 늙은 유모 덕분에 모든 게 다 잘 정리되었어요." 자기에 대해서 말하는 것을 알고 유쾌하고 정답게 레빈에게 미소를 보내는 마뜨료나 필리모노브나를 가리키며 그녀가 말했다. 마뜨료나 필리모노브나는 레빈을 알았고, 그가 막내 아가씨의 좋은 신랑감이라는 것도 알았으며, 일이 성사되기를 바라고 있었다.

"타세요. 우리가 이리로 좀 좁혀 앉을게요." 그녀가 그에게 말했다.

"아뇨. 전 걸어갈게요. 얘들아, 나하고 경주마놀이 할 사람?"

아이들은 레빈을 거의 몰랐고 그를 언제 봤는지 기억하지 못했지만, 그를 대하면서 위선적인 어른을 대할 때 자주 경험하고 그것 때문에 그렇게 자주 속이 상한, 답답하고 싫은 이상한 감정을 느끼지 않았다. 위선은 가장 똑똑하고 통찰력 있는 인간이라도 어떻게든 속일 수 있는 법이다. 하지만 그러한 위선이 아무리 교묘하게 감추어져 있더라도 아이들은, 가장 물정 모르는 아이라도 그것을 알아채고 싫어하는 것이다. 레빈에게 아무리 결점이 많다 해도 위선의 기미는 전혀 없었고, 그래서 아이들은 그에게 어머니의 얼굴에서 본 것과 같은 그런 우정 어린 태도를 보였다. 큰애 둘이 하겠다고 당장 뛰어내렸고, 유모나 미스 굴이나 어머니와 함께 뛰듯이 그렇게 자연스럽게 뛰기 시작했다. 릴리조차 그에게로 가려고 해서 어머니는 그애를 그에게 넘겨주었다. 그는 아이를 어깨에 앉히고 달리기 시작했다.

"겁내지 마세요, 겁내지 마세요, 다리야 알렉산드로브나!" 그는 그 어머니를 향해 유쾌하게 웃으면서 말했다. "떨어뜨리거나 잃어버리는 일은 없을 거예요."

레빈의 민첩하고 힘차면서도 조심스럽게 애쓰는, 너무나 긴장한 몸짓을 보고 그 어머니는 안심하여 그를 향해 용기를 북돋우듯이 유쾌하게 미소 지었다.

여기 시골에서 아이들과 그가 좋아하는 다리야 알렉산드로브나와 함께 레빈은 자주 그렇듯 어린애같이 유쾌한 기분이 되었다. 다리야 알렉산드로브나는 특히 그의 이런 상태를 좋아했다. 그는 아이들과 뛰면서 아이들에게 체조를 가르쳤고, 미스 굴을 엉터리 영어 발음으로 웃겼고, 다리야 알렉산드로브나에게 시골에서 뭘 하는지 이야기했다.

식사가 끝나자 다리야 알렉산드로브나는 그와 단둘이 발코니에 앉아서 끼찌에 대해 말을 꺼냈다.

"아세요? 끼찌가 여기로 와서 저와 여름을 보낼 거예요."

"정말요?" 그는 얼굴을 확 붉히며 말하고 나서 당장 화제를 바꿨다. "그럼 암소 두마리를 보낼까요? 꼭 계산하기를 원하시면, 괜찮으시다면 한달에 한마리당 오 루블을 지불해주세요."

"아니, 됐어요. 고마워요. 이제 다 해결됐어요."

"그럼 제가 여기 암소를 살펴보고, 허락하신다면 어떻게 사료를 줘야 할지 조처할게요. 모든 게 사료에 달렸거든요."

레빈은 그저 화제를 바꾸기 위해서 다리야 알렉산드로브나에게 낙농 이론에 대해 설명했는데, 그 이론이란 암소는 사료를 우유로 바꾸는 기계일 따름이라는 등의 주장이었다.

그는 이 이야기를 하는 동안 끼찌에 대한 자세한 소식을 끔찍이도 듣고 싶었지만 동시에 이를 두려워하고 있었다. 그는 그토록 애를 써서 이루어낸 평온한 상태가 무너질까봐 무서웠다.

"그러네요. 하지만 여하튼 누군가가 그 모든 걸 돌봐야죠. 누가 하지요?" 다리야 알렉산드로브나가 내키지 않게 대답했다.

그녀는 지금 마뜨료나 필리모노브나의 힘을 빌려 살림을 꾸리고 있었기 때문에 아무것도 바꾸고 싶지 않았던 것이다. 또 그녀는 시골 살림에 대한 레빈의 지식을 신뢰하지 않았다. 암소가 우유를 생산하는 기계라는 견해도 미심쩍었다. 그런 견해는 살림을 꾸리는 데 방해가 되는 것으로 보였다. 그녀에겐 모든 게 훨씬 더 간단한 문제로 여겨졌다. 마뜨료나 필리모노브나가 말하는 대로 뻬스뜨루하와 벨로빠하에게 사료와 물을 더 주고, 요리사가 부엌의 개숫물을 소 씻기는 데 쓰지만 않으면 된다고 생각했다. 이건 분명했다. 그러나 곡물 사료와 건초 사료에 대한 견해는 의심스러웠고 불분명했다. 중요한 것은 그녀가 끼찌에 대해서 말하고 싶다는 사실이었다.

10

"끼찌는 고독과 평온 이외에는 아무것도 원하지 않는다고 썼어요." 돌리는 한동안 침묵이 흐른 후에 말했다.
"아, 네. 건강은 나아졌나요?" 동요하는 가슴으로 레빈이 물었다.
"네, 다행히도 완전히 나았어요. 전 끼찌가 결핵이라고는 한번도 생각한 적이 없어요."
"아, 정말 기쁩니다!" 레빈이 말했다. 그가 이 말을 하고는 말없이 그녀를 바라보았을 때 돌리는 그의 얼굴에서 마음을 움직이게 하는, 어쩔 줄 모르는 그 무엇을 보았다.
"자, 들어봐요, 꼰스딴찐 드미뜨리치." 호의적이면서도 약간 조롱하는 듯한 특유의 미소를 지으면서 다리야 알렉산드로브나가 말했다. "왜 끼찌에게 화를 내고 계세요?"
"제가요? 화내지 않는데요." 레빈이 말했다.
"아뇨, 화를 내고 계세요. 왜 모스끄바에 와도 우리 집에도 친정에도 들르지 않는 거죠?"
"다리야 알렉산드로브나." 그는 머리카락 뿌리까지 빨개져서 말했다. "이렇게 마음이 따뜻한 분이 그걸 느끼지 못하신다니 놀랍습니다. 다 아시면서 제가 안쓰럽지도 않으신가요?"
"제가 뭘 안다는 거죠?"
"제가 청혼을 했고 거절당했다는 것을 아시잖아요." 레빈이 내뱉듯 말했다. 일분 전에 그가 느꼈던 끼찌를 향한 애정 어린 감정 전체가 순식간에 그의 마음속에서 모욕에 대한 분노로 바뀌었다.
"도대체 왜 제가 안다고 생각하셨나요?"
"모든 걸 다 아시니까 그렇죠."
"자, 그것도 잘못 생각하신 거예요. 저는 추측을 하긴 했어도 알지는 못했어요."
"아, 그럼 지금 알게 되셨네요."

"전 그저 끼찌를 괴롭히는 무슨 일인가가 있었고 끼찌가 그에 대해 전혀 말하지 말아달라고 부탁한 것만 알고 있어요. 끼찌가 제게 이야기 안 했으면 어느 누구에게도 이야기하지 않았을 거예요. 그런데 무슨 일이 있었나요? 말해보세요."

"말했잖아요."

"언제였어요?"

"마지막으로 갔을 때요."

"이제 알겠네요." 다리야 알렉산드로브나가 말했다. "끼찌가 정말 안됐어요. 당신은 그저 자존심 때문에만 괴로울 뿐이군요……"

"아마도." 레빈이 말했다. "하지만……"

그녀가 그의 말을 막았다.

"하지만 끼찌는, 불쌍한 끼찌는 정말 끔찍하게, 끔찍하게 안됐어요. 이제 모든 걸 알겠네요."

"그럼, 다리야 알렉산드로브나, 실례하겠습니다." 그가 일어나면서 말했다. "안녕히 계세요, 다리야 알렉산드로브나! 또 봬요."

"아뇨, 잠깐만요." 그녀가 그의 소매를 잡으면서 말했다. "잠깐만, 앉으세요."

"제발, 제발, 그 일에 대해 이야기하지 말기로 해요." 그는 앉으면서 동시에 가슴속에 묻어버렸다고 여겼던 희망이 일어나 꿈틀거리는 것을 느끼면서 말했다.

"제가 당신을 좋아하지 않는다면……" 다리야 알렉산드로브나가 말했고, 그녀의 눈에서는 눈물이 솟았다. "제가 당신을 이렇게까지 잘 알지 못한다면……"

죽어버렸다고 생각한 감정이 점점 더 살아 일어나더니 레빈의 심장을 점령해버렸다.

"네, 이제 모든 걸 이해했어요." 다리야 알렉산드로브나가 말을 이었다. "당신은 이 점을 이해하지 못할 거예요. 당신네 남자들은요, 자유로운 처지이고 선택을 하는 사람들이니까요. 그리고 항상 자기가 누구를 사랑하는지 확실히 알죠. 하지만 여자로서 처녀다운 부끄러움을 가지고 기다리는 처지에 있는 처녀는 당신네들, 남자들을 멀리서만 보고 모든 것을 약속해야 하거든요. 처녀는 무슨 말을 해야 하는지 모르는 그런 감정을 종종 가지게 되고 가질 수 있어요. 그러게 마련이에요."

"그래요, 심장이 말하지 않는다면……"

"아뇨, 심장은 말해요. 하지만 생각해보세요. 당신네 남자들은 한 처녀를 마음에 두면 그 집에 다니면서 가까워지고, 잘 살펴보고, 시간이 지나면 자신이 사랑한다는 사실을 발견하게 될 거고, 사랑한다는 확신이 들면 청혼을 하지요……"

"글쎄요, 항상 그런 건 아니죠."

"어쨌거나, 당신들은 자신의 사랑이 성숙하거나 자신이 선택하려는 두 사람 사이에서 저울질을 끝낸 다음 청혼을 하지요. 하지만 사람들은 처녀에겐 그런 걸 묻지 않아요. 처녀 스스로 선택하기를 원한다지만 그녀는 선택할 수가 없고 그저 승낙하거나 거절하거나 할 수 있을 뿐이지요."

'그래서 나와 브론스끼 중에서 선택한 거지.' 레빈은 생각했다. 그의 마음속에서 살아났던 시체가 다시 죽어버렸고 심장을 누르는 고통만이 남았다.

"다리야 알렉산드로브나." 그가 말했다. "옷이나 무슨 물건을 살 때 그렇게 선택하는 거지, 사랑을 그렇게 선택하지는 않지요. 선택은 행해졌고 그러니만큼 더더욱…… 되풀이하는 일은 불가능해요."

"아, 자존심, 또 자존심!" 다리야 알렉산드로브나는 이 감정이 그것, 여자들만이 아는 다른 감정에 비해 저열하기 때문에 그를 경멸하듯 말했다. "당신이 끼찌에게 청혼을 했던 그때 끼찌는 말하자면 대답할 수 없는 처지에 있었던 거예요. 마음이 흔들리고 있었거든요. 당신이냐 브론스끼냐, 흔들리고 있었던 거지요. 그는 매일 보았고 당신은 오랫동안 보지 못했죠. 끼찌가 더 나이가 들었다면, 예를 들어 저라면 흔들리는 일은 없었을 거예요. 전 그가 항상 싫었거든요. 그렇게 끝난 거죠."

레빈은 끼찌의 대답을 기억했다. 그녀는 말했다. "안 돼요, 그건 불가능한 일이에요……"

"다리야 알렉산드로브나." 그는 건조하게 말했다. "저를 믿어주시는 건 감사드립니다. 하지만 잘못 생각하셨습니다. 제가 옳건 그르건, 당신이 그렇게 경멸하는 이 자존심이 까쩨리나 알렉산드로브나에 대해 어떤 생각도 할 수 없게 합니다. 아시겠습니까? 전혀 생각할 수 없게 한단 말입니다."

"한마디만 더 할게요. 아시다시피, 전 제가 자식처럼 사랑하는 동생에 대해서 말하는 거예요. 전 동생이 당신을 사랑했으리라고 말하는 게 아니에요. 하지만 그 순간 동생의 거절은 아무것도 증명하지 않는다는 것만을 말하고 싶었던 거예요."

"모르겠어요!" 레빈이 튀어오르듯 일어나며 말했다. "당신이 저를 얼마나 아프게 하는지 아신다면! 그건 당신 아이가 죽었는데 당신에게 그 아이가 살아 있다면 이런저런 아이였을 것이라고, 살아 있다면 기쁘지 않겠냐고 말하는 것과 같아요. 근데 그 아이는 죽었어요. 죽었다고요. 죽었단 말입니다……"

“정말 우습게 구시네요.” 다리야 알렉산드로브나는 레빈의 흥분에도 불구하고 서글프게 웃으면서 말했다. “네, 이제 점점 더 잘 이해하겠네요.” 그녀는 생각에 잠겨 말했다. “그러니까 끼찌가 오면 우리 집에 안 오시겠네요?”

“네, 오지 않을 겁니다. 물론 저는 까쩨리나 알렉산드로브나를 피하지는 않을 겁니다. 하지만 되도록 그녀가 제가 있어서 불편을 느끼지 않게 하려고 애쓸 겁니다.”

“아주, 아주 우습게 구시네요.” 다리야 알렉산드로브나가 그의 얼굴을 사랑스럽게 쳐다보면서 되풀이했다. “자, 그럼 좋아요. 우리 이것에 대해서는 아무 얘기도 안 한 걸로 하지요. 따냐, 왜 왔니?” 다리야 알렉산드로브나가 발코니에 들어온 딸에게 프랑스어로 물었다.

“내 삽 어디 있어요, 엄마?”

“엄마가 프랑스어로 말하니까 너도 프랑스어로 말해야지.”

딸애는 말하려 했지만 삽이 프랑스어로 뭔지 잊었다. 어머니는 딸에게 가르쳐주고 그다음에 다시 프랑스어로 어디서 삽을 찾을 수 있는지 말해주었다. 이것은 레빈에게 불쾌하게 여겨졌다.

이제는 이미 다리야 알렉산드로브나 집의 모든 것과 그녀의 아이들이 전혀 조금 전처럼 그렇게 사랑스럽지 않았다.

‘뭣 때문에 아이들과 프랑스어로 말하는 거지?’ 그는 생각했다. ‘얼마나 부자연스러운 억지야! 아이들도 느끼고 있지. 프랑스어를 배우게 하느라고 진정성에서 벗어나는 거지.’ 다리야 알렉산드로브나가 이 문제에 대해 이미 스무번이나 생각을 바꾸었고 진정성이 손상된다 할지라도 이런 방법으로 아이들을 가르칠 수밖에 없다고 결론짓게 된 것을 모른 채 그는 생각했다.

"근데 어디 가시려고요? 좀 앉으세요."

레빈은 차 마시는 시간까지 머물렀으나 그의 유쾌함은 모두 사라져버렸고 남아 있기가 거북했다.

차를 마신 다음 말을 내오라고 명하려고 현관으로 나갔다가 돌아왔을 때, 그는 어쩔 줄 모르는 표정으로 눈물을 보이는 흥분한 다리야 알렉산드로브나를 맞닥뜨렸다. 레빈이 나갔을 때 다리야 알렉산드로브나의 오늘의 모든 행복과 아이들에 대한 자랑스러운 마음을 갑자기 망가뜨린 사건이 일어났던 것이다. 그리샤와 따냐가 공 때문에 몸싸움을 했다. 다리야 알렉산드로브나가 아이들 방에서 나는 비명을 듣고 달려갔을 때 끔찍한 광경이 벌어지고 있었다. 따냐가 그리샤의 머리카락을 쥐고 있었고, 성이 나서 얼굴이 일그러진 그리샤는 두 주먹으로 닥치는 대로 따냐를 때리고 있었다. 이 광경을 보았을 때 다리야 알렉산드로브나의 가슴속에서 뭔가가 무너졌다. 어둠이 그녀의 삶에 닥친 것 같았다. 그녀는 자신이 그토록 자랑스러워했던 아이들이 그저 매우 흔한 보통 아이들에 지나지 않을 뿐만 아니라 나쁘고 교육을 잘못 받은, 거칠고 짐승 같은 성격을 지닌 못된 아이들이라는 것을 깨달았다.

그녀는 다른 어떤 것에 대해서도 이야기하거나 생각할 수 없었고, 레빈에게 자신의 불행에 대해서 이야기하지 않을 수 없었다.

레빈은 그녀가 불행해하는 것을 알고 싸우는 것은 아이들이 나쁘다는 증거가 아니며, 모든 아이들이 싸운다고 말하면서 그녀를 위로하려고 애썼다. 그러나 이런 말을 하면서 레빈은 속으로 생각했다. '난 내 아이들과 부자연스럽게 굴고 프랑스어로 말하고 그러지 않을 거야. 하지만 내겐 저런 아이들은 없을 거야. 아이들을 타락하게 내버려두거나 비뚤어지게 만들지만 않으면 돼. 그러면 아이들은 훌륭해질 거야. 그래, 내겐 저런 아이들은 없을 거야.'

그는 작별 인사를 하고 떠났고, 그녀는 그를 잡지 않았다.

11

칠월 중순에 뽀끄롭스꼬예로부터 이십 베르스따가량 떨어진 누나의 마을 촌장이 농사일과 풀베기에 대한 보고를 하러 왔다. 누나 영지의 주 수입은 강변의 목초지에서 나오는 것이었다. 예전에는 농부들이 일 제샤찌나당 이십 루블을 내고 건초를 베어 가져갔다. 레빈은 자신이 경영을 맡게 되자 풀베기를 관찰한 다음 가격을 높여야겠다고 생각하여 일 제샤찌나당 이십오 루블로 정했다. 농부들은 이 금액을 내지 않았고, 레빈이 의심한 것처럼 다른 매입자들마저 떨어져나가게 했다. 그러자 레빈은 직접 가서 일부는 일꾼을 고용하여, 일부는 할당제로 풀을 베도록 했다. 농부들은 모든 수단을 써서 이 새 방식을 방해했지만, 첫해에 벌써 이 목초지에서 거의 두배나 되는 수익이 났다. 세번째 해인 작년에도 농부들의 방해가 계속되었으나 건초걷이는 그런 방식으로 진행되었다. 올해 농부들은 삼분의 일을 할당받기로 하고 풀베기 전체를 맡았는데, 이제 촌장은 건초를 거두었으며, 비가 올까 염려되어 관리인을 불러서 그가 있는 자리에서 나누었고, 지주 몫으로 건초 열한 더미를 따로 쌓아놓았다고 말하러 온 것이었다. 제일 큰 목초지에서 건초를 얼마나 베었느냐는 질문에 대한 불분명한 대답이나 물어보지도 않고 건초를 서둘러 나눈 점이나 모든 행동거지로 봐서 레빈은 이

건초 일에 뭔가 석연치 않은 점이 있다는 것을 알아차리고 이 문제를 직접 조사하러 가보기로 마음먹었다.

레빈은 점심때 마을에 도착하여 말을 형의 유모의 남편인 친한 노인의 집에 매어두고, 건초건이에 대해 구체적인 것을 알아내려고 양봉장에 있는 노인에게로 갔다. 말하기를 좋아하는 잘생긴 빠르메니치 노인은 레빈을 기쁘게 맞이하며 자기 살림이며 자기 꿀벌과 올해 벌이 성한 것에 대해서 상세한 점들까지 다 이야기했다. 하지만 레빈이 풀베기에 대해서 물었을 때 그는 불분명하고 내키지 않는 투로 대답했다. 이것이 레빈의 추측을 좀더 확실하게 만들어주었다. 그는 목초지로 나가서 건초 더미들을 살펴보았다. 건초 더미 하나가 쉰 수레분일 수가 없었다. 그는 농부들의 죄상이 드러나도록 당장 건초를 나른 수레를 가져오게 하여 건초 더미 하나를 전부 곳간으로 실어나르라고 명했다. 건초 더미 하나에 서른두 수레분밖에 되지 않았다. 건초가 푹신해서 더미가 꺼진 것이라는 촌장의 확언이나 하늘에 맹세하건대 모든 게 틀림이 없었다는 맹세에도 불구하고 레빈은 건초가 자기의 명령 없이 나뉘었고 그래서 이 건초를 더미당 쉰 수레로 받아들일 수 없다는 입장을 고수했다. 한참 실랑이가 오간 후에, 한 더미를 쉰 수레로 친 열한 더미를 농민들이 자신들 몫으로 받고 지주 몫은 새로 배당하는 것으로 결론이 났다. 이 담판과 건초 더미 분배는 한낮까지 계속되었다. 마지막 건초까지 다 나눈 후에 레빈은 나머지 감독을 서기에게 맡기고 버드나무 가지로 표시한 원추형의 건초 무더기 위에 앉아 들판에 들끓는 농민들을 흐뭇하게 바라보았다.

그의 앞으로 작은 늪 건너편의 굽은 강둑에서는 각양각색으로 차려입은 아낙네들의 행렬이 낭랑한 목소리로 명랑하게 재잘거리며 움직이고 있었고, 흔들어 흩어놓은 건초로부터 회색의 구불구불한 풀벽들이 새로 자라나는 연녹색 풀 위로 순식간에 만들어지고 있었다. 아낙네들을 따라 갈퀴를 든 농부들이 움직이고 있었고, 풀벽들이 다시 널찍하고 높고 푹신한 건초 무더기가 되었다. 이미 치워진 왼쪽 들판에는 짐수레들이 달가닥거리고 있었고, 건초 무더기들이 커다란 묶음이 되어 하나씩 사라지면서 그 대신 말 뒤로 휘어질 만큼 무겁게 차곡차곡 향기로운 건초가 쌓아올려졌다.

"건초걷이에 정말 좋은 날씨입죠. 좋은 건초가 될 수밖에요!" 노인이 레빈의 옆에 앉으며 말했다. "이건 뭐 찻잎이지 건초가 아네요! 오리 새끼들이 곡식을 흩었으면 치우기도 해야죠!" 그는 쌓아올려진 건초 무더기들을 가리키며 덧붙였다. "점심 전까지 반은 족히 치워 나를 겁니다."

"마지막 거냐?" 그는 짐마차 앞쪽에 서서 삼으로 꼰 고삐를 흔들며 옆을 지나가는 젊은이를 향해서 소리쳤다.

"마지막이에요, 아버지!" 젊은이는 말을 세우며 소리친 후 웃으면서 짐마차 안에 앉아 있는, 쾌활하고 역시 웃고 있는 뺨이 붉은 아낙을 뒤돌아보고 나서 계속 말을 몰았다.

"누군가? 아들인가?" 레빈이 물었다.

"막내입죠." 사랑에 찬 미소를 띠면서 노인이 말했다.

"멋진 젊은이네!"

"괜찮은 애예요."

"벌써 결혼했나?"

"네, 빌립보 재계 기간[13]이 되면 삼년째네요."

13 크리스마스 이전 40일간의 재계 기간. 11월 14일에 시작한다. 이 재계 기간에는 결혼을 할 수 없으므로 그 바로 전이나 후에 많이 한다.

"그럼 아이도 있나?"

"아이는 무슨! 한해 내내 아무것도 모르고 수줍어하기만 했습죠." 노인이 대답했다. "아, 진짜 찻잎이네요!" 그는 화제를 바꾸고 싶어 되풀이해서 말했다.

레빈은 주의 깊게 반까 빠르메노프와 그의 아내를 바라보았다. 그들은 멀지 않은 곳에서 건초를 싣고 있었다. 이반 빠르메노프는 짐마차 위에 서서 젊은 아내가 처음에는 팔로 한아름, 나중에는 갈퀴로 재빠르게 넘겨준 커다란 건초 묶음을 받아서 평평하게 고른 후 발로 꾹꾹 밟고 있었다. 젊은 아낙은 수월하고 유쾌하고 솜씨 좋게 일을 하고 있었다. 크고 단단하게 엉켜 있는 건초는 갈퀴에 쉽사리 걸리지 않았다. 우선은 건초를 가지런히 펴서 갈퀴를 집어넣은 다음 부드럽고 빠른 동작으로 자기 몸무게 전체를 실어 힘껏 누른 후 빨간 허리띠를 묶은 허리를 굽혔다가 하얀 속옷 아래로 풍만한 가슴이 드러날 만큼 몸을 편 다음 잰 솜씨로 갈퀴를 움켜쥐고 건초 묶음을 짐마차 위로 높이 올렸다. 이반은 서두르며 한순간도 아내의 노동이 헛수고가 되지 않도록 애쓰면서 양팔을 넓게 벌려 한아름 받아 짐마차 위에서 평평하게 골랐다. 갈퀴로 마지막 건초를 짐마차에 싣고 나서 아낙은 목덜미에 붙은 건초 한오라기를 털어내고 그을지 않은 하얀 이마 위로 올라간 머릿수건을 고쳐맨 후 건초 짐을 단단히 묶으러 짐마차 밑으로 들어갔다. 이반은 그녀에게 짐마차 고리를 어떻게 단단히 거는지 가르쳐주었고, 그녀가 뭔가를 큰 소리로 말하자 크게 웃었다. 둘의 얼굴 표정에는 강렬하고 젊은, 막 눈뜬 사랑이 보였다.

12

짐은 단단히 묶였다. 이반은 뛰어내려 살진 준마를 고삐를 당겨 끌고 왔다. 아낙은 갈퀴를 짐수레로 던지고 활달한 걸음으로 두 팔을 흔들면서 원무를 추려고 모여 있는 아낙네들에게로 걸어갔다. 이반은 짐마차를 길로 끌고 나가 다른 짐마차들과 함께 행렬을 이루었다. 아낙네들은 갈퀴를 어깨에 걸치고 화려한 색들을 반짝이며 낭랑하고 유쾌한 목소리를 울리면서 짐마차들을 따라갔다. 투박하고 거침없는 목소리의 한 아낙이 노래를 뽑았고, 후렴 부분까지 부르자 수십가지의 서로 다른, 거칠고 가는 건강한 목소리들이 화음을 이루며 처음부터 다시 그 노래를 함께 불렀다.

아낙네들은 노래를 부르며 레빈에게로 다가왔는데, 레빈에게는 먹구름이 유쾌하게 울리며 덮쳐오는 듯 느껴졌다. 먹구름이 다가와서는 그를 감쌌고, 그러자 그가 누워 있는 건초 무더기와 다른 건초 무더기들과 짐수레들과 멀리 있는 목초지를 포함해서 초원 전체—, 이 모든 것이 외침 소리, 휘파람 소리, 까르륵거리는 소리가 뒤섞인 거칠고 흥겨운 노래의 박자에 맞추어 움직이며 흔들리기 시작했다. 레빈은 이 건강한 유쾌함이 부러워졌고, 자신도 이렇게 삶의 기쁨을 표현하는 데 참여하고 싶었다. 하지만 그는 아무것도 할 수 없었고 누워서 바라보고 들을 수밖에 없었다. 농민들이 노래와 함께 사라져 보이지도 들리지도 않게 되었을 때 그의 고독감, 육체적 공허함, 이 세상을 향한 그의 적대감에서 비롯한 무거운 슬픔이 레빈을 휩쌌다.

누구보다도 세게 그와 다투었고, 그가 모욕했고, 그를 속이려고 했던 바로 그 농부들 몇몇이 그에게 유쾌하게 허리 굽혀 인사를 했는데, 분명 그들은 그에게 아무런 분노나 후회의 감정이 없었고 있을 수도 없었을 뿐만 아니라, 그들이 속이려 했다는 사실조차 기억하지 못했고 기억할 수도 없는 것 같았다. 이 모든 것이 즐거운 공동 노동의 바닷속으로 가라앉아버렸던 것이다. 신께서 낮을 주셨고 힘을 주셨다. 낮도 힘도 모두 노동에 바쳐졌고, 노동 자체에 보상이 있었다. 누구를 위한 노동인가? 노동의 결실은 어떨 것인가? 이런 것은 부차적이고 미미한 문제였다.

레빈은 자주 이런 삶에 감탄했고 자주 이런 삶을 살아가는 사람들에게 부러운 감정을 느꼈지만 오늘 처음으로, 특히 이반 빠르메노프와 그의 젊은 아내의 관계에서 그가 본 것에 영향을 받아서, 그가 살고 있는 고통스럽고 공허하고 인위적이고 개인주의적인 삶을 이 노동하는 순수하고 공동체적인 멋진 삶으로 바꾸는 것이 레빈 자신에게 달렸다는 생각이 분명해졌다.

그의 옆에 앉았던 노인은 벌써 가고 없었고 농민들도 다 흩어졌다. 집이 가까운 사람들은 집으로 갔고 멀리서 온 사람들은 저녁을 먹고 잠을 자러 초원 위에 모였다. 레빈은 농민들의 눈에 띄지 않은 채 건초 더미에 누워서 바라보고 듣고 생각했다. 초원에서 밤을 보내기 위해 남은 농민들은 짧은 여름밤 내내 거의 자지 않았다. 저녁을 먹은 후 처음에는 대체로 유쾌한 말소리와 요란한 웃음소리가 들려왔고 나중에는 다시 노랫소리와 장난기 섞인 웃음소리가 들려왔다.

긴 하루의 노동 전체가 그들에게 남긴 것은 유쾌함뿐이었다. 아침노을이 뜨기 직전에야 모든 것이 잠잠해졌다. 들려오는 것은 늪에서 개구리들이 밤새 쉬지 않고 우는 소리와 아침 안개 속의 초원에서 말이 힝힝거리는 소리뿐이었다. 정신을 차리고 건초 무더기에서 일어난 레빈은 별들을 보고 밤이 지나갔다는 것을 알았다.

'자, 난 무엇을 해야 하나? 어떻게 해야 하나?' 그는 이 짧은 여름밤 동안 다르게 생각하고 다르게 느낀 것을 자신에게 표현할 말을 찾으면서 혼잣말을 했다. 그가 새로이 생각하고 새로이 느낀 모든 것은 세갈래의 생각으로 나뉘었다. 그 하나는 이전의 삶, 그 무용한 지식, 아무 소용도 없는 교육에 대한 거부였다. 이 거부는 그에게 즐거움을 가져다주었고 이는 그에게 쉽고 자연스러운 일이었다. 두번째 생각과 가정은 그가 지금 살기를 원하는 삶에 관한 것이었다. 그는 이 삶의 소박함, 순수함, 정당함을 확실하게 느꼈고, 만족과 평안과 존엄의 결여를 예민하게 느껴온 그는 이 삶 속에서 그것들을 발견하리라는 것을 믿어 의심치 않았다. 세번째 일련의 생각은 어떻게 예전 삶에서 새로운 삶으로 옮겨가야 하나 하는 문제를 중심으로 맴돌고 있었다. 여기에 이르러서는 그에게 분명하게 떠오르는 것이 아무것도 없었다. '아내를 가질까? 일자리를 구해서 노동을 해야 할까? 뽀끄롭스꼬예를 떠날까? 땅을 살까? 마을 공동체에 들어갈까? 농촌 여자와 결혼할까? 도대체 내가 이를 어떻게 할 것인가?' 다시 그는 자신에게 물었으나 아무런 대답을 찾지 못했다. '하지만 난 밤새 한잠도 자지 못해서 분명한 대답을 할 수 없는 거야.' 그는 자신에게 말했다. '나중에 밝혀낼 거다. 하나는 분명해. 이 밤이 내 운명을 결정했어. 가정에 대한 예전의 모든 꿈은 헛거야. 뭔가 틀렸어.' 그는 자신에게 말했다. '이 모든 것이 훨씬 소박하고 좋은 거야……'

'얼마나 아름다운가!' 그는 머리 바로 위 하늘 한가운데 하얀 양떼구름에서 나온, 진주로 된 것 같은 기이한 조개구름 한점을 바라보며 생각했다. '이 멋진 밤에는 모든 것이 얼마나 멋진가! 언제 저

조개구름이 생겼을까? 바로 방금 전에 하늘을 봤을 때도 아무것도 없이 두줄기 하얀 사선만 있었는데. 그래, 이렇게 내 인생관도 어느새 변하는 거구나!'

그는 초원에서 나와 큰길을 따라 마을로 갔다. 바람이 건듯 일더니 잿빛으로 어둑해졌다. 여느 때처럼 빛이 암흑을 완전히 이기는 새벽 바로 전에 나타나는 음산한 순간이 닥친 것이다.

레빈은 추워서 몸을 웅크리고 땅을 보며 걸었다. 방울 소리가 들려오자 '뭐지? 누군가가 마차를 타고 가네'라고 생각하며 고개를 들었다. 그가 가고 있는 넓은 초원길을 따라 사십보쯤 떨어진 곳에서 네필의 말이 끄는, 지붕에 궤짝을 얹은 마차가 그를 향해서 달려오고 있었다. 마차를 끌고 가는 말들은 궤도로부터 끌채 쪽으로 기울어 있었으나, 마부석에 비스듬히 앉은 능숙한 마부가 궤도를 따라 바퀴들이 평평하게 달리도록 했다.

레빈은 이것만 보았을 뿐 누가 타고 가는지에 대해서는 생각하지 않은 채 무심코 마차 안을 들여다보았다.

마차 안 구석에는 노파가 앉아 있었고 창가에는 방금 잠이 깬 것이 분명한 젊은 처녀가 두 손으로 하얀 두건의 리본을 잡고 앉아 있었다. 밝은 얼굴로 생각에 잠긴 처녀, 레빈에게는 낯선 우아하고 복잡한 내면적 삶으로 온통 가득 찬 처녀가 그를 지나쳐 아침노을을 보고 있었다.

이 모습은 어느덧 사라지고 거짓 없는 그녀의 두 눈이 그를 바라보고 있었다. 그녀는 그를 알아보았고, 놀란 기쁨이 그녀의 얼굴을 환히 비추었다.

그는 잘못 볼 수가 없었다. 이 세상에 그런 눈은 오직 하나뿐이었다. 이 세상에 그에게 모든 빛과 삶의 의미를 집중시킬 수 있는 존재는 오직 하나뿐이었다. 그건 그녀였다. 끼찌였다. 그는 그녀가 기차역에서 예르구쇼보로 가는 중이라는 것을 알았다. 지새운 이 밤에 그를 설레게 한 모든 것, 그가 한 모든 결심, 모든 것이 갑자기 사라졌다. 그는 농촌 여자와의 결혼에 대해 했던 생각들을 혐오스럽게 떠올렸다. 그곳에만, 빠른 속도로 멀어져가며 길의 반대쪽으로 지나가는 이 마차 안에만 최근에 그를 그토록 고통스럽게 짓눌렀던 삶의 수수께끼를 풀 수 있는 가능성이 있었다.

그녀는 더이상 내다보지 않았다. 마차의 스프링 소리는 들리지 않았고 방울 소리만 희미하게 들렸다. 개 짖는 소리가 나는 것이 마차가 마을을 지나가는 모양이었다. 남은 것은 주위의 텅 빈 들판, 앞에 있는 마을, 그리고 그, 고독하고 모든 것이 낯선 상태로 황량한 큰길을 따라 걷고 있는 그뿐이었다.

그는 자신이 감탄하며 보았던 조개구름, 지난밤의 모든 생각과 감정의 전체 경로를 구현한 듯했던 그 조개구름을 찾을 수 있을까 하여 하늘을 쳐다보았다. 하늘에는 조개구름 비슷한 것은 아무것도 없었다. 그곳, 닿을 수 없는 저 높은 곳에는 이미 비밀스러운 변화가 일어나 있었다. 조개구름은 흔적조차 없었지만 하늘의 반을 고르게 덮은, 점점 더 얇아지는 양떼구름의 양탄자가 펼쳐져 있었다. 하늘은 푸르러졌고 빛나고 있었으며, 늘 그렇듯이 친근하게, 하지만 늘 그렇듯이 닿을 수 없이 아득하게 높은 곳에서 그의 묻는 시선에 답하고 있었다.

'아니.' 그는 스스로에게 말했다. '아무리 좋고 소박한 노동의 삶이라도 나는 그 삶으로 돌아갈 수는 없어. 나는 그녀를 사랑해.'

13

알렉세이 알렉산드로비치와 아주 가까운 사람들을 제외하고는 아무도 가장 냉정하고 합리적으로 보이는 이 인간이 그의 전반적인 성격적 경향을 거스르는 한가지 약점을 가지고 있다는 것을 알지 못했다. 알렉세이 알렉산드로비치는 어린애나 여자의 울음을 그냥 보고 듣지 못했다. 눈물을 보면 그는 정신이 산란해져서 완전히 사고력을 잃었다. 그의 관청 비서와 서기는 이 점을 알고 있어서 청원하러 오는 여자들에게 일을 망치지 않으려면 조금도 울지 말라고 경고하곤 했다. "그분은 화가 치밀어서 당신 말을 듣지 않을 겁니다." 그들은 말했다. 그리고 실제로 이런 경우 눈물이 알렉세이 알렉산드로비치 안에 불러일으킨 정신의 산란함은 성급한 분노로 표현되었다. "나는 못 하겠소. 아무것도 할 수가 없소. 제발 당장 가시오!" 그는 이런 경우 으레 이렇게 소리 질렀다.

경마장에서 집으로 돌아오면서 안나가 그에게 브론스끼와의 관계를 말하고 나서 곧바로 두 손으로 얼굴을 가리고 울기 시작했을 때 알렉세이 알렉산드로비치는 그녀를 향한 분노가 치밀었음에도 불구하고 동시에 눈물이 항상 그에게 미치는 그 산란한 심정을 느꼈다. 이를 깨닫고 또한 이 순간 자신의 감정 표현이 상황에 어울리지 않는다는 것을 알고서, 그는 생명의 여하한 발현도 속으로 누르려고 애썼기 때문에 미동도 안 했고 그녀를 바라보지도 않았다. 바로 이 때문에 안나를 그토록 놀라게 한 그 주검 같은 이상한 표정이 얼굴에 나타났던 것이다.

집에 다다랐을 때 그는 그녀를 마차에서 내려주고 나서 억지로 항상 하던 대로 예의를 갖추어 그녀와 작별하고 아무 책임을 지지 않아도 되는 말을 했다. 그는 내일 자신의 결정을 알리겠다고 말했던 것이다.

그가 의심했던 최악의 상태를 확실하게 만들어준 아내의 말은 알렉세이 알렉산드로비치의 심장 속에 잔인한 고통을 불러일으켰다. 이 고통은 그녀의 눈물이 일으킨, 육체적으로 느껴지는 그녀에 대한 연민이라는 이상한 감정으로 인해 더욱더 강해졌다. 하지만 홀로 마차 안에 남게 되자 알렉세이 알렉산드로비치는 스스로도 놀랍고 기쁘게도, 이 연민과 최근에 그를 괴롭힌 의심과 질투의 고통으로부터 완전히 해방된 기분을 느꼈다.

그는 오래 앓던 이를 뺀 사람의 심정이었다. 무서운 고통과 뭔가 자기 머리보다도 더 큰 것이 턱에서 뽑혀져나온 것을 느낀 환자가 아직 자기의 행복을 믿지 못한 채, 갑자기 그렇게 오랫동안 그의 삶을 망쳤던 것, 그의 온 정신을 붙잡았던 것이 더이상 존재하지 않는다는 사실과 자신이 이 하나에만 신경 쓰지 않고 다시 삶을 누리고 생각할 수 있다는 것을 느끼는 것이다. 이것이 알렉세이 알렉산드로비치가 느끼는 감정이었다. 고통은 이상하고 무서운 것이었지만 지금 그것은 지나갔다. 그는 다시 살 수 있고 아내 하나만 생각하지 않아도 된다는 것을 느꼈다.

'명예도 모르고 심장도 없고 신앙도 없는 망쳐진 여자! 이걸 난 항상 알고 있었고 항상 보고 있었지. 비록 그녀를 동정하면서 나 자신을 속이려고 했지만.' 그는 혼잣말을 했다. 그러고 나니 실제로 자신이 이것을 항상 알아차렸던 것으로 여겨졌다. 그는 그들의 지난 생활의 구체적인 일들을 기억해보았다. 예전에는 그에게 전혀 나쁜 것으로 여겨지지 않았던 구체적인 일들이 이제는 그녀가 항상 망쳐진 여자였다는 것을 분명하게 보여주고 있었다. '내 삶을 그녀와 연결한 것이 실수였어. 하지만 내 실수에는 아무런 비도덕적인 점이 없어. 그러니까 내가 불행해질 수는 없어. 죄가 있는 건 내가 아니라……' 그는 혼잣말을 했다. '그녀야. 하지만 그녀는 나와 상관없어. 그녀는 내게 존재하지 않아……'

그녀와 아들에게 닥치게 될 모든 일은 그의 관심 밖이었다. 아들에 대해서도 그녀에게와 꼭 마찬가지로 그의 감정이 변했던 것이다. 지금 그를 지배하고 있는 유일한 것, 그것은 어떻게 하면 가장 훌륭하고 최고로 품위 있고 편안하게, 그래서 가장 공정한 방법으로 그녀가 그녀의 타락 속에서 그에게 튀긴 더러움을 털어내고 자신의 활동적이고 명예롭고 유익한 삶의 길을 이어나갈 것인가 하는 문제였다.

'그 경멸할 만한 여자가 죄를 범한 것 때문에 내가 불행해질 수는 없어. 나는 그녀가 밀어넣은 이 어려운 상황으로부터 가장 좋은 출구를 찾아야 할 뿐이야. 그래, 난 출구를 발견할 거야.' 그는 점점 더 얼굴을 찌푸리며 스스로에게 말했다. '내가 처음 당하는 남자도 아니고 마지막 당하는 남자도 아니지.' 그러자 「아름다운 헬레네」[14]로 인해 모두의 기억에 새롭게 상기된 메넬라오스를 비롯한 역사적 사례들은 말할 것도 없고 현재 상류 사교계의 남편을 배반한 아내의 사례들이 모두 알렉세이 알렉산드로비치의 머릿속에 떠올랐다. '다리얄로프, 뽈땁스끼, 까리바노프 공작, 빠스꾸진 백작, 드람…… 그래, 드람…… 그렇게 명예롭고 활동적인 인간이…… 세묘노프, 차긴, 시고닌.' 알렉세이 알렉산드로비치는 기억을 더듬었

14 자끄 오펜바흐(1819~80)의 오페레타. 1864년 빠리에서 초연되었고 뻬쩨르부르그에서는 1866년에 초연되었다. 이 오페레타에서 메넬라오스는 헬레네에게 배신당한 남편이다.

다. '그래, 나는 어떤 말도 안 되는 *웃기는 일*[15]이 이 사람들에게 떨어지는구나 생각하고 이 사람들이 불행하다고만 알았지. 항상 그들을 동정했지.' 알렉세이 알렉산드로비치는 스스로에게 말했다. 하지만 이것은 진실이 아니었다. 그는 이런 종류의 사람들에게 한 번도 동정을 느낀 적이 없었고 오히려 남편을 배반한 아내들이 많을수록 자신을 높이 평가했던 것이다. '이건 누구에게나 닥칠 수 있는 불행이지. 그리고 이 불행이 나를 덮친 거야. 문제는 그저 어떻게 하면 가장 훌륭한 방법으로 이 상황을 넘기느냐 하는 거지.' 그리고 그는 자신과 같은 처지에 있는 사람들의 행동 방식을 꼽아보기 시작했다.

'다리얄로프는 결투를 했어……'

젊은 시절에 알렉세이 알렉산드로비치는 결투에 대해 각별히 많이 생각했는데, 그것은 바로 그가 육체적으로 유약한 인간이었고 그 자신 이를 잘 알고 있었기 때문이었다. 알렉세이 알렉산드로비치는 자신을 향한 권총을 공포심 없이 생각할 수 없었으며 살면서 한번도 어떤 무기도 사용한 적이 없었다. 젊은 시절의 이런 공포는 그에게 결투에 대해서 생각하도록 했고 자신의 생명을 위험에 빠뜨려야 하는 처지에 대해 상상해보게 했다. 성공을 이루고 삶에서 확고한 위치를 얻게 되자 그는 이미 오래전에 이런 감정을 잊었다. 하지만 습관처럼 이 감정이 다시 일어났고, 자신의 비겁함으로 인한 공포심은 지금도 여전히 강해서 알렉세이 알렉산드로비치는, 비록 어떤 경우에도 자신이 결투를 하지 않으리라는 것을 이미 알긴 했지만, 오랫동안 여러가지 방향으로 생각하며 결투에 대

15 ridicule(프랑스어).

한 문제를 머릿속에서 따져보았다. '의심할 바 없이 우리 사회는 아직 이토록 야만적이지. (영국에서는 그렇지 않은데) 아주 많은 사람들이—그들 중에는 알렉세이 알렉산드로비치가 특히 존중하는 의견을 가진 사람들도 포함되어 있었다—결투를 좋은 관점에서 본단 말이야. 하지만 무슨 결과를 이룰 수 있단 말인가. 만약 내가 결투를 신청했다고 치자.' 알렉세이 알렉산드로비치는 혼자서 말을 이어갔다. 결투 신청을 한 그 밤과 자신에게 향해진 권총을 눈앞에 생생하게 그려보며 그는 몸을 떨었고 자신이 이런 일을 결코 하지 않으리라는 것을 알았다. '내가 그에게 결투를 신청한다고 치자. 사람들이 내게 규칙을 알려주고……' 그는 생각을 이어나갔다. '나를 결투선에 세운다고 치자. 내가 방아쇠를 당기고……' 그는 눈을 감으면서 혼잣말을 했다. '그를 죽이게 되면……' 알렉세이 알렉산드로비치는 혼잣말을 하고는 이 어리석은 생각을 떨쳐버리느라 머리를 흔들었다. '살인을 하는 것이 죄를 범한 아내와 아들과의 관계를 결정하는 데 무슨 의미가 있단 말인가? 내가 그녀에게 뭘 해야 하는지는 여전히 결정해야 할 것이다. 하지만 더 가능성이 높고 일어날 게 분명히 일은 내가 죽거나 다치는 것이다. 죄 없는 내가 희생물이 되고 죽임을 당하거나 다치게 된다니. 그건 더 무의미한 일이다. 하지만 그건 문제가 아니다. 내 쪽에서 결투를 신청하는 것은 정직하지 못한 행동이다. 나는 이미 내 친지들이 나를 결코 결투에 임하게 하지 않으리라는 것, 러시아에 필요한 국가적 인물의 생명이 위험에 처하게 되는 일을 허락하지 않으리라는 것을 알고 있지 않은가. 그럼 일이 어떻게 될 것인가? 나는 이미 일이 결코 위험 지경까지 가지는 않으리라는 것을 알면서도 이 결투 신청으로 어떤 거짓된 광채를 내려고 하는 셈이 될 것이다. 이건 정직하지 못하고 위선적인 행위이다. 이건 다른 사람들과 자신을 속이는 일이다. 결투는 생각할 수 없는 일이다. 아무도 내게서 결투를 기대하지 않는다. 내 목적은 내 활동을 방해받지 않고 계속해나가는 데 필요한 내 평판을 보호하는 데 있다.' 공무 활동은 전에도 알렉세이 알렉산드로비치의 눈에 큰 의미를 가진 것으로 보였는데 지금은 특히 중요한 의미를 가지는 것이었다.

여러가지 생각 후에 결투를 그만두기로 한 알렉세이 알렉산드로비치는 그가 기억하는 남편들 중 몇몇이 선택한 다른 출구인 이혼으로 생각을 돌렸다. 알려진 이혼의 경우들(이혼은 그가 잘 아는 최상류 사교계에서 매우 흔한 일이었다)을 모두 기억 속에서 헤아려보면서 알렉세이 알렉산드로비치는 자신이 의도하는 목적을 이룬 이혼은 하나도 찾아낼 수 없었다. 모든 경우에 남편들은 배반한 아내를 넘겼거나 팔아넘겼고, 죄가 있어 재혼을 할 수 없는 아내 쪽은 새 남편과 환상에 불과한, 허위로 합법을 가장한 관계 속으로 들어갔던 것이다. 그러나 그는 자신의 경우에 정당한 이혼, 즉 죄 있는 아내만이 벌을 받게 되는 이혼이 불가능하다는 걸 알았다. 그는 자기가 처해 있는 복잡한 생활환경이 법이 요구하는, 아내의 죄를 밝힐 그 조잡한 증거들을 얻도록 허용하지 않는다는 것을 알았다. 또한 이런 생활에 수반하는 특정한 세련된 감각이 만약 증거들이 있다고 하더라도 그 증거들을 적용하도록 허용하지 않는다는 것, 그 증거들을 적용하면 그녀보다도 그가 여론에서 더 많은 것을 잃게 된다는 것도 알고 있었다.

이혼 시도는 오직 그의 적들과 사교계에 그의 높은 지위를 모함하고 깎아내리는 데 뜻밖의 좋은 기회만 안겨주는 불미스러운 소송 사건으로 발전할 수도 있었다. 주요 목적—최소한의 동요로써 상황을 확정하는 것—은 이혼을 통해서도 이루어질 수 없었다. 더군다나 이혼은, 시도만 하는 경우에도, 아내가 남편과의 관계를 끊고 정부와 결합할 수 있었다. 알렉세이 알렉산드로비치의 마음속에는 스스로 생각하기에 현재 아내에 대한 그의 완전한 경멸적 무관심에도 불구하고 그녀와의 관계에 있어서 한가지 감정이 남아 있었는데, 그것은 그녀가 아무런 방해 없이 브론스끼와 결합하여 그녀의 죄가 그녀에게 유리하게 되는 것을 원치 않는 마음이었다. 이는 생각만 해도 알렉세이 알렉산드로비치의 신경을 몹시 긁어서, 이를 상상하자 그는 속이 아파 신음하며 마치 자리에서 일어나 다른 자리로 옮겨앉은 후 시려오는 뼈만 남은 다리를 폭신한 모포로 감싸고서 한참이나 얼굴을 찌푸리고 있었다.

'법적인 이혼 외에도 까리바노프, 빠스꾸진, 그리고 그 사람 좋은 드람이 한 것처럼 할 수도, 그러니까 아내와 별거할 수도 있지.' 그는 마음을 가라앉히며 생각을 이어나갔다. 하지만 이 조처도 이혼과 마찬가지로 모욕이라는 불편을 야기했다. 이건 법적인 이혼과 꼭 마찬가지로 그의 아내를 브론스끼의 품으로 던지는 셈이었다. "안 돼, 그건 못 해, 못 해!" 다시 모포를 뒤집으면서 그는 큰 소리로 말했다. "나는 불행해질 수 없어. 하지만 그녀도 그도 행복해져서는 안 되지."

사실을 모르는 동안 그를 괴롭혔던 질투의 감정은 아내의 고백으로 고통을 동반하며 이가 뽑힌 순간에 사라지고 없었다. 하지만 이 감정 대신 다른 감정이 자리를 잡았다. 그것은 그녀가 승리하지 않는 것뿐만 아니라 그녀가 그녀의 죄에 대한 보복을 받기를 바라는 마음이었다. 그는 이 감정을 인정하고 싶지 않았으나, 마음 깊숙한 곳에서는 그녀가 그의 평온과 명예를 파괴한 죄로 고통을 당하기를 원하고 있었다. 다시 한번 결투, 이혼, 별거의 조건들을 헤아려보고 그것들을 기각하고 나서 알렉세이 알렉산드로비치는 출구는 오직 그녀를 그냥 곁에 잡아두는 것, 일어난 일을 사교계에 숨기고 이 관계를 끊도록 모든 부속 조치들을 취하는 것, 가장 중요한 것은 그녀를 벌하는 조치라는 것—그 스스로는 이를 인정하지 않았지만—을 확신했다. '나는 내 결정을 알려야 한다. 즉, 그녀로 인해 야기된 가족의 곤란한 처지를 사료한 결과, 모두에게 표면적으로 *현상 유지*[16]를 하는 것 이외의 어떤 다른 해결 방법도 이보다는 나쁘다는 것, 나는 이 방법을 엄수하는 데 동의한다는 것, 하지만 그녀 편에서 나의 뜻을 지킨다는, 즉 정부와의 관계를 끊는다는 엄격한 조건하에서만 동의한다는 것을.' 이 결정이 이미 최종적으로 받아들여졌을 때, 이 결정의 정당성의 증거로서 알렉세이 알렉산드로비치에게 또 한가지 중요한 생각이 떠올랐다. '이런 결정을 해야만 나는 종교에 따라서도 행동하게 되는 것이다.' 그는 스스로에게 말했다. '이런 결정을 내려야만 나는 죄지은 아내를 내치지 않고 그녀에게 개심의 가능성을 부여하며 나아가—그것이 내게 아무리 힘겨운 일이 될지라도—내 힘을 그녀의 개심과 구원에 바치게 되는 거야.' 알렉세이 알렉산드로비치는 그가 아내에게 아무런 도덕적 영향을 줄 수 없다는 것을, 이 모든 개심 시도에서 위선밖에 아무것도 나올 게 없다는 것을 알았음에도 불구하고, 이 힘겨운 순간들을 겪으면서 종교에서 지침을 찾으려는 생각을 한번도 하지 않았음에도 불구하고, 그의 결정이 그가 보기에 종교가 요구하는 바와 일치하는 지금, 그의 결정에 대한 이 종교적 인준은 그

16 status quo(라틴어).

에게 완전한 만족감과 어느정도의 평안을 가져다주었다. 이리도 중요한 인생 문제에 있어서 아무도 그가 항상 모두의 냉담과 무관심 속에서도 깃발을 높이 쳐들었던 그 법칙에 따라서 행동하지 않았다고 말할 형편이 못 되리라고 생각하니 기분이 좋았다. 더 상세한 것들을 생각하면서, 알렉세이 알렉산드로비치는 왜 그와 아내의 관계가 대략 예전 그대로 남을 수 없는지 그 이유조차 알지 못했다. 의심할 바 없이 그는 결코 아내를 향한 존경심을 되돌릴 수 없을 것이다. 하지만 그녀가 나쁘고 부정한 여자라는 사실의 결과로 그가 자기의 생활을 흐트러뜨리고 괴로워해야 할 이유는 없었고 있을 수도 없었다. '그래, 시간이 지나면, 모든 것을 시간이 해결할 거고, 예전의 관계가 회복되겠지.' 알렉세이 알렉산드로비치는 스스로에게 말했다. '즉, 내 생활의 흐름이 흐트러지는 것을 느끼지 않을 정도로 회복되겠지. 그녀는 불행해야 해. 하지만 나는 죄가 없고, 그러니까 나는 불행해서는 안 돼.'

14

빼쩨르부르그에 닿을 무렵 알렉세이 알렉산드로비치는 이 결정에 완전히 몰입했을 뿐만 아니라 아내에게 쓸 편지 문구를 머릿속으로 작성하고 있었다. 문지기의 방으로 들어간 알렉세이 알렉산드로비치는 관청에서 온 편지와 서류 들에 눈길을 던지고 그것들을 서재로 가지고 오라고 명했다.

"말에서 마구를 벗기고, 아무도 들이지 말도록." 그는 기분이 좋다는 표지인 어떤 만족감을 보이면서 '들이지 말도록'이라는 말을 강하게 발음하며 문지기의 물음에 답했다.

그는 서재를 두번 돌고 나서 하인이 미리 들어와 켜놓은 여섯개의 초가 놓여 있는 커다란 책상 앞에 멈춰서서 손가락들로 우두둑 소리를 낸 다음 문구를 정리하고 앉았다. 그는 팔꿈치를 책상에 대고 머리를 한쪽으로 기울인 채 잠시 생각하고 나서 일초도 쉬지 않고 써나가기 시작했다. 그는 그녀에게 인사말을 쓰지 않았고 러시아어 존칭의 그 차가운 느낌을 주지 않는 프랑스어 존칭을 사용하면서 프랑스어로 편지를 썼다.

우리의 마지막 대화에서 그 대화의 주제에 관한 나의 결정을 알려주겠다는 뜻을 밝힌 바 있소. 모든 것을 주의 깊게 사료한 뒤에, 나는 지금 그 약속을 이행하기 위한 목적으로 편지를 쓰는 거요. 나의 결정은 다음과 같소. 당신의 행동이 어떻든 간에 하늘의 힘으로 맺어진 우리의 결속을 끊을 권리가 내게 부여되어 있지 않다고 여기오. 가족이란 변덕이나 방종이나 심지어 부부 중 한명의 범죄에 의해서라도 파괴될 수 없고, 우리의 생활은 이제까지 그래왔던 것처럼 진행되어야 하오. 이는 나에게도, 당신에게도, 우리의 아들에게도 필수불가결하오. 나는 당신이 이 편지의 빌미가 된 일에 대해서 후회했고 후회하고 있으며, 우리 불화의 원인을 뿌리까지 뽑고 과거를 잊으리라는 것을 완전히 확신하는 바요. 반대의 경우 당신과 당신의 아들을 기다리고 있는 것에 대해서는 당신 스스로 생각할 수 있을 거요. 이 모든 것에 대해 직접 만나서 구체적으로 대화를 나누기를 바라는 바요. 별장 생활도 끝나갈 시기이니 되도록 빠른 시일 내에, 화요일 이전에는 뻬쩨르부르그로 오기를 요청하오. 당신이 옮겨오는 데 필요한 모든 조치가 취해질 것이오. 내가 나의 이 요청이 실현되는 것에 각별한 의미를 두고 있다는 것을 유념하기 바라오.

A. 까레닌

P. S. 당신의 지출에 필요하리라 생각되는 돈을 이 편지에 동봉하오.

그는 편지를 다시 한번 읽어보고 만족했다. 특히 돈을 동봉할 생각을 해낸 것이 만족스러웠다. 아무런 가혹한 말도 비난도 없었으나 관대함도 없는 글이었다. 중요한 것은 귀환의 황금 다리를 놓는 것이었다. 편지를 접어 상아로 된 종이칼로 고르게 밀고 봉투에 돈과 함께 넣고 나서 그는 잘 정돈된 문구를 사용할 때면 언제나 우러나는 만족감을 느끼면서 종을 울렸다.

"별장에 있는 안나 아르까지예브나에게 내일 도착할 수 있도록 급사에게 전해주게." 그는 말하고 일어섰다.

"알겠습니다, 각하. 차를 서재로 가져오라고 할까요?"

알렉세이 알렉산드로비치는 차를 서재로 가져오라고 명하고 종이칼로 장난하면서 등잔불과 얼마 전에 읽기 시작한 에우구비윰 청동판에 관한 프랑스책[17]이 준비되어 있는 안락의자로 갔다. 안락의자 위쪽에는 유명한 화가가 훌륭하게 그린 안나의 타원형 초상화가 금테 액자에 끼워져 걸려 있었다. 알렉세이 알렉산드로비치는 초상화를 쳐다보았다. 속을 알 수 없는 두 눈이 그들이 마지막으로 이야기했던 그 저녁에 그랬듯이 비웃듯 뻔뻔스럽게 그를 바라보고 있었다. 화가가 매우 잘 그려낸 검은 자수, 검은 머리칼과

17 1444년 이딸리아 에우구비윰(현 구비오)에서 발견된, 움브리아어와 라틴어로 새겨진 청동판 일곱개에 대해서 1874년 프랑스 잡지에 글이 실렸다. 이즈음 언어학의 발달로 새로이 관심의 대상이 되었다.

하얀 두 팔, 반지들로 뒤덮인 약지의 모습은 알렉세이 알렉산드로비치에게 참을 수 없을 만큼 뻔뻔스럽고 도발적인 인상을 주었다. 잠시 초상화를 바라보던 알렉세이 알렉산드로비치는 입술이 떨려 '부르르' 하는 소리가 날 만큼 몸을 떨고 나서 시선을 돌렸다. 그는 급히 안락의자에 앉아서 책을 펼쳤다. 그는 읽어보려 애썼으나 예전에 에우구비움 청동판에 대해 가졌던 극히 생생한 관심을 다시 불러일으킬 수 없었다. 책을 보면서 그는 다른 것에 대해 생각했다. 그는 아내에 대해서가 아니라 요즘 그의 직무에서 주된 관심을 이루고 있는, 최근에 그의 공무에서 일어난 어떤 복잡한 일에 대해서 생각했다. 그는 지금 자신이 이전 어느 때보다 더 깊이 이 복잡한 일을 연구하고 있으며, 이 모든 것을 해결하여 관청 내에서 그의 지위를 더 높여주고 그의 적들을 패배시켜 국가에 매우 커다란 이익을 가져다주게 될 것이 분명한 굉장한 생각이 떠올랐다는 것—그는 이렇게 이야기할 수 있었는데, 이는 자화자찬이 아니었다—을 느꼈다. 하인이 차를 차려놓고 방에서 나가자마자 알렉세이 알렉산드로비치는 일어나서 책상으로 다가갔다. 당면 과제에 관한 서류철을 책상 한가운데로 밀어놓고 보일락 말락 자기만족의 미소를 지으며 그는 받침대에서 연필을 집어들고 당면한 복잡한 일에 연관하여 그에게 요구된 까다로운 과제를 읽는 데 몰두했다. 복잡한 일은 다음과 같았다. 국가적 인물로서 알렉세이 알렉산드로비치의 특징, 그에게만 있는 특징이자 실은 모든 추진력 있는 인물들이 가지고 있는 특징, 그의 집요한 명예욕과 절제와 성실성과 자신감과 함께 그를 출세의 길로 이끈 특징은, 공식적 서류를 경멸하며 서류들이 왔다 갔다 하는 것을 줄이고 현장의 문제에 직접적으로 관여하여 일을 효율적으로 진행하는 데 있었다. 6월 2일

최고위원회에서 자라이스끄주의 들판 관개공사가 문제시되었다.[18] 이 일은 알렉세이 알렉산드로비치의 부처에 속한 일인데, 비효율적인 경비 지출과 일에 대한 관료적 태도를 보여주는 두드러진 예였다. 알렉세이 알렉산드로비치는 지적이 옳다는 것을 알고 있었다. 자라이스끄 관개공사는 알렉세이 알렉산드로비치의 전임자의 전임자가 시작한 일이었다. 그리고 실제로 이 공사에 완전히 비생산적으로 이미 매우 많은 경비가 소요되었고 지금도 소요되고 있지만 아무 성과가 없다는 것은 분명한 사실이었다. 알렉세이 알렉산드로비치는 이 자리에 임명된 즉시 이 일을 알아차리고 수습하려 했다. 하지만 아직 그의 지위가 확고하지 못한 것을 느낀 초임 시절에는 이 일이 너무 많은 이해관계를 건드리기 때문에 현명하지 못한 행동이라는 것을 알아차렸다. 이후에는 다른 일들을 하느라 이 일을 그냥 잊어버렸다. 이 일도 다른 모든 일처럼 관성에 의해 그냥 굴러갔다.(많은 사람들이 이 일로 먹고살고 있었다. 특히 그중에는 매우 도덕적이고 음악적인 한 가족이 있었다. 딸들이 모두 바이올린을 연주했다. 알렉세이 알렉산드로비치는 이 가족을 알고 지냈고, 나이가 많은 딸들 중 한명의 신부 아버지 역할을 하기도 했다.) 알렉세이 알렉산드로비치의 생각에 적대적 부처가 이 일을 들고일어난 것은 정당하지 못한 짓이었다. 왜냐하면 각 부처에는 통용되는 직무상의 관습에 따라 아무도 들먹이지 못하는 일들이 있는 법이기 때문이다. 그러나 지금 그에게 이미 이 결투 신청의 장갑이 던져진 조건에서 그는 용감하게 이 장갑을 주워들고 자라이스끄주의 들판 관개공사위원회의 사업을 조사하고 감사할

18 1873년 대기근 이후에 러시아 정부는 대규모 관개시설을 설치하려는 계획이 있었다. 그러나 개인 비리 등으로 제대로 실현되지 못했다.

특별위원회를 지정해줄 것을 요구했던 것이다. 하지만 그 대신 그는 이미 이 인사들에게 어떤 양보도 하지 않았다. 그는 또한 이민족 정착에 관한 특별위원회 설치를 요구했다.[19] 이민족 정착 문제는 6월 2일 위원회에서 우연히 제기되었는데, 알렉세이 알렉산드로비치는 이민족의 참담한 처지를 고려할 때 지체할 수 없는 문제라고 강력하게 지지했다. 이 일은 위원회에서 몇몇 부처 간 논쟁의 빌미가 되었다. 알렉세이 알렉산드로비치에게 적대적인 부처는 이민족의 상황이 매우 낙관적이며 제안된 재정착은 그들의 번영을 망칠 수 있다고, 뭔가 잘 안 된 점이 있다면 그것은 단지 알렉세이 알렉산드로비치의 부처가 법이 정해놓은 조치들을 이행하지 않은 데서 비롯한 것이라고 논박했다. 이제 알렉세이 알렉산드로비치는 다음과 같은 것을 주장하려 의도하고 있었다. 첫째, 이민족 실태 조사를 맡길 새 위원회를 구성할 것, 둘째, 이민족의 상황이 실제로 위원회에 제출된 공식 자료대로라는 것이 판명되면 이민족의 이 비참한 상황의 원인을 가) 정치적 관점, 나) 행정적 관점, 다) 경제적 관점, 라) 인종적 관점, 마) 자원적 관점, 바) 종교적 관점에서 조사할 별도의 연구위원회를 신설할 것, 셋째, 적대적 부처에 해당 부처가 지난 십년간 현재 이민족이 처해 있는 불리한 상황을 방지하기 위해 취한 조치들을 보고하도록 요구할 것, 넷째이자 마지막으로, 동 부처에 무슨 이유로 1863년 12월 5일자와 1864년 6월 7일자로 위원회에 제출된 보고서 17015호와 18308호에서 보는 바와 같이 근본적이고 조직적인 법 제○○권 18조 및 36조 주석의 취지에 반하는 행위를 했는지 설명을 요구할 것. 알렉세이 알렉산드로비

19 1863년의 폴란드 봉기 이후 러시아는 그때까지의 이민족 정책에 반해 좀더 공격적인 노선을 취한다. 즉, 이민족의 러시아화를 꾀한다.

치가 이러한 생각들의 개요를 빠르게 적고 있을 때 그의 얼굴 전체에는 생생하게 핏기가 돌았다. 종이를 다 채우고 난 후 그는 일어나 종을 울리고 필요한 자료를 가져오라는 쪽지를 사무관에게 보냈다. 일어나서 방을 왔다 갔다 하다가 그는 초상화를 바라보고는 다시 얼굴을 찌푸리고 경멸조로 한번 웃었다. 알렉세이 알렉산드로비치는 에우구비움 청동판에 관한 책을 좀더 읽으며 그에 관한 흥미를 다시 되살리고 난 후 열한시에 자러 갔고, 침대에 누워서 아내와의 일을 떠올렸을 때 그것은 더이상 그렇게 절망적인 그림으로 보이지 않았다.

15

브론스끼가 안나에게 그녀의 처지는 참을 수 없는 정도라고 말하며 남편에게 모든 것을 밝히라고 설득했을 때 안나는 고집스럽게 화를 내며 브론스끼에게 맞섰지만, 마음 깊은 곳에서 그녀는 자신의 처지가 거짓되고 정정당당하지 못하다고 여기고 있었고 이 처지를 바꾸기를 온 마음으로 원하고 있었다. 남편과 함께 경마장에서 돌아오다가 흥분한 순간 그녀는 남편에게 모든 것을 다 말했다. 고백하면서 느낀 고통에도 불구하고 그녀는 그렇게 한 것을 기뻐했다. 남편이 그녀를 남겨두고 떠난 다음 그녀는 이제 모든 것이 분명해질 것이며 적어도 거짓과 속임수는 없을 것이니 기쁘다고 스스로에게 말했다. 이제 상황이 완전히 결정되었다는 것은 의심할 바 없어 보였다. 새로운 상황은 나쁠지는 몰라도 분명해질 것이고, 거기에는 아무런 불분명함이나 거짓이 없을 것이었다. 그녀는 고백을 함으로써 자신과 남편에게 일으킨 그 고통도 이제 모든 것이 분명해질 것이라는 사실로 보상될 것이라고 생각했다. 바로 그날 저녁 그녀는 브론스끼와 만났으나, 상황을 분명히 하기 위해서는 그에게 남편과 자신 사이에 일어난 일에 대해서 말해야 했음에도 불구하고 말하지 않았다.

다음 날 아침 잠에서 깨었을 때 그녀에게 첫번째로 떠오른 것은 그녀가 남편에게 한 말이었는데, 이 말은 너무나 끔찍해서 이제 그녀는 자기가 어떻게 그렇게 이상하고 거친 말을 입에 올리기로 결심할 수 있었는지 이해할 수 없었고 이 결과가 어찌 될지 아무 생각도 나지 않았다. 하지만 말은 이미 입 밖에 나왔고, 알렉세이 알렉산드로비치는 아무 말도 하지 않고 가버렸다. '난 브론스끼를 보았는데 그에게 아무 말도 하지 않았어. 그가 막 가려고 하는 순간에 그를 되돌려세워 말하고 싶었지만 왜 내가 만나자마자 이야기하지 않았나 하는 점이 이상하게 생각되어 마음을 고쳐먹었지. 왜 나는 말하고 싶었는데도 하지 않았을까?' 이 물음에 대한 답으로 수치스러움에서 나온 뜨거운 홍조가 그녀의 얼굴 전체에 퍼졌다. 그녀는 무엇이 자기를 말하지 않도록 막았는지 알아차렸다. 그녀는 자기가 수치스러워했다는 것을 알았다. 어제저녁에 분명해졌다고 여겼던 자신의 상황이 이제 갑자기 분명하지 않을 뿐만 아니라 출구가 없는 것으로 여겨졌다. 전에는 생각조차 하지 않았던 수치 때문에 끔찍한 생각이 들었다. 남편이 어떤 행동을 할 것인가를 생각하자마자 가장 끔찍한 생각들이 닥쳐왔다. 당장 집사가 와서 그녀를 집에서 쫓아내고 그녀의 수치가 온 세상에 밝혀질 거라는 생각이 떠올랐다. 그녀는 집에서 쫓겨나면 어디로 가야 할까 스스로에게 물었으나 답을 찾을 수 없었다.

브론스끼에 대해서 생각하니 그녀는 그가 자신을 사랑하지 않고 벌써 자신을 짐스러워하며 자신을 그에게 맡길 수 없다는 생각이 들었고, 이 때문에 그에게 적대감을 느꼈다. 그녀가 남편에게 한 말, 그녀가 끊임없이 머릿속으로 한 말, 그녀는 그 말을 모든 사람에게 했고 모두가 들은 것처럼 여겨졌다. 그녀는 이 집에 함께 살고 있는 사람들의 눈을 마주칠 마음이 들지 않았다. 그녀는 하녀를 부를 엄두를 내지 못했고, 아래로 내려가서 아들과 가정교사를 볼 엄두는 더더욱 내지 못했다.

벌써 오래전부터 방문 앞에서 귀를 기울이고 있던 하녀가 스스로 방 안으로 들어와 그녀에게로 왔다. 안나는 묻는 듯이 그녀를 쳐다보며 겁을 먹고 얼굴을 붉혔다. 하녀는 종이 울린 것 같았다면서 들어온 것을 사죄했다. 그녀는 옷과 쪽지를 가져왔다. 쪽지는 벳시로부터 온 것이었다. 벳시는 오늘 아침 그녀의 집에서 리자 메르깔로바와 시똘쯔 남작부인이 그녀들의 숭배자들인 깔루시스끼와 스뜨레모프 노인과 함께 크로켓을 하러 모인다는 것을 상기시키고 있었다. "인간들 연구 삼아 보러라도 와요." 쪽지에 적힌 마지막 말이었다.

안나는 쪽지를 다 읽고 깊은 한숨을 쉬었다.

"아무것도, 아무것도 필요 없어." 그녀는 화장대에서 화장품병과 솔 들을 가지런히 정리하고 있는 안누시까에게 말했다. "나가 있어. 곧 옷 입고 나갈게. 아무것도, 아무것도 필요 없어."

안누시까가 나갔지만 안나는 옷을 입으려 하지 않고 머리를 숙이고 양팔을 늘어뜨린 채 꼼짝 않고 앉아 있었다. 가끔 어떤 동작을 하고 싶은 듯, 뭔가를 말하고 싶은 듯 온몸을 떨다가 다시 죽은 듯이 가만히 있었다. 그녀는 쉴 새 없이 되풀이했다. '나의 하느님!

나의 하느님!' 하지만 '하느님'도 '나의'도 그녀에게 무의미한 단어였다. 종교에서 도움을 찾으려는 생각은, 그녀가 종교 속에서 자라왔고 종교를 한번도 의심한 적 없었음에도 불구하고, 바로 알렉세이 알렉산드로비치에게서 도움을 찾으려는 생각처럼 낯설었다. 그녀는 이미 알고 있었던 것이다. 종교의 도움은 그녀가 자신의 삶의 의미 전체를 이루고 있는 것을 포기하는 경우에만 가능하다는 것을. 그녀는 괴로웠을 뿐만 아니라 새로운, 그녀가 한번도 경험해 보지 못한 정신 상태 앞에서 공포를 느끼기 시작했다. 피곤해진 눈에 가끔 물체가 둘로 나뉘어 보이듯이 그녀는 모든 것이 자신의 정신 속에서 둘로 나뉘는 것을 느꼈다. 자기가 무엇을 두려워하고 무엇을 원하는지 느끼지 못하는 순간도 있었다. 과거의 생활을 두려워하면서도 원하는지, 앞으로 다가올 생활을 두려워하면서도 원하는지, 대체 무엇을 원하는지 그녀 자신도 모르는 상태였다.

'아아, 내가 뭘 하는 거지!' 그녀는 갑자기 편두통을 느끼면서 혼잣말을 했다. 정신을 차렸을 때 그녀는 자신이 두 손으로 양미간의 머리카락을 쥐어짜듯 꽉 움켜쥐고 있다는 것을 알았다.

그녀는 벌떡 일어나 걷기 시작했다.

"커피가 준비됐어요. 마드무아젤이 세료자와 기다리고 계세요." 안누시까가 다시 들어와 똑같은 자세로 앉아 있는 안나를 보고 말했다.

"세료자? 세료자가 뭐라고?" 아들이 존재한다는 사실을 이날 아침 처음으로 머릿속에 떠올린 안나가 갑자기 생기를 띠며 물었다.

"잘못을 하신 것 같아요." 미소를 지으며 안누시까가 말했다.

"무슨 잘못을 했는데?"

"구석방에 복숭아가 놓여 있었는데요, 몰래 드신 것 같아요."

아들에 대한 생각은 갑자기 출구 없는 상황으로부터 그녀를 끌어냈다. 그녀는 비록 많이 과장된 면도 있었지만 진정이기도 했던, 최근 몇년 동안 담당해온 아들을 위해 사는 어머니 역할을 떠올리고 그녀의 처지에서도 남편과 브론스끼와 무관할 수 있는 자신의 영역이 있다는 것을 느끼며 기뻐했다. 그 영역은 아들이었다. 어떤 상황에 처하더라도 아들을 떠날 수는 없다. 남편이 모욕하고 쫓아내더라도, 브론스끼가 그녀에게 차가워져서 자기만의 생활을 해나가게 되더라도(그녀는 다시 브론스끼에게 화가 치밀어 속으로 그를 비난했다) 아들을 떠날 수는 없다. 삶의 목적이 있다. 아들을 빼앗아가지 못하도록, 아들과 함께하는 이 처지가 보장되도록 행동을 취해야 한다. 행동을 취해야 한다. 그것도 아들을 빼앗아가기 전에 되도록 빨리 행동을 취해야 한다. 아들을 데리고 떠나야 한다. 이 일만이 지금 해야 하는 일이다. 그녀는 평정을 찾고 이 고통스러운 상황을 벗어날 필요가 있었던 것이다. 아들과 연관된 직접적인 행동에 대한 생각, 당장 아들과 함께 어디로든 떠나야 한다는 생각이 그녀에게 그러한 평정을 찾게 해주었다.

그녀는 재빨리 옷을 입고 아래로 내려가서 단호한 걸음걸이로 으레 커피와 가정교사와 함께 세료자가 기다리고 있는 거실로 들어갔다. 세료자는 위아래로 전부 하얀 옷을 입고 거울 아래 식탁 앞에 서서 허리와 머리를 굽히고 주의 깊게 집중한 얼굴—그녀는 이 표정을 알고 있었는데, 아버지와 꼭 닮은 표정이었다—로 자기가 가져온 꽃들로 뭔가를 만들고 있었다. 가정교사는 별나게 엄격한 표정을 하고 있었다. 세료자는 자주 그러듯이 낭랑한 목소리로 "아, 엄마!" 하고 외치더니 엄마에게 인사하러 가면서 꽃을 그냥 놔둘 것인지 아니면 화관을 마저 만들어 그것을 가지고 엄마에게 갈 것인지 결정을 못 하고 멈춰섰다. 가정교사가 인사를 한 후 길고 상세하게 세료자가 한 짓을 이야기했으나 안나는 듣지 않았다. 그녀는 가정교사를 데리고 갈 것인가에 대해 생각하고 있었다. '아냐, 데리고 가지 않을 거야.' 그녀는 결심했다. '혼자 갈 거야, 아들만 데리고.'

"그래, 그건 아주 나빴네." 안나는 말하고 나서 아들의 어깨를 감싸고 엄하지 않은 조심스러운 시선, 소년을 당황하게 하고 기쁘게 한 시선으로 바라보며 입을 맞추었다.

"둘만 있게 해줘요." 그녀는 놀라는 가정교사에게 말하고 아들의 손을 놓지 않은 채 커피가 준비된 식탁 앞에 앉았다.

"엄마! 내가…… 내가…… 안 그러려고……" 그녀의 표정에서 복숭아 때문에 무슨 벌을 받게 될지 알아내려 하면서 세료자가 말했다.

"세료자." 가정교사가 나가자마자 그녀가 말했다. "그건 나빠. 하지만 앞으로는 그러지 않을 거지? 넌 엄마를 사랑하니?"

그녀는 두 눈에 눈물이 솟구치는 것을 느꼈다. '내가 아들을 사랑하지 않을 수 있을까?' 놀란 동시에 기쁨에 찬 아들의 시선을 들여다보며 그녀는 속으로 말했다. '혹 나를 벌하느라 아버지와 한편이 되는 것은 아닐까? 나를 원하지 않는 것은 아닐까?' 눈물이 벌써 얼굴로 흘러내렸고, 그것을 감추려고 그녀는 벌떡 일어나 뛰다시피 테라스로 갔다.

지난 며칠간 큰비가 내린 후 차갑고 맑은 날씨가 되었다. 비에 씻긴 나뭇잎 사이로 비치는 밝은 햇살 아래 공기가 찼다.

그녀는 깨끗한 공기 속에서 새로운 힘으로 그녀를 휩싸는 차가움과 내면의 공포 때문에 한번 흠칫 떨었다.

"가, *마리에뜨*[20]에게로 가렴." 그녀는 뒤따라 나오려는 세료자에게 말하고 짚깔개가 깔린 테라스 위를 이리저리 걷기 시작했다. '사람들이 정말 나를 용서하지 않을 수도 있을까? 이 모든 것이 달리 될 수는 없었다는 것을 이해하지 못할까?' 그녀는 혼잣말을 했다.

그녀는 멈춰서서 바람에 흔들리는 사시나무 꼭대기에 달린, 차가운 태양 아래 선명하게 반짝이는 비에 씻긴 나뭇잎들을 보며 이제 이 하늘, 이 나무처럼 모든 것, 모든 사람이 자신에게 가차 없을 것이라는 사실을 깨달았다. 다시 그녀는 정신이 둘로 갈라지기 시작하는 것을 느꼈다. '안 돼, 생각해선 안 돼.' 그녀는 혼잣말을 했다. '떠날 준비를 해야 해. 어디로? 언제? 누구를 데리고 가지? 그래, 모스끄바로 가야지. 밤기차를 타야겠어. 안누시까와 세료자를 데리고, 꼭 필요한 물건만 가지고. 하지만 그전에 두 사람에게 편지를 써야 해.' 그녀는 빠른 걸음으로 집 안 서재로 들어가서 책상 앞에 앉아 남편에게 편지를 썼다.

> 그런 일이 있은 후 난 더이상 당신 집에 머무를 수가 없어요. 나는 떠나며 아이는 데리고 갑니다. 나는 법을 몰라서 아들이 부모 중 누구와 같이 있어야 하는지 모릅니다. 하지만 나는 아들 없이는 살 수가 없기에 아들을 데려갑니다. 관대한 마음으로 아들을 내게 맡겨주세요.

여기까지 그녀는 빠른 속도로 자연스럽게 써내려갔다. 하지만 그녀가 인정하지 않는 그의 관대함에 대한 호소와 뭐라도 감동을 줄 수 있도록 편지를 마무리해야 한다는 필요성이 그녀를 머뭇거

20 Mariette(프랑스어).

리게 했다.

나는 내 죄와 회개에 대해서 말할 수 없어요. 왜냐하면……

그녀는 생각의 갈피를 못 잡고 다시 머뭇거렸다. '아냐.' 그녀는 스스로에게 말했다. '아무것도 필요 없어.' 그러고 나서 그녀는 편지를 찢고 관대함에 대한 언급은 빼고 편지를 다시 써서 봉했다. 브론스끼에게도 편지를 한장 써야 했다. 그녀는 "남편에게 밝혔어요"라고 쓰고 나서 더 쓸 힘이 없어 한참 앉아 있었다. 이건 너무 거칠고 여자답지 못했다. '그런 이후에 그에게 도대체 무슨 말을 쓸 수 있나?' 그녀는 혼잣말을 했다. 수치의 홍조가 그녀의 얼굴을 덮었고 머릿속에는 그의 태연한 모습이 떠올랐다. 그를 향한 분노가 문장을 쓴 종이를 조각조각 찢어버리게 했다. '아무것도 필요 없어.' 그녀는 압지첩을 접고 위층으로 올라가서 가정교사와 하인들에게 지금 모스끄바로 간다고 말하고 나서 당장 짐을 싸기 시작했다.

16

집과 정원을 돌보는 사람들과 하인들이 짐을 내가느라고 별장 건물 전체가 부산스러웠다. 장롱과 서랍장 들을 열어젖혔고, 노끈을 사러 두번이나 상점에 달려갔다. 바닥에는 신문지들이 널려 있었다. 트렁크 두개, 짐보따리들, 끈으로 묶은 담요들을 현관으로 내갔다. 마차 한대와 삯마차 두대가 현관 밖에 서 있었다. 짐을 꾸리는 동안 내면의 불안을 잊은 안나가 자기 서재의 책상 앞에 서서 여행용 주머니가방을 싸고 있을 때 안누시까가 마차 소리가 난다고 그녀에게 말했다. 안나가 창밖을 보니 현관에서 알렉세이 알렉산드로비치의 급사가 초인종을 누르고 있었다.

"무슨 일인가 가봐." 그녀는 말하고 나서 모든 것에 침착하게 대비할 태세로 무릎에 두 손을 올리고 안락의자에 앉았다. 하인이 알렉세이 알렉산드로비치의 필적으로 적혀 있는 두꺼운 봉투를 가지고 들어왔다.

"답변을 받아오라고 하셨답니다." 그가 말했다.

"알았어." 그녀는 말하고 나서 하인이 나가자마자 떨리는 손가락으로 봉투를 뜯었다. 띠지에 묶인 빳빳한 지폐 뭉치가 떨어졌다. 그녀는 편지를 꺼내서 끝에서부터 읽기 시작했다. "옮겨오는 데 필요한 준비를 다 해두었고 내 청이 실현되는 것에 각별한 의미를 두고 있소."[21] 그녀는 서둘러 거슬러올라가며 전부 다 읽은 후 다시 한번 처음부터 편지 전체를 읽었다. 다 읽고 났을 때 그녀는 온몸이 차가워지면서 예기치 못했던, 정말로 끔찍한 불행이 자신에게 닥친 것을 느꼈다.

그녀는 오늘 아침에 남편에게 말한 내용에 대해서 후회했고, 오로지 그 말을 입 밖에 내지 않았더라면 하는 바람뿐이었다. 그런데 이 편지는 그 말이 입 밖에 나오지 않았다고 인정했고, 그건 그녀가 바라던 바였다. 그럼에도 지금 이 편지는 그녀가 상상할 수 있는 그 무엇보다도 끔찍하게 보였다.

21 안나가 읽는 편지 문구는 앞서 83~84면에 나오는 알렉세이 알렉산드로비치가 쓴 편지 문구와 약간 다르다. 똘스또이는 이 편지가 프랑스어로 쓴 것이라 두 사람의 해석이 세세한 부분에서는 상이하다는 것을 보여주고 있다.

'그가 옳아! 그가 옳아!' 그녀는 혼자서 중얼거렸다. '물론 그는 항상 옳아. 그는 기독교도이고 관대하다는 거지! 정말이지 치사하고 징그러운 인간! 그리고 이 사실은 나 이외에는 아무도 모르고 알게 되지도 않을 거야. 난 이해할 수가 없어. 사람들은 그가 종교적이고 도덕적이고 명예롭고 현명한 인간이라고 하지. 하지만 그들은 내가 보는 것을 보지 못해. 그들은 그가 팔년 동안 내 인생을 숨 막히게 하고 내 안의 생명력 있는 모든 것을 숨 막히게 눌렀다는 걸, 그가 한번도 내가 사랑이 필요한 살아 있는 여자라는 것을 생각해본 적이 없다는 걸 모르지. 그들은 그가 내가 한발짝 한발짝 디딜 때마다 언제나 나를 모욕하고 그걸 만족스러워한 걸 모르지. 난 온 힘을 다해서 내 삶을 변명하느라고 애쓰지 않았던가? 남편을 더이상 사랑할 수 없었을 때도 난 그를 사랑하고 아들을 사랑하려고 노력하지 않았던가? 하지만 시간이 가면서 나는 더이상 나 자신을 속일 수 없다는 것을, 내가 살아 있는 여자라는 것을, 신이 나를 사랑하며 살아야 하는 그런 여자로 만든 것에 내 잘못은 없다는 것을 이해하게 되었지. 근데 지금 이게 뭐야? 그가 나를 죽인다면, 그를 죽인다면, 난 모든 것을 감수할 거야. 모든 것을 용서할 거야. 하지만 이건 아니지. 그는……'

'그가 이런 짓을 하리라는 것을 왜 내가 예측하지 못했을까? 그는 그의 치사한 성격대로 행동한 거야. 그는 정당한 사람으로 남을 거고 이미 파멸시킨 나를 더 비참하고 더 천하게 파멸시키겠지……' "당신과 당신의 아들을 기다리고 있는 것에 대해서는 당신 스스로 생각할 수 있을 거요." 그녀는 이 문구를 떠올렸다. '이건 아들을 뺏겠다는 협박이야. 그리고 그들의 바보 같은 법대로라면 아마 가능한 일이겠지. 그가 무슨 목적으로 이런 말을 하는지 내가 모른단 말인가? 그는 아들에 대한 내 사랑조차 믿지 못하거나 경멸하지(그가 항상 비웃었듯이 말이야). 나의 이 감정을 경멸하지. 하지만 그는 내가 아들을 버리지 않을 거고 버릴 수도 없고 아들 없이는 사랑하는 남자와 사는 것이 불가능하다는 것도 알고 있어. 게다가 내가 아들을 버리고 그를 떠나면 가장 수치스러운 여자, 혐오스러운 여자처럼 행동하는 것이 될 테고…… 그는 이 점을 알고 있고, 내가 그런 일을 못 할 거라는 것도 알고 있어.'

"우리의 생활은 예전처럼 진행되어야 하오." 편지의 다른 문구가 떠올랐다. '그 생활은 예전에도 고통스러웠지. 최근에는 정말 끔찍했어. 이제는 대체 어떻게 되는 걸까? 그는 이 모든 걸 다 알고 있어. 그는 내가 숨을 쉬는 것을, 사랑하는 것을 후회하지 않는다는 걸 알고 있지. 그는 이렇게 사는 것이 거짓과 속임수뿐인 생활이 되리라는 것을 알고 있지. 그럼에도 그는 나를 계속 괴롭혀야 하는 거야. 나는 그를 알아. 나는 그가 물속의 물고기처럼 거짓 속에서 헤엄치며 쾌감을 느끼는 걸 알아. 하지만 아니야. 나는 그에게 이 쾌감을 허락하지 않을 거야. 나는 그가 나를 옭아매는 그의 거짓의 거미줄을 끊어버릴 거야. 될 대로 되라지. 뭐든 거짓과 속임수보다는 낫지!'

'하지만 어떻게? 세상에! 세상에! 나처럼 불행한 여자가 또 있었을까?'

"아니야, 끊어버릴 거야, 끊어버릴 거야!" 그녀는 벌떡 일어나 눈물을 참으면서 버럭 소리를 질렀다. 그리고 그녀는 그에게 다른 편지를 쓰기 위해서 책상으로 다가갔다. 하지만 그녀는 영혼 깊은 곳에서 자신이 아무것도 생각해낼 힘이 없고, 아무리 예전의 상황이 거짓스럽고 정정당당하지 못해도 거기에서 빠져나올 힘이 없다는 것을 느꼈다.

그녀는 책상 앞에 앉았다. 하지만 편지를 쓰는 대신 책상에 두 손을 올려놓고 머리를 괴고 마치 아이들이 울듯이 흑흑 온몸을 흔들며 울기 시작했다. 그녀는 자신의 상황이 분명해지고 확정되길 바라는 꿈이 영원히 부서진 데 대해서 울었다. 그녀는 앞으로 모든 것이 이전 그대로일 것이며 이전보다도 훨씬 나쁘리라는 것을 알고 있었다. 그녀는 자신이 사교계에서 누리고 있는 지위, 오늘 아침에 그렇게도 시시하게 여겨졌던 그 지위가 자신에게 소중하다는 것을, 자신은 그 지위를 남편과 아들을 버리고 정부와 결합한 여자의 수치스러운 지위와 바꿀 힘이 없다는 것을 느꼈다. 그녀가 아무리 애를 쓴다 해도 그녀 자신보다 더 강해질 수는 없을 것이다. 그녀는 사랑의 자유를 결코 맛보지 못할 것이고, 함께 하나의 삶을 이루어갈 수 없는 타인, 아무 관계[22]가 없는 남자와의 수치스러운 관계를 가지기 위해서, 매 순간 발각될 위협 아래서 남편을 속이면서, 영원히 죄지은 여자로 남을 것이다. 그녀는 그렇게 되리라는 것을 알았고, 동시에 그것은 어떻게 끝날지 생각조차 할 수 없을 정도로 끔찍했다. 그래서 그녀는 벌을 받는 아이가 울듯이 자제하지 못하고 울었다.

들려오는 하인의 발소리가 정신을 차리게 했고, 그녀는 하인에게 얼굴을 가리고 편지를 쓰는 척했다.

"급사가 답장을 청합니다." 하인이 알렸다.

"답장? 알았어요." 안나가 말했다. "기다리라고 해요. 종을 울릴 테니."

22 법적인 관계를 말한다.

'뭘 쓸 수 있을까?' 그녀는 생각했다. '내가 혼자서 뭘 결정할 수 있을까? 내가 뭘 아는 걸까? 내가 뭘 원하는 걸까? 내가 뭘 좋아하는 걸까?' 다시 그녀는 정신이 둘로 갈라지는 것을 느꼈다. 그녀는 다시 이 감각이 무서워졌고, 자신에 대한 생각으로부터 벗어날 수 있는 핑계로 머리에 처음 떠오르는 할 일에 덤벼들어 이를 움켜쥐었다. '알렉세이(그녀는 머릿속으로 브론스끼를 그렇게 불렀다)를 만나야 해. 그만이 내가 어떻게 해야 할지 이야기해줄 수 있어. 벳시에게 가야겠다. 아마 거기서 그를 만날 수 있을 거야.' 그녀는 어제 자신이 그에게 뜨베르스까야 공작부인에게 가지 않을 거라고 말했고, 그래서 그도 오지 않겠다고 말한 것을 완전히 잊고 스스로에게 말했다. 그녀는 책상으로 다가가서 남편에게 답장을 썼다. "보내신 편지를 받았습니다. A." 그리고 종을 울려서 하인에게 주었다.

"우린 떠나지 않아." 그녀는 서재로 들어온 안누시까에게 말했다.

"아예 안 가나요?"

"아니, 내일까지 짐을 풀지 마. 그리고 마차를 세워놔. 공작부인에게 갈 거야."

"어떤 옷을 준비할까요?"

17

뜨베르스까야 공작부인이 안나를 초대한 크로켓 모임은 두명의 귀부인과 그들의 숭배자로 이루어질 예정이었다. 이 두명의 귀부인은 다른 사람들이 부르는 대로 그냥 따라 부르다보니 *세상의 일*

곱가지 기적[23]이라고 불리는 새로운 뻬쩨르부르그 특권층 그룹의 주된 대표자들이었다. 이 귀부인들은 실제로 상류 사교계에 속해 있었지만 이 그룹은 안나가 왕래하는 그룹에는 완전히 적대적이었다. 게다가 리자 메르깔로바의 숭배자인 스뜨레모프는 뻬쩨르부르그의 영향력 있는 인물 가운데 한 사람으로 알렉세이 알렉산드로비치의 적수였다. 이 모든 것을 고려하여 안나는 가지 않으려 했고, 뜨베르스까야 공작부인이 쪽지에 암시한 것은 바로 그녀의 이런 거부의 태도와 연관이 있었다. 그런데 지금 상황에서 안나는 브론스끼를 만날 희망을 품고 그리로 가고 싶어진 것이다.

안나는 다른 손님들보다 먼저 도착했다.

그녀가 들어가는 순간 근위병과 비슷하게 수염을 가지런히 빗은 브론스끼의 하인도 들어오고 있었다. 그는 문가에 멈춰서서 모자를 벗고 그녀에게 길을 비켜주었다. 안나는 그를 알아보고 그제야 어제 브론스끼가 오지 않겠다고 말한 것을 기억했다. 아마도 그는 이 말을 쪽지에 적어 보냈을 것이다.

그녀가 현관방에서 겉옷을 벗는데 하인이 심지어 근위병처럼 '에르' 발음까지 굴리면서 "백작님께서 공작부인께"라고 말하는[24] 소리와 쪽지를 전하는 소리가 들렸다. 그녀는 그의 주인이 어디 있는지 묻고 싶었다. 그녀는 되돌아가 그에게 자기에게 와달라고 하

---

23 les sept merveilles du monde(프랑스어).

24 제4부 18장(이 책 309면)의 브론스끼가 권총 자살을 시도한 장면에서 "한두번이 아니게 지인들에게 자기 신경이 약하다고 한탄했던 구레나룻을 기른 우아한 하인은 바닥에 누워 있는 주인을 보고 너무 놀라서 그를 계속 피가 흐르게 놔둔 채 도움을 구하러 달려갔다"라는 문장에 등장하는 하인으로, 러시아어로 백작을 뜻하는 단어 '그라프'에 들어 있는 '에르'(p) 발음을 근위병처럼 굴렸다는 뜻이다.

거나 아니면 자기가 그에게 가겠다는 편지를 보내고 싶었다. 하지만 이것도 저것도 아무것도 할 수 없었다. 벌써 앞에서 그녀가 도착했다는 것을 알리는 종소리가 들려왔고, 이미 뜨베르스까야 공작부인의 하인이 열린 문 옆에서 몸을 반쯤 돌리고 그녀가 안으로 들어오기를 기다리며 서 있었다.

"공작부인께서는 정원에 계십니다. 당장 알리겠습니다. 정원으로 가시는 게 어떠실까요?" 다른 방에 있던 다른 하인이 알렸다.

머뭇거림과 불분명한 상황은 집에서와 꼭 마찬가지였다. 아니, 더 나빴는데, 그건 그녀가 여기서 아무 일도 할 수 없고 브론스끼를 볼 수도 없음에도 낯설고 그녀의 기분과 정반대되는 이 모임에 남아 있어야 했기 때문이었다. 하지만 그녀는 그녀에게 어울리는 옷을 차려입고 있었고 그녀도 이를 알고 있었다. 그녀는 혼자가 아니었고 주위는 익숙한 저 무위의 축제 분위기여서 집에서보다는 마음이 가벼웠다. 그녀는 지금 무엇을 해야 할까 생각해낼 필요가 없었다. 모든 것이 저절로 돌아갔다. 그녀에게로 걸어오는 놀랍도록 우아한 하얀 옷차림의 벳시를 보고 안나는 언제나처럼 미소를 지었다. 뜨베르스까야 공작부인은 뚜시께비치와 친척 아가씨와 함께였는데, 시골에 사는 그녀의 부모는 딸이 유명한 공작부인의 집에서 여름을 보내는 것을 매우 행복하게 여겼다.

벳시가 당장 알아챈 것으로 보아 필경 안나에게는 뭔가 특별한 점이 있었다.

"잠을 잘 못 잤어요." 안나는 그들을 향해 걸어오는, 그녀 생각에 브론스끼의 쪽지를 가져오는 하인을 바라보며 대답했다.

"와줘서 정말 기뻐요." 벳시가 말했다. "전 피곤해서 사람들이 도착할 때까지 차나 한잔 마시려고 했어요. 당신은……" 그녀는 뚜시께비치를 향해서 말했다. "마샤와 저기 빈자리에서 크로켓 한판 치세요. 우리 둘은 차를 마시며 마음속의 대화를 나눌 거예요. *편안한 수다를 떨 거예요.*[25] 안 그래요?" 그녀는 안나를 향해 미소를 띤 채 양산을 쥔 그녀의 손을 잡으며 말했다.

"그런데 오래 머물지는 못해요. 브레제 노부인에게 가야 해요. 백년 전에 약속했거든요." 안나가 말했다. 그녀의 본성에 낯선 이런 거짓말이 쉽고 자연스럽게 나왔을 뿐만 아니라 만족감을 주기까지 했다.

뭣 때문에 그녀가 일초 전에도 생각하지 않았던 이 말을 했는지 그녀도 정말 설명할 수 없을 것이다. 그녀가 이 말을 한 것은 오로지 브론스끼가 오지 않을 것이기에 행동의 자유를 확보해서 어떻게 해서라도 그를 만나겠다는 생각에서였다. 하지만 그녀는 방문해야 할 사람들 중에서 어째서 하필이면 다른 사람도 아닌 늙은 브레제 궁정 시녀에게 가야 한다고 했는지 설명할 수 없을 것이다. 그런데 나중에 생각해보니 이는 브론스끼를 만나기 위해 더이상 좋을 수 없을 만큼 가장 교묘한 방법을 생각해낸 것이었다.

"아뇨, 전 당신을 보내주지 않을 거예요." 벳시가 주의 깊게 안나의 얼굴을 들여다보며 말했다. "제가 당신을 사랑하지 않는다면 전 정말 모욕으로 느꼈을 거예요. 당신은 제 모임이 당신의 평판을 깎아내리는 걸 두려워하고 있으니 말예요. 자, 우리 작은 응접실로 가요." 그녀는 하인을 향해 항상 그러듯이 눈을 가늘게 뜨며 말했다. 그녀는 하인으로부터 쪽지를 받아서 읽었다. "알렉세이가 우리에게 가짜 점프를 했네요."[26] 그녀가 프랑스어로 말했다. "그는 오지

25 We will have a cozy chat(영어).

26 약속을 지키지 않는다는 뜻의 프랑스어 관용구 faire faux bond을 러시아어로 직

못한다고 썼어요." 그녀는 마치 브론스끼가 안나에게 크로켓 선수 이외의 어떤 다른 의미를 가지는지 한번도 생각조차 해보지 않은 것 같은 자연스럽고 평범한 어조로 덧붙였다.

안나는 벳시가 모든 것을 알고 있다지만, 그녀가 자기 앞에서 브론스끼에 대해 말하는 것을 들으면 순간적으로 그녀가 아무것도 모른다는 확신이 들었다.

"아이참!" 무심하게, 아무런 흥미도 없다는 듯이 미소를 지으며 안나가 말했다. "당신의 모임이 어떻게 누군가의 평판을 깎아내릴 수 있단 말이에요?" 이 말장난, 이 비밀 감추기는 모든 여자들에게 그렇듯이 안나에게 커다란 즐거움이었다. 감춰야 하는 필요성도 아니고 감춰야 하는 목적도 아니고 감추는 과정 자체가 그녀의 마음을 끌었다. 그녀가 말했다. "저는 교황보다 더 구교적일 수 없지요. 스뜨레모프와 리자 메르깔로바, 이들은 사교계의 최정상[27]이죠. 그들은 어디서나 환영받아요. 그리고 저는—그녀는 저라는 말에 특히 강세를 두었다—한번도 엄격하거나 편협한 적이 없어요. 그냥 시간이 없을 따름이에요."

"아닐걸요. 아마 스뜨레모프를 만나고 싶지 않으신 거죠? 그가 알렉세이 알렉산드로비치와 위원회에서 창을 겨눈다 해도 우리와는 상관없는 일이에요. 그는 사교계에서 제가 아는 사람들 중에서 가장 좋은 사람이고 크로켓 경기를 무척 즐기죠. 자, 알게 되실 거예요. 게다가 리자에게 빠진 나이 든 사람으로서의 우스운 자기 처지에도 불구하고 그가 얼마나 이 우스운 처지를 잘 헤쳐나가는지 봐야 해요. 아주 사랑스러운 사람이에요. 사포 시똘쯔는 아세요?

역한 표현.

27 프랑스어 crème de la crème을 러시아어로 직역한 표현.

아주 새로운, 전혀 새로운 색깔의 여자예요."

이 모든 것을 말하는 벳시의 유쾌하고 영리한 시선에서 안나는 그녀가 자신의 처지를 어느정도 이해하고 있으며 뭔가를 생각해내는 중임을 느꼈다. 그들은 작은 서재에 있었다.

"하지만 알렉세이에게 편지를 써야겠어요." 그러더니 벳시는 책상에 앉아 몇줄을 써서 봉투 안에 집어넣었다. "저녁식사 하러 오라고 썼어요. 제 집에서 한 귀부인이 남성의 동반 없이 홀로 저녁을 먹어야 한다고요. 보세요, 그럴듯하죠? 미안해요, 잠깐 가봐야겠어요. 좀 봉해서 보내주세요." 그녀가 문에서 말했다. "지시할 게 좀 있어서요."

한순간도 생각하지 않고 안나는 책상으로 다가앉아 벳시의 편지를 읽지 않고 그 아래 덧붙여 썼다. "당신을 봐야 합니다. 브레제 저택 정원 부근으로 오세요. 여섯시에 거기 있을게요." 그녀는 봉투를 봉했고, 서재로 돌아온 벳시는 그녀가 있는 데서 편지를 내주었다.

실제로, 조그만 찻상에 받쳐 서늘한 작은 응접실로 들여온 차를 마시는 동안 두 여자는 손님들이 도착하기 전까지 뜨베르스까야 공작부인이 약속한 *편안한 수다*[28]를 나누었다. 그들은 곧 도착할 사람들에 대해 평했고, 대화는 리자 메르깔로바에 머무르게 되었다.

"그녀는 무척 사랑스럽고 항상 마음에 드는 여자예요." 안나가 말했다.

"당신은 그녀를 사랑해야 해요. 그녀는 당신에게 완전히 빠져서 당신 얘기만 한답니다. 어제 경마가 끝나고 저한테 다가와서 당신

28 a cozy chat(영어).

을 만날 수 없어서 절망한다고 그랬어요. 그녀는 당신이 진짜 소설의 여주인공이라며, 자신이 남자라면 당신을 위해서 천가지 바보짓을 저지를 거라고 했어요. 스뜨레모프는 그녀에게 그러지 않아도 그녀가 그러고 있다고 말했지요."

"하지만 말해줘요. 전 도무지 이해할 수 없어요." 안나가 얼마간 침묵하고 나서 그녀가 묻는 것이 공허한 질문이 아니라 그녀에게 무엇보다도 중요하다는 어조로 말했다. "말해줘요. 그녀와 깔루시스끼 공작, 미시까라고 불리는 그 사람의 관계는 대체 어떤 거예요? 그들을 만난 적이 별로 없어서요. 그건 어떤 건가요?"

벳시는 눈으로 웃으면서 안나를 주의 깊게 살폈다.

"새로운 행동 방식이죠." 그녀가 말했다. "그들은 모두 이 방식을 선택했어요. 모자를 물방앗간 뒤로 던져버린 거죠.[29] 하지만 그 던지는 방식은 여러가지지요."

"그렇군요. 하지만 그녀는 깔루시스끼와 어떤 관계죠?" 그녀가 묻자 벳시는 느닷없이 못 참겠다는 듯 쾌활하게 웃음을 터뜨렸는데, 이는 그녀에게 드문 일이었다.

"이건 당신이 먀그까야 공작부인의 영역을 침범한 거예요. 끔찍한 아이[30] 같은 질문이죠." 벳시는 참으려 했으나 참지 못하고, 드물게 웃는 사람들이 그렇듯 전염성 강한 웃음을 터뜨렸다. "그들에게 물어봐야지요." 웃음의 눈물 사이로 그녀가 말했다.

"아니요, 당신은 웃지만……" 저도 모르게 웃음이 전염된 안나

29 다른 사람들을 개의치 않고 모든 것을 뛰어넘는다는 뜻의 프랑스어 관용구 jeter son bonnet par-dessus les moulins을 러시아어로 직역한 표현.

30 프랑스어 enfant terrible을 러시아어로 직역한 표현. 앞에서 먀그까야 공작부인의 성격을 나타낼 때 프랑스어 그대로 썼던 표현이다.

가 말했다. “전 결코 이해를 못 하겠어요. 여기서 남편의 역할을 이해하지 못하겠어요.”

“남편요? 리자 메르깔로바의 남편은 그녀 뒤에서 담요를 들고 다니며 항상 돌봐줄 태세지요. 하지만 그 이상 실제로 어떤지는 아무도 알고 싶어하지 않아요. 아시죠, 상류 사교계에서는 옷차림의 몇몇 구체적인 사항들에 대해서는 말을 안 할뿐더러 생각조차 않는다는 걸 말예요. 이것도 바로 그런 거지요.”

“롤란다끼의 축연에 갈 거예요?” 화제를 바꾸려고 안나가 물었다.

“그럴 생각 없어요.” 벳시가 대답하고 친구를 보지 않은 채 조심스럽게 작고 투명한 잔에 향기로운 차를 따르기 시작했다. 찻잔을 안나 쪽으로 밀어놓고 그녀는 가느다란 담배를 꺼내 은제 담뱃대에 끼워 피우기 시작했다.

“자, 알죠, 제가 운 좋은 위치에 있는 거.” 이미 웃음을 거둔 채 찻잔을 들면서 그녀가 말을 시작했다. “저는 당신을 이해하고 리자를 이해해요. 리자는 본성이 천진한 여자들 중 하나예요. 어린애같이 뭐가 좋고 나쁜지를 모르지요. 적어도 그녀가 어렸을 적에는 몰랐지요. 지금은 아마도 일부러 모르는 척할 거예요.” 벳시는 묘한 웃음을 지으며 말했다. “하지만 어쨌든 그게 그녀에게 어울려요. 알겠지만, 동일한 사물에 대해서 비극적으로 볼 수도 있고 거기서 고통을 만들어내기도 하지만 그냥 쉽게, 즐겁게 볼 수도 있지요. 아마도 당신은 사물을 너무 비극적으로 보는 경향이 있는 것 같네요.”

“나 자신을 아는 것만큼 다른 사람들을 알 수 있으면 얼마나 좋을까요?” 안나는 생각에 잠긴 채 심각하게 말했다. “제가 다른 사람들보다 더 나쁠까요, 아니면 더 좋을까요? 전 나쁘다고 생각해요.”

“끔찍한 아이네요. 끔찍한 아이네요!” 벳시가 되풀이해서 말했다. "근데 저기 사람들이 오네요."

18

발소리가 들려오고 남자 목소리, 여자 목소리, 웃음소리가 들리더니 기다렸던 손님들이 들어왔다. 사포 시똘쯔와 건강이 넘치고 윤기가 흐르는, 바시까라고 불리는 젊은 남자였다. 피가 뚝뚝 떨어지는 비프스테이크, 송로버섯, 부르고뉴산 고급 적포도주를 섭취한 것이 몸에 저장된 듯 보였다. 바시까는 귀부인들에게 절을 하고 그들을 쳐다보았으나 한순간뿐이었다. 그는 사포의 뒤를 따라 응접실로 들어가더니 마치 그녀에게 묶인 것처럼 졸졸 따라다니며 삼킬 것처럼 번득거리는 시선을 그녀로부터 한순간도 떼지 않았다. 사포 시똘쯔는 검은 눈에 금발이었다. 그녀는 굽이 높은 구두를 신고 활기찬 잰걸음으로 들어와 남자처럼 귀부인들의 손을 힘있게 쥐었다.

안나는 이 새로운 유명 인사를 한번도 만난 적이 없었는데, 그녀의 아름다움과 지나치게 눈에 띄는 의상과 행동거지의 대담함에 놀랐다. 자기 머리칼과 장식용 가발이 섞인 부드러운 금발은 예샤포다시[31]로 빗어서, 그 머리의 크기가 대담하게 드러내고 지나치다 싶게 앞으로 내민, 보기 좋게 부풀어오른 가슴만큼 컸다. 앞으로 나아가는 동작은 움직일 때마다 옷 아래에서 무릎과 허벅지의 형태를 뚜렷하게 드러냈고, 상반신은 한껏 노출되고 등과 하반신은 너

31 쇠막대를 연결하여 가건물 모양으로 높이 부풀린 헤어스타일.

무나 감추어져 그녀의 실제 몸, 작고 균형 잡힌 몸은 이 잘 꾸며진 흔들리는 산의 뒤쪽 어디에서 끝나는 건지 저절로 의문이 생겼다.

벳시가 서둘러 안나를 소개했다.

"믿을 수 있으시겠어요? 우리는 병사 두명을 치어죽일 뻔했어요." 그녀는 눈을 깜빡거리고 미소를 지어가며 한쪽으로 돌아간 치마 뒤꽁무니를 잡아당기면서 곧장 말을 시작했다. "제가 바시까랑 마차를 타고 오는데요…… 아 참, 그를 모르시지요." 그녀는 그의 성을 말하며 젊은 청년을 소개했다. 그러고는 잠시 얼굴을 붉히며 모르는 여인 앞에서 그를 바시까라고 부른 자기 잘못에 대해 소리 내어 웃었다.

바시까는 다시 한번 안나에게 허리 굽혀 절을 했지만 그녀에게 아무 말도 하지 않았다. 그는 사포를 향했다.

"내기에 지셨네요. 우린 일찍 도착했습니다. 값을 치르셔야죠." 그가 웃으면서 말했다.

사포는 다시 한번 소리 내어 웃었다.

"지금은 안 돼요." 그녀가 말했다.

"아무래도 좋아요. 나중에 받지요."

"좋아요, 좋아요. 아 참!" 갑자기 그녀는 여주인을 향했다.

"나 좀 봐…… 제가 잊었네요. 손님을 모시고 왔어요. 자, 이분이에요."

사포가 데리고 왔으나 잊고 있었던 예기치 않은 손님은 나이는 젊지만 대단히 신분이 높은 인물이어서 두 귀부인은 그를 맞느라 일어섰다.

그는 사포의 새 숭배자였다. 그도 바시까처럼 그녀가 가는 곳마다 뒤를 쫓아다니고 있었다.

곧 깔루시스끼 공작이 도착했고, 리자 메르깔로바가 스뜨레모프와 함께 도착했다. 리자 메르깔로바는 마른 체격에 거무스름하고 머리칼이 갈색이었으며 동양적인 나른한 표정에 다들 이야기하듯이 수수께끼같이 신비스러운 눈을 가진 매혹적인 여자였다. 그녀의 어두운 색조의 옷차림은(안나는 이를 금세 알아보고 높이 평가했다) 그녀의 아름다움에 완벽하게 어울렸다. 사포가 선이 또렷하고 활기에 넘치는 만큼 리자는 온화하고 느슨했다.

하지만 안나의 취향에는 리자가 훨씬 더 매혹적이었다. 벳시는 안나에게 그녀가 천진한 어린애 같은 행동거지를 흉내 낸다고 말했는데, 그녀를 직접 보니 안나는 그것이 사실이 아니라고 느꼈다. 그녀는 실제로 천진하고 방탕한 동시에 사랑스럽고 무책임한 여자였다. 그녀의 행동거지와 말투는 사포의 것과 똑같았고, 그녀의 뒤에는 사포와 마찬가지로 그녀를 삼킬 듯이 바라보며 마치 실로 꿰맨 것처럼 따라다니는 젊은 숭배자 한명과 늙은 숭배자 한명이 있었다. 그러나 그녀에게는 그녀를 둘러싸고 있는 것보다 더 가치 있는 뭔가가 있었다. 그녀에게는 유리 가운데 있는 최상급 다이아몬드의 반짝임이 있었다. 그 반짝임은 수수께끼같이 신비스러운, 매혹적인 그녀의 눈에서 나오는 것이었다. 다크서클이 있는 이 눈의 지친 듯하면서도 열정적인 시선은 그 완전한 솔직함 때문에 충격적이었다. 이 눈을 바라보면 누구나 자신이 그녀의 모든 것을 알고 있다고 여겼고, 그녀를 알고 나서는 사랑하지 않을 수 없게 되었다. 안나를 보더니 그녀의 얼굴 전체가 갑자기 기쁨의 미소로 빛났다.

"아, 만나봬서 얼마나 기쁜지 몰라요!" 그녀가 안나에게 다가오며 말했다. "어제 경마장에서 당신에게로 가려고 했는데 벌써 떠나셨던데요. 정말 만나뵙고 싶었어요. 정말 끔찍했지요?" 그녀는 마음속을 다 열어 보이는 것 같은 그녀 특유의 시선으로 안나를 보면서 말했다.

"네, 그렇게 흥분시키리라고는 전혀 예상하지 못했지요." 안나가 얼굴을 붉히며 말했다.

사람들은 정원으로 나가기 위해 일어났다.

"전 안 갈래요." 리자는 미소를 띠고 안나 옆으로 다가앉으며 말했다. "안 가실 거죠? 크로켓 같은 걸 할 기분이 아니네요!"

"아뇨, 전 좋아해요." 안나가 말했다.

"그렇군요, 이런 게 바로 당신이 지루해지지 않도록 행동하시는 방법이지요? 당신을 바라보면 유쾌해요. 당신은 살아 있는데 저는 지루해하지요."

"어떻게 지루해하지요? 당신네들은 뻬쩨르부르그에서 가장 유쾌한 모임인데요." 안나가 말했다.

"우리 모임이 아닌 사람들에겐 그렇게 보이겠지요. 하지만 우리가, 아마 제가 유쾌하지 않은가봐요. 끔찍하게 끔찍하게 지루해요."

사포는 담배를 피우면서 두 젊은이와 정원으로 나갔다. 벳시와 스뜨레모프는 차를 마시느라 남아 있었다.

"뭐라고요, 지루하다고요?" 벳시가 말했다. "사포가 그러는데 어제 당신 집에서 매우 즐거웠다고 하던데요."

"아, 정말 지루했어요!" 리자 메르깔로바가 말했다. "경마가 끝나고 모두들 우리 집에 왔어요. 여전히 똑같은 사람들, 똑같은 사람들이었죠! 모든 게 똑같았어요. 저녁 내내 소파에서 빈둥거렸지요. 무슨 재미가 있었겠어요? 이건 정말 아니죠. 지루하지 않도록 하기 위해서 어떻게 하세요?" 그녀는 다시 안나를 향하면서 말했다. "다들 당신을 봐야 해요. 당신은 아마도 행복하거나 불행할 수는 있지만 권태를 모르는 분이니까요. 어떻게 그렇게 하시는지 가르쳐주세요."

"전 아무것도 안 하는데요." 이 집요한 질문들에 얼굴이 붉어진 안나가 대답했다.

"가장 현명한 행동이십니다." 스뜨레모프가 대화에 끼어들었다.

스뜨레모프는 오십세가량으로 머리는 반백이었으나 아직 생기가 넘쳤고, 매우 못생기긴 했지만 개성이 강하고 머리가 좋은 남자였다. 리자 메르깔로바는 그의 아내의 조카딸이었는데, 그는 모든 여가 시간을 그녀와 보내고 있었다. 사교적이고 머리가 좋은 그는 정적의 아내인 안나 까레니나를 만나면 특히 상냥하게 굴려고 애를 썼다.

"아무것도 하지 않는다." 가늘게 웃으면서 그가 끼어들었다. "그게 가장 좋은 방법이지요. 예전부터 말했잖소." 그는 리자 메르깔로바를 향해 말했다. "권태를 느끼지 않으려면 권태로울 거라 생각하지 않아야 한다고. 이건 불면증 환자가 되는 것이 겁이 나면 잠들지 못할까봐 두려워하지 않아야 하는 것과 마찬가지 문제요. 바로 이 점을 안나 아르까지예브나가 알려준 거요."

"제가 그렇게 말할 수 있었다면 정말 기뻤을 거예요. 그건 현명한 말일 뿐만 아니라 진실이니까요." 미소를 띠며 안나가 말했다.

"아니요, 당신이 말해주세요. 어째서 잠들 수 없고 지루해할 수밖에 없는지를요."

"일을 좀 하고 나야 잠이 들고, 역시 일을 좀 하고 나야 유쾌해져요."

"제 일이 아무에게도 소용이 없는데 제가 뭣 때문에 일을 해야 하나요? 전 일부러 위선을 떠는 재주가 없는데다 그러고 싶지도 않아요."

"구제불능이오." 스뜨레모프가 그녀를 쳐다보지 않고 말하고는 다시 안나를 향했다.

그는 안나를 드물게만 만났기 때문에 사소한 일 이외에는 아무 말도 할 게 없었다. 하지만 그는 그녀가 뻬쩨르부르그로 옮겨왔을 때의 일이나 리지야 이바노브나 백작부인이 그녀를 얼마나 좋아했는지 같은 사소한 일에 대해 말했다. 그것도 자신이 온 마음으로 그녀를 친절하게 대하기를 원하며 그녀를 존경하는 마음과 그 이상을 보이기를 원한다는 것을 드러내는 표정으로.

뚜시께비치가 다들 크로켓 선수를 기다리고 있다고 말하며 들어왔다.

"아뇨, 가지 마세요, 제발." 리자 메르깔로바는 안나가 일어서려고 하는 것을 보고 청했다. 스뜨레모프가 그녀에게 합세했다.

"지나치게 심하게 대조되네요." 그가 말했다. "이런 모임에 있다가 브레제 노부인에게 가는 건 정말 너무 충격일 겁니다. 게다가 좀 지나면 그분은 당신의 방문을 다른 사람들을 비방하는 기회로 삼을 겁니다. 하지만 여기서 당신은 다른, 가장 좋은, 비방과는 정반대의 감정을 불러일으키시지요." 그가 그녀에게 말했다.

안나는 순간 결정을 못 하고 생각에 잠겼다. 이 똑똑한 사람의 아부, 리자 메르깔로바가 보이는 순진한, 어린애 같은 호감, 그리고 익숙한 사교계의 분위기—이 모든 것은 무척 수월한 일이었다. 하지만 그녀를 기다리고 있는 것은 이 순간 남아 있으면 안 될까, 고백의 어려운 순간을 좀더 미루면 안 될까 결정을 못 내릴 만큼 어려운 것이었다. 하지만 아무 결정도 내리지 않을 경우 집에서 자신을 기다리고 있을 일을 떠올리고, 두 손으로 머리카락을 움켜쥐었을 때의 몸짓, 그녀 스스로에게도 끔찍한, 기억 속에 남아 있는 그 몸짓을 떠올리고 그녀는 작별하고 떠나왔다.

19

경박해 보이는 사교계 생활을 하고 있었음에도 불구하고 브론스끼는 무질서를 혐오하는 인간이었다. 군대에 들어온 뒤 아직 젊은 시절에 궁지에 몰려서 돈을 꾸려고 부탁했다가 거절당한 모욕을 경험한 이후로 그는 한번도 그런 처지에 빠진 적이 없었다.

자신의 재정 상태를 질서 있게 유지하기 위하여 그는 상황을 봐가며 일년에 다섯차례 정도는 혼자 틀어박혀 자신의 상황을 명확하게 처리했다. 그는 이를 청산 또는 *세탁*[32]이라고 불렀다.

경마가 있던 다음 날 늦게 잠이 깬 브론스끼는 면도도 안 하고 목욕도 안 한 채 제복 윗도리를 걸치고 책상 위에 돈, 계산서, 편지를 펼쳐놓고 작업을 하기 시작했다. 뻬뜨리쯔끼는 잠에서 깨어 동료가 책상 앞에 앉아 있는 것을 보고 이런 상황에서는 그가 곧잘 성을 내곤 한다는 걸 알기 때문에 그를 방해하지 않고 조용히 옷을 입고 나왔다.

자신을 둘러싼 복잡한 상황을 세세한 부분까지 알고 있는 사람은 누구나 저도 모르게 그런 복잡한 상황과 그것을 명확히 파악해야 하는 어려움이 자신에게만 우연히 일어난 일이라고 상정하고,

32 faire la lessive(프랑스어).

다른 사람들도 그와 꼭 마찬가지로 자신들의 복잡한 개인적 문제들에 둘러싸여 있다는 것을 전혀 생각하지 못한다. 브론스끼도 그렇게 여기고 있었다. 그래서 그는 내적 자존심을 적잖이 느끼면서, 또 그 나름의 이유를 가지고, 다른 사람들이 그처럼 어려운 상황에 처하게 된다면 모두들 벌써 궁지에 몰렸을 것이고 어리석게 행동할 수밖에 없었으리라고 생각했다. 하지만 브론스끼는 궁지에 몰리지 않기 위해서는 바로 즉시 청산을 해서 자신의 상황을 명확히 해야만 한다고 느꼈다.

브론스끼가 가장 쉬운 과제로서 첫번째로 붙잡은 것은 돈 문제였다. 그가 작은 글씨로 편지지에 자신이 진 빚을 모두 써서 합산을 해보니 빚을 청산하기 위해 내주어야 하는 돈이 일만 칠천 하고도 몇백이었다. 돈과 수표를 합해보니 그에게 남은 것은 천팔백 루블이었고 새해까지는 수입을 기대할 수 없었다. 빚의 목록을 되풀이해 읽으면서 그는 세 부류로 구분해서 다시 적었다. 첫번째 부류에 속하는 것은 당장 갚아야 하는 빚과 갚아달라는 요구를 받으면 지체 없이 갚을 수 있도록 돈을 마련해두어야 하는 빚이었다. 그런 빚이 사천가량 되었다. 천오백은 말 대금이었고 이천오백은 그가 있는 자리에서 카드 도박꾼에게 돈을 잃은 젊은 동료 베넵스끼를 위해 보증을 선 돈이었다. 그때 브론스끼는 당장 돈을 지불하려고 했지만(그때 그에게는 돈이 있었다) 베넵스끼와 야시빈이 게임도 하지 않은 브론스끼가 아니라 자신들이 지불해야 한다고 주장했던 것이다. 이 일은 그 자리에서는 잘 마무리가 되었지만, 브론스끼는 자신이 베넵스끼를 위해서 보증을 서겠다고 구두로 약속한 것이기는 해도 이런 더러운 일의 경우 사기꾼에게 돈을 던져주고 그와 더이상 말을 섞지 않기 위해서는 이천오백이 꼭 필요하다는 것을 알고 있었다. 그래서 이 첫번째 가장 중요한 부류에 사천이 필요한 것이었다. 두번째 부류에는 팔천이 필요했는데, 이는 덜 중요한 빚이었다. 이는 주로 경마장 마구간, 귀리와 여물을 공급하는 업자, 영국인 조마사, 마구 제조업자 등에게 갚아야 할 빚이었다. 이 빚도 이천가량은 지불해야 마음이 평온할 수 있었다. 빚의 마지막 부류는 상점, 레스토랑, 양복점에 내야 하는 것들이었는데, 이것들에 대해서는 생각할 여유가 없었다. 그러니 지출할 돈으로 적어도 육천이 있어야 했지만 지금 수중에는 천팔백밖에 없었다. 모두들 브론스끼의 재산을 감안할 때 그가 연간 십만의 수입을 올린다고 보았는데, 그 정도의 수입이 있는 사람에게 이 정도 빚은 문제될 것이 없었다. 하지만 문제는 그의 수입이 십만보다 훨씬 적다는 데 있었다. 단독으로 연 수입을 이십만까지 가져다주는 아버지의 거대한 영지는 형제들 간에 분배되지 않았다. 형이 빚더미 위에서 십이월당원[33]의 딸로 아무 재산이 없는 바랴 치르꼬바와 결혼할 당시 알렉세이는 그냥 해마다 이만 오천을 달라고 말하고 형에게 아버지 영지의 수입을 모두 양보했다. 당시 알렉세이는 형에게 그가 결혼할 때까지, 아마도 결코 그렇게 되지 않겠지만, 이 돈이면 충분하다고 말했다. 그리고 형은 가장 비용이 많이 드는 연대 하나를 지휘하면서 막 결혼까지 한 상태라 이 선물을 받아들이지 않을 수 없었다. 약속된 이만 오천 이외에, 자신의 영지를 따로 소유하고 있는 어머니가 알렉세이에게 해마다 이만가량을 더 주었고, 알렉세이는 이 돈을 모두 쓰면서 살았다. 최근에 와서 그의 연애 문제와 모스끄바를 떠나 있는 것 때문에 그와 싸운 이후 어머니는 그에

33 1825년 12월 러시아 최초의 근대적 혁명을 꾀한 자유주의자 제까브리스뜨를 일컫는다. 러시아어로 '12월'을 가리키는 말에서 유래했다.

게 돈을 보내는 것을 중단했다. 그래서 그 결과, 사만 오천으로 사는 습관을 들여온 브론스끼는 올해 이만 오천의 수입으로 궁지에 몰리게 된 것이었다. 궁지에서 빠져나오기 위해 어머니에게 돈을 부탁할 수는 없었다. 어제 받은 어머니의 마지막 편지가 특히 그의 신경을 돋우었는데, 그 편지 속에는 모든 지체 높은 사교계에 스캔들을 일으키는 생활이 아니라 사교계와 군대에서의 성공을 위해서 어머니가 그를 도울 준비가 되어 있다는 암시가 들어 있었기 때문이었다. 그를 돈으로 사려고 하는 어머니의 욕심은 그를 마음 깊이 모욕했으며 어머니에 대해 더욱 차갑게 느끼도록 만들었다. 하지만 그는 이미 자기가 한 관대한 말을 거두어들일 수는 없었다. 그렇지만 그는 이제 어렴풋하게나마 까레니나와의 관계에 있어서 일어날 수 있는 몇가지 일을 예견하면서, 이 관대한 말이 깊은 생각 없이 입에서 나왔고 결혼하지 않은 그에게도 십만의 수입이 모두 필요할 수도 있다는 것을 느꼈다. 하지만 이 말을 철회할 수는 없었다. 이미 준 것을 뺏기는 불가능하다는 사실을 이해하기 위해서는 형의 아내를 기억하는 것으로 충분했다. 이 사랑스럽고 나무랄 데 없이 싹싹한 바랴는 기회 있을 때마다 그녀가 그의 관대함을 기억하고 있고 이를 높이 평가한다는 것을 상기시켰던 것이다. 이는 여자를 때리거나 여자를 상대로 도둑질을 하거나 거짓말을 하는 것과 마찬가지로 불가능한 일이었다. 그가 할 수 있고 해야 할 일은 단 한가지였다. 고리대금업자에게서 일만을 빌리고—이는 어려울 것 없는 일이었다—지출을 전체적으로 줄이고 경주마들을 파는 것이었다. 이를 결심하자 바로 그는 그에게서 말을 사겠다고 여러번 사람을 보내왔던 롤란다끼에게 쪽지를 썼다. 그러고 나서 영국인과 고리대금업자에게 쪽지를 쓰고 자신에게 남은 돈을 계산하여 나누어놓았다. 이 일을 마치고 나서 그는 어머니의 편지에 차갑고 똑 부러지는 답장을 썼다. 그다음에 지갑에서 안나의 쪽지 세 장을 꺼내어 여러번 읽은 후 그것을 태우고 나서 어제 그녀와 나눈 대화를 떠올리고 생각에 잠겼다.

20

브론스끼의 삶이 특히 운 좋게 진행된 것은 그가 해야 하거나 해서는 안 되는 모든 것을 의심할 바 없이 정해주는 행동 강령을 가지고 있기 때문이었다. 이 행동 강령에는 몇 안 되는 사항들만이 포함되어 있었다. 이 행동 강령은 사기도박꾼에게는 돈을 지불해야 하지만 양복점에는 지불할 필요가 없고, 남자들에게는 거짓말을 하면 안 되지만 여자들에게는 거짓말을 해도 되고, 아무도 속여서는 안 되지만 남편들은 속여도 되고, 모욕을 용서하면 안 되지만 모욕을 하는 것은 된다는 등등을 의심할 바 없이 정해주었다. 이 행동 강령은 모두 불합리하고 추하지만 의심할 바 없는 것들이었으므로, 이렇게 행동하면서 브론스끼는 마음이 평온했고 고개를 높이 들 수 있었다. 아주 최근에 와서야 브론스끼는 안나와의 관계로 인하여 그의 행동 강령이 모든 상황을 정해주는 것은 아니며 그로서는 더이상 해결의 실마리를 찾지 못하는 곤란하고 절망적인 문제들이 앞으로 닥쳐올 것을 느끼기 시작했다.

안나와 그녀의 남편과 그 사이의 현재의 관계는 그에게 간단하고 명확했다. 그것은 그를 이끌어가는 행동 강령에 명확하고 정확하게 정해져 있었다.

그녀는 그에게 사랑을 주는 행실 바른 여자였고 그는 그녀를 사랑했으며, 따라서 그녀는 그에게 합법적인 아내와 똑같이, 나아가 그보다 더 존경받을 가치가 있는 여자였다. 그는 그녀에게 말이나 암시로라도 모욕하는 것은 물론 여자가 기대하는 존경을 표하지 않기보다는 먼저 자신의 팔을 잘라버렸을 것이다.

사교계에 대한 관계도 역시 명확했다. 모두가 알고 있고 의심하지만 누구도 감히 말을 해서는 안 되었다. 그렇지 않을 경우에 그는 말하는 사람의 입을 막거나 그가 사랑하는 여자의 명예를, 그것이 존재하지 않더라도, 존중하도록 할 수 있었다.

그 남편에 대한 관계는 무엇보다도 명확했다. 안나가 브론스끼를 사랑하게 된 순간부터 그는 그 여자에 대해 자신만이 권리를 가질 수 있다고 여겼다. 남편이란 쓸데없는 방해꾼일 뿐이었다. 그는 의심할 바 없이 비참한 처지에 있지만 무슨 일을 할 수 있단 말인가? 남편이 할 수 있는 일은 손에 총을 쥐고 결투를 요청하는 일이었고 브론스끼는 처음부터 준비된 상태였다.

하지만 최근에 와서 그와 그녀 사이에 새로운 내적인 관계들이 나타났고, 그 불확정성이 브론스끼를 당혹스럽게 했다. 어제야 그녀는 임신 사실을 그에게 알렸다. 그도 이 소식과 그녀가 그로부터 기대하는 바가 그의 생활을 주도하는 행동 강령으로 완전히 규정되지 않는다는 것을 느꼈다. 실제로 그는 불시에 이 문제에 부딪혔으며, 그녀가 자신의 처지에 대해 말한 처음 순간 그의 심장은 그녀에게 남편을 떠나도록 요구하라고 말했다. 그는 그렇게 말했지만, 지금 곰곰 생각해보니 그렇게 하지 않고 해결하는 것이 더 낫겠다는 것을 분명히 알았다. 하지만 그와 동시에 그는 자신에게 이렇게 말하면서 두려워했다—이것이 추한 일이 아닐까 하고.

'내가 그녀에게 남편을 떠나라고 말했다면 그건 나와 함께 살자는 뜻이다. 내가 준비가 되어 있나? 지금 돈이 하나도 없는데 어떻게 그녀를 데리고 오나? 내가 어찌어찌 꾸려갈 수 있다고 하자…… 하지만 내가 군대에 있는데 어떻게 그녀를 데리고 오나? 내가 그 말을 했다면 나는 준비가 되어 있어야 한다. 즉, 돈이 있어야 하고 퇴역을 해야 한다.'

그리고 그는 또 생각에 잠겼다. 퇴역을 할까 말까 하는 문제는 그의 인생 전체에 있어서 감추어져 있지만 거의 가장 중요한, 그 자신만이 아는, 남모르는 또다른 관심사로 그를 이끌었다.

공명심은 그의 소년 시절과 청년 시절의 오랜 꿈이었다. 그가 스스로에게도 인정하지 않았던 이 꿈은 매우 강한 것으로, 지금 이 열정이 그의 사랑과 싸우고 있었다. 사교계와 군대 복무의 첫걸음은 성공적이었다. 하지만 이년 전에 그는 큰 실수를 범했다. 그는 독립성을 보이면서 진급하기를 원하여, 그의 가치를 더 높여주리라는 희망에서 자신에게 제안된 자리를 거절했던 것이다. 하지만 결과적으로는 그가 너무 앞서나간 것이 되었고, 그를 그냥 내버려두도록 한 셈이 되었다. 그래서 그는 자의 반 타의 반으로 자신을 독립적인 인간으로 만든 후에는 마치 자신이 아무에게도 화를 내지 않고 누구로부터도 모욕을 받은 적이 없으며 즐거운 상태인 자신을 평온하게 내버려두기만을 원하는 것처럼 매우 세련되고 영리하게 처신하면서 그 상태를 유지하고 있었다. 그러나 사실은 그가 모스끄바로 온 작년부터 즐거운 상태는 끝이 났다. 그는 모든 것을 할 수 있지만 아무것도 원하지 않는다는 이 독립적 인간이라는 위치가 이미 빛이 바래기 시작했다는 것, 많은 사람들이 벌써 그가 명예를 지키는 선량한 젊은이로 지내는 것 이외에는 아무것도 할 수 없다고 생각하기 시작했다는 것을 느끼고 있었다. 까레니나와의 관계가 굉장한 스캔들을 일으키며 모든 사람의 주목을 받게 되어 그에게 새로운 광채가 주어지자 그를 찌르던 공명심이라는 벌레는 일시적으로 잠잠해졌다. 하지만 이 벌레가 일주일 전에 새로운 힘으로 깨어났다. 어린 시절부터 친구이자 같은 계급, 같은 사교계에 속하면서 학교에서도, 운동에서도, 장난질에서도, 공명심에서도 그와 경쟁하던 군대 동기인 세르뿌홉스꼬이가 최근에 중앙아시아에서 두 계급이나 승진하여 돌아왔는데, 이는 그렇게 젊은 장교에게는 드물게 주어지는 영예였다.[34]

그가 뻬쩨르부르그로 돌아오자마자 사람들은 새로 떠오르는 가장 큰 별로서 그에 대해 이야기하기 시작했다. 브론스끼와 동갑내기이자 군대 동기인 그는 이제 장군이었고 국가적 사업에 영향을 미칠 수 있는 자리를 기다리고 있었는데, 브론스끼는 비록 독립적이고 눈부신 청년이고 매력적인 여인으로부터 사랑을 받고 있기는 했지만 그가 원하는 만큼 독립성이 주어지는 기병대위일 뿐이었다. '물론 나는 세르뿌홉스꼬이를 부러워하지 않고 부러워할 수도 없지. 하지만 그의 출세는 내게 때를 기다려야 할 필요가 있다는 것, 나 같은 사람의 출세는 어쩌면 매우 빨리 이루어질 수도 있다는 것을 말해주지. 삼년 전만 해도 그는 나와 같은 위치에 있었지. 퇴역을 하는 것은 내가 탄 배를 불태우는 꼴이야. 군대에 남아서 손해 볼 건 없어. 그녀 자신도 현 상태를 바꾸기를 원하지 않는다고 말했어. 내가, 그녀의 사랑을 받는 내가 세르뿌홉스꼬이를 부러워할 수는 없어.' 그리고 그는 콧수염을 천천히 돌리면서 책상

34 1860~70년대에 러시아 장교는 러시아가 중앙아시아를 침공하여 러시아화하는 데 투입된 경우 매우 빠르게 승진할 수 있었다.

에서 일어나 방 안을 서성거리기 시작했다. 그의 눈이 특히 환하게 빛나기 시작했고, 그는 자신의 처지를 명확히 했을 때면 항상 찾아오는 확고하고 평온하고 기쁜 정신 상태를 느끼고 있었다. 해묵은 계산을 끝낸 후처럼 모든 것이 깨끗하고 명확했다. 그는 면도를 하고 옷을 갈아입고, 냉수욕을 하고 밖으로 나왔다.[35]

21

"자네를 데리러 왔어. 오늘은 세탁하는 데 오래 걸렸네." 뻬뜨리쯔끼가 말했다. "그래, 다 끝났어?"

"끝났네." 브론스끼는 지나치게 대담하거나 빠른 움직임으로 일들이 정리된 상태를 조금이라도 무너뜨릴까봐 눈으로만 웃으며 수염 끝을 조심스레 돌리면서 대답했다.

"그 일을 하고 나면 자네는 목욕탕에서 나온 것 같아." 뻬뜨리쯔끼가 말했다. "난 그리쯔까(그들은 연대장을 그렇게 불렀다)에게서 오는 길이야. 자네를 기다리고 있네."

브론스끼는 대답 없이 다른 것을 생각하면서 동료를 바라보았다.

"근데 이건 그의 집에서 나오는 음악인가?" 그는 들려오는 저음의 나팔 소리, 폴카와 왈츠의 익숙한 음에 귀를 기울이며 말했다.

35 이 부분에 대해서 세계의 여러 번역가들은 똘스또이가 실수로 문장의 순서를 잘못 썼다고 여겨서 면도를 하고 냉수로 씻은 다음 옷을 입고 밖으로 나왔다고 옮긴 경우가 많다. 원문에 충실하려고 노력한 역자는 브론스끼가 면도를 하고 옷을 갈아입고 얼굴이나 머리만 찬물로 씻고 나왔을 수도 있고, 그가 면도를 하고 내의를 갈아입은 뒤 찬물로 씻으면서 내의를 벗었다가 다시 입었을 수도 있다고 생각한다.

"무슨 축연이야?"

"세르뿌홉스꼬이가 도착했어."

"아!" 브론스끼가 말했다. "그걸 몰랐군."

그의 두 눈의 미소가 더욱 선명하게 빛나기 시작했다.

사랑하기 때문에 행복하고 사랑에 공명심을 희생했다고 스스로에게 다짐하자—적어도 그런 역할을 받아들이자 브론스끼는 더 이상 세르뿌홉스꼬이에게 질투도, 그가 연대에 왔으면서도 자신에게 우선 들르지 않은 것에 대한 유감도 느낄 수 없었다. 세르뿌홉스꼬이는 좋은 친구였고, 그는 그가 온 것이 기뻤다.

"아, 무척 기쁘군."

연대장 죠민은 지주의 커다란 저택을 빌려 살고 있었다. 모든 사람들은 널찍한 아래층 발코니에 있었다. 마당에서 처음으로 브론스끼의 눈에 들어온 것은 보드까통 옆에 서서 제복을 입고 노래를 부르는 합창대원들과 장교들에게 둘러싸인 연대장의 건강하고 유쾌한 모습이었다. 그는 발코니 맨 앞 계단으로 나와서 연주되는 오펜바흐의 까드리유 음악보다 더 크게 소리를 지르며 뭔가를 지시하면서 양옆에 선 군인들에게 손을 저어댔다. 군인들 무리, 기병대장, 몇몇 하급 장교들이 브론스끼와 함께 발코니 쪽으로 다가갔다. 연대장은 식탁으로 돌아가 잔을 들고 다시 계단으로 나와 축배의 말을 크게 외쳤다. "우리의 옛 동료이자 용감한 장군인 세르뿌홉스꼬이 공작의 건강을 위하여! 만세!"

연대장 뒤에서 세르뿌홉스꼬이도 잔을 손에 들고 미소를 지으며 계단으로 나왔다.

"자네는 점점 젊어지는군, 본다렌꼬." 그는 바로 앞에 서 있는, 재임용된 체격 좋은 붉은 빰의 기병대장을 향해 말했다.

브론스끼는 세르뿌홉스꼬이를 삼년 동안 보지 못했다. 그는 구레나룻을 길러 나이 들어보였지만 여전히 균형 잡힌 몸매를 가지고 있었고, 잘생겨서보다는 얼굴과 풍채에 나타나는 온화함과 고귀함 때문에 강한 인상을 주었다. 브론스끼가 알아챈 그의 유일한 변화는 고요하고 흔들림 없는 광채였다. 이는 성공했고 이 성공이 모든 사람들에게 인정받는 것을 확신하는 사람들의 얼굴에 새겨져 있는 그런 광채였다. 브론스끼는 이 광채를 알고 있었고, 세르뿌홉스꼬이의 얼굴에서 당장 이 광채를 알아보았다.

계단에서 내려오던 세르뿌홉스꼬이는 브론스끼를 알아보았다. 기쁨의 미소가 세르뿌홉스꼬이의 얼굴을 빛나게 했다. 그는 브론스끼에게 인사를 하며, 몸을 곧추세우고 입맞춤을 하려고 입술을 동그랗게 만들고 있는 기병대장에게 먼저 다가가지 않을 수 없다는 것을 나타내는 표시로 고개를 위로 향하며 술잔을 높이 들었다.

"자, 여기 왔군!" 연대장이 소리 질렀다. "야시빈이 자네 기분이 좋지 않다고 말하던데."

세르뿌홉스꼬이는 체격 좋은 젊은이인 기병대장의 축축하고 싱싱한 입술에 입맞춤을 하고 손수건으로 입을 닦은 다음 브론스끼에게 다가왔다.

"아, 정말 기쁘이!" 그는 브론스끼의 손을 잡고 한쪽 옆으로 데려가면서 말했다.

"그를 부탁하네!" 연대장은 브론스끼를 가리키면서 야시빈에게 외치고 군인들에게로 내려갔다.

"어제 왜 경마장에 오지 않았나?" 브론스끼가 세르뿌홉스꼬이를 훑어보며 말했다.

"도착하니 늦었더군. 내 잘못이야." 그는 덧붙여 말하고 부관에게 몸을 돌렸다. "자, 몇 사람이 되건 내가 한턱내도록 좀 해주게."

그는 서둘러 지갑에서 백 루블짜리 지폐 세장을 꺼내더니 얼굴을 붉혔다.

"브론스끼! 뭘 좀 먹거나 마시겠나?" 야시빈이 물었다. "어이, 여기 백작님께 먹을 것 좀 가져와! 마실 건 여기 이걸로 하고."

연대장 집의 술판은 오래 계속되었다.

아주 많이들 마셨다. 사람들은 세르뿌홉스꼬이를 들어올려 높이 헹가래 쳤다. 그다음에는 연대장을 헹가래 쳤다. 그러고 나서 연대장은 직접 가수들 앞에서 빼뜨리쯔끼와 춤을 추었다. 그런 뒤 연대장이 이미 어느정도 힘이 빠진 채 마당에 있는 벤치에 앉아 야시빈에게 러시아가 프로이센보다 특히 기병대 공격에 있어서 우월하다는 점을 증명하기 시작하자 술잔치는 일순 잠잠해졌다. 세르뿌홉스꼬이는 집 안으로 들어가 손을 씻으려고 화장실에 갔다가 거기서 브론스끼를 보았다. 브론스끼는 물을 뒤집어쓰고 있었다. 그는 제복 윗도리를 벗고 털북숭이 벌건 목을 수도꼭지 아래 대고 손으로 목과 머리를 씻고 있었다. 씻고 나서 브론스끼는 세르뿌홉스꼬이 가까이에 앉았다. 소파에 앉자마자 둘 사이에는 둘 모두에게 무척 흥미로운 대화가 시작되었다.

"자네에 대한 모든 것을 아내를 통해 들었네." 세르뿌홉스꼬이가 말했다. "자네가 내 아내를 자주 본다니 기쁘네."

"자네 아내는 바랴와 친구 사이고, 두 사람은 내가 만나면 기쁨을 느끼게 되는 유일한 뻬쩨르부르그 여성들이라네." 브론스끼가 대답하면서 이제 진행될 대화의 주제를 미리 예측하고 기분이 좋아서 미소를 지었다.

"유일한 여성들이라고?" 세르뿌홉스꼬이가 미소를 지으며 되물었다.

"그리고 나도 자네에 대해서 자네 아내를 통해서만 아는 것은 아니지." 브론스끼가 엄격한 표정을 지어 그의 암시를 금하면서 말했다. "난 자네의 성공이 무척 기쁘네만 전혀 놀랍진 않았어. 더 많이 기대했다네."

세르뿌홉스꼬이가 씩 웃었다. 자신에 대한 이런 견해가 기분 좋은 일인 것은 분명했고, 그는 이를 감출 필요를 느끼지 않았다.

"터놓고 말하자면 난 반대로, 더 적게 기대했네. 하지만 나는 기쁘네. 무척 기쁘네. 나는 명예를 사랑하네. 이게 내 약점이지. 고백하네."

"아마 자네가 성공하지 않았다면 그런 고백은 하지 않았을 거네." 브론스끼가 말했다.

"그렇진 않네." 세르뿌홉스꼬이가 다시 미소를 지으며 말했다. "그것 없이 사는 것이 가치가 없다고 말하지는 않겠네. 하지만 지루했을 거야. 물론 내가 잘못 생각하는지도 모르겠네만, 나는 내가 선택한 활동 영역에 있어서 어느정도 능력이 있다고 여기고, 어떤 권력이든 내 손에 들어온다면 그건 내가 아는 다른 사람들 손에 들어간 것보다 나을 거라고 여기네." 성공 의식으로 기쁨에 넘쳐 세르뿌홉스꼬이가 말했다. "그래서 그것에 가까워지면 가까워질수록 나는 더욱더 만족을 느끼네."

"아마 그건 자네에게는 그럴 테지만 모든 사람들에게 다 그런 건 아니지. 나도 역시 그렇게 생각했었지만, 이제는 그냥 살고 있고 그것을 위해서 살 필요가 있다고 보지 않네." 브론스끼가 말했다.

"그래, 그거야 그거!" 세르뿌홉스꼬이가 소리 내어 웃으면서 말했다. "참, 내가 자네에 대한 소식을 들었다는 말로 시작했지. 자네가 거절한 것 말이네…… 물론 내가 자네에게 동조하기는 했지. 하지만 모든 것에는 행동 방식이 있다네. 나도 자네가 한 일 자체는 좋은 거라고 생각해. 하지만 자네는 그 일을 해야 하는 방식대로 하지는 않았네."

"지나간 일은 할 수 없어. 자네도 알지 않나. 난 내가 한 일을 후회한 적이 없어. 그리고 그후에도 난 잘 지내고 있네."

"한동안은 좋겠지. 하지만 자네는 그에 만족하지 않을 거네. 난 자네 형에게 말하고 있는 게 아니네. 자네 형은 사랑스러운 어린애지. 이 집 주인과 똑같아. 저기 보게!" 그는 "만세" 소리에 귀를 기울이며 덧붙였다. "저 사람은 즐거워하지만 자네는 그걸로 만족하지 못하네."

"내가 만족한다고 말하지는 않았네."

"게다가 이 문제만 중요한 건 아니네. 자네 같은 사람들이 필요하네."

"누구에게 말인가?"

"누구냐고? 사회에 필요하지. 러시아에는 사람들이 필요하고 당이 필요하네. 그렇지 않으면 모든 게 개들에게로 가고 또 갈 걸세."

"그러니까 무슨 말인가? 러시아 공산주의자들에게 대항하는 베르쩨네프의 당 말인가?"

"아니." 그런 바보 같은 일을 하리라고 의심받은 것이 유감스러워서 얼굴을 찌푸리며 세르뿌홉스꼬이가 말했다. "*그건 다 말도 안 되는 소리야*[36]. 항상 그랬고 앞으로도 그렇겠지. 러시아 공산주의자라는 건 없어. 하지만 모사꾼들은 항상 해롭고 위험한 당파를 생

36 Tout ça est une blague(프랑스어).

각해내야 할 테지. 이건 오래된 장난이야. 아니, 나나 자네 같은 독립적인 사람들의 세력으로서의 당이 필요하네."

"하지만 대체 어째서?" 브론스끼는 몇몇 세력 있는 인물들의 이름을 댔다. "하지만 대체 어째서 이 사람들이 독립적인 인간이 아니란 말인가?"

"왜냐하면 그들은 재정적으로 독립적이지 않거나 태어날 때부터 그렇지 않았기 때문이네. 그들은 토지도 없고, 우리처럼 태양에 그렇게 가깝게, 양지 바른 곳에 태어나지도 못했네. 그들은 돈이나 아부로 살 수 있는 인물들이지. 그리고 그들은 그들의 지위를 유지하려고 노선을 고안해낸 거네. 그들은 그들 자신도 믿지 않는 어떤 사상, 노선을 유지하고 있는데 그것은 해악을 만들어내지. 그 노선이란 건 모두 국유 저택과 상당한 봉급을 얻기 위한 수단일 뿐이네. 그들의 패를 들여다보면 *그건 그다지 교묘할 것도 없어*[37]. 어쩌면 내가 그들보다 더 모자라고 더 어리석은지도 모르지. 왜 내가 그들보다 모자라야 하는 건지 알 수는 없지만 말이네. 하지만 나나 자네에게는 확실히 중요한 장점 하나가 있네. 그건 우리를 매수하기가 어렵다는 것이지. 그리고 지금은 그런 사람들이 그 어느 때보다 필요하다네."

브론스끼는 주의를 기울여 들었다. 하지만 말의 내용 자체보다는 이미 권력자들과 싸우려고 생각하고 있고 이미 이 세계에 대한 호불호가 뚜렷한 세르뿌홉스꼬이의 일에 대한 태도가 그를 사로잡았다. 자신에게 군대에서 흥미를 끄는 것이라곤 기병중대 정도뿐이었던 것이다. 브론스끼는 세르뿌홉스꼬이가 깊이 사고하고 일을 파악

37 Cela n'est pas plus fin que ça(프랑스어).

하는 확실한 능력과 그의 주변에서는 드물게만 볼 수 있는 지력과 언변을 통해 얼마나 강한 힘을 가질 수 있을지를 이해했다. 그래서, 양심에 부끄럽기는 했지만 그는 질투를 느꼈다.

"하지만 내게는 그러기 위해서 필요한 중요한 것이 부족하네." 그가 대답했다. "내게는 권력욕이 부족해. 예전에는 있었지만 사라져버렸네."

"미안하지만, 그건 진실이 아니네." 세르뿌홉스꼬이가 미소를 띠며 말했다.

"아니, 진실이야, 진실! 지금은." 솔직해지려고 하면서 브론스끼가 덧붙였다.

"그래, 지금은 진실이지. 그건 다른 문제야. 하지만 이 지금이 영원하지는 않을 거니까."

"아마도." 브론스끼가 대답했다.

"자네는 아마도라고 말하네." 마치 그의 생각을 예측한 듯이 세르뿌홉스꼬이가 계속 말했다. "나는 자네에게 필시라고 말하겠네. 그리고 이 때문에 내가 자네를 보려고 했다네. 자네는 해야 하는 대로 행동했네. 난 그걸 이해하네. 하지만 시베리아 유형까지는 갈 필요가 없지. 자네에게 *백지위임장*[38]만 달라는 거야. 내가 자네를 밀어주겠다는 건 아니야…… 내가 자네를 밀어줘서 안 되는 이유도 없지만. 자네는 그렇게 여러차례나 나를 밀어주었는데 말이네! 난 우리의 우정이 이런 것을 뛰어넘기를 바라네. 그래." 그는 브론스끼에게 여자처럼 상냥하게 미소를 지으면서 말했다. "내게 *백지위임장*을 주게. 연대에서 나오게. 그럼 내가 슬쩍 끌어주겠네."

38 carte blanche(프랑스어).

"이해해주게. 내겐 아무것도 필요하지 않아." 브론스끼가 말했다. "그저 이제까지와 똑같기만 하면 되네."

세르뿌홉스꼬이는 일어나서 그와 마주 섰다.

"자네는 이제까지와 똑같기만 하면 된다고 하네. 무슨 이야기인지 아네. 하지만 들어보게. 우리는 동갑내길세. 아마 자네가 나보다 여자를 수적으로 더 많이 알 테지." 세르뿌홉스꼬이의 몸짓과 미소는 브론스끼에게 걱정할 필요가 없다는 것을, 아픈 곳을 그가 부드럽고 조심스럽게 건드릴 거라는 것을 말하고 있었다. "하지만 나는 결혼해서 아네. 내 말을 믿게. 자기가 사랑하는 자기 아내 하나만 알면, (누군가가 그렇게 쓴 것처럼) 모든 여자들을 더 잘 알게 되네. 수천의 여자들을 알았다고 하더라도 말이네."

"곧 갈게!" 브론스끼가 방을 들여다보면서 그들을 연대장에게로 데려가려는 장교에게 외쳤다.

브론스끼는 지금 세르뿌홉스꼬이가 무슨 말을 해주려는 것인지 끝까지 듣고 싶었다.

"자, 내 의견은 이렇네. 여자들은 사람이 활동하는 데 가장 큰 걸림돌이지. 여자를 사랑하면서 무슨 일인가를 한다는 것은 어렵네. 이를 위해서 방해 없이 편하게 사랑하는 방법이 단 하나 있네. 그건 결혼이야. 내 생각을 자네에게 어떻게, 어떻게 말해야 할까." 비유를 좋아하는 세르뿌홉스꼬이가 말했다. "잠깐, 잠깐! 그래, *짐*[39]을 옮기면서 손으로 무엇이라도 할 수 있는 것은 *짐*을 등에 짊어졌을 때뿐이네. 이게 결혼이야. 결혼하고 나서 내가 느낀 거라네. 갑자기 내 손이 가벼워지는 거야. 결혼하지 않고 이 *짐*을 끌려고 하

39 fardeau(프랑스어).

면 양손 한가득이니 아무것도 할 수가 없네. 마잔꼬프, 끄루뽀프를 보게. 여자 때문에 전도를 망쳤지."

"멋진 여자들이었지!" 브론스끼가 그 두 사람이 관계를 가졌던 프랑스 여자와 여배우를 떠올리고는 말했다.

"여자의 지위가 사교계에서 확고하면 확고할수록 더 나빠. 더욱 나쁘지. 그건 *짐*을 두 손으로 끌고 가는 게 아니라 숫제 다른 사람에게서 빼앗아오는 거나 다름없으니까."

"자네는 한번도 사랑을 해본 적이 없지." 브론스끼가 앞을 바라보며 안나를 생각하면서 조용하게 말했다.

"아마도. 하지만 자네, 내가 한 말을 기억하게. 게다가 여자들은 모두 남자들보다 물질적이네. 우리는 사랑 때문에 뭔가 굉장한 일을 하지만 여자들은 항상 *현실적이거든*[40]."

"곧 갈게, 곧!" 그는 방에 들어온 하인을 향했다. 하지만 하인은 그가 생각한 것처럼 다시 그들을 부르러 온 것이 아니었다. 하인은 브론스끼에게 쪽지를 가져왔다.

"뜨베르스까야 공작부인이 쪽지를 보내왔습니다."

브론스끼는 편지를 뜯어보고는 얼굴이 상기되었다.

"머리가 아프네. 집으로 가야겠어." 그는 세르뿌홉스꼬이에게 말했다.

"그럼 작별하세. *백지위임장*을 줄 거지?"

"나중에 이야기하세. 내가 뻬쩨르부르그에서 자네를 찾겠네."

40 terre-à-terre(프랑스어).

22

벌써 다섯시가 지났고 그래서 시간에 맞추어 서둘러 가기 위해서, 동시에 다들 알아보는 자기 마차를 타고 가지 않기 위해서 브론스끼는 야시빈의 삯마차에 올라앉아 가능한 한 빨리 가자고 명했다. 오래된 사인용 삯마차는 널찍했다. 그는 구석에 앉아 두 다리를 앞자리로 뻗고 생각에 잠겼다.

자신의 상황을 명확히 정리했다는 어렴풋한 의식, 그를 필요한 인물이라고 여겨준 세르뿌홉스꼬이의 우정과 듣기 좋은 말에 대한 어렴풋한 기억, 그리고 가장 중요한 것으로 밀회에 대한 기대감—이 모든 것이 삶의 기쁨이라는 전체적 인상으로 합쳐졌다. 이 감정은 매우 강해서 그는 저도 모르게 미소를 짓고 있었다. 그는 다리를 내리고 어제 말에서 떨어지면서 타박상을 입은 다리를 다른 다리의 무릎 위에 올려놓고 한 손으로 쥐고 탄탄한 장딴지를 만져보고 나서 다시 몸을 뒤로 젖히고 온 가슴으로 숨을 몇차례 깊이 들이마셨다.

'좋아, 아주 좋아!' 그는 스스로에게 말했다. 그는 이전에도 자신의 육체에 대해 기쁨의 감정을 느낀 적이 있었지만 한번도 지금처럼 자기 자신, 자신의 육체를 사랑한 적은 없었다. 그는 강한 다리에 느껴지는 이 가벼운 통증이 기꺼웠고 숨을 내쉴 때마다 느껴지는 근육질 가슴의 움직임도 기분 좋았다. 이토록 맑고 시원한 팔월의 날씨, 안나에게 그렇게도 절망적인 느낌을 주었던 이 날씨가 그에게는 생명력을 일깨워주는 듯이 느껴졌고, 씻어서 열을 식힌 얼굴과 손을 신선하게 해주었다. 그의 수염에서 풍기는 포마드 향기는 이 신선한 대기 속에서 특히 기분 좋게 풍겨왔다. 그가 마차 유리창을 통해 보는 모든 것이, 이 선선하고 깨끗한 대기 속에 있는 모든 것이, 지는 태양빛 속에서 반짝이는 저택 지붕들도, 건물의 울타리와 모퉁이 들의 뚜렷한 윤곽도, 가끔 마주치는 보행자나 마차들의 모습도, 미동도 없는 초록빛 나무들과 풀밭도, 가지런히 고른 감자밭 이랑들도, 이 모든 집과 나무와 나뭇가지와 감자밭 이랑에서 떨어지는 비스듬한 그림자도, 이 황혼의 빛 속에서 그 자신과 마찬가지로 신선하고 유쾌하고 강했다. 모든 것이 지금 막 마무리 칠을 해 완성한 좋은 풍경화처럼 아름다웠다.

"달려, 달려!" 그는 창밖을 내다보며 마부에게 소리치고는 지갑에서 삼 루블짜리 지폐를 꺼내서 뒤돌아보는 마부에게 내밀었다. 마부의 손이 등불 가까이에서 뭔가를 만지더니 채찍 소리가 들려왔고, 마차는 평평한 대로 위를 빠른 속도로 구르기 시작했다.

'이 행복 이외에는 아무것도, 아무것도 필요하지 않아.' 그는 유리창들 사이의 공간에 매달린 종의 상아 방울을 보면서 마지막으로 만났을 때의 안나의 모습을 눈앞에 그려보며 생각했다. '시간이 갈수록 점점 더 그녀를 사랑해. 여기가 브레제의 국유 별장의 정원이군. 그녀는 도대체 어디에 있지? 어디에? 어째서? 왜 그녀는 여기서 만나자고 정했고 벳시의 편지에다 적은 걸까?' 이제야 그는 이런 생각을 하기 시작했다. 그러나 생각할 겨를이 없었다. 그는 가로수길까지 가기 전에 마부에게 세우라고 하고 마차 문을 열고는 아직 움직이는 마차에서 뛰어내려 별장으로 들어가는 가로수길로 걸어가기 시작했다. 가로수길에는 아무도 없었다. 하지만 그는 오른쪽을 둘러보다가 그녀를 보았다. 그녀의 얼굴은 베일에 덮여 있었지만 그는 기쁜 시선으로 그녀 특유의 걸음걸이, 비스듬한 어깨선, 곧추선 머리를 알아보았고, 그 즉시 전류가 그의 몸에 흐르는 것 같았다. 그는 두 다리의 탄력 있는 움직임에서부터 숨 쉬는 폐의 움직임에 이르기까지 자신에게 새로운 힘이 솟는 것을 느꼈다. 그리고 뭔가가 그의 입술을 움찔거리게 했다.

그를 만나자 그녀는 그의 손을 꽉 쥐었다.

"내가 불러서 화난 거 아니죠? 당신을 꼭 봐야 했거든요." 그녀가 말했다. 그 심각하고 엄격한 입술 모양을 베일 아래로 보자 그의 마음 상태가 바뀌었다.

"내가요? 화를 내다니요! 근데 여기로 어떻게 왔어요? 어디로 갈까요?"

"아무래도 상관없어요." 그녀가 손을 그의 손에 얹으며 말했다. "가요, 할 이야기가 있어요."

그는 무슨 일인가가 일어났고 이 만남이 즐겁지 않으리라는 것을 깨달았다. 그녀와 있으면 그는 자신의 의지를 가질 수 없었다. 그녀가 가진 불안의 원인을 모르면서도 그는 벌써 똑같은 불안이 저절로 전해져오는 것을 느끼고 있었다.

"무슨 일이에요? 뭐예요?" 그는 팔꿈치로 그녀의 팔을 누르며 그녀의 얼굴에서 생각을 읽어내려고 애쓰면서 물었다.

그녀는 말없이 몇걸음 더 가더니 마음을 가다듬고 갑자기 멈춰 섰다. "어젠 말 안 했는데……" 급하고 힘겹게 숨을 쉬면서 그녀가 말을 시작했다. "알렉세이 알렉산드로비치와 집으로 돌아오는 길에 모든 걸 그에게 밝혔어요…… 나는 그의 아내일 수 없다고…… 그리고…… 모든 걸 이야기했어요."

그는 이 몸짓으로 그녀 처지의 어려움을 약화시키려는 듯이 저도 모르게 온몸을 굽히면서 그녀의 말을 들었다. 하지만 그녀가 이 말을 하자마자 그는 몸을 곧추세웠고 그의 얼굴은 오연하고 엄격한 표정을 띠었다.

"그래요, 그래요, 그게 나아요. 천배 더 낫지요! 얼마나 힘든 상황이었는지 이해해요." 그가 말했다.

하지만 그녀는 그의 말을 듣고 있지 않았다. 그녀는 그의 얼굴 표정에서 생각을 읽고 있었다. 그녀는 브론스끼의 표정이 그에게 처음으로 다가온 생각—이제 결투가 불가피하다는—과 연결된다는 것을 알 수 없었다. 그녀는 결투라는 것은 생각조차 해본 적이 없었기 때문에 그의 얼굴에 일순 떠오른 엄격한 표정을 달리 해석했다.

남편의 편지를 받고 그녀는 이미 마음 깊은 곳에서 모든 것이 예전 그대로 남을 것이고 그녀가 자신의 처지를 개의치 않고 아들을 버리고 정부와 함께할 힘이 없다는 것을 알고 있었다. 뜨베르스까야 공작부인의 집에서 보낸 아침이 그녀에게 이 점을 더욱 확실하게 해주었다. 하지만 이 만남은 그녀에게 지극히 중요했다. 그녀는 이 만남이 그들의 처지를 변하게 하고 자신을 구원하기를 바랐다. 그가 이 소식을 듣고 단호하게, 열정적으로, 한순간의 흔들림도 없이 그녀에게 "모든 걸 버리고 나와 함께 달아납시다!"라고 말한다면 그녀는 아들을 버리고 그와 함께 떠날 것이다. 하지만 이 소식은 그에게서 그녀가 기대했던 바를 불러일으키지 못했다. 그는 뭔가 모욕을 받은 듯했을 뿐이었다.

"내게는 전혀 힘든 일이 아니었어요. 저절로 그렇게 되었어요." 그녀는 신경이 날카로워져서 말했다. "그리고 여기……" 그녀는 지갑에서 남편의 편지를 꺼냈다.

"이해해요. 이해해요." 그는 편지를 받아서 읽지는 않고 그녀를 진정시키려고 하면서 그녀의 말을 잘랐다. "내가 원하고 청하는 바는 단 하나, 당신의 행복을 위해서 삶을 바칠 수 있도록 이 상황을 깨뜨리는 거예요."

"왜 내게 그런 말을 하는 거죠?" 그녀가 말했다. "내가 그걸 의심하기라도 한단 말이에요? 내가 의심했다면……"

"저기 오는 사람이 누구죠?" 갑자기 브론스끼가 그들을 향해 걸어오는 두 귀부인을 가리키며 말했다. "아마 우리를 아는 사람일 거예요." 그는 서둘러 그녀를 자기 뒤로 이끌더니 옆길로 방향을 틀었다.

"아이, 아무래도 상관없어요!" 그녀가 말했다. 그녀의 입술이 떨리고 있었다. 그녀의 두 눈이 베일 아래에서 이상한 분노의 빛을 발하며 그를 바라보는 것처럼 여겨졌다. "내 말은, 그게 문제가 아니고, 나는 그걸 의심할 수 없어요. 하지만 남편이 쓴 걸 봐요. 읽어 봐요." 그녀는 다시 멈춰섰다.

그녀와 남편의 결별에 대한 소식을 들은 첫 순간처럼 다시 브론스끼는 편지를 읽으며 모욕당한 남편에 대한 관계가 그의 내면에 불러일으키는 자연스러운 감정에 자기도 모르게 자신을 맡겼다. 그 남편의 편지를 손에 쥐고 있는 지금 그는 자동적으로 아마 오늘이나 내일 보게 될 결투 도전장과 결투 자체를 떠올렸다. 결투하는 동안 그는 지금도 그의 얼굴에 나타난 그 지극히 차갑고 오연한 표정으로 허공을 쏜 다음 모욕당한 남편의 총구 아래 서 있을 것이다. 그리고 동시에 그의 머릿속에 조금 전 세르뿌홉스꼬이가 그에게 말했고 그도 아침에 생각했던 내용—자신을 구속하지 않는 것이 더 낫다는 생각—이 어렴풋이 떠올랐으나, 그녀에게 이 생각을 전달할 수 없다는 것을 그는 알고 있었다.

편지를 다 읽고 그녀를 향해 눈을 들었으나 그의 시선에 그 흔들림 없는 단호함은 없었다. 그녀는 당장 그 스스로가 이미 이전부터 이에 대해 생각하고 있었다는 사실을 알았다. 그녀는 그가 무슨 말을 하든 간에 그가 생각한 것을 다 말하지는 않으리라는 것도 알았다. 이제 그녀는 자신의 마지막 희망이 배반당했다는 것을 알았다. 이건 그녀가 기대하던 것이 아니었다.

"그가 어떤 사람인지 이제 알겠지요." 그녀는 떨리는 목소리로 말했다. "그는……"

"미안하지만 나는 그 점이 기뻐요." 브론스끼가 말을 막았다. "제발 내 말을 끝까지 좀 들어줘요." 자신의 말을 설명할 시간을 줄 것을 눈빛으로 간청하면서 그가 덧붙였다.

"나는 기뻐요. 왜냐하면 불가능하기 때문이지요. 그가 제안한 대로 이대로 있는 것은 정말 불가능하기 때문이지요."

"대체 왜 불가능해요?" 안나가 눈물을 참으면서 말을 뱉었다. 그녀는 이미 그의 말에 아무 의미도 부여하지 않는 것이 분명해 보였다. 그녀는 자신의 운명이 결정되었다고 느끼고 있었다.

브론스끼는 자신이 생각하기에 피할 수 없는 결투 이후에는 이 상태가 계속될 수 없으리라고 말하려 했지만 다른 말이 나왔다.

"이렇게 계속할 순 없어요. 나는 당신이 이제 그를 떠나기를 바라요. 내가 바라는 건……" 그는 당황하여 얼굴을 붉혔다. "당신이 내게 우리의 삶을 준비하고 깊이 숙고하도록 허락하는 거예요. 내일……" 그가 말을 시작하려 했다.

그녀는 그에게 끝까지 말할 기회를 주지 않았다.

"아들은요?" 그녀가 언성을 높였다. "그가 뭐라고 썼는지 안 보여요? 아들을 떠나야 하는데, 난 그럴 수 없고 그러고 싶지도 않아요."

"하지만 제발, 뭐가 더 나아요? 아들을 떠나는 거예요, 아니면 이 모욕적인 상황을 지속하는 거예요?"

"누구에게 모욕적인 상황이라는 거예요?"

"모두에게, 그리고 무엇보다도 당신에게요."

"당신은 모욕적이라고 말하네요…… 그렇게 말하지 마요. 그런 말은 내게 아무 의미도 없어요." 그녀가 떨리는 목소리로 말했다. 그녀는 지금 그가 거짓을 말하는 것을 듣기가 싫었다. 그녀에게 남은 것은 오직 그의 사랑뿐이었다. 그리고 그녀는 그를 사랑하고 싶었다. "알아두세요. 당신을 사랑하게 된 그날부터 내겐 모든 것이 변했어요. 내게 있는 건 한가지뿐이고, 그 한가지는 당신의 사랑이에요. 그것만 있으면 나는 내가 고상하고 굳건하다고 느끼고 무엇도 나를 모욕할 수 없어요. 나는 내 처지에 자부심을 느껴요. 왜 자부심을 느끼냐면…… 그건……" 그녀는 왜 자부심을 느끼는지 끝까지 다 말하지 못했다. 수치와 절망의 눈물 때문에 목이 메어 목소리가 나오지 않았다. 그녀는 말을 멈추고 흑흑 흐느끼기 시작했다.

그도 역시 뭔가가 목구멍으로 솟구치고 코가 찡한 것을 느꼈고 난생처음으로 왈칵 울음이 나올 것 같았다. 도대체 무엇이 이토록 그의 마음을 쳤는지, 그는 말로 표현할 수 없었을 것이다. 그는 그녀에게 연민을 느꼈고, 그녀를 도울 수 없다는 것을 느꼈으며, 동시에 그가 그녀의 불행에 책임이 있다는 것, 그가 뭔가 나쁜 일을 했다는 것을 알고 있었다.

"이혼은 불가능한가요?" 그가 힘없이 말했다. 그녀는 대답 대신 고개를 흔들었다. "아들을 데리고 그를 떠날 수는 없나요?"

"있어요. 하지만 모든 게 그에게 달렸어요. 지금 그에게로 가야 해요." 그녀가 짤막하게 말했다. 모든 것이 예전 그대로일 거라는 그녀의 예감은 틀리지 않았다.

“화요일에 뻬쩨르부르그로 갈게요. 모든 게 해결될 거예요.”

“네.” 그녀가 말했다. “하지만 우리 더이상 이 문제에 대해 얘기하지 마요.”

그녀가 아까 보내면서 브레제 저택 정원 울타리 쪽으로 오라고 명했던 안나의 마차가 다가왔다. 안나는 그와 작별하고 집으로 갔다.

23

6월 2일에 위원회의 월요 정기회의가 있었다. 알렉세이 알렉산드로비치는 회의실로 들어가서 위원들과 위원장과 인사를 나눈 후 자기 자리에 앉아서 앞에 놓인 서류에 손을 얹었다. 이 서류들 중에는 그에게 필요한 참고 자료와 그가 하려고 하는 발표의 개요가 들어 있었다. 하지만 그는 자료를 볼 필요도 없었다. 그는 모든 것을 기억하고 있어서 그가 할 말을 머릿속에서 되풀이할 필요조차 없었다. 그는 때가 되면, 무관심한 표정을 지으려고 공연히 애쓰는 적의 얼굴을 마주 보게 되면, 그가 지금 미리 준비할 수 있었던 것보다 더 훌륭하게 저절로 말이 흘러나오리라는 것을 알고 있었다. 그는 자신의 연설 내용이 매우 훌륭해서 단어 하나하나가 의미를 가지게 되리라고 느끼고 있었다. 정기 보고를 들으면서 그는 더없이 천진하고 아무런 모욕을 느끼지 않는 척했다. 파랗게 핏줄이 불거진 하얀 두 손, 긴 손가락들로 자기 앞에 놓인 하얀 종이를 그토록 애정을 담아 잡고 있는 그의 하얀 두 손과 피곤한 표정으로 옆으로 기울어진 머리를 보고, 누구도 이제 막 그의 입에서 흘러나올 연설이 그토록 무서운 폭풍우를 몰고 와서 위원들이 고래고래 소리 지르고, 서로를 까부수려고 난리가 나고, 결국 위원장이 장내 질서를 요구하게 될 거라고는 예상하지 못했다. 보고가 끝났을 때 알렉세이 알렉산드로비치는 특유의 조용하고 가는 목소리로 이민족 정착 문제에 대해 몇가지 견해를 보고할 것이 있다고 밝혔다. 그에게 시선이 집중되었다. 알렉세이 알렉산드로비치는 기침을 하고 나서 적의 얼굴을 보지 않고, 연설할 때 언제나 그러는 것처럼 맨 앞줄에 앉은, 위원회에서 아무런 의견을 내지 않는 한 온화한 노인을 바라보며 자신의 견해를 피력하기 시작했다. 문제가 근본적이고 조직적인 법규에 이르자 적은 벌떡 일어나 반박하기 시작했다. 위원이면서 역시 이 문제가 몹시 중요했던 스뜨레모프가 변명하기 시작했고, 위원회 전체에 폭풍이 휘몰아쳤다. 하지만 알렉세이 알렉산드로비치가 승리하여 그의 제안이 받아들여졌다. 즉, 세개의 위원회가 새로 지정되었다. 다음 날 뻬쩨르부르그의 유명 인사들 모임에서는 이 위원회에 대한 이야기뿐이었다. 알렉세이 알렉산드로비치의 성공은 그가 기대한 것 이상이었다.

다음 날인 화요일 아침, 알렉세이 알렉산드로비치는 깨어나서 만족스럽게 어제의 성공을 떠올렸고, 사무관이 그의 기분을 맞추려고 자기의 귀에 들려온, 위원회에서 일어난 일에 대한 소문들을 이야기했을 때 무관심한 척하고 싶기도 했으나 씩 웃지 않을 수 없었다.

사무관과 일을 하느라 알렉세이 알렉산드로비치는 오늘이 화요일, 즉 그가 안나 아르까지예브나에게 돌아오라고 지정한 날이라는 것을 완전히 잊고 있었다. 그래서 그녀가 왔다는 소식을 전해들었을 때 그는 놀랐고 기분 나쁜 충격을 받았다.

안나 아르까지예브나는 이른 아침에 도착했다. 그녀의 전보에 따라 그녀를 태우러 마차가 나와 있었으니 알렉세이 알렉산드로비치는 그녀가 도착한 것을 알고 있었을 것이다. 하지만 그녀가 도착했을 때 그는 그녀를 맞이하지 않았다. 하인들은 그가 아직 방에서 나오지 않았고 사무관과 일하는 중이라고 말했다. 그녀는 남편에게 자신의 도착을 알리라고 명하고 자기 방으로 가서 남편이 오기를 기다리면서 자기 물건들을 정리했다. 하지만 한시간이 지나도록 그는 오지 않았다. 그녀는 일을 지시한다는 핑계로 식당에 나와서 그가 오기를 기대하며 일부러 큰 소리로 말했다. 하지만 그가 사무관을 배웅하느라 문가로 다가오는 소리가 들렸음에도 그는 서재에서 나오지 않았다. 그녀는 그가 으레 그렇듯이 곧 직무를 보러 나가리라는 것을 알고 있었고, 그래서 그들의 관계를 분명히 하고자 그가 나가기 전에 그를 만나고 싶었다.

그녀는 거실을 이리저리 거닐다가 단호하게 그에게로 향했다. 그녀가 그의 서재에 들어갔을 때 그는 분명 관청으로 갈 준비를 다 한 듯 제복을 입고 있었고, 작은 책상 위에 두 팔꿈치를 괴고 앉아서 우울하게 앞을 보고 있었다. 그가 그녀를 보기 전에 그녀가 먼저 그를 보았고, 그녀는 그가 그녀에 대해 생각하고 있다는 것을 알아챘다.

그녀를 보고 그는 일어나려고 했다가 생각을 바꿨다. 조금 후에 그는 갑자기 얼굴을 확 붉혔다. 안나는 그가 그러는 것을 처음 보았다. 그는 갑자기 일어나더니 그녀의 눈을 보지 않고 조금 높은 곳, 이마와 머리에 시선을 두고 그녀에게로 마주 걸어왔다. 그녀에게로 다가온 그는 그녀의 손을 잡고 앉기를 청했다.

"당신이 와주어 매우 기쁘오." 그는 그녀의 곁에 앉으면서 말했고, 분명 무엇인가를 말하고자 했으나 말이 막혔다. 몇차례 그는 말을 시작하려다가 멈추곤 했다. 그녀는 이 만남에 대비하면서 그를 경멸하고 책망하려고 작정했으나 막상 무슨 말을 해야 좋을지 몰랐고, 그가 애처로웠다. 그대로 꽤 긴 침묵이 흘렀다. "세료자는 건강하오?" 그는 말하고 대답을 기다리지 않고 덧붙였다. "오늘 식사는 집에서 안 할 거요. 그리고 나는 지금 나가야 하오."

"모스끄바로 가려고 했어요." 그녀가 말했다.

"아니오, 여기로 오기를 아주아주 잘했소." 그는 말했고 다시 입을 다물었다.

그녀는 그가 스스로 이야기를 시작할 힘이 없는 것을 알고 자신이 이야기를 시작했다.

"알렉세이 알렉산드로비치." 그녀는 자신의 머리를 향한 그의 시선 아래로 눈을 내리깔지 않고 그를 바라보며 말했다. "난 죄지은 여자예요. 난 나쁜 여자예요. 하지만 난 그때 당신에게 말했던 그대로 변함이 없어요. 그리고 아무것도 바꿀 수 없다는 말을 하러 왔어요."

"난 그것에 대해 묻지 않았소." 그가 갑자기 그녀의 눈을 증오심을 품고 똑바로 단호하게 들여다보면서 말했다. "난 이미 그렇게 생각하고 있었소." 그는 분노의 영향으로 다시 모든 자제력을 찾은 것이 분명했다. "하지만 내가 당신에게 보낸 편지에 썼던 것처럼……" 그는 날카롭고 가느다란 목소리로 말을 시작했다. "다시 되풀이해서 말하는데, 나는 그것을 알 의무가 없소. 나는 그것을 무시하오. 모든 부인들이 그런 기분 좋은 소식을 남편들에게 전하는 데 있어서 당신처럼 그토록 서두를 만큼 덕성이 있는 건 아니오." 그는 특히 '기분 좋은'이라는 단어를 강조했다. "난 사교계가 알기 전까지는, 내 이름이 모욕받기 전까지는 이를 무시하오. 그래서 내가 당신에게 경고하는 것은, 우리 관계가 항상 그랬던 것처럼 유지되어야 하고, 당신이 평판에 신경 쓰지 않는 경우에만 나는 내 명예가 침범되지 않도록 조치를 취할 거라는 것뿐이오."

"하지만 우리 관계가 예전처럼 그럴 수는 없어요." 안나가 경악을 느끼며 그를 보고 겁먹은 목소리로 말을 시작했다. 다시 그의 이 침착한 거동을 보고 이 찌르는 듯한 어린애 같은 조롱조의 목소리를 듣자 그에 대한 혐오감이 그녀 안에서 잠시 전의 연민을 싹 없애버렸고, 그녀는 불안감만을 느끼면서 무슨 일이 있더라도 자신의 입장을 밝히려고 했다.

"난 당신의 아내로 남을 수 없어요. 내가……" 그녀가 말을 시작하려 했다.

그는 심술궂고 차가운 웃음을 터뜨렸다.

"당신이 선택한 생활의 종류가 당신의 생각에도 반영되는 것이 틀림없소. 그 정도에 따라 나는 이것과 저것을 존중하거나 경멸하오…… 나는 당신의 과거를 존중하고 당신의 현재를 경멸하오…… 그러니 나는 당신이 내 말에 붙이는 그런 해석과는 거리가 머오."

안나는 한숨을 쉬고 고개를 떨어뜨렸다.

"게다가 내가 이해할 수 없는 것은, 남편에게 직접 자기의 부정을 고백하고 보아하니 거기에 아무런 비난받을 점이 없다고 여기는 그렇게도 독립적인 당신 같은 여자가, 남편에 대한 아내의 의무를 이행하는 것을 비난받아야 한다고 보는 점이오."

"알렉세이 알렉산드로비치! 내게 원하는 게 대체 뭐예요?"

"내가 원하는 건 내가 여기서 그 인간을 만나지 않는 것과, 당신이 사교계도 하인들도 당신을 책잡을 수 없도록 행동하는 것과…… 당신이 그를 보지 않는 것이오. 이게 그렇게 과도한 요구인 것 같지는 않소. 그 대신 당신은 아내의 의무를 이행하지 않으면서도 명예를 지키는 아내로서의 권리를 누리게 되는 거요. 내가 당신에게 할 말은 이게 다요. 나는 지금 나가야 하오. 식사는 집에서 하지 않을 거요."

그는 일어나서 문을 향했다. 안나도 일어났다. 그는 말없이 허리 굽혀 인사하고 나서 그녀를 내보냈다.

24

레빈이 건초 더미 위에서 보냈던 밤은 그에게 그냥 지나가버리지 않았다. 그가 이제껏 꾸려왔던 농사는 혐오스러워졌고, 그는 이런 농사에 완전히 흥미를 잃었다. 수확이 대단히 풍성했음에도 불구하고 올해처럼 이렇게 낭패하고 그와 농부들 사이에 이렇게 적대적인 관계가 형성된 적은 한번도 없었다. 적어도 레빈에게는 그렇게 여겨졌다. 그리고 이제 그는 이 낭패와 적대적 관계의 원인을 완전히 이해하게 되었다. 노동 자체에서 체험한 매력, 그 결과 농부들과 가까워진 것, 그가 그들과 그들의 삶에 대해 느꼈던 부러움, 그날 밤 그에게 더이상 꿈이 아니라 그 구체적인 실행을 생각하며 계획한 그런 삶으로 옮겨가겠다는 욕구, 이 모든 것이 그가 해오던 농지경영에 대한 견해를 그렇게도 바꾸어버려서, 그는 이제 더이상 자신의 내면에서 이전과 같은 관심을 전혀 찾아볼 수 없었으며, 더이상 이 모든 것의 근원인 일꾼들과의 불편한 관계를 간과할 수 없었다. 빠바 같은 개량종 암소들, 전부 거름을 뿌리고 쟁기질로 갈아엎은 다음 버드나무 울타리를 둘러쳐서 모두 같은 넓이로 만들어놓은 밭 아홉 뙈기, 깊이 갈아엎어놓은 거름밭 구십 제샤찌나, 파종 기계 등등, 만약 이것들이 그 자신의 힘이나 그와 그에게 동조하는 사람들인 동지들의 힘으로 이루어졌다면 이 모든 것은 멋진 일이었을 것이다. 하지만 이제 그는 확실히 깨닫게 되었다.(농사의 주요소는 노동자여야 한다는, 농업에 대한 책을 저술하는 일이 이 점에서 그에게 많은 도움이 되었다.) 그는 이제 그가 꾸리는 농사가 그와 노동자들 사이의 가혹하고 끈질긴 투쟁일 뿐이라는 것을, 항상 모든 것을 더 나은 본보기를 따라 바꾸려고 끊임없이 긴장된 노력을 기울이는 자기 편과 사물의 자연적 질서에 맡기는 다른 편 사이의 가혹하고 끈질긴 투쟁일 뿐이라는 것을 확실히 깨달은 것이다. 그리고 이 투쟁에서 그는 다른 편이 어떠한 노력도 기울이지 않고 심지어 그럴 뜻도 없는 와중에 자기 편에서 엄청난, 긴장된 노력을 기울여서 얻는 것이라고는 농사가 제대로 되지 않는 것, 좋은 농기구와 훌륭한 가축들과 대지가 완전히 헛되이 망가지는 것일 뿐임을 이제 확실히 깨달은 것이다. 무엇보다도 이 일에 쏟은 그의 에너지가 완전히 쓸모없이 낭비되었을 뿐만 아니라, 그의 농지경영의 의미가 그 자신에게 명백히 드러난 지금에 와서는 그 에너지를 쏟은 목표가 너무나 무가치하다는 것을 느끼지 않을 수 없었다. 본질적으로 투쟁은 무엇 때문에 발생했는가? 그는 자신의 돈을 한푼까지 지키려 했고(그렇게 하지 않을 수 없었던 것은 그의 에너지가 약해지면 노동자들에게 지불할 돈이 충분하지 않을 것이기 때문이었다), 그들은 태평하고 편안하게 일할 수 있는 상황을 지키려고만 했다. 즉, 그들은 습관대로 하려 했던 것이다. 그에게는 각각의 노동자가 파종 기계, 마구, 탈곡기를 망가뜨리지 않으면서 되도록 많이 일을 하는 것, 노동자가 자기가 하는 일에 대해 생각하는 것이 유리했다. 그러나 일꾼은 되도록 편안하게 쉬어가면서 일하고 싶어했다. 중요한 것은 아무 걱정 없이, 아무 생각 없이, 골머리를 썩이지 않고 일하는 것이었다. 이번 여름에 레빈은 매사에서 그런 조짐을 보았다. 잡초와 쑥으로 뒤덮여 파종에 부적당한 나쁜 밭을 골라 건초용 토끼풀을 베라고 보내면, 씨뿌리기에 가장 좋은 밭을 모조리 다 베고서 관리인이 그렇게 지시했다고 변명하고 건초가 아주 훌륭할 것이라면서 그를 위안했다. 하지만 그는 일이 이렇게 된 것은 그 밭이 베기 쉬웠기 때문이라는 것을 알고 있었다. 건초를 흔들어 말리는 기계를 보내면 첫째 줄에서 벌써 그것을 망가뜨렸는데, 그것은 농부들이 머리 위에서 돌아가는 두 날개 아래에서 의자에 웅크리고 앉아 있는 것이 지루했기 때문이었다. 그러고서 그들은 그에게 "걱정하지 마십쇼. 여자들이 열심히 흔들 겁니다"라고 말했다. 보습도 못 쓰게 되었는데, 그것은 일꾼들이 위로 들린 칼날을 내릴 생각을 안 했기 때문이었고, 그래서 그들은 억지로 보습을 돌려서 말을 지치게 하고 땅을 못 쓰게 만들었다. 그러고도 그들은 그에게 걱정하지 말라고 했다. 밤에 밭을 지키려는 일꾼이 하나도 없어서 말들이 밀밭에 풀려 있기도 했다. 그렇게 하지 말라고 명했는데도 일꾼들은 불침번을 교대로 섰고, 낮에 하루 종일 일한 반까는 잠이 들었던 것이다. 반까는 잘못했다고 하면서 "어쩝니까요. 처분대로 하십쇼"라고 말했다. 좋은 송아지 세마리가 너무 많이 먹어서 죽었다. 송아지들을 토끼풀밭에 물 먹일 통도 없이 내놓았기 때문이었다. 그들은 토끼풀로 배가 부풀게 되었다는 것을 결코 믿지 않았다. 그러고서 위로라고 하는 말이 이웃에서는 사흘 동안 백열두마리가 죽었다는 것이었다. 이 모든 일은 누군가가 레빈이나 그의 농사에 해를 끼치려고 해서 일어나는 것이 아니었다. 반대로 그는 그들이 그를 사랑하고 소박한 나리로(이는 굉장한 칭찬이다) 여긴다는 것을 알고 있었다. 이는 그들이 즐겁게 근심 없이 일하고 싶어해서 일어난 일이었다. 그의 이익은 그들에게 낯설거나 이해 불가능했다. 하지만 이는 그들 자신이 마땅히 받아야 할 이익에도 치명적으로 대립되는 것이었다. 이미 오래전부터 레빈은 자신의 농지경영에 대해 불만을 느끼고 있었다. 그는 자신의 배가 새는 것을 알았으나 어디서 새는지 찾으려고도 하지 않았고 찾아내지도 않았는데, 그건 어쩌면 자신을 일부러 속이는 것인지도 몰랐다. 하지만 이제 그는 더이상 자신을 속일 수 없었다. 그는 자신의 농지경영에 흥미를 잃었을 뿐만 아니라 그것이 혐오스러워졌고, 그래서 더이상 그것을 지속할 수 없었다.

이런 상황에다 그가 보고 싶었지만 볼 수 없었던, 그에게서 삼십 베르스따 떨어진 곳에 있는 끼찌 셰르바쯔까야의 존재가 더해졌다. 그가 방문했을 때 다리야 알렉산드로브나 오블론스까야는 그에게 또 오라고 말했다. 그녀의 동생이 지금은 그를 받아들일 거라고 느끼게 하면서 청혼을 하러 오라는 것이었다. 레빈 자신도 끼찌 셰르바쯔까야를 보았을 때 자신이 여전히 그녀를 사랑하고 있다는 것을 깨달았다. 하지만 그는 그녀가 거기 있다는 것을 알면서도 오블론스끼의 집으로 갈 수는 없었다. 그가 그녀에게 청혼했고 그녀가 그를 거절했다는 사실이 그와 그녀 사이에 극복할 수 없는 장벽을 세워놓았다. '나는 그녀에게 단지 그녀가 원하는 사람의 아내가 될 수 없었기 때문에 내 아내가 되어달라고 청할 수는 없어'라고 그는 스스로에게 말했다. 이런 생각은 그를 그녀에게 차가워지고 적대적이 되도록 만들었다. '내겐 비난의 감정 없이 그녀와 이야기하고 화를 내지 않고 그녀를 바라볼 수 있는 힘이 없을 거야. 그렇게 되면 그녀는 그래야 하는 것보다 훨씬 더 나를 증오하게 될 거야. 게다가 다리야 알렉산드로브나가 내게 그런 말을 했는데 내가 어떻게 갈 수 있단 말인가? 그녀가 내게 말한 것을 내가 안다는 표를 내지 않을 수 있을까? 그렇다면 내가 그녀를 관대하게 용서하고 가엽게 여기는 게 되지. 나는 그녀 앞에서 그녀를 용서하고 그녀에게 내 사랑을 하사하는 역할을 하게 된다! 왜 다리야 알렉산드로브나는 내게 그런 말을 했을까? 우연히 그녀를 보았으면 모든 것이 저절로 다 되었을 텐데. 하지만 이제는 불가능해, 불가능해!'

다리야 알렉산드로브나는 그에게 끼찌를 위해 부인용 안장을 보내달라는 쪽지를 보내왔다. "당신 집에 안장이 있다고 들었어요." 그녀는 그에게 썼다. "당신이 직접 가져다주시기를 바랍니다."

이건 그의 인내의 한계를 넘는 것이었다. 현명하고 섬세한 여자가 어떻게 이렇게 동생을 모욕할 수 있단 말인가! 그는 쪽지를 열 번이나 썼다가 다 찢어버리고 아무 답변 없이 안장만 보냈다. 그가 가겠다고 쓰는 것은 불가능했다. 그는 갈 수 없었기 때문이다. 무슨 일이 있다거나 여행을 떠나므로 갈 수 없다고 쓰는 것은 더 나쁜 일이었다. 그는 자신이 뭔가 수치스러운 행동을 한다는 것을 의식하면서도 아무 답변 없이 안장을 보내고 나서 바로 다음 날 점점 더 혐오스러워지는 농지경영을 관리인에게 맡기고 멀리 떨어진 지역으로 친지인 스비야시스끼를 만나러 갔다. 그의 집 부근에는 훌륭한 도요새 늪지가 있는데다가, 얼마 전에 그가 레빈에게 예전부터 방문하겠다고 한 계획을 실천하라고 청해왔던 것이다. 수로프 군郡의 도요새 늪지는 오래전부터 레빈의 마음을 끌었지만 농사일 때문에 이 여행을 미루어왔다. 지금 그는 셰르바쯔끼 사람들의 이

웃이라는 데에서 벗어나, 그리고 무엇보다도 농사로부터 벗어나 사냥을 하러 떠나는 것이 기뻤다. 사냥은 온갖 근심에 싸인 그에게 가장 좋은 위안거리였다.

25

수로프군으로는 기찻길도 우편마찻길도 없어서 레빈은 따란따스[41]에 말을 매어 타고 갔다.

중간쯤 갔을 때 그는 말을 먹이려고 부유한 농부의 집에서 멈추었다. 풍성한 붉은 턱수염에 양 뺨에는 허옇게 센 털이 보이는, 정정해 보이는 대머리 노인이 대문을 열고 삼두마차를 들어오게 하려고 대문 기둥에 붙어섰다. 노인은 마부에게 그을린 보습들이 가지런히 걸려 있는 넓고 깨끗하게 정돈된 새 농가의 처마 밑 한곳을 가리켰고, 레빈에게는 방으로 들어가기를 청했다. 깨끗하게 차려입은 새댁이 맨발에 덧신을 신고 허리를 굽힌 채 새 현관의 마룻바닥을 닦고 있었다. 그녀는 레빈의 뒤를 따라 들어오는 개를 보고 놀라서 소리를 질렀다. 하지만 곧바로 개가 덤비지 않는 것을 알아차리고 자기가 놀란 것에 스스로 웃었다. 그녀는 걷어붙인 소매로 레빈에게 방으로 들어가는 문을 가리키고 나서 다시 허리를 굽혀 아름다운 얼굴을 감추고 마루 닦기를 계속했다.

"차 드실래요?" 그녀가 물었다.

"그래, 주게나."

41 여러명이 탈 수 있는 합승 마차.

그곳은 네덜란드식 벽난로와 칸막이가 있는 넓은 방이었다. 성상들 밑에는 여러 모양의 무늬로 장식한 책상, 침대용 소파, 의자 두개가 놓여 있었다. 입구에는 그릇장이 놓여 있었다. 나무 덧창은 닫혀 있었고 파리도 거의 없이 아주 깨끗해서, 레빈은 길에서 뛰어다니다가 웅덩이에 빠졌던 라스까가 바닥을 밟을까봐 걱정되어 문가의 구석자리를 가리켰다. 방을 둘러보고 나서 레빈은 뒷마당으로 나왔다. 덧신을 신은 단정한 새댁이 멜대에 빈 양동이들을 달고 흔들면서 물을 길러 그의 앞을 지나 우물로 뛰어갔다.

"우리 집에서는 빨리빨리다!" 노인은 그녀를 향해 유쾌하게 소리를 지르고 레빈에게로 다가왔다. "저, 나리, 니꼴라이 이바노비치 스비야시스끼 댁으로 가시는 거죠? 그분들도 저희 집에 들르시곤 하지요." 그는 현관 난간에 팔꿈치를 괴고 대화가 하고 싶은 듯이 말을 시작했다.

그가 스비야시스끼를 알게 된 이야기를 하는 중간에 대문이 다시 삐걱거리더니 들에서 일을 마친 일꾼들이 보습과 써레를 가지고 마당으로 들어왔다. 보습과 써레를 매단 말은 살지고 힘이 세 보였다. 일꾼들은 가족이 분명했다. 두 젊은이는 사라사 셔츠를 입고 모자를 쓰고 있었다. 다른 두명은 고용된 사람들로 삼베로 된 셔츠를 입고 있었는데, 한명은 늙은이고 한명은 젊은이였다. 노인은 현관을 떠나 말들에게로 다가가서 고삐를 풀기 시작했다.

"뭘 갈고 왔나?" 레빈이 물었다.

"감자밭을 갈았지요. 우리도 땅뙈기가 좀 있어요. 얘야, 페도뜨, 거세마는 내보내지 말고 우물가에 쉬게 두고 다른 말을 매라."

"근데 아버지, 보습 날을 가져다달라고 말씀드렸는데 가져오셨어요?"

노인의 아들이 분명해 보이는 키가 크고 건장한 젊은이가 물었다.

“저기…… 썰매 위에.” 노인이 벗긴 고삐들을 둥글게 감아 땅에 던지면서 말했다. “식사하는 동안 맞춰 끼워라.”

단정한 새댁이 가득 찬 양동이들을 어깨에 메고 마루를 지나갔다. 어디선가 또 여자들이 나타났다. 젊고 아름다운 여자들, 중년 여자들, 그리고 늙고 못생긴 여자들이었는데, 아이를 데리고 있는 여자들도 있었고 아이가 없는 여자들도 있었다. 사모바르에서 끓는 소리가 나기 시작했다. 일꾼들과 가족들은 말들을 돌보고 나서 식사를 하러 갔다. 레빈은 자기 마차에서 식량을 가져와 노인에게 함께 차를 마시자고 청했다.

“아, 괜찮습니다. 오늘 이미 마셨어요.” 노인은 그의 제의를 분명 만족스럽게 받아들이면서 말했다. “그냥 말동무나 해드리지요.”

차를 마시는 동안 레빈은 노인의 농사 전반에 대해 이야기를 들었다. 노인은 십년 전에 지주로부터 백이십 제샤찌나를 빌렸는데 작년에 그걸 샀고, 이웃 지주에게서 또 삼백 제샤찌나를 빌렸다. 그 땅 중에서 가장 나쁜, 매우 작은 일부는 빌려주었고, 사십 제샤찌나 정도는 자기 가족과 고용한 일꾼 두명이 직접 경작하고 있었다. 노인은 형편이 나쁘다고 푸념을 했다. 하지만 레빈은 그의 푸념이 그냥 예의를 차리느라 그런 것이지 그의 농사가 번성하고 있다는 것을 알아챘다. 형편이 나쁘다면 그는 아들 셋과 조카를 결혼시키지 못했을 것이고 두번이나 불이 났는데도 집을 새로, 그것도 전보다 더 좋게 짓지 못했을 것이다. 노인의 푸념에도 불구하고 그가 응당 자기의 자산을 자랑스러워하고, 자기의 아들, 며느리, 말, 소를 자랑스러워하고, 특히 자기가 이 모든 것을 잘 경영하고 있는 것에 대해 자랑스러워하는 것이 보였다. 노인과의 대화에서 레빈은 그가 새로운 농사법에도 뒤처지지 않은 것을 알았다. 그는 감자를 많이 심었는데, 레빈은 농가에 가까이 갈 때 그의 감자가 벌써 꽃이 지고 알이 맺히기 시작한 것을 보았다. 레빈의 감자는 겨우 꽃이 피기 시작했는데 말이다. 노인은 감자밭을 지주 집에서 빌려온 '보습녀'로(그는 빌려온 보습을 이렇게 불렀다) 갈았다. 그는 밀도 심었다. 레빈은 노인이 호밀밭을 김매면서 솎아낸 호밀을 말먹이로 준다는 사소한 사실에 특히 놀랐다. 그는 썩어버리는 그 멋진 말먹이를 보면서 그것을 모으고 싶었던 적이 정말 많았다. 하지만 그것은 항상 불가능했다. 그런데 이 농부는 그렇게 하고 있었고, 그래서 그는 이 말먹이를 아무리 해도 모자랄 정도로 칭찬했다.

"여자들은 대체 뭘 합니까? 더미를 길에다 내놓으면 수레가 와서 가져가는데."

"우리 지주들은 고용인들을 쓰는데 모든 게 잘 안 되네." 레빈은 그에게 차를 따라 권하면서 말했다.

"감사합니다." 노인이 대답하고 잔을 쥐었는데, 그는 자기가 좀 깨물어먹다 남은 설탕덩어리를 가리키며 설탕은 사양했다. "고용인들을 써서 일이 되는 데가 있나요?" 그가 말했다. "항상 그렇죠. 스비야시스끼 나리 댁도 마찬가지예요. 얼마나 좋은 땅인지 다 알지요. 부드럽습죠. 그런데도 수확은 좋다 할 수 없지요. 다 제대로 살피지 않아서 그렇습죠!"

"그럼 자네는 고용인을 써서 농사하지 않나?"

"농사일은 우리 일입죠. 우린 모든 걸 스스로 하지요. 일을 못하면 내쫓는 거죠. 우린 우리끼리 꾸려갑니다."

"아버님, 피노겐이 타르를 가져오래요." 덧신을 신은 여자가 들어오며 말했다.

"자, 그럼 나리!" 노인은 말하고는 일어나 천천히 성호를 긋고 레빈에게 감사를 표하며 나갔다.

레빈은 마부를 부르러 뒤채로 갔을 때 식탁에 그 집 남자들 모두가 앉아 있는 것을 보았다. 여자들은 서서 시중을 들고 있었다. 젊고 건장한 아들이 죽을 한입 가득 넣고 뭔가 우스운 이야기를 하니 모두들 큰 소리로 웃었고, 특히 덧신을 신은 여자는 접시에 양배춧국을 따르다가 유쾌하게 웃었다.

덧신을 신은 여자의 아름다운 얼굴이 분명 이 농부의 집이 레빈에게 준 그 잘 꾸려진 살림살이의 인상에 강한 영향을 미쳤을 것이다. 하지만 이 인상은 너무 강렬해서 레빈은 그것을 떨쳐버릴 수가 없었다. 마치 이 인상 속의 뭔가가 특별한 주의를 요구하는 듯이, 노인의 집에서 스비야시스끼의 집으로 가는 길 내내 레빈에게 자꾸자꾸 이 농지가 떠올랐다.

26

스비야시스끼는 자기 군의 귀족단장[42]이었다. 그는 레빈보다 다섯살이 많았고 오래전에 결혼했다. 그의 집에는 레빈이 매우 호감을 가진 젊은 처제가 함께 살고 있었다. 그리고 레빈은 스비야시스끼와 그의 아내가 이 처녀가 그와 맺어지기를 몹시 원하고 있는 것을 알고 있었다. 소위 신랑감이라고 불리는 젊은이들이 아무도 결

42 귀족단장은 1785년부터 지역의 귀족회의에서 선출되었고 임기는 3년이었다. 지방의회에 영향력을 가졌다.

코 말해주지 않더라도 항상 알듯이 레빈은 이를 확실히 알고 있었다. 하지만 동시에 그는 비록 결혼을 하고 싶지만, 또 모든 조건으로 볼 때 지극히 매력적인 이 처녀가 훌륭한 아내가 될 것이 분명하지만, 설사 그가 끼찌 셰르바쯔까야를 사랑하지 않는다 하더라도, 그녀와 결혼하기란 거의 하늘로 날아가는 것만큼이나 불가능한 일이라는 것을 알고 있었다. 그리고 이러한 의식이 스비야시스끼에게로의 여행에서 기대하는 만족감을 망쳤다.

사냥을 하자는 스비야시스끼의 초대를 담은 편지를 받고서 레빈은 당장 이 문제에 대해서 생각했지만, 그럼에도 불구하고 자신에 대한 스비야시스끼의 기대는 아무 근거 없이 자신이 예측한 것일 뿐이니 그냥 가야겠다고 마음을 먹었다. 게다가 마음 깊숙한 곳에서 그는 자신을 시험해보고 다시 한번 그 처녀를 가늠해보고 싶기도 했다. 스비야시스끼 부부의 가정생활은 매우 편안했고, 스비야시스끼 자신은, 레빈이 아는 한, 농촌 활동가로서 가장 훌륭한 부류여서 레빈은 항상 지극한 관심을 가져왔다.

스비야시스끼는 결코 독창적이지는 않더라도 매우 정연한 사고를 하는데, 사고는 사고대로 진행하면서 그와는 전혀 상관없이 거의 항상 사고에 위배되는 생활, 자기 노선에 따라 지극히 잘 규정된 틀 안에서 확실하게 정해진 생활은 생활대로 하는 사람으로, 레빈에게는 항상 놀라운 사람들 중 한 사람이었다. 스비야시스끼는 극도로 자유주의적인 사람이었다. 그는 귀족들을 경멸했고 대다수 귀족들이 소심하기 때문에 겉으로 드러내진 않지만 비밀스러운 농노제 옹호자들이라고 여겼다. 그는 러시아를 터키처럼 망한 나라라고 여겼고 러시아 정부에 대해서는 그야말로 저질이라고 생각해서 심지어 정부 활동을 심각하게 비판하는 일조차 한번도 없었던 한편, 모범적인 귀족 대표 직함을 가지고 있는 몸이었고 여행 중에는 항상 휘장과 빨간 테를 두른 모자를 쓰고 다녔다. 그는 인간다운 생활은 외국에서만 가능하다고 여겼고 기회가 생기는 대로 외국에서 지내려고 여행을 하기도 하는 한편, 러시아에서는 매우 복잡하고 개량된 농사법을 시행하고 있었고 러시아에서 행해지는 모든 것을 극도의 관심을 가지고 연구했고 알고 있었다. 그는 러시아 농부는 원숭이에서 인간으로 가는 진화 단계에 있다고 여기는 한편, 지방의회 선거에서는 누구보다도 기꺼이 농부들과 악수했으며 그들의 의견에 귀를 기울였다. 그는 죽음도 사탄의 시선도 믿지 않는 사람이었으나 성직제도의 개선 문제와 수입의 절감을 매우 걱정했고 나아가 교회가 그의 마을에 존치되도록 매우 바쁘게 활동했다.

여성 문제에 있어서는 여성의 완전한 자유와 특히 노동에 대한 자유를 주장하는 극단적인 편에 서 있는 한편, 모든 사람들이 그 부부의 친구 같은, 아이 없는 가정생활에 감탄할 정도로 아내와 잘 살고 있었고, 아내의 생활을 어떻게 하면 시간을 더 잘, 더 유쾌하게 보낼까 하는 남편과의 공동의 걱정 외에는 아무것도 하지 않도록, 할 수도 없도록 만들었다.

만약 레빈이 사람들을 그들의 가장 좋은 면으로 이해하는 특성을 가지지 않았다면 스비야시스끼의 성격이 그에게 아무런 당혹감이나 의문을 주지 않았을 것이며, 속으로 그를 바보나 쓰레기라고 말했을 것이고, 모든 것은 명확해졌을 것이다. 하지만 레빈은 스비야시스끼가 의문의 여지 없이 매우 똑똑할 뿐만 아니라 매우 교양있고 자신의 교양을 예외적으로 자연스러운 태도로 드러내는 사람이어서 바보라고 부를 수는 없었다. 그는 모르는 것이 없었다. 하지만 그는 꼭 그래야 할 때만 그의 지식을 내보였다. 레빈이 그를 쓰레기라고 부르는 것은 더더욱 불가능했는데, 그것은 스비야시스끼가 유쾌하게, 생기에 가득 차서 항상 그 주변의 모든 사람들이 높이 평가하는 일을 잘해냈고, 물론 한번도 의식적으로 바보 같은 일을 한 적이 없고 할 수도 없는, 명예를 아는 호인에다 똑똑한 사람이기 때문이었다.

레빈은 그를 이해하려고 노력했으나 이해하지 못했고, 그래서 항상 그와 그의 삶을 사라지지 않는 수수께끼처럼 바라보았다.

레빈과 그는 친한 사이였기 때문에 레빈은 스비야시스끼를 면밀히 조사하고 그의 인생관의 가장 근본까지 이해하려고 노력하는 일을 스스로에게 허락했다. 하지만 그것은 항상 헛된 일이었다. 스비야시스끼의 사고를 모두에게 열려 있는 응접실 같은 수준보다 더 깊이 파고들어가려고 할 때마다 그는 매번 스비야시스끼가 약간 당황하는 것을 알아챘다. 마치 레빈이 자신을 이해할까봐 두려워하는 것처럼 그의 시선에 보일락 말락 하게 공포감이 나타났고, 그는 호인 같고 유쾌한 태도로 저항했다.

지금, 농사일에 실망한 이후 레빈에게 스비야시스끼의 집에 머무는 것은 특히 기꺼운 일이었다. 자신들과 모든 것에 만족하는 이 행복한 비둘기들과 그들이 잘 지어놓은 보금자리를 보는 것이 그에게 유쾌한 영향을 준 것 이외에도, 자신의 삶을 매우 불만족스러워하는 그는 스비야시스끼의 삶을 그렇게도 명쾌하고 확실하고 유쾌하게 만드는 그의 내면의 비밀까지 파고들고 싶어졌다. 그외에도 레빈은 스비야시스끼의 집에서 이웃 지주들을 만나게 될 것을 알고 있었고, 지금은 수확이나 고용 등 농사에 대해서 그들과 이야기하는 것, 농사에 대한 그들의 대화를 듣는 것에 특히 흥미가 있었다. 그는 그런 것이 어딘가 무척 시시한 대화로 여겨지는 것을 알고 있었지만, 지금 그에게는 오직 그런 대화만이 중요하게 생각되었다. '이건 아마 농노제하에서나 영국에서는 중요하지 않았을 거야. 그 두 경우에는 조건이 정해져 있으니까. 하지만 모든 것이 뒤죽박죽이고 막 정리되기 시작한 우리의 상황에서는 이 조건들이 어떻게 정착될 것인가 하는 문제가 러시아에서 유일하게 중요한 문제지.' 레빈은 생각했다.

사냥은 레빈이 생각한 것보다 나빴다. 늪은 말랐고 도요새는 전혀 없었다. 그는 하루 종일 걸려서 겨우 세마리를 잡았는데, 그 대신 사냥에서 돌아오면 늘 그렇듯이 왕성한 식욕과 썩 좋은 기분과 그의 경우 육체적 활동에 항상 동반되는 일깨워진 정신력을 얻었다. 아무것도 생각하지 않았던 것 같은 사냥하는 동안에도 자꾸자꾸 노인과 그의 가족이 떠올랐는데, 이 인상은 그에게 주의를 요구할 뿐만 아니라 그 자신과 연결된 뭔가를 해결하기를 요구하는 것 같았다.

저녁에 차를 마시는 동안 후견 문제로 찾아온 두 지주가 함께 있는 자리에서, 레빈이 기대하기도 했던 바로 그 흥미로운 대화가 시작되었다.

레빈은 다탁에서 안주인 곁에 앉아 있어서 그녀와 그의 맞은쪽에 앉은 처제와 이야기를 해야 했다. 안주인은 얼굴이 둥글고 연한 금발에 중키였고 보조개와 웃음으로 온통 환하게 빛났다. 레빈은 그녀를 통해 그녀의 남편이 제기하는, 그에게 중요한 수수께끼의 열쇠를 알아내려고 애썼다. 하지만 그는 완전히 자유롭게 생각할 수 없었는데, 그것은 그가 고통스러울 만큼 거북했기 때문이었다. 그가 고통스러울 만큼 거북한 이유는 맞은편에 앉은 처제가, 그가 보기엔 그를 위해서 입은, 하얀 가슴께가 독특한 사다리꼴로 파인 특이한 드레스를 입고 있었기 때문이었다. 가슴이 매우 하얬는데도 불구하고, 아니면 바로 그랬기 때문에 이 사다리꼴로 파인 부분이 레빈으로부터 사고의 자유를 앗아갔던 것이다. 그는, 아마도 착각이었겠지만, 이 파인 부분이 자신을 염두에 둔 것이라고 상상했고, 자신에게는 그것을 볼 권리가 없다고 여겨서 보지 않으려고 애썼다. 하지만 그는 그녀가 가슴을 드러내게 만들었다는 사실 하나만으로도 벌써 자신에게 책임이 있다고 느꼈다. 레빈으로서는 자신이 누군가를 속이고 있다고, 뭔가를 해명해야 하는데 어떻게도 그것을 해명할 수 없다고 여겨졌다. 그래서 그는 계속 얼굴을 붉혔으며 불안해하고 거북해했다. 그의 거북함이 예쁜 처제에게도 전해졌다. 하지만 안주인은 이를 알아채지 못한 것처럼 보였고 일부러 그녀를 대화에 끌어들였다.

"당신은 말씀하셨지요." 안주인은 시작된 대화를 계속했다. "러시아적인 것은 하나도 남편의 흥미를 끌 수 없다고요. 반대예요. 그는 외국에서 즐겁게 지내지만 결코 이곳에 있을 때만큼 그렇게 즐겁게 지내지는 않아요. 이곳에서 그는 자기 영역에 있다는 걸 느끼지요. 그에게는 일이 아주 많아요. 그리고 그는 모든 것에 흥미를 가지는 재능이 있어요. 아 참, 우리 학교에 가보셨나요?"

"보긴 했어요…… 그 담쟁이가 휘감긴 작은 건물이지요?"

"네. 그건 나스쨔야가 한 일이죠." 그녀는 동생을 가리키며 말했다.

"당신이 직접 가르치시나요?" 레빈이 파인 부분을 지나쳐 보려 애쓰면서, 하지만 그쪽을 향하면 어디를 보아도 파인 부분을 보게 될 것을 느끼면서 물었다.

“네, 제가 직접 가르쳤고, 가르치고 있어요. 하지만 훌륭한 여선생님도 계세요. 체육 과목도 넣었어요.”

“아닙니다. 감사합니다만, 차는 더 마시지 않겠습니다.” 레빈은 말하고 나서, 무례를 범하는 것을 느끼면서도 더이상 이 대화를 계속할 수 없어서 얼굴을 붉히고 일어났다. “아주 재미있는 대화가 들려서요.” 그는 덧붙여 말하고 주인과 두 지주가 이야기하고 있는 다탁의 다른 쪽 끝으로 다가갔다. 스비야시스끼는 다탁에 비스듬히 앉아서 팔꿈치를 괸 한 손으로는 찻잔을 돌리면서 다른 손으로는 수염을 모아쥐고 마치 냄새를 맡는 듯이 코에 가져갔다가 도로 놓았다가 했다. 그는 열통을 터뜨리는 수염이 희끗한 지주를 검은 두 눈을 반짝이며 똑바로 보았는데, 그의 말을 즐기고 있는 것 같았다. 지주는 농민들에 대한 불만을 터뜨리고 있었다. 스비야시스끼는 지주의 불만에 대해 그의 말의 전체 의미를 없애버릴 대답을 알고 있지만 자신의 지위상 그렇게 대답할 수 없어서 지주가 하는 우스운 말을 만족스럽게 듣고 있다는 것이 레빈에게는 환히 보였다.

수염이 희끗한 지주는 분명 골수 농노제 옹호자이자 마을 촌장이고 열정적인 마을 경영자임이 분명했다. 레빈은 그의 옷, 보아하니 보통은 잘 입지 않는 닳은 구식 코트와 영리해 보이는 찌푸린 두 눈, 훌륭한 러시아어 구사, 분명 오랜 경험에서 나오는 명령조의 어조, 무명지에 오래된 약혼반지를 낀 크고 보기 좋게 그을린 손의 단호한 움직임에서 그의 특성을 알아보았다.

27

"여태까지 경영한 걸…… 들어간 많은 노력을…… 내버리는 게 아깝지만 않다면…… 모든 것에서 손을 떼고 훌쩍 떠나서, 니꼴라이 이바니치처럼 말이죠……「헬레네」나 듣고 말이죠." 지주는 영리해 보이는 늙은 얼굴을 기분 좋은 미소로 환히 빛내면서 말했다.

"네, 그래도 내버리지 않으시는 걸 보면……" 니꼴라이 이바노비치 스비야시스끼가 말했다. "그러니까 이익은 되는 거군요."

"이익이 되는 거라곤 아무것도 사지 않고 아무것도 빌리지 않고 집에서 산다는 거 하납니다. 그저 농민들이 똑똑해지리라는 희망을 여전히 품고서요. 그 술에 절어 살고 방탕한 건 정말! 망아지도 송아지도 다 나눠 먹어 없애버리는 게 믿을 수 없을 지경이죠. 굶어서 죽어가는 자를 일꾼으로 고용했더니 기회만 있으면 망치려 들고 또 조정판사에게까지 간다니까요."

"그 대신 당신도 조정판사에게 고소를 하시지요." 스비야시스끼가 말했다.

"고소를 해요? 절대 그런 일은 없어요! 고소가 유감천만이라는 그런 이야기가 돌아다니지요. 자, 농장에서 선금을 떼먹고 도망갔지요. 조정판사가 뭐라는지 아세요? 죄가 없다는 겁니다. 이런 모든 것이 구역 재판과 촌장에 의해서만 제대로 되지요. 이 사람들은 옛날식으로 그를 때려주는 겁니다. 그러지 않는다면 저는 다 내던지고 멀리 달아날 겁니다!"

지주는 분명 스비야시스끼를 찌르고 있었지만 스비야시스끼는 화를 내지 않았을 뿐만 아니라 이를 즐기고 있는 것이 확연했다.

"그래요. 하지만 우리는 그런 조처 없이 농사일을 합니다." 그가 미소를 지으면서 말했다. “저도, 레빈도, 이분도 말이죠.”

그는 다른 지주를 가리켰다.

“그래요, 미하일 뻬뜨로비치네도 유지는 합니다. 하지만 어떤지 물어보시죠. 그게 합리적 경영이란 말입니까?” 지주는 분명 ‘합리적’이라는 단어를 아는 것을 자랑하면서 말했다.

“제 농사는 소박합니다.” 미하일 뻬뜨로비치가 말했다. “하느님께 감사드리지요. 제 경영 방법이란 그저 가을 연공 금액을 확보해 두는 것뿐입니다. 그때가 되면 농부들이 와서 말합니다. ‘나리, 영감님, 살려주세요!’ 자, 그들 모두 제 이웃들이죠. 농부들이 안됐어요. 그래서 저는 삼분의 일로 해주며 이야기합니다. ‘기억해두게, 자네들. 내가 자네들을 도와줬으니 자네들도 귀리씨를 뿌리거나 건초를 거두어들일 때, 곡식을 벨 때 필요하면 도와줘야 해.’ 그렇게 해서 경작지당 부역을 정하는 거죠. 그들 중에는 양심 없는 자들도 있는 게 사실입니다.”

이 가부장적인 방식을 오래전부터 알고 있는 레빈은 스비야시스끼와 시선을 교환한 후 다시 수염이 희끗한 지주를 향하면서 미하일 뻬뜨로비치의 말을 막았다.

“그러니 당신은 어떻게 생각하십니까?” 그가 물었다. “그러니까 이제 어떻게 경영을 해야 할까요?”

“미하일 뻬뜨로비치처럼 하는 수밖에 없죠. 반반씩 배당하거나 농부들에게 소작을 줘야죠. 그건 가능한 일이에요. 하지만 바로 이렇게 해서 국가의 전체 자산이 사라지는 거죠. 농노의 노동에 좋은 경영 방법을 쓰면 씨 뿌린 것의 아홉배를 거두는데, 반반씩 하면 세배를 거두지요. 해방이 러시아를 망하게 한 거죠.”

스비야시스끼는 눈에 미소를 머금고 레빈을 바라보았고 그에게 보일락 말락 한 조롱의 표시를 보내기까지 했다. 하지만 레빈은 지주의 말이 우습다고 생각하지 않았다. 그는 스비야시스끼를 이해하는 것보다 지주들을 더 잘 이해했다. 지주가 왜 러시아가 해방에 의해서 망했는가를 증명하면서 한 말 중에서 많은 것이 그에게는 매우 신빙성 있고 새롭고 반박할 여지가 없는 것으로 여겨졌다. 지주는 분명 자기 생각을 말하고 있었다. 이는 매우 드문 경우였다. 그리고 이 생각은 공허한 지성을 뭔가로 채우려는 욕망에 이끌린 것이 아니라 그가 시골에서 혼자 오래 살면서 여러가지 방향에서 곰곰 생각한 그의 삶의 조건들에서 자라난 것이었다.

"생각해보십시오. 문제는 모든 과정이 권한에 의해서만 이루어진다는 데 있습니다." 분명 자신이 교양 있는 사람이라는 것을 보이고 싶어하면서 그가 말했다. "뾰뜨르, 예까쩨리나, 알렉산드르의 개혁을 생각해보십시오. 유럽의 역사를 생각해보십시오. 특히 농업의 발전을 생각해보세요. 감자만 하더라도 우리나라에는 강제로 들여왔지요. 쟁기로 밭을 간 것도 아니었지요. 그것도 아마 황실 소유지에만 들여왔을 텐데, 마찬가지로 강제력에 의해서였죠. 이제 우리 시대에 우리 지주들은 농노제하에서 개량된 도구들을 가지고 경영했습니다. 건조기, 풍구, 짐수레 등 모든 농기구를 우리가 우리의 권한으로 들여왔지요. 농부들은 처음에는 반대했지만 나중에는 우리들을 모방했지요. 그런데 농노제가 폐지된 지금은 말입니다, 우리는 권한을 빼앗겼고, 높은 수준으로 올라간 우리의 농사는 가장 원시적이고 조야한 상태로 황폐해지려 합니다. 전 그렇게 이해하고 있습니다."

"근데 어째서 그런가요? 그것이 합리적이라면 그렇게 경영할 수 있지 않나요?" 스비야시스끼가 말했다.

"권한이 없습니다. 이렇게 물어도 된다면, 제가 누구를 통해서 그렇게 경영할 수 있나요?"

'그렇지. 노동력이 바로 농사의 기본 요소지.' 레빈은 생각했다. "일꾼들을 통해서지요."

"일꾼들은 일을 잘하거나 좋은 농기구로 일하기를 원하지 않아요. 우리의 일꾼들이 아는 건 오직 하나, 돼지처럼 처마시고 취해서 그들에게 주는 걸 다 망쳐버리는 겁니다. 말한테 물을 너무 많이 먹이고, 좋은 마구를 망가뜨리고, 쇠테 두른 바퀴는 바꿔서 술을 마셔버리고, 탈곡기에다가 연결 고리를 집어넣어 망가뜨리지요. 그들은 자기들에게 익숙하지 않은 건 모든 게 보기가 역겨운 거죠. 이로 인해서 농사의 전체 수준이 내려가는 겁니다. 경작지는 내팽개쳐지고 잡초로 뒤덮이거나 농부들에게 나뉘는 거죠. 백만 체뜨베르찌[43]를 생산하던 곳에서 십만 체뜨베르찌를 생산하는 겁니다. 전체적인 부가 감소했지요. 똑같은 일을 했는데, 계산상으로는……"

그리고 그는 이런 곤란한 점들을 배제할 수 있었던 농노해방에 대한 자신의 방안을 피력하기 시작했다.

이는 레빈의 흥미를 끌지는 못했지만, 그가 말을 마쳤을 때 레빈은 그의 첫번째 주장으로 돌아가서 스비야시스끼를 향해서 그가 진지한 의견을 말하도록 부추기려고 애쓰며 말했다.

"농사의 수준이 내려가고 일꾼들에 대한 관계에서 유익하고 합리적인 경영을 할 수 있는 가능성이 없다는 것은 완전히 옳은 견해입니다." 그가 말했다.

43 1체뜨베르찌는 약 209.66리터.

"저는 그렇게 생각하지 않습니다." 스비야시스끼가 이제는 진지하게 반박했다. "제가 보는 것은 다만 우리가 경영을 할 줄 모른다는 것과, 농노제하에서 우리가 했던 경영은 수준이 너무 높았거나 너무 낮았다는 겁니다. 우리에게는 기계도, 좋은 가축도, 진정한 관리도 없습니다. 우리는 계산도 할 줄 모릅니다. 농장 주인에게 물어보세요. 그는 자기에게 뭐가 이익이 되는지 뭐가 손해가 되는지 모릅니다."

"이딸리아식 장부 정리죠." 지주가 조롱조로 말했다. "그렇게 하면 아무리 계산해도 모든 게 망쳐지고 이윤은 없게 되지요."

"왜 망쳐져요? 질 나쁜 탈곡기, 말이 밟고 돌아가는 기구[44]나 망가지지, 내 증기기관은 망가지지 않아요. 러시아의 말은 어떤가요? 잡아당겨야 말을 듣는 종자들이라서 꼬리를 잡아당겨야 하고, 그렇게 하면 못 쓰게 되어버리죠. 하지만 뻬르슈롱[45]이나 하다못해 비뜌끄[46]를 길러보세요. 그 말들은 못 쓰게 되어버리지 않을 겁니다. 모든 게 그렇지요. 우리는 경영의 수준을 올려야 합니다."

"그렇다면 무엇으로요, 니꼴라이 이바니치! 당신이야 괜찮겠지만 전 아들을 대학에 보내야 하고 작은애는 고등학교에 보내야 하지요! 그러니 전 뻬르슈롱을 살 돈이 없네요."

"그래서 은행이 있는 겁니다."

"다 팔아먹으라고요? 아뇨, 고맙지만 괜찮습니다."

"저도 농사의 수준을 더 높여야 하며 더 높일 수 있다는 의견에는 동의하지 않습니다." 레빈이 말했다. "저는 농사를 짓고 돈도 있

---

44 타작을 할 때 말이 빙빙 돌면서 밟는 기구.

45 노르망디산으로 매우 힘든 일도 잘하는 말.

46 러시아 말 중에서는 보로네시산 비뜌끄가 제일 일을 잘한다.

습니다. 하지만 저는 아무것도 할 수가 없습니다. 은행이 누구에게 유익한 건지도 모르겠어요. 적어도 저는 농사의 어디에 돈을 들이붓든지 간에 항상 손해만 납니다. 가축을 쳐도 손해요, 기계를 사도 손해입니다."

"바로 그게 맞는 말이지요." 만족감에서 심지어 웃음을 터트리기까지 하면서 수염이 희끗한 지주가 동의했다.

"그리고 저뿐만이 아니지요." 레빈이 계속했다. "합리적으로 사업을 해나가는 모든 주인들이 그렇습니다. 드물게 예외적인 경우를 제외하고는 모두가 손해를 보며 경영하고 있습니다. 자, 말해보세요. 댁의 농사는 어떤가요? 이익입니까?" 말하자마자 레빈은 당장 스비야시스끼의 시선 속에서 스비야시스끼의 사고의 응접실보다 더 안으로 들어가려고 할 때 알아채곤 했던 그 경악의 표정이 스쳐지나가는 것을 보았다.

게다가 레빈의 입장에서 보면 그의 이 질문은 결코 양심적인 것이 아니었다. 조금 전 차를 마시는 동안 안주인이 이번 여름에 모스끄바로부터 장부 정리 전문가인 독일인을 오백 루블의 보수를 주고 초빙하여 그들의 경영을 계산하도록 해보니 삼천 몇백 루블 이상 손해가 난 것을 알았다고 그에게 말해주었던 것이다. 그녀는 정확히 얼마인지는 기억을 못 했는데, 아마도 그 독일인이 사분의 일 꼬뻬이까까지 계산한 것 같았다.

지주는 스비야시스끼의 경영 이익에 대해 언급할 때 미소를 지었는데, 그는 그의 이웃이자 귀족 대표가 얼마나 이윤을 남겼는지 알고 있는 것이 분명했다.

"아마 이익이 안 났을 겁니다." 스비야시스끼가 대답했다. "이건 제가 나쁜 주인이거나 지대를 올리려고 자본을 처들이기 때문이라는 사실을 증명하는 것일 뿐입니다."

"으악, 지대!" 레빈이 경악하며 소리쳤다. "땅이 거기에 들어간 노동에 따라 더 좋아지는 유럽에는 아마도 지대가 있을 겁니다. 하지만 우리나라에서는 모든 땅이 거기에 들어간 노동에 의해서 더 나빠지고 있습니다. 즉, 땅을 척박하게 만들어버리니 지대도 없게 되는 겁니다."

"어떻게 지대가 없나요? 그건 법인데요."

"그러니까 우리는 법 밖에 있지요. 지대는 우리에게 아무것도 명확하게 해주지 못하고 반대로 오히려 혼란만 야기합니다. 아니, 말해보세요. 지대에 대한 지침이란 아마도……"

"아 참, 산유酸乳 좀 드시겠어요? 마샤, 여기 우리에게 산유나 산딸기 좀 가져와요." 그는 아내를 향해 말했다. "요즘은 늦게까지도 산딸기가 열리네요."

그러고서 스비야시스끼는 매우 좋은 기분으로 일어나서 가버렸다. 분명 레빈이 보기에는 지금 막 대화가 시작된 바로 그 지점에서 그는 대화가 끝난 것이라고 생각하는 듯했다.

대화 상대를 잃은 레빈은 지주와 함께 이야기를 계속하면서, 모든 어려움이 우리가 일꾼들의 특성과 습관을 알려고 하지 않는 데서 나오는 것이라는 사실을 증명하려고 애썼다. 하지만 지주는 독자적이고 외곬으로 생각하는 모든 사람들처럼 낯선 생각을 이해하는 것에는 귀를 닫았고 자기 생각에는 특별한 애착을 가지고 있었다. 그는 러시아 농민이 돼지이고 돼지 같은 행동을 좋아하며, 돼지 같은 더러운 환경에서 농민을 구제하기 위해서는 힘이 필요하고 힘이 없으면 몽둥이가 필요하지만, 우리는 자유주의적이어서 천년을 써오던 몽둥이를 무슨 변호사나 구류로 대체해 냄새나는 농부들에게 어울리지 않게 좋은 수프를 떠먹이고 그들에게 몇 세제곱 피트의 공기가 필요한가를 산정해놓고 있다고 계속 고집했다.

"왜 당신은……" 레빈이 본론으로 돌아오려고 애쓰면서 말했다. "노동이 생산적일 수 있는 노동력에 대한 관계를 찾을 수 없다고 생각하십니까?"

"그런 건 러시아인들에게는 결코 있을 수 없을 겁니다! 권한이 없어요." 지주가 대답했다.

"어떻게 새로운 조건들을 찾을 수 있다는 말씀인가요?" 스비야시스끼가 산유를 다 마시고 나서 담배에 불을 붙이고 다시 논쟁하는 사람들에게로 다가오면서 물었다. "노동력에 대한 가능한 모든 관계는 정의되고 연구되었습니다." 그가 말했다. "야만의 잔재인 연대책임을 지는 공동체는 스스로 무너지고 있고 농노제는 폐지되었지요. 이제는 자유노동만 남았고, 그 형태도 규정되었고 준비되었으니 그것을 취해야 합니다. 고용 농부, 일용식, 농장주지요. 그리고 이것에서 벗어날 수 없어요."

"하지만 유럽도 이 형식들에 불만입니다."

"불만을 품고 새로운 것을 찾고 있습니다. 그리고 아마 찾을 겁니다."

"제가 하는 말이 바로 그겁니다." 레빈이 대답했다. "왜 우리는 우리에게서 찾지 않을까요?"

"왜냐하면 그것은 철도 건설을 위한 방법들을 다시 생각해내는 것과 마찬가지이기 때문입니다. 철도는 다 준비되고 고안된 상태입니다."

"하지만 그것들이 우리에게 맞지 않는다면요? 그것들이 바보 같은 것이라면요?" 레빈이 말했다.

그리고 그는 다시 스비야시스끼의 눈 속에서 겁을 내는 표정을 알아차렸다.

"네, 그거죠. 우리는 모자를 위로 던지고 기뻐할 겁니다. 유럽이 찾는 것을 우리가 찾아냈으니까요! 이 모든 걸 전 압니다. 하지만, 실례지만 당신은 노동자들의 조직화 문제에 있어서 유럽에서 행해진 모든 것을 알고 계십니까?"

"아니요, 잘 모릅니다."

"이 문제는 현재 유럽의 뛰어난 지성들을 사로잡고 있습니다. 슐체델리치 노선[47]…… 그후 노동 문제에 대한 그 엄청난 책들…… 바로 자유주의적인 라살레 노선[48]에 대한 책들…… 뮐하우젠 체제[49], 이 모든 게 이미 사실이죠. 당신도 아마 아시겠지요."

"저도 듣긴 했습니다만 매우 어렴풋하게만 알고 있습니다."

"아니에요. 당신은 그저 그렇게 이야기하시는 거죠. 당신은 아마도 모든 걸 저 못지않게 다 알고 계실 겁니다. 저는 물론 사회학 교수는 아니지만 이것은 분명 제게 흥미로운 문제입니다. 당신도 진정으로 흥미가 있다면 한번 연구해보시죠."

"하지만 그것들의 결론은 뭡니까?"

"아 참, 실례합니다……"

지주들은 일어났고, 스비야시스끼는 다시 레빈을 그의 정신의

47 헤르만 슐체델리치(1808~83)의 신용협동조합을 모델로 만든 신용협동조합으로, 러시아에는 1865년부터 존재했다.

48 노동자 문제에 대한 페르디난트 라살레(1825~64)의 사상은 1860년대 러시아 진보세력에 큰 영향을 미쳤다.

49 독일어로 뮐하우젠, 프랑스어로 뮐루즈라고 불리는 알자스 지방 도시에서 노동자들을 위해 만든 체제. 집값을 장기간에 걸쳐 갚을 수 있는 주택을 1000호 이상 지어 노동자들을 입주시켰다. 스비야시스끼는 이 도시를 독일어로 부르고 있다.

응접실 뒤까지 들여다보려는 불편한 습관 가로막고서 그의 손님들을 배웅하러 갔다.

28

레빈은 이날 저녁 귀부인들과 함께 있으면서 참을 수 없을 만큼 지겨웠다. 그가 지금 체험하는 농사에 대한 불만이 그 혼자만의 상황이 아니라 러시아에서는 보편적인 상황이라는 생각, 노동자들이 어디서 일을 하건 노동자들과의 관계 정립이, 오는 길에 만났던 농부에게 그런 것과 같이, 공상이 아니라 꼭 풀어야 할 과제라는 생각이 전에 없이 그를 흥분시켰다. 그에게 이 과제는 해결할 수 있고 시도해봐야 할 것으로 여겨졌다.

숙녀들과 작별하며 내일 하루 종일 머물면서 말을 타고 나가 국유림의 흥미로운 계곡을 구경할 것을 약속하고 나서 레빈은 잠자리에 들기 전에 스비야시스끼가 추천한 노동 문제에 대한 책들을 찾으려고 주인의 서재에 들렀다. 스비야시스끼의 서재는 책장들과 책상 두개—하나는 방 한가운데 놓여 있는 크고 육중한 책상이고 다른 하나는 등 주위에 여러가지 언어로 된 최근 신문과 잡지 들이 별 모양으로 놓여 있는 둥그런 책상이었다[50]—가 놓여 있는 커다란 방이었다. 책상 옆에는 갖가지 사항이 금색 표지로 표시된 서류함들이 받침대 위에 놓여 있었다.

50 흥미로운 것은 제7부 30장(제3권 363면)에서 안나가 앉아 있는 기차역 대합실의 벤치도 '별 모양'이라는 것이다. 둘 다 정신이 혼란스럽고 집중이 안 된 상태를 암시하는 것으로 볼 수 있다.

스비야시스끼는 책들을 꺼내들고 흔들의자에 앉았다.

"보는 게 뭡니까?" 그가 둥근 책상 근처에서 잡지들을 살펴보던 레빈에게 물었다.

"아, 그래요, 거기 아주 흥미로운 글이 실려 있어요." 스비야시스끼는 레빈이 손에 들고 있는 잡지에 대해서 말했다. "폴란드 분할의 주범이 프리드리히가 전혀 아니라는 게 판명되었어요." 그는 유쾌한 생동감을 가지고 덧붙였다. "판명된 바로는……"

그리고 그는 특유의 명확함을 보이며 간단하게 이 새로운, 매우 중요하고 흥미로운 발견을 이야기해주었다. 지금 무엇보다 관심을 가지는 것은 농사에 대한 생각이었음에도 불구하고 레빈은 주인의 말을 들으면서 스스로에게 물었다. '그의 안에는 뭐가 들어앉아 있을까? 그리고 그는 뭣 때문에, 뭣 때문에 폴란드 분할에 흥미가 있는 걸까?' 스비야시스끼가 말을 마쳤을 때 레빈은 저도 모르게 스스로에게 물었다. '그래, 그래서 어떻다는 거야?' 하지만 내용은 별다른 게 없었다. 흥미로운 것은 '판명되었다'는 것뿐이었다. 하지만 스비야시스끼는 그것이 왜 그에게 흥미로운지 설명하지도 않았고 설명할 필요가 있다고 보지도 않았다.

"그렇군요. 하지만 전 화가 난 지주가 매우 흥미롭습니다." 레빈이 한숨을 쉬면서 말했다. "그는 현명한 사람이고 많은 진실을 말했어요."

"아, 그만두세요! 그들은 모두 다 속으로는 골수에 박힌 농노제 옹호자들이에요!" 스비야시스끼가 말했다.

"당신은 그들의 대표이고요……"

"네, 다만 저는 그들을 다른 쪽으로 이끌고 갑니다." 스비야시스끼가 웃으면서 말했다.

"제가 매우 흥미롭게 여기는 점은 바로 이겁니다." 레빈이 말했다. "우리의 사업, 즉 합리적 경영은 제대로 되지 않고, 그 조용히 앉아 있던 사람처럼 고리대금 경영이나 가장 쉬운 경영만 된다는 말은 옳습니다. 이건 누구의 책임일까요?"

"물론 우리들 자신이지요. 게다가 합리적 경영이 제대로 되지 않는다는 말은 사실이 아닙니다. 바실치꼬프네에서는 되거든요."

"농장이……"

"하지만 전 여전히 당신이 무슨 의문을 품는지 모르겠습니다. 백성들이 물질적으로나 정신적으로 발전의 매우 저열한 단계에 있어서 그들에게 낯선 모든 것을 적대시하는 것은 분명합니다. 유럽에서 합리적 경영이 가능한 것은 백성들이 교육을 받았기 때문입니다. 그러니까 우리나라에서도 백성들을 교육해야 합니다. 그게 전부입니다."

"하지만 어떻게 백성들을 교육합니까?"

"백성들을 교육하기 위해서는 세가지가 필요합니다. 학교, 학교, 학교입니다."

"하지만 당신 스스로 백성들이 물질적 발전의 저열한 단계에 있다고 말하지 않았나요? 학교가 무엇으로 그들을 도울 수 있단 말입니까?"

"아십니까, 당신 말은 환자에게 조언하는 일화를 생각나게 합니다. '설사약을 써보세요.' '써봤는데 더 나빠졌어요.' '거머리를 붙여보세요.' '붙여봤어요. 더 나빠졌어요.' '그럼 이젠 신에게 기도하는 수밖에 없네요.' '했어요. 더 나빠졌어요.' 당신과 제가 하는 대화도 그렇습니다. 제가 정치경제를 말하면 당신은 더 나빠졌다고 하지요. 제가 사회주의를 말하면 당신은 더 나빠졌다고 하지요.

교육을 말하면 더 나빠졌다고 하지요."

"그래서 대체 학교가 무엇으로 그들을 돕는단 말입니까?"

"그들에게 다른 욕구들을 안겨주는 거죠."

"이건 정말 결코 이해할 수 없어요." 레빈이 열을 올리며 반박했다. "어떤 방법으로 학교가 백성들의 물질적 상황을 개선하는 데 도움을 준단 말입니까? 당신은 학교가, 교육이 그들에게 새로운 욕구들을 안겨줄 거라고 합니다. 그러니까 더 나쁩니다. 왜냐하면 그들은 그 욕구들을 만족시킬 수가 없기 때문입니다. 덧셈 뺄셈이나 교리문답을 아는 것이 어떻게 그들의 물질적 상황을 개선하는 데 도움이 되는지 저는 결코 이해할 수 없어요. 그저께 저녁 무렵 저는 젖먹이 아이를 품고 가는 여자를 보고 어디 가느냐고 물었지요. 그 여자가 말했어요. '산파 할멈에게 갔다 와요. 어린애가 울음병에 걸려서 고치러 갔다 오는 거예요.' 전 할멈이 어떻게 고치느냐고 물었어요. '어린애를 닭들에게로 데려가 홰에 앉히고 무언가를 외워요.'"

"봐요, 스스로 말씀하시고 있지 않습니까! 그녀가 울음병을 고치겠다고 아이를 홰에 앉히지 않도록 하기 위해서는……" 유쾌하게 미소를 띠고 스비야시스끼가 말했다.

"아아, 아니지요!" 레빈이 유감스럽게 말했다. "이 치료가 제게는 백성을 학교로 치료하겠다는 것과 비슷하게 여겨집니다. 백성들은 가난하고 무식합니다. 이걸 우리는 할멈이 아이가 우는 것을 보고 울음병이 있다는 것을 알듯이 확실하게 압니다. 하지만 궁핍을—가난과 무식을 벗어나기 위해 왜 학교가 도움이 되는지는 울음병을 고치기 위해 왜 홰에 앉혀야 하는지와 마찬가지로 이해할 수 없습니다. 가난한 원인을 해소하도록 도와주어야지요."

“이 점에서 당신은 당신이 싫어하는 스펜서[51]와 지극히 유사하군요. 그도 역시 교양이라는 것은 수준 높은 복지생활과 안락함, 그의 말대로 하자면 자주 씻는 것의 결과일 수 있다고 말하지요. 읽고 쓰는 능력의 결과가 아니라……”

“자, 보세요. 저는 이 점에서 스펜서와 의견이 일치해서 매우 기쁘기도 하고 정반대로 매우 기쁘지 않기도 합니다. 다만 저는 이를 오래전부터 알고 있었습니다. 학교가 도와주는 것이 아니라 백성이 더 부유해지고 더 많은 여유를 가지게 될 경제구조가 도움이 되지요. 그때야 학교도 도울 수 있어요.”

“하지만 현재 전유럽에서 의무교육이 행해지고 있지요.”

“근데 어때요? 이 점에서 스펜서에 동의하나요?” 레빈이 물었다.

하지만 스비야시스끼의 두 눈에는 겁먹은 표정이 반짝 지나갔다. 그는 미소를 지으며 말했다.

“정말, 그 울음병 이야기는 굉장해요! 직접 들은 건가요?”

레빈은 이 사람의 삶과 사상 간에 끝내 아무 연관도 찾아내지 못하리라는 것을 알았다. 그에게는 그의 사고가 어떤 결과로 향하는가 하는 것은 아무 상관이 없는 것이 분명했다. 그에게 필요한 것은 사고 과정일 뿐이었다. 그리고 그의 사고 과정이 막다른 골목으로 가서 벽에 부딪히게 될 때 그는 마음이 불편했다. 그는 이것만은 싫어했고, 이를 피하고자 화제를 편안하고 유쾌한 다른 것으로 돌리곤 했다.

오늘의 모든 인상과 사고의 기반을 이루는, 오는 도중에 농부에게서 받은 인상부터 오늘 받은 모든 인상들이 레빈을 강하게 흥분

51 영국의 철학자이자 사회학자 허버트 스펜서(1820~1903). 그의 진화 및 발전에 대한 철학은 러시아에서 매우 널리 알려져 있었고 논쟁의 대상이 되었다.

시켰다. 오직 사교생활을 위해서만 사고를 유지하고 분명 레빈에게는 비밀인 어떤 다른 삶의 원칙을 가지고 있으며, 지방단체의 이름으로 어중이떠중이와 함께 자신에게는 낯선 사상들로 여론을 주도해가는 이 신수 좋은 스비야시스끼, 또 그 나름대로는 고통스러운 생활에서 우러나온 판단들에 있어 완전히 옳은, 악에 받친, 하지만 러시아의 가장 훌륭한 계층 전체에 대한 악의로 공정하지 못한 지주, 그리고 레빈 자신의 활동에 대한 불만과 이에 대한 개선책을 찾으려는 희망—이 모든 것이 내면의 불안감과 가까운 장래에 이것들이 해결되리라는 기대감으로 합쳐졌다.

레빈은 자기에게 주어진 방에 혼자 남아, 움직일 때마다 예기치 않게 그의 팔다리를 튕기는 스프링 달린 매트리스에 누워서 오랫동안 잠들지 못했다. 스비야시스끼와의 대화에서 매우 현명하고 지적인 이야기들이 많이 나오긴 했지만 어느 하나도 레빈의 흥미를 끌지는 못했다. 하지만 지주의 논거는 검토할 필요가 있었다. 지주의 말이 저절로 하나하나 다 기억났고, 레빈은 머릿속으로 그에게 답했던 말을 고쳐보고 있었다.

'그래, 나는 그에게 이렇게 말했어야 해. 우리의 농지경영은 농부가 어떤 개량도 싫어하는데도 그것을 강제로 도입하기 때문에 제대로 되지 않는다고 말씀하시는데, 만약 농지경영이 이런 개량 없이 제대로 되지 않았다면 당신의 의견이 옳았을 것입니다. 하지만 농지경영은 발전하고 있는데, 오는 도중에 만났던 그 노인의 경우처럼 일꾼이 자기의 노동 습관에 맞게 행동하는 경우에만 그렇습니다. 당신이나 우리의 농지경영에 대한 불만은 그 책임이 우리나 일꾼들에게 있다는 것을 증명합니다. 우리는 벌써 오래전부터 노동력의 특성에 대해 질문을 제기하지 않은 채 우리 나름의 방식으로, 즉 유럽식으로 밀어붙이고 있습니다. 노동력을 이상적인 노동력이 아니라 자기의 본능적 특성을 가진 러시아 농부로 인정하고 이것에 맞게 농지경영을 한다고 가정해보세요. 나는 그에게 이렇게 말했어야 해. 당신이 당신의 농지를 그 노인처럼 경영한다면, 일꾼들이 노동의 성공에 관심을 갖도록 하는 방법을 알아냈다면, 그리고 개량에 있어서 그들이 인정하는 어떤 중간 지점을 발견했다면, 당신도 땅을 망치지 않고 예전과 달리 두배, 세배 수확을 거둘 것입니다. 반으로 나누세요. 반은 일꾼들에게 주세요. 당신에게 남는 이익은 더 많아질 것이고 일꾼들도 더 많이 받게 되지요. 이렇게 하기 위해서는 농사의 수준을 낮추고 농사의 성공에 관심을 갖도록 해야 합니다. 이것을 어떻게 해야 하나 하는 것은 구체적인 문제입니다. 하지만 이건 물론 가능한 일입니다.'

이 생각이 레빈을 강하게 흥분시켰다. 그는 이 생각을 실현에 옮기기 위한 구체적인 사항들을 생각하느라 잠을 설쳤다. 그는 원래 그다음 날 떠날 생각이 아니었지만, 이제 아침 일찍 떠나기로 결심했다. 게다가 깊게 파인 옷을 입은 그 처제가, 마치 그가 완전히 어리석은 행동을 한 것처럼 수치심과 후회 비슷한 감정을 불러일으켰다. 중요한 것은 그가 미루지 말고 당장 돌아가야 한다는 것이었다. 농부들에게 가을 파종 전에 새로운 기반에서 파종할 수 있도록 늦지 않게 새로운 계획을 제시해야 했다. 그는 예전의 경영 방법을 모두 완전히 바꾸기로 결심했다.

29

레빈은 계획을 실천하는 과정에서 많은 어려움에 봉착했다. 하지만 힘닿는 만큼 노력했고, 그가 원했던 만큼은 아닐지라도 자신을 속이지 않고 이 일이 가치 있다고 믿을 수 있을 만큼은 성취했다. 가장 어려운 문제 중 하나는 농사가 이미 진행 중이었기 때문에 모든 것을 멈추고 새로 시작할 수는 없다는 점, 말하자면 돌아가고 있는 기계의 구조를 개선해야 한다는 점이었다.

그가 그날 저녁 집에 도착해서 관리인에게 계획을 알렸을 때, 관리인은 눈에 띄게 만족감을 드러내면서 여태껏 진행된 모든 일이 엉터리 짓이었으며 유익하지 않았다는 부분에 대해서 동의했다. 관리인은 자신이 오래전부터 그것을 말했는데도 레빈이 들으려 하지 않았다고 했다. 레빈이 한 제안—모든 농지경영에 있어서 일꾼들과 함께 공동 투자자로서 참여하는 것—에 대해서는 큰 근심만을 나타내며 아무런 확실한 의견을 보이지 않았는데, 그가 이내 내일 남아 있는 호밀 더미들을 치워야 하고 두벌갈이를 하러 사람들을 보내야 할 필요성에 대해 말하기 시작해서, 레빈은 지금은 그것을 논할 계제가 아니라고 느꼈다.

농부들에게 같은 내용을 이야기하고 새로운 조건에 따라 땅을 내주겠다고 제안했을 때도 그는 마찬가지로 이러한 중요한 난관에 부딪혔다. 그들은 그날 할 일이 너무 많아서 이 제안의 손익을 생각해볼 시간이 없었다.

축사를 담당하는 순진한 농부 이반은 가족들과 함께 축사의 이익 배분에 참가하라는 레빈의 제안을 완전히 이해한 것으로 보였고 이 제안에 완전히 동의했다. 하지만 레빈이 그에게 앞으로 생길

이득에 대해 가르쳐주려 했을 때 이반의 얼굴에는 이야기를 끝까지 다 들을 수 없을 정도의 불안과 유감의 표정이 나타났고, 그는 서둘러 도저히 미룰 수 없는 일을 찾아냈다. 그는 마구간에서 쇠스랑을 잡고 건초를 뒤집거나 물을 더 붓거나 분뇨를 치우거나 했던 것이다.

또다른 어려움은 농민들이 지주들의 목적은 그들에게서 가능한 한 남김없이 빼앗아가는 것 이외에 어떤 다른 것일 수 없다고 생각하는 그 물리칠 수 없는 의심이었다. 그들은 (그가 무슨 말을 하든 간에) 그의 진짜 목적은 그가 그들에게 말하지 않은 것에 있으리라고 굳게 믿었다. 그리고 그들 자신도 의견을 말하면서 이것저것 말은 많이 했으나 그들의 진짜 목적에 대해서는 말하려 하지 않았다. 게다가 (레빈은 그 표독스러운 지주가 옳다고 느꼈는데) 농부들이 여하한 동의를 하든 간에 변함없이 내세우는 첫번째 조건은 그들에게 어떤 새로운 농사 방법이나 새로운 연장도 사용하도록 해서는 안 된다는 것이었다. 그들은 쇠쟁기가 땅을 더 잘 갈고 파쇄기가 더 효과적이라는 것을 인정하면서도 이것도 저것도 다 사용할 수 없다는 주장의 수천가지 이유를 찾아냈다. 레빈은 농사의 수준을 낮추어야 한다는 것을 확신하고 있었지만 이로운 것이 틀림없는 개량을 포기해야 한다는 점이 유감스러웠다. 하지만 이 모든 어려움에도 불구하고 그는 할 수 있는 만큼 이루어냈다. 가을 무렵에는 일이 진척되었다. 적어도 그에게는 그렇게 보였다.

처음에 레빈은 모든 농사를 있는 그대로 농부들, 일꾼들, 관리인에게 새로운 공동체적 조건으로 내주려고 생각하고 있었다. 하지만 그는 금세 그것이 불가능하다는 것을 알았고 농사를 세분화하기로 마음먹었다. 축사, 과수원, 채마밭, 목초지, 경작지를 종목별로 나누어 따로 경영하도록 했다. 레빈이 보기에 누구보다도 이 일을 잘 이해한 순진한 가축지기 이반이 주로 가족들로 조합을 이루어 축사의 참여자가 되었다. 팔년 동안 휴경지로 내버려두었던 멀리 있는 들판은 똑똑한 목수 표도르 레주노프의 도움으로 새로운 공동체적 조건으로 칠분의 육의 농부들이 참가했고, 농부 슈라예프는 똑같은 조건으로 채마밭을 임대했다. 나머지는 아직 옛날식이었으나, 이 세 종목은 새로운 체제의 시작이었고 레빈은 이 일에 완전히 매진했다.

축사의 상황이 아직까지 예전보다 더 나아지지 않았고, 이반이 소들은 차게 키워야 사료를 덜 먹고 우유 크림이 더 이익이 난다고 굳게 믿어서 소들을 따뜻하게 두는 것과 버터를 만드는 것에 강하게 반대했으며, 예전처럼 임금을 요구했고 그가 받는 돈이 임금이 아니라 장차 배분할 이익의 선불이라는 것에 전혀 관심을 두지 않았던 것은 사실이다.

또한 표도르 레주노프의 조합도 시간이 없다고 변명하며, 설득한 대로 파종 전 두벌갈이를 쟁기로 하지 않았던 것도 사실이다. 이 조합의 농부들은 이 일을 새로운 조건으로 하기로 약조했는데도 불구하고 이 땅을 공동지라고 부르지 않고 사용지라고 불렀고, 이 조합의 농부들과 레주노프 자신이 레빈에게 "지대를 받으시는 게 좋을 텐데요. 그러면 나리도 안심이 되고 저희들도 편하고요"라고 말한 것도 한두번이 아니었다. 이외에도 이 농부들은 갖가지 핑계를 대며 약속했던 대로 이 땅에 축사와 곡물창고를 짓는 것을 겨울이 되도록 내내 미루고 있었던 것이 사실이다.

슈라예프가 그가 맡은 채소밭을 다시 쪼개어 농부들에게 소작을 주려고 했던 것도 사실이다. 그는 자신이 땅을 맡게 된 조건을 분명 완전히 옳지 않게, 보아하니 고의적으로 완전히 옳지 않게 이해했던 것이다.

농부들과 이야기하고 계획의 모든 장점을 그들에게 설명하면서 레빈은 자주 농부들이 그의 목소리를 노랫가락처럼 듣고 그가 무슨 말을 하든지 자신들은 절대로 속지 않으리라고 확신하고 있는 것을 느꼈던 것도 사실이다. 특히 농부들 중에서 가장 똑똑한 레주노프와 이야기할 때 그랬는데, 레빈은 레주노프의 두 눈에서 자신에 대한 조롱과 만약 누가 속는다 해도 레주노프 자신은 절대로 아닐 거라는 굳건한 확신을 여실히 보여주는 눈놀림을 알아차렸다.

하지만 이 모든 것에도 불구하고 레빈은 일이 진행되고 있으며, 엄격하게 계산하고 자기 주장을 굽히지 않으면서 앞으로 그들에게 이런 체제의 이점을 증명해 보일 것이고, 그때는 일이 저절로 돌아갈 것이라고 생각했다.

이 일과 여전히 그의 손안에 있는 나머지 농지경영, 그의 책 저술 같은 일을 하느라 여름 내내 바빠서 레빈은 사냥도 거의 가지 못했다. 그는 팔월 말에 안장을 돌려주러 온 그 집 사람에게서 오블론스끼네 가족이 모스끄바로 떠났다는 것을 알게 되었다. 그는 다리야 알렉산드로브나의 편지에 답을 하지 않았기에 얼굴을 붉히지 않고서는 기억조차 할 수 없는 자신의 무례함으로써 자기 배를 불태워버렸다고 생각했으며 이제 다시는 그들에게로 갈 수 없을 것이라고 느꼈다. 그는 작별 인사도 없이 떠나옴으로써 스비야시스끼에게도 똑같은 행동을 했다. 하지만 그는 그들에게도 다시는 가지 않을 것이다. 지금은 그런 건 아무래도 좋았다. 살아오는 동안 이 농지경영의 새로운 체제만큼 그를 사로잡은 것은 없었다. 그는 스비야시스끼가 준 책들을 반복해 읽었고 없는 책들은 주문해서 이 문제에 대한 정치경제학 저서, 사회주의 저서 들을 읽고 또 읽었으나, 생각했던 대로 자신이 계획하고 있는 일에 관한 것은 아무것도 찾아낼 수 없었다. 정치경제학 저서들, 예를 들어 그를 사로잡은 문제들의 해결책을 찾으려는 희망을 내내 품고 첫번째로 열심히 연구한 밀[52]의 저술에서 그는 유럽의 농지경영 상황에서 도출된 법칙을 발견할 수 있었다. 하지만 그는 러시아에는 적용이 안 되는 이 법칙들이 어째서 보편적이어야 하는지 알 수 없었다. 사회주의 저서들도 마찬가지였다. 그것들은 그가 아직 대학생이던 시절에 마음을 빼앗겼던, 멋진 환상이지만 적용 불가능한 것들이거나 유럽이 처한 상황, 러시아의 농업과는 아무런 공통점이 없는 상황의 수정이나 개선을 다루고 있었다. 정치경제학은 그것들에 따라서 유럽의 부가 발전해왔고 발전하고 있는 법칙들이 보편적이고 의심의 여지가 없는 법칙들이라고 말하고 있었다. 사회주의 이론은 이 법칙들에 따른 발전이 파멸을 부를 것이라고 말하고 있었다. 이들 중 그 어느 것도 그, 레빈과 모든 러시아 농부들과 지주들이 그들의 수백만 일손들과 수백만 제샤찌나의 땅을 가지고 보편적 복지를 위해 가장 생산적이기 위해서는 무엇을 해야 할지에 대해 대답해주지 못함은 물론 조금의 암시도 주지 못했다.

일단 이 일을 시작한 그는 양심적으로 다시 한번 자신의 문제와 연관된 모든 것을 반복해서 읽고 나서, 이 문제에 있어서는 더이상 여러가지 문제들에서처럼 그가 부딪치는 일이 일어나지 않도록 직접 현장에서 연구하기 위해 가을에 외국으로 나가려는 생각을

52 영국의 경제학자이자 철학자, 사회사상가 존 스튜어트 밀(1806~73). 자연주의 경제학의 대표적 학자로 실증적 사회과학 이론의 확립에 노력했다.

품었다. 이 문제에서 부딪치는 일이란 그가 대화 상대의 사고를 이해하거나 자기 생각을 피력하려고 하면 사람들이 갑자기 그에게 이렇게 말하곤 하는 것이었다. "근데 카우프만, 존스, 뒤부아, 미첼리[53]는 어떤가요? 그들의 저술을 읽지 않으셨군요. 그것들을 읽으세요. 그들이 이 문제를 다루었지요."

그는 이제 확실하게 카우프만과 미첼리가 그에게 아무것도 할 말이 없다는 것을 알았다. 그는 자신이 무엇을 원하는지 알고 있었다. 그는 러시아가 훌륭한 땅과 훌륭한 노동력을 가지고 있으며, 스비야시스끼에게로 가는 도중에 보았던 농부네처럼 몇몇 경우에는 노동자와 땅이 많은 생산을 하지만 유럽식으로 부를 축적하려는 대부분의 경우에는 생산을 조금밖에 하지 못하며, 이는 노동자들이 그들 특유의 방식으로만 일하기를 원하고 그 방식으로만 일을 잘한다는 사실에서 연유한다는 것, 이 반작용은 우연적인 것이 아니라 농민의 기질에 기반하는 항구적인 것이라는 것을 알았다. 그는 거대한 처녀지에 기거하며 개간하는 소명을 가진 러시아 민족은 땅 전체가 개간될 때까지 이를 위해 필요한 방법들을 의식적으로 유지해왔고, 이 방법들은 흔히들 생각하는 것처럼 그렇게 어리석은 것이 전혀 아니라고 생각했다. 그리고 그는 이를 저서에서 이론적으로 증명하고 자신의 농지경영에서 실제적으로 증명하고 싶었다.

53 존스, 뒤부아, 미첼리는 학자 이름처럼 들리는데 누군지는 정확히 알 수 없다.

30

구월 말에 조합에 주어진 땅에 축사를 짓도록 목재를 들여왔고, 젖소의 우유로 만든 버터를 팔아 이윤을 나누었다. 경영은 실제로 매우 훌륭하게 진행되었거나, 적어도 레빈에게는 그렇게 보였다. 모든 일을 이론적으로 명확히 하고, 레빈의 염원대로라면 정치경제학의 대전환을 가져올 뿐만 아니라 이 학문을 완전히 박살 내고 새로운 학문의 초석을 마련할 농민과 토지의 관계에 대한 저술을 끝내기 위해서는, 외국으로 나가서 현장에서 이 문제에 관해 그곳에서 행해진 모든 것을 연구하고 그곳에서 행해진 모든 것이 불필요한 것이라는 확실한 증거를 찾기만 하면 되었다. 레빈은 돈을 마련해서 외국으로 나가려고 밀의 출하만을 기다리고 있었다. 하지만 우기가 시작되어 들에 남은 곡식을 추수할 수 없었기 때문에 모든 일이 멈추었고, 당연히 밀의 출하까지도 그랬다. 길마다 발이 빠지는 진창이 되었다. 물레방아 두대가 홍수로 쓸려나갔고 날씨는 점점 더 나빠졌다.

9월 30일에는 아침에 해가 보이기에 레빈은 좋은 날씨를 바라면서 출발을 마음먹고 준비하게 되었다. 그는 밀을 자루에 채우라고 명했고, 돈을 받아오라고 관리인을 상인에게 보냈으며, 그 자신은 출발 전 마지막 점검을 하느라 영지를 이리저리 돌아다녔다.

하지만 레빈은 모든 일을 마치고 나서 가죽옷을 타고 어떤 때는 목 뒤로, 어떤 때는 장화 속으로 흘러드는 빗물에 흠뻑 젖긴 했으나 더할 나위 없이 활기차고 생생한 기분으로 저녁 무렵 집으로 돌아왔다. 궂은 날씨는 점점 더 사나워지더니 싸락눈이 가뜩이나 온통 젖어서 두 귀와 머리를 떨고 있는 말을 아프도록 때려서 말은 똑바로 걷지도 못했다. 하지만 레빈은 두건을 쓴 채 기분이 좋았고, 주변에 유쾌하게 시선을 던지며 바큇자국을 따라 흘러가는 흙탕물을 바라보기도 하고 헐벗은 나뭇가지마다 달려 있는 물방울, 다리의 널빤지들에 녹지 않고 남아 있는 싸락눈의 하얀 얼룩들, 헐벗은 나무 주위로 두껍게 쌓여 있는, 아직 물기를 머금은 부드러운 느릅나무 잎새들을 바라보기도 했다. 주변의 음울한 자연 풍경에도 불구하고 그는 특히 생생한 기분이었다. 멀리 떨어진 마을에서 나누었던 농부들과의 대화는 그들이 새로운 관계에 익숙해지기 시작했다는 것을 보여주었다. 그가 몸을 말리러 들른 여인숙 주인은 레빈의 계획을 지지하는 게 분명했고 스스로 가축 매매 조합에 가입하겠다고 제의했다.

'목표를 향해 꿋꿋하게 가야 해. 그러면 나는 내 목표를 이룰 거야.' 레빈은 생각했다. '그것을 위해 일하고 힘써야지. 이건 나만의 개인적인 일이 아니야. 이건 공동의 복리福利에 관한 문제야. 경제 전체가—가장 중요한 것은 백성 전체의 상황인데—완전히 바뀌어야 해. 가난 대신에 공통의 부와 만족이 이루어져야 하고, 적대관계 대신에 합의와 관심의 연결이 필요해. 한마디로 무혈혁명이지만 매우 위대한 혁명이지. 처음에는 우리 군의 작은 범위에서지만 그다음에는 주, 러시아, 전세계의 범위로 확대될 거야. 정당한 생각은 결실을 내지 않을 수 없지. 그래, 이건 일할 가치가 있는 목표야. 그리고 이게 나, 꼬스쨔 레빈, 검은 타이를 매고 무도회에 갔고 셰르바쯔까야 양이 거절한, 스스로를 그렇게도 비참하고 시시하다고 생각했던 바로 그 사람이라는 것, 이건 아무것도 증명하지 않아. 나는 프랭클린[54]도 역시 자신을 시시하게 여겼고 자기 전체를 생각하면 마찬가지로 자신이 없었을 거라고 확신해. 그건 전혀 중요하지 않지. 그리고 그에게도 아마 자기 계획을 믿고 이야기할 수 있는 그만의 아가피야 미하일로브나가 있었을 거야.'

이런 생각에 잠겨서 레빈은 이미 깜깜해져서야 집에 다다랐다.

상인에게로 갔던 영지 관리인이 귀리값의 일부를 가지고 왔다. 관리인은 여인숙 주인과 계약이 이루어졌고, 오는 길에 보니 곡식들이 그대로 들판에 남아 있는데 추수 못 한 백예순 더미는 다른 사람들에 비하면 아무것도 아니라는 것을 알았다고 했다.

저녁을 먹고 나서 레빈은 평소처럼 안락의자에 앉아서 책을 읽으면서 앞둔 여행에 대해서 이 책과 연관하여 생각하고 있었다. 그가 하는 일의 모든 의미가 오늘 특히 명확하게 떠올랐으며, 그의 머릿속에서 그의 사상의 본질을 나타내는 전체 문장들이 저절로 만들어졌다. '이걸 적어야겠다.' 그는 생각했다. '이건 내가 예전에는 필요 없다고 여긴 짧은 입문서가 될 거야.'

그는 책상으로 다가가려고 일어섰고 그의 발치에 누워 있던 라스까도 역시 몸을 뻗으며 일어나더니 어디로 가느냐고 묻는 듯이 그를 쳐다보았다. 하지만 적을 새가 없었다. 조합장들이 지시를 받으러 왔고 레빈은 그들을 만나러 현관방으로 갔다.

지시를 내리고, 즉 내일 할 일들을 관리하고 그에게 볼일이 있는 모든 농부들을 만나고 나서 레빈은 서재로 들어와 일을 하려고 앉았다. 라스까는 책상 밑에 누웠다. 아가피야 미하일로브나는 양말을 가지고 자기 자리에 앉았다.

레빈은 얼마간 쓰다가 갑자기 여느 때와는 다른 생생함으로 끼찌를, 그녀의 거절과 최근의 만남을 떠올렸다. 그는 일어서서 방 안

54 미국 건국의 아버지 벤저민 프랭클린(1706~90). 똘스또이는 젊었을 때 프랭클린처럼 일기를 쓰며 자신을 성찰했다고 한다.

을 왔다 갔다 하기 시작했다.

"지루해할 거 없어요." 아가피야 미하일로브나가 그에게 말했다. "그래, 왜 집에만 앉아 있어요? 온천이라도 가서 기운을 좀 모아요."

"그러지 않아도 모레 여행을 떠나, 아가피야 미하일로브나. 일을 마쳐야 해."

"그래, 일은 또 무슨 일이래요! 농부들에게 그렇게 두둑하게 보상해준 것도 모자라는 게죠! 사람들이 그래요. 댁의 나리는 황제로부터 은총을 받을 거라고요. 정말 이상해요. 왜 그렇게 농부들을 보살펴요?"

"난 그들을 보살피는 게 아니라 나를 위해 일하는 거야."

아가피야 미하일로브나는 레빈의 경영 계획의 세세한 부분까지 알고 있었다. 레빈은 자주 그녀에게 자기 생각을 아주 세세한 부분까지 말했고, 가끔 그녀와 논쟁하며 그녀의 의견에 동조하지 않기도 했다. 하지만 지금 그녀는 그가 그녀에게 말한 것을 완전히 다르게 이해했다.

"자기의 영혼에 대해서 무엇보다도 열심히 생각해야 하는 것은 물론이지요." 그녀는 한숨을 쉬며 말했다. "빠르펜 제니시치는 무지렁이였는데 신께서 거두어가시면서……" 그녀는 얼마 전에 죽은 하인에 대해 말했다. "성찬도 성유도 베푸셨지요."

"아니, 내 말은 그게 아니네." 그가 말했다. "난 내가 나의 이익을 위해 일한다는 얘기를 하는 거야. 농부들이 일을 더 잘하면 내게 더 이익이라는 거야."

"그래, 나리가 아무리 일해도 사람이 게으름을 피우면 모든 게 망쳐져버리지요. 양심이 있는 사람은 일을 할 거고, 그렇지 않다면 아무 일도 안 하겠죠."

"그건 그렇지만, 유모도 직접 이야기하지 않았나, 이반이 가축을 더 잘 지키게 되었다고."

"한가지만 말할게요." 아가피야 미하일로브나가 분명 우연하게가 아니라 사고의 엄밀한 논리를 가지고 대답했다. "나리는 혼인을 해야 해요. 바로 그거죠!"

아가피야 미하일로브나가 그가 방금 생각한 것에 대해 언급한 것은 그를 화나게 했고 모욕했다. 레빈은 얼굴을 찌푸리고는 그녀에게 대답하지 않고 다시 일을 시작하려 앉았고, 이 일의 의미에 대해 그가 생각한 모든 것을 되풀이 생각했다. 그는 아주 가끔만 고요 속에서 아가피야 미하일로브나의 바느질 소리에 귀를 기울였고, 기억하고 싶지 않은 것이 떠오르자 다시 얼굴을 찌푸렸다.

아홉시에 방울 소리가 울리면서 진창을 지나는 짐수레 소리가 둔탁하게 들려왔다.

"자, 손님이 왔구먼요. 이제 지루하지 않겠네요." 아가피야 미하일로브나가 일어나서 문을 향하며 말했다. 하지만 레빈은 그녀를 앞질러갔다. 지금 일이 진척되지 않는 상태여서 그는 손님이 누구라도 반가웠다.

31

계단을 반쯤 내려가다가 레빈은 현관에서 들려오는 익숙한 기침 소리를 들었다. 하지만 그 소리는 자신의 발소리 때문에 불분명했고 그는 자기가 잘못 알았기를 바랐다. 잠시 후 그는 온통 길고 뼈만 앙상한 낯익은 모습을 보았다. 이미 잘못 알았을 수는 없어 보였지만 그래도 여전히 그는 자기가 잘못 생각했고 털가죽 외투를 벗으며 기침을 해대는 이 기다란 남자가 형 니꼴라이가 아니기를 바랐다.

레빈은 형을 사랑했지만 그와 함께 있는 것은 고역이었다. 그리고 바로 지금, 레빈이 그에게 닥쳐온 생각들과 아가피야 미하일로브나의 지적으로 인해서 불분명하고 혼란한 상태에 있는 지금 형과 만난다는 것은 특히 힘겨운 일이었다. 유쾌하고 건강한 낯선 손님이 그런 정신 상태에 있는 자신의 기분을 좀 풀어줄 것을 내심 기대했는데 그런 손님 대신 형을 만나야 한다니. 형은 그를 꿰뚫듯이 이해하고 있고 그의 안에 들어 있는 모든 속 깊은 생각들을 불러내어 다 털어놓도록 할 텐데…… 이건 그가 하고 싶은 일이 아니었다.

레빈은 이런 혐오스러운 감정을 가지는 스스로에게 화를 내면서 현관으로 뛰어갔다. 형을 가까이서 보자마자 당장 개인적인 실망의 감정이 사라지고 대신 동정심이 일어났다. 니꼴라이 형은 예전에도 마르고 병적이어서 끔찍했는데 지금 그는 더 비쩍 말랐고 더 허약해져 있었다. 그냥 살가죽으로 덮인 해골이었다.

그는 현관에서 길고 마른 목을 돌리면서 털목도리를 풀고 있었는데, 이상하고도 처량하게 미소를 짓고 있었다. 이 미소, 운명에 겸손하게 순종하는 굴종적인 미소를 보고 레빈은 연이은 경련이 치밀어올라와 자신의 목구멍을 조르는 것을 얼핏 느꼈다.

"자, 내가 네게 왔다." 니꼴라이는 한순간도 동생에게서 눈을 떼지 않으면서 둔탁한 목소리로 말했다. "오래전부터 오고 싶었는데 건강이 아주 나빠졌었어. 지금은 훨씬 나아졌지." 그는 긴 턱수염을 마른 두 손바닥으로 훔치면서 말했다.

"그래요, 그렇군요!" 레빈이 대답했다. 그는 형에게 입을 맞추며 입술로 형의 비쩍 마른 육체를 감지하고 그의 이상하게 빛나는 커다란 두 눈을 보고는 더 무서운 생각이 들었다.

몇주 전에 레빈은 형에게 아직껏 분배되지 않은 채 남아 있던 얼마 안 되는 상속재산의 매각으로 형의 몫으로 이십만 루블가량을 받게 될 것이라고 썼다.

니꼴라이는 그가 지금 온 것은 그 돈을 받기 위해서이고, 무엇보다도 자기의 보금자리 속에 있으면서 대지에 몸을 대고 옛 용사들처럼 앞으로의 활동을 위한 힘을 얻기 위해서라고 말했다. 등이 몹시 굽었고 키에 비해 놀랄 만큼 말랐음에도 불구하고 그의 움직임은 여느 때처럼 빠르고 성급했다. 레빈은 그를 서재로 데리고 들어갔다.

형은 옷을 갈아입는 데 전에 없이 무척이나 힘들어했다. 그는 듬성한 머리를 빗고 나서 미소를 지으면서 이층으로 올라왔다.

그는 지극히 상냥하고 유쾌한 기분에 젖어 있었다. 이는 레빈에게 소년 시절에 자주 그랬던 그를 기억나게 했다. 그는 세르게이 이바노비치조차 아무런 적의 없이 입에 올렸다. 아가피야 미하일로브나를 알아보고는 그녀와 농담을 하면서 옛 하인들에 대해서 이것저것 물어보았다. 빠르펜 제니시치의 죽음에 대한 소식은 그의 기분에 나쁜 영향을 미쳤다. 그의 얼굴에 공포가 나타났으나, 곧 원상태로 돌아왔다.

"하지만 그는 이미 늙은 나이였지." 그는 말하고 화제를 바꾸었다. "그래, 네 집에서 한두달을 지내고 모스끄바로 가겠다. 나 말이야, 먀그꼬프가 내게 자리를 약속했어. 이제 관청에서 근무하려고

해. 이제 내 삶을 완전히 다르게 구축할 거야." 그는 계속했다. "너 알아? 나, 그 여자를 떨쳐냈어."

"마리야 니꼴라예브나요? 뭐라고요? 왜요?"

"아, 지긋지긋한 여자야. 내게 기분 나쁜 일만 잔뜩 만들어줬어." 하지만 그는 무슨 기분 나쁜 일이 있었는가는 말하지 않았다. 그는 그녀가 진한 차를 주지 않았기 때문에, 또 무엇보다도 그녀가 그를 마치 병자처럼 돌보았기 때문에 쫓아냈다고 말할 수는 없었다. "그러고 나니 이제 전체적으로 내 생활을 완전히 바꾸고 싶어. 나도 물론 다른 모든 사람들처럼 바보짓을 했지. 하지만 재산은 가장 나중 문제지. 나는 그걸 애석해하지 않아. 건강만 있으면 되니까 말이야. 그런데 건강이, 다행스럽게도 회복되었고 말이지."

레빈은 형의 말을 들으면서 무어라 말할지 생각해내려 했으나 생각이 나지 않았다. 아마 니꼴라이도 마찬가지로 느꼈을 것이다. 그는 동생의 사업에 대해 이것저것 묻기 시작했고, 레빈은 거짓말을 하지 않고 말할 수 있어서 자기 이야기를 하는 것이 기뻤다. 그는 형에게 자기의 계획과 활동에 대해 이야기했다.

형은 듣고 있었으나 흥미를 느끼지 않는 것이 분명해 보였다.

이 두 인간은 그렇게도 진한 피로 연결되어 있는 참으로 가까운 사이여서, 조그만 동작과 목소리의 음색으로도 서로에게 말로 할 수 있는 모든 것보다 더 많은 말을 했다.

지금 두 사람이 하는 생각은 오로지 병과, 다른 모든 것을 압도하는, 임박한 니꼴라이의 죽음에 대한 것이었다. 그러나 그들 중 누구도 그것에 대해 이야기할 수 없었고, 그래서 그들을 사로잡고 있는 그것을 말하지 않은 채 그들이 나누는 말은 그게 무엇이든 거짓일 뿐이었다. 저녁식사가 끝나고 자러 갈 시간이 되었을 때 레빈은 이전에 한번도 느껴본 적 없는 기쁨을 느꼈다. 어느 누구와 함께 있거나 어떤 공식 방문을 하더라도 오늘만큼 그렇게 부자연스럽고 위선적이었던 적은 없었다. 이런 부자연스러움에 대한 의식과 회한이 그를 점점 더 부자연스럽게 만들었다. 그는 죽어가는, 사랑하는 형 때문에 울고 싶었음에도, 그가 앞으로 어떻게 살겠다고 하는 이야기를 듣고 공감을 표해야 했던 것이다.

집 안이 눅눅하고 방 하나만 난방을 했기 때문에 그는 자기 침실에 칸막이를 치고 형을 그 뒤편에서 자도록 했다.

형은 잠자리에 들었는데, 자는지 안 자는지는 모르지만 환자처럼 신음을 하고 기침을 했고, 기침을 하면서 가래를 다 못 뱉어냈을 때는 무어라고 불만스럽게 투덜거렸다. 가끔 힘겹게 숨을 쉬면서 “아, 하느님!” 하고 말하기도 했다. 가끔 가래가 숨을 막으면 짜증스레 “에이, 염병할 귀신!” 하고 외치기도 했다. 레빈은 그야말로 갖가지 생각을 했으나 모든 생각의 끝은 단 하나, 죽음이었다.

모든 것의 피할 수 없는 끝인 죽음이 처음으로 부정할 수 없는 강한 힘으로 떠올랐다. 그리고 이 죽음은, 여기, 자면서도 신음하는 형 속에, 습관적으로 아무렇지도 않게 하느님을 불렀다가 귀신을 외치는 이 사랑하는 형 속에 있는 죽음은 예전에 여겨졌던 만큼 그렇게 멀리 있는 것이 아니었다. 죽음은 바로 그 자신 속에도 있었다—그는 이 점을 느꼈다. 오늘이 아니면, 그래, 내일, 내일이 아니면, 그래, 삼십년 후, 모든 게 다 매한가지 아닌가? 그런데 이 피할 수 없는 죽음이란 도대체 뭘까? 그는 알 수 없었고, 한번도 이에 대해 생각한 적이 없었을 뿐만 아니라 생각할 능력도 용기도 없었다.

‘나는 일을 하고 있고 무엇인가 해내기를 원한다. 근데 나는 이

모든 것에 끝이 있다는 것을, 그것이 죽음이라는 것을 잊었었다.'

그는 어둠 속에서 몸을 웅크리고 무릎을 껴안은 채 침대에 앉아서, 사고의 긴장으로 숨을 죽이며 생각했다. 그러나 사고를 긴장시킬수록 명확해지는 것은 그가 삶 속에서 하나의 작은 상황—즉 죽음은 다가올 것이고 모든 것은 끝날 것이라는, 아무것도 시작할 가치가 없고 그건 어쩔 수 없는 일이라는 상황을 실제로 잊었음이, 간과했음이 분명하다는 사실이었다. 그래, 그건 끔찍한 일이야. 하지만 그건 사실이야.

'근데 난 아직 살아 있어. 지금 뭘 할 수 있을까? 뭘 할 수 있을까?' 그는 절망을 느끼며 생각했다. 그는 초를 켜고 조심스레 일어나 거울로 다가가서 자기 얼굴과 머리카락을 살폈다. 그래, 관자놀이에 흰 머리카락이 보이네. 그는 입을 벌렸다. 어금니가 썩기 시작했다. 그는 근육이 발달한 팔의 소매를 걷어올렸다. 그래, 힘이 좋군. 하지만 저기서 남은 폐로 숨을 쉬고 있는 니꼴렌까 형도 한때는 건강한 육체를 가지고 있었다. 그들이 어렸을 적에 함께 잠자리에 들었다가 표도르 보그다니치가 문밖으로 나가기를 기다려 서로에게 베개를 던지고 큰 소리로 마구 요란하게 웃어대던 일, 표도르 보그다니치에 대한 두려움조차도 용솟음치고 들끓어오르던 삶의 행복감을 멈추게 할 수 없을 만큼 그렇게 억제할 수 없이 요란하게 웃어대던 일이 갑자기 기억났다. '근데 이제는 저렇게 굽고 텅 빈 가슴이라니…… 그리고 나, 왜 사는지, 무슨 일이 일어날지 모르는 나……'

"칵! 칵! 아, 염병할 귀신! 왜 이리 부산스럽냐? 왜 안 자?" 형의 목소리가 울렸다.

"그냥, 모르겠어요. 불면증이에요."

"난 잘 잤는데. 땀도 안 나. 봐, 셔츠를 만져봐. 땀이 없지?"

레빈은 셔츠를 만져보고 칸막이 뒤로 나와 촛불을 껐으나 오래도록 잠들지 못했다. 어떻게 살아야 하는가 하는 문제가 약간 분명해지자마자 새로운 풀 수 없는 문제, 죽음이 나타난 것이다.

'그래, 형은 죽는다. 그래, 형은 봄이 다가올 때 죽을 것이다. 그래, 무엇을 도와줄 수 있단 말인가? 형에게 무슨 말을 할 수 있을까? 내가 그것에 대해 뭘 아는가? 나는 그것이 있다는 것을 잊기까지 했다.'

32

레빈은 과도하게 양보하고 순종해서 거북한 느낌을 주던 사람들이 매우 금세 과도하게 요구하고 트집을 잡기 때문에 견딜 수 없어진다는 사실을 이미 오래전에 알아챘다. 그는 바로 형과의 관계에서도 그렇게 되리라고 느꼈다. 실제로 니꼴라이 형의 온순한 태도는 얼마 가지 못했다. 그는 다음 날 아침부터 신경이 예민해져서 동생의 가장 예민한 부분을 건드리며 트집을 잡으려고 안달이었다.

동생은 죄책감을 느껴서 이를 그냥 둘 수밖에 없었다. 만약 그들 둘이 위선을 떨지 않고 마음에 있는 그대로 이야기한다면, 즉 그들이 생각하고 느끼는 것을 바로 이야기한다면, 서로의 눈을 들여다보면서 꼰스딴찐은 '형은 죽을 거야, 형은 죽을 거야, 형은 죽을 거야!'라고만 말할 것이고, 니꼴라이는 '죽을 거 알아. 하지만 무서워, 무서워, 무서워!'라고만 대답했을 것이다. 마음에 있는 말만 한다면 더이상은 아무 말도 못 했을 것이다. 하지만 그렇게 지낼 수는 없었다. 그래서 레빈은 그가 살아오는 동안 내내 하려고 애썼으나 할 수 없었던 일, 그가 보기에 다른 많은 사람들이 잘해내고 있고 그렇게 하지 않고서는 살 수 없는 일을 하려고 애썼다. 그는 자기가 생각한 바를 말하지 않았던 것이다. 그러면서 그는 자기의 태도가 거짓인 것이 드러나 형이 알아채고 그것 때문에 신경이 곤두서 있다는 것을 내내 느끼고 있었다.

사흘째 되는 날 니꼴라이는 동생에게 그의 계획을 다시 말해보라고 도전하더니, 그것을 비판하는 정도가 아니라 공산주의와 고의적으로 혼동했다.

"넌 그저 남의 사상만을 받아들이는구나. 하지만 그걸 왜곡하면서 적용할 수 없는 곳에 적용하려고 하는구나."

"난 여기에 아무 공통점이 없다고 말하는 거예요. 그들은 사유재산, 자본, 유산제도의 정당성을 거부하지만, 나는 이 주요 자극[55]들을(레빈은 이런 용어를 사용하는 자신이 싫었다. 하지만 자신의 저술에 빠지면 빠질수록 저도 모르게 비러시아어 단어를 점점 더 자주 사용하게 되었다) 부정하지 않고 그냥 노동만 조정해보고 싶을 뿐이에요."

"바로 그거야. 넌 남의 사상을 가져다가 그것을 지탱하는 힘이 되는 모든 것을 떼어내고는 그게 새로운 뭐라고 설득하고 싶어하는 거야." 니꼴라이는 열이 올라 넥타이 안에서 목을 홱홱 돌렸다.

"아뇨, 내 사상은 남의 사상과 전혀 공통점이 없어요……"

"거기엔……" 분노로 두 눈을 번뜩거리고 아이러니한 미소를 지으면서 니꼴라이 레빈이 말했다. "거기엔 적어도 매력적인 데

55 stimulus(라틴어)의 발음을 러시아 문자로 표기해 단어를 만들었다.

가 있어. 뭐랄까, 기하학적인 명확함, 의심할 여지가 없는 점 말이야. 아마도 그건 유토피아겠지. 하지만 지나간 모든 것에서 *백지상태*[56]를 이루어낼 수 있다고 가정해야만 재산도 가족도 없는 상태에서 노동이 조정되는 거지. 하지만 네게는 그런 것은 아무것도 없구나……"

"왜 형은 혼동하는 거예요? 난 한번도 공산주의자였던 적이 없어요."

"난 공산주의자였고, 그것이 아직 시기상조지만 합리적이고 미래가 있다고 봐. 마치 초기 기독교처럼 말이야."

"난 단지 노동력이라는 것은 자연탐구적인 관점에서 봐야 한다고 생각할 뿐이에요. 즉, 그것을 연구하고 그 특성을 인식하고 그리고……"

"그건 전혀 쓸데없는 일이야. 노동력은 그것이 발전하는 과정에서 스스로 활동의 특정한 방식을 발견하게 되지. 어디나 노예가 있었고, 그다음엔 *소작농들*[57]이 있었지. 우리에게도 성과를 반반 분배하는 노동, 소작노동, 노예노동이 있지. 네가 추구하는 건 뭐냐?"

이 말을 듣고 레빈은 갑자기 화가 났다. 그건 그가 마음 깊은 곳에서 형의 말이 사실일까봐, 즉 그가 공산주의와 특정한 형식들 사이에서 균형을 이루고 싶어하며 실제로 그것은 거의 불가능하다는 것이 사실일까봐 두려워하고 있었기 때문이었다.

"난 나 자신과 노동자들을 위해서 생산적으로 노동할 수 있는 방법을 찾고 있어요. 그런 구조를 구축하고 싶어요……" 그는 열이

56 tabula rasa(라틴어).
57 metayers(프랑스어).

올라 말했다.

"넌 아무 구조도 구축하고 싶어하지 않아. 그냥, 네가 이제껏 그렇게 살아왔듯이 독특하기를 원하는 거야. 네가 노동자들을 그냥 착취하는 게 아니라 사상을 가지고 그런다는 것을 보여주고 싶은 거지."

"그래요, 그렇게 생각하는군요. 그러니 그만둬요." 레빈은 왼쪽 빰의 근육이 억제할 수 없이 불뚝거리는 것을 느끼면서 말했다.

"너는 도대체가 신념이란 없었고 지금도 없어. 그저 잘난 척하고 싶을 뿐이지."

"그래요, 좋아요. 이제 그만 날 내버려둬요."

"그래, 혼자 내버려둘게. 진작에 그랬어야 했어. 염병할, 귀신한테나 잡혀가라. 여기 온 게 정말 유감스럽다."

그후에 레빈이 아무리 달래보려 해도 니꼴라이는 아무 말도 들으려 하지 않았고 떠나는 게 훨씬 낫겠다는 말만 되풀이했다. 꼰스딴찐은 형에게는 삶이 그저 견딜 수 없는 것이 되어버렸다는 것을 알았다.

꼰스딴찐이 다시 한번 가서 형을 조금이라도 모욕했다면 용서해달라고 부자연스럽게 청했을 때, 니꼴라이는 이미 완전히 떠날 태세가 되어 있었다.

"아, 관대하구나!" 니꼴라이는 말하고 씩 웃었다. "네가 옳기를 원한다면, 나는 너를 만족시켜줄 수 있어. 네가 옳아. 하지만 그래도 난 떠날 거다!"

니꼴라이는 떠나기 직전에 동생에게 입을 맞추고 나서 갑자기 이상할 정도로 진지하게 동생을 바라보며 말했다.

"그래도 날 나쁘게 기억하지 마라. 잘 있어, 꼬스짜!" 그는 목소리마저 떨렸다.

이것이 그가 진정으로 한 유일한 말이었다. 레빈은 이 말 속에 어떤 의미가 있는지 이해했다. '너는 내 상태가 나쁜 걸 보고 알고 있구나. 아마 우리는 더이상 보지 못하겠지.' 레빈은 이를 알아차렸고 눈물이 솟았다. 그는 다시 한번 형에게 입을 맞추었으나, 아무 말도 할 수 없었고 무슨 말을 해야 할지도 몰랐다.

형이 떠난 지 사흘째 되는 날 레빈도 외국으로 떠났다. 기차 여행길에서 끼찌의 사촌인 셰르바쯔끼를 만났는데 그는 레빈의 우울함을 보고 매우 놀랐다.

"무슨 일 있어요?" 셰르바쯔끼가 그에게 물었다.

"아니, 아무 일도. 그냥, 이 세상에 즐거운 일이란 게 거의 없네."

"어떻게 거의 없을 수가 있나요? 자, 무슨 뮐루즈[58]로 가는 대신 나와 함께 빠리로 가요. 얼마나 즐거운지 알게 될 거예요!"

"아니, 난 그런 거 벌써 끝냈네. 난 죽을 때가 됐어."

"그게 무슨 말이에요!" 셰르바쯔끼가 웃으면서 말했다. "난 시작할 준비를 막 마쳤는데요."

"그래, 나도 얼마 전에는 그렇게 생각했네. 하지만 이제 난 곧 죽게 되리라는 걸 아네."

레빈은 자기가 최근에 진정으로 생각한 바를 말한 것이었다. 그는 모든 것에서 죽음이나 죽음으로의 접근만을 보았다. 하지만 그가 계획한 일은 그럴수록 더 그를 몰두시켰다. 죽음이 올 때까지는 어떻게라도 삶을 살아내야 했던 것이다. 그에게는 어둠이 모든 것을 덮은 것 같았다. 하지만 바로 이 어둠의 결과로 그는 이 어둠 속

58 셰르바쯔끼는 독일어로 '뮐하우젠'인 이 도시를 프랑스어로 부르고 있다.

에서 유일하게 그를 이끄는 밧줄은 그의 일이라는 것을 느꼈고, 마지막 힘을 다하여 그 일을 부여잡고 거기에 매달렸다.

제4부

1

까레닌 부부, 남편과 아내는 계속 한집에서 살면서 매일 서로 부딪혔으나 서로에게 완전히 타인이었다. 알렉세이 알렉산드로비치는 매일 아내를 보는 것을 규칙으로 정하고 있었는데, 하인들에게 아무런 추측을 할 빌미를 주지 않기 위해서였다. 그러나 그는 집에서 식사하는 것을 피했다. 브론스끼는 알렉세이 알렉산드로비치의 집에 한번도 발을 들여놓지 않았지만, 안나는 그를 집 밖에서 만나고 있었고 남편은 그것을 알고 있었다.

상황은 셋 모두에게 고통스러웠고, 만약 이 상황이 변할 것이고 한시적으로 고통스러운, 지나갈 어려움일 뿐이라고 기대하지 않았다면 이들 중 아무도 이 상황에서 하루도 살기가 어려웠을 것이다. 알렉세이 알렉산드로비치는 이 세상 모든 것이 지나가듯이 이 열정이 지나가고, 모두가 이에 대해 잊게 되고, 그의 이름이 모욕당하지 않은 채 남게 되기를 기다렸다. 이 상황의 열쇠를 쥐고 있고 누구보다도 고통스러워하는 안나는 이 상황을 견뎌나가고 있었는데, 그것은 그녀가 이 모든 것이 곧 해결되고 명확해지리라고 기대했을 뿐만 아니라 확신하고 있었기 때문이었다. 그녀는 무엇이 이 상황을 해결해줄지는 정말 몰랐지만, 그 무엇인가가 꼭 다가오리라고 강하게 확신하고 있었다. 브론스끼는 어쩔 수 없이 그녀의 뜻에 따르면서 이 모든 어려움을 해결해줄, 그와 무관한 무엇인가를 역시 기대하고 있었다.

한겨울에 브론스끼는 매우 지루한 일주일을 보냈다. 그는 뻬쩨르부르그에 도착한 한 외국 왕자[1]를 소개받았던 것이다. 그는 왕자에게 뻬쩨르부르그의 볼만한 곳들을 구경시켜주어야 했다. 브론스끼는 풍채가 좋을 뿐만 아니라 품위 있는 태도로 예의를 갖추어 행동하는 기술을 가졌고 그런 인사들과 교제하는 데 익숙했다. 그래서 그가 왕자에게 소개되었던 것이다. 하지만 그에게는 그 의무가 매우 힘겹게 여겨졌다. 왕자는 고국으로 돌아가면 사람들이 러시아에서 봤냐고 물어볼 만한 것은 하나도 놓치고 싶어하지 않았을 뿐만 아니라, 스스로도 러시아식 쾌락을 최대한으로 누리기를 원하고 있었다. 브론스끼는 그를 이리저리 이끌고 다녀야 했다. 그들은 아침마다 관광 명소를 보러 다녔고, 저녁마다 러시아 특유의 쾌락 명소에 드나들었다. 왕자는 왕자들 중에서조차 예외적인 건강

1 1874년 영국 빅토리아 여왕의 차남 앨프리드가 러시아 황제의 딸 마리야와 뻬쩨르부르그에서 결혼식을 올렸다. 이 계제에 독일, 영국, 덴마크의 많은 왕족들이 러시아를 방문했다. 브론스끼 같은 인물은 출신 배경이나 사회적 위치로 인해 이들을 영접하는 의무를 맡았을 것이다.

을 누리고 있었다. 운동과 훌륭한 몸 관리로 그는 여러가지 쾌락에 과도하게 헌신하며 힘을 쏟았는데도 불구하고 굵고 윤기 나는 초록색 네덜란드산 오이처럼 쌩쌩했다. 왕자는 여행을 많이 한 사람으로서 현대 교통의 편리함이 주는 이점이 각 나라 특유의 쾌락 명소들을 찾는 데 있다고 여겼다. 에스빠냐에 갔을 때는 그곳에서 세레나데를 불렀고 만돌린을 퉁기는 에스빠냐 여자를 사귀었으며, 스위스에서는 갬제[2]를 쏘아 죽였다. 영국에서는 빨간 기수 코트를 입고 장애물을 뛰어넘었으며 이백마리의 꿩을 잡겠다고 내기를 해서 이겼다. 터키에서는 하렘에 갔고, 인도에서는 코끼리를 탔으며, 이제 러시아에서는 러시아 특유의 온갖 쾌락을 맛보기를 원했다.

그의 의전 총책처럼 봉사하며 브론스끼는 여러 인사들이 왕자에게 제안한 모든 러시아식 쾌락들을 조금씩 맛보게 하느라고 큰 고생을 했다. 경마, 블린 먹기[3], 곰 사냥, 삼두마차 달리기, 집시, 잔을 깨며 마시는 러시아 술판까지 두루 거쳤다. 그리고 왕자는 지극히 수월하게 러시아 정신을 받아들여 쟁반째 잔들을 깨고 집시 여자를 무릎에 앉히면서 이렇게 물어보는 듯했다. 또 뭐가 있나? 아니면 러시아 정신은 이게 다인가?

실상 모든 러시아식 쾌락 중에서 왕자를 가장 만족시킨 것은 프랑스 여배우들, 발레리나, 그리고 하얀 딱지의 샴페인이었다. 브론스끼는 왕자들에게 익숙했으나, 최근에 그가 변했기 때문인지 아니면 이 왕자와는 너무 가깝게 지냈기 때문인지 이 일주일이 그에게는 끔찍하게 힘들었다. 그는 이 일주일 내내, 미친 사람을 소개받고서 그를 두려워하는 동시에 그와 가까이 있기 때문에 자기도 제

2 Gämse(독일어)를 러시아 문자로 표기했다. 영양(羚羊)을 뜻한다.

3 러시아식 부침개를 얼마나 많이 먹나 하는 내기.

정신을 잃을까봐 두려워하는 사람과 비슷한 감정을 끊임없이 느꼈다. 브론스끼는 모욕을 느끼지 않기 위해서 엄격한 공식 예절의 태도를 한순간도 누그러뜨리지 말아야 할 필요성을 내내 느끼고 있었다. 왕자는 자기에게 러시아식 쾌락을 바치느라 체면이고 뭐고 다 내던진 사람들을 대할 때 브론스끼가 경악할 정도로 경멸하는 태도를 취했다. 그가 연구하고자 하는 러시아 여자들에 대한 그의 견해는 종종 브론스끼를 얼굴이 벌게질 지경으로 화나게 했다. 하지만 브론스끼가 왕자를 특히 힘들게 여겼던 주된 원인은 그가 왕자 안에서 어쩔 수 없이 바로 자신을 보았기 때문이었다. 이자는 아주 바보 같고, 아주 자신만만하고, 아주 건강하고, 순전히 육적인 사람이었을 뿐 더이상 아무것도 아니었다. 그는 신사[4]였다—이는 사실이었고, 브론스끼도 부정할 수 없는 점이었다. 그는 자기보다 높은 사람들에게는 굽실거리지 않고 대등하게 대했고, 같은 급의 사람들에게는 자유롭고 자연스럽게 대했으며, 자기보다 낮은 사람들에게는 경멸적으로 친절하게 대했다. 브론스끼 자신도 그런 사람이었고 그는 이를 큰 덕목이라고 생각했다. 하지만 왕자와의 관계에 있어서 그는 낮은 사람이었고, 자신을 향한 그 경멸적으로 친절한 태도는 그를 격분시켰다.

'바보 같은 쇠고기 덩어리! 나도 저런 건 아닐까?' 그는 생각했다.

어쨌든 간에 이레째 되는 날 모스끄바로 떠나는 왕자와 작별할 때 감사 인사를 받은 그는 이 거북한 처지와 기분 나쁜 거울에서 벗어날 수 있어서 행복했다. 왕자는 밤새도록 러시아 특유의 대담무쌍함이 펼쳐진 곰 사냥에서 돌아와 역에서 그와 작별했던 것이다.

4 gentleman(영어)을 러시아 문자로 표기했다.

2

집으로 돌아온 브론스끼는 안나에게서 온 쪽지를 보았다. 그녀는 "나는 아프고 병이 났어요. 외출할 수 없는데 더이상 당신을 안 보고 버틸 수도 없네요. 저녁에 와주세요. 알렉세이 알렉산드로비치는 일곱시에 의회에 가서 열시까지 있을 거예요"라고 썼다. 한순간 그는 그를 집으로 들이지 말라는 남편의 요구에도 불구하고 그녀가 자기 집으로 와달라고 하는 점이 이상하다고 생각했지만 가기로 마음을 먹었다. 브론스끼는 이번 겨울에 대령이 되어서 연대에서 나와 혼자 살고 있었다. 아침을 먹고 나서 그는 곧 소파에 누웠다. 오분 정도 최근 며칠 동안 본 괴상한 장면들에 대한 회상이 안나에 대한 생각과 곰 사냥에서 중요한 역할을 했던 몰이꾼 농부에 대한 생각과 뒤엉키고 연결되었다. 브론스끼는 잠이 들었다. 어둠 속에서 깨어난 그는 공포로 떨면서 서둘러 초를 켰다. '그게 뭐지? 뭐지? 내가 꿈에서 뭘 본 걸까? 그래, 그래, 키가 작고 더럽고 덥수룩한 수염이 난 몰이꾼 농부 같았는데 몸을 구부리고 무언가를 하면서 갑자기 프랑스어로 뭔가 이상한 말을 했지. 그래, 그게 다였어.' 그는 혼잣말을 했다. '하지만 뭣 때문에 그게 그렇게 끔찍했을까?' 다시 농부와 그 농부가 말한 뜻 모를 프랑스어 단어가 생생하게 기억났다. 공포로 등골이 오싹했다.

'무슨 바보 같은 소리!' 그는 생각하고 시계를 보았다.

벌써 여덟시 반이었다. 그는 초인종을 울려서 서둘러 옷을 차려입고 꿈에 대해서는 완전히 잊은 채 늦었다는 사실에만 속상해하면서 현관으로 나갔다. 까레닌의 집 현관으로 다가가면서 시계를 보니 아홉시 십분 전이었다. 회색 말 두마리가 끄는 높고 좁은 마차가 입구에 대기하고 있었다. 그는 그것이 안나의 것임을 알았다. '그녀가 내게로 오려는구나.' 그는 생각했다. '그게 더 낫지. 이 집에 들어가는 건 마음이 불편해. 하지만 상관없어. 숨을 수도 없으니까.' 그는 혼잣말을 하고 어렸을 적부터 몸에 밴 아무것에도 거리낌 없는 사람의 행동거지로 썰매마차에서 나와서 문을 향해 다가갔다. 문이 열렸고, 담요를 손에 든 문지기가 마차를 대라고 불렀다. 세세한 것에 주의를 기울이지 않는 브론스끼였지만 지금은 문지기가 그를 보는 놀란 표정을 알아차렸다. 바로 문에서 브론스끼는 알렉세이 알렉산드로비치와 거의 부딪칠 뻔했다. 가스등이 검은 모자 아래 말라빠진 핏기 없는 얼굴과 외투의 비버 털 깃 아래 광택 나는 하얀 넥타이를 곧바로 비췄다. 까레닌의 움직이지 않는 희미한 두 눈이 브론스끼의 얼굴을 향했다. 브론스끼는 허리를 굽혔고, 알렉세이 알렉산드로비치는 입술을 깨물며 손을 모자로 올렸다가 지나갔다. 브론스끼는 그가 뒤돌아보지 않고 마차에 앉아서 창문을 통해 담요와 오페라글라스를 받고 나서 몸을 감추는 것을 보았다. 브론스끼는 입구로 들어갔다. 그의 눈썹이 찌푸려졌고 두 눈은 분노와 자존심으로 번뜩거렸다.

'이게 내 처지군!' 그는 생각했다. '그가 결투를 해서 자기 명예를 지키고자 한다면 나는 행동할 수 있고 내 감정을 드러낼 수 있지. 하지만 저런 유약함, 아니 비열함이라니…… 그는 나를 사기꾼으로 만드는군. 나는 그러고 싶은 적도 없었고 그러고 싶지도 않은데.'

브레제 저택 정원에서 안나와 이야기를 나눈 후 브론스끼의 생각은 많이 바뀌었다. 그에게 자신의 전부를 바치고 앞으로의 모든 것에 대해 순종하면서 오직 그에게서만 자신의 운명의 해결을 기대하는 안나의 유약함에 저도 모르게 굴복하여, 그는 그때 했던 것처럼 이런 관계가 끝날 수 있으리라고 생각하는 것은 오래전에 그만두었다. 그의 공명심을 위한 계획들은 다시 뒤로 물러났고, 그는 모든 것이 확정되어 있는 활동 영역으로부터 벗어난 것을 느끼면서 자신의 감정에만 자신의 전부를 바쳤고, 이 감정은 점점 더 강하게 그를 그녀에게 동여맸다.

아직 입구에 있던 그는 그녀가 멀어져가는 발소리를 들었다. 그는 그녀가 그를 기다리며 귀를 기울이고 있다가 지금 응접실로 돌아가는 것을 알아챘다.

"안 돼요!" 그를 보고 그녀는 큰 소리로 말했는데, 말을 떼자마자 그녀의 두 눈에 눈물이 솟았다. "안 돼요. 만약 계속 이런다면 그건 훨씬 더, 훨씬 더 빨리 일어날 거예요!"

"뭐가요, 안나?"

"뭐냐고요? 난 괴로워하면서 기다리고, 한시간, 두시간을…… 아뇨, 안 그럴래요! 난 당신과 싸울 수 없어요. 아마 당신은 올 수 없었겠죠. 아뇨, 안 그럴래요!"

그녀는 두 손을 그의 어깨에 올려놓고 깊숙하고 열광에 찬, 그러면서 동시에 탐색하는 시선으로 오랫동안 그를 바라보았다. 그를 보지 못한 시간에 대한 보상으로 그녀는 그의 얼굴을 샅샅이 탐구하는 것이었다. 그녀는 둘이 다시 만날 때마다 항상 그랬듯이 그녀가 상상했던 그의 모습을(현실에서는 불가능한, 비교하지 못할 만큼 더 좋은 모습을) 그의 실제 모습과 합치시켰다.

3

"그를 만났어요?" 그들이 불빛 아래 탁자 앞에 앉았을 때 그녀가 물었다. "늦게 온 벌이에요."

"그래요. 하지만 어떻게 된 거죠? 그는 의회에 갔어야 하지 않아요?"

"갔는데 돌아왔다가 다시 어디론가 갔어요. 하지만 그건 아무 일도 아니에요. 이제 그것에 대해선 말하지 마세요. 어디 있었어요? 내내 왕자와 함께 있었어요?"

그녀는 그의 생활의 모든 세세한 부분들을 알고 있었다. 그는 밤새도록 잠을 못 자서 깜빡 잠이 들었다고 말하려고 했지만 그녀의 행복해하는 흥분한 얼굴을 보자 마음에 걸렸다. 그래서 그는 왕자가 떠난 것에 대해 보고하러 가야 했다고 말했다.

"하지만 이제 끝났죠? 그는 떠났죠?"

"다행히도 끝났어요. 내가 얼마나 참기 어려웠는지 당신은 못 믿을 거예요."

"어째서요? 그건 당신네 젊은 남자들 모두의 일상인데요, 뭐." 그녀는 눈썹을 찌푸리고 탁자 위에 놓여 있던 뜨개질감을 잡고서 브론스끼를 보지 않은 채 코바늘을 끄집어내려고 했다.

"난 벌써 오래전에 그런 생활을 떠났어요." 그녀 얼굴의 표정 변화에 놀라 그 의미를 꿰뚫어보려고 애쓰면서 그가 말했다. "고백하지만……" 그는 건강하고 하얀 이를 드러내 보이며 미소 짓고는 말했다. "난 이 일주일 동안 그런 생활을 보면서 마치 거울을 보는 것 같았지요. 그래서 불쾌했어요."

그녀는 뜨개질감을 두 손에 쥔 채 뜨지는 않고서 이상하게 번쩍이며 적의를 띤 시선으로 그를 보았다.

"오늘 아침에 리자가 들렀어요. 그들은 리지야 이바노브나 백작 부인을 무시하고 나를 방문하는 걸 여전히 개의치 않아요." 그녀는 말을 끼워넣었다. "그리고 당신네들의 음란한 야회에 대해 이야기 해줬어요. 무슨 그런 징그러운 짓을!"

"나도 막 이야기하려 했어요……"

그녀가 그의 말을 막았다.

"그 여자가 당신이 전에 알았던 *떼레즈*[5]였나요?"

"말하려 했어요……"

"당신네 남자들은 얼마나 징그러운지요! 어떻게 여자가 그걸 잊지 못하리라는 걸 생각하지 못하나요?" 그녀는 점점 더 화를 내며 이로써 신경이 곤두선 이유를 드러내면서 말했다. "특히 당신의 삶을 알 수 없는 여자라면 말이에요. 내가 뭘 아나요? 내가 뭘 알았나요?" 그녀가 말했다. "당신이 말하게 될 내용에 대해서 말예요. 그리고 내가 어떻게 알아요, 당신이 진실대로 말하는지……"

"안나! 당신은 나를 모욕하고 있어요. 나를 못 믿는 거예요? 내가 말하지 않았나요, 내게는 당신에게 털어놓지 않은 생각이 없다는 걸?"

"그래요, 그래요." 그녀는 질투의 상념을 쫓아내려고 눈에 보이게 애쓰면서 말했다. "하지만 얼마나 괴로웠는지 당신이 안다면! 믿어요, 당신을 믿어요…… 그래, 뭐라 그랬지요?"

하지만 그는 자신이 뭐라고 말하려 했는지 바로 기억해내지 못했다. 이 질투의 발작, 최근에 와서 점점 더 자주 나타나는 이 질투

5 Thérèse(프랑스어).

의 발작이 그를 경악시켰고, 질투의 원인이 자신을 향한 사랑이라는 것을 알고 있었음에도 불구하고 그것은 그녀에게 품은 감정을 식게 만드는 것이, 그가 아무리 감추려고 해도 사실이었다. 그는 얼마나 자주 자신에게 말했던가, 그녀의 사랑이 바로 행복이라고… 그리고 자, 이제 그녀는 삶에서 사랑을 이 세상 모든 것보다 중요하게 여기는 여자가 사랑할 수 있는 만큼 그를 사랑하고 있는데, 그는 그녀 뒤를 따라서 모스끄바에서 올 때보다 훨씬 행복에서 멀어져 있었다. 그때 그는 자신이 불행하다고 여겼으나 행복이 앞에 있었다. 하지만 지금 그는 가장 좋은 행복은 이미 뒤에 있다고 느끼고 있었다. 그녀는 그가 처음 보았을 때의 그녀가 전혀 아니었다. 그녀는 정신적으로도 육체적으로도 부정적으로 변해 있었다. 그녀는 전체적으로 살이 쪘고 그녀가 여배우에 대해서 이야기할 때 그녀의 얼굴을 일그러뜨리는 지독한 표정이 얼굴에 나타났다. 그는 그녀를 자기가 꺾어서 시들어버린 꽃, 자기가 꺾어서 망쳐버린 아름다움을 힘을 들여야만 알아볼 수 있는 꽃을 보듯이 보고 있었다. 그럼에도 불구하고 그는 자신의 사랑이 더 강했을 그때는 정말 강하게 원했다면 자기 심장에서 이 사랑을 떼어낼 수 있었으나, 그녀에게 사랑을 느끼지 않는 것처럼 여겨지는 지금 이 순간에는 그녀와의 관계를 끊을 수 없다는 것을 알고 있었다.

"그래요, 내게 왕자에 대해 이야기하려고 했지요? 악령을 쫓아냈어요, 쫓아냈어요." 그녀가 덧붙였다. 그들 사이에서 질투는 악령으로 불렸다. "그래, 당신은 왕자에 대해 이야기를 시작했죠? 당신은 왜 그렇게 힘들었나요?"

"아, 정말 견디기 어려웠어요!" 놓쳐버린 생각의 실마리를 잡으려고 애쓰며 그가 말했다. "그 사람은 가까이 사귀면 해를 입게 되는 그런 사람이에요. 그를 정의하자면, 대회에서 메달을 받도록 잘 사육된 짐승이지요. 더이상 아무것도 아니에요." 그는 유감스럽게 말했다. 그녀는 그가 유감스럽게 여기는 것이 흥미로웠다.

"아니, 어떻게 그래요?" 그녀가 반박했다. "그래도 그는 본 것도 많고 교육 수준도 높지 않나요?"

"그들의 교육은, 그건 전혀 다른 교육이에요. 그들은 오직 교육을 경멸할 권리를 가지기 위해서만 교육을 받은 것 같아요. 그들이 동물적 만족 이외에는 모든 것을 경멸하는 것처럼 말이죠."

"하지만 당신들 모두가 그 동물적 만족을 사랑하지요." 그녀가 말했다. 그는 다시 그를 피하는 그녀의 어두운 시선을 알아챘다.

"왜 당신은 그를 그렇게 방어해요?" 그가 미소를 띠며 말했다.

"방어하는 게 아니에요. 전 아무래도 좋아요. 하지만 당신 자신이 그 만족을 좋아하지 않는다면 거절할 수 있어야 한다고 생각해요. 근데 당신은 이브의 옷을 입은 떼레즈[6]를 보는 만족을 얻었잖아요……"

"또, 또 악령이!" 책상 위에 올려놓은 그녀의 손을 쥐고 키스하며 브론스끼가 말했다.

"그래요, 하지만 어쩔 수가 없네요. 당신을 기다리며 얼마나 괴로워했는지 당신은 몰라요! 나는 질투하지 않는다고 생각해요. 나는 질투 안 해요. 당신이 여기 내 곁에 있으면 난 당신을 믿어요. 하지만 당신이 어딘가 혼자서 내가 알 수 없는 생활을 하고 있으면……"

그녀는 그로부터 몸을 돌리고는 마침내 뜨개질감에서 코바늘을 꺼내쥐고 검지를 이용해 등불 아래 빛나는 하얀 털실을 한코 한코

6 러시아어화되어 있다.

재빠르게 떴다. 자수를 놓은 소매 속에서 가느다란 손목이 재빠르고 신경질적으로 움직이기 시작했다.

"그래서 어떻게 됐죠? 어디서 알렉세이 알렉산드로비치와 마주쳤어요?" 갑자기 그녀의 목소리가 부자연스럽게 울렸다.

"문에서 마주쳤어요."

"그가 이렇게 허리를 굽혔지요?"

그녀는 얼굴을 길게 빼더니 눈을 반쯤 감고 재빨리 표정을 바꾸고는 팔짱을 꼈고, 브론스끼는 갑자기 그녀의 아름다운 얼굴에서 알렉세이 알렉산드로비치가 그에게 허리를 굽힐 때 지었던 것과 똑같은 표정을 보게 되었다. 그는 씩 미소를 지었고, 그녀는 그녀의 주요 매력 중 하나인 사랑스럽고 가슴에서 우러나는 그 웃음을 쾌활하게 소리 내어 웃기 시작했다.

"정말 그가 이해가 안 돼요." 브론스끼가 말했다. "별장에서 당신이 고백한 이후에 그가 당신과 헤어졌다면, 그가 내게 결투를 신청했다면…… 하지만 이건 이해를 못 하겠어요. 어떻게 그는 이런 상황을 견딜 수 있단 말이에요? 그는 괴로워하고 있어요. 눈에 보여요."

"그가요?" 그녀가 비웃듯 말했다. "그는 완전히 만족하고 있어요."

"모든 게 다 잘될 수 있는데 뭣 때문에 우리 모두가 괴로워하는 거지요?"

"그는 빼고요. 제가 그를 모르나요, 그의 전체에 배어 있는, 골수까지 사무쳐 있는 그 위선을? 감정이 있는 사람이라면 그가 나와 사는 것처럼 살 수 있나요? 그는 아무것도 이해하지 못해요. 아무 감정이 없어요. 감정이 있는 사람이라면 어떻게 간통한 아내와 한집에 살 수 있나요? 어떻게 그녀와 이야기할 수 있나요? 어떻게 여보라고 부를 수 있느냔 말예요."

그리고 다시 그녀는 저도 모르게 그를 흉내 냈다. "여보, *내 당신*[7], 여보, 안나!"

"이건 남자가 아녜요. 인간이 아녜요. 인형이에요. 아무도 모르지만 전 알아요. 오, 내가 그라면 나 같은 아내를 '여보, *내 당신*, 안나!'라고 말하느니 차라리 죽였을 거예요. 갈기갈기 찢어서 토막을 냈을 거예요. 이건 사람이 아니에요. 정부의 기계지요. 그는 내가 당신의 아내라는 걸, 그는 내게 타인이라는 걸, 그는 쓸데없는 사람이라는 걸 이해하지 못해요…… 이 얘기는 그만해요, 우리. 그만해요!"

"당신은 옳지 않아요. 옳지 않아요, 안나." 그녀를 진정시키려고 하면서 브론스끼가 말했다. "하지만 아무래도 좋아요. 그 얘기는 그만합시다. 당신이 뭘 했는지 말해줘요. 무슨 일이 있었나요? 그 병은 어떤 거고, 의사는 뭐랬어요?"

그녀는 조롱의 기쁨을 느끼며 그를 쳐다보고 있었다. 그녀는 남편의 우스꽝스럽고 왜곡된 면을 더 발견한 것이 분명했고 그것을 말할 틈을 벼르고 있었다.

하지만 그가 말을 계속했다.

"내 추측에는 그건 병이 아니라 당신의 몸 상태 때문이에요. 언제가 될까요?"

그녀의 두 눈에서 조롱의 빛이 꺼졌으나, 그가 모르는 어떤 것을 아는, 고요한 슬픔을 아는 다른 미소가 그녀의 이전 표정을 대체했다.

---

7 ma chère(프랑스어).

"곧, 곧이에요. 당신은 우리의 상황이 괴롭다고, 해결해야 한다고 말하지요. 하지만 그 상황이 내게 얼마나 힘든지 당신이 안다면! 자유롭고 용감하게 당신을 사랑하기 위해서 내가 뭐라도 다 내줄 수 있다는 걸 당신이 안다면! 난 괴로워하지 않을 거예요. 질투로 당신을 괴롭히지도 않을 거예요…… 그건 곧 다가오겠죠. 하지만 우리가 생각하는 대로는 아닐 거예요."

앞으로 어떻게 될지 생각하는 그녀는 두 눈에 눈물이 솟아날 만큼 스스로에게 연민을 느끼는 것으로 보였다. 그녀는 더이상 말을 할 수 없었다. 그녀는 등불 아래 반지들과 하얗게 빛나는 손을 그의 소매에 올려놓았다.

"그건 우리가 생각한 대로 되지 않을 거예요. 나는 당신에게 이 말을 하고 싶지 않았어요. 근데 당신이 하게 만드네요. 곧, 곧 모든 게 해결될 거예요. 그리고 우리는 모두, 모두 진정하게 될 거고 더 이상 괴로워하지 않을 거예요."

"무슨 말인지 모르겠어요." 그는 그녀의 말을 알아들으면서도 이렇게 말했다.

"당신은 물었지요, 언제냐고요. 곧이에요. 그리고 난 살아남지 못할 거예요. 내 말을 끊지 마요!" 그리고 그녀는 서둘러 말했다. "난 알아요. 확실히 알아요. 난 죽을 거예요. 그리고 난 내가 죽어서 나와 당신을 해방하게 되어 매우 기뻐요."

그녀의 두 눈에서 눈물이 흘러내렸다. 그는 아무런 근거도 없다는 것을 알면서도 억제할 수 없는 동요를 감추려고 애쓰면서 허리를 굽혀 그녀의 손에 키스하기 시작했다.

"그래요, 그게 더 좋아요." 그녀가 강하게 그의 손을 쥐면서 말했다. "우리에게 남은 건 오직 하나, 하나뿐이에요."

그는 정신을 차리고 고개를 들었다.

"무슨 바보 같은 소리! 무슨 그런 정신 나간 바보 같은 소리를 하는 거예요?"

"아뇨, 그게 맞아요."

"뭐가, 뭐가 맞는다는 거예요?"

"내가 죽을 거라는 거. 꿈을 꿨어요."

"꿈?" 되묻는 순간 브론스끼는 꿈에서 본 농부가 떠올랐다.

"네, 꿈요." 그녀가 말했다. "벌써 오래전부터 이 꿈을 꿨어요. 꿈에서 나는 침실로 뛰어들어가서 뭔가를 가져오고 뭔가를 알아내야 했어요. 당신도 알죠, 꿈에서 어떤지." 그녀는 공포로 눈을 크게 뜨면서 말했다. "글쎄, 침실에, 구석에 무언가가 서 있는 거예요."

"아, 무슨 바보 같은 소리! 어떻게 그런 걸 믿을 수 있단 말이에요……"

하지만 그녀는 그가 말을 끊을 틈을 주지 않았다. 자신이 말하는 내용이 그녀에게 너무나 중요했던 것이다.

"근데 그 뭔가가 몸을 돌렸어요. 보니 수염이 텁수룩한 농부였어요. 키가 작고 무서운 사람이었어요. 나는 달아나려 했는데, 그가 보따리 위로 몸을 굽히고 두 손으로 거기서 뭔가 막 휘젓는 거예요……"

그녀는 농부가 보따리 속을 뒤지는 흉내를 냈다. 그녀의 얼굴에 공포가 머물러 있었다. 브론스끼도 자기 꿈을 떠올리며 마음 가득히 똑같은 공포를 느꼈다.

"그는 뭔가를 뒤지면서 프랑스어로 아주아주 빠르게 뭔가를 말했어요. 알죠? 그 프랑스어 '에르' 발음을 굴리면서요. '*철을 두드려야 해, 부수어야 해, 짓이겨야 해*[8]……' 나는 무서워서 깨고 싶었어요. 깨어났지만…… 꿈속에서 깨어난 거예요. 난 이게 무슨 뜻일까 자문했죠. 그런데 꼬르네이가 내게 말했어요. '출산하다가, 출산하다가 죽을 거예요, 마님……' 그리고 난 깨어났어요……"

"무슨 바보 같은 소리, 정말 바보 같은 소리!" 브론스끼는 말했지만, 그 자신도 자기 목소리에 아무 확신이 없는 것을 느꼈다.

"하지만 그만 이야기해요. 초인종을 울려요. 차를 내오라고 할게요. 그래요, 기다려요. 지금 곧 내가……"

하지만 그녀는 갑자기 멈춰섰다. 순간 그녀의 표정이 변했다. 공포와 동요가 갑자기 고요하고 진지하고 행복하게 주의를 집중하는 표정으로 바뀌었다. 그는 이 변화의 의미를 이해할 수 없었다. 그녀는 몸속에서 새 생명의 움직임을 감지했던 것이다.

4

알렉세이 알렉산드로비치는 집 현관에서 브론스끼와 마주친 후 원래 마음먹은 대로 이딸리아 오페라를 보러 갔다. 그곳에서 이막을 관람하며 앉아 있으면서 필요한 사람은 다 만났다. 집으로 돌아온 그는 옷걸이를 조심스럽게 살피고 군용외투가 없는 것을 알아채고 나서 습관대로 자기 방으로 갔다. 하지만 그는 습관을 거슬러서 잠자리에 들지 않고 새벽 세시까지 방 안을 이리저리 서성거렸다. 품위를 지키고 집에 정부를 들이지 말라는 유일한 조건을 지키지 않은 아내에 대한 분노의 감정 때문에 그는 진정할 수 없었다.

8 Il faut le battre le fer, le broyer, le pétrir(프랑스어).

그녀는 그의 요구를 이행하지 않았다. 그러니 그는 그녀를 벌하고 자기의 협박—이혼을 요구하고 아들을 뺏는 일—을 실현해야 한다. 그는 이 일을 하는 데 수반되는 갖가지 어려움을 알고 있었다. 하지만 그는 이 일을 행할 것이라고 말했으니 이제 이 협박의 내용을 실현해야 한다. 리지야 이바노브나 백작부인은 그에게 그 길이 가장 좋은 해결책이라고 암시했고, 최근에 와서는 이혼의 실제 사례들이 흠잡을 데 없이 완벽하게 진행되어서 알렉세이 알렉산드로비치도 형식적인 어려움을 극복할 수 있는 가능성을 보게 되었다. 게다가 재난은 겹겹으로 일어나는 것이라, 이민족 정착 문제와 자라이스끄주의 들판 관개공사가 알렉세이 알렉산드로비치에게 직무상 매우 곤란한 문제들을 만들어 그는 최근 몇주 동안 극도로 신경이 곤두서 있었다.

그는 밤새도록 자지 못했고, 그의 분노는 점점 걷잡을 수 없이 커져서 아침결에는 마지막 한계에 이르렀다. 그는 서둘러 옷을 입고 가득 찬 분노가 넘쳐흐를까봐 걱정하는 동시에 분노 때문에 아내와 문제를 명확히 하는 데 필요한 에너지를 잃을까봐 걱정하면서, 아내가 일어난 것을 알아차리자마자 그녀 방으로 들어갔다.

남편을 매우 잘 안다고 생각했던 안나는 방에 들어올 때의 그의 모습을 보고 크게 놀랐다. 그의 이마는 찌푸려져 있었고 두 눈은 그녀의 시선을 피하며 침울하게 앞을 보고 있었다. 입은 경멸하는 투로 꽉 눌러 다문 채였다. 그의 걸음걸이와 몸짓과 목소리에서는 아내가 여태껏 한번도 본 적이 없는 단호함과 확고함이 묻어났다. 그는 방으로 들어와서 인사도 없이 곧장 그녀의 책상으로 가더니 열쇠를 들어 서랍을 열었다.

"뭐가 필요한 거예요?" 그녀가 소리쳤다.

"당신 정부의 편지들." 그가 말했다.

"여기 없어요." 그녀가 서랍을 닫으면서 말했다. 하지만 이 몸짓에서 그는 자기 짐작이 맞았다는 것을 알아차렸고, 그녀의 팔을 거칠게 밀고 재빨리 그가 알기로 그녀가 가장 중요한 서류들을 넣어 두는 가방을 움켜쥐었다. 그녀는 서류가방을 빼앗으려 했으나 그가 그녀를 밀쳤다.

"앉으시오! 할 이야기가 있소." 그가 서류가방을 겨드랑이에 끼고 팔꿈치로 어깨가 올라갈 정도로 힘을 주어 꽉 누르며 말했다.

그녀는 놀라고 겁을 먹은 채 말없이 그를 바라보았다.

"난 당신에게 당신의 정부를 내 집에 들이는 것을 허락하지 않는다고 말했소."

"그를 만나야 했어요. 왜냐면……"

그녀는 아무 핑계가 생각나지 않아 말이 막혔다.

"여자가 뭣 때문에 정부를 만나야 하는지 상세한 사정을 알고 싶지는 않소."

"내가 원한 것은 그저……" 얼굴을 확 붉히며 안나가 말했다. 그의 무례한 태도는 그녀를 자극했고 그녀를 대담하게 만들었다. "당신이 나를 얼마나 쉽게 모욕하는지 느끼지 못하나요?" 그녀가 말했다.

"명예를 아는 남자나 여자라야 모욕할 수 있는 법이지, 도둑에게 도둑이라고 말하는 건 *사실 확인*[9]일 뿐이오."

"당신의 새로운 면인 이 잔인함은 내가 미처 몰랐네요."

"당신은 남편이 아내에게 품위를 지키라는 조건만을 제시하고

9 la constatation d'un fait(프랑스어).

명예로운 이름으로 보호해주면서 자유를 주는 걸 잔인함이라 부르오. 그게 잔인함이오?"

"그건 잔인함보다 더 나빠요. 그렇게 알고 싶어하니 하는 말인데, 그건 비열함이죠!" 안나가 분노를 터뜨리면서 소리를 지르고는 일어나서 나가려고 했다.

"아니야!" 그는 평소보다 한 옥타브나 더 높은 새되고 날카로운 목소리로 소리를 지르고서 굵은 손가락들로 그녀의 팔을 팔찌 자국이 빨갛게 남을 정도로 세게 잡아 그녀를 자리에 앉혔다. "비열함? 당신이 그 단어를 쓰려고 하니까 말인데, 정부를 위해서 남편과 자식을 버리면서 남편의 빵을 먹는 게 바로 비열함이야!"

그녀는 고개를 숙였다. 그녀는 어제 자신이 정부에게 한 말, 그가 그녀의 남편이고 남편은 쓸데없는 사람이라는 말을 입 밖에 내지 않았을 뿐만 아니라 그런 생각조차 하지 않았다. 그녀는 남편의 말이 완전히 정당하다는 것을 느끼고 나직하게 말했다.

"당신은 내 처지를 내가 스스로에 대해 아는 것보다 더 나쁘게 묘사하지는 못할 거예요. 하지만 무슨 이유로 이런 말을 하는 거죠?"

"무슨 이유로 말을 하냐고? 무슨 이유로?" 그는 계속 화를 내면서 말했다. "당신이 품위를 지키는 것과 관련된 내 요구를 이행하지 않았으니 나도 이 상황을 끝낼 조치를 취할 거라는 걸 알라는 거요."

"이대로도 상황은 곧, 곧 끝날 거예요." 그녀는 천천히 말했다. 가까이 다가온 죽음, 지금 자신이 원하는 죽음에 대한 생각에 두 눈에 눈물이 솟았다.

"당신과 당신 정부가 생각하는 것보다 빨리 끝나게 될 거야! 당신에겐 동물적인 욕망의 만족이 필요하니……"

"알렉세이 알렉산드로비치! 당신이 관대하지 않다고는 말하지 않겠어요. 하지만 아픈 사람을 때리는 것은 옳은 일이 아니에요."

"그래, 당신은 자기 생각만 하지. 당신의 남편이었던 사람의 고통은 아랑곳하지 않지. 그의 인생 전체가 무너졌고 그가 얼마나 포진…… 보진…… 포진 고통[10]을 겪었는지……"

알렉세이 알렉산드로비치는 너무 빨리 말을 하느라 혼란스러워서 이 단어를 제대로 발음할 수 없었다. 그는 결국 **포진 고통**이라고 발음했다. 그녀는 우습다는 생각이 들었지만, 곧 이런 순간에 우스운 걸 느낄 수 있다는 것이 부끄러워졌다. 그녀는 처음으로 한순간이나마 그를 동정했고 그의 입장을 이해했으며, 그가 불쌍해졌다. 하지만 그녀가 대체 무슨 말, 무슨 행동을 할 수 있단 말인가? 그녀는 고개를 떨어뜨리고 침묵했다. 그도 역시 얼마간 침묵한 후 이제 덜 새되고 날카로운, 차가운 목소리로, 되는대로 선택한 아무런 중요성 없는 단어들을 강조하며 말을 시작했다.

"나는 당신에게 말하러 왔던 거요……" 그가 말했다.

그녀는 그를 바라보았다. '아냐, 그렇게 보였던 것뿐이야.' 그녀는 **포진 고통**이라고 더듬거리며 발음했을 때의 그의 얼굴을 떠올리며 생각했다. '아냐, 이렇게 흐릿한 눈을 가지고 있고 자기만족적인 평정을 지닌 인간이 뭔가를 느낄 수 있겠어?'

"나는 아무것도 바꿀 수 없어요." 그녀가 속삭이듯 말했다.

"나는 내일 모스끄바로 떠나서 더이상 이 집으로 돌아오지 않을 거고, 당신은 내 결정을 내 이혼 담당 변호사를 통해서 알게 될 거라는 걸 말하러 왔던 거요. 내 아들은 누이에게로 가게 될 거요." 알

---

10 그는 '모진' 고통이라고 말하려고 했다.

렉세이 알렉산드로비치는 아들에 대해서 말하고자 했던 것을 겨우 기억해내서 말했다.

"내게 고통을 주기 위해서 세료자가 필요한 거군요." 그녀는 눈을 치켜뜨고 그를 보면서 또박또박 말했다. "당신은 그애를 사랑하지 않아요…… 세료자를 놓아줘요!"

"그래, 나는 아들에 대한 애정마저 잃었소. 당신에 대한 혐오감이 그애에게까지 연결되어 있기 때문이오. 하지만 어쨌든 나는 그애를 데려갈 거요. 잘 있으시오!"

그리고 그는 나가려 했지만 이제는 그녀가 그를 막았다.

"알렉세이 알렉산드로비치, 아들을 놓아줘요!" 그녀가 다시 한번 속삭이듯이 말했다. "나는 더이상 아무 할 말이 없어요. 세료자만 그냥 둬줘요. 내가…… 난 곧 아이를 낳아요. 그애를 그냥 둬줘요!"

알렉세이 알렉산드로비치는 얼굴을 확 붉히고는 그녀의 손을 뿌리치고 말없이 방을 나갔다.

5

알렉세이 알렉산드로비치가 들어갔을 때 뻬쩨르부르그의 유명한 변호사의 대기실은 꽉 차 있었다. 숙녀 세명—노파, 젊은 부인, 여자 상인—과 신사 세명—손가락에 반지를 낀 독일인 은행가, 수염을 기른 상인, 관복을 입고 목에 십자가를 단 성난 관리—은 오래전부터 기다리고 있었던 것이 분명해 보였다. 두명의 조수가 책상 앞에 앉아서 펜 긁는 소리를 내면서 무엇인가를 쓰고 있었다.

알렉세이 알렉산드로비치는 문구에 특히 관심을 가지고 있었는데, 그들이 사용하는 문구는 예외적으로 질 좋은 것들이었다. 이는 알렉세이 알렉산드로비치의 눈에 들어오지 않을 수가 없었다. 조수 중 한명이 일어나지 않은 채 눈을 깜빡거리며 짜증스럽게 알렉세이 알렉산드로비치를 향했다.

"무슨 일이십니까?"

"변호사에게 볼일이 있소."

"변호사님은 바쁘십니다." 그는 기다리는 사람들을 펜으로 가리키면서 엄격하게 대답하고 쓰기를 계속했다.

"그분이 시간을 좀 낼 수 없겠소?" 알렉세이 알렉산드로비치가 말했다.

"짬을 내실 수 없습니다. 항상 바쁘십니다. 기다려주십시오."

"그러면 수고스럽겠지만 내 명함을 좀 전해주겠소?" 알렉세이 알렉산드로비치는 자기의 정체를 밝힐 수밖에 없는 것을 알고 위엄 있게 말했다.

조수는 명함을 가지고 거기 쓰인 내용에 관해서 분명 아무것도 인정하지 않는 태도로 문안으로 들어갔다.

알렉세이 알렉산드로비치는 원칙적으로 공개재판제도에 동조하고 있었으나 러시아에서 적용되는 몇가지 세부 사항들에는 그가 아는 고위 공직의 측면에서 완전히 동조하지 않았고, 최상부에서 확정된 사안에 대해서는 그가 비판할 수 있는 만큼만 비판했다. 그의 전생애가 행정 활동 속에서 흘러갔으므로 그가 무엇인가에 동조하지 않을 때 그의 반감은 매사에 오류가 있을 수 있는 법이라는 사실과 개선할 수 있는 가능성을 인정하는 것으로써 약화되었다. 그는 새로운 재판제도에서 변호사제도[11]를 인정하지 않았다. 그는 여태껏 변호가 필요한 일이 전혀 없었기 때문에 이론적으로만 인정하지 않고 있었는데, 이제 그의 부정적인 태도는 변호사 대기실에서 받은 불쾌한 인상으로 인하여 더욱 강화되었다.

"곧 나오십니다." 조수가 말했다. 그리고 이분이 지나자 정말로 변호사와 논의하던 늙은 법률가의 기다란 몸체와 변호사 자신의 모습이 나타났다.

변호사는 키가 작고 다부진 체형에 대머리였고, 검붉은 수염과 밝고 긴 눈썹과 처진 이마를 가지고 있었다. 그는 결혼식장의 신랑처럼 옷을 차려입고 있었다. 넥타이와 두겹의 시곗줄에서부터 에나멜 구두에 이르기까지 모든 것이 그랬다. 그의 얼굴은 지적이고 남성적이었으나 멋을 부린 옷차림은 천박한 취향을 나타내고 있었다.

"들어오시지요." 변호사는 알렉세이 알렉산드로비치를 향해 말했다. 그리고 침울한 태도로 길을 비켜 까레닌을 방으로 들어가게 한 다음 문을 닫았다.

"괜찮으시겠습니까?" 그는 서류들이 놓여 있는 책상 옆의 의자를 가리키며 자신은 주인 의자에 앉았다. 그러고는 손가락들에 하얀 털이 난 작은 두 손을 비비면서 고개를 옆으로 기울였다. 그러나 그의 자세가 안정되자마자 책상 위로 나방이 날아왔다. 변호사는 그에게서 도저히 기대할 수 없을 만큼 빠른 속도로 손을 벌려 나방을 잡고 다시 좀 전의 자세를 취했다.

"제 문제에 대해 이야기하기 전에……" 알렉세이 알렉산드로비치는 두 눈으로 놀란 듯이 변호사의 움직임을 좇으면서 말했다.

---

11 1864년 사법개혁 이후 도입되었으며 이내 변호사는 매력적인 직업이 되었다.

"제가 당신과 하는 말이 비밀이어야 한다고 이야기해두어야겠습니다."

보일락 말락 한 미소가 변호사의 처진 붉은색 콧수염을 둘로 나누었다.

"제게 믿고 맡긴 비밀을 간직하지 못한다면 전 변호사가 아닐 겁니다. 하지만 만약 보증이 필요하시다면……"

알렉세이 알렉산드로비치는 변호사의 얼굴에서 영리한 회색빛 두 눈이 웃고 있는 것을 보고 마치 모든 것을 다 아는 것 같다고 느꼈다.

"제 이름을 아십니까?" 알렉세이 알렉산드로비치가 계속했다.

"귀하와 귀하의 유익한……" 그는 다시 나방을 잡았다. "활동을 알고 있습니다. 모든 러시아인이 다 알지요." 변호사는 허리를 굽히며 말했다.

알렉세이 알렉산드로비치는 용기를 내려고 하면서 깊은 숨을 쉬었다. 하지만 일단 마음을 먹자 그는 이제 특유의 새되고 날카로운 목소리로 막히지 않고 몇몇 단어들을 강조해가며 말을 계속했다.

"저는……" 알렉세이 알렉산드로비치가 말을 시작했다. "배반당한 불행한 남편이 되었으므로 법적으로 아내와 관계를 끊고 싶습니다. 즉, 이혼을 하되 아들이 어머니와 남지 않도록 하고 싶습니다."

변호사의 회색빛 두 눈은 웃지 않으려고 애를 썼지만 제어할 수 없는 기쁨으로 날뛰었고, 알렉세이 알렉산드로비치는 그의 눈빛에서 이익이 되는 사건을 맡은 사람의 기쁨만 있는 것이 아니라 환호와 열광이 있는 것을, 아내의 눈에서 본 것과 같은 불길한 광채와 비슷한 광채가 나는 것을 보았다.

"이혼을 성사시키는 데 제 도움을 원하십니까?"

"바로 그렇습니다. 하지만 제가 당신의 관심을 허비할 위험이 있다는 것을 미리 말해두어야겠습니다. 저는 잠정적으로 당신과 상의하러 왔을 뿐이니까요. 저는 이혼을 원하지만, 제게는 이혼이 가능한 형식이 중요합니다. 만약 그 형식이 제 요구 사항과 일치하지 않는다면 저는 법적인 추구를 거절할 확률이 매우 높습니다."

"오, 그건 항상 그렇습니다." 변호사가 말했다. "그리고 그건 전적으로 귀하의 의사에 달려 있습니다."

변호사는 자신의 제어할 수 없는 기쁨이 고객을 모욕할 수도 있겠다는 것을 느끼고 눈을 내려 알렉세이 알렉산드로비치의 발치를 바라보았다. 그는 자기 코앞에서 빙빙 돌며 날아다니는 나방을 보고 발작적으로 손을 내뻗어 잡으려다가 알렉세이 알렉산드로비치의 지위에 대한 존경심에서 그것을 잡지는 않았다.

"전체적인 윤곽에서는 이 문제에 대한 우리의 법률적 상황을 알고 있습니다만……" 알렉세이 알렉산드로비치가 계속했다. "저는 이런 종류의 일이 실제로 이루어지는 형식에 대해서 전반적으로 알고 싶습니다."

"귀하는……" 변호사는 눈을 들지 않고 적잖이 만족하면서 자기 고객의 어조에 보조를 맞추며 대답했다. "제가 귀하가 원하는 바를 실현할 수 있는 방법을 알려드리기를 원하시는군요."

알렉세이 알렉산드로비치가 그렇다고 고개를 끄덕이자 그는 홍조가 심해지는 알렉세이 알렉산드로비치의 얼굴을 힐끔거리면서 말을 계속했다.

"우리 법률에 따르면 이혼은……" 그는 우리 법률에 대해 동의하지 않는다는 뉘앙스를 가볍게 풍기면서 말했다. "귀하가 아시다시피 다음의 경우에 가능합니다…… 기다려!" 그는 문안으로 몸을 디민 조수를 향해 말하고는 일어선 채로 몇마디를 더 하더니 다시 앉았다. "다음의 경우란 부부의 육체적 결함, 오년간의 소재불명의 실종……" 그는 털로 뒤덮인 짧은 손가락들로 꼽아가면서 말했다. "그리고 간통(이 단어를 그는 두드러지게 만족스럽게 발음했다) 입니다. 세목으로 들어가면(사례와 세목을 동등하게 놓고 분류할 수 없는 것이 분명한데도 그는 살진 손가락들을 계속 구부려 꼽으면서 말을 이었다) 남편 또는 아내의 육체적 결함, 그다음에 남편 또는 아내의 간통입니다." 꼽을 손가락이 없게 되자 그는 손가락들을 다시 펴고 계속 말했다. "이건 이론적 견해입니다. 하지만 귀하께서는 실제적 적용에 관해 아시고자 저를 방문하는 영광을 베푸신 걸로 사료됩니다. 그러므로 제가 알려드릴 바는, 판례들에 의거해볼 때 모든 이혼 사례는 다음의 경우들로 귀착된다는 겁니다. 제가 이해하기로 육체적 결함은 없으시죠? 또, 소재불명의 실종도 아니죠?"

알렉세이 알렉산드로비치는 긍정의 뜻으로 고개를 끄덕였다.

"그러니까 다음의 경우들로 귀착됩니다. 즉, 부부 중 일방의 간통과 쌍방의 상호 동의에 따른 부정한 일방의 적발, 그리고 그러한 동의가 없는, 타의에 의한 부득이한 적발이지요. 후자의 사례는 실제로 거의 발생하지 않는다는 점을 말씀드려야 하지만 말입니다." 변호사는 말하고 나서 알렉세이 알렉산드로비치를 힐끔 본 뒤 입을 다물었다. 마치 권총 상인이 이 기종과 저 기종의 장점을 묘사하고 나서 구매자가 어느 것을 선택할 것인가를 기다리는 것 같은 태세였다. 하지만 알렉세이 알렉산드로비치가 입을 열지 않자 변호사는 말을 이었다. "제가 사료하기에 가장 통상적이고 간단하며 합리적인 것은 상호 동의에 따른 간통입니다. 미개한 사람과 이야기한다면 제가 이렇게 표현하지는 않을 것입니다." 변호사가 말했다. "하지만 우리에겐 이해되는 바라고 상정합니다."

하지만 알렉세이 알렉산드로비치는 정신이 매우 산란하여 상호 동의에 따른 간통의 논리를 금세 이해할 수 없었고, 이런 의혹을 시선 속에 나타냈다. 변호사는 즉시 그를 도왔다.

"두 사람이 더이상 함께 살 수 없다는 게 사실로 드러난 경우입니다. 쌍방이 이에 동의한다면 세부 사항과 형식은 하등의 문제가 되지 않습니다. 동시에 이는 가장 용이하고 확실한 방법입니다."

알렉세이 알렉산드로비치는 그제야 충분히 이해했다. 하지만 그에게는 이러한 조치의 허락을 방해하는 종교적 요구가 있었다.

"현재의 경우 그것은 불가능합니다." 그가 말했다. "여기서는 한 가지 경우만이 가능합니다. 즉, 내가 획득한 편지들로 확증되는 부득이한 적발입니다."

편지에 대한 언급에 변호사는 입술을 꽉 다물며 동정하면서도 경멸하는 소리를 가느다랗게 냈다.

"자, 아셔야 합니다." 그가 말을 시작했다. "이런 종류의 문제는 아시다시피 종교국에서 해결됩니다. 모범적인 사제들은 이런 종류의 문제에 있어서 매우 세세한 사항에 이르기까지 대단한 애호가들입니다." 그는 모범적인 사제들의 취향에 동조한다는 뜻의 미소를 지어 보이면서 말했다. "편지는 의심할 바 없이 부분적 증거는 될 수 있습니다. 하지만 증거는 직접적 방식으로, 즉 증인들을 통해 획득되어야 합니다. 그런데 일반적으로 말해, 황송하게도 귀하께서 저를 신임하신다면 제가 적용할 조치의 선택권도 제게 맡겨주시지요. 결과를 바라는 자는 방법도 허락해야 합니다."

“그렇다면……” 갑자기 하얗게 질린 알렉세이 알렉산드로비치가 말을 시작했으나, 그 순간 변호사는 일어나 다시 문을 향해 방해하는 조수에게로 걸어갔다.

“우리는 싸구려가 아니라고 그 여자에게 말해!” 그는 말하고 알렉세이 알렉산드로비치에게로 돌아왔다.

자리로 돌아오면서 그는 슬쩍 나방을 한마리 더 잡았다. ‘여름이 다가오면 내 가구 커버가 정말 볼만하겠군!’ 그는 얼굴을 찌푸리며 생각했다.

“그래서, 무슨 말씀을 하려고 하셨는지……” 그가 말했다.

“제 결정을 서면으로 알려드리지요.” 알렉세이 알렉산드로비치가 말하고서 일어나며 책상을 잡았다. 잠시 말없이 서 있다가 그가 말했다. “당신의 말에서 결론지을 수 있었던 것은 그러니까 이혼의 실현이 가능하다는 사실입니다. 당신의 조건에 대해서도 마찬가지로 제게 알려주시기를 청하고 싶습니다.”

“귀하가 제게 활동의 전권을 위임하신다면 모든 것이 가능합니다.” 변호사는 질문에 대답하지 않고 말했다. “귀하로부터 언제 소식을 받을 수 있을지 예상할 수 있을까요?” 변호사가 문으로 향하며 두 눈과 에나멜 반장화를 반짝이면서 물었다.

“일주일 후입니다. 그러면 이 건을 수임할 것인지, 어떤 조건에서 할 것인지에 대한 당신의 답변을 수고스럽겠지만 제게 알려주십시오.”

“여부 있겠습니까.”

변호사는 경의를 표하며 허리를 굽혔고, 문에서 고객을 내보내고 나서 잠시 혼자 있으면서 행복한 감정에 젖었다. 그는 유쾌해져서 자신의 원칙에도 불구하고 여자 상인에게 할인을 해주었고, 내

넌 겨울에는 시고닌의 사무실처럼 가구를 벨벳으로 씌워야겠다고 최종적으로 마음을 먹으며 나방 잡기를 그만두었다.

6

알렉세이 알렉산드로비치는 팔월 십칠일에 열린 위원회 회의에서 빛나는 성공을 거두었으나, 이 성공의 결과는 그를 위축시켰다. 이민족의 상황을 모든 면에서 연구하기 위한 위원회가 조직되었고, 알렉세이 알렉산드로비치의 독려로 예외적으로 빠른 속도와 활력을 갖추어 현지로 파견되었다. 석달 후에 보고서가 제출되었다. 이민족의 상황이 정치, 행정, 경제, 인종, 자원, 종교의 측면에서 조사되고 연구되었다. 모든 질문에 대한 답변이 훌륭하게 서술되었고, 이 답변들은 항상 오류를 범할 수 있는 인간의 사고의 산물이 아니라 공무 활동의 산물이기 때문에 의문의 여지가 없는 것들이었다. 이 모든 답변은 공식 자료, 즉 주지사나 서기의 보고서였는데, 이것은 군수나 교구장의 보고서에 의거한 것이었고, 이는 다시 읍과 면의 관리나 교구 사제의 보고서에 의거한 것이었다. 그래서 이 모든 답변은 의문의 여지가 없는 것들이었다. 모든 질문, 예를 들어 왜 흉작인가, 왜 주민들은 자기들의 종교를 고수하는가 등등에 대한 질문들, 관청이라는 기계의 편리함 없이는 해결되지 않고 수천년이 가도 해결될 수 없는 질문들이 명확하고 의심할 바 없는 해답을 얻었다. 그리고 그 해답은 알렉세이 알렉산드로비치의 의견에 유리한 것이었다. 하지만 지난 회의에서 아픈 곳을 찔린 스뜨레모프는 위원회의 보고를 받는 자리에서 알렉세이 알렉산드로비치가 예상하지 못했던 전략을 썼다. 스뜨레모프는 몇몇 다른 위원들을 자기편으로 끌어들이더니 갑자기 알렉세이 알렉산드로비치의 진영으로 넘어와서 열을 올리며 까레닌이 제안한 조치의 실현을 옹호했을 뿐만 아니라 같은 취지의 다른 과격한 조치들을 제안하기까지 했다. 알렉세이 알렉산드로비치의 기본적인 생각에 반하는 더욱 강화된 이 조치들이 받아들여졌고, 그러고 나서야 스뜨레모프의 전략이 정체를 드러냈다. 극단적인 성격을 띠게 된 이 조치들은 너무나 터무니없는 것으로 판명되어 정부 인사들도, 여론도, 현명한 여성 인사들도 모두 함께 이 조치들 자체는 물론 이를 만들었다고 인정된 알렉세이 알렉산드로비치에게도 분노를 표출하며 이 조치들을 공격했다. 스뜨레모프는 까레닌의 계획을 맹종했을 뿐이며 벌어진 일에 자신도 놀랐고 당황스럽다는 태도를 취하면서 정작 본인은 빠져나갔다. 알렉세이 알렉산드로비치가 받은 타격은 매우 컸다. 하지만 악화되어가는 건강에도 불구하고, 고통스러운 가정 문제에도 불구하고 그는 항복하지 않았다. 위원회는 둘로 파가 갈렸다. 스뜨레모프를 우두머리로 하는 위원들은 자기들이 알렉세이 알렉산드로비치가 주도하는 심사위원회를 믿고 보고서를 따랐기 때문에 실수를 범했다고 변명하려고 했고, 이 위원회의 보고서는 엉터리며 종잇조각에 불과하다고 말했다. 알렉세이 알렉산드로비치 쪽 사람들은 서류에 대한 이러한 혁명적인 태도의 위험을 감지하고 계속해서 심사위원회가 작업한 자료를 지지했다. 그 결과 고위층에서, 또 사교 모임에서조차 모든 것이 뒤죽박죽 엉킨 듯 여겨졌고, 모두들 지극히 관심을 가졌으나 아무도 이민족들이 실제로 빈곤한 상태에 처해 파멸하고 있는지 아니면 번성하고 있는지 알 수 없었다. 그 결과로, 그리고 부분적으로는 아내의 부정으로 인해 그의 몫이 된 경멸의 결과로 알렉세이 알렉산드로비치의 위상은 심하게 흔들리게 되었다. 이러한 상황에서 알렉세이 알렉산드로비치는 중대한 결정을 내렸다. 그는 이 일의 조사차 자신이 직접 현지로 가도록 허락해달라고 요청했는데, 위원회조차도 의외의 일이라 놀라워했다. 요청에 대한 동의를 받은 후 알렉세이 알렉산드로비치는 변방의 주들로 출발했다.

알렉세이 알렉산드로비치의 출발은 한바탕 떠들썩한 소동을 일으켰다. 특히 그가 출발 직전 자신에게 할당된, 목적지까지 가는 데 필요한 열두필의 말에 대한 여비를 공식적으로 서류를 통해 반려했기 때문이었다.

"제 생각에는 매우 고결한 행동이에요." 이에 대해 벳시가 먀그까야 공작부인에게 말했다. "어디나 철도가 있는 걸 누구나 다 아는데 뭣 때문에 역마를 내주어야 한단 말이에요?"

하지만 먀그까야 공작부인은 동의하지 않았고, 뜨베르스까아 공작부인의 견해는 그녀를 자극하기까지 했다.

"말씀 잘하시네요." 그녀가 말했다. "당신은 얼마나 많은지 모르는 수백만의 재산을 갖고 계시니까요. 하지만 전 남편이 여름에 시찰을 떠나는 걸 아주 좋아해요. 이리저리 여행하는 건 그의 건강에 좋고 그의 기분도 좋아지게 하는데다, 저는 그 돈으로 마차와 마부를 쓸 수 있게 되는 셈이니까요."

알렉세이 알렉산드로비치는 변방으로 떠나느라 모스끄바에서 사흘을 머물게 되었다.

도착한 다음 날 그는 총독을 방문하러 갔다. 항상 마차와 마부로 붐비는 가제뜨니 골목에서 알렉세이 알렉산드로비치는 갑자기 자기 이름을 부르는 소리를 들었다. 너무나 크고 유쾌한 소리여서 돌아보지 않을 수 없었다. 보도 모퉁이에, 유행하는 짧은 코트를 입고 챙이 짧은 모자를 삐뚜름하게 쓰고 붉은 입술 사이로 하얀 이를 빛내면서 미소를 짓는 스쩨빤 아르까지치가 마차를 세우기를 단호하고 완강하게 요구하며 서 있었다. 그는 벨벳 모자를 쓴 여인의 머리와 아이들 둘의 머리가 내다보고 있는, 길모퉁이에 멈춰선 마차의 창문을 한 손으로 잡고 서서 미소를 지으며 매제에게 손짓하고 있었다. 귀부인도 선량한 미소를 지으며 마찬가지로 손을 흔들고 있었다. 돌리와 아이들이었다.

알렉세이 알렉산드로비치는 모스끄바에서 아무도 만나고 싶지 않았고 처남은 누구보다도 더 만나고 싶지 않았다. 그는 모자를 조금 들어올리고 지나가려 했으나, 스쩨빤 아르까지치는 그의 마부에게 멈추라고 명하고 쌓인 눈을 지나 그에게로 달려왔다.

"알리지도 않다니 이럴 수가 있어요! 온 지 오래됐어요? 어제 뒤소에 갔다가 이름판에 '까레닌'이 있는 걸 봤는데 매제라고는 전혀 생각하지 못했죠." 스쩨빤 아르까지치가 마차 창문으로 고개를 디밀고 말했다. "그렇지 않았으면 들렀을 텐데. 만나서 정말 기뻐요." 그는 눈을 털어내느라 한 발로 다른 발을 툭툭 치면서 말했다. "알리지도 않다니 이럴 수가 있어요!" 그가 다시 한번 말했다.

"시간이 없었습니다. 무척 바빠서요." 알렉세이 알렉산드로비치가 무뚝뚝하게 대답했다.

"집사람에게 가요. 얼마나 보고 싶어하는데요."

알렉세이 알렉산드로비치는 언 다리에 두르고 있던 담요를 풀고 마차에서 나와 눈길을 지나서 다리야 알렉산드로브나에게로 갔다.

"이게 뭐예요, 알렉세이 알렉산드로비치. 왜 우리를 그렇게 피하는 거죠?" 돌리가 미소를 지으며 말했다.

"무척 바빴습니다. 만나봬서 무척 기쁩니다." 그는 만나서 고통스럽다는 것이 분명히 드러나는 어조로 말했다. "잘 지내셨습니까?"

"자, 우리 사랑스러운 안나는 어때요?"

알렉세이 알렉산드로비치는 무슨 소린가 웅얼거리고 가려 했다. 하지만 스쩨빤 아르까지치가 그를 멈춰세웠다.

"자, 내일 이렇게 하죠. 돌리, 매제를 만찬에 초대해! 꼬즈니셰프와 뻬스쪼프를 불러서 모스끄바 인뗄리들로 매제를 대접하자고."

"그래요, 내일 꼭 와주세요." 돌리가 말했다. "다섯시에, 원하신다면 여섯시에 기다리고 있을게요! 근데 우리 사랑스러운 안나는 어때요? 본 지 얼마나 오래됐는지……"

"건강합니다." 알렉세이 알렉산드로비치가 눈살을 찌푸리며 웅얼거렸다. "만나서 반가웠습니다!" 그는 말하더니 자기 마차로 향했다.

"오실 거죠?" 돌리가 큰 소리로 외쳤다.

알렉세이 알렉산드로비치는 뭔가를 중얼거렸는데, 돌리는 지나가는 마차 소리 때문에 알아들을 수 없었다.

"내일 들를게요!" 스쩨빤 아르까지치가 그에게 큰 소리로 외쳤다.

알렉세이 알렉산드로비치는 마차에 올라 아무도 보이지 않고 아무에게도 보이지 않도록 깊숙하게 들어앉았다.

"괴짜야!" 스쩨빤 아르까지치는 아내에게 말하고 나서 시계를 보더니 얼굴 앞으로 아내와 아이들에 대한 애정을 표하는 손짓을 해 보이고는 보도를 따라 청년처럼 걸어가기 시작했다.

"스찌바! 스찌바!" 돌리가 얼굴을 붉히고 소리치기 시작했다.

그가 돌아보았다.

"근데 그리샤와 따냐에게 코트 사줄 돈이 필요해요!"

"걱정 마. 내가 지불한다고 해." 그는 지나가는 지인에게 유쾌하게 고개를 끄덕이고 사라졌다.

7

다음 날은 일요일이었다. 스쩨빤 아르까지치는 발레 리허설을 보러 볼쇼이 극장에 들러서 그의 후원으로 또다시 무대에 서는 예쁘장한 무용수 마샤 치비소바에게 지난밤 약속한 산호 목걸이를 선물한 뒤, 한낮의 무대 뒤 어둠 속에서 선물을 받은 기쁨으로 빛나는 예쁘장하고 귀여운 얼굴에 키스했다. 산호 목걸이를 선물하는 것 이외에도 그는 발레가 끝난 뒤 만나는 문제에 대해서 그녀와 약속을 정해야 했다. 그는 그녀에게 발레 시작 시간에 올 수 없다고 말하고서 마지막 막에 와서 밤참을 먹을 곳으로 그녀를 데려갈 것을 약속했다. 극장에서 나온 스쩨빤 아르까지치는 수렵물시장[12]으로 가서 저녁식사에 쓸 생선과 아스파라거스를 직접 고르고는 열두시에 벌써 운 좋게도 그가 만나야 할 세 사람이 모두 머무르고 있는 호텔 뒤소에 도착했다. 얼마 전에 외국에서 돌아와 이곳에 머무르고 있는 레빈, 지금의 그 높은 자리로 막 부임해서 모스끄바를 감찰하고 있는 그의 새 상관, 그리고 꼭 만찬에 데려가야 할 매제 까레닌, 이렇게 세 사람에게 들러야 했던 것이다.

스쩨빤 아르까지치는 만찬을 열기를 좋아했는데, 특히 좋아하는

12 모스끄바 중심에 있는 시장으로, 여러 종류의 신선한 육류, 생선, 채소를 구입할 수 있었다.

것은 규모가 크지 않으면서도 요리와 술과 손님 선정이 세련된 만찬을 여는 거였다. 오늘 만찬의 프로그램은 그의 마음에 쏙 들었다. 살아 있는 농어, 아스파라거스, *주요리*[13]로는 정말 훌륭하면서도 담백한 로스트비프, 그리고 알맞은 포도주들. 이것이 요리와 술이고. 손님으로는 끼찌와 레빈, 그리고 둘을 초대한 게 눈에 띄지 않도록 사촌누이와 젊은 셰르바쯔끼가 올 것이고, 손님 가운데 *주요리*는 세르게이 꼬즈니셰프와 알렉세이 알렉산드로비치지. 세르게이 이바노비치는 모스끄바 사람으로 철학자이고, 알렉세이 알렉산드로비치는 뻬쩨르부르그 사람으로 실무가이지. 그리고 또 자유주의자로서 웅변가이자 음악가이자 사학자이자 아주 사랑스러운 오십세의 청년, 유명한 괴짜 열광자 뻬스쪼프를 부를 거야. 그는 꼬즈니셰프와 까레닌에 곁들일 소스나 장식용 채소가 되겠지. 그가 둘을 자극하고 싸움 붙이고 할 테니.

상인에게서 숲을 판 대금의 이차분이 들어왔고 그것을 아직 다 써버리지 않은 상태인데다, 돌리는 최근에 매우 구순하고 착했고, 이번 만찬에 대한 생각은 모든 면에서 스쩨빤 아르까지치를 기쁘게 했다. 그는 더없이 유쾌한 기분이었다. 약간 불쾌한 두가지 상황이 있긴 했다. 그러나 이 두가지 상황은 스쩨빤 아르까지치의 마음속에서 파도치는 인정 넘치는 유쾌함의 바다에 가라앉았다. 이 두가지 상황은 다음과 같았다. 우선은 어제 거리에서 알렉세이 알렉산드로비치를 만났을 때 그가 자신에게 무뚝뚝하고 엄혹했던 것, 알렉세이 알렉산드로비치의 그 표정과 그가 자기에게 오지도 않고 알리지도 않은 것을 안나와 브론스끼에 대해서 들은 소문과 연결

13 la pièce de résistance(프랑스어).

해볼 때 그 남편과 아내 사이에 뭔가 석연치 않은 점이 있을 것이라는 추측이었다.

이것이 한가지 불쾌한 상황이었다. 또다른 약간 불쾌한 상황은 벌써 모든 새로운 상관들처럼 아침 여섯시에 일어나서 말같이 일을 하며 부하들에게도 그렇게 일하기를 요구하는 무서운 인간이라는 평판을 얻은 새 상관이었다. 게다가 이 새 상관은 사교에 있어서 곰이라는 평판을 받고 있었고, 소문에 의하면 예전 상관이 지향하던 경향과 스쩨빤 아르까지치가 여태껏 지향해온 경향에 전적으로 배치되는 인물이었다. 어제 스쩨빤 아르까지치는 관청에 제복을 입고 출근했고, 새 상관은 매우 친절하게 굴면서 마치 지인과 이야기를 나누듯 오블론스끼와 이야기를 나누었다. 그래서 스쩨빤 아르까지치는 프록코트 차림으로 그를 방문하는 것이 자신의 의무라고 여겼다. 이 새 상관이 자신을 홀대할 수도 있겠다는 생각이 또다른 불쾌한 상황이었다. 하지만 스쩨빤 아르까지치는 직감적으로 모든 게 절로 다 잘될 거라고 느꼈다. '모든 사람, 모든 인간이 너 나 할 것 없이 다 죄가 많지. 뭣 때문에 화를 내고 싸워야 해?' 그는 호텔로 들어가면서 생각했다.

"안녕한가, 바실리." 그는 모자를 삐뚜름하게 쓰고 복도를 지나가다가 아는 급사를 향해서 말했다. "자네, 구레나룻 길렀군. 레빈이 칠호실이지, 응? 안내 좀 하게. 그리고 아니치낀 백작(이 사람이 새 상관이었다)님이 방문을 받아주실 건지 알아봐줘."

"알겠습니다." 바실리가 미소를 띠며 대답했다. "오랜만에 오셨습니다."

"어제 왔었다네. 다만 다른 입구로 들어왔지. 여기가 칠호실인가?"

스쩨빤 아르까지치가 들어갔을 때 레빈은 뜨베리의 농부와 방

한가운데 서서 갓 벗긴 곰가죽을 자로 재고 있었다.

"아, 자네가 잡은 거야?" 스쩨빤 아르까지치가 외쳤다. "멋지다! 암곰이야? 안녕한가, 아르히프!"

그는 농부와 악수한 후 코트와 모자를 벗지 않은 채 의자에 앉았다.

"자, 옷 좀 벗고, 좀 앉아!" 그에게서 모자를 벗기면서 레빈이 말했다.

"안 돼, 시간이 없어. 일초만 있을게." 스쩨빤 아르까지치가 대답했다. 그는 처음에는 코트 자락만 젖혔으나 좀 지나자 코트를 벗고 한시간이나 눌러앉아 사냥과 가슴속 깊은 것들에 대해 레빈과 이야기를 나누었다.

"자, 말 좀 해보게. 외국에서 뭐 했나? 어디 갔었나?" 농부가 나가자 스쩨빤 아르까지치가 물었다.

"독일에, 프로이센에, 프랑스에, 영국에 갔었네. 하지만 수도에 가지 않고 공장 도시들에 갔었네. 새로운 것들을 많이 보았지. 다녀와서 기쁘네."

"그래, 노동 구조에 대한 자네의 생각을 알고 있네."

"전혀 그렇지 않아. 러시아에는 노동자 문제가 있을 수 없어. 러시아에서는 노동하는 농민과 토지의 관계가 문제야. 이 문제가 외국에도 있긴 하지. 하지만 그 경우는 망가진 걸 수선하는 거야. 우리나라는……"

스쩨빤 아르까지치는 레빈의 말을 주의 깊게 들었다.

"그래, 그래!" 그가 말했다. "자네가 옳을 확률이 아주 커." 그가 계속 말했다. "그래도 난 자네 기분이 활기차서 기쁘네. 곰 사냥도 다니고 일도 하고 몰두할 일도 있고. 근데 셰르바쯔끼가 내게 말하기로는, 자네를 만났는데 자네가 아주 우울하고 내내 죽음에 대해서만 말한다고……"

"그래, 근데 나는 지금도 죽음에 대한 생각을 멈추지 않고 있네." 레빈이 말했다. "죽을 때가 되었다는 것은 사실이야. 이 모든 게 다 어리석은 일이라는 것도. 자네에게 진실을 말하겠네. 나는 내 생각과 일을 끔찍하게 소중히 여기네. 하지만 본질적으로—자네도 생각해보게—우리의 이 세계 전체는 미미한 행성에 자라난 미세한 곰팡이일 뿐이라네. 하지만 우리는 생각하지, 우리에게 뭔가 위대한 것, 위대한 생각과 일이 있을 수 있다고! 이 모든 게 모래알이지."

"이 사람아, 그건 이 세상만큼이나 오래된 얘기야!"

"오래된 이야기지. 하지만 자네 아나? 이것을 확실히 이해하면 어쩐지 모든 것이 아무것도 아닌 게 된다네. 자네가 오늘이나 내일 죽게 되고 아무것도 남지 않을 것을 이해하게 되면 모든 것이 정말 아무것도 아니라네! 그리고 난 내 생각을 매우 중요하게 여기는데, 그 생각을 실현한다고 하더라도, 암곰 포획같이 말이네, 그것 역시 아무것도 아닌 걸 알게 되지. 죽음에 대해서 생각하지 않기 위해서 그렇게 사냥이나 일에 정신을 팔며 인생을 보내는 거야."

스쩨빤 아르까지치는 레빈의 말을 들으면서 영리하고 상냥한 미소를 지었다.

"그럼, 물론이지! 결국 자네도 내 쪽으로 왔구먼. 기억하나, 내가 인생에서 쾌락을 찾는다고 자네가 나를 공격했던 걸?

> 오, 도덕주의자여, 그렇게 엄격하게 굴지 마오!……"[14]

"어쨌거나 삶 속에는 더 좋은 것이 있어……" 레빈은 말이 막혔다. "그래, 나도 모르겠네. 아는 건 다만 우리가 곧 죽으리라는 거지."

"왜 곧이야?"

"그리고 있잖아, 죽음에 대해 생각하면 삶의 매력은 작아져. 하지만 더 평온해지지."

"반대네. 마지막에 다가갈수록 더 즐겁지. 자, 어쨌든 난 가야 하네." 스쩨빤 아르까지치가 열번째로 일어나면서 말했다.

"아니, 좀 앉아 있게!" 레빈이 그를 막으며 말했다. "이제 우리가 언제 보겠나? 난 내일 가네."

"나 좀 봐! 내가 온 목적은…… 오늘 우리 집 만찬에 꼭 오게. 자네 형도 올 거고, 내 매제 까레닌도 올 걸세."

"그가 여기 있나?" 레빈은 말하고는 끼찌에 대해서 물으려 했다. 그는 그녀가 초겨울에 뻬쩨르부르그로 가서 외교관의 아내인 언니의 집에 머물고 있다는 이야기를 들었는데, 그녀가 돌아왔는지 아닌지 모르고 있었다. 하지만 그는 묻지 않기로 마음을 고쳐먹었다. '오든 안 오든 아무 상관 없어.'

"그래, 올 거지?"

"그럼, 물론이지."

"그럼 다섯시에, 예복 차림이네."

그러고 나서 스쩨빤 아르까지치는 일어나 아래층의 새 상관에게로 갔다. 스쩨빤 아르까지치의 직감은 틀림없었다. 무섭다는 새 상관은 지극히 붙임성 있는 인물이라는 것이 판명되었고, 스쩨빤 아르까지치는 그와 아침을 먹으며 오랫동안 눌러앉았다가 세시가

14 아파나시 페뜨(1820~92)의 번역 연작시 「하피스로부터」 중 시 한편의 1, 2행을 합쳐 개작한 것. 페뜨는 페르시아인 하피스의 시를 독일 시인 다우머가 번안한 것을 1859년 러시아어로 번역했다.

넘어서야 알렉세이 알렉산드로비치에게로 가게 되었다.

8

알렉세이 알렉산드로비치는 미사를 드리고 돌아와 아침 내내 숙소에서 시간을 보냈다. 이날 아침에 그가 할 일은 두가지였다. 첫째는 뻬쩨르부르그를 향해 떠나 현재 모스끄바에 와 있는 이민족 대표단을 접견하고 방향을 잡아주는 일이었다. 둘째는 변호사에게 약속한 편지를 쓰는 일이었다. 대표단은 알렉세이 알렉산드로비치의 주도하에 초청되었음에도 불구하고 많은 곤란한 문제들과 심지어 위험성까지 드러내고 있어서 알렉세이 알렉산드로비치는 모스끄바에서 그들을 만날 수 있게 된 것이 매우 기뻤다. 이 대표단의 위원들은 자신들의 역할과 의무에 대해서 전혀 개념이 없었다. 그들은 자신들의 일이 정부에 도움을 요청하고 자신들이 필요로 하는 것들과 실제 상황을 설명하는 것이라고 순진하게 확신하고 있었고, 몇몇 선언과 요구사항 들이 반대파를 지지하는 셈이라는 것을 결코 이해하지 못했으며, 그래서 일 전체를 망치고 있었다. 알렉세이 알렉산드로비치는 오랜 시간 그들과 씨름하며 그들이 벗어나서는 안 되는 계획을 써준 다음 그들을 내보내고 대표단의 발전 방향에 대해 뻬쩨르부르그로 편지를 몇통 썼다. 이 일을 주도적으로 도와줄 사람은 리지야 이바노브나 백작부인이어야 했다. 그녀는 대표단의 일에 전문가였고, 누구도 그녀처럼 대표단을 잘 다루고 방향을 잡아줄 수는 없었다. 이 일을 마친 후 알렉세이 알렉산드로비치는 변호사에게도 편지를 썼다. 그는 변호사에게 조금도 흔들림 없이 재량껏 행동하라고 허락했다. 그는 안나에게서 빼앗은 서류가방에서 발견한, 브론스끼가 안나에게 보내는 쪽지 세통을 편지에 동봉했다.

알렉세이 알렉산드로비치가 다시는 가정으로 돌아가지 않겠다는 의도로 집에서 나왔을 때부터, 그리고 그가 변호사를 찾아가 한 사람에게라도 자신의 의도를 말했을 때부터, 특히 그가 이 삶의 문제를 서류의 문제로 옮긴 후부터, 그는 점점 더 자신의 의도에 익숙해져서 이제는 이 의도를 실현할 가능성을 확실히 보게 되었다.

변호사에게 보내는 편지를 봉하고 있을 때 그는 스쩨빤 아르까지치의 커다란 음성을 들었다. 스쩨빤 아르까지치는 알렉세이 알렉산드로비치의 하인과 싸우며 자신이 왔다는 것을 알리라고 고집하고 있었다.

'아무래도 좋아.' 알렉세이 알렉산드로비치는 잠시 생각했다. '오히려 잘됐어. 이제 그의 여동생과의 관계에 대한 내 입상을 밝히고 내가 왜 만찬에 갈 수 없는지 설명할 거야.'

"모시게!" 그가 종이들을 모아 압지첩에 끼워넣으며 크게 말했다.

"자, 봐, 거짓말한 거지. 그가 집에 있는데!" 그를 들여보내지 않았던 하인에게 대꾸하는 스쩨빤 아르까지치의 목소리가 들렸다. 오블론스끼가 코트를 벗으면서 방으로 걸어들어왔다. "매제, 만나서 기뻐요! 제가 얼마나 바랐는지요……" 스쩨빤 아르까지치가 유쾌하게 말을 시작했다.

"난 갈 수 없어요." 손님을 앉히지도 않고 선 채로 알렉세이 알렉산드로비치가 차갑게 말했다.

알렉세이 알렉산드로비치는 자신이 이혼소송을 제기한 아내의 오빠에게 취해야 하는 그 차가운 관계에 당장 처하게 되리라고 생각했는데, 그건 그가 스쩨빤 아르까지치의 마음속 해변으로부터 흘러넘치는 인정의 바다를 계산하지 못했기 때문이었다.

스쩨빤 아르까지치는 밝게 빛나는 두 눈을 휘둥그레 떴다.

"왜 올 수 없다는 거예요? 무슨 말이 하고 싶은데요?" 그가 어리둥절해하며 프랑스어로 물었다. "안 돼요, 이미 약속한걸요. 그리고 우리는 모두 매제가 올 거라고 생각하고 있어요."

"나는 우리 사이에 있었던 인척관계가 중지되어야 하기 때문에 그 집에 갈 수 없다고 말하는 거예요."

"뭐라고요? 그러니까, 어떻게요? 왜요?" 스쩨빤 아르까지치가 미소를 지으며 말했다.

"왜냐하면 나는 당신의 누이, 나의 아내와 이혼소송을 시작했기 때문이에요. 나는 그럴 수밖에……"

하지만 알렉세이 알렉산드로비치가 말을 마치기도 전에 벌써 스쩨빤 아르까지치는 그가 기대했던 것과는 전혀 다르게 행동했다. 스쩨빤 아르까지치는 신음하며 안락의자에 앉았다.

"아니, 매제, 알렉세이 알렉산드로비치, 무슨 말이에요!" 오블론스끼가 외쳤고, 그의 얼굴에 고통스러운 표정이 나타났다.

"그렇게 됐어요."

"미안하지만, 정말 믿을 수가 없네요. 믿을 수가……"

알렉세이 알렉산드로비치는 자신의 말이 기대했던 효과를 거두지 못했다는 것과 더 설명해야 할 필요가 있다는 것, 그리고 어떻게 설명하든 간에 처남과의 관계는 변함없으리라는 것을 느끼면서 앉았다.

"그래요, 나는 이혼을 요구해야 하는 곤란하고 필연적인 상황에 직면해 있어요." 그가 말했다.

"한가지만 말할게요, 알렉세이 알렉산드로비치. 저는 매제를 매우 뛰어나고 공정한 사람으로 알고 있고, 안나를, 미안해요, 전 누이에 대한 제 의견을 바꿀 수 없네요, 멋지고 뛰어난 여자로 알고 있어요. 그래서, 미안하지만, 믿을 수가 없네요. 무슨 오해가 있을 거예요." 그가 말했다.

"자, 이게 만약 오해일 뿐이라면……"

"말을 끊어 미안하지만, 이해해요." 스쩨빤 아르까지치가 말을 막았다. "하지만, 물론…… 한가지 꼭 말하고 싶은 것은, 서두를 필요가 없다는 거예요. 그럴 필요는 없어요. 서두를 필요는 없어요!"

"서두르지 않았어요." 알렉세이 알렉산드로비치가 차갑게 말했다. "이런 일을 누구와 의논할 수는 없어요. 내 결심은 굳었어요."

"이건 끔찍해요!" 스쩨빤 아르까지치가 무겁게 한숨을 쉬며 말했다. "저라면 한가지 일을 할 거예요, 알렉세이 알렉산드로비치. 부탁이에요, 그 일을 해요!" 그가 말했다. "제가 이해하기로는 아직 일이 시작된 건 아니네요. 일을 시작하기 전에 제 아내를 만나서 그녀와 이야기를 좀 나눠봐요. 그녀는 안나를 친동생처럼 사랑하고 매제도 사랑해요. 그녀는 놀랄 만한 여자예요. 제발 그녀와 이야기를 좀 나눠봐요! 제게 우정을 베풀어줘요. 부탁이에요!"

알렉세이 알렉산드로비치는 생각에 잠겼고, 스쩨빤 아르까지치는 그의 침묵을 끊지 않고 배려하는 마음으로 그를 바라보았다.

"그녀에게 갈 거지요?"

"글쎄, 모르겠어요. 내가 그래서 안 갔던 거예요. 난 우리의 관계가 달라져야 한다고 생각해요."

"뭣 때문에요? 전 그렇게 보지 않아요. 생각해봐요. 우리의 인척관계가 아니라도 매제는 제게 조금은 우정을 느끼고 있잖아요. 전 항상 우정을 느끼고 있었죠…… 그리고 진정한 존경도요." 스쩨빤 아르까지치가 그의 손을 쥐면서 말했다. "만약 그 나쁜 추측이 맞는다 해도 저는 믿지 않을 거고 결코 어느 한편을 심판하지 않을 거니까, 우리 관계가 바뀌어야 할 이유를 모르겠어요. 하지만 지금은 그 일을 해요. 제 아내에게 가요."

"자, 우리는 이 문제를 서로 다르게 보고 있어요." 알렉세이 알렉산드로비치가 차갑게 말했다. "그건 그렇고, 더이상 이 문제에 대해 이야기하지 맙시다."

"아니, 매제, 왜 올 수 없다는 거예요? 오늘 만찬만이라도 안 되겠어요? 제 아내가 기다려요. 제발 와요. 그리고 무엇보다 그녀와 이야기를 나눠요. 그녀는 놀랄 만한 여자예요. 제발, 무릎 꿇어 부탁해요!"

"그렇게 원한다면 가지요." 알렉세이 알렉산드로비치가 한숨을 쉬며 말했다.

그리고 그는 화제를 바꾸기를 바라면서 두 사람 모두의 흥미를 끄는 문제—아직 많지 않은 나이에 갑자기 그렇게 높은 자리에 임명된 스쩨빤 아르까지치의 새 상관에 대해 물었다.

알렉세이 알렉산드로비치는 예전에도 아니치낀 백작을 좋아하지 않았고 항상 그와 의견을 달리했는데, 지금은 자기 직무에서 패배를 겪은 인간이 승진을 하게 된 인간에 대해 품는, 관리들이라면 누구나 알 수 있는 그 증오의 감정을 억제할 수 없었다.

"그래, 그를 만났어요?" 알렉세이 알렉산드로비치가 독살스러운 경멸의 미소를 띠면서 물었다.

"물론이죠. 어제 부서에 왔었어요. 일에 뛰어난 감각이 있고 매우 활동적으로 보여요."

“그렇군요. 하지만 그의 활동은 어느 방향으로 가는 걸까요?” 알렉세이 알렉산드로비치가 말했다. “그냥 일을 위한 일을 하는 걸까요, 이미 한 일을 바꾸기만 하는 걸까요? 우리나라의 불행이지요. 그는 이런 서류 행정의 대표가 될 만하지요.”

“그를 비판할 게 뭔지 정말 모르겠어요. 전 그의 경향은 몰라요. 하지만 한가지 분명한 건 그가 뛰어난 사람이라는 거죠.” 스쩨빤 아르까지치가 대답했다. “방금 그에게 갔었는데, 정말 뛰어난 사람이에요. 우린 같이 아침을 먹었죠. 근데 말이에요, 제가 포도주에 오렌지를 넣은 음료를 만드는 법을 가르쳐주었어요. 아주 상쾌한 음료지요. 놀랍게도 그는 그걸 모르더라고요. 아주 좋아하던데요. 아니, 그는 정말 훌륭한 사람이에요.”

스쩨빤 아르까지치는 시계를 보았다.

“아, 큰일 났네. 벌써 네시가 넘었네요. 돌고부신에게도 가야 하는데! 그럼 만찬에 와요. 저와 아내가 얼마나 걱정하는지 모를 거예요.”

알렉세이 알렉산드로비치는 맞이할 때와는 전혀 다른 태도로 처남을 배웅했다.

“약속했으니 가겠어요.” 그가 음울하게 대답했다.

“내가 고마워한다는 걸 믿어줘요. 온 걸 후회하지 않을 거예요.” 스쩨빤 아르까지치가 미소를 지으며 대답했다.

그는 걸어나가면서 코트를 입고는 하인의 머리를 쓰다듬고 웃음을 터뜨리며 나갔다.

“다섯시고 예복 차림이에요!” 그가 문을 돌아다보면서 다시 한번 말했다.

9

이미 다섯시가 지났고, 주인이 도착했을 때는 벌써 몇몇 손님들이 와 있었다. 그는 현관에서 동시에 마주친 세르게이 이바노비치 꼬즈니셰프와 뻬스쪼프와 함께 들어왔다. 이들은 오블론스끼가 칭한 것처럼 모스끄바 지성의 중요한 두 대표 인사였다. 둘은 인품으로나 지성으로나 존경받는 인물들이었다. 둘은 서로를 존경했으나 거의 모든 문제에 있어서 완전하고도 가망 없이 서로 의견의 일치를 보지 못했다. 그건 이들이 서로 적대 진영에 속해 있기 때문이 아니라 바로 동일한 진영에 속해 있기 때문이었다(적들은 그들을 섞어 하나로 여겼다). 하지만 이 진영 안에서 그들은 각자 자신의 색채를 가지고 있었다. 반半 추상적인 문제에 대한 의견 차이만큼 합의에 이르기 불가능한 것은 없어서, 그들은 한번도 의견의 일치를 보지 못했을 뿐만 아니라 벌써 오래전부터 화내는 일 없이 서로가 상대방의 수정 불가능한 오류에 대해서 조롱하고 있었다.

스쩨빤 아르까지치가 두 사람을 따라잡았을 때 둘은 날씨에 대해 이야기하며 문으로 들어서는 중이었다. 응접실에는 이미 오블론스끼의 장인 알렉산드르 드미뜨리예비치 공작, 젊은 셰르바쯔끼, 뚜롭찐, 끼찌, 까레닌이 앉아 있었다.

스쩨빤 아르까지치는 자기 없이는 응접실 모임이 잘 돌아가지 않는다는 것을 당장 알아차렸다. 맵시 있는 회색 실크 드레스를 입은, 어린이방에서 저희끼리만 식사를 해야 하는 아이들과 아직 나타나지 않은 남편 때문에 걱정하는 빛이 역력한 다리야 알렉산드로브나는 이 모임 전체를 잘 어우러지게 할 수 없었다. 모두가 손님으로 온 사제의 딸들처럼(노공작의 표현이었다) 앉아 있었고,

분명 자기들이 왜 여기에 왔는지 회의를 느끼면서 침묵하지 않기 위해서만 말을 짜내고 있었다. 마음 좋은 뚜롭찐은 자기가 올 데가 아니라고 느끼고 있는 게 분명했고, 그가 스쩨빤 아르까지치를 맞이하는 두꺼운 입술의 미소는 '자, 형씨, 나를 이런 똑똑한 사람들 사이에 가두어두다니! 난 말이지, *꽃의 궁전*[15]에서 술이나 마시는 게 제격이거든'이라고 말하고 있었다. 노공작은 말없이 두 눈을 반짝거리면서 까레닌을 곁눈질하며 앉아 있었는데, 스쩨빤 아르까지치는 장인이 벌써 철갑상어 요리 같은 존재로서 초대된 이 국가적 인사에게 인상을 남길 만한 어떤 속담을 생각해두었다는 것을 알아차렸다. 끼찌는 꼰스딴찐 레빈이 들어올 때 얼굴을 붉히지 않으려고 온 힘을 모으면서 문을 바라보고 있었다. 까레닌을 소개받지 못한 젊은 셰르바쯔끼는 그것 때문에 조금도 기죽지 않았다는 것을 보이려고 애쓰고 있었다. 까레닌 자신은 뻬쩨르부르그식으로 예복과 하얀 넥다이 차림으로 귀부인들이 있는 만찬 모임에 참석했고, 스쩨빤 아르까지치는 그의 얼굴에서 그가 오직 약속을 지키기 위해서만 왔으며 이 모임에 와서 힘겨운 의무를 이행하고 있다는 것을 알았다. 그는 바로 스쩨빤 아르까지치가 올 때까지 모든 손님들을 얼어붙게 한 냉랭한 기운의 주요인이기도 했다.

응접실에 들어서면서 스쩨빤 아르까지치는 사과하고 그가 늦게 왔을 때나 일찍 자리를 뜰 때 항상 속죄양이 되는 어떤 공작 때문에 늦었다고 말하며 순식간에 모든 사람들을 소개했고, 알렉세이 알렉산드로비치를 세르게이 꼬즈니셰프와 합류시켜서 폴란드의 러시아화에 대한 주제에 접근하게 했다. 그러자 그들은 뻬스쪼프

15 Château de fleurs(프랑스어).

와 함께 그 주제에 덤벼들었다. 그는 뚜롭찐의 어깨를 흔들면서 뭔가 우스갯소리를 하고 그를 아내와 공작과 함께 앉도록 했다. 그다음에는 끼찌에게 오늘 무척 아름답다고 말하고 나서 셰르바쯔끼를 까레닌과 인사시켰다. 그가 순식간에 이 사교 모임의 반죽을 잘 주무른 덕에 응접실은 나무랄 데 없는 상태가 되었고 목소리들이 생기롭게 울리게 되었다. 꼰스딴찐 레빈만 아직 오지 않았다. 하지만 그건 더 잘된 일이었는데, 왜냐하면 식당에 간 스쩨빤 아르까지치는 경악스럽게도 포트와인과 셰리주를 레베가 아니라 제프레[16]에서 가져온 것을 확인했기 때문이었다. 그래서 그는 마부를 되도록 빨리 레베로 보내라고 명하고 응접실로 돌아가려고 발길을 돌렸다.

그는 식당에서 꼰스딴찐 레빈과 마주쳤다.

"내가 늦었나?"

"자네가 늦는 게 불가능한 일이라도 되나!" 스쩨빤 아르까지치가 그의 손을 잡으면서 말했다.

"사람이 많이 왔나? 누가 왔나?" 레빈이 저도 모르게 얼굴을 붉히고 장갑으로 모자의 눈을 털며 물었다.

"다 지인들이네. 끼찌도 있어. 자, 가세. 까레닌을 소개해줌세."

스쩨빤 아르까지치는 자기의 자유주의적 성향에도 불구하고 까레닌과의 친교가 사람들에게 기분 좋은 일이 아닐 수 없다는 것을 알았고, 그래서 그를 통해 자기의 가장 친한 친구들을 대접하는 것이었다. 하지만 이 순간 꼰스딴찐 레빈은 이 친교의 만족을 온전히 느낄 상태가 아니었다. 그는 그때 시골의 큰길에서 그녀가 지나가

16 Leve, Depret를 발음대로 러시아 문자로 표기했다. 둘 다 모스끄바에 있는 유명한 포도주 상점들이다.

는 것을 본 것을 제외하고는, 브론스끼를 만났던 잊지 못할 그 야회 이후 끼찌를 보지 못했다. 그는 마음 깊은 곳에서 자신이 오늘 여기서 그녀를 만나리라는 것을 알고 있었다. 하지만 그는 자기 안의 생각의 자유를 지지하고자 자신이 이를 모른다고 스스로에게 확신시키려고 애썼다. 그런데 지금 그녀가 여기 있다는 말을 들었을 때 그는 갑자기 숨이 막힐 정도의 기쁨과 동시에 공포를 느꼈고, 그래서 하고 싶은 말을 할 수 없었다.

'어떨까? 그녀는 어떨까? 예전과 같은 그녀일까, 아니면 마차 안에 있을 때의 그녀일까? 다리야 알렉산드로브나가 말한 게 사실이라면 어쩌지? 뭣 때문에 그게 사실이 아니겠는가?' 그는 생각했다.

"아, 그래주게. 까레닌에게 소개해주게." 그는 간신히 이 말을 하고 필사적이고 단호한 걸음걸이로 응접실로 들어가 그녀를 보았다.

그녀는 예전의 그녀도 아니었고 마차 안의 그녀도 아니었다. 그녀는 완전히 다른 그녀였다.

그녀는 겁을 먹고 수줍어하고 수치스러워하는 모습이었다. 그래서 더욱 매력적이었다. 그녀는 그가 방으로 들어오는 바로 그 순간 그를 보았다. 그녀는 그를 기다리고 있었던 것이다. 그녀는 기뻤고 자신의 기쁨에 너무나 당황해서, 그가 안주인에게 다가가며 다시 그녀를 보았을 때 그녀 자신에게도, 그에게도, 모든 것을 본 돌리에게도 그녀가 참지 못하고 울음을 터뜨릴 것 같다고 여겨진 순간이 있었다. 그녀는 얼굴을 붉혔다가 창백해졌다가 다시 얼굴을 붉혔고, 입술을 떨며 그를 기다리면서 정신이 아찔해졌다. 그는 그녀에게 다가가 허리 굽혀 절하고는 말없이 손을 내밀었다. 입술의 가벼운 떨림과 두 눈을 덮어 광채를 더해주는 물기가 없었다면 그녀의 미소는 거의 평온했을 것이다. 그녀가 말했다.

"정말 오랜만에 만나는군요!" 그녀도 필사적이고 단호하게 차가운 자신의 손으로 그의 손을 붙잡았다.

"당신은 저를 못 보았지만 저는 당신을 보았지요." 레빈이 행복한 미소를 환히 빛내며 말했다. "기차역에서 예르구쇼보로 가실 때 당신을 보았습니다."

"언제요?" 그녀가 놀라며 물었다.

"예르구쇼보로 가고 계셨지요." 레빈은 자신의 마음속을 가득 채우는 행복에 숨이 막히는 것을 느끼며 말했다. '내가 어떻게 감히 이 감동적인 존재와 무엇이라도 무구하지 않은 것에 대한 생각을 연결하려 했을까! 그래, 다리야 알렉산드로브나가 말한 게 진실인 것 같아.' 그는 생각했다.

스쩨빤 아르까지치가 그의 손을 잡고 까레닌에게로 이끌었다.

"소개하지요." 그는 그들의 이름을 말했다.

"다시 만나서 반갑습니다……" 레빈의 손을 잡으면서 알렉세이 알렉산드로비치가 차갑게 말했다.

"아는 사이예요?" 스쩨빤 아르까지치가 놀라면서 물었다.

"우리는 객차 안에서 세시간을 함께 있었지." 레빈이 미소를 지으며 말했다. "하지만 가장무도회에서 몹시 궁금한 채로 헤어진 것처럼 느껴졌어. 적어도 나는 그랬지."

"아, 그랬군! 자, 갑시다." 스쩨빤 아르까지치가 식당 방향을 가리키며 말했다.

남자들은 식당으로 들어가서 여섯가지 종류의 보드까와, 작은 은제 칼이 놓인 것도 있고 아닌 것도 있는 여섯가지 종류의 치즈, 철갑상어알, 청어, 여러가지 종류의 통조림, 프랑스 빵을 얇게 잘라

놓은 접시들이 차려진 전채요리 테이블로 다가갔다.

남자들은 향기로운 보드까와 전채요리 부근에 서 있었고, 세르게이 이바노비치 꼬즈니셰프와 까레닌과 뻬스쪼프 사이의 폴란드의 러시아화에 대한 대화는 식사를 기다리느라 조용해졌다.

극히 추상적이고 진지한 논쟁을 끝내기 위해 갑자기 품위 있는 해학을 뿌리고 이로써 토론하던 사람들의 분위기를 바꾸는 데 있어 세르게이 이바노비치를 능가할 사람은 없었는데, 그는 지금도 이를 행했다.

알렉세이 알렉산드로비치는 폴란드의 러시아화는 러시아 행정부가 도입하는 상위 차원의 방침들의 결과로서만 실행될 수 있음을 증명하려 했다.

뻬스쪼프는 인구가 조밀해져야만 한 민족이 다른 민족을 동화시킬 수 있다는 주장을 고집하고 있었다.

꼬즈니셰프는 이 주장과 저 주장에 다 수긍했지만 제한적으로만 그랬다. 그들이 응접실에서 나올 때 꼬즈니셰프는 대화를 끝내기 위해서 미소를 띠며 이렇게 말했던 것이다.

"그래서 이민족들을 러시아화하기 위한 한가지 방법이 있지요. 되도록 많은 아이들을 낳는 겁니다. 여러분 같은 결혼하신 분들은, 특히 당신, 스쩨빤 아르까지치는 충분히 애국적으로 행동하고 계십니다. 아이들이 몇명이죠?" 그는 집주인을 향해 상냥하게 미소를 지으면서 작은 잔을 내밀었다.

모두들 웃기 시작했고, 특히 스쩨빤 아르까지치가 유쾌하게 웃었다.

"그럼요, 그게 가장 좋은 방법이지요!" 그가 치즈를 맛있게 씹으며 내밀어진 작은 잔에 뭔가 특별한 종류의 보드까를 따르면서 말했다. 대화는 실제로 이 농담으로 중단되었다.

"이 치즈 괜찮네요. 어때요?" 집주인이 말했다. "운동을 다시 시작한 게로군?" 그는 왼손으로 레빈의 근육을 더듬으며 그에게 말했다. 레빈은 씩 웃으며 팔에 힘을 주었고, 그러자 스쩨빤 아르까지치의 손가락들 아래로 얇은 윗옷의 천으로 감싸인 강철같이 단단한 것이 둥근 치즈 덩어리처럼 불끈 솟아올랐다.

"이 이두박근 좀 봐! 삼손이네!"

"곰 사냥을 하려면 강한 힘이 있어야 한다고 생각합니다." 사냥에 대해서 극히 모호한 개념밖에 없는 알렉세이 알렉산드로비치가 거미줄처럼 얇은 빵에 치즈를 발라 찢으며 말했다.

레빈이 씩 웃었다.

"전혀 그렇지 않아요. 정반대예요. 아이들도 곰을 죽일 수 있어요." 그는 안주인과 함께 전채요리 테이블로 다가오는 숙녀들을 향해 살짝 절을 하면서 말했다.

"근데 곰을 죽이셨다고 들었는데요?" 끼찌가 뜻대로 되지 않고 미끄러져나가는 버섯을 헛되이 포크로 집으려고 레이스를 흔들며 그 사이로 하얀 팔을 드러내면서 말했다. "사시는 데 곰이 있나요?" 그녀는 반쯤 몸을 돌려 매혹적인 작은 머리를 그에게로 향하고 미소를 지으면서 말을 이었다.

그녀의 말에는 아무 특별한 의미가 없는 것 같았지만, 그녀가 이 말을 할 때의 말소리 하나하나, 그녀의 입술, 두 눈, 손의 움직임 하나하나에 담긴 말로 표현하지 않은 의미가 그에게 어찌나 크게 여겨졌던지! 여기에는 그에게 구하는 용서, 그에게 나타내는 믿음, 살가움, 다정하고 수줍어하는 살가움, 그리고 약속, 그리고 희망, 그리고 그가 믿을 수 없는, 행복 때문에 그를 숨 막히게 하는 그에 대한 사랑이 있었다.

"아뇨, 우리는 뜨베리 지방에 갔었거든요. 거기서 돌아오는 길에 객차 안에서 당신의 보프레르 또는 당신의 보프레르의 매제를 만났지요.[17]" 그가 미소를 지으며 말했다. "정말 우스운 만남이었죠."

그리고 그는 자신이 밤새 한잠도 못 잔 상태로 털가죽 반코트의 농부 차림으로 알렉세이 알렉산드로비치가 탄 찻간으로 들이닥쳤던 일을 유쾌하고 재미있게 이야기했다.

"차장은 속담과는 반대로 차림새를 보고 저를 데리고 나가려고 했거든요. 거기서 전 고상한 말투를 쓰기 시작했고, 그리고…… 당신도 역시……" 그는 이름을 잊어서 까레닌을 향하며 말했다. "처음에 제 털가죽 반코트를 보고 저를 쫓아내려고 하셨지요. 하지만 나중에는 저를 변호해주셨지요. 깊이 감사드립니다."

"대개 좌석 선택에 대한 승객들의 권리가 극도로 불명확하게 규정되어 있지요." 알렉세이 알렉산드로비치가 손수건으로 손가락 끝을 닦으면서 말했다.

"저는 당신도 저를 어떻게 대해야 할지 확신이 없다는 걸 알았지요." 레빈이 호의적인 미소를 지으며 말했다. "하지만 저는 제 털가죽 반코트를 다려서 펴려고[18] 서둘러 교양 있는 대화를 시작했지요."

세르게이 이바노비치는 안주인과 대화를 계속하면서 한쪽 귀로

---

17 여러가지 의미가 있는 프랑스어 beau-frère를 발음대로 러시아어로 쓰면서 똘스또이는 레빈의 입을 통해 이 단어를 재미있게 사용하고 있다. 프랑스어로 이 단어는 형부, 매부, 시누의 남편, 사돈 등의 뜻이 있다. 신이 난 레빈은 끼찌에게 까레닌을 당신의 사돈 또는 당신의 형부의 매제라고 지칭하며 재치를 발휘하고 있는 것이다.

18 레빈은 털가죽 반코트가 주는 구겨진 인상을 편다는 의미를 신이 나서 재치 있게 표현한 것이다.

동생의 말을 듣고 곁눈으로 그를 보면서 생각했다. '녀석이 오늘 웬일이야? 정말 개선장군이네.' 그는 레빈이 자신에게 날개가 달린 것처럼 느끼고 있는 것을 몰랐던 것이다. 레빈은 그녀가 자신의 말을 듣고 있고 자신의 말을 듣는 것을 좋아한다는 것을 알았다. 그리고 오직 이 사실만이 그를 사로잡았다. 이 방 안에서뿐만 아니라 온 세상에서 그에게 존재하는 것은 그 자신, 스스로에게 거대한 의미와 중요성을 지니게 된 그 자신과 그녀뿐이었다. 그는 기분이 하늘 꼭대기에 있었고, 그래서 머리가 어지러울 지경이었고, 저 아래 어딘가 멀리에 이 모든 사람들, 훌륭하고 유명한 까레닌과 오블론스끼 들과 온 세상이 있었다.

스쩨빤 아르까지치는 전혀 눈에 띄지 않게, 레빈과 끼찌를 바라보지도 않은 채, 그냥 이제 여기밖에 더이상 앉힐 자리가 없다는 듯 둘을 나란히 앉도록 했다.

"자, 자네는 여기라도 앉게." 그는 레빈에게 말했다.

만찬은 그릇 애호가인 스쩨빤 아르까지치의 그릇만큼이나 훌륭했다. 마리루이즈 수프는 멋지게 성공했고, 작은 만두는 입안에서 살살 녹았으며 그야말로 나무랄 데 없었다. 하인 두명과 마뜨베이가 하얀 넥타이를 매고 조용하고 민활하게 요리와 포도주 시중을 들었다. 만찬은 물질적 의미에서 성공적이었고 비물질적 의미에서도 그에 못지않게 성공적이었다. 공통적인 것이든 개인적인 것이든 대화가 계속 이어지며 그치지 않았고, 만찬이 끝날 즈음에는 어찌나 활기를 띠었는지 남자들은 식탁에서 일어나면서도 말을 그치지 않았고 심지어 알렉세이 알렉산드로비치까지 활기를 띨 정도였다.

10

철저하게 끝까지 파고드는 토론을 좋아하는 빼스쪼프는 세르게이 이바노비치의 말에 만족하지 않은 만큼이나 자기 의견의 부당함을 느끼고 있었다.

“제 말은, 결코 인구밀도만이……” 수프를 먹은 후 그가 알렉세이 알렉산드로비치를 향해서 말했다. “결정적 요인이라는 것이 아닙니다. 인구밀도가 정부 방침들과 결합될 때가 아니라 토대와 결합되어야 그렇다는 것이지요.”

“제가 보기에는……” 알렉세이 알렉산드로비치가 서두르지 않고 시들한 어조로 대답했다. “그건 동일한 말입니다. 제 견해로는 다른 민족에게 영향력을 가질 수 있는 민족은 더 높은 발전 단계에 있어야만 하고 또……”

“하지만 여기에도 문제가 있는 겁니다.” 항상 성급하게 말하고 항상 자기가 말하는 것을 온 정신을 다해 고수하는 것처럼 보이는 빼스쪼프가 특유의 저음의 목소리로 끼어들었다. “무엇을 기준으로 높은 발전 단계를 상정하는 겁니까? 영국인, 프랑스인, 독일인 중 누가 더 높은 발전 단계에 있는 겁니까? 누가 다른 민족을 자기 민족화할 수 있을까요? 보세요, 라인 지방이 프랑스화되었습니다. 그렇다고 독일이 낮은 단계에 있는 것은 아니지요!” 그가 소리를 높였다. “여기에는 다른 법칙이 있는 겁니다.”

“제가 보기에 영향력은 진정한 교육의 편에 있습니다.” 알렉세이 알렉산드로비치가 눈썹을 약간 치켜세우며 말했다.

“하지만 도대체 진정한 교육의 특성을 뭐라고 상정해야 합니까?” 빼스쪼프가 말했다.

"저는 그 특성들은 모두 다 알려진 바라고 상정합니다." 알렉세이 알렉산드로비치가 말했다.

"완전히 다 알려져 있단 말입니까?" 세르게이 이바노비치가 엷은 미소를 지으면서 끼어들었다. "진정한 교육은 순전히 고전적 교육[19]일 수밖에 없다는 것은 현재 누구나 인정하는 바이죠. 하지만 우리는 이편저편이 격전하는 것을 보지요. 그리고 반대 진영도 이길 수 있는 강력한 논거들을 가지고 있다는 것은 부정할 수 없지요."

"당신은 고전주의자이시군요, 세르게이 이바노비치. 적포도주 좀 드실래요?" 스쩨빤 아르까지치가 말했다.

"저는 이런저런 교육에 대한 제 의견을 말하는 것이 아닙니다." 세르게이 이바노비치가 어린애를 대하듯 관대해 보이는 미소를 띠고 자기 잔을 내밀면서 말했다. "저는 다만 두 진영이 강력한 논거들을 가졌다는 것을 말하고 싶습니다." 그는 알렉세이 알렉산드로비치를 향해서 말을 계속했다. "저는 교육에 있어서 고전주의자입니다마는, 이 논쟁에서 저는 개인적으로 제 자리를 어디다 두어야 할지 모르겠습니다. 저는 어째서 실제적 학문보다 고전적 학문이 우월해야 하는지 그 주장의 확실한 논거를 알지 못하겠습니다."

"자연과학도 마찬가지로 교육적이고 계몽적인 영향력을 가지고 있습니다." 뻬스쪼프가 끼어들었다. "천문학만 해도 그렇고, 식물학도 그렇고, 보편적 법칙체계를 가진 동물학을 보십시오!"

"저는 이 견해에 완전히 동의할 수는 없습니다." 알렉세이 알렉산드로비치가 대답했다. "제가 보기에는 언어의 형식을 배우는 과정 자체가 지적 발달에 특히 유익하게 작용한다는 것을 부정할 수

19 1871년 교육개혁에서 고전어 교육이 강화되었고, 자연과학 교육은 정치적 이유 때문에 약화되었다.

없습니다. 게다가 고전 작가들의 영향은 높은 단계의 정신적인 성격의 것이지만, 자연과학 강좌는 불행하게도 우리 시대의 해악을 형성하는 그 유해하고 허위적인 학설들과 합일되어 있다는 것을 부정하기 어렵지요."

세르게이 이바노비치는 뭔가를 말하려고 했지만 뻬스쪼프가 걸쭉한 저음으로 그의 말을 막았다. 그는 열을 올리며 이 견해의 부당함을 논증하기 시작했다. 세르게이 이바노비치는 승리를 가져다줄 반론을 준비한 것이 분명해 보이는 태도로 말할 기회를 마음 편히 기다리고 있었다.

"하지만……" 세르게이 이바노비치가 영리한 미소를 띠고 까레닌을 향해서 말했다. "이런저런 학문의 유리한 점과 불리한 점을 완전히 저울질하는 것은 어려운 일이라는 점, 만약 고전적 교육의 편에 우리가 방금 말한 정신적인, *직접적으로 말해서*[20] 반허무주의적인 영향이라는 우월성이 없다면 어떤 학문이 더 우월하냐 하는 문제가 그렇게 빠른 시일 내에 최종적으로 해결되지는 않는다는 데 동의하지 않을 수 없네요."

"물론입니다."

"고전적 학문의 편에 이 반허무주의적 영향력이라는 우월성이 없다면 우리는 양편의 논거에 대해 더 생각하고 더 저울질할 것입니다." 세르게이 이바노비치가 영리한 미소를 띠면서 말했다. "우리는 양쪽 모두에 활동 공간을 제공할 것입니다. 하지만 지금 우리는 고전적 교육이라는 알약 속에 반허무주의의 치유력이 있다는 것을 알고 있으므로 우리의 환자들에게 용감하게 이 알약을 제공

20 disons le mot(프랑스어).

합니다…… 그런데, 만약 치유력이 없으면 어쩌지요?" 그는 품위 있는 해학으로 결론을 내렸다.

세르게이 이바노비치의 알약이라는 말에 모두가 웃었다. 특히 뚜롭찐이 크고 유쾌하게 웃었는데, 그는 대화를 들으며 오랫동안 기다리던 바로 그 우스개를 만났던 것이다.

스쩨빤 아르까지치가 뻬스쪼프를 초대하며 기대한 효과는 틀리지 않았다. 뻬스쪼프가 있으면 지적인 대화가 일순간도 멈추지 않았다. 세르게이 이바노비치가 농담으로 대화에 결론을 내리자마자 뻬스쪼프는 당장 새로운 대화를 불러일으켰다.

"정부가 이런 목표를 가졌을 거라는 데도……" 그가 말했다. "동의할 수 없어요. 정부는 이에 대해 분명히 일반적 견해에 의해 좌지우지되면서, 조치를 취해야 하는 그 영향력에 대해서는 관심을 보이지 않고 있습니다. 예를 들어 여성 교육의 문제[21]도 해로운 것으로 여겨져야 함에도 정부는 여성을 위해 전문학교나 대학을 열어놓고 있습니다."

대화는 당장 여성 교육이라는 새로운 주제로 불쑥 넘어갔다.

알렉세이 알렉산드로비치는 일반적으로 여성 교육이 여성의 자유와 혼동되고 있으며 그런 점에서만 해롭다는 견해를 나타냈다.

"전 반대로 이 두 문제가 뗄 수 없이 연결되어 있다고 생각합니다." 뻬스쪼프가 말했다. "악순환입니다. 여성에게는 교육의 부족 때문에 권리가 부재하는데, 교육의 부족은 권리의 부재에서 나오지요. 여성의 예속은 너무 규모가 크고 오래된 것이라 우리는 종종 우리와 그들 사이에 있는 심연을 이해하려고 하지 않습니다." 그가

21 여성 문제는 당시 중요한 논쟁거리였다.

말했다.

“당신은 권리라고 말했어요.” 뻬스쪼프가 말을 멈추기를 기다려 세르게이 이바노비치가 말했다. “배심원, 지방의회 의원, 지방의회 의장의 직무를 이행하는 권리, 복무의 권리, 국회의원의 권리……”

“물론입니다.”

“하지만 만약 여자들이 드물고 예외적인 경우로서 이런 지위를 차지할 수 있다면, 제가 보기에 당신은 ‘권리’라는 말을 옳게 사용한 게 아니지요. 오히려 의무라고 말해야 더 맞을 겁니다. 배심원, 지방의회 의장, 전신국 관리 등 여하한 직무를 수행하든 우리가 의무를 이행한다는 것에는 누구나 동의합니다. 그러므로 여자들이 의무를 추구한다고, 그것도 완전히 합법적으로 추구한다고 해야 더 맞는 표현입니다. 그래야 남성의 일반적인 일을 돕겠다는 그들의 이러한 욕망에 부합할 수 있는 겁니다.”

“완전히 정당한 말입니다.” 알렉세이 알렉산드로비치가 확인조로 말했다. “문제는 오직 그들이 이러한 의무를 이행할 능력이 있느냐 하는 데 있다고 생각합니다.”

“아마 아주 잘해낼 겁니다.” 스쩨빤 아르까지치가 끼어들었다. “교육이 그들 사이에 퍼진다면 말이죠. 우리가 알다시피……”

“그럼 속담은?” 벌써 오래전부터 대화에 귀를 기울이며 조롱조로 작은 눈을 빛내고 있던 공작이 말했다. “딸들이 있는 데서 말해도 된다면 머리털이 긴 짐승은……[22]”

“노예해방 이전에는 흑인에 대해서도 꼭 그렇게 생각했었지요.” 뻬스쪼프가 화가 나서 말했다.

22 ‘머리털이 긴 짐승(즉 여자)은 생각이 짧다’라는 속담을 말하려고 했다.

"제가 이상하게 생각하는 건 여자들이 새로운 의무를 찾는다는 겁니다." 세르게이 이바노비치가 말했다. "불행하게도 우리는 남자들이 보통 새로운 의무를 피하는 걸 보는 반면에요."

"의무는 권력, 돈, 존중 같은 권리와 연결되어 있습니다." 뻬스쪼프가 말했다.

"그건 내가 유모가 될 권리를 찾는 것과 같고, 여자들에게는 돈을 지불하는데 내게는 지불하지 않는다고 모욕을 느끼는 거나 다름없네." 노공작이 말했다.

뚜롭찐이 커다랗게 웃음을 터뜨렸고, 세르게이 이바노비치는 자기가 그 말을 하지 못한 것이 유감스러웠다. 알렉세이 알렉산드로비치까지도 씩 웃었다.

"그렇죠. 하지만 남성은 젖을 먹일 수가 없지요." 뻬스쪼프가 말했다. "근데 여성은……"

"아니오. 어떤 영국인 남자는 선박 안에서 자기 아이를 양육했소." 노공작은 딸들 앞에서 자유로이 대화하는 걸 스스로에게 허용하면서 말했다.

"그런 영국 남성의 수만큼 여성 관리가 많아질 겁니다." 세르게이 이바노비치가 말했다.

"그래요. 하지만 가정이 없는 처녀는 뭘 하죠?" 스쩨빤 아르까지치가 항상 마음속에 담고 있는 치비소바를 떠올리며 뻬스쪼프에게 동감하여 그를 지지하면서 끼어들었다.

"그 처녀의 과거를 잘 생각해보면, 그 처녀가 여자로서의 일을 할 수 있는 자기 가정이나 언니의 가정을 버렸다는 것을 알게 될 거예요." 신경이 예민해진 다리야 알렉산드로브나가 갑자기 대화에 끼어들면서 말했다. 아마도 스쩨빤 아르까지치가 어느 처녀를 염두에 두고 있는지 추측해낸 것 같았다.

"하지만 우리는 원칙을, 이상을 수호합니다!" 울림이 있는 저음으로 뻬스쪼프가 반박했다. "여성은 독립적이 될 수 있는, 교육받을 수 있는 권리를 가지기 원합니다. 여성은 이것이 불가능하다는 의식 때문에 숨이 막히고 억눌려 있습니다."

"근데 난 보육원에서 나를 유모로 받아주지 않아서 숨이 막히고 억눌려 있소." 노공작이 다시 말했고, 뚜롭찐은 너무 기뻐서 웃어대다가 아스파라거스의 굵은 밑동을 소스에 떨어뜨렸다.

11

끼찌와 레빈 이외에는 모두가 공통의 대화에 참가했다. 처음에 한 민족이 다른 민족에 미치는 영향력이 화제가 되었을 때 레빈의 머릿속에는 저절로 이 화제에 대해 할 말이 떠올랐다. 하지만 예전에는 그에게 무척 중요했던 이 생각들이 마치 꿈속에서 떠오른 듯 희미했고 지금은 그에게 조금도 관심을 불러일으키지 못했다. 심지어 왜 그들이 아무에게도 필요하지 않은 문제에 대해 그토록 애쓰며 말하는지 이상하게 여겨졌다. 끼찌도 꼭 마찬가지였다. 여성의 권리와 교육에 대해 그들이 하는 이야기가 흥미롭게 여겨졌어야 했다. 그녀는 얼마나 자주 외국에 있는 친구 바렌까와 그녀의 고통스러운 의존적 처지를 떠올리며 이에 대해 생각했던가. 얼마나 자주 자신이 결혼하지 않으면 어찌 될 것인지 스스로에 대해서도 생각했던가. 얼마나 자주 이 문제로 언니와 논쟁했던가! 하지만 지금 그녀는 이 문제에 아무런 흥미를 느끼지 못했다. 둘은 둘만의 대화를, 어떤 비밀스러운 소통을 진행하고 있었다. 그리고 이 소통은 매 순간 점점 더 둘을 친밀하게 연결했고, 그들이 발을 들여놓는 미지의 것에 대한 기쁜 경이의 감정을 둘의 가슴에 불러일으켰다.

작년에 어떻게 마차 안에 있는 자기를 볼 수 있었느냐는 끼찌의 질문에 우선 레빈은 풀베기 장소에서 대로를 따라 걷다가 그녀를 보았다고 말했다.

"그건 아주아주 이른 아침이었지요. 아마 당신도 막 잠에서 깨어났을 거예요. 당신의 *마망*[23]이 구석에서 주무시고 계시더군요. 멋진 아침이었죠. 나는 걸어가며 생각했지요. '이 사두마차 안에 있는 사람은 누굴까?' 방울종들이 달린 멋진 마차였는데 순식간에 당신이 지나갔어요. 창문을 들여다보았더니 당신이 바로 그렇게 두 손으로 두건 끈들을 쥐고 앉아서 무엇인가에 대해 엄청나게 깊은 생각에 잠겨 있더군요." 그가 미소를 띠며 말했다. "당신이 그때 무슨 생각을 했는지 얼마나 궁금한지 몰라요. 중요한 거였나요?"

'내 머리가 흐트러지진 않았었나?' 그녀는 잠시 생각했다. 하지만 이 세세한 것들에 대한 기억이 그에게 불러일으킨 환희에 찬 미소를 보고 그녀는 반대로 자신이 불러일으킨 인상이 매우 좋았다는 것을 느꼈다. 그녀는 얼굴을 붉히고 기쁘게 웃음을 터뜨렸다.

"정말 기억이 안 나요."

"뚜롭찐은 얼마나 잘 웃는지요!" 레빈은 그의 축축해진 두 눈과 흔들리는 몸을 즐겁게 바라보며 말했다.

"그를 오래전부터 아셨나요?" 끼찌가 물었다.

"그를 모르는 사람이 어디 있나요!"

---

23 maman(프랑스어).

"보아하니 당신은 그를 바보 같은 사람이라고 생각하시는 것 같은데요?"

"바보 같은 게 아니라 시시해요."

"그렇지 않아요. 그리고 제발 더이상 그렇게 생각하지 마세요!" 끼찌가 말했다. "저도 그를 낮게 평가했지요. 하지만 저 사람은 아주 사랑스럽고 놀랄 만큼 착한 사람이에요. 황금 같은 마음을 가졌어요."

"어떻게 그의 마음을 알 수 있었어요?"

"우리는 가까운 친구예요. 전 그를 잘 알아요. 지난겨울 당신이 이곳에 왔다 가신 그…… 바로 얼마 후……" 그녀는 죄스럽지만 동시에 마음을 담은 미소를 지으며 말했다. "돌리 언니네 아이들이 성홍열에 걸렸죠. 그가 우연히 언니 집에 왔어요. 생각이나 할 수 있는 일인가요." 그녀는 속삭이는 소리로 말했다. "언니가 정말 안됐던지 남아서 언니가 애들 돌보는 걸 도와주었어요. 네, 삼주 동안 애들 옆에서 살면서 유모처럼 애들을 돌봤어요."

"꼰스딴찐 드미뜨리치에게 아이들이 성홍열에 걸렸을 때 뚜롭찐이 한 일을 이야기하는 거야." 끼찌가 언니에게 몸을 굽히며 말했다.

"정말, 놀라워요. 보배예요!" 돌리는 자기 이야기를 하고 있는 것을 느낀 뚜롭찐을 쳐다보고 부드럽게 미소 지으며 말했다. 레빈은 다시 한번 뚜롭찐을 바라보며 이 사람의 훌륭한 점을 예전에는 전혀 이해하지 못했던 것을 놀라워했다.

"제 잘못입니다, 제 잘못이에요. 앞으로는 더이상 사람들에 대해서 나쁘게 생각하지 않을 겁니다!" 그는 현재 자신이 느끼는 것을 솔직하게 털어놓으며 유쾌하게 말했다.

12

여성의 권리에 대해 시작된 이야기 중에는 결혼제도 속에서의 권리의 불평등에 대한, 숙녀들이 있는 데서는 말하기 미묘한 문제들도 있었다. 뻬스쪼프는 만찬 중에 몇번이나 이 문제로 넘어가려 했으나, 세르게이 이바노비치와 스쪠빤 아르까지치가 조심스레 그를 막았다.

하지만 모두들 식탁에서 일어나고 숙녀들이 나갔을 때, 뻬스쪼프는 그들을 따라가지 않고 알렉세이 알렉산드로비치를 향해서 불평등의 원인에 대해 이야기하기 시작했다. 그의 견해에 따르면, 부부간의 불평등은 아내의 부정과 남편의 부정이 법적으로나 여론상으로나 불평등하게 처벌받는 데 있었다. 스쪠빤 아르까지치는 서둘러 알렉세이 알렉산드로비치에게 다가와서 흡연을 권했다.

"아뇨, 전 피우지 않습니다." 알렉세이 알렉산드로비치가 담담하게 대답했다. 그리고 자신이 이 대화를 두려워하지 않는다는 것을 의도적으로 내보이기를 원하는 것처럼 차가운 미소를 띠며 뻬스쪼프를 향했다.

"제 생각에는 그런 견해의 근거는 사물의 본성 속에 있습니다." 그는 말하고 응접실로 가려고 했다. 하지만 갑자기 뚜롭찐이 예기치 않게 알렉세이 알렉산드로비치를 향해 말을 시작했다.

"쁘랴치니꼬프 이야기 들으셨습니까?" 샴페인을 마셔 활기를 띠게 되고, 견디기 어려웠던 자신의 침묵을 깰 기회를 오래전부터 기다리고 있었던 뚜롭찐이 말했다. "바샤 쁘랴치니꼬프가……" 그는 축축하고 붉은 입술에 맘씨 좋은 미소를 지으면서 주로 제일 큰 손님인 알렉세이 알렉산드로비치를 향해 말했다. "오늘 들은 이야기인데요, 뜨베리에서 끄비쯔끼와 결투를 해서 그를 죽였답니다."

누군가가 건드릴 때는 항상 마치 고의로 바로 아픈 데를 건드리는 것처럼 여겨지듯이, 스쩨빤 아르까지치는 지금 대화가 운 나쁘게도 매 순간 알렉세이 알렉산드로비치의 아픈 데를 공격하는 것을 느끼고 있었다. 그는 매제를 다시 데리고 나오려고 했으나, 알렉세이 알렉산드로비치는 호기심을 가지고 물었다.

"뭣 때문에 쁘랴치니꼬프가 싸웠나요?"

"아내 때문입니다. 젊은이처럼 결투를 신청해서 죽였지요!"

"아!" 알렉세이 알렉산드로비치는 무관심하게 말하고는 눈썹을 치켜세우며 응접실로 갔다.

"오셔서 얼마나 기쁜지 몰라요." 돌리가 응접실로 통하는 방에서 그를 맞이하며 놀란 듯한 미소를 띠고 말했다. "말씀 좀 나누고 싶은데요. 우리 여기 좀 앉아요."

알렉세이 알렉산드로비치는 치켜세운 눈썹이 보여주는 여전히 똑같은 무관심한 표정으로 다리야 알렉산드로브나 곁에 앉아서 가식적으로 미소를 지었다.

"아주 잘됐습니다." 그가 말했다. "저도 용서를 구하고 이제 곧 작별 인사를 하려고 했거든요. 내일 떠나야 해서요."

다리야 알렉산드로브나는 안나가 죄가 없다는 것을 굳게 믿고 있었다. 그녀는 자신의 죄 없는 친구를 아무렇지도 않게 파멸시키려고 하는 이 차갑고 감정 없는 사람에 대한 분노로 얼굴이 창백해지고 입술이 떨리는 것을 느꼈다.

"알렉세이 알렉산드로비치." 그녀는 죽을 만큼 단호하게 그의 눈을 들여다보며 말했다. "제가 안나에 대해 물었었지요. 당신은 대답하지 않았어요. 그녀는 어때요?"

"건강한 것 같습니다, 다리야 알렉산드로브나." 알렉세이 알렉산드로비치가 그녀를 보지 않고 대답했다.

"알렉세이 알렉산드로비치, 용서하세요, 제게 그럴 권리가 있는 건 아니지만요…… 하지만 저는 안나를 동생처럼 사랑하고 존경해요. 제 청을 들어주세요. 이렇게 애원합니다. 당신들 사이에 무슨 일이 있나요? 당신은 그녀가 뭘 잘못했다고 하는 거죠?"

알렉세이 알렉산드로비치는 얼굴을 찡그리고 거의 눈을 감은 채 고개를 떨어뜨렸다.

"남편분이 당신에게 왜 제가 안나 아르까지예브나와의 관계를 바꾸어야 한다고 여기는지 전했다고 생각합니다."

그는 그녀의 눈을 보지 않고 저도 모르게 응접실을 지나가는 셰르바쯔끼를 바라보며 말했다.

"저는 믿지 못하겠어요. 그걸 믿지 못하겠어요!" 돌리가 뼈만 남은 자기의 두 손을 불끈 쥐고 힘찬 몸짓을 하면서 말했다. 그녀는 재빨리 일어나 알렉세이 알렉산드로비치의 소매에 손을 얹었다. "여기는 방해돼요. 저리로 가요, 어서."

돌리의 흥분은 알렉세이 알렉산드로비치에게도 전해졌다. 그는 일어나서 공손히 그녀를 따랐다. 그들은 주머니칼로 이리저리 잘려나간 방수포를 씌운 식탁 앞에 앉았다.

"전 믿을 수 없어요. 그걸 믿을 수 없어요!" 돌리가 자신을 피하는 그의 시선을 잡으려고 애쓰면서 말했다.

"사실을 믿지 않을 수는 없지요, 다리야 알렉산드로브나." 사실이라는 단어를 강조하면서 그가 말했다.

"하지만 그녀가 대체 뭘 했는데요?" 다리야 알렉산드로브나가 말했다. "그녀가, 그러니까 말하자면, 뭘 했는데요?"

"그녀는 자기의 의무를 무시하고 남편을 배반했습니다. 이게 그녀가 한 일이죠." 그가 말했다.

"아니, 아니, 그럴 리가 없어요! 아니에요, 맙소사, 잘못 생각하시는 거예요!" 두 손으로 양쪽 관자놀이를 누르고 두 눈을 감으면서 돌리가 말했다.

알렉세이 알렉산드로비치는 그녀와 자기 자신에게 자기의 강한 확신을 보여주려는 듯이 입술만으로 차갑게 미소 지었다. 이 열렬한 방어는 비록 그를 동요시키지는 못했지만 그의 상처를 자극했다. 그는 좀더 활기를 띠며 이야기하기 시작했다.

"아내 스스로가 그것에 대해 남편에게 직접 이야기했을 땐 잘못 생각하기란 극히 어려운 일입니다. 아내는 팔년의 결혼 생활과 아들, 이 모든 것이 실수고 처음부터 다시 살고 싶다고 했습니다." 그는 코를 씩씩거리며 화가 나서 말했다.

"안나와 부도덕—저는 이 둘을 연결해서 생각할 수 없어요. 그걸 믿을 수 없어요."

"다리야 알렉산드로브나!" 이제 그는 돌리의 흥분한 선량한 얼굴을 보고 자신의 혀가 저절로 풀리는 것을 느끼면서 말했다. "아직 의심이 가능하다면 무슨 일이라도 하겠습니다. 제가 의심했을 적에는 힘들었지만 지금보다는 나았습니다. 제가 의심했을 적에는 희망이 있었습니다. 하지만 지금은 희망이 없고, 게다가 저는 모든 것을 의심합니다. 저는 정말로 모든 것을 의심해서, 아들이 밉고 가끔은 그애가 제 아들이라고 믿지 못합니다. 저는 무척 불행합니다."

이 말은 할 필요가 없었다. 다리야 알렉산드로브나는 그가 그녀의 얼굴을 바라보자마자 이를 느꼈고, 그가 불쌍해졌다. 친구의 결백에 대한 믿음이 마음속에서 흔들렸다.

"아! 그건 끔찍하네요, 끔찍해요! 그런데 이혼하려고 작정하신 게 정말 사실인가요?"

"최후의 조처입니다. 더이상 방법이 없습니다."

"방법이 없다고요, 방법이 없다고요……" 그녀는 눈물을 글썽거리며 말했다. "아니에요, 방법이 없는 건 아니에요." 그녀가 말했다.

"이런 종류의 고통이 끔찍한 것은 다른 것들, 상실이나 죽음처럼 십자가를 지고 살아갈 수가 없다는 것 때문입니다. 이 문제는 행동을 요구합니다." 그는 그녀의 생각을 짐작한 것처럼 말했다. "자신이 처한 모욕적인 처지로부터 벗어나야 할 필요가 있습니다. 셋이서 살 수는 없습니다."

"알아요. 아주 잘 알아요." 돌리는 말하고 고개를 떨어뜨렸다. 그녀는 자기 자신에 대해, 자기 가정의 고통에 대해 생각하며 침묵했다. 그러다 갑자기 활기를 띤 몸짓으로 고개를 들고 애원하듯 두 손을 모았다. "하지만 잠깐! 당신은 기독교도이시죠. 그녀에 대해 생각 좀 해보세요! 당신이 그녀를 버린다면 그녀는 어떻게 되겠어요?"

"저는 생각했습니다, 다리야 알렉산드로브나. 생각하고 또 생각했습니다." 알렉세이 알렉산드로비치가 말했다. 그의 얼굴에는 붉은 기가 여기저기 올라와 있었고, 흐릿한 두 눈은 그녀를 똑바로 바라보고 있었다. 다리야 알렉산드로브나는 이제 온 마음으로 그를 동정했다. "바로 그것이 그녀가 스스로 제게 그 모욕적인 일을 밝혔을 때 제가 한 일입니다. 저는 모든 걸 전처럼 그대로 유지했지요. 저는 개선의 여지를 주었습니다. 저는 그녀를 구하려고 했습니다. 그런데 어떻게 되었나요? 그녀는 가장 가벼운 요구—품위를 지켜달라는 요구를 이행하지 않았습니다." 그는 분이 올라서 말했다. "파멸하길 원하지 않는 사람은 구할 수 있지요. 하지만 본성 전체가 더럽혀졌고 방탕에 젖어 파멸 자체를 구원인 것처럼 여기는 그녀에게 대체 뭘 어떻게 한단 말입니까?"

"모든 걸 다 하셔야죠. 이혼만은 안 돼요!" 다리야 알렉산드로브나가 대답했다.

"하지만 모든 게 대체 뭡니까?"

"안 돼요, 그건 끔찍한 일이에요. 그녀는 누구의 아내도 아니게 되고 파멸할 거예요!"

"그럼 제가 뭘 할 수 있나요?" 알렉세이 알렉산드로비치가 어깨와 눈썹을 치올리며 말했다. 아내의 마지막 행동에 대한 기억에 격분해서 그는 처음 대화를 시작했을 때와 마찬가지로 돌처럼 차가워졌다. "관심을 가져주셔서 감사드립니다. 하지만 전 가야 합니다." 그가 일어나며 말했다.

"안 돼요, 잠깐만 계세요! 그녀를 파멸시키시면 안 돼요. 잠깐만 계세요. 제 이야기를 할게요. 저는 결혼을 했지요. 그런데 남편이 저를 배반했어요. 저는 화가 나고 질투가 나서 모든 걸 던져버리려 했지요. 스스로…… 하지만 정신을 차리게 되었지요. 그런데 누가 절 구했을까요? 안나가 저를 구했어요. 그래서 저는 이렇게 살고 있어요. 아이들이 자라고, 남편은 가정으로 돌아오고, 자기 잘못을 느끼고 깨끗해지고 나아지고 있지요. 저도 잘 살고 있고…… 저는 용서했어요. 당신도 용서해야 해요!"

알렉세이 알렉산드로비치는 듣기는 했지만, 그녀의 말은 이미 효력이 없었다. 그의 마음속에 이혼을 마음먹은 그날의 분노가 온통 다시 치밀었다. 그는 온몸을 흔들고 나서 찢어지는 커다란 목소리로 말을 시작했다.

"전 용서할 수 없고, 용서하고 싶지도 않고, 용서하는 것이 부당하다고 여깁니다. 저는 그 여자를 위해서 모든 것을 다 했는데, 그 여자는 모든 것을 그녀의 특성인 더러움에 처박았습니다. 저는 나쁜 인간이 아니고 결코 누구도 증오해본 적이 없습니다. 하지만 저는 제 영혼의 모든 힘을 다하여 그녀를 증오하고, 그녀를 용서조차 할 수 없습니다. 그녀가 제게 행한 그 모든 악을 너무나 증오하기 때문입니다!" 분노의 눈물이 섞인 목소리로 그가 말했다.

"너희를 미워하는 자들을 사랑하라……" 다리야 알렉산드로브나가 부끄러워하며 말했다.

알렉세이 알렉산드로비치는 경멸조로 쓴웃음을 지었다. 그는 이 말을 알고 있었다. 하지만 이 말은 자신의 경우에 적용될 수 없었다.

"너희를 미워하는 자들을 사랑하라. 하지만 자기가 미워하는 자들을 사랑할 수는 없지요. 저 때문에 어지럽게 해드려서 죄송합니다. 모든 사람은 각자 자기 고통만으로도 충분합니다." 그렇게 말한 뒤 알렉세이 알렉산드로비치는 자기를 제어해 평정을 되찾고는 작별 인사를 하고 떠났다.

13

사람들이 식탁에서 일어났을 때 레빈은 끼찌를 따라 응접실로 가고 싶었다. 하지만 자신이 너무나 눈에 띄게 그녀를 따라다니는 것이 그녀에게 불쾌할까봐 겁이 났다. 그는 남자들 그룹에 남아서 공통의 대화에 참가했다. 대화 중에도 그는 끼찌를 보지 않고도 그녀의 움직임 하나하나, 그녀의 시선, 응접실에서 그녀가 앉아 있는 자리를 느낌으로 알 수 있었다.

그는 지금 벌써 조금의 노고를 들일 것도 없이 그가 그녀에게 한 약속—모든 사람들에 대해 좋게 생각하고 항상 모든 사람들을 사랑하겠다는 약속—을 이행하고 있었다. 대화는 러시아 공동체에 관한 것이었다. 뻬스쪼프는 그가 집단적 원칙이라고 칭하는 특별한 원칙을 그 속에서 보고 있었다. 레빈은 그와도, 어떻게 해서라도 자기 견해를 지키며 러시아 공동체의 의미를 인정하거나 하지 않거나 하는 형과도 의견을 같이하지 않았다. 하지만 그는 그들을 화해시키고 그들의 대립을 완화하려고 애쓰며 이야기를 나누었다. 그는 자신이 말하는 것에 아무 관심이 없었고 그들이 말하는 것에는 더더욱 관심이 없었다. 그가 원하는 것은 오직 하나, 그들 모두가 기분이 좋고 편안한 것뿐이었다. 그는 지금 오직 하나뿐인 중요한 것을 알고 있었다. 그리고 이 하나뿐인 것은 처음에는 거기 응접실에 있었다가 움직이기 시작하더니 문가에 머물렀다. 그는 돌아보지 않고도 자신을 향하는 시선과 미소를 느껴서 몸을 돌리지 않을 수 없었다. 그녀는 셰르바쯔끼와 함께 문가에 서서 그를 바라보고 있었다.

"당신이 피아노 쪽으로 가신다고 생각했어요." 그가 그녀에게 다가가며 말했다. "시골에서 제게 부족한 것이 바로 음악이었지요."

"아니요, 우리는 당신을 불러내려고 했어요. 와주셔서 고마워요." 그녀는 그에게 미소의 선물로 보답하며 말했다. "논쟁해서 무슨 소용이 있어요? 결코 한 사람이 다른 사람을 이길 수 없는데요."

"네, 맞아요." 레빈이 말했다. "대부분의 경우 뜨겁게 논쟁하는 이유는 단지 상대방이 정확히 무엇을 증명하려고 하는지 이해하지 못하기 때문이지요."

레빈은 종종 가장 똑똑한 사람들 간의 논쟁에서, 엄청난 노력을 들이고 엄청나게 많은 세밀한 논리와 말을 늘어놓은 이후에 결국 논쟁하던 사람들은 서로에게 증명하고자 오랫동안 발버둥 쳤던 것이 그들이 아주 오래전부터 알고 있었던 것이며, 그들이 각기 다른 것을 좋아하고, 따라서 자신이 좋아하는 것이 논쟁의 대상이 되지 않도록 그것을 말하고 싶어하지 않는다는 사실을 의식하게 된다는 것을 알아챘다. 그는 가끔 논쟁 중에 상대방이 좋아하는 것을 이해하게 되면 갑자기 그도 같은 것을 좋아하게 되어 즉시 그에 동의하고, 그러고 나면 그때는 모든 논거들이 불필요한 듯 의미를 잃게 되는 것을 경험했다. 가끔은 그 반대도 경험했다. 결국 자기가 좋아하는 것을 말하고 그것을 위해 논거들을 찾아내고 그것을 솔직하게 잘 말하는 경우에, 갑자기 상대방이 동의하며 논쟁을 그치게 되는 것이다. 바로 이런 점을 그는 이야기하려 했다.

그녀는 이마에 주름을 잡고 이해하려고 애썼다. 하지만 그가 설명을 시작하자마자 그녀는 벌써 이해했다.

"이해해요. 그가 무슨 이유로 논쟁하는지, 그가 무엇을 좋아하는지를 알아야 한다는 거죠. 그러면……"

그녀는 그가 제대로 표현하지 못한 생각을 완전히 파악하고 표현해냈다. 레빈은 기뻐서 미소를 지었다. 그는 뻬스쪼프와 형이 그렇게 복잡하게 많은 말을 늘어놓으며 나눈 논쟁이 이렇게 겨우 몇 단어만 써서 가장 복잡한 생각들에 대한 간결하고 명확한 의사소통으로 변화하는 것에 매우 놀랐다.

셰르바쯔끼는 그들에게서 물러갔고, 끼찌는 준비된 카드 테이블로 다가앉아서 손에 분필을 쥐고 새 초록색 테이블보 위에 동그라미를 그리기 시작했다.

사람들은 만찬 때 진행되었던 대화를 다시 시작했다. 여성의 자유와 일에 대한 대화였다. 레빈은 결혼하지 않은 처녀가 가정 내에서 여성의 일을 찾을 수 있다는 다리야 알렉산드로브나의 의견에 동의했다. 그는 어떤 가정도 도우미 없이 유지되지 않으며, 가난하거나 부유하거나를 막론하고 모든 가정에 하녀나 고용한 여자나 친척 여자가 있으며 있어야 한다는 말로 이를 지지했다.

"아뇨." 끼찌가 얼굴을 붉히며, 하지만 솔직한 두 눈으로 더욱 대담하게 그를 쳐다보며 말했다. "처녀가 인격적으로 모멸감을 느끼지 않고는 가정으로 들어갈 수 없게 되어 있는 것일 수도 있어요. 스스로……"

그는 이 암시로부터 그녀의 말을 이해했다.

"오! 네!" 그가 말했다. "네, 네, 네, 당신이 옳습니다. 당신이 옳아요!"

그리고 그는 뻬스쪼프가 만찬 때 여성의 자유에 대해 증명한 모든 것을 이해했다. 끼찌의 심장 속에서 처녀의 공포와 모멸을 본 것만으로 이 모든 것을 이해했다. 그리고 그는 그녀를 사랑하기에 이 공포와 모멸을 느꼈으며 당장 자기의 논거들을 버렸다.

침묵이 닥쳤다. 그녀는 계속 분필로 테이블 위에 동그라미를 그리고 있었다. 그녀의 두 눈은 고요한 광채로 빛났다. 그녀의 기분에 이끌리면서 그는 점점 강해지는 팽팽한 행복감을 자기 존재 전체로 느끼고 있었다.

"아! 제가 테이블에 온통 낙서를 해놓았네요!" 그녀가 말하며 분필을 놓고 일어서려는 몸짓을 취했다.

'그녀 없이 나 혼자 어떻게 남아 있을 수 있나?' 그는 두려움을 느끼며 생각하고는 분필을 잡았다. "잠깐 기다리세요." 그가 테이블 앞에 앉으면서 말했다. "오래전부터 당신에게 묻고 싶었던 것이 한가지 있습니다."

그는 겁을 먹은 듯하면서도 애정 어린 그녀의 두 눈을 똑바로 들여다보았다.

"네, 물어보세요, 어서."

"여기." 그는 말하고서 단어의 첫 글자를 썼다. 그, 당, 제, 그, 불, 일, 대, 때, 그, 영, 그, 뜻, 아, 그, 그, 뜻? 이 글자들이 의미하는 것은 '그때 당신이 제게 '그건 불가능한 일이에요'라고 대답했을 때 그건 영원히 그렇다는 뜻이었습니까, 아니면 그때만 그렇다는 뜻이었습니까?'였다. 그녀가 이런 복잡한 문장을 이해할 수 있으리라고 믿을 만한 아무런 가능성이 없었다. 그러나 그는 자신의 인생이 그녀가 이 말을 이해하느냐 못 하느냐에 달려 있는 듯한 표정으로 그녀를 바라보았다.

그녀는 그를 심각하게 쳐다보더니 찌푸린 이마를 손으로 받치고 읽기 시작했다. 가끔 그녀는 그를 바라보며 시선으로 물었다. '이게 내가 생각하는 건가요?'

"이해했어요." 그녀가 얼굴을 붉히며 말했다.

"이 단어가 뭐죠?" 그는 '영원히'를 의미하는 '영'을 가리키며 말했다.

"그건 '영원히'를 의미해요." 그녀가 말했다. "하지만 그건 진실이 아니에요."

그는 얼른 쓴 것을 지우고 그녀에게 분필을 주고 일어섰다. 그녀는 썼다. 그, 저, 다, 대, 수, 없.

분필을 손에 쥐고 수줍고 행복한 미소를 지으면서 레빈을 올려다보는 끼찌와 테이블 위로 허리를 굽히고 불타는 눈으로 테이블을 보았다가 끼찌를 보았다가 하는 레빈, 두 사람의 모습을 보고 돌리는 알렉세이 알렉산드로비치와의 대화로 인한 쓰라린 고통에서 완전히 벗어났다. 레빈은 갑자기 얼굴이 밝아졌다. 그는 이해한 것이다. 그것은 '그때 저는 다르게 대답할 수 없었어요'였다.

그는 묻는 듯이 그녀를 수줍게 바라보았다.

"그때만 그런 건가요?"

"네." 그녀의 미소가 답하고 있었다.

"그럼…… 그럼 지금은요?" 그가 물었다.

"자, 읽어보세요. 제가 하고 싶은 말을 할게요. 정말 하고 싶었던 말이에요!" 그녀는 첫 글자들을 썼다. 지, 일, 잊, 용. 그것은 '지난 일을 잊고 용서해주시기를'이었다.

그는 긴장하여 뻣뻣해진, 떨리는 손가락으로 분필을 잡고 그것을 부러뜨려가면서 다음 문장의 첫 글자들을 썼다. '저는 잊을 것도 용서할 것도 없습니다. 저는 당신에 대한 사랑을 그친 적이 없습니다.'

그녀는 계속 미소를 띤 채 그를 쳐다보았다.

"이해했어요." 그녀가 속삭이듯이 말했다.

그는 앉아서 긴 문장을 썼다. 그녀는 그에게 자기 생각이 맞는지 묻지 않고도 모두 이해했고, 분필을 잡고 곧바로 대답했다.

그는 오랫동안 그녀가 쓴 것을 이해할 수 없어서 자주 그녀의 두 눈을 들여다보았다. 그는 행복해서 정신이 아득했다. 그는 그녀가 의미하는 말을 전혀 알아낼 수 없었다. 하지만 행복으로 인해 매혹적으로 반짝이는 그녀의 두 눈에서 그는 자신이 알아야 할 모든 것을 이해했다. 그리고 그는 세 글자를 썼다. 하지만 그가 다 쓰기도 전에 그녀는 이미 그의 손을 따라 읽고는 자신이 나머지를 마저 쓰고 나서 대답을 썼다. '네.'

"비서[24]놀이 하나?" 노공작이 다가오며 말했다. "자, 하지만 극장에 서둘러 가야 하니 이제 우린 가자."

레빈은 일어서서 끼찌를 문까지 배웅했다.

그들의 대화 속에서 모든 것이 다 이야기되었다. 그녀가 그를 사랑하고 있다는 것, 그녀가 아버지와 어머니에게 말하겠다는 것, 그가 내일 아침에 집으로 가겠다는 것이 이야기되었던 것이다.

14

끼찌가 떠나고 혼자 남았을 때 레빈은 그녀가 없기에 느끼는 불안과 그녀를 다시 만나고 그녀와 영원히 결합하게 될 내일 아침까지 빨리빨리 시간이 지나갔으면 하는 초조한 욕망을 너무나 강하게 느껴서 그녀 없이 보내야 할 이 열네시간이 죽음처럼 두려웠다. 그는 살아야 했고 혼자 남지 않기 위해서, 시간을 배반하기 위해서 누군가와 이야기를 해야 했다. 스쩨빤 아르까지치가 그에게 가장 편안한 대화 상대였으나 그는 그의 말로는 야회에, 그러나 실제로는 발레에 갔다. 레빈은 그에게 자신이 행복하며, 그를 사랑하고, 그가 자신을 위해 한 일을 결코, 결코 잊지 않겠다는 말만 겨우 할 수 있었다. 스쩨빤 아르까지치의 시선과 미소는 레빈에게 그 감정

24 프랑스어 'secrétaire'를 러시아어로 표기했다.

이 어떤 것인지 이해하고 있다는 것을 보여주었다.

"어때? 죽어야 할 때야?" 스쩨빤 아르까지치가 감동적으로 레빈의 손을 쥐면서 말했다.

"아—니!" 레빈이 말했다.

그와 작별 인사를 나누면서 다리야 알렉산드로브나 역시 그를 축하하듯이 말했다.

"끼찌와 다시 만나게 되셔서 정말 기뻐요. 옛 우정을 소중히 여겨야지요."

하지만 레빈은 다리야 알렉산드로브나의 이 말이 불편했다. 그녀는 이 모든 것이 얼마나 드높고 그녀로서는 도달할 수 없는 것인지 이해하지 못하고 있었고, 따라서 그녀는 여기에 대해 감히 언급하지 말았어야 했다.

레빈은 그들과 작별했다. 하지만 혼자 남지 않기 위해서 형에게 따라붙었다.

"형, 어디로 가요?"

"회의에 간다."

"그럼 저도 같이 가요. 그래도 되죠?"

"왜 안 되겠니? 가자." 세르게이 이바노비치가 미소를 띠고 말했다. "오늘 웬일이냐, 너?"

"저요? 행복해서요!" 레빈은 그들이 타고 가는 마차의 창문을 열면서 말했다. "괜찮죠? 답답해서요. 전 행복해요! 형은 왜 결혼을 안 했어요?"

세르게이 이바노비치는 씩 웃었다.

"나는 무척 기쁘다. 그녀는 훌륭한 처녀인 것 같……" 세르게이 이바노비치가 말을 시작하려 했다.

"말하지 마요, 말하지 마요, 말하지 마요!" 레빈이 두 손으로 형의 털가죽 외투 깃을 잡고 여미며 소리쳤다. '그녀는 훌륭한 처녀다'라는 말은 너무 평범하고 저열한 말이어서 그의 감정에 전혀 어울리지 않았던 것이다.

세르게이 이바노비치는 유쾌한 웃음을 터뜨렸다. 이는 그에게 드문 일이었다.

"자, 그래도 내가 무척 기쁘다는 말은 해도 되겠지."

"그건 내일, 내일 해요. 더이상 아무 말도 마세요! 아무 말도, 아무 말도, 침묵!" 레빈이 말하고 다시 한번 형의 털가죽 외투를 여며 주면서 덧붙였다. "전 형을 무척 사랑해요! 어때요, 회의에 같이 가도 되지요?"

"물론이지, 가도 돼."

"오늘은 무슨 이야기를 하는데요?" 레빈이 계속 미소를 머금고 물었다.

그들은 회의장에 도착했다. 레빈은 서기가 말을 더듬으며 분명 스스로도 이해하지 못하는 회의록을 읽는 것을 들었다. 하지만 레빈은 이 서기의 얼굴을 보고 그가 얼마나 사랑스럽고 선량하고 훌륭한 인간인가를 생각했다. 그건 그가 회의록을 읽으면서 당황해하고 어리둥절해했기 때문이었다. 그런 다음 발언이 시작되었다. 그들은 어떤 액수의 공제 내역과 어떤 파이프의 설치 때문에 오랫동안 논쟁했고, 세르게이 이바노비치는 두명의 위원을 깎아내리며 의기양양하게 오랫동안 뭔가를 이야기했다. 한 위원이 뭔가를 종이에 적더니, 처음에는 어색해하다가 나중에는 매우 독기 어린 어조로 거침없이 그에게 말했다. 그다음에는 스비야시스끼가(그도 여기 있었다) 역시 뭔가를 아름답고 고상하게 이야기했다. 레빈은 그들의 말을 들으면서 그 공제 액수도 파이프도 정말 아무것도 아니라는 것, 그들은 화를 내지 않으며, 모두 다 선량하고 훌륭한 사람들이고, 이 모든 것이 다 좋아서 그들 사이도 좋다는 것을 확실히 알았다. 그들은 아무도 방해하지 않았으며 모두가 기분이 좋았다. 레빈이 멋지다고 생각한 것은 오늘 그들 모두가 훤히 들여다보인다는 사실이었다. 예전에는 보지 못한 작은 특징들을 통해 그는 각각의 영혼을 알아보았고 그들 모두가 선량한 사람이라고 생각했다. 특히 오늘 그들은 그를, 레빈을 지극히 사랑하고 있었다. 이것은 그들이 그와 이야기하는 태도에서, 모르는 사람들까지도 상냥하고 애정 어린 눈길로 그를 바라보는 데서 알 수 있었다.

“자, 어때, 만족스럽니?” 세르게이 이바노비치가 그에게 물었다.

“아무렴요, 이렇게 흥미로운 건지 전혀 예상 못 했어요. 훌륭해요. 멋져요.”

스비야시스끼는 레빈에게로 다가와서 차를 마시러 오라고 초대했다. 레빈은 자신이 스비야시스끼의 어떤 점에 불만을 느꼈는지, 그로부터 무엇을 찾아내고자 했는지 이해하지도 기억하지도 못했다. 그는 현명하고 놀랄 만큼 선량한 인간이었다.

“네, 기꺼이 가지요.” 레빈은 말하고 그의 아내와 처제에 대해 물었다. 생각이 기이하게 뻗어나가 그의 머릿속에서 스비야시스끼의 처제에 대한 생각이 결혼과 연결되면서 스비야시스끼의 아내와 처제만큼 자신의 행복에 대해 더 잘 말할 수 있는 사람은 없다는 생각이 들었고, 그래서 그는 그의 집으로 함께 가는 것이 매우 기뻤다.

스비야시스끼는 항상 그렇듯이 유럽에서 발견되지 않은 것을 발견할 가능성은 전혀 없다는 전제하에 그의 농사일에 대해서 물었지만, 그것이 지금의 레빈에게는 전혀 불편하지 않았다. 반대로 그는 스비야시스끼가 옳고 이 모든 일은 아무것도 아니라고 느꼈고, 스비야시스끼가 자신이 옳다고 말하는 것을 피하는 듯한 태도에서 놀랄 만한 부드러움과 상냥함을 보았다. 스비야시스끼네 숙녀들은 특히 사랑스러웠다. 레빈에게는 그들이 모든 것을 알고 있고 그에게 동감하지만 단지 섬세한 배려 때문에 이야기하지 않을 뿐이라고 여겨졌다. 그는 그 집에 한시간, 두시간, 세시간을 머물며 여러가지에 대해 이야기했으나, 그의 영혼을 가득 채우고 있는 오직 한가지에만 몰두해서 그가 그들을 몹시도 지루하게 했으며 그들이 잘 시간이 한참 지났다는 것을 알아채지 못했다. 스비야시스끼는 하품을 하면서 친구의 그 이상한 상태에 놀라며 그를 현관까지 배웅했다. 한시가 지났다. 레빈은 호텔방으로 돌아와 자기 혼자 그토록 초조한 마음으로 아직 남아 있는 열시간을 보내야 한다는 생각에 경악했다. 잠들지 않은 당번 급사가 그에게 초를 켜주고 나가려고 했지만, 레빈은 그를 멈춰세웠다. 레빈이 전에는 눈여겨보지 않았던 이 급사, 예고르는 매우 현명하고 잘생겼으며, 무엇보다도 선량한 사람이었다.

"예고르, 잠을 못 자서 힘들지 않나?"

"할 수 없지요. 저의 직무인데요. 손님들이 더 편안함을 느끼시니까요. 그 대신 여기는 급료가 더 많습니다."

예고르에게 가정이, 아들 셋과 마구 제작소 점원과 혼인시키고 싶은 재봉사 딸 하나가 있다는 사실이 밝혀졌다.

레빈은 이 기회에 결혼에서 가장 중요한 것이 사랑이고 행복은 그 속에만 있으므로 사랑과 함께면 항상 행복할 거라는 자신의 생각을 예고르에게 알려주었다.

예고르는 주의 깊게 귀를 기울였고 분명 레빈의 생각을 완전히 이해한 것 같았다. 하지만 그 생각에 대한 증거로서 레빈이 예상하지 못했던 의견을 말했다. 그는 좋은 주인들을 모시고 살 때 항상 주인들에게 만족했고 지금도 비록 주인이 프랑스인이지만 완전히 만족하고 있다고 말했다.

'놀랄 만큼 선량한 사람이야.' 레빈은 생각했다.

"근데 예고르, 자네는 결혼할 때 아내를 사랑했나?"

"왜 사랑하지 않았겠어요?" 예고르가 대답했다.

레빈은 예고르도 마찬가지로 환희에 찬 상태이고 마음에서 우러나는 모든 생각을 이야기하려고 한다는 것을 알아차렸다.

"제 인생도 역시 놀랄 만합니다. 저는 어렸을 적부터……"

그가 두 눈을 반짝이면서 이야기를 시작했다. 사람들이 하품에 전염되어 하품을 하듯이 레빈의 환희와 열광이 전염된 것이 분명했다.

하지만 그때 종이 울렸다. 예고르는 나갔고 레빈은 혼자 남았다. 그는 만찬 이후 아무것도 먹지 않았고 스비야시스끼의 집에서는 차와 밤참을 거절했었다. 하지만 무언가를 먹는 것은 생각조차 할 수 없는 일이었다. 그는 지난밤 자지 못했지만 자는 것은 생각조차 할 수 없는 일이었다. 방 안은 서늘했지만 그는 열이 나서 답답했다. 그는 통풍창 두개를 다 열고 그 맞은편에 있는 책상 위에 앉았다. 눈으로 덮인 지붕 너머로 사슬이 달린, 무늬로 장식된 십자가와 그 위로 담황색의 카펠라 별과 함께 떠오르는 삼각형의 마부자리 별이 보였다. 그는 십자가를 보기도 하고 별을 보기도 하면서 방 안으로 고르게 들어오는 신선한 찬 공기를 들이마셨고, 마치 꿈속인 듯 상상 속에 떠오르는 장면들과 기억들을 따라갔다. 세시가 지나자 복도에서 발소리가 났다. 그는 문을 통해 내다보았다. 그가 아는 도박꾼 먀스낀이 클럽에서 돌아오는 길이었다. 그는 얼굴을 찌푸리고 기침을 하면서 우울하게 걸어오고 있었다. '불쌍한 사람, 불행한 사람!' 이렇게 생각하자 레빈의 두 눈에서는 그 사람에 대한 사랑과 동정 때문에 눈물이 솟았다. 그는 그 사람과 이야기하고 위로하고 싶었다. 하지만 자기가 셔츠만 입은 것을 떠올리고는 마음을 고쳐먹고 다시 통풍창을 향해 앉았다. 차가운 공기에 몸을 적시고, 경이로운 형태의 십자가, 아무 말 없으나 그에게는 의미로 가득 찬 그 십자가와 떠오르는 담황색 별을 보기 위해서. 여섯시가 지나자 청소부들 소리가 났고, 무슨 심부름을 시키려는 종소리가 울렸고, 레빈은 몸이 얼어오는 것을 느꼈다. 그는 통풍창을 닫고 세수를 하고 옷을 갈아입고 거리로 나섰다.

15

거리는 아직 비어 있었다. 레빈은 셰르바쯔끼 저택으로 갔다. 정문은 닫혀 있었고 모든 게 잠들어 있었다. 그는 돌아서서 다시 호텔방으로 돌아와 커피를 청했다. 이제 예고르가 아닌 다른 당번 급사가 가져왔다. 레빈은 그와 이야기를 나누려 했으나 다시 그를 부르는 종이 울렸고 그는 갔다. 레빈은 커피를 마시고 흰 빵을 입안에 넣으려고 했으나, 그의 입은 빵을 어찌해야 할지 정녕 몰랐다. 레빈은 빵을 뱉고는 외투를 입고 다시 나갔다. 그가 두번째로 셰르바쯔끼 저택 현관에 다다랐을 때는 아홉시가 지나 있었다. 사람들은 막 일어났고, 요리사는 식품을 구하러 나갔다. 적어도 아직 두시간을 더 때워야 했다.

밤새도록, 그리고 아침까지 레빈은 완전히 무의식적으로 살았고, 완전히 물질적 생활의 조건에서 제외되어 있는 것을 느꼈다. 그는 하루 종일 먹지 않았고 두 밤을 자지 않았고 몇시간을 옷을 벗고 추위 속에 있었지만, 한번도 이렇게 신선하고 건강하게 느껴진 적이 없었을 뿐만 아니라 자신이 완전히 육체와 무관한 느낌이 들었다. 그는 근육에 전혀 힘을 주지 않고 움직였으며 무엇이든지 할 수 있을 것 같았다. 그는 필요하다면 하늘로 날아올라가거나 집의 한 모서리를 들어올릴 수도 있을 것 같았다. 그는 연신 시계를 들여다보고 주위를 둘러보면서 나머지 시간을 거리에서 보냈다.

이때 그가 본 것은 이후로는 한번도 보지 못한 것들이었다. 특히 학교로 가는 아이들, 지붕에서 보도로 날아오는 회색 비둘기들, 보이지 않는 손이 내놓는 하얀 가루가 덮인 흰 빵들이 그를 감동시켰다. 이 흰 빵들, 비둘기들, 두 소년은 지상의 존재가 아니었다. 이 모든 것은 동시에 일어났다. 소년은 비둘기에게 달려가다가 미소를 지으면서 레빈을 쳐다보았고, 비둘기는 날갯짓을 하면서 공기 중에서 떨고 있는 눈가루 사이로 햇빛에 반짝이며 날아갔고, 빵집의 작은 창문으로부터 구운 빵 냄새가 나면서 흰 빵들이 내놓아졌다. 이 모두가 함께 어우러지며 정말 드물게 멋져서 레빈은 웃음을 터뜨렸고 기쁨으로 울음이 나왔다. 그는 가제뜨니 골목과 끼슬롭까가街를 따라 한바퀴 크게 돌고 나서 다시 호텔로 돌아와 시계를 앞에 놓고 앉아서 열두시가 되기를 기다렸다. 옆방에서는 기계와 속임수에 대해 뭔가를 이야기하며 아침의 밭은기침을 콜록거렸다. 그들은 시곗바늘이 이미 열두시를 향해 가고 있는 것을 알지 못했다. 시곗바늘이 열두시에 다가가고 있었다. 레빈은 현관으로 나갔다. 마부들은 분명히 모든 것을 알고 있었다. 그들은 행복한 얼굴로 레빈을 에워싸며 서로 자기 마차를 타라고 권하면서 경쟁했다. 레빈은 다른 마부들을 모욕하지 않으려고 다음에는 그들의 마차에도 타겠다고 약속하고 나서 한 마부를 붙잡고 셰르바쯔끼 저택으로 가라고 명했다. 까프딴 밖으로 셔츠의 하얀 깃을 꺼내어 다부지고 혈색 좋은 건강한 목을 감싼 마부는 기막히게 멋있었다. 이 마부의 썰매마차는 레빈이 그후에는 한번도 타지 못한 그런 높고 날쌘 마차였다. 말은 아름다웠고 힘써 달리는데도 움직임이 느껴지지 않았다. 마부는 셰르바쯔끼 저택을 알고 있었고, 승객에게 특별한 예의를 표하며 두 손을 모으고 '프르루' 소리를 내면서 마차를 현관 앞에 멈춰세웠다. 셰르바쯔끼 저택의 문지기는 아마도 모든 것을 알고 있는 모양이었다. 이는 그의 두 눈에 서린 미소와 그의 인사에서 알 수 있었다.

"음, 오랫동안 못 뵈었네요, 꼰스딴찐 드미뜨리치!"

그는 모든 것을 알고 있을 뿐만 아니라 분명 환호하고 있었으며 자기의 기쁨을 감추려고 애쓰고 있었다. 그의 노인다운 다정한 두 눈을 보고 레빈은 자신의 행복 속에서 뭔가 또 새로운 것을 느꼈다.

"일어나셨나?"

"들어오세요! 그건 여기 두세요." 레빈이 모자를 가지러 돌아서려 했을 때 그가 미소를 띠고 말했다. 이건 무언가를 의미하는 것이었다.

"어느 분께 알릴까요?" 하인이 물었다.

하인은 젊었고 새로 온 하인들 중에서는 멋쟁이였는데 매우 선량하고 좋은 사람이었고, 역시 모든 것을 이해하고 있었다.

"공작부인께…… 공작님께…… 공작영애께……" 레빈이 말했다.

그가 처음 본 얼굴은 *마드무아젤 리농*이었다. 그녀는 거실을 지나가고 있었는데, 그녀의 곱슬머리와 얼굴이 빛났다. 그가 그녀와 이야기를 나누려는 찰나에 갑자기 문 뒤에서 옷자락이 살랑거리는 소리가 들려왔고, 레빈의 눈에서 *마드무아젤 리농*은 사라졌고 그의 행복이 다가온다는 기쁜 놀라움이 그를 엄습했다. *마드무아젤 리농*은 그를 남겨두고 서둘러 다른 문으로 향했다. 그녀가 나가자마자 빠르디빠른 가벼운 발소리가 바닥에 울려왔다. 그의 행복, 그의 삶, 그 자신—자기 자신보다 더 나은—, 그가 추구해왔고 오랫동안 원해왔던 존재가 빠르디빠르게 그를 향해 다가오고 있었다. 그녀는 걸어온다기보다는 어떤 보이지 않는 힘에 의해 끌어당겨져서 그에게로 달려오고 있었다.

그에게 보이는 것은 그녀의 맑고 솔직한, 그의 심장 또한 가득 채우고 있는 사랑의 기쁨과 똑같은 기쁨으로 놀란 두 눈뿐이었다. 이 눈은 사랑의 빛으로 그를 눈부시게 하며 점점 더 가까이에서 빛났다. 그녀는 그의 몸에 닿도록 바로 곁에서 멈추어섰다. 그녀의 두 손이 올라가더니 그의 두 어깨에 내려앉았다.

그녀는 자신이 할 수 있는 모든 것을 했다. 그녀는 그에게로 달려와 수줍어하고 기뻐하며 자신의 전부를 내준 것이다. 그는 그녀를 껴안고 그의 키스를 구하고 있는 그녀의 입술에 자신의 입술을 대고 눌렀다.

그녀 또한 밤새도록 자지 못했고 아침 내내 그를 기다리고 있었다. 어머니와 아버지는 두말없이 동의했고 그녀의 행복에 행복해했다. 그녀는 그를 기다리고 있었다. 그녀는 자기가 처음으로 그에게 자신과 그의 이 행복을 알리고 싶었던 것이다. 그녀는 혼자서 그를 만날 준비를 하면서 이 생각에 기뻐하고 수줍어하고 부끄러워하면서도 스스로 어떻게 해야 할지 몰랐다. 그녀는 그의 발소리와 목소리를 듣고 문 뒤에서 *마드무아젤 리농*이 나가기를 기다렸다. 그녀는 무엇을 어떻게 해야 할지 생각하지도, 자신에게 물어보지도 않고 그에게로 다가와 그런 행동을 했던 것이다.

"엄마한테 가요!" 그녀가 그의 손을 잡고 말했다. 그는 오랫동안 아무 말도 할 수 없었다. 말을 하면 자기 감정의 드높음을 망쳐버릴까봐 두려웠기 때문이기도 했지만, 더 큰 이유는 그가 무슨 말이라도 하려 하면 말 대신 매번 행복한 눈물이 터져나오려는 것을 느꼈기 때문이었다. 그는 그녀의 손을 잡고 입을 맞췄다.

"이게 정말인가요?" 마침내 그가 낮은 목소리로 말했다. "저는 당신이 저를 사랑한다는 것을 믿을 수 없어요!"

그녀는 이 '당신'이라는 말과 그녀를 바라보는 그의 수줍음 때문에 미소 지었다.

"네!" 그녀가 분명하게, 천천히 말했다. "전 정말 행복해요!"

그녀는 그의 손을 놓지 않고 응접실로 들어갔다. 공작부인은 그들을 보고 여러차례 숨을 헐떡거리더니 이내 울음을 터뜨렸다가 곧 다시 웃음을 터뜨렸다가 하면서 레빈이 기대하지 못했던 정말 힘찬 발걸음으로 그에게로 달려와서 레빈의 머리를 껴안고 입을 맞추며 그의 두 뺨을 눈물로 적셨다.

"이렇게 모든 게 끝났네! 기뻐요. 그애를 사랑해줘요. 기뻐……끼찌!"

"빨리도 일이 풀렸군!" 노공작이 아무렇지도 않은 척하려고 애쓰면서 말했다. 하지만 레빈은 그가 자신을 향했을 때 두 눈이 젖어 있는 것을 보았다.

"난 오래전부터, 항상 이걸 바라왔네!" 그가 레빈의 손을 잡고 자기에게로 끌어당기면서 말했다. "난 그때 이 변덕쟁이가 다른 생각을……"

"아빠!" 끼찌가 소리를 지르며 그의 입을 두 손으로 막았다.

"그래, 안 할게!" 그가 말했다. "나는 무척, 무척…… 기쁘…… 아아! 내가 얼마나 바본지……"

그는 끼찌를 끌어안고 그녀의 얼굴에, 팔에, 다시 얼굴에 입을 맞추고 성호를 그었다. 끼찌가 그의 살진 통통한 손에 오랫동안 사랑스럽게 입을 맞추는 것을 보자 예전에는 낯설었던 이 사람, 노공작에 대한 새로운 사랑의 감정이 레빈을 휩쌌다.

16

공작부인은 말없이 미소를 띠고 안락의자에 앉았다. 공작은 그녀 곁에 앉았다. 끼찌는 아버지 손을 놓지 않은 채 그가 앉은 안락의자 곁에 서 있었다. 모두가 침묵했다.

처음으로 모든 것을 언어화하고 모든 생각과 감정을 실제적 문제로 번역한 사람은 공작부인이었다. 이는 처음 순간에는 모두에게 동시에 이상하게 느껴져서 유감스러울 지경이었다.

"그럼 언제 하죠? 축복하고 알려야죠. 근데 결혼식은 언제 하죠? 어떻게 생각해요, 알렉산드르?"

"이 문제에 있어서는 여기 이 사람이 주인공이오." 노공작이 레빈을 가리키며 말했다.

"언제 하냐고요?" 레빈이 얼굴을 붉히면서 말했다. "내일요. 제게 물으신다면, 제 생각에는 오늘 축복받고 내일 결혼식을 하면 좋겠습니다."

"자, 그만, *여보게*[25], 바보 같은 소리를!"

"자, 그럼 일주일 후에요."

"이 사람이 정말 정신이 나갔군."

"아니요, 왜요?"

"자, 제발!" 이런 성급함에 기쁘게 미소를 지으며 그 어머니가 말했다. "그럼 혼수는?"

'혼수며 그 모든 게 있어야 하나?' 레빈은 놀라서 생각했다. '게다가 혼수나 축복, 그 모든 게 내 행복을 망치게 되는 건 아닌가? 아무것도 내 행복을 망칠 수는 없어!' 그는 끼찌를 바라보고 혼수에 대한 생각이 조금도, 조금도 그녀를 모독하지 않았다는 것을 알아챘다. '그렇다면 그건 필요한 거야.' 그는 생각했다.

"전 아무것도 모릅니다. 그저 제 희망을 말씀드렸을 뿐입니다." 그가 사과하면서 말했다.

"그러면 우리가 의논할게요. 지금이라도 축복하고 알릴 수 있지요. 그건 그래요."

공작부인은 공작에게 다가가서 그에게 키스하고 나가려 했다. 하지만 그가 그녀를 붙잡아 껴안고 사랑에 빠진 젊은이처럼 미소를 지으며 몇번이나 사랑스럽게 키스했다. 노인들은 그들이 사랑에 빠진 것인지 딸이 사랑에 빠진 것인지 순간 혼동하고 있었다. 공작이 공작부인과 나갔을 때 레빈은 약혼녀에게로 다가가 그녀의 손을 잡았다. 그는 이제 자신을 제어할 수 있었고 말도 할 수 있었다. 그리고 그는 그녀에게 할 말이 참 많았다. 하지만 그는 필요한

25 mon cher(프랑스어).

말은 전혀 하지 못했다.

“이렇게 될 줄 내가 어떻게 알았을까요! 한번도 바라지 못했는데요. 하지만 내 마음 깊은 곳에서는 항상 확신하고 있었지요.” 그가 말했다. “이건 예정되어 있었다고 믿어요.”

“나는 어땠을까요?” 그녀가 말했다. “심지어 그때도……” 그녀는 말을 멈추었다가 정직한 두 눈으로 단호하게 그를 바라보면서 말을 이었다. “내 행복을 떨쳐버렸던 그때도 그랬어요. 나는 항상 당신만을 사랑했어요. 하지만 내가 유혹당했던 것이죠. 나는 이 말을 해야만 해요…… 당신은 그것을 잊을 수 있나요?”

“잘되려고 그랬던 것 같습니다. 당신은 나의 많은 것을 용서해야 합니다. 나도 당신에게 말해야만 합니다……” 그것은 그가 그녀에게 말하기로 결심한 것들 중 하나였다. 그는 첫날부터 그녀에게 두 가지를 이야기하려고 결심했다. 하나는 그가 그녀처럼 그렇게 순결하지 않다는 것이고, 다른 하나는 그가 신앙을 가지고 있지 않다는 것이었다. 고통스러운 일이었지만 두가지 다 말해야 한다고 여기고 있었다.

“아니, 지금 말고 나중에요!” 그가 말했다.

“좋아요, 나중에. 하지만 꼭 말해주세요. 나는 두려운 게 없어요. 나는 모든 걸 알아야 하죠. 지금은 다 결정되었으니까요.”

그가 나머지를 마저 말했다.

“내가 어떤 사람이든지 나를 받아들이겠다는 것이, 나를 거절하지 않겠다는 것이 결정되었다는 거죠? 그렇죠?”

“네, 네.”

그들의 대화는 *마드무아젤 리농*에 의해 끊겼다. 그녀는 꾸민 것이기는 했으나 상냥한 미소를 지으면서 사랑하는 제자를 축하해주러 왔다. 그녀가 채 나가기도 전에 하인들이 축하 인사를 하러 왔다. 그다음에는 친척들이 왔고, 레빈이 결혼식 다음 날까지 벗어날 수 없었던 그 행복한 법석이 시작되었다. 레빈은 시종일관 어색하고 지루했지만 행복의 긴장감은 지속되었고 계속 커져만 갔다. 그는 항상 자신이 모르는 많은 일이 요구되는 것을 느꼈으나 사람들이 그에게 말하는 모든 일을 행했고, 이 모든 것이 그에게 행복을 가져다주었다. 그는 자신의 결혼 준비는 다른 어떤 결혼 준비와도 비슷한 점이 없으리라고, 통상적인 결혼 준비의 조건들은 자신의 특별한 행복을 망치리라고 생각했었다. 하지만 그 생각은 그가 다른 사람들과 똑같은 것들을 행하는 것으로 끝이 났고, 그의 행복은 그로 인해서 커졌을 뿐만 아니라 다른 어떤 것과도 비슷한 점이 없는, 점점 더 특별한 것이 되었다.

"이제 사탕과자를 먹어요." *마드무아젤 리농*이 말하면, 레빈은 사탕과자를 사러 갔다.

"아, 매우 기쁩니다." 스비야시스끼가 말했다. "꽃다발은 포민 꽃집에서 사라고 조언하겠습니다."

"그래야 하나요?" 그러고서 레빈은 포민 꽃집으로 갔다.

형은 그에게 지출이 많을 거고 선물도 많이 필요할 거라면서 돈을 빌려야 한다고 말했다.

"선물을 해야 하나요?" 그러고서 그는 폴다 보석 상점[26]으로 달려갔다.

과자점에서도 포민 꽃집에서도 폴다 보석 상점에서도 그는 그들이 그즈음 그가 만난 다른 모든 사람들처럼 그를 기다리고, 그

26 모스끄바의 유명한 보석 상점.

를 보며 기뻐하고, 그의 행복에 환호하는 것을 보았다. 특이한 것은 그들이 모두 그를 사랑할 뿐만 아니라 예전에는 호감을 느끼지 못했던, 차갑고 무관심했던 사람들조차 그에게 열광하며, 모든 일에 있어서 그를 따르고, 친절하고 세심하게 그의 감정을 배려하고, 그의 신부가 완벽함을 넘어서기 때문에 그가 세상에서 가장 행복한 사람이라는 확신을 그와 나눈다는 점이었다. 끼찌도 똑같은 감정을 느꼈다. 노르츠똔 백작부인이 자신은 좀더 좋은 사람을 희망했었다는 것을 감히 암시하자 끼찌가 무척 화를 내며 레빈보다 더 좋은 사람은 이 세상에 있을 수 없다고 확신에 차서 증명해 보여서 노르츠똔 백작부인도 그것을 인정하지 않을 수 없었고, 끼찌가 있는 데서는 감탄의 미소를 짓지 않고는 레빈을 맞이할 수조차 없었다.

그가 약속한 고백은 이 일에서 유일하게 고통스러운 사건이었다. 그는 노공작에게 조언을 구하여 그의 허락하에 자신을 괴롭히는 일이 적혀 있는 일기장을 끼찌에게 건넸다. 그가 당시 미래의 신부를 염두에 두고 쓴 것이기도 했다. 두가지 문제가 그를 괴롭히고 있었는데, 그것은 그가 동정童貞이 아니라는 것과 신앙이 없다는 것이었다. 신앙이 없다는 고백은 별문제 없이 지나갔다. 그녀는 종교적이었고 종교적 진리에 대해 회의가 없었지만, 그가 외면적으로 무신앙이라는 점은 그녀에게 전혀 타격을 주지 않았다. 그녀는 사랑으로 인하여 그의 온 영혼을 알고 있었고 그의 영혼 속에서 그녀가 원하는 것을 보았는데, 그런 영혼의 상태가 무신앙이라고 불리는 것이 그녀에게는 아무 상관이 없었다. 그러나 다른 고백은 그녀를 몹시 비통하게 울도록 만들었다.

레빈은 내면의 갈등을 느끼며 그녀에게 일기장을 건넸었다. 그는 자신과 그녀 사이에 어떤 비밀도 있어서는 안 되고 있을 수도 없다는 것을 알았기에 건네야만 한다고 생각했던 것이지만, 이것이 어떤 영향을 미치리라는 것에 대해서는 고려하지 않았었다. 그는 그녀의 마음속으로 들어가지는 않았던 것이다. 그날 밤 극장에 가기 전에 그네들에게로 가서 그녀의 방에 들어가 그로 인해서 생긴 달랠 길 없는 고통 때문에 불행한, 울어서 퉁퉁 부은 비참하고 사랑스러운 얼굴을 보았을 때에야 그는 자신의 치욕스러운 과거와 그녀의 비둘기 같은 순결함 사이에 놓인 깊은 심연을 이해했고 자신이 저지른 짓에 경악했다.

"가져가세요, 이 끔찍한 책들을 가져가세요!" 그녀가 자기 앞 책상 위에 놓인 공책들을 밀치면서 말했다. "뭣 때문에 그것들을 내게 주었어요! 아니, 그래도 그러는 편이 낫긴 해요." 그녀가 그의 절망적인 얼굴을 동정하면서 덧붙였다. "하지만 이건 끔찍해요, 끔찍해요!"

그는 고개를 떨구고 침묵했다. 그는 아무 말도 할 수 없었다.

"나를 용서하지 못할 겁니다." 그가 속삭이듯 말했다.

"아뇨, 용서했어요. 하지만 이건 끔찍한 일이에요!"

하지만 그의 행복은 너무나 거대하여 이 고백은 그것을 깨뜨리지 못했을 뿐만 아니라 오히려 그것에 새로운 색채를 더했을 뿐이었다. 그녀는 그를 용서했고, 그때부터 그는 더욱더 자신이 그녀에게 값할 만한 존재가 못 된다고 여겼고, 정신적으로 그녀 앞에서 더욱더 몸을 낮추었고, 자격 없이 얻은 자신의 행복을 더욱더 높이 샀다.

17

알렉세이 알렉산드로비치는 만찬 동안, 그리고 만찬 이후에 행해진 대화에서 받은 인상들을 회상 속에서 저도 모르게 곱씹어보면서 고독한 호텔방으로 돌아왔다. 다리야 알렉산드로브나가 용서에 대해 한 말은 그의 마음속에 불쾌감만을 불러일으켰다. 자신의 사건에 기독교적 원칙들을 적용하거나 안 하거나 하는 일은 쉽게 말해서는 안 되는 너무나 어려운 문제였고, 알렉세이 알렉산드로비치는 이미 오래전에 이 문제에 대해서 부정적인 쪽으로 결정했다. 그의 마음속에 가장 깊이 남은 말은 젊은이처럼 결투를 신청해서 죽였다는 바보 같은, 사람 좋은 뚜롭찐의 말이었다. 분명 모두들 그에게 동조했는데, 예의 때문이기는 했지만 아무도 이에 대해 입을 열어 말하지 않았다.

'게다가 이 문제는 끝난 거고 아무것도 생각할 게 없지.' 알렉세이 알렉산드로비치는 스스로에게 말했다. 그러고 나서 그는 눈앞에 둔 출발과 현지 조사에 대한 생각만 하면서 호텔방으로 들어갔고, 따라 들어온 문지기에게 자기 하인이 어디 있느냐고 물었다. 문지기는 하인이 방금 나갔다고 말했다. 그는 차를 가져다달라고 하고 책상으로 다가앉아서 여행안내 책자인 『프룸』[27]을 펼쳐들고 여정을 따져보기 시작했다.

"전보가 두통 왔습니다." 돌아온 하인이 방으로 들어오면서 말했다. "죄송합니다, 각하. 잠깐 나갔다 왔습니다."

알렉세이 알렉산드로비치는 전보를 받아서 뜯어보았다. 첫번째

27 1870년에 출간된 *Froom's Railway Guide for Russia & the Continent of Europe*.

전보는 스뜨레모프가 까레닌 자신도 희망했던 자리에 임명되었다는 소식이었다. 알렉세이 알렉산드로비치는 전보를 내던지고 얼굴을 붉히면서 일어나 방 안을 왔다 갔다 서성이기 시작했다. '*신은 파멸시키고자 하시는 그자의 이성을 빼앗는다.*[28]' 그는 *그자*[29]를 이 자리의 임명에 영향을 준 사람들로 이해하며 말했다. 자신이 이 자리를 얻지 못한 것이, 그들이 분명 그를 피한 것이 유감스러운 것은 아니었다. 하지만 그가 이해할 수 없는 것, 놀랄 수밖에 없는 것은 그들이 어떻게 말만 번지르르 앞세우는 허풍쟁이 스뜨레모프가 다른 누구보다도 부적격이라는 것을 알아채지 못했냐는 것이었다. 어떻게 그들은 이 임명으로 스스로를, 자신들의 *명망*[30]을 망친다는 것을 알아채지 못한단 말인가!

'또 이런 비슷한 종류겠지.' 그는 두번째 전보를 열면서 쓰디쓰게 혼잣말을 했다. 전보는 아내에게서 온 것이었다. 푸른색 연필 글씨로 된 그녀의 서명 "안나"가 맨 먼저 눈에 들어왔다. "난 죽어가고 있어요. 부탁하고 애원할게요. 돌아오세요. 당신의 용서를 받으면 좀더 편하게 죽을 거예요." 그는 다 읽고 나서 경멸의 웃음을 짓고는 전보를 내던졌다. 처음 순간에 느꼈듯이 이것이 거짓이고 속임수라는 것, 여기에는 어떤 의심도 있을 수 없었다.

'그녀가 행하지 못할 기만은 아무것도 없구나. 그녀는 해산을 했을 텐데. 아마 산욕열인 게야. 그런데 그들의 목적이 뭘까? 아기를 합법적으로 만들고, 나를 방해하고 이혼을 저지하려는 걸까?' 그는 생각했다. '하지만 저기 뭔가 말한 게 있는데…… 죽어간다고……'

---

28 Quos vult perdere dementat(라틴어).

29 quos(라틴어).

30 prestige(프랑스어).

그는 전보를 다시 한번 읽었다. 갑자기 그것이 이야기하는 내용의 직접적인 의미가 그를 놀라게 했다. '근데 이게 만약 사실이라면?' 그는 혼잣말을 했다. '만약 사실이라면, 고통 속에서 임종이 가까워진 순간에 그녀가 진심으로 회개를 하는 거라면, 그리고 내가 이것을 기만으로 받아들이고 돌아가기를 거절하는 거라면? 그건 잔혹한 짓일 뿐만 아니라 모두들 나를 비난할 것이고, 나로서도 어리석은 짓을 하는 것이다.'

"뾰뜨르, 마차를 잡아두게. 뻬쩨르부르그로 갈 거네." 그는 하인에게 말했다.

알렉세이 알렉산드로비치는 뻬쩨르부르그로 가서 아내를 보겠다고 마음먹었다. 만약 그녀의 병이 속임수라면 그는 말없이 떠나올 것이다. 그녀가 정말로 병이 나서 임종이 가까워져 그를 보고 싶어하는 거라면, 그녀가 죽기 전에 보게 된다면 그는 그녀를 용서할 것이고, 만약 늦게 된다면 마지막 의무를 다할 것이다.

가는 길 내내 그는 해야 할 일에 대해서 더이상 생각하지 않았다.

기찻간에서 밤을 보내 피곤함과 불결함을 느끼며 알렉세이 알렉산드로비치는 뻬쩨르부르그의 이른 아침 안개 속 인적 드문 넵스끼 대로를 따라 달리면서 그를 기다리고 있을 것이 무엇인지 생각하지 않은 채 앞을 바라보았다. 그가 그것을 생각할 수 없었던 것은 무엇이 올 것인가에 대해 상상할 때면 그녀의 죽음이 당장 그의 상황을 모두 해결해주리라는 예상을 떨쳐버릴 수 없었기 때문이었다. 빵집들, 닫힌 상점들, 야간 삯마차들, 보도를 쓸고 있는 여관집 사람들이 눈앞에 어른거리며 지나갔고, 그는 자신을 기다리고 있는 것, 감히 희망하지 않지만 여전히 희망하고 있는 것에 대한 생각을 마음속에서 누르면서 이 모든 것을 관찰했다. 그는 현관으로 다가갔다. 삯마차 한대와 잠든 마부가 앉아 있는 사륜마차 한 대가 입구에 서 있었다. 복도로 들어가면서 알렉세이 알렉산드로비치는 자신의 골수 아득한 구석으로부터 결정한 바를 끄집어내어 그것을 행동 원칙으로 삼았다. 그것은 바로 '만약 속임수면 평온한 표정으로 경멸을 보내고 떠나올 것. 만약 사실이면 품위를 유지할 것'이었다.

문지기는 알렉세이 알렉산드로비치가 초인종을 울리기도 전에 문을 열었다. 까삐또니치라고도 불리는 문지기 뻬뜨로프는 낡은 제복에 넥타이도 없이 실내화만 신은 이상한 모양새를 하고 있었다.

"마님은 어떤가?"

"어제 무사히 해산을 하셨습니다."

알렉세이 알렉산드로비치는 멈춰섰고 얼굴이 창백해졌다. 그는 이제 자신이 그녀의 죽음을 얼마나 강하게 희망하고 있었는가를 명확하게 깨달았다.

"건강은?"

모닝코트를 입은 꼬르네이가 계단으로 달려내려왔다.

"무척 안 좋습니다." 그가 대답했다. "어제 의사 왕진이 있었고, 지금도 의사가 와 있습니다."

"짐가방을 들게." 알렉세이 알렉산드로비치는 여전히 죽음의 희망이 있다는 소식에 다소 마음이 가벼워지는 것을 느끼며 말하고는 현관방으로 들어섰다.

옷걸이에는 군용외투가 걸려 있었다. 알렉세이 알렉산드로비치는 이를 알아채고 물었다.

"여기 누구누구 와 있나?"

"의사와 산파와 브론스끼 백작이 있습니다."

알렉세이 알렉산드로비치는 집 안으로 들어갔다.

거실에는 아무도 없었다. 그의 발소리를 듣고 안나의 방에서 연보랏빛 리본이 달린 두건을 쓴 산파가 걸어나왔다.

그녀는 알렉세이 알렉산드로비치에게로 다가와서 임박한 죽음에 익숙한 태도로 그의 팔을 잡고 침실로 이끌었다.

"다행히도 오셨군요! 내내 나리 얘기만, 나리 얘기만 하셨어요." 그녀가 말했다.

"어서 빨리 얼음을 가져와요!" 침실로부터 의사의 명령조 목소리가 들렸다.

알렉세이 알렉산드로비치는 안나의 방으로 들어갔다. 브론스끼가 그녀의 책상 옆에, 낮은 의자에 옆으로 등을 돌리고 앉아 두 손으로 얼굴을 가리고 울고 있었다. 그는 의사의 목소리에 소스라쳐서 얼굴에서 두 손을 내렸고, 알렉세이 알렉산드로비치를 보았다. 남편을 보자 그는 너무 당황해서 어딘가로 사라지고 싶은 듯이 머리를 어깨 사이로 움츠리며 고쳐앉았다. 하지만 그는 다시 자신을 제어하고 일어서서 말했다.

"그녀가 죽어가고 있습니다. 의사들이 희망이 없다고 합니다. 당신은 저를 완전히 마음대로 하실 수 있습니다. 하지만 제가 여기 있도록 허락해주십시오…… 하지만 저는 당신의 처분에 따르겠습니다. 저는……"

브론스끼의 눈물을 보고 알렉세이 알렉산드로비치는 다른 사람들의 고통스러운 모습이 그의 마음속에 일깨우는 정신적 혼란이 밀려오는 것을 느끼고 얼굴을 돌린 뒤 그의 말을 끝까지 듣지 않고 급히 문을 향해 갔다. 침실에서는 무언가를 말하는 안나의 목소리가 들려왔다. 그녀의 목소리는 유쾌했고 생기가 돌았으며 전에 없이 명확한 억양을 띠고 있었다. 알렉세이 알렉산드로비치는 침실로 들어가서 침대로 다가갔다. 그녀는 그가 있는 쪽으로 얼굴을 돌리고 누워 있었다. 두 뺨은 홍조로 울긋불긋했고, 두 눈은 번쩍였으며, 윗옷 소매에서 삐져나온 작고 하얀 두 손은 이불 모서리를 꼬며 장난하고 있었다. 그녀는 건강하고 생기로울 뿐만 아니라 가장 기분 좋은 상태에 있는 것처럼 보였다. 그녀는 벅찬 감정이 묻어나는 억양으로 빠르고 낭랑하게, 전에 없이 명확하게 말했다.

"왜냐하면 알렉세이는, 나는 알렉세이 알렉산드로비치를 말하는 거예요(둘 다 알렉세이인 것이 얼마나 이상한 운명인지요, 그렇지 않아요?), 알렉세이는 절 거절하지 않을 테니까요. 나는 잊었고, 그는 용서했을 거예요…… 그런데 대체 그는 왜 안 오는 건가요? 그는 선량해요. 그 자신은 자기가 선량하다는 것을 모르지요. 아아, 맙소사, 얼마나 비참한지! 어서 물을 좀 주세요! 아, 이건 그애에게, 내 딸애에게 해로울 거예요! 자, 좋아요, 이제 그애를 유모에게 주세요. 자, 나는 동의해요. 그게 심지어 더 나을 거예요. 그는 올 거고, 그애를 보는 것이 마음 아플 거예요. 그애를 데려가요."

"안나 아르까지예브나, 그분이 도착하셨어요. 여기 계세요!" 산파는 그녀의 주의를 알렉세이 알렉산드로비치에게 돌리려고 애쓰면서 말했다.

"아, 무슨 바보 같은 소리!" 남편을 보지 않고 그녀가 계속 말했다. "자, 그애를, 딸애를 내게 주세요! 그는 아직 안 왔어요. 당신은 그를 모르기 때문에 그가 용서하지 않을 거라고 말하는 거예요. 아무도 몰라요. 나만 알지요. 그래서 내가 힘들어요. 그의 눈은 세료자의 눈과 똑같다는 걸 알아야 해요. 그렇기 때문에 난 그 눈을 볼 수가 없어요. 세료자는 식사를 했나요? 난 알아요. 모두들 다 그걸 잊을 거예요. 그는 아마 잊지 않을 거예요. 세료자를 구석방으로 데리고 가고 마리에뜨에게 그애와 함께 자라고 해야 해요."

갑자기 그녀는 몸을 움츠렸고, 조용해졌고, 경악하며 마치 때릴 것을 알고 피해보려는 듯이 두 손을 얼굴로 가져갔다. 그녀는 남편을 보았던 것이다.

"아니, 아니." 그녀가 말하기 시작했다. "나는 그가 무서운 것이 아니라 죽음이 무서워요. 알렉세이, 이리로 가까이 와요. 내가 서두르는 것은 내게 시간이 없어서예요. 이제 얼마 안 남았어요. 이제 열이 시작되면 나는 아무것도 이해하지 못할 거예요. 지금 나는 이해해요. 모든 걸 이해해요. 모든 걸 알아요."

알렉세이 알렉산드로비치의 일그러진 얼굴이 고통스러운 표정을 띠고 있었다. 그는 그녀의 손을 잡고 무언가를 말하려 했지만 아무 말도 하지 못했다. 아랫입술이 떨리고 있었지만 그는 여전히 자신의 흥분 상태와 싸우고 있었으며 가끔만 그녀를 바라보았다. 그리고 그녀를 볼 때마다 그는 여태껏 본 적이 없는, 그렇게도 감동적이고 열정적인 애정을 가지고 그를 바라보는 그녀의 두 눈을 들여다보았다.

"잠깐 기다려요. 당신은 몰라요…… 잠깐…… 잠깐……" 그녀는 생각을 가다듬으려는 듯이 말을 멈추었다. "그래요." 그녀가 말하기 시작했다. "맞아, 맞아, 맞아. 하려던 말이 생각났어요. 나를 보고 의아해하지 마세요. 난 예전 그대로예요. 하지만 내 안에 다른 여자가 있어요. 나는 그 여자가 무서워요. 그 여자가 그이를 사랑하게 됐고, 그래서 나는 당신을 증오하려고 했지만 예전 그대로의 여자를 잊을 수가 없었어요. 그 여자는 내가 아니에요. 지금의 내가 진정한 나이고 온전한 나예요. 지금 나는 죽어가고 있어요. 난 내가 죽으리라는 걸 알아요. 그에게 물어보세요. 나는 지금도 두 손이, 두 발이, 손가락들이 천근만근 짓눌리는 것 같아요. 이 손가락들을 보세요…… 얼마나 큰지요! 하지만 이 모든 게 곧 끝날 거예요…… 내게 필요한 건 단 하나, 나를 용서하세요. 완전히 용서해주세요! 나는 끔찍한 여자예요. 그렇지만 유모가 내게 말해줬어요. 고행하는 성녀는—이름이 뭐였더라—더 몹쓸 여자였대요. 나도 로마로 갈 거예요. 그곳 황야로. 그곳에서는 내가 누구도 방해하지 않게 될 거예요. 세료자와 딸애만 데리고 갈 거예요…… 아니, 당신은 나를 용서하지 못할 거예요. 알아요, 이건 용서하지 못할 일이에요. 아니, 아니, 가세요. 당신은 너무 좋은 사람이에요!" 그녀는 열이 나서 뜨거운 한 손으로는 그의 손을 잡았고 다른 손으로는 그를 밀쳤다.

알렉세이 알렉산드로비치의 심적 혼란은 점점 더 커져서 이제는 이미 그것과 싸우기를 멈출 지경에까지 이르렀다. 갑자기 그는 심적 혼란이라고 여겼던 것이 반대로 그에게 새로운, 여태껏 한번도 느껴본 적 없는 행복을 주는, 영혼의 축복받은 상태라는 것을 느꼈다. 그는 일생 동안 좇고자 했던 그 기독교적 원칙이 자신에게 원수들을 용서하고 사랑하라고 지시하리라고는 생각하지 않았다. 하지만 원수들에 대한 사랑과 용서의 행복한 감정이 그의 영혼을 충만하게 했다. 그는 무릎을 꿇고 앉아서, 겉옷을 뚫고 뜨거운 불처럼 그를 불태우는 그녀의 팔 안에 머리를 파묻고 어린애처럼 울었다. 그녀는 대머리가 돼가는[31] 그의 머리를 껴안고 그에게로 몸을 움직이며 도전적인 자존심을 가지고 두 눈을 치떴다.

31 제2부 20장(제1권 312면)에서 브론스끼도 대머리가 되어가기 시작한다는 표현이 있어서 독자로 하여금 두 남자의 운명이 교차하는 것에 더 주의를 기울이게 한다.

"여기 그가 왔어요. 난 알고 있었지요! 이제 모두 안녕히 계세요, 모두 안녕히! 그들이 또 왔어요. 왜 그들이 떠나가지 않는 거죠? 이 털가죽 외투를 제발 좀 내게서 벗겨주세요![32]"

의사는 그녀의 두 손을 풀고 조심스레 그녀를 베개 위에 눕힌 뒤 어깨까지 이불을 덮어주었다. 그녀는 의사가 해주는 대로 똑바로 누워서 빛나는 시선으로 앞을 바라보았다.

"내게 오직 용서가 필요했다는 것 하나만 기억하세요. 난 더이상 아무것도 원하지 않아요…… 그런데 대체 그는 왜 안 오죠?" 그녀가 문 쪽으로 브론스끼를 향해서 말하기 시작했다. "이리 와요, 이리 와요! 그에게 손을 내미세요."

브론스끼는 침대 끄트머리로 다가와서 그녀를 보고는 다시 두 손으로 얼굴을 가렸다.

"얼굴을 가리지 마요. 그를 보세요. 그는 성스러운 사람이에요." 그녀가 말했다. "얼굴을 가리지 마요, 가리지 마요." 그녀가 성난 어조로 말하기 시작했다. "알렉세이 알렉산드로비치, 그가 얼굴을 가리지 않게 하세요! 나는 그의 얼굴을 보고 싶어요."

알렉세이 알렉산드로비치는 브론스끼의 두 손을 잡아서 고통과 수치 때문에 끔찍해 보이는 그의 얼굴에서 떼어냈다.

"그에게 손을 내밀어요. 그를 용서하세요."

알렉세이 알렉산드로비치는 흐르는 눈물을 주체하지 못하며 그에게 손을 내밀었다.

32 열에 들뜬 안나는 저승사자들이 자꾸 나타나 사라지지 않고 그녀에게 답답하게 털가죽 외투를 입히는 환영을 보고 있는 것 같다. 제1부 29장(제1권 180면)에서 무도회가 끝난 후 집으로 돌아오는 기차 안에서 잠시 잠들었을 때 안나가 손잡이에 걸린 털가죽 외투를 털짐승인가 혼란스러워하는 대목이 있다.

"다행이에요, 다행이에요." 그녀가 다시 말을 시작했다. "이제 모든 게 준비됐어요. 이제 두 다리만 좀 뻗으면 돼요. 네, 그렇게. 이제 좋아요. 이 꽃들은 정말 몰취미하게 만들어졌네요. 전혀 제비꽃 같지 않아요." 그녀는 벽지를 가리키며 말했다. "아악, 아악! 이게 언제 끝나려는지? 모르핀을 주세요. 의사 선생님, 모르핀을 주세요. 아악, 아악!"

그러더니 그녀는 고통으로 침대에서 마구 버둥거리며 몸부림쳤다.

주치의와 의사들은 구십구 퍼센트는 죽게 되는 산욕열이라고 했다. 하루 종일 열이 나고 헛소리를 하며 정신이 없는 상태였다. 자정 무렵, 환자는 감각이 없었고 맥박도 거의 뛰지 않았다.

매 순간 임종을 기다리고들 있었다.

브론스끼는 집으로 돌아갔으나 다음 날 아침에 어찌 되었나 알아보려고 왔고, 알렉세이 알렉산드로비치는 그를 현관방에서 맞으면서 말했다.

"여기 있으시오. 아마 그녀가 당신을 찾을 겁니다." 그리고 그는 직접 그를 아내의 방으로 데리고 들어갔다.

아침 무렵 안나는 다시 흥분과 생기가 나타났고, 생각과 말이 빨라졌고, 그러다가 다시 정신을 잃었다. 사흘째도 마찬가지였는데, 의사들은 이제 희망이 있다고 말했다. 그날 알렉세이 알렉산드로비치는 브론스끼가 앉아 있는 서재로 들어가 문을 닫고 그와 마주 앉았다.

"알렉세이 알렉산드로비치." 브론스끼가 흉금을 털어놓아야 할 순간이 가까워진 것을 느끼며 말했다. "저는 말할 힘도 이해할 힘도 없습니다. 저를 불쌍히 여겨주십시오! 당신이 아무리 힘들더라도, 믿어주십시오, 제게는 더 끔찍한 일입니다."

그는 일어서려 했다. 하지만 알렉세이 알렉산드로비치가 그의 손을 잡고 말했다.

"내 말을 좀 들어주시길 청합니다. 꼭 필요한 일입니다. 나는 당신에게 나를 지배했고 지배하게 될 감정을 고백해야 합니다. 당신이 나에 대해서 잘못 생각하지 않도록 말입니다. 당신도 알다시피, 나는 이혼을 결심했고 그 일에 착수했습니다. 하지만 그 일을 시작하면서 나는 우유부단했고 고통을 느꼈습니다. 당신에게 고백합니다. 당신과 그녀에게 복수하고 싶은 욕구가 나를 쫓고 있었습니다. 나는 전보를 받고 마찬가지의 감정을 가지고 이리로 왔습니다. 더 이야기하자면, 나는 그녀의 죽음을 원했습니다. 하지만……" 알렉세이 알렉산드로비치는 그에게 자신의 감정을 열어 보여야 할지 말지를 생각하면서 잠시 침묵했다. "하지만 나는 그녀를 보았고, 용서했습니다. 그리고 용서의 행복이 내게 내 의무를 일깨워주었습니다. 나는 완전히 용서했습니다. 나는 다른 쪽 뺨을 때리라고 내놓을 겁니다. 내게서 겉옷을 빼앗아가면 속옷을 내줄 겁니다. 나는 오직 용서하는 행복을 빼앗아가지 않기만을 하느님께 기도합니다!" 그의 두 눈에는 눈물이 고여 있었고, 그 밝고 평온한 시선이 브론스끼를 놀라게 했다. "이것이 내 처지입니다. 당신은 나를 진창에 넣고 짓밟을 수 있습니다. 나를 사교계의 웃음거리로 만들 수도 있습니다. 나는 그녀를 떠나지 않을 거고 결코 당신을 비난하지 않을 겁니다." 그는 계속했다. "내 의무가 나에게 확실히 보입니다. 나는 그녀와 함께해야 하고 그렇게 할 겁니다. 그녀가 당신을 보기를 원한다면, 내가 당신에게 알려주겠습니다. 하지만 지금은 당신이 가는 편이 좋을 것 같습니다."

그는 일어섰다. 흐느낌이 그의 말을 막았다. 브론스끼도 일어나 꼿꼿하지 않은 구부정한 자세로 아래로부터 그를 쳐다보았다. 그는 알렉세이 알렉산드로비치의 감정을 이해할 수 없었다. 하지만 그는 이 감정이 뭔가 더 높은 것, 심지어 그의 세계관으로서는 닿을 수 없는 것이라고 느꼈다.

18

알렉세이 알렉산드로비치와 대화를 나눈 이후 브론스끼는 까레닌 저택의 현관 밖으로 나와서 자신이 어디 있는지, 어디로 가야 하는지, 걸어가야 하는지 마차를 타고 가야 하는지 생각해내느라 한참을 멈춰서 있었다. 그는 창피했고, 모욕당한 기분이었고, 자신에게 죄가 있으며, 자신의 굴욕을 씻을 가능성을 완전히 빼앗겼다고 느꼈다. 그는 자신이 여태껏 그렇게 자랑스럽고 수월하게 살아온 그 궤도에서 벗어난 것을 느꼈다. 그렇게도 흔들림 없어 보였던 삶의 모든 습관과 신조 들이 갑자기 거짓되고 쓸모없는 것으로 보였다. 여태껏 보잘것없는 존재로 보였던, 그의 행복의 우연한 방해물, 그저 얼마간 희극적인 방해물일 뿐이었던 배반당한 남편이 직접 그녀 자신에 의해서 초청을 받아 그를 굴복하게 만드는 높은 곳으로 들어올려졌고, 이 높은 곳에서 남편은 사악하고 허위에 차고 우스꽝스러운 존재가 아니라 선량하고 자연스럽고 숭고한 존재였다. 브론스끼는 이를 느끼지 않을 수 없었다. 역할이 갑자기 바뀐 것이다. 브론스끼는 그의 고상함과 자신의 저열함, 그의 정당함과 자신의 부당함을 느꼈다. 그 남편은 쓰라린 고통 속에서도 관대했지만, 그 남편을 속이는 행위를 한 자신은 저열하고 보잘것없다는 것을 그는 느꼈다. 하지만 자신이 부당하게 경멸했던 인간 앞에서 자신의 저열함을 의식하는 것은 그의 고통의 작은 부분일 뿐이었다. 그는 지금 자신이 말할 수 없이 불행하다고 느꼈는데, 그것은 근래에 와서 식었다고 여겼던 안나에 대한 열정이 그녀를 영원히 잃은 것을 알게 된 지금 그 어느 때보다도 강해졌기 때문이었다. 그는 그녀가 아픈 동안 그녀의 전부를 보았고, 그녀의 영혼을 알게 되었으며, 이제까지는 자신이 그녀를 한번도 사랑한 적이 없는 것으로 여겨졌다. 그런데 그녀를 알게 되고 정말로 사랑하게 된 지금, 그는 그녀 앞에서 보잘것없는 존재로 떨어지고 그녀에게 자신에 대해 수치스러운 기억만을 남긴 채 영원히 그녀를 잃게 되었다. 가장 끔찍한 것은 알렉세이 알렉산드로비치가 수치를 느끼는 자신의 얼굴에서 두 손을 떼어냈을 때의 자신의 우스꽝스럽고 모욕적인 처지였다. 그는 까레닌 저택 앞에 길을 잃은 사람처럼 서서 무엇을 해야 할지 몰랐다.

"마차를 부를까요?" 문지기가 물었다.

"그래, 마차를."

사흘 동안 밤을 새우고 집으로 돌아온 브론스끼는 옷도 벗지 않은 채 양팔을 포개서 머리를 감싸쥐고 소파에 엎드렸다. 머리가 무거웠다. 극도로 이상한 갖가지 장면들이 떠오르며, 갖가지 기억과 생각 들이 하나씩 하나씩 명확한 형태로 아주 빠른 속도로 휙휙 지나갔다. 그가 약을 숟가락에 따라서 아픈 안나에게 떠먹여주는 장면이 지나가기도 했고, 산파의 하얀 두 손이 눈앞에 어른거리며 지나가기도 했고, 침대 앞 바닥에 무릎을 꿇고 앉아 있던 알렉세이 알렉산드로비치의 이상한 자세가 보이기도 했다.

"잠들어야 해! 잊어야 해!" 그는 피곤하고 자고 싶을 때 금세라도 잠이 들 것을 확신하는 건강한 사람의 침착한 자신감을 가지고 혼잣말을 했다. 그리고 실제로 그 순간 머릿속이 희미해지며 망각의 심연 속으로 빠져들어갔다. 무의식의 삶, 그 망망대해의 파도가 이미 그의 머리 위로 모여들고 있었다. 갑자기 그는 몸속으로 고압의 강한 전기가 충전된 듯이 깜짝 놀라 온몸으로 소파의 스프링 위로 펄쩍 뛰어오르더니 두 손으로 몸을 지탱하고 무릎을 꿇었다. 마치 전혀 자지 않은 사람처럼 그의 두 눈은 크게 벌어져 있었다. 한 순간 전만 해도 머리가 무겁고 사지에 힘이 없었는데, 갑자기 그런 것은 흔적도 없었다.

"당신은 나를 진창에 넣고 짓밟을 수 있습니다." 알렉세이 알렉산드로비치의 말소리가 들렸고 눈앞에 그가 보였다. 열꽃이 돋은, 부드럽게 사랑을 담아 빛나는 두 눈으로 그가 아니라 알렉세이 알렉산드로비치를 보고 있는 안나의 얼굴이 보였다. 알렉세이 알렉산드로비치가 자신의 얼굴에서 두 손을 떼어냈을 때 바보 같고 우스꽝스럽게 여겨졌던 자신의 모습도 보였다. 그는 다시 다리를 펴고 일어났다가 이전 같은 자세로 소파에 몸을 던지고 두 눈을 감았다.

"잠들어야 해! 잠들어야 해!" 그는 다시 혼잣말을 했다. 하지만 감은 눈으로 그는 더 명확하게 잊지 못할, 그 경마 전날 저녁의 안나의 얼굴을 보았다.

"그런 것은 이제 존재하지 않고 앞으로도 존재하지 않을 거야. 그리고 안나는 그것을 자기 기억에서 지워버리려고 하지. 근데 나는 그것 없이는 살 수 없어. 우리는 어떻게 화해해야 하나? 우리는 어떻게 화해하지?" 그는 소리 내어 말하고서 무의식적으로 이 말을 되풀이했다. 그가 느끼기에 이 말의 반복은 그의 머릿속에서 떼 지어 맴도는 새로운 형상들과 기억들이 생겨나는 것을 막아주었다. 하지만 그것도 잠깐뿐이었다. 다시 가장 좋은 순간들과 동시에 조금 전의 모욕적인 상황이 하나씩 하나씩 아주 빠른 속도로 휙휙 지나갔다. "손을 내려요"라고 말하는 안나의 목소리가 들린다. 그는 손을 떼고 자신의 얼굴에 떠오른 수치스럽고 바보 같은 표정을 느낀다.

그는 거의 희망이 없다는 것을 느끼면서도 잠들려고 애쓰면서 내내 누워 있었고, 새로운 장면들이 머릿속에 떠오르는 것을 막아보고자 아무 생각에서나 우연히 떠오르는 말들을 내내 속삭이듯 되풀이하고 있었다. 귀를 기울이니, 이상하고 정신 나간 듯한 속삭임으로 반복되는 말소리가 들렸다. '소중히 여길 줄 몰랐어, 향유할 줄 몰랐어, 소중히 여길 줄 몰랐어, 향유할 줄 몰랐어.'

'이게 뭐지? 혹 내가 미쳐가는 걸까?' 그는 혼잣말을 했다. '그런가보다. 대체 사람들은 왜 미치는 걸까? 왜 자살하는 걸까?' 그는 스스로에게 답을 하고 나서 두 눈을 뜨고 머리 옆에 놓인, 형수 바랴가 수놓아 만든 베개를 놀라워하며 바라보았다. 그는 베개의 술 장식을 만지작거리며 바랴를, 마지막으로 그녀를 만났을 때를 기억해내려고 해보았다. 하지만 무엇인가 다른 것에 대해 생각하는 것은 고통스러웠다. '아냐, 잠들어야 해!' 그는 베개를 끌어당겨 머리를 파묻었지만 눈을 감고 있으려면 힘을 들여야 했다. 그는 다시 벌떡 일어나 앉았다. '이건 내게 끝난 일이야.' 그는 스스로에게 말했다. '뭘 해야 할지 잘 생각해봐야 해. 뭐가 남았지?' 그의 생각은 안나에 대한 사랑 이외의 삶을 에워싸고 빠른 속도로 회전했다.

'명예욕? 세르뿌홉스꼬이? 사교계? 궁정?' 그 어느 하나에도 그는 멈춰 있을 수 없었다. 이 모든 것은 예전에는 의미 있는 것이었지만 지금은 이미 아무 의미도 없었다. 그는 소파에서 일어나 제복을 벗고 허리띠를 풀었고, 자유롭게 숨을 쉬려고 털이 덥수룩한 가슴을 펴고 방을 이리저리 서성였다. '사람들이 이래서 미치는 거구나.' 그는 되풀이해 말했다. '그래서 자살하는 거구나…… 수치스럽지 않으려고.' 그는 천천히 덧붙여 말했다.

그는 문으로 다가가 문을 잠갔다. 그러고 나서 시선을 고정한 채 이를 꽉 깨물고 책상으로 다가가 권총을 쥔 후, 그것을 살펴보고 장전된 약실이 보이도록 돌리고는 생각에 잠겼다. 이분 정도, 생각을 해내느라 안간힘을 쓰는 표정으로 고개를 숙인 채 그는 두 손으로 권총을 쥐고 꼼짝 않고 서서 생각했다. '자명한 일이다.' 논리정연하고 명확한 사고 과정이 그를 의심할 바 없는 결론으로 이끌었다. 실제로 이 확신에 찬 '자명한 일이다'라는 말은 그가 이때 이미 수십번 되풀이한 기억과 생각 들이 회전한 결과일 뿐이었다. 영원히 잃어버린 행복에 대한 기억, 앞둔 삶 전체의 무의미함에 대한 생각, 자신의 굴욕에 대한 의식이 모두 똑같이 되풀이되었다. 이러한 생각과 감정의 결과 역시 똑같았다.

'자명한 일이다.' 그는 자신의 생각이 세번째로 또다시 똑같은 기억과 생각 들의 마술에 걸린 듯한 회전으로 들어가기 시작했을 때 되풀이해 말했다. 그러고 나서 그는 왼쪽 가슴에 권총을 대고 갑자기 그것을 주먹으로 꽉 쥐듯이 손 전체를 꿈틀거리더니 방아쇠를 당겼다. 그는 총소리를 듣지 못했지만, 왼쪽 가슴에 가해진 강한 타격이 그를 넘어뜨렸다. 그는 책상 끝부분을 잡으려 하다가 권총을 떨어뜨리고는 비틀거리며 바닥에 주저앉아 놀라서 주위를 둘러보았다. 휘어진 책상 다리들, 서류 바구니, 호랑이가죽 깔개가 눈에 들어왔지만 그는 자기 방인지 알아볼 수 없었다. 마룻바닥을 삐걱거리면서 종종걸음으로 거실을 돌아다니는 하인들의 발소리가 그를 정신 차리게 했다. 그는 생각해보려고 애를 쓴 끝에 자신이 바닥에 있다는 것을 알아챘으며, 호랑이가죽 깔개 위의 피와 자기 손의 피를 보고 자신이 자살하려 총을 쏘았다는 것을 알았다.

"바보같이! 맞히지 못했군." 그가 손으로 권총을 더듬어 찾으면서 말했다. 권총은 그의 곁에 있었는데 그는 계속 찾고 있었다. 계속 찾으면서 그는 다른 쪽으로 몸을 뻗다가 균형을 잡지 못하고 피를 쏟으며 나동그라졌다.

한두번이 아니게 지인들에게 자기 신경이 약하다고 한탄했던 구레나룻을 기른 우아한 하인은 바닥에 누워 있는 주인을 보고 너무 놀라서 그를 계속 피가 흐르게 놔둔 채 도움을 구하러 달려갔다. 한시간 후에 형수 바랴가 도착했고, 사방으로 수소문한 결과 동시에 나타난 의사 세명의 도움으로 부상자를 침대에 눕히고 그녀는 곁에서 그를 간호했다.

19

알렉세이 알렉산드로비치가 범한 실수는 아내와 만날 것을 대비하면서 그녀가 진정으로 회개하고, 자신이 그녀를 용서하고, 그러고 나서 그녀가 죽지 않을 경우에 대해서는 생각해보지 않았다는 점이었다. 이 실수는 그가 모스끄바에서 돌아오고 두달 후 완전히 제힘을 발휘했다. 하지만 그가 저지른 실수는 그가 이 우연한 경우에 대해서 생각하지 않았다는 것만이 아니라 그날 죽어가는 아내를 만날 때까지 그가 자신의 마음을 모르고 있었다는 것에서도 기인하는 것이었다. 그는 아픈 아내의 침대 옆에서 난생처음으로 다른 사람들의 고통이 그에게 불러일으킨, 예전에는 해로운 약점으로 수치스럽게 여겼던 감격스러운 연민의 감정에 내맡겨졌던 것이다. 그녀에 대한 동정, 그녀의 죽음을 바랐던 것에 대한 후회, 그리고 무엇보다도 용서의 기쁨이 그에게 갑자기 고통의 치유뿐만 아니라 그가 예전에 한번도 느껴보지 못했던 마음의 평온을 만들어주었다. 그는 갑자기, 자신에게 고통의 원천이었던 바로 그것이 이제 정신적 기쁨의 원천이 된 것을, 그가 심판하고 비난하고 증오했을 때는 해결되지 않을 것으로 보였던 것이 용서하고 사랑하자 간단하고 명확한 것이 된 것을 느꼈다.

그는 아내를 용서했고 그녀의 고통과 회개를 동정했다. 그는 브론스끼를 용서했고, 특히 그의 절망적인 행동에 대한 소문이 귀에 들어온 이후에는 그를 동정했다. 그는 아들을 예전보다도 더 많이 동정했고, 아들을 너무 등한시한 것에 대해 자신을 질책했다. 하지만 새로 태어난 여아에 대해서는 연민뿐만 아니라 애정이 담긴 어떤 특별한 감정을 느끼고 있었다. 처음에 그는 동정의 감정만을 가지고 자신의 딸이 아닌 그 여아, 아마도 그가 돌보지 않았으면 죽었을지도 모르는 갓 태어난 힘없는 여아를 돌보았다. 그는 자신이 그 여아를 사랑하게 된 것도 몰랐다. 그는 하루에도 몇차례씩 아기방에 가서 오랫동안 앉아 있었기 때문에 처음에는 그 앞에서 수줍어했던 유모와 하녀도 그에게 익숙해졌다. 그는 가끔 반시간 동안 말없이 앉아서 잠자는 포동포동하고 쪼글쪼글한 주홍색 아기 얼굴을 바라보며, 그 찌푸린 이마와 손가락들에 천을 감은 손등으로 두 눈과 양미간을 비비는 포동포동한 두 손을 살펴보았다. 그런 순간에 알렉세이 알렉산드로비치는 완전히 마음이 평온했으며 자신과 화해했고, 자신의 상황에서 바꾸어야 할 비정상적인 점이 있다고 전혀 생각하지 않았다.

하지만 시간이 가면 갈수록 그는 이 상황이 그에게 아무리 자연스러운 것일지라도 사람들이 그를 이 상황 속에 그냥 머무르게 두지 않으리라는 것을 점점 더 확실하게 깨달았다. 그는 자신을 인도하는 축복받은 정신적 힘 이외에 그의 삶을 지배하는 다른 거친, 정신적 힘만큼 지배력이 강한, 아니면 그보다 더 지배력이 강한 힘이 있다는 것, 그리고 이 힘은 그에게 그가 바라는 그 소박한 평온을 허락하지 않으리라는 것을 느꼈다. 그는 모든 사람들이 의문 섞인 놀라움으로 자신을 바라보는 것을, 그들이 자신을 이해하지 못하는 것을, 자신으로부터 뭔가 다른 것을 기대하는 것을 느꼈다. 특히 그는 아내와의 관계에 있어서 불안정하고 부자연스러운 것을 느꼈다.

죽음에 가까이 있었기 때문에 그녀 안에 생겼던 유약함이 사라지자, 알렉세이 알렉산드로비치는 안나가 자기를 두려워하고 부담스러워하며 자기의 눈을 똑바로 들여다보지 못한다는 것을 알아차리게 되었다. 그녀는 무언가를 원하는 것 같았으나 그에게 말할 결심을 하지 못 하고 있었고, 그들의 관계가 그대로 지속되지는 못하리라는 것을 예견하고 그로부터 뭔가를 기대하고 있는 듯했다.

이월 말에, 역시 안나라고 이름 지어진 안나의 갓난 딸아이가 병이 났다. 알렉세이 알렉산드로비치는 아침에 아기방에 가서 의사를 부르게 하고 나서 관청으로 갔다. 일을 끝내고 집에 오니 세시가 넘었다. 그는 현관방에서 북아메리카산 개털로 된 하얀 망토를 들고 있는, 금줄로 장식된 제복에 곰가죽 망토를 두른 미남 하인을 보았다.

"누가 왔나?" 알렉세이 알렉산드로비치가 물었다.

"옐리자베따 표도로브나 뜨베르스까야 공작부인이십니다." 하인은 알렉세이 알렉산드로비치가 보기에 미소를 지으며 대답했다.

이 힘든 기간 내내 알렉세이 알렉산드로비치는 사교계 지인들이, 특히 여자들이 그와 그의 아내에게 각별한 관심을 갖고 있다는 것을 느꼈다. 그는 이 모든 지인들이 힘들여 감추고 있는 어떤 기쁨, 그가 변호사의 눈에서 보았고 지금 하인의 눈에서 보는 그 기쁨을 알아보았다. 마치 모두가 누군가를 결혼시키는 듯한 환희 속에 있는 것 같았다. 그를 만나면 그들은 겨우 기쁨을 감춘 표정으로 그녀의 건강에 대해 물었다.

뜨베르스까야 공작부인과 연관된 기억들 때문에도 그렇고 그가 그녀를 전혀 좋아하지 않기 때문에도 그렇고, 그는 공작부인이 있다는 것이 불편해서 곧장 아이들 방으로 들어갔다. 첫번째 방에서 그는 세료자를 보았다. 세료자는 책상에 가슴을 대고 엎드려서 두 다리를 의자 위에 올려놓은 자세로 명랑하게 이야기하면서 뭔가를 그리고 있었다. 안나가 병이 난 동안 프랑스 여자를 대신해 들어온 영국인 가정교사는 코바늘 뜨갯감을 가지고 소년 옆에 앉아 있다가 서둘러 일어나 무릎을 굽혀 인사하며 세료자를 끌어당겼다.

알렉세이 알렉산드로비치는 손으로 아들의 머리카락을 쓰다듬으며 아내의 건강을 묻는 가정교사의 질문에 답하고 나서 *아기*[33]에 대해 의사가 뭐라고 했는지 물었다.

"의사는 위험한 것은 전혀 아니라고 하면서 목욕 처방을 내렸습

33 baby(영어).

니다, 주인님!"

"하지만 아기는 여전히 아파하고 있잖아요." 알렉세이 알렉산드로비치가 옆방에서 들려오는 아기 울음소리에 귀를 기울이면서 말했다.

"제 생각에는 유모 탓인 것 같습니다, 주인님." 영국 여자가 확실하게 말했다.

"왜 그렇게 생각하지요?" 그가 멈춰서서 물었다.

"뽈 백작부인 댁에서도 그랬습니다, 주인님. 아기를 치료했지만, 알고 보니 아기는 그냥 배가 고팠던 겁니다. 유모가 젖이 없었던 겁니다, 주인님."

알렉세이 알렉산드로비치는 생각에 잠겨 몇초 동안 그대로 서 있다가 다른 문으로 들어갔다. 여자아이는 유모의 두 손 안에서 몸을 꼼지락대며 머리를 뒤로 젖히고 안겨 있었는데, 자기에게 주어진 풍만한 가슴을 원하지도 않았고 유모와 자기에게로 몸을 굽힌 보모가 동시에 "쉬쉬" 하는데도 불구하고 숨 넘어가는 울음을 그치지도 않았다.

"아직도 그대로입니까?" 알렉세이 알렉산드로비치가 말했다.

"무척 걱정입니다." 보모가 속삭이듯 말했다.

"미스 에드워드는 어쩌면 유모가 젖이 없을 수도 있다고 말하던데요." 그가 말했다.

"저도 그렇게 생각합니다, 알렉세이 알렉산드로비치."

"그러면 대체 왜 말을 안 했습니까?"

"누구에게 말하나요? 안나 아르까지예브나는 여전히 건강이 안 좋으시고." 보모가 불만스러워하며 말했다.

보모는 이 집에서 오랫동안 일한 늙은 하녀였다. 그녀의 이 평범한 말이 알렉세이 알렉산드로비치에게는 그 자신의 처지를 암시하는 것처럼 들렸다.

아기는 온몸으로 바둥바둥 용을 쓰며 목쉰 소리로 더욱더 크게 울었다. 보모는 손을 내저으며 아기에게로 다가가 유모의 두 손에서 아기를 안아들고 걸으면서 얼렀다.

"의사에게 유모를 진찰하라고 청해야겠군." 알렉세이 알렉산드로비치가 말했다.

건강해 보이는 잘 차려입은 유모는 해고당할까봐 겁을 먹고 혼자서 콧소리로 무어라 중얼거리더니 커다란 가슴을 감추고 젖이 없다는 의심에 대해 경멸조의 웃음을 지었다. 이 웃음 역시 알렉세이 알렉산드로비치에게는 자신의 처지에 대한 조롱으로 보였다.

"불쌍한 아기!" 보모가 어린애를 쉬쉬 어르면서 계속 서성거리며 말했다.

알렉세이 알렉산드로비치는 의자에 앉아서 이리저리 거니는 보모를 고통스럽고 우울한 표정으로 쳐다보았다.

보모가 마침내 조용해진 아기를 깊숙한 아기침대에 눕히고 베개를 고쳐베어주고 물러나자 알렉세이 알렉산드로비치는 일어나서 발끝에 힘을 주어 걸어서 아기에게 다가갔다. 그는 일분 동안 말없이 똑같은 우울한 얼굴로 아기를 들여다보았다. 하지만 갑자기, 그의 머리카락과 이마를 움직이게 하는 미소가 그의 얼굴에 떠올랐다. 그는 마찬가지로 조용히 방을 나갔다.

식당에서 그는 종을 울려, 들어온 하인에게 의사를 부르러 사람을 보내라고 명했다. 그는 그렇게 사랑스러운 아기를 돌보지 않는 아내가 유감스러웠고, 이런 유감스러운 기분으로 그녀에게로 가고 싶지 않았으며 벳시 공작부인도 보고 싶지 않았으나, 으레 들르던 그가 오지 않는 것을 아내가 의아해할까봐 자신을 억누르며 침실로 갔다. 부드러운 양탄자를 따라 문으로 다가가다가 그는 듣고 싶지 않은 대화를 어쩔 수 없이 듣게 되었다.

"그가 떠나지 않는다면 나는 당신의 거절과 그의 거절을 이해할 수 있을 거예요. 하지만 당신 남편은 이런 것을 극복했어요." 벳시가 말했다.

"나는 남편을 위해서가 아니라 나를 위해서 원하지 않는 거예요. 그런 얘기는 하지 마요!" 흥분한 안나의 목소리가 들렸다.

"그래요. 하지만 당신 때문에 권총으로 자신을 쏘았던 사람과 작별 인사조차 하지 않으려 들 수는 없어요……"

"바로 그것 때문에 내가 원하지 않는 거예요."

알렉세이 알렉산드로비치는 경악해서 죄스러운 표정으로 멈춰 섰다가 눈에 띄지 않게 돌아가려고 했다. 하지만 그건 점잖은 일이 아니라고 생각을 고쳐먹고 다시 몸을 돌렸고, 기침을 하면서 침실을 향해 걸어갔다. 목소리들이 멈췄고, 그는 안으로 들어갔다.

안나는 회색 실내복을 입고 소파에 앉아 있었는데, 머리를 빡빡 깎아 머리 전체에 촘촘한 솔처럼 검은 머리칼이 삐죽삐죽 자라나 있었다. 항상 그랬듯이 남편을 보자 그녀 얼굴의 생기가 갑자기 사라졌다. 그녀는 고개를 숙이고 불안하게 벳시를 살펴보았다. 최신 유행으로 옷을 차려입고 머리에는 램프의 갓처럼 모자를 얹고, 가슴 부분에 한 방향으로 치마에 다른 방향으로 굵은 사선 줄무늬가 있는 파란 드레스를 입은 벳시는 반듯하고 긴 몸을 똑바로 세우고 안나 옆에 앉아서 머리를 옆으로 까딱 기울이면서 조롱조의 미소로 알렉세이 알렉산드로비치를 맞이했다.

"아!" 그녀는 놀란 듯이 말했다. "댁에 계셔서 무척 기뻐요. 어디에도 안 나타나시니 말이에요. 안나가 병이 난 이후 한번도 못 뵈었네요. 전 다 들었어요. 여러가지로 배려를 해주셨다고요. 정말 경탄할 만한 남편이세요!"

그녀는 의미 있는 상냥한 표정으로 말했다. 마치 그가 아내에게 한 행동에 대해서 관대의 훈장이라도 하사하듯이.

알렉세이 알렉산드로비치는 차갑게 인사를 하고는 아내의 손에 입을 맞추고 건강에 대해 물었다.

"나아진 것 같아요." 그녀가 그의 시선을 피하면서 말했다.

"그래도 얼굴에 열병을 앓는 기색이 있구려." 그는 '열병'이라는 단어를 강조하면서 말했다.

"제가 말을 너무 많이 시켰나봐요." 벳시가 말했다. "제 이기주의라고 여겨지네요. 전 갈게요."

그녀가 일어섰다. 하지만 안나는 갑자기 얼굴을 확 붉히더니 재빨리 그녀의 손을 잡았다.

"아니에요, 부탁이니 잠깐만 더 있어줘요. 이야기할 게 있어요…… 아니요, 당신에게요." 그녀는 알렉세이 알렉산드로비치에게로 몸을 돌렸다. 홍조가 그녀의 목과 이마를 덮었다. "난 당신에게 아무것도 감추고 싶지 않고 감출 수도 없어요." 그녀가 말했다.

알렉세이 알렉산드로비치는 손가락들을 우두둑 소리 나게 꺾으면서 고개를 떨어뜨렸다.

"벳시가 브론스끼 백작이 따시껜뜨로 떠나기 전에 작별 인사를 하러 우리 집에 오기를 원한다고 말하네요." 그녀는 남편을 쳐다보지 않았고, 분명 아무리 어려워도 모두 다 말하려고 서두르고 있었다. "난 그를 맞이할 수 없다고 말했어요."

"친구, 친구는 그것이 알렉세이 알렉산드로비치에게 달려 있다고 말했지요." 벳시가 그녀의 말을 정정했다.

"그래요, 안 돼요. 난 그를 맞이할 수 없어요. 그리고 그건 아무 소용도……" 그녀는 갑자기 멈추고 남편에게 묻는 듯이 시선을 던졌다.(그는 그녀를 보지 않았다.) "한마디로, 나는 싫어요."

알렉세이 알렉산드로비치는 몸을 약간 움직여 그녀의 손을 잡으려고 했다.

그녀는 반사적으로, 자신의 손을 찾는, 굵은 힘줄이 돋아 있는 축축한 그의 손으로부터 자기 손을 빼려 했다. 하지만 그녀는 자신을 억제하고 그의 손을 잡았다.

"당신이 나를 신뢰해주어서 무척 감사하오. 하지만……" 그가 자기 혼자서는 쉽고 확실하게 해결할 수 있는 것을, 사교계의 시선 속에서 그의 삶을 이끌어가도록 몰아대며 그가 사랑과 용서의 감정에 자신을 내맡길 수 없게 하는 그 거친 힘의 화신으로 여겨지는 뜨베르스까야 공작부인 앞에서는 제대로 생각조차 해낼 수 없다는 것에 당혹감과 유감스러움을 느끼며 말했다. 그는 뜨베르스까야 공작부인을 쳐다보며 말을 멈추었다.

"자, 잘 있어요, 내 소중한 친구." 벳시가 일어서며 말했다. 그녀는 안나에게 입을 맞추고 나갔다. 알렉세이 알렉산드로비치는 그녀를 배웅했다.

"알렉세이 알렉산드로비치! 전 당신을 진정 관대한 사람으로 알고 있어요." 벳시가 작은 응접실에 멈춰서서 특히 강하게 다시 한 번 그의 손을 잡으면서 말했다. "전 제삼자예요. 하지만 제가 그녀를 무척 좋아하고 존경해서 말씀드리는 거예요. 그를 맞이하세요. 알렉세이 브론스끼는 명예의 화신이지요. 그리고 그는 따시껜뜨로 떠나요."

"공작부인, 당신의 관심과 조언에 감사드립니다. 하지만 아내가 누구를 맞이할 수 있고 없고 하는 문제에 대해서는 그녀 자신이 결정할 겁니다."

그는 습관적으로 위엄 있게 눈썹을 치켜세우고 이 말을 했고, 동시에 자신이 어떤 말을 하든지 간에 자신의 처지에 존엄이란 있을 수 없다고 생각했다. 그리고 그는 이 사실을 그가 이렇게 말한 다음에 벳시가 그를 쳐다보며 억누르려고 애쓰면서 지은 심술궂은 조롱조의 미소에서 보았다.

20

알렉세이 알렉산드로비치는 홀에서 벳시에게 절을 하고 나서 아내에게로 향했다. 그녀는 누워 있었으나 그의 발소리를 듣고 얼른 좀 전의 자세로 일어나 앉아서 겁먹은 듯 그를 쳐다보았다. 그는 그녀가 울었다는 것을 알았다.

"당신이 나를 신뢰해주어서 무척 감사하오." 그가 벳시가 있을 때 프랑스어로 했던 말을 러시아어로 다시 한번 부드럽게 말하고 나서 그녀 곁에 앉았다. 그가 러시아어로 말하면서 그녀에게 '당신'이라고 했을 때, 이 '당신'이라는 말이 참을 수 없이 그녀를 자극했다. "그리고 또 당신의 결정에 대해서도 매우 감사하오. 나 역시 브론스끼 백작이 떠나기 때문에 이곳에 올 하등의 필요가 없다고 상정하오. 게다가……."

"네, 내가 벌써 말했잖아요. 뭣 때문에 반복하는 거예요?" 안나가 갑자기 더이상 참지 못하고 신경질을 내며 그의 말을 잘랐다.

'하등의 필요가 없다니.' 그녀는 생각했다. '사랑하는 여자 때문에 죽으려고 했고 자신을 망치게 된 남자가 그 남자 없이는 살 수 없는 그 여자와 작별하러 오는 것이 하등의 필요가 없다니!' 그녀는 입술을 꽉 깨물고 번쩍거리는 두 눈을 그가 천천히 마주 비비고 있는, 힘줄이 돋은 그의 두 손으로 떨어뜨렸다.

"이 문제에 대해 다시는 이야기하지 않기로 해요." 그녀가 좀 진정된 어조로 덧붙였다.

"나는 이 문제의 해결을 당신에게 맡겼소. 그리고 난 무척 기쁘오……" 알렉세이 알렉산드로비치가 말을 시작했다.

"나의 희망이 당신의 희망과 일치하는 것을 보게 되어 말이지요." 그가 하려는 말을 이미 다 알고 있는 그녀는 그가 그렇게 천천히 이야기하는 것에 짜증이 나서 빠른 속도로 나머지 말을 했다.

"그렇소." 그가 확인조로 말했다. "그리고 뜨베르스까야 공작부인은 완전히 부적절하게 가장 곤란한 가정 문제에 간섭하고 있소. 특히 그녀가……"

"나는 사람들이 그녀에 대해 이러쿵저러쿵하는 말을 하나도 믿지 않아요." 안나가 빠른 속도로 말했다. "나는 그녀가 진정으로 나를 사랑하는 것을 알아요."

알렉세이 알렉산드로비치는 한숨을 쉬고 입을 다물었다. 그녀는 손으로 실내복의 술을 불안하게 만지작거리며 그에 대한 육체적 혐오의 고통스러운 감정을 가지고 그를 바라보았다. 그녀는 자신의 이런 감정을 질책했지만 그것을 극복할 수는 없었다. 그녀는 지금 오직 한가지만을 원하고 있었다. 그것은 그와 함께 있는 역겨운 상태에서 벗어나는 것이었다.

"방금 의사를 부르러 사람을 보냈소." 알렉세이 알렉산드로비치가 말했다.

"난 건강한데요. 뭣 때문에 내게 의사가 필요해요?"

"아니, 여아가 막 우는데, 사람들이 유모가 젖이 거의 없어서 그런다고 말해서 말이오."

"당신은 왜 내가 모유를 먹이게 해달라고 간청했을 때 허락하지 않았어요? 아무래도 좋아요(알렉세이 알렉산드로비치는 이 '아무래도 좋아요'가 무엇을 의미하는지 이해했다). 그애는 아기인데 아기를 학대하다니요." 그녀는 종을 울려 아기를 데려오라고 명했다. "젖을 먹이게 해달라고 했을 때는 허락하지 않더니 이제 나를 비난하는군요."

"비난하는 게 아니오……"

"아니요, 비난하고 있어요. 아, 맙소사! 왜 나는 죽지 않았을까!" 그리고 그녀는 흐느껴 울었다. "용서해줘요. 내가 신경이 곤두섰어요. 나는 구제 불능이에요." 그녀가 정신을 추스르고 말했다. "하지만 그만 가줘요……"

'안 돼, 이 상태로 그냥 있을 수는 없어.' 알렉세이 알렉산드로비치는 아내의 방에서 나오면서 단호하게 다짐했다.

사교계의 시선 속에서 그야말로 말도 안 되게 형편없는 그의 처지, 그를 향한 아내의 증오, 그리고 그의 심적 상태를 거슬러서 그의 삶을 지배하며 그의 의지를 이행하고 아내와의 관계를 변화시키라고 요구하는 그 잔혹하고 비밀스러운 힘의 강력함이 그에게 지금처럼 이토록 명백하게 보인 적이 없었다. 그는 사교계 전체와 아내가 무엇인가를 요구하고 있다는 것을 확실히 알았는데, 하지만 그게 정확히 무엇인지는 이해할 수 없었다. 이 때문에 그는 마음속에 자신의 평온과 영웅적 행위의 모든 보상을 파괴하는 분노의 감정이 치솟는 것을 느꼈다. 그는 안나가 브론스끼와의 관계를 끊는 것이 그녀에게 더 좋으리라고 여겼지만, 그들이 여전히 그것이 불가능하다고 여긴다면 다시 그들의 관계를 허락할 태세가 되어 있었다. 다만 아이들을 욕되게 하지 않고, 아이들을 빼앗아가지 않고, 자신의 처지를 바꾸지만 않으면 되었다. 그것이 아무리 형편없는 일이라 해도, 그녀는 출구 없는 모욕적인 처지가 되고 그 자신은 사랑하는 모든 것을 빼앗기면서 헤어지는 것보다는 그래도 나았다. 하지만 그는 자신이 무력한 것을 느꼈다. 그는 이미 알고 있었다. 모든 사람들이 그에게 적대적일 것이고, 지금 그가 보기에 그렇게 자연스럽고 좋은 일을 하도록 놔두지 않고 형편없지만 그들이 보기에 적절한 일을 하도록 만들 것이라는 것을.

21

벳시는 홀에서 막 나가려던 찰나에, 신선한 굴이 들어온 옐리세예프의 가게[34]에서 막 돌아오는 스쩨빤 아르까지치와 문에서 마주쳤다.

"아! 공작부인! 이거 얼마나 멋진 만남입니까!" 그가 말을 시작했다. "방금 댁에 찾아갔었습니다."

"일순간의 만남이네요. 저는 가는 길이니까요." 벳시가 미소를 지으며 장갑을 끼면서 말했다.

"잠깐만요, 공작부인, 장갑을 끼지 마세요. 손에 입을 맞추게 해

34 고급 포도주 상점으로, 진미 음식도 판매한다.

주세요. 손에 입을 맞추는 것만큼 옛 풍습이 돌아온 것에 감사한 일이 없어요."

그는 벳시의 손에 입을 맞췄다. "우리 언제 만날 수 있을까요?"

"당신은 그럴 가치가 없어요." 벳시가 미소 지으며 말했다.

"아니요, 전 매우 그럴 가치가 있어요. 저는 가장 진지한 인간이 되었거든요. 저는 제 가정사뿐만 아니라 다른 집의 가정사도 돌본답니다." 그가 의미 있는 표정을 지으며 말했다.

"아, 정말 기뻐요!" 벳시는 그가 안나에 대해 말하고 있다는 것을 즉각 이해하고 대답했다. 그리고 그들은 홀로 돌아와서 구석에 앉았다. "그는 그녀를 학대하고 있어요." 벳시는 의미 있는 귓속말로 말했다. "이건 정말 못 할 짓이에요, 정말 못 할 짓이에요……"

"그렇게 생각하신다니 정말 기쁩니다." 스쩨빤 아르까지치는 진지하고 가슴 아파하는 동정의 표정을 띠고 머리를 절레절레 흔들며 말했다. "그것 때문에 뻬쩨르부르그에 왔습니다."

"도시 전체가 이 얘기만 하지요." 그녀가 말했다. "이건 말도 안 되는 상황이에요. 그녀는 점점 쇠약해지고 있어요. 그는 그녀가 감정으로 장난하는 그런 종류의 여자가 아니라는 것을 이해하지 못해요. 둘 중 하나예요. 그가 그녀를 완전히 떼어내 데려와서 박력 있게 행동하든가, 아니면 이혼을 하든가. 하지만 이 상태는 그녀를 숨 막히게 하지요."

"그래요, 맞아요…… 바로 그겁니다……" 오블론스끼가 한숨을 쉬며 말했다. "저는 그것 때문에 왔습니다. 그러니까, 사실 그 일 때문에 온 건 아니고요…… 궁정 시종[35]으로 임명되었거든요. 그러니

35 궁정의 제4등관.

감사를 표해야죠. 하지만 중요한 건 이 일을 처리하는 거죠."

"자, 하느님이 도우시기를!" 벳시가 말했다.

스쩨빤 아르까지치는 벳시를 현관까지 배웅하고 그녀의 손에, 맥박이 뛰는 곳에 장갑 위로 다시 한번 입을 맞추고 나서 아주 야한 농담을 해서 그녀가 화를 내야 할지 웃어야 할지 알 수 없는 지경으로 만들어놓고는 누이동생에게로 갔다. 그녀는 울고 있었다.

유쾌함이 솟구치는 기분이었음에도 불구하고 스쩨빤 아르까지치는 당장 그녀의 심적 상태에 걸맞게 동정적인, 시적이고 감정이 한껏 고조된 투로 완전히 자연스럽게 넘어갔다. 그는 그녀의 건강에 대해 묻고 아침을 어떻게 보냈냐고 물었다.

"아주아주 형편없어요. 낮도, 아침도, 모든 지나간 날들도, 앞으로 올 날들도." 그녀가 말했다.

"내가 보니 넌 우울에 빠진 것 같구나. 떨치고 일어나야 해. 현실을 직시해야 해. 어려운 건 나도 안다. 하지만……"

"여자들이 심지어 남자들의 악덕 때문에도 그들을 사랑한다는 말은 들었어요." 안나가 갑자기 말을 시작했다. "하지만 난 그의 덕행 때문에 그를 증오해요. 난 그와 살 수 없어요. 이해해줘요. 그를 보면 육체적으로 반응해요. 정신이 나가요. 난 그와 함께 살 수 없어요. 그와 함께 살 수 없어요. 난 어떻게 해야 해요? 난 불행했고 더이상 불행해질 수 없다고 생각했지요. 하지만 지금 겪는 이 끔찍한 상황은 생각조차 못 했어요. 믿어줘요. 그가 훌륭한, 매우 훌륭한 인간이고 내가 그의 손톱만큼도 가치가 없는 여자라는 걸 알지만, 여전히 난 그를 증오해요. 난 그의 관대함 때문에 그를 증오해요. 그러니 내겐 다른 길이 없어요. 남은 것은……"

그녀는 죽음뿐이라고 말하려고 했으나 스쩨빤 아르까지치는 그녀가 말을 마저 하도록 놔두지 않았다.

"너는 아프고 신경이 곤두서 있어." 그가 말했다. "너는 너무 과장해서 말하는구나. 내 말 믿어. 여기에 그렇게 끔찍한 일은 전혀 없어."

그러고 나서 스쩨빤 아르까지치는 씩 웃었다. 그토록 절망적인 일에 연관된 스쩨빤 아르까지치 같은 처지의 사람이라면 어느 누구도 자신에게 미소 짓는 것을 허락하지 않았을 것이다(미소는 잔인하게 보일 것이다). 하지만 그의 미소는 친절함과 거의 여성적인 부드러움이 듬뿍 담겨서, 모욕하는 것이 아니라 누그러뜨리고 진정해주었다. 그의 진정해주는 말과 미소는 편도유처럼 부드러운 효력을 가졌다. 안나도 이를 느끼기 시작했다.

"아니에요, 스찌바." 그녀가 말했다. "난 파멸했어요, 파멸했다고요! 파멸보다 더 나빠요. 난 아직 파멸하지 않았어요. 아직 모든 것이 끝났다고 말할 수 없어요. 반대로 아직 끝나지 않은 느낌이 들어요. 난 막 끊어질 것 같은, 힘껏 당겨진 줄 같아요. 하지만 아직 끝나지 않았어요…… 끔찍하게 끝날 것 같아요."

"괜찮아. 줄을 조금씩 풀면 돼. 출구가 없는 상황이란 없어."

"난 생각하고 또 생각했어요. 유일한……"

그는 그녀의 겁먹은 시선에서 그녀에게는 유일한 출구가 죽음이라고 여겨지는 것을 알아차리고 그녀가 말을 끝까지 하도록 두지 않았다.

"전혀 그렇지 않아." 그가 말했다. "자, 봐. 넌 네 상황을 나처럼 명확하게 보지 못해. 내 의견을 터놓고 이야기하게 해줘." 그는 다시 특유의 편도유 같은 미소를 지었다. "자, 처음부터 시작할게. 너는 결혼을 했는데 남편이 너보다 스무살 위야. 너는 사랑 없이 결혼했거나 사랑을 모르는 채 결혼한 거야. 그건 실수였다고 치자."

"끔찍한 실수였어요!" 안나가 말했다.

"하지만 되풀이해 말하는데, 그건 이미 일어난 사실이야. 그후에 너는, 말하자면 네 남편이 아닌 남자를 사랑하게 되는 불행을 겪은 거야. 그리고 네 남편은 그것을 인정했고 용서했어." 그는 한 문장이 끝날 때마다 그녀의 반박을 예상하며 말을 멈추었지만, 그녀는 아무 대답도 하지 않았다. "그건 그래. 지금 문제는 이거야. 네가 네 남편과 계속 살 수 있는가? 네가 그걸 원하는가? 그가 그걸 원하는가?"

"난 아무것도 모르겠어요. 아무것도 모르겠어요."

"하지만 그를 더이상 참을 수 없다고 너 스스로 말했잖니?"

"아니요, 그런 말 안 했어요. 취소해요. 난 아무것도 모르겠어요. 아무것도 이해하지 못하겠어요."

"그래. 하지만 들어봐……"

"오빠는 이해하지 못해요. 난 어떤 깊은 낭떠러지로 곤두박질치는 느낌이에요. 하지만 난 빠져나오지 못하게 되어 있어요. 힘이 없어요."

"괜찮아, 우리가 아래에 그물을 쳐서 너를 받을게. 널 이해해. 네가 감히 네 희망과 감정을 말하지 못하는 걸 이해한다."

"난 아무것도, 아무것도 원하지 않아요…… 모든 게 끝나기만을 원해요."

"하지만 그도 그걸 보고 있고 알고 있어. 그가 너보다 덜 괴롭다고 생각하는 건 아니겠지? 너도 괴로워하고 그도 괴로워해. 그러면 출구는 뭐겠니? 그렇다면 이혼이 모든 것을 해결하겠지." 스쩨빤 아르까지치는 요점이 되는 생각을 꽤 힘들여 입 밖에 내고는 그녀를 의미 깊게 바라보았다.

그녀는 아무 대답도 하지 않고 부정의 의미로 짧게 자른 머리를 절레절레 흔들었다. 하지만 갑자기 예전처럼 아름답게 빛나는 얼굴 표정으로 보아 그는 이것이 그녀에게는 불가능한 행복으로 여겨졌기 때문에, 오직 그 이유 하나 때문에 그녀가 이것을 원하지 않는다는 것을 알았다.

"둘 다 끔찍하게 불쌍하다! 그리고 내가 이 일을 처리할 수 있다면 정말 행복하겠다!" 스쩨빤 아르까지치는 이제 좀더 용기를 내어 미소 지으면서 말했다. "아무 말 하지 마, 아무 말 하지 마! 내가 느끼는 대로 제대로 말을 할 수만 있으면 좋겠는데. 그에게 가볼게."

안나는 생각에 잠긴 빛나는 두 눈으로 그를 쳐다보면서 아무 말도 하지 않았다.

22

스쩨빤 아르까지치는 관청의 자기 자리에 앉을 때처럼 약간 신중한 얼굴로 알렉세이 알렉산드로비치의 서재로 들어갔다. 알렉세이 알렉산드로비치는 뒷짐을 지고 방 안을 왔다 갔다 하면서 그의 아내와 스쩨빤 아르까지치가 이야기한 것과 동일한 것에 대해 생각하고 있었다.

"제가 방해하는 거 아닌가요?" 스쩨빤 아르까지치는 매제를 보고 갑자기 평소답지 않은 당혹감을 느끼면서 물었다. 이 당혹감을 감추기 위해서 그는 방금 산, 새로운 방식으로 여는 담뱃갑을 꺼내어 가죽 냄새를 맡고 나서 담배를 꺼냈다.

"아니오. 무슨 용무가 있소?" 알렉세이 알렉산드로비치가 내키지 않는 듯 대답했다.

"네, 제가 하고자 하는…… 아니, 해야 할…… 그래, 해야 할 얘기가 좀 있어요." 스쩨빤 아르까지치는 자신의 평소답지 않은 소심함에 스스로 놀라면서 말했다.

이 감정은 너무나 예기치 않은 이상한 것이어서, 스쩨빤 아르까지치는 그것이 자신이 하고자 하는 일이 나쁜 일이라고 말하는 양심의 소리라는 것을 믿을 수 없었다. 스쩨빤 아르까지치는 그런 자신을 억제하며 갑자기 자신을 덮친 소심함과 싸웠다.

"제가 누이동생을 매우 사랑하고, 매제에게 진정으로 애정을 느끼고 매제를 존경하고 있는 걸 믿어주길 바라요." 그는 얼굴을 붉히며 말했다.

알렉세이 알렉산드로비치는 가만히 서서 아무 대답도 하지 않았지만, 순종하는 겸손한 희생의 표정이 떠올라 있는 그의 얼굴은 스쩨빤 아르까지치를 깜짝 놀라게 했다.

"제가 말하고자 하는 것은, 제가 말하고 싶은 것은 누이동생에 대해서, 그리고 그애와 매제의 상호 관계에 대해서예요." 스쩨빤 아르까지치는 여전히 자신의 평소답지 않은 소심함과 싸우면서 말했다.

알렉세이 알렉산드로비치는 우울하게 한번 웃고 나서 처남을 쳐다보더니 아무 대답도 하지 않고 책상으로 다가가 쓰다 만 편지를 건넸다.

"나도 동일한 것에 대해서 줄곧 생각하고 있소. 여기 내가 쓰기 시작한 편지요. 내 생각에 서면으로 이야기하는 것이 더 좋을 거라고 여겼소. 내 존재가 그녀를 자극하니 말이오." 그는 편지를 건네주며 말했다.

스쩨빤 아르까지치는 편지를 받아들고 자신을 미동도 없이 응시하는 희미한 두 눈을 당혹스럽고 놀라운 표정으로 쳐다보고는 읽기 시작했다.

'내 존재가 당신을 괴롭게 하는 것을 아오. 그 사실을 확인하는 것이 아무리 힘들더라도 나는 그것이 사실이고 변할 수 없으리라는 것을 아오. 나는 당신을 책망하지 않소. 하느님이 증인이시오. 나는 병상에 있던 당신을 보고 나서, 지나간 일 모두를 잊고 새로운 삶을 시작하기로 가슴 깊이 다짐했소. 나는 내가 한 일에 대해 후회하지 않으며 앞으로도 결코 후회하지 않을 거요. 하지만 나는 한가지만을, 당신의 안녕만을, 당신 마음의 안녕만을 원했소. 그리고 이제 보니 그것을 이루어내지 못한 것을 알겠소. 그러니 당신이 직접 당신에게 진정한 행복과 마음의 평안을 주는 것이 무엇인지 말해보시오. 나 자신 전부를 바쳐 당신의 의지와 당신이 느끼는 공정성에 헌신토록 하겠소.'

스쩨빤 아르까지치는 편지를 돌려주고 나서도 무슨 말을 해야 할지 몰라서 똑같은 당혹스러운 표정으로 계속 매제를 바라보았다. 이 침묵은 두 사람 모두에게 너무나 거북해서, 까레닌의 얼굴에서 시선을 떼지 못하고 아무 말도 못 하고 있는 동안 스쩨빤 아르까지치의 입술에는 병적인 경련이 일어났다.

"이게 내가 그녀에게 하고 싶었던 말이오." 알렉세이 알렉산드로비치가 몸을 돌리고 말했다.

"그렇군요, 그런……" 스쩨빤 아르까지치는 눈물이 북받쳐서 말을 할 수 없었다. "그렇군요, 그렇군요. 이해해요." 마침내 그가 입을 열어 말했다.

"나는 그녀가 뭘 원하는지 알고 싶소." 알렉세이 알렉산드로비치가 말했다.

"그애 자신도 자기 상황을 이해하지 못하고 있지 않나 싶어요. 그애는 심판관이 아니니까요." 스쩨빤 아르까지치가 자신을 추스르며 말했다. "그애는 완전히 질식 상태예요. 바로 매제의 관대함이 그애를 질식시키고 있어요. 만약 그애가 이 편지를 읽는다면 아무 말도 못 할 거예요. 그저 고개만 푹 수그리겠지요."

"그렇군요. 하지만 그런 경우 어떻게 하오? 어떻게 설명하오…… 어떻게 해야 그녀가 뭘 원하는지 알 수 있소?"

"제 의견을 말해도 된다면, 이 상황을 중단하기 위해서 매제가 필요하다고 생각하는 바로 그 조처를 지시하는 것은 매제에게 달린 문제라고 생각해요."

"그러니까 이 상황을 중단해야 할 필요가 있다고 보는 거군요?" 알렉세이 알렉산드로비치가 말을 자르며 끼어들었다. "하지만 어떻게?" 눈앞에다 두 손으로 평소답지 않은 손짓을 하면서 그가 덧붙였다. "출구가 전혀 안 보이오."

"모든 상황에는 출구가 있어요." 스쩨빤 아르까지치가 일어나서 생기를 띠고 말했다. "매제가 관계를 끊어버리고 싶어한 적이 있었지요…… 지금도 두 사람이 서로에게 행복을 줄 수 없다는 것을 확신한다면……"

"행복이란 이해하기 나름이오. 하지만 내가 모든 것에 동의한다고 칩시다. 나는 아무것도 원하는 게 없으니 말이오. 그렇다면 우리 상황의 출구는 어떤 것이오?"

"제 의견을 알고 싶다면……" 스쩨빤 아르까지치는 안나와 이야기할 때 지었던 것과 똑같은, 상대를 누그러뜨리는 편도유 같은 사랑스러운 미소를 띠고 말했다. 그 미소는 너무도 친절해서 알렉세이 알렉산드로비치는 저도 모르게 자신이 약해지는 것을 느꼈고 그 감정에 항복해서 스쩨빤 아르까지치가 말하는 것을 믿을 태세가 되었다. "그애는 결코 그것을 말하지 않을 거예요. 하지만 한가지는 가능해요. 그애가 원할 수 있는 것은 한가지뿐이에요." 스쩨빤 아르까지치가 계속 말했다. "그건 두 사람의 관계와 그와 연관된 모든 기억을 끊어버리는 거예요. 제가 보기에는 두 사람이 처한 상황에서 상호간의 새로운 관계를 명확히 하는 것이 꼭 필요해요. 그리고 이런 관계는 쌍방이 자유로운 처지에 있어야 성립될 수 있는 관계예요."

"이혼." 알렉세이 알렉산드로비치가 혐오감을 느끼며 처남의 말을 막았다.

"그래요, 이혼이라고 생각해요. 그래요, 이혼이에요." 스쩨빤 아르까지치가 얼굴을 붉히며 되풀이했다. "그것이 매제네 같은 상황에 있는 부부들에게 모든 면에서 가장 합리적인 출구이지요. 부부가 함께 사는 것이 불가능하면 어떻게 해야 할까요? 이런 일은 항상 일어날 수 있는 일이지요." 알렉세이 알렉산드로비치는 무겁게 한숨을 쉬고 두 눈을 감았다. "이럴 때 고려할 것은 한가지밖에 없어요. 부부 중 한 사람이 재혼을 원하는가 하는 거지요. 만약 그렇지 않다면 문제는 아주 간단해요." 점점 더 억눌린 상태에서 벗어나면서 스쩨빤 아르까지치가 말했다.

알렉세이 알렉산드로비치는 흥분으로 얼굴을 찡그리고 스스로에게 뭔가 혼잣말을 하면서 아무 대답도 하지 않았다. 스쩨빤 아르까지치에게는 아주 간단한 그 모든 것에 대해 알렉세이 알렉산드로비치는 수백만번 생각해본 터였다. 그리고 그 모든 것은 그에게 아주 간단하지 않을 뿐만 아니라 완전히 불가능해 보였다. 그가 이미 그 구체적인 사항들을 알고 있는 지금 이혼은 그에게 불가능한 것으로 보였다. 그것은 자존감과 종교에 대한 존중이 그가 짓지도 않은 불륜의 죄를 지었다고 꾸며내는 것을[36] 허락하지 않았고, 그가 용서했고 사랑하는 아내가 폭로된 죄 때문에 모욕을 받는 것은 더더욱 허락하지 않았기 때문이었다. 게다가 이혼은 또다른 이유들, 더 중요한 이유들 때문에 불가능하게 보였다.

이혼을 하면 아들은 어찌 될 것인가? 아들을 어머니와 함께 두는 것은 불가능한 일이었다. 이혼한 어머니가 법적 인정을 받지 못하는 가정을 가지게 되면 의붓자식으로서의 처지나 교육이 필시 열악할 것이다. 아들을 내가 데리고 있는다면? 그렇다면 그의 편에서 그녀에게 복수를 하게 되는 셈이다. 그는 이것을 원하지는 않았다. 하지만 이외에도 알렉세이 알렉산드로비치에게 이혼이 불가능해 보이는 이유는 무엇보다도, 이혼에 합의하면 그로써 안나를 파멸시키게 되기 때문이었다. 모스끄바에서 다리야 알렉산드로브나가 한 말, 이혼을 결심하면서 그가 자신에 대해서만 생각하고 그로써 안나를 되돌릴 수 없이 파멸시키게 된다는 생각은 하지 않는다는 말이 그의 마음속에 깊이 새겨져 있었다. 그리고 그는 지금 이 말을 자신의 용서와 아이들에 대한 책임감과 연결 지어 자기식으로 이해하고 있었다. 이혼에 합의하고 그녀에게 자유를 주는 것은 그의 개념으로는, 그에게서는 사랑하는 아이들의 삶과 연결된 마지막 유대를 빼앗는 것이고, 그녀에게서는 선으로 가는 길의 마지막 보루를 빼앗고 그녀를 파멸로 처박는 것을 의미했다. 만약 이혼

36 이혼 사유 중 남편 또는 아내의 간통을 증명해야 하는 것과 연관된다. 제4부 5장(이 책 226면) 참조.

녀가 된다면 그녀는 브론스끼와 결합할 것이고, 그 관계는 불법적이고 범죄적인 것이 될 것이다. 교회법의 해석에 따르면 아내는 남편이 살아 있는 한 재혼할 수 없기 때문이다. '그녀는 그와 결합할 것이고, 한 이년 지나면 그가 그녀를 버리거나 그녀가 새로운 관계로 들어갈 것이다.' 알렉세이 알렉산드로비치는 생각했다. '그러면 불법적 이혼에 합의한 나는 그녀의 파멸의 원인 제공자가 될 것이다.' 그는 이 모든 것을 수백번 생각했던 터라 이혼하는 일이 처남이 말한 것처럼 아주 간단하지 않을 뿐만 아니라 완전히 불가능하다고 확신하고 있었다. 그는 스쩨빤 아르까지치의 말을 한마디도 믿지 않았고 한마디 한마디에 대해 수천가지 반박의 말을 알고 있었지만, 처남의 말이 자신의 삶을 지배하고 자신이 복종해야 하는 그 강력하고 사나운 힘을 표현하고 있다는 것을 느끼면서 잠자코 듣고 있었다.

"문제는 어떻게, 어떤 조건으로 매제가 이혼에 합의하느냐에 있을 뿐이지요. 그애는 아무것도 원하지 않고 청할 엄두도 못 내고, 모든 걸 매제의 관대함에 맡기고 있어요."

'맙소사, 맙소사, 뭣 때문에?' 알렉세이 알렉산드로비치는 남편이 죄책을 받아들여야 하는 이혼의 구체적 사항을 떠올리고, 브론스끼와 똑같은 몸짓으로 수치심 때문에 두 손으로 얼굴을 가렸다.

"흥분했군요. 이해해요. 하지만 잘 생각해보면……"

알렉세이 알렉산드로비치는 잠시 생각했다. '오른쪽 빰을 때린 사람에게 왼쪽 빰을 내밀고, 까프딴을 벗겨간 사람에게 루바시까를 내주라.'

"그래요, 그래!" 그는 금속성의 새된 목소리로 소리를 질렀다. "내가 모욕을 뒤집어쓰겠소. 아들도 내주겠소. 하지만…… 그냥 두는 게 낫지 않겠소? 어쨌거나, 원하는 대로 하시오……"

그러고 나서 그는 자기를 보지 못하도록 처남에게서 몸을 돌려 창가에 있는 의자에 앉았다. 그는 쓰라린 고통과 수치를 느꼈다. 하지만 이 고통과 수치와 함께 그는 자신이 행하는 헌신의 고상함 앞에서 기쁨과 감동을 느꼈다.

스쩨빤 아르까지치는 감격했다. 그는 얼마간 말을 하지 못했다.

"알렉세이 알렉산드로비치, 누이가 매제의 관대함을 높이 살 거예요." 그가 말했다. "하지만 이건 분명 하느님의 뜻이에요." 그는 덧붙여 말했는데, 하고 나서 그는 이 말이 어리석다는 것을 느끼고 자기의 어리석음에 웃음이 나는 것을 겨우 참았다.

알렉세이 알렉산드로비치는 뭔가 대답하려 했지만 눈물 때문에 말이 막혔다.

"이건 숙명적 불행이지요. 이제 이 운명을 인정해야 해요. 저는 이 불행을 기정사실로 인정하고 누이도 매제도 도우려고 노력하고 있어요." 스쩨빤 아르까지치가 말했다.

매제의 방에서 나왔을 때 스쩨빤 아르까지치는 감격해 있었다. 하지만 이 감격이 그의 만족감을 방해하지는 않았다. 그는 알렉세이 알렉산드로비치가 말을 번복하지 않으리라는 것을 확신했기 때문에, 자신이 이 일을 성공적으로 처리했다는 사실에 만족하고 있었던 것이다. 이 만족감에 가세하여 이 일이 끝난 후에 아내와 친한 지인들에게 던질 질문이 그의 머릿속에 떠올랐다. '나와 황제의 차이는 무엇이지? 황제가 보초 교체를 하면 좋아지는 것은 아무것도 없지만, 난 결혼 해체를 했고 셋이 즐겁게 되었다네[37]…… 아니

37 러시아어 단어 'развод'에는 보초 교체라는 뜻과 결혼 해체(이혼)라는 뜻이 있다. 스쩨빤 아르까지치는 이 점을 이용해 말장난을 하고 있다. 안나의 이혼이 잘

면 나와 황제의 비슷한 점은 무엇이지? 아냐, 더 좋은 걸 생각해내야겠다.' 그는 미소를 지으며 혼잣말을 했다.

23

비록 심장을 스쳐가기는 했지만 브론스끼의 상처는 위험했다. 그래서 며칠 동안 그는 사경을 헤맸다. 그가 처음으로 말을 다시 할 수 있게 되었을 때, 그의 방에는 형수 바랴 한 사람만 있었다.

"바랴!" 그는 그녀를 진지하게 바라보면서 말했다. "본의 아니게 발사한 거예요. 그러니 제발 이 일에 대해서는 다시는 얘기하지 말고, 모든 사람들에게 그렇게 말해줘요. 근데 이건 정말 너무 바보 같은 일이에요."

바랴는 그의 말에 아무 대답도 안 하고, 누워 있는 그의 위로 몸을 굽혀서 기쁘게 미소 지으며 그의 얼굴을 들여다보았다. 그의 두 눈은 열에 들뜨지 않고 맑았지만 그 표정은 심각했다.

"후유, 다행이네요!" 그녀가 말했다. "아픈 데는 없어요?"

"여기가 약간." 그는 가슴을 가리켰다.

"자, 붕대를 갈아줄게요."

그녀가 붕대를 갈아매는 동안 그는 넓은 턱뼈를 꽉 다물고 그녀를 바라보았다. 그녀가 다 마치자 그가 말했다.

"헛소리하는 거 아니에요. 제발 제가 의도적으로 저 자신을 쐈다

될 것으로 믿고 이런 말장난을 생각하는 것에서 그의 낙천적인 성격이 좀더 뚜렷하게 나타난다. 러시아에서는 알렉산드르 2세 때부터 일요일마다 음악과 함께 행진이 진행되며 보초가 교체되었다.

고 이러쿵저러쿵 이야기하지 않도록 해줘요."

"아무도 말 안 할 거예요. 다만 다시는 본의 아니게 발사하는 일이 없기를 바라요." 그녀는 묻는 듯한 미소를 지으며 말했다.

"그래야지요. 그런 일 없을 거예요. 그랬으면 더 좋았을 테지만……"

그리고 그는 음울하게 웃었다.

바랴를 그토록 놀라게 한 이 말과 미소에도 불구하고, 염증이 가라앉고 회복되었을 때 그는 자신이 고통의 일부로부터 완전히 해방된 것을 느꼈다. 이 행위로 그는 예전에 느꼈던 수치와 모멸을 씻어낸 것 같았다. 그는 이제 평온하게 알렉세이 알렉산드로비치에 대해 생각할 수 있었다. 그는 알렉세이 알렉산드로비치의 관대함을 전부 인정했고 더이상 모멸감을 느끼지 않았다. 게다가 그는 다시 예전의 생활 궤도로 들어갔다. 그는 수치를 느끼지 않고 사람들의 눈을 볼 수 있었으며 자기의 습관대로 살아갈 수 있었다. 그가 끊임없이 싸웠음에도 불구하고 가슴에서 떨치지 못한 한가지 감정은 그녀를 영원히 잃게 되었다는 절망에 가까운 애석함이었다. 그녀의 남편 앞에서 자기 죄를 속죄하고 그녀를 포기한 지금, 앞으로 다시는 회개하는 그녀와 그녀의 남편 사이에 서지 않겠다는 것은 그가 가슴 깊이 확고하게 결심한 바였다. 하지만 그는 자신의 심장으로부터 그녀의 사랑을 상실했다는 애석한 감정을 떼어낼 수 없었고, 그의 기억 속에서는 그가 그녀와 함께 알게 된 행복한 순간들, 그가 당시에는 그렇게도 소중히 여길 줄 몰랐던 그 순간들이 이제 가장 매혹적인 모습으로 그를 쫓아다녔다.

세르뿌홉스꼬이는 그를 따시껜뜨로 임명할 생각을 해냈고, 브론스끼는 조금의 흔들림도 없이 이 제안에 동의했다. 하지만 떠나는 날이 다가올수록 그는 해야 한다고 여기는 일을 위해 치르는 희생이 점점 더 고통스러워졌다.

상처가 아물었고, 이미 그는 따시껜뜨로 떠날 준비를 하느라 이리저리 돌아다니고 있었다.

'한번만 그녀를 보고 나서 나를 파묻어버릴 거야. 죽을 거야.' 그는 생각했다. 그리고 작별 인사차 방문했을 때 이 생각을 벳시에게 말했던 것이다. 이 문제의 메신저로서 벳시가 안나를 방문했고 부정적인 답변을 전해주었다.

'그게 더 낫지.' 이 소식을 듣고 브론스끼는 생각했다. '그건 내 마지막 힘을 망치게 될 약점이었어.'

다음 날 아침 벳시가 직접 그를 방문해서 알렉세이 알렉산드로비치가 이혼을 허락했으니 그가 그녀를 볼 수 있다는 긍정적인 소식을 오블론스끼를 통해서 받았다고 알렸다.

브론스끼는 벳시를 배웅할 생각조차 못 하고 자신의 모든 결심을 잊고서, 언제 가능한지, 남편이 어디 있는지 묻지도 않고 당장 까레닌 저택으로 갔다. 그는 아무것도, 아무도 보지 않고 빠른 걸음으로 거의 뛰다시피 계단을 달려올라가 그녀의 방으로 들어갔다. 누가 방에 있거나 없거나 생각도 안 하고 눈치채지도 못하고, 그는 그녀를 껴안고 그녀의 얼굴과 두 손과 목을 키스로 덮었다.

안나는 이 재회를 마음속으로 준비하고 그에게 무슨 말을 할 것인지 생각했었지만 아무 말도 할 수 없었다. 그의 열정이 그녀를 사로잡았다. 그녀는 그를 진정시키고자 했으나 이미 늦었다. 그의 감정이 그녀에게 전해졌다. 입술이 너무 떨려서 그녀는 오랫동안 아무 말도 할 수 없었다.

"네, 당신이 날 지배하고 있어요. 난 당신 것이에요." 마침내 그녀가 그의 손을 자기 가슴에 대면서 말했다.

"이랬어야 해요!" 그가 말했다. "우리가 살아 있는 한 이래야 해요. 이제 그걸 알겠어요."

"맞아요." 그녀가 점점 더 창백해지면서 그의 머리를 안고 말했다. "그런데 모든 일이 일어난 후인데도 이 속에는 여전히 뭔가 무서운 것이 있네요."

"모든 게 지나갈 거예요, 모든 게 지나갈 거예요. 우리는 정말 행복할 거예요! 우리의 사랑이 더 강해질 수 있다면 아마 그건 이 속에 있는 뭔가 무서운 것 때문일 거예요." 그는 고개를 들고 미소를 지어 건강한 이를 드러내며 말했다.

하지만 그녀는 그의 말이 아니라 그의 사랑에 빠진 두 눈에 미소로써 답하지 않을 수 없었다. 그녀는 그의 손을 잡아 자기의 차가워진 두 뺨과 짧게 깎은 머리를 쓰다듬도록 했다.

"이렇게 머리가 짧으니 당신을 못 알아보겠어요. 당신 정말 예뻐졌어요. 소년 같아요. 하지만 너무 창백해요!"

"네, 아주 힘이 없어요." 그녀는 미소 지으며 말했다. 그리고 그녀의 입술이 다시 떨리기 시작했다.

"우리 이딸리아로 가요. 당신은 회복될 거예요." 그가 말했다.

"정말로 우리가 남편과 아내로, 우리 둘이 가족으로 되는 게 가능할까요?" 그녀가 그의 두 눈을 들여다보면서 말했다.

"이제껏 그럴 수 없었다는 것이 놀라울 따름이에요."

"스찌바는 그가 모든 것에 동의한다고 말하지만 난 그의 관대함을 받아들일 수 없어요." 그녀가 생각에 잠겨 브론스끼의 얼굴 옆으로 허공을 보면서 말했다. "난 이혼을 원하지 않아요. 난 이제 아무래도 좋아요. 그가 세료자에 대해서 어떻게 결정하려는지 모를 뿐이에요."

그는 어떻게 그녀가 이 재회의 순간에 아들에 대해, 이혼에 대해 생각하고 기억할 수 있는지 아무래도 이해할 수 없었다. 아무래도 좋은 것 아니었나.

"그것에 대해 말하지 마요. 생각하지 마요." 그는 자신의 손안에 있는 그녀의 손을 뒤집으며 그녀의 주의를 자기에게로 돌리려고 하면서 말했다. 하지만 그녀는 여전히 그를 쳐다보지 않았다.

"아, 왜 내가 죽지 않았을까요. 그게 더 나았을 텐데요!" 그녀가 말했다. 흐느낌 없이 눈물만이 두 뺨을 타고 흘러내렸다. 그러나 그가 걱정할까봐 그녀는 미소를 지으려고 애를 썼다.

자랑스럽고도 위험한 따시껜뜨로의 임명을 거절하는 것은 브론스끼의 예전 개념으로는 불명예스럽고 불가능한 일이었다. 하지만 그는 이제 한순간의 재고도 없이 그것을 거절했고, 이에 대한 윗선의 불만을 알아채고 당장 퇴역했다.

한달 후에 알렉세이 알렉산드로비치는 자기 집에 아들과 홀로 남게 되었고, 안나는 이혼이 이루어지지 않은 상태에서 단호하게 이혼을 거부한 채 브론스끼와 함께 외국으로 떠났다.

제5부

1

셰르바쯔까야 공작부인은 오주밖에 안 남은 재계 기간 전에 결혼식을 하는 것이 불가능하다고 생각했다. 그때까지 혼수의 반도 마련할 수 없었기 때문이었다. 하지만 그녀는 재계 기간 후는 너무 늦다는 레빈의 말에 동의하지 않을 수 없었다. 왜냐하면 공작의 늙은 고모가 병이 깊어 곧 죽을 수도 있어서, 그렇게 되면 장례가 결혼식을 또 늦추게 되기 때문이었다. 그래서 공작부인은 혼수를 큰 혼수와 작은 혼수 두 부분으로 나누기로 결정하고 재계 기간 전에 결혼식을 하는 데 동의했다. 그녀는 작은 혼수는 모두 지금 준비하고 나머지는 나중에 보내기로 결정하고 나서 레빈에게 무척 화를 냈는데, 그것은 그가 이에 동의하는지 아닌지 전혀 진지하게 대답하지 않았기 때문이었다. 이런 계획은 두 젊은이가 결혼식 이후 곧

바로 시골로 내려가므로 큰 혼수가 필요하지 않게 될 것이어서 더더욱 편리했다.

여전히 레빈은 그와 그의 행복이 모든 존재의 주목적이자 유일한 목적을 이루고 있으며, 지금 그는 아무것도 생각하거나 걱정할 필요가 없고 모든 것이 그를 위해 다른 사람들에 의해 행해지고 행해지리라고 여기는, 전과 마찬가지로 얼빠진 상태에 있었다. 심지어 그는 미래의 삶에 있어 아무런 계획이나 목적이 없었다. 그는 모든 것이 멋지리라고 알고 이런 결정을 모두 다른 사람들에게 맡겼다. 형 세르게이 이바노비치, 스쩨빤 아르까지치, 공작부인이 그가 해야 할 일을 주도했다. 그는 자신에게 제안된 모든 것에 완전히 동의할 뿐이었다. 형은 그를 위해 돈을 구했고, 공작부인은 결혼식 이후에 모스끄바에서 떠나라고 권했다. 스쩨빤 아르까지치는 외국으로 떠나라고 권했다. 그는 모두에게 동의했다. '그게 좋으면 하고 싶은 대로 하세요. 당신네들이 무엇을 하든지 저는 행복하고 제 행복은 더해지지도 덜해지지도 않을 겁니다.' 그는 생각했다. 그가 스쩨빤 아르까지치가 외국으로 떠나라고 권했다는 말을 끼찌에게 전했을 때, 그녀가 그에 동의하지 않고 그들의 미래의 삶에 대해서 그녀만의 특별한 요구를 가지고 있는 것을 알고서 그는 매우 놀랐다. 그녀는 시골에 레빈이 좋아하는 일이 있다는 것을 알고 있었다. 그가 보기에 그녀는 그 일을 이해하지 못했으며 이해하려 하지도 않았다. 그러나 이 점은 그녀가 이 일이 매우 중요하다고 여기는 것에 아무런 장애가 되지 않았다. 그래서 그녀는 그들의 집이 시골에 있게 될 것을 알았고, 그들이 살지도 않을 외국이 아니라 그들의 집이 있게 될 시골로 가고자 했다. 그녀가 이러한 뜻을 분명하게 표현해서 레빈은 놀랐다. 하지만 그에게는 모든 것이 상관

없었으므로 그는 당장 스쩨빤 아르까지치에게 시골로 가서 거기서 그가 아는 모든 것을 그가 가진 풍성한 취향대로 만들어내는 것이 마치 그의 의무인 것처럼 부탁했다.

"하지만 여보게." 어느날 그 젊은이들의 도착을 위해서 모든 것을 꾸미고 난 후 시골에서 돌아온 스쩨빤 아르까지치가 말했다. "자네가 고해했다는 것을 증명할 증명서가 있나?"

"아니. 근데 왜?"

"그것 없이는 결혼을 못 해."

"아, 아, 아!" 레빈이 외쳤다. "난 재계한 지 벌써 구년은 된 것 같아. 나는 그런 건 생각지도 않았는데."

"잘한다!" 스쩨빤 아르까지치가 웃으면서 말했다. "그런 주제에 나를 무신론자라고 부르다니! 근데 그렇게는 안 돼. 재계를 해야 해."

"언제? 나흘 남았는데."

스쩨빤 아르까지치는 이것도 주선했다. 그래서 레빈은 재계를 하게 되었다. 다른 사람들의 신앙을 존중하는 사람으로서 신앙도 없이 모든 교회 의식에 참석하고 참여하는 것이 레빈에게는 매우 힘들었다. 지금 그가 처해 있는, 모든 것에 예민해지고 약해진 정신 상태에서 불가피하게 위선을 행해야 한다는 것은 그에게는 힘들 뿐만 아니라 완전히 불가능한 것으로 보였다. 지금 이렇게 만사가 영광스럽고 활짝 꽃핀 상황에서 거짓말을 하거나 신성모독을 해야 하는 것이었다. 그는 이것도 저것도 할 수 없는 처지에 있는 것을 느꼈다. 그가 아무리 스쩨빤 아르까지치에게 재계하지 않고 증명서를 구할 수 없느냐고 물어봐도 스쩨빤 아르까지치는 불가능하다고 설명했다.

"근데 그게 뭐가 힘든가, 이틀이면 되는데. 그는 아주 친절하고 현명한 노인이네. 자네가 모르는 사이에 그 이를 빼줄 거야."

첫번째 미사에 섰을 때 레빈은 열여섯살에서 열일곱살 사이에 체험했던 강렬한 종교적 감정에 대한 청년 시절의 기억을 자기 안에 되살리려고 애썼다. 하지만 곧 그는 자신에게는 그것이 불가능하다는 것을 확신했다. 그는 모든 것을 아무런 의미도 가지지 못하는 방문 같은 공허한 의식일 뿐이라고 여기려고 해보았다. 하지만 그는 그렇게도 할 수 없다는 것을 느꼈다. 레빈은 대다수의 그의 동시대인처럼 종교를 대하고 있었다. 즉, 가장 불분명한 처지에 있었던 것이다. 그는 믿을 수가 없었지만, 동시에 이 모든 것이 부당하다는 강한 확신을 가지고 있지도 않았다. 그래서 자신이 하는 행위의 의미를 믿지도 않고 이것을 공허한 형식이라고 무관심하게 보는 상태도 아니면서, 재계를 하는 동안 내내 스스로 이해하지 못하고 그래서 자신의 내면의 소리가 말하는 것처럼 뭔가 거짓되고 좋지 않은 일을 한다는 거북하고 수치스러운 감정을 느꼈다.

미사를 드리는 동안 그는 기도에 자신의 견해와 다르지 않은 의미를 부여하려고 애쓰면서 귀를 기울이기도 하고, 이해할 수 없고 비판해야겠다고 생각하며 듣지 않으려고 애쓰기도 하면서, 교회에 무익하게 서 있는 동안 너무나 생생하게 머릿속에서 왔다 갔다 하는 자신의 생각과 관찰과 기억에 몰두했다.

그는 아침 미사, 철야 기도, 저녁 교훈 미사에 다 참가했으며, 다음 날 평소보다 일찍 일어나 차도 마시지 않고 아침 교훈 미사를 듣고 고해를 하기 위해 아침 여덟시에 교회에 도착했다.

교회 안에는 거지 병사 한 사람과 두 노파, 그리고 교회에서 일하는 사람들 이외에는 아무도 없었다.

얇은 제의 아래로 양쪽으로 갈라진 긴 등이 뚜렷하게 드러나 보이는 젊은 보제補際가 그를 맞이하더니 당장 벽 쪽에 있는 작은 탁자로 다가가 기도문을 읽었다. 기도문을 읽어나가는 동안, 특히 '하불쌍, 하불쌍'처럼 울리는 '하느님, 불쌍히 여기소서'라는 똑같은 구절이 자주 빠르게 반복될 때, 레빈은 자신의 생각이 닫혀 있고 봉인되어 있다는 것, 그것을 지금 건드리거나 흔들면 안 된다는 것, 그러지 않으면 혼란이 일어날 거라는 것을 느꼈다. 왜냐하면 그는 보제 뒤에 서서 귀를 기울이지도 않고 의미를 헤아리지도 않고 자신의 생각만을 계속했기 때문이었다. '그녀의 손에는 놀랄 만큼 많은 표정이 있구나.' 그는 생각하며, 어제 그들이 구석의 탁자에 앉아 있었던 것을 기억했다. 항상 그때쯤이면 그들에게는 아무 할 말이 없었는데, 그녀는 탁자 위에 손을 올려놓고 폈다 오므렸다 하며 그 움직임을 보면서 혼자 웃었다. 그는 자신이 그 손에 입 맞추고 나서 분홍빛 손바닥의 손금을 바라보던 것을 기억했다. '또 하불쌍이군.' 레빈은 성호를 긋고 허리를 굽히고, 함께 허리를 굽히는 보제의 등의 유연한 움직임을 보면서 잠시 생각했다. '그후에 그녀가 내 손을 잡고 손금을 들여다보았지. 당신 손은 멋지네요, 그녀가 말했지.' 그리고 그는 자기 손을 보고 보제의 짧은 손을 보았다. '이제 곧 끝나겠구나.' 그는 생각했다. '아니야, 처음부터 다시 하나봐.' 그는 기도에 귀를 기울이며 생각했다. '아니, 끝나는구나. 이제 그가 땅에다 절을 한다. 이건 항상 끝나기 직전이지.'

보제는 목공단 소맷단에 들어 있는 손으로 눈에 띄지 않게 삼 루블짜리 지폐를 받고 나서 레빈을 등록하겠다고 말하고는 텅 빈 교회의 석판 위를 새 장화로 활기차게 울리면서 제단으로 건너갔다. 일분 후에 그는 그곳에서 내다보더니 레빈에게 오라고 했다. 여태까지 닫혀 있던 생각이 레빈의 머릿속에서 움직이기 시작했지만, 그는 서둘러 그것을 쫓아냈다. '어떻게든 될 거야.' 그는 잠시 생각하고 나서 설교대로 갔다. 그가 계단으로 올라가 오른쪽으로 몸을 돌리니 사제가 보였다. 노인 사제는 듬성한 반백의 수염에 피곤하지만 선량한 두 눈을 하고 설교대에 서서 청탁 예식 기도책의 책장을 넘기고 있었다. 그는 레빈에게 살짝 허리를 굽히고 곧장 늘 하는 목소리로 기도문을 읽기 시작했다. 기도문을 다 읽고 나서 그는 땅에다 절을 하고 레빈에게로 얼굴을 돌렸다.

"여기 구세주께서 당신의 고해를 들으시며 보이지 않게 서 계십니다." 그가 십자가를 가리키며 말했다. "당신은 신성한 사도 교회가 우리에게 가르친 모든 것을 믿습니까?" 사제는 레빈의 얼굴에서 두 눈을 돌리고 사제 목걸이 뒤로 두 손을 모으며 계속 말했다.

"저는 의심해왔습니다. 저는 모든 것을 의심합니다." 레빈은 자신에게 불쾌하게 들리는 목소리로 말하고는 입을 다물었다.

사제는 몇초간 그가 무언가 더 말할 건지 기다리더니 두 눈을 감고 빠르게 블라지미르 지방 특유의 '오' 어투로[1] 말했다.

"의심은 인간의 허약함의 특징입니다. 하지만 은혜로우신 하느님께서 우리를 강하게 하시도록 기도해야 합니다. 무슨 특별한 죄를 지으셨습니까?" 그는 시간을 조금도 낭비하지 않으려는 듯이 조금도 간격을 두지 않고 이어서 덧붙여 말했다.

"저의 주된 죄는 의심입니다. 저는 모든 것을 의심하고, 대부분 의심 속에서 지내고 있습니다."

"의심은 인간의 허약함의 특징입니다." 사제는 같은 말을 반복

1 러시아어 모음 '오'를 강세 음절 앞에서 '아'로 발음하지 않고 '오' 그대로 발음하는 어투.

했다. "주로 무엇을 의심합니까?"

"저는 모든 것을 의심합니다. 저는 가끔 신의 존재까지도 의심합니다." 레빈은 저도 모르게 말하고 나서 자기가 한 말의 무례함에 경악했다. 하지만 레빈의 말은 사제에게 아무 영향도 주지 않은 것 같아 보였다.

"신의 존재에 대해 어떤 의심을 할 수 있나요?" 사제가 보일락 말락 한 미소를 띠고 서둘러 말했다.

레빈은 침묵했다.

"창조주에 대해 어떤 의심을 할 수 있단 말이지요?" 사제는 평소의 빠른 어투로 계속 말했다. "도대체 누가 별들로 하늘을 밝혔나요? 누가 땅을 아름답게 만들었나요? 창조주가 없다면 어떨까요?" 그는 묻는 듯이 레빈을 쳐다보며 말했다.

레빈은 사제와 철학적 마찰을 빚는 것이 무례하다고 느꼈고, 그래서 질문에 관계된 것만 간단히 대답했다.

"저는 모릅니다." 그가 말했다.

"모른다고요? 그런데 신이 모든 것을 창조했다는 것을 어떻게 의심하십니까?" 사제가 유쾌하게 의아해하면서 물었다.

"저는 아무것도 이해하지 못합니다." 레빈은 얼굴을 붉히면서, 자기의 말이 어리석다는 것과 이런 상황에서는 자기의 말이 어리석지 않을 수 없다는 것을 느끼며 말했다.

"하느님께 기도하시고 그분에게 청하십시오. 심지어 성스러운 사제들도 의심을 하며 자기의 신앙을 굳게 해달라고 하느님께 기도드립니다. 사탄의 힘은 큽니다. 우리는 그에게 져서는 안 됩니다. 하느님께 기도하시고 그분에게 청하십시오. 하느님께 기도하세요." 그는 서둘러 반복했다.

사제는 생각에 빠진 듯 얼마간 침묵했다.

"듣자니 당신은 내 교구민이자 참회자인 셰르바쯔끼 공작의 여식과 혼인을 하려고 한다고요?" 그가 미소를 지으며 덧붙였다. "아름다운 처녀지요."

"네." 사제의 말에 얼굴을 붉히며 레빈이 대답했다. '뭣 때문에 참회에서 이것을 물을 필요가 있단 말인가?' 그는 생각했다.

그러자 그의 생각에 답변이라도 하듯 사제가 그에게 말했다.

"당신은 결혼을 하려 합니다. 그리고 하느님께서는 아마도 후손으로 당신에게 보답하실 겁니다. 그렇지 않습니까? 만약 당신이 당신 내면에서 당신을 무신앙으로 꾀는 사탄의 유혹을 이겨내지 못한다면 당신은 대체 무엇을, 어떤 교육을 당신의 아이들에게 줄 수 있을까요?" 그는 부드러운 질책의 어조로 말했다. "만약 당신이 자식을 사랑한다면, 당신은 좋은 아버지로서 당신의 아이에게 부와 호화로움과 명예만을 바라지 않고 아이의 구원을, 진리의 빛에 의한 영혼의 일깨움을 바랄 것입니다. 그렇지 않습니까? 무구한 어린 아이가 당신에게 '아빠, 이 세상에서 내 마음을 기쁘게 하는 모든 것들—땅, 바다, 해, 꽃, 풀—을 누가 만들었어요?'라고 물으면 당신은 '난 몰라'라고 대답하겠습니까? 당신은 주 하느님께서 크나큰 은총으로 당신에게 열어주신 이것을 모를 수가 없습니다. 또는 당신 아이가 당신에게 '죽은 뒤에는 어떻게 되나요?'라고 물으면 당신은 아무것도 모른다고 말하겠습니까? 아이에게 어떻게 대답할 겁니까? 세상과 사탄의 현혹에 아이를 맡길 겁니까? 그건 좋지 않습니다." 그는 말하고서 고개를 옆으로 기울이고 레빈을 선량하고 부드러운 눈길로 바라보며 그대로 서 있었다.

레빈은 지금 아무 대답도 할 수 없었는데, 그건 그가 사제와 논쟁에 들어가기를 원하지 않아서가 아니라 아무도 그에게 이런 질문을 한 적이 없기 때문이었다. 하지만 그의 아이들이 그에게 이런 질문들을 제기하게 될 때까지는 아직 뭐라고 대답해야 할지 생각할 시간이 있었다.

"당신은 이제 길을 선택하고 그것을 유지해야 하는 인생의 시기로 들어갑니다." 사제가 계속 말했다. "자비를 베풀어 당신을 돕고 죄를 사하여달라고 하느님께 기도하세요." 그가 말을 맺었다. "우리 주 하느님 예수 그리스도께서 자비와 충만한 인간에 대한 사랑으로 그대, 이 자녀를 용서해주시기를……" 그리고 죄를 사하여달라는 기도를 한 후에 사제는 그를 축복하고 내보냈다.

이날 집으로 돌아왔을 때 레빈은 이 거북한 상황이 지나갔고, 거짓말을 안 하고 지나간 것에 기쁨을 느꼈다. 이외에도 그에게는 그 선량하고 사랑스러운 노인이 말한 것이 그가 처음에 생각했던 것처럼 그렇게 어리석은 것이 아니며 그 안에 명확히 해야 할 어떤 것이 들어 있다는 불분명한 기억이 남아 있었다.

'물론 지금 말고……' 레빈은 생각했다. '나중에 언젠가.' 지금 레빈은 예전보다 좀더 강하게, 자신의 마음속에 뭔가 불분명하고 깨끗하지 못한 것이 있으며 종교에 관한 태도에 있어서 자신이 다른 사람들 안에서 매우 분명하게 보면서 싫어했던, 친구 스비야시스끼를 그것 때문에 질책했던 바로 그 상황에 자신이 처해 있는 것을 느꼈다.

이날 저녁을 약혼녀와 함께 돌리의 집에서 보내면서 레빈은 특히 기분이 날아갈 듯했고, 스쩨빤 아르까지치에게 자신이 처한 이 흥분된 상태를, 고리를 통과하는 것을 배우다가 요구받은 일을 마침내 이해하여 해내고 나서 큰 소리로 한번 짖고는 꼬리를 흔들며 기쁘게 책상이나 창문으로 뛰어오르는 개처럼 기분이 좋다고 묘사했다.

2

결혼식날 레빈은 관습대로(공작부인과 다리야 알렉산드로브나는 모든 관습을 엄격하게 지킬 것을 주장했다) 자기 신부를 보지 않은 채, 우연히 모인 세 독신남들과 그가 묵는 호텔에서 식사를 했다. 그 셋은 세르게이 이바노비치, 레빈이 거리에서 마주쳐 데리고 온 대학 동창이자 지금은 자연과학 교수인 까따바소프, 그리고 결혼식 들러리로 모스끄바 치안판사이자 곰 사냥 동료인 치리꼬프였다. 식사는 즐거웠다. 세르게이 이바노비치는 기분이 최고로 좋은 상태였고 까따바소프의 독창성을 재미있어했다. 까따바소프는 자신의 독창성을 알아주고 이해한다는 것을 느끼고 더욱 그것을 뽐내며 유난하게 굴었다. 치리꼬프는 어떤 대화건 간에 유쾌하고 친절하게 지지했다.

"자, 여기……" 까따바소프가 강단에서 얻은 습관대로 말을 질질 끌면서 말했다. "능력 있었던 청년, 우리의 친구 꼰스딴찐 드미뜨리치가 있습니다. 나는 없는 사람에 대해서 이야기하는 겁니다. 왜냐하면 그는 이미 없기 때문이지요. 그때 당시 그는 학문을 사랑했고, 대학을 졸업하고 나서는 인간에 대해 관심을 가졌지요. 지금 그는 능력의 반은 자기를 속이는 데 쏟고 나머지 반은 이 속임수를 정당화하는 데 쏟고 있지요."

"당신보다 더 단호한 결혼의 적은 본 적이 없습니다." 세르게이 이바노비치가 말했다.

“아니요, 전 적이 아닙니다. 노동 분업의 친구지요. 아무것도 할 수 없는 사람들은 사람들을 만들어내야 하지만, 나머지 사람들은 그들의 계몽과 행복을 위해서 활동해야 하지요. 이게 제가 이해하는 바입니다. 이 두 업종을 섞고자 하는 사람들이 수없이 많지요. 저는 그중 한 사람이 아닙니다.[2]”

“자네가 사랑에 빠지게 되는 걸 보면 난 정말 행복할 걸세!” 레빈이 말했다. “제발 날 결혼식에 초대해주게.”

“난 이미 사랑에 빠져 있네.”

“그래, 오징어와. 형, 아세요?” 레빈은 형을 향했다. “미하일 세묘니치는 영양학에 대해서 논문을 쓰고 있는데……”

“자, 혼동하지 말게! 뭐에 대해 쓰든지 아무 상관이 없네. 중요한 건 내가 오징어를 사랑한다는 거지.”

“하지만 오징어는 자네가 아내를 사랑하는 걸 방해하지 않네.”

“오징어는 방해하지 않지만, 아내는 방해하네.”

“왜 그런가?”

“자, 이제 알게 될 걸세. 자네는 농지경영을 사랑하네. 사냥도. 자, 이제 어찌 되나 보세!”

“오늘 아르히쁘가 갔다 와서 그러는데, 쁘루드노예에 수많은 큰 사슴과 곰 두마리가 있대요.” 치리꼬프가 말했다.

“자, 나 없이 잡아오십시오.”

“이거 정말 그렇네.” 세르게이 이바노비치가 말했다. “그러니까 뭐, 곰 사냥과 미리 작별을 한다는 거네, 아내가 허락하지 않을 테

---

2 까따바소프는 알렉산드르 그리보예도프(1795~1829)의 희곡 「지혜의 슬픔」 중에서 차쯔끼의 말을 인용하고 있다.

니까!"

레빈은 씩 웃었다. 아내가 그를 가지 못하게 할 거라는 생각에 너무 기분이 좋아서 그는 곰을 보는 만족을 영원히 거부할 태세가 되어 있었다.

"그래도 당신 없이 곰 두마리를 잡게 된다면 유감이긴 하네요. 지난번 하삘로보 기억하세요? 정말 멋진 사냥이 될 텐데." 치리꼬프가 말했다.

레빈은 사냥 없이도 어디에 있건 무엇을 하건 더 좋을 수 있다고 확신했지만, 그를 실망시키고 싶지 않아서 아무 말도 하지 않았다.

"독신 생활과 작별하는 이 관습이 공연히 있는 것은 아니군." 세르게이 이바노비치가 말했다. "아무리 행복해도 여전히 자유는 애석하지."

"고골의 신랑처럼 창문으로 뛰어내리고 싶은[3] 심정이라고 고백하시지?"

"아마 그렇더라도 고백 안 할걸요!" 까따바소프가 말하고 큰 소리로 한바탕 웃었다.

"자, 창문은 열렸습니다…… 당장 뜨베리로 갑시다! 암곰 한마리가 있는 굴로 갈 수도 있고. 정말로, 다섯시 차를 타고 갑시다. 여기는 마음대로들 하라지." 치리꼬프가 미소를 지으며 말했다.

"자, 맹세코……" 레빈이 미소를 지으며 말했다. "난 내 마음속에서 자유를 애석해하는 감정은 전혀 찾을 수 없어요!"

"그래, 자네 마음은 지금 혼돈 그 자체니까 아무것도 찾을 수 없을 거네." 까따바소프가 말했다. "좀 있어보게. 정신을 차리면 찾게

3 니꼴라이 고골(1809~52)의 작품 『결혼』에 나오는 주인공은 실제로 결혼식날 창문에서 뛰어내린다.

될 테니!"

"아니, 내가 내 감정(그는 사랑이라고 말하고 싶었다)……과 행복에도 불구하고 자유를 잃는다는 걸 그래도 조금이라도 유감스럽게 생각할 수 있다면…… 반대네. 난 뭐랄까, 이 상실이 기쁘기도 하다네."

"형편없군! 가망 없는 사람!" 까따바소프가 말했다. "자, 그럼 그의 치유를 위해서 마십시다. 아니면 그에게 그의 꿈의 백분의 일이라도 이루어지기만을 바랍시다. 그 정도만 해도 지상에서 볼 수 없던 행복이 될 겁니다."

식사가 끝나고 손님들은 결혼식에 갈 복장으로 갈아입으러 갔다.

레빈은 혼자 남아서 이 독신남들의 대화를 기억하며 다시 한번 자신에게 물었다. 자신에게 그들이 말한 대로 자유에 대한 유감이 있는가? 이 질문에 그는 씩 웃었다. '자유? 뭣 때문에 자유가 필요해? 행복은 그녀가 원하는 것을, 그녀의 생각을 사랑하고 원하고 생각하는 데만 있지. 즉, 아무 자유가 없는 것이고, 이것이 행복이지!'

'하지만 내가 그녀의 생각을, 그녀가 원하는 것을, 그녀의 감정을 아는 걸까?' 갑자기 어떤 목소리가 그에게 속삭였다. 그의 얼굴에서 미소가 사라지고, 그는 생각에 잠겼다. 갑자기 이상한 느낌이 그를 휩쌌다. 두려움과 의심, 모든 것에 대한 의심이 닥쳤다.

'그녀가 나를 사랑하지 않는다면? 그녀가 그저 결혼을 하기 위해서만 나와 결혼하는 거라면? 만약 그녀 자신이 뭘 하는지 스스로도 모른다면?' 그는 자문했다. '그녀는 정신을 차리게 될 거고 결혼한 후에 나를 사랑하지 않으며 사랑할 수 없다는 것을 알게 될 것이다.' 그러자 그녀에 대한 이상한, 매우 나쁜 생각들이 그에게 닥쳐왔다. 그는 일년 전 그녀를 브론스끼와 함께 보았던 그날 저녁이 바로 어제인 것처럼 브론스끼를 질투했다. 그는 그녀가 그에게 모든 것을 다 말하지 않았다고 의심했다.

그는 재빨리 벌떡 일어났다. '아니, 이렇게는 안 돼!' 그는 절망적으로 혼잣말을 했다. '그녀에게로 가야지. 물어볼 거야. 마지막으로 말할 거야. 우리는 자유롭다고, 그리고 그냥 없던 일로 하는 게 어떠냐고. 그 어떤 것이라도 영원한 불행, 모욕, 부정不貞보다는 나아!' 그는 가슴속에 절망과 모든 사람들에 대한, 자신에 대한, 그녀에 대한 분노를 품고 호텔을 나와 그녀에게로 갔다.

그녀는 안채에 있었다. 그녀는 트렁크에 올라앉아 하녀에게 뭔가를 지시하면서 의자 등받이와 바닥에 펼쳐놓은 색색의 옷들을 분류하고 있었다.

"아." 그를 보고 온통 기쁨으로 빛나는 그녀가 외쳤다. "당신이 웬일이에요, 아니, 웬일이신가요?(요즘 그녀는 그에게 어떤 때는 친밀한 호칭으로 어떤 때는 존칭으로 말을 건넸다.) 전 정말 기대하지 않았는데요. 저는 처녀 때 입던 옷들을 누구에게 어떤 걸 줄까 정리하고 있었어요……"

"아! 그건 아주 좋은 일이네요!" 그가 침울하게 하녀를 바라보면서 말했다.

"나가 있어, 두냐샤. 이따 부를게." 끼찌가 말했다. "당신, 무슨 일 있어요?" 그녀는 하녀가 나가자마자 이제 확실하게 '당신'이라고 친밀하게 부르며 그에게 물었다. 그녀는 그의 불안하고 침울한, 이상한 얼굴을 알아보고 무서운 생각이 들었다.

"끼찌! 난 괴로워요. 나 혼자서 이 괴로움을 감당할 수가 없어요."

그는 그녀 앞에 서서 애원하며 그녀의 두 눈을 들여다보면서 절망적인 목소리로 말했다. 그는 이미 사랑을 담은 그녀의 솔직한 얼굴에서 그가 지금 말하려던 것 가운데서 아무 일도 일어날 수 없다는 것을 알았지만, 그에게는 여전히 그녀가 직접 그의 의심을 풀어주는 것이 필요했다. "나는 아직 늦지 않았다는 것을 말하러 왔어요. 이 모든 걸 파기하고 바로잡을 수 있어요."

"뭐라고요? 전혀 이해가 안 가네요. 당신 무슨 일 있어요?"

"내가 당신에게 수천번 말했지만 그래도 생각하지 않을 수 없는 건데요…… 내가 당신에게 어울릴 만한 자격이 없다는 거예요. 당신이 나와 결혼하는 걸 동의했을 리가 없어요. 생각해봐요. 당신은 실수한 거예요. 잘 생각해봐요. 당신은 나를 사랑할 수 없어요…… 만약 그렇다면 이야기하는 게 더 나아요." 그는 그녀를 보지 않고 말했다. "나는 불행해지겠지요. 사람들더러 하고 싶은 대로들 말하라고 놔둬요. 그래도 그 불행……보다는 나아요. 시간이 있으니 지금이 차라리 나아요……"

"이해가 안 가요." 그녀가 경악해서 말했다. "그러니까 당신은 거부하고 싶다는 거죠…… 필요 없다는 거죠?"

"네, 당신이 나를 사랑하지 않는다면요."

"정신이 나갔네요!" 그녀는 화가 나서 얼굴을 붉히며 소리를 높였다.

하지만 그의 얼굴이 정말 안됐어서 화를 누르고 의자에서 옷을 내던지고는 그의 곁으로 더 가까이 다가앉았다.

"무슨 생각을 하는 거예요? 다 말해줘요."

"난 당신이 나를 사랑할 수 없다고 생각해요. 뭣 때문에 당신이 나를 사랑할 수 있단 말이에요?"

"맙소사! 내가 뭘 어떻게 할 수 있을까요?" 그녀는 말하고 울음을 터뜨렸다.

"아, 내가 무슨 짓을 한 건가요?" 그는 외치고서 그녀 앞에 무릎을 꿇고 그녀의 두 손에 키스하기 시작했다.

오분 후에 방으로 들어왔을 때 공작부인은 둘이 이미 완전히 화해한 것을 보았다. 끼찌는 그에게 그를 사랑한다는 사실을 설득했을 뿐만 아니라 그녀가 뭣 때문에 자신을 사랑하느냐는 그의 질문에 답해서 그 이유를 설명했다. 그녀는 그에게 그의 전부를 이해하기 때문에 그를 사랑한다고, 그가 필시 무엇을 사랑할 것인지 알고 있고 그가 사랑하는 모든 것은 좋은 것이라는 것을 알고 있어서 그를 사랑한다고 말했다. 그리고 이 해명은 그에게 완전히 명확해 보였다. 공작부인이 그들에게로 왔을 때 둘은 나란히 트렁크 위에 앉아서 옷을 정리하면서, 끼찌가 레빈이 청혼한 날 입었던 밤색 옷을 두냐샤에게 주려고 하자 그는 이 옷은 아무에게도 주면 안 되고 두냐샤에게는 푸른색 옷을 주라고 하며 다투고 있었다.

"어떻게 그렇게 몰라요? 두냐샤는 머리칼이 갈색이니까 그 옷이 어울리지 않을 거예요…… 내가 다 생각해두었어요."

그가 왜 왔는지 알고 나서 공작부인은 반은 농담으로 반은 진담으로 화를 내며 옷을 갈아입으라고, 또 샤를이 곧 올 거니까 끼찌가 머리를 하는 데 방해하지 말라고 그를 돌려보냈다.

"그앤 그렇지 않아도 요새 내내 아무것도 안 먹어서 미워졌는데 자네까지 그런 바보 같은 일로 애 정신을 빼다니." 그녀가 그에게 말했다. "가게, 어서 가, 이 사람아."

레빈은 죄책감을 느끼고 창피하긴 했지만 진정이 되어 호텔로 돌아왔다. 형, 다리야 알렉산드로브나, 스쩨빤 아르까지치가 이미 완전히 옷을 차려입고 성상화로 축복하려고 그를 기다리고 있었다. 지체할 시간이 없었다. 다리야 알렉산드로브나는 신부 뒤를 따라 성상화를 들고 걸어가기로 된, 머리에 기름을 바르고 머리칼을 곱슬곱슬하게 말고 대기하고 있는 아들을 데리러 다시 집으로 가야 했다. 그리고 마차 한대를 들러리에게로 보내야 했고, 또다른 한대를 불러 세르게이 이바노비치를 태워다주고 돌아오게 해야 했다…… 신경 쓸 지극히 복잡한 일들이 매우 많았다. 한가지 명확한 것은 벌써 여섯시 반이어서 지체할 시간이 없다는 사실이었다.

성상화로 축복하는 것은 별일 아니었다. 스쩨빤 아르까지치는 희극적이고도 장엄한 자세로 아내 옆에 성상화를 들고 서서 레빈에게 바닥 깊숙이 절을 하라고 명령하고는 선량하면서도 놀리는 듯한 미소를 띠고서 그를 축복하고 세차례 입을 맞추었다. 다리야 알렉산드로브나도 마찬가지로 하고 나서 당장 서둘러 자리를 뜨려 했으나, 다시 마차 이동 계획에 차질이 생겼다.

"자, 그럼 이렇게 합시다. 여보, 당신이 우리 마차로 그애를 데려오고, 세르게이 이바노비치는 불편하시더라도 선의를 베푸시어 중간에 들렀다가[4] 도착하신 후에 마차를 돌려보내주시면 좋겠는데요……"

"그렇게 하지요, 뭐. 전 아주 좋습니다."

"그러면 제가 그와 함께 곧 출발하지요. 짐은 다 보냈는지?" 스쩨빤 아르까지치가 말했다.

"보냈네." 레빈은 대답하고 나서 꾸지마에게 입을 옷을 가져오라고 명했다.

4 들러리에게 들르는 것을 말한다.

3

사람들, 특히 여자들 무리가 결혼식을 위해 불을 밝힌 교회를 둘러싸고 있었다. 가운데로 뚫고 들어오지 못한 이들은 창문 부근에 몰려 서로 밀치고 다투며 창살을 통해 들여다보고 있었다.

스무대가 넘는 마차가 경비병들에 의해 거리를 따라 정렬해 있었다. 경찰관 한명이 혹한을 무시하고 제복을 빛내면서 입구에 서 있었다. 마차들이 끊임없이 도착했고, 온통 꽃으로 장식하고 옷자락을 들어올린 귀부인들과 챙 없는 모자나 챙 달린 검은 중절모를 쓴 신사들이 교회로 들어왔다. 교회 안에는 벌써 샹들리에 두개에 초들이 모두 켜져 있었고 성상들마다 초가 밝혀져 있었다. 붉은색을 배경으로 빛나는, 성화가 그려진 벽의 황금색 광채, 금칠을 한 성상 조각물, 샹들리에와 촛대들의 은빛, 대리석 바닥, 양탄자들, 위층 성가대석 부근의 교회 깃발들, 설교대의 계단, 오래되어 거무스름한 성경책, 사제의 긴 옷과 미사용 제의—이 모든 것에 빛이 흐르고 있었다. 따뜻한 교회의 오른편으로는 프록코트, 하얀 넥타이, 제복, 양단, 벨벳, 공단, 머리카락, 꽃, 드러낸 어깨와 팔, 긴 장갑 가운데서 수군대는, 생기를 띤 속삭임이 지나가며 높은 교회 천장에 울려 이상하게 들렸다. 열린 문이 삐걱거릴 때마다 군중 속의 수군거림은 잠잠해졌고, 모두들 신랑 신부를 보기를 기대하며 돌아다보았다. 하지만 문은 벌써 열차례 이상 열렸는데도 매번 늦게 온 하객이거나 오른쪽의 초대된 무리로 들어가려는 하객들이거나 왼쪽으로 낯선 무리에 끼어들려고 경찰관을 속이거나 그에게 간청하는 구경꾼이었다. 친척들도 제삼자들도 이미 기다림의 최종 단계까지 지난 상태였다.

처음에 사람들은 이 지연에 대해 아무 의미도 부여하지 않고 신랑 신부가 곧 도착할 것이라고 생각했다. 나중에는 무슨 일이 일어난 거 아니냐고 말하면서 점점 더 자주 문 쪽을 보게 되었고, 그러다가 이 지연이 이미 거북해지기 시작했고, 친척들도 하객들도 이제 신랑에 대해서 생각하지 않고 자기들 이야기로 바쁜 척했다.

보제장은 자기 시간의 가치를 상기시키려는 듯이 쉴 새 없이 기침을 하여 창문의 유리를 떨리게 만들었다. 성가대에서는 목소리를 시험해보는 소리가 들렸고 지루해진 가수들의 코 푸는 소리도 들렸다. 사제는 연방 신랑이 왔나 알아보도록 하급 성직자나 보제를 내보냈고, 그 스스로도 보랏빛 제의에 수놓은 허리띠를 맨 채 신랑을 기다리며 점점 더 자주 옆문으로 나가보곤 했다. 마침내 귀부인들 중 하나가 시계를 보고 말했다. "하지만 이건 이상하네요!" 그러자 모든 사람들이 불안해져서 이상하게 느끼는 점과 불만을 큰 소리로 말하기 시작했다. 들러리 중 한 사람이 어떻게 된 일인지 알아보러 갔다. 이때 끼찌는 벌써 준비가 다 되어 하얀 드레스에 긴 면사포와 하얀 등자꽃 관을 쓰고 결혼식 대모와 언니 리보바와 함께 셰르바쯔끼가 저택 거실에 서서 들러리가 신랑이 교회에 도착했다고 알려오기를 벌써 삼십분 이상이나 헛되이 기다리고 있었다.

한편 레빈은 바지만 입고 조끼와 프록코트는 입지 않은 채 연방 문밖으로 몸을 내밀고 복도를 바라보며 호텔방 안을 이리저리 왔다 갔다 하고 있었다. 하지만 복도에 그가 기다리는 사람은 보이지 않았고, 그는 절망적으로 방 안으로 들어와, 느긋하게 담배를 피우는 스쩨빤 아르까지치를 향해 두 손을 내저었다.

"세상에 이보다 더 끔찍하고 어리석은 상황에 처한 사람이 또 있었을까!" 그가 말했다.

"그래, 정말 어리석어." 스쩨빤 아르까지치가 달래듯이 미소 지으며 동의했다. "하지만 진정해. 곧 가져올 거야."

"이게 뭐야, 정말!" 레빈이 광분을 누르면서 말했다. "이 앞가슴이 파인 바보 같은 조끼, 가망 없어!" 그는 자기 셔츠의 구겨진 앞면을 보고 말했다. "근데 벌써 짐을 기차역으로 보내버렸으면 어쩌지!" 그는 절망적으로 소리를 질렀다.

"그럼 내 것을 입게."

"진작에 그랬어야 했어."

"우스워 보이는 건 안 좋지만…… 기다려봐, 절로 다 잘될 거야."

일은 이렇게 된 것이었다. 레빈이 옷을 입히라고 했을 때 늙은 하인 꾸지마는 프록코트, 조끼, 그리고 필요한 모든 것을 가져왔다.

"근데 셔츠는?" 레빈이 소리 질렀다.

"입고 계시잖아요." 꾸지마가 침착한 미소를 지으며 대답했다.

꾸지마는 깨끗한 셔츠를 생각하지 못했고, 젊은 부부가 오늘 저녁 그곳에서 바로 떠나게 될 테니 짐을 다 싸서 셰르바쯔끼 저택으로 보내라는 명령을 받고 연미복 한벌만을 제외하고 모든 것을 싸서 그리로 보냈던 것이다. 아침부터 입은 셔츠는 구겨져서 요즘 유행하는 앞가슴이 파인 조끼에는 입을 수 없었다. 셰르바쯔끼 저택으로 사람을 보내자니 너무 멀었다. 셔츠를 사러 하인을 보냈다. 하인은 그냥 돌아왔다. 일요일이라 모든 상점이 닫혔던 것이다. 스쩨빤 아르까지치네로 사람을 보내서 가져온 셔츠는 어림없이 크고 짧았다. 결국 셰르바쯔끼가로 사람을 보내서 짐을 풀도록 했다. 교회에서는 신랑을 기다리고 있는데, 그는 복도를 내다보며 경악과 절망을 느끼면서, 자신이 끼찌에게 함부로 한 말과 그녀가 지금 무은 생각을 하고 있을까를 떠올리며 우리에 갇힌 짐승처럼 방 안을 왔다 갔다 하고 있었다.

드디어 꾸지마가 죄스러워하며 숨을 헐떡이면서 셔츠를 들고 방 안으로 달려들어왔다.

“겨우 닿았어요. 짐을 벌써 실었더라고요.” 꾸지마가 말했다.

삼분 후, 아픈 상처를 건드리지 않기 위해 시계도 보지 않은 채 레빈은 복도를 달려나갔다.

“이미 그래봤자 아무 도움이 안 돼.” 스쩨빤 아르까지치가 천천히 그의 뒤를 따라가면서 미소 지으며 말했다. “절로 다 잘될 거야, 절로 다 잘될 거야…… 내 장담하네.”

4

“도착했네!” “저기 있군.” “어떤 사람이지?” “좀 젊은 편이네, 그렇지?” “근데 신부는, 아이고, 거의 사색이 다 됐군.” 레빈이 입구에서 신부를 데리고 교회로 들어왔을 때 군중들 속에서 수군거리는 소리가 들리기 시작했다.

스쩨빤 아르까지치는 아내에게 늦은 이유를 말했고, 하객들은 미소를 지으며 서로서로 속삭여댔다. 레빈은 아무것도, 아무도 알아차리지 못했다. 그는 눈을 떼지 못하고 자기 신부만 바라보고 있었다.

다들 그녀가 최근 며칠 동안 아주 미워졌고 관을 쓰니 보통 때보다 훨씬 못하다고 말했다. 하지만 레빈은 그렇게 느끼지 않았다. 그는 길고 하얀 베일을 쓰고 흰 꽃으로 장식한 그녀의 높이 올린 머리, 특히 처녀답게 긴 목의 양옆은 가리고 앞쪽만 드러낸 높은 주름 장식의 옷깃, 놀랄 만큼 가는 허리를 보았고 그녀가 그 어느 때보다 아름답다고 느꼈는데, 그것은 이 꽃들, 이 베일, 이 빠리로부터 주문해온 드레스가 그녀의 아름다움을 더해주어서가 아니라 공들여 준비한 이 모든 차림새의 화려함에도 불구하고 그녀의 사랑스러운 얼굴이, 그녀의 시선이, 그녀의 입술이 여전히 그녀 특유의 순진무구한 솔직함을 표현하고 있었기 때문이었다.

"전 벌써 당신이 도망가길 원한다고 생각했어요." 그녀가 말하고 그에게 미소 지었다.

"내게 일어난 일이 너무 어리석어서 말하기도 부끄러워요!" 그가 얼굴을 붉히며 말했는데, 그러고는 다가오는 세르게이 이바노비치를 향해 몸을 돌려야만 했다.

"네 셔츠 얘기 참 재미있더라!" 세르게이 이바노비치는 고개를 절레절레 흔들면서 미소 지으며 말했다.

"네, 네." 레빈은 무슨 말인지 이해하지도 못한 채 대답했다.

"자, 꼬스쨔, 지금 결정해야만 할……" 스쩨빤 아르까지치가 짐짓 놀라는 표정을 지으며 말했다. "중요한 문제가 있네. 말하자면 자네는 지금 이 문제의 중요성 전체를 평가해야 하는 상황에 있다네. 사람들이 나에게 묻더군. '한번 사용한 초를 쓸까요, 아니면 사용하지 않은 새 초를 쓸까요?' 차이는 십 루블일세." 웃느라고 입술을 움직거리며 그가 덧붙여 말했다. "자네가 동의하지 않을까봐 걱정이네만 난 벌써 결정했네."

레빈은 농담인 줄 알았지만 웃을 수 없었다.

"그래, 대체 어떻게 하지? 사용하지 않은 초, 아니면 사용한 초?"

"그래그래, 사용하지 않은 초."

“자, 매우 기쁘군. 문제는 해결됐고!” 스쩨빤 아르까지치는 미소 지으며 말했다. “근데 사람들이 이런 상황에서 얼마나 어리석어지는지.” 레빈이 정신이 산란한 채 그를 쳐다보고 나서 신부에게로 향했을 때 그는 치리꼬프에게 말했다.

“주의해, 끼찌. 양탄자를 먼저 밟아야 해.” 노르츠똔 백작부인이 다가오며 말하더니 레빈을 향해 말했다. “정말 멋지세요!”

“어때, 두렵지 않아?” 늙은 친척 아주머니인 마리야 드미뜨리예브나가 말했다.

“왜 기운이 없니? 창백하구나. 잠깐, 몸을 좀 굽혀봐!” 끼찌의 언니 리보바가 말하면서 미소 지으며 통통하고 아름다운 팔을 구부려서 머리의 꽃들을 고쳐주었다.

돌리는 다가와서 무슨 말인가를 하고자 했으나 할 수 없었고, 울음을 터뜨리더니 부자연스럽게 소리 내며 웃었다.

끼찌는 레빈과 마찬가지로 정신이 딴 데가 있는 눈으로 이 모든 사람들을 둘러보았다. 자신을 향한 이 모든 말에 그녀는 그저 행복의 미소, 지금 그녀에게 그렇게도 자연스러운 이 미소로써만 답할 수 있었다.

그러는 사이 교회 종사자들은 제의를 입었고, 사제는 보제와 교회당 입구 앞에 있는 제단을 향해 나왔다. 사제가 레빈을 향해 무어라 말했다. 레빈은 사제가 말한 것을 알아듣지 못했다.

“신부 손을 잡고 인도하세요.” 들러리가 레빈에게 말했다.

한동안 레빈은 자신에게 요구하는 바를 이해할 수 없었다. 그는 내내 맞는 손이 아닌 손으로 맞는 손이 아닌 손을 잡곤 해서 사람들이 한참이나 그를 바로잡아주려고 했는데, 마침내 그가 자세를 바꾸지 않은 채 오른손으로 역시 그녀의 오른손을 잡아야 한다는 것을 이해했을 때는 그들은 막 포기하려던 참이었다. 마침내 그가 신부의 손을 올바른 방식으로 잡자 사제는 그들보다 몇걸음 앞으로 걸어나가서 제단 부근에 멈춰섰다. 친척들과 지인들 무리의 말소리가 웅웅거리고 베일들이 사각거리며 그들을 따랐다. 누군가 몸을 굽히고 신부의 베일을 바로잡아주었다. 교회 안은 너무 고요해져서 촛농이 떨어지는 소리가 들릴 정도였다.

체구가 작은 나이 든 사제는 양쪽으로 갈라 귀 뒤로 빗어 넘긴 은빛으로 빛나는 고수머리에 관을 쓰고, 늙고 작은 두 손을 등에 금십자가가 달린 무거운 은빛 제의 아래로 뻗어 제단에서 뭔가를 뒤지고 있었다.

스쩨빤 아르까지치는 조심스레 그에게로 다가가서 뭔가를 속삭이고 나서 레빈을 보고 눈을 찡긋하고 다시 뒤로 돌아왔다.

사제는 꽃들로 장식된 초 두개를 왼손으로 잡고 켠 후 옆으로 기울여 촛농이 천천히 떨어지도록 하면서 얼굴을 새 신랑 신부에게로 돌렸다. 바로 레빈의 고해를 받던 사제였다. 그는 피곤하고 음울한 시선으로 신랑과 신부를 바라보며 한숨짓고 나서 옷자락에서 오른손을 꺼내 뻗어서 신랑을 축복하고 마찬가지로, 하지만 더 조심스럽고 부드럽게 손가락들을 모아 끼찌의 숙인 머리에 얹었다. 그러고 나서 그는 그들에게 초를 건네주고는 향로를 쥐고 그들로부터 천천히 멀어졌다.

'이게 생시일까?' 레빈은 생각하며 신부를 바라보았다. 약간 아래쪽으로 그녀의 옆얼굴이 보였는데, 그녀의 입술이나 눈썹의 보일락 말락 한 움직임에서 그는 그녀가 자신의 시선을 느끼고 있는 것을 알았다. 그녀는 쳐다보지는 않았지만 그녀의 주름 잡힌 높은 옷깃이 약간 흔들리면서 분홍빛 작은 귀 쪽으로 올라갔다. 그는 그녀의 가슴속에서 숨이 멈추고 촛불을 든, 목이 긴 장갑을 낀 작은 손이 떨리는 것을 보았다.

셔츠 소동 전체, 지각한 것, 지인들과 친척들과의 대화, 그들의 불만, 그의 우스운 상황, 이 모든 것이 문득 사라지고 그는 기쁘면서도 두려웠다.

은빛 예복을 입고 고수머리를 양쪽으로 갈라 빗은 잘생기고 키가 큰 보제장이 활기찬 걸음걸이로 앞으로 나와서 두 손가락으로 익숙하게 영대領帶를 들어올리며 사제 앞에 섰다.

"축—복—해—주—소—서, 주님!" 한 음 한 음이 공기의 파장을 진동시키면서 장엄하게 울렸다.

"우리 하느님이시여, 항상, 오늘도, 그리고 수만년 영원토록 찬양받으실지어다." 노인 사제가 제단에서 뭔가를 계속 정리하면서 온순하게 노래하듯 화답했다. 그러자 보이지 않는 합창단의 충만한 화음이 창문에서 천장까지 교회 전체를 가득 채우면서 조화롭고 힘차게 울려퍼지며 잠시 머물렀다가 조용히 사라졌다.

언제나처럼 하늘이 내리시는 평화와 구원에 대해, 종교회의와 군주에 대해 기도했다. 오늘 혼약하는 하느님의 종 꼰스딴찐과 예까쩨리나에 대해서도 기도했다.

"그들에게 완전하고 평화로운 사랑과 도움을 내려주십사 주님께 기도합시다." 온 교회가 보제장의 목소리로 숨 쉬는 듯했다.

레빈은 그 말을 들으면서 놀랐다. '어떻게 그들은 도움, 도움이라는 생각을 했을까?' 그는 자신이 얼마 전에 겪은 두려움과 절망을 전부 기억하며 생각했다. '내가 뭘 아나? 이 무서운 일에서 도움 없이 내가 뭘 할 수 있을까?' 그는 생각했다. '바로 지금 내게 도움이 필요한 거다.'

보제장이 기도를 마치자 사제는 책을 들고 혼약자들을 향했다.

"떨어져 있는 자들을 결합하신 영원하신 하느님." 그는 부드럽고 노래하는 듯한 목소리로 봉독했다. "그들에게 뗄 수 없는 사랑의 결합을 주시는 하느님, 이삭과 리브가를 축복하셨고 그들을 당신의 약속을 이어가는 사람들로서 보여주신 하느님, 당신의 종인 꼰스딴찐과 예까쩨리나도 직접 축복해주시고 이들에게 모든 선한 일을 가르쳐주옵소서. 하느님께서는 자비로우시고 인간을 사랑하시니, 성부와 성자와 성령이신 당신께 오늘도, 그리고 수만년 영원토록 영광을 찬양드리나이다."

"아—멘." 또다시 보이지 않는 합창이 공중에 흘러퍼졌다.

'떨어져 있는 자들을 결합하시고 뗄 수 없는 사랑의 결합을 주시는…… 이 말은 얼마나 뜻깊고 지금 느끼는 것에 얼마나 적당한지!' 레빈은 생각했다. '그녀도 나와 똑같은 것을 느낄까?'

그리고 그는 몸을 돌렸고, 그녀의 시선과 마주쳤다.

이 시선의 표정에서 그는 그녀가 자신이 이해한 것과 똑같은 것을 이해하고 있다고 결론 내렸다. 하지만 그것은 진실이 아니었다. 그녀는 미사의 말들을 거의 이해하지 못했고, 혼약식[5] 동안 그 말에 귀를 기울이지조차 않았다. 그만큼 그녀의 영혼을 채우고 점점 더 커져만 가는 단 하나의 감정이 강했던 것이다. 그 감정은 벌써 한 달 반 전에 그녀의 영혼 속에서 이루어진 것, 이 여섯주 동안 내내 그녀를 기쁘게 하고 고통스럽게 한 것이 온전히 완성되었다는 기쁨이었다. 연갈색 옷을 입고 아르바뜨에 있는 저택의 거실에서 그에게로 말없이 다가가 자신을 내주었던 그날 그녀의 영혼 속에서,

5 신랑과 신부에게 반지를 끼워주는 교회 의식을 혼약식으로 번역했다.

그날 그 시각 그녀의 영혼 속에서 모든 지나간 삶과의 완전한 결별이 이루어졌고, 완전히 새롭고 완전히 다른, 그녀가 모르는 삶이 시작되었던 것이다. 실제로는 예전의 낡은 삶이 계속되고 있던 이 여섯주는 그녀에게 가장 행복한 동시에 가장 고통스러운 시간이었다. 그녀의 모든 삶, 모든 염원과 희망이 그녀가 아직 이해할 수 없는 이 한 사람에게로, 이 사람 자체보다도 더 이해할 수 없는, 때로는 그녀를 그에게 가깝게 만들고 때로는 멀게 만드는 어떤 감정에 의해 그녀가 연결되어 있는 이 사람에게로 집중되어 있었지만, 동시에 그녀는 예전의 삶의 조건 속에서 살고 있었던 것이다. 예전의 삶을 살면서 그녀는 자기 자신이 겁났고, 모든 지나간 것—물건들, 습관들, 그녀가 사랑하거나 그녀를 사랑하는 사람들, 이 모든 무관심에 화가 난 어머니, 예전에 이 세상 그 무엇보다도 사랑했던 사랑스러운 아버지—에 대한 자신의 극복할 수 없는 완전한 무관심이 겁났다. 그녀는 어떤 때는 이 무관심에 겁을 냈고, 어떤 때는 그녀를 이렇게 무관심하도록 만든 것에 대해서 기뻐했다. 그녀는 이 사람과의 삶 이외의 것에 대해서는 아무것도 생각할 수도 바랄 수도 없었다. 하지만 이 새로운 삶은 아직 존재하지 않았고, 그녀는 그것을 확실하게 떠올리기조차 할 수 없는 상태였다. 오직 기대—새롭고 알 수 없는 것에 대한 두려움과 기쁨만이 있었다. 그런데 이제 이 기대도, 이 알 수 없는 것도, 예전의 삶을 거부하는 것에 대한 회한도 모두 다 끝이 나고 새로운 것이 시작될 것이다. 이 새로운 것은 그 미지의 성격으로 인하여 두렵지 않을 수 없었다. 하지만 두려운 것이든 아니든 간에 이미 여섯주 전에 그녀의 영혼 속에서 일어난 것이었다. 지금은 그녀의 영혼 속에서 이미 오래전에 일어난 것이 신성화의 의식을 거치는 것일 뿐이었다.

사제는 다시 제단을 향해 몸을 돌리고는 힘들여 끼찌의 작은 반지를 잡아서 레빈의 손을 달라고 하여 그의 손가락 첫 마디에 끼웠다. "하느님의 종 꼰스딴찐과 예까쩨리나가 혼인을 약속하나이다." 그리고 사제는 큰 반지를 작고 약해서 애처로운 끼찌의 분홍빛 손가락에 끼우고 똑같은 말을 했다.

신랑 신부는 몇번이나 뭘 어떻게 해야 하는지 알아채려고 애썼으나 매번 실수를 했고, 사제는 속삭여서 그들을 바로잡아주었다. 그는 드디어 필요한 일을 다 마치고 반지로 그들에게 성호를 긋고 나서 다시 끼찌에게는 큰 반지를, 레빈에게는 작은 반지를 주었다. 그들은 다시 헷갈렸고, 반지를 손에서 손으로 건네고 두번이나 주고받으면서도 여전히 하라는 대로 하지 못했다.

돌리, 치리꼬프, 스쩨빤 아르까지치가 그들을 바로잡으러 앞으로 나갔다. 사람들이 황당해하고 속삭이고 웃고들 했지만, 신랑 신부의 얼굴 표정은 여전히 엄숙하고 감동적이었다. 오히려 손을 헷갈리면서 이들은 전보다 더 진지하고 엄숙하게 바라보았고, 스쩨빤 아르까지치가 이제 각자 자기 반지를 끼라고 속삭이면서 지었던 미소는 저절로 그의 입술에서 사라졌다. 그에게는 어떤 미소라도 이들을 모욕하는 것으로 느껴졌던 것이다.

"하느님께서는 태초에 남자와 여자를 만드셨나이다." 사제는 반지 교환이 있은 후 읽었다. "하느님에 의해 여자는 남자와 결합해 도움과 인간의 수태를 이루도록 하셨나이다. 우리 주 하느님, 몸소 이 땅에 빛나는 진리를 당신이 택하신 당신의 종에게 대대손손 당신의 유산과 약속으로 내리셨사오니, 당신의 종 꼰스딴찐과 예까쩨리나를 굽어보시고 그들의 결합을 믿음과 화합과 진리와 사랑 속에 강건하게 해주시옵소서……"

레빈은 점점 더 결혼에 대한 자신의 생각, 자신의 삶을 만들어가려는 데 대한 자신의 꿈, 이 모든 것이 어린애 같은 것이라고, 이는 이제까지 자신이 이해하지 못했고, 비록 지금 자신에게 일어나고 있지만 더욱 이해할 수 없는 어떤 것이라고 느꼈다. 가슴속에서 점점 더 전율이 차올랐고 눈에서는 달랠 길 없는 눈물이 솟았다.

5

교회 안에는 모스끄바 전체가, 친척들과 지인들이 모여 있었다. 혼약식이 진행되는 동안 불빛이 휘황한 교회 안에서는 성장을 한 여인들, 처녀들, 하얀 넥타이를 매고 프록코트나 제복을 입은 남자들 사이에서 점잖고 조용한 말소리가 끊임없이 이어졌다. 이는 주로 남자들에 의해서 이루어진 반면, 여자들은 항상 그들을 감동시키는 이 종교의식의 모든 세부 사항들을 보느라 온통 정신이 팔려 있었다.

신부에게 가장 가까운 측은 두 언니, 돌리와 외국에서 온 차분한 미인 리보바였다.

“왜 마리는 결혼식에 검은색 같은 보라색 옷을 입고 왔지요?” 꼬르순스까야가 말했다.

“저 얼굴색에 유일한 구제책이지요……” 드루베쯔까야가 말했다. “뭣 때문에 저녁에 결혼식을 하는지 이상해요. 상인들이나 그렇게 하는데……”

“더 멋있거든요. 나도 저녁에 결혼했어요.” 꼬르순스까야가 말하고서, 그날 자신이 얼마나 아름다웠는지, 남편이 얼마나 자기에게 빠져 있었는지, 그리고 지금은 그 모든 게 얼마나 달라졌는지를 기억하고는 한숨을 쉬었다.

"열번 이상 들러리를 선 사람은 결혼할 수 없다고들 하데요. 저 자신을 보호하려고 열번째가 되려고 했는데 자리가 없었어요." 시냐빈 백작이 그를 염두에 두고 있는 아름다운 차르스까야 공작영애에게 말했다.

차르스까야는 그에게 미소로써만 답했다. 그녀는 끼찌를 보면서 자신이 언제 어떻게 끼찌의 위치에 시냐빈 백작과 나란히 있게 될 것인지, 그때 자신이 어떻게 지금의 농담을 그에게 상기시켜줄 것인지 생각하고 있었다.

셰르바쯔끼는 늙은 궁정 시녀 니꼴라예바에게 끼찌가 행복하도록 그녀의 쪽머리 위로 관을 씌워주려고 한다고[6] 말했다.

"쪽머리를 할 필요가 없었어요." 자신이 사로잡은 늙은 홀아비가 자신과 결혼하려고 하면 결혼식은 매우 소박하게 할 거라고 오래전부터 결심하고 있는 니꼴라예바가 말했다. "전 이런 *호사스러움*[7]을 좋아하지 않아요."

세르게이 이바노비치는 다리야 드미뜨리예브나와 이야기하며 결혼식 후에 바로 떠나는 풍습은 갓 결혼한 부부가 항상 어느정도 미안해하기 때문이라고 농담조로 장담하고 있었다.

"댁의 동생은 자랑스러워할 만해요. 그녀는 경탄할 만큼 아름답네요. 부러우시리라 여겨지는데요?"

"그 단계는 이미 지났습니다, 다리야 드미뜨리예브나." 그가 대

---

6 신부의 머리 위에 씌우는 관과 관련하여 신부의 미래에 대해 점치는 여러가지 미신이 있었다.

7 faste(프랑스어).

답했다. 그의 얼굴은 예기치 않게 우울하고 진지한 표정을 띠었다.

스쩨빤 아르까지치는 처제에게 동음이의어인 '보초 교체'와 '이혼'에 관한 말장난[8]을 이야기하고 있었다.

"관을 바로잡아야 해요." 그녀는 그의 말을 듣지 않고 말했다.

"그녀가 미워져서 참 안됐어요." 노르츠똔 백작부인이 리보바에게 말했다. "그래도 어쨌든 그는 그녀의 손가락만큼도 가치가 없지요. 그렇지 않아요?"

"아니요, 저는 그가 무척 마음에 들어요. 그가 앞으로 *제부*[9]가 될 거라서가 아니고요." 리보바가 대답했다. "게다가 그는 몸가짐이 얼마나 훌륭한데요. 이 상황에서 우스꽝스럽지 않고 훌륭한 몸가짐을 한다는 게 얼마나 어려운 일인데요. 그는 우스꽝스럽지도 않고 부자연스럽지도 않아요. 그는 감동받은 것 같아요."

"그런 것 같아요. 이런 일을 기대하셨어요?"

"거의요. 동생은 항상 그를 사랑했어요."

"자, 그럼 누가 먼저 양탄자를 밟나 봅시다. 제가 끼찌한테 조언했거든요."

"상관없어요." 리보바가 대답했다. "우리는 모두 복종하는 여자들이죠. 그건 우리가 타고난 성질이에요."

"하지만 전 바실리와 걸어가면서 일부러 먼저 밟았지요.[10] 당신은요, 돌리?"

돌리는 그들 곁에 서서 그들의 말소리를 들었으나 아무 대답도

8 이 책 333면 주 참조.

9 beau-frère(프랑스어).

10 양탄자를 먼저 밟는 사람이 가정의 주도권을 쥐게 된다는 것도 당시 귀족층에 퍼져 있던 미신이다.

하지 않았다. 그녀는 흥분해 있었다. 눈에는 눈물이 맺혀 있었고, 그녀는 울음을 터뜨리지 않고서는 아무 말도 할 수 없었다. 그녀는 끼찌와 레빈을 보며 기뻐했다. 그녀는 생각 속에서 자기의 결혼식으로 돌아가서 빛나는 스쩨빤 아르까지치를 쳐다보았고, 현재의 모든 것을 잊고 그저 그 당시의 순진한 첫사랑만을 기억했다. 그녀는 자기 자신만이 아니라 모든 가까운 관계이거나 아는 여자들을 기억했다. 그녀는 그녀들이 끼찌처럼 관 아래서 사랑과 희망과 두려움을 가슴에 담고 과거와 절연하고 비밀스러운 미래로 들어가던, 그녀들에게 유일했던 그 장엄한 순간의 그녀들에 대해 기억했다. 그녀는 기억 속에 떠오른 이 모든 신부들 가운데서 사랑스러운 안나와 얼마 전에 들은 안나가 앞둔 이혼의 세부 사항들을 기억했다. 그녀도 마찬가지로 순수하게 등자꽃과 면사포 속에 서 있었지. 근데 지금은 어떻지?

"끔찍하게도 이상해." 그녀는 중얼거렸다.

자매들, 친구들, 친척들만이 혼약식의 모든 세세한 부분들을 관찰했던 것은 아니다. 관계없는 여자들, 구경꾼들도 신랑 신부의 동작 하나, 얼굴 표정 하나라도 놓칠세라 흥분해서 숨을 죽이고 관찰했고, 농담이나 관계없는 말을 하는 무관심한 남자들의 이야기에는 유감스러워 대답을 안 하거나 종종 듣지도 않았다.

"왜 저렇게 울었지? 억지로 가는 건가?"

"저런 좋은 남자에게 왜 억지로야? 공작이라지?"

"하얀 공단 옷을 입은 여자가 언니야? 아, 들어봐, 보제가 '남편을 두려워하라'라고 고함을 지르네."

"추돕스끼 합창단인가?"

"시노달니 합창단이래."

"하인에게 물어봤지. 신랑이 신부를 바로 자기 영지로 데리고 간다더군. 굉장한 부자래. 그래서 결혼도 시키는 거고."

"아니야, 좋은 부부야."

"마리야 블라시예브나, 페티코트를 짱짱하게 받쳐입는 걸 반대하셨죠? 자, 저 적갈색 드레스를 입은 부인 좀 보세요. 대사 부인이라고 하던데, 치맛자락을 얼마나 많이 부풀려 추켜올렸는지요! 이렇게, 또 이렇게요."

"신부가 얼마나 사랑스러운지, 제물로 바치려고 장식한 양 같군. 뭐라 해도 불쌍한 건 우리네 여자들이지."

교회 문안으로 들어갈 수 있었던 구경꾼 여자들 무리에서 오간 말이었다.

6

혼약식이 끝나자 교회 사동은 교회 한가운데 제단 앞에 장밋빛 비단 조각을 깔았다. 합창단은 베이스와 테너가 서로 번갈아 부르는 기교 넘치는 복잡한 찬송가를 부르기 시작했고, 사제는 몸을 돌려 신랑 신부에게 펼쳐놓은 장밋빛 천조각을 가리켰다. 둘 다 양탄자를 첫번째로 밟는 사람이 가족의 우두머리가 된다는 징조에 대해서 아무리 자주, 또 많이 들었어도, 이 몇걸음을 걷는 동안에는 레빈도 끼찌도 이를 전혀 기억하지 못했다. 그들에게는 크게 지적하는 소리도, 몇몇 사람들의 관찰에 따르면 그가 먼저였다고 하고 다른 사람들의 의견에 따르면 동시였다고 하는 말다툼 소리도 들리지 않았다.

결혼을 원하는가, 다른 사람에게 결혼을 기약하지 않았는가에 대한 의례적인 질문과 그들 자신에게도 이상하게 들리는 대답 이후에 새로운 미사가 시작되었다. 끼찌는 기도의 말에 귀를 기울이고 그 뜻을 이해해보려고 했으나 이해할 수 없었다. 승리와 환한 기쁨의 감정이 예식이 완성됨에 따라 점점 더 그녀의 영혼을 채워서 집중할 수 있는 여지를 앗아갔다.

기도의 말은 "이들에게 순수함과 훌륭한 결실을 주는 잉태의 몸을 주시고, 이들이 아들과 딸을 보고 기뻐할 수 있도록 해주소서"였다. 신이 여자를 아담의 갈비뼈로부터 만드셨고 "그래서 인간은 아버지와 어머니를 떠나 아내에게 연결된다"라는 말과 "이 비밀은 위대한 것이다"라는 말도 언급되었다. 그리고 하느님께서 이들에게 이삭과 리브가, 요셉, 모세와 십보라에게 주신 것처럼 다산과 축복을 주시기를, 또 이들이 대대손손 자손을 보게 해주시기를 청원했다. '이 모든 건 멋진 일이야.' 이 말을 들으며 끼찌가 생각했다. '이 모든 게 이대로 되지 않을 수 없지.' 그러자 그녀를 보는 모든 사람들에게 저절로 전해지는 기쁨의 미소가 그녀의 밝아진 얼굴에서 빛났다.

"완전히 씌워요!" 사제가 그들에게 관을 씌우려 하자 셰르바쯔끼가 단추 세개 달린 장갑을 낀 떨리는 손으로 끼찌의 머리 위로 높이 관을 들었고, 여기저기서 조언들을 했다.

"씌워요!" 그녀가 미소 지으며 속삭였다.

레빈은 그녀를 보고 그녀의 얼굴에 어린 환한 광채에 놀랐다. 이 감정은 저절로 그에게 전해졌다. 그녀처럼 그도 밝고 즐거워졌다.

그들은 사도서와, 제삼자인 청중들에게는 견딜 수 없을 만큼 기다려지던 마지막 구절을 읽는 보제장의 울리는 목소리를 즐겁게 들었다. 평평하고 낮은 잔으로 따뜻하고 묽은 붉은 포도주를 마시는 것도 즐거웠고, 사제가 옷자락을 젖히고 그들의 두 손을 자기 손으로 잡고서 베이스의 "이사야여, 기뻐하라"라는 노랫소리가 터져나올 때 그들을 제단 주위로 돌도록 이끌 때는 더욱 즐거웠다.

관을 들고 있던 셰르바쯔끼와 치리꼬프도 신부의 면사포 때문에 쩔쩔매기도 하고 웃기도 하고 사제가 멈출 때마다 신랑 신부보다 뒤처지거나 그들에게 부딪치기도 하면서 즐거워했다. 끼찌에게서 지펴진 기쁨의 불씨가 교회에 있는 모든 사람들에게 전해진 것 같았다. 레빈에게는 사제도 보제도 자기와 같이 웃고 싶어하는 것처럼 여겨졌다.

사제는 그들의 머리에서 관을 벗긴 후 마지막 기도문을 읽고 그들을 축복했다. 레빈은 끼찌를 바라보았는데, 그는 이제껏 그런 모습의 그녀를 본 적이 없었다. 그녀는 얼굴에 떠오른 새로운 행복의 광채로 인하여 매혹적이었다. 레빈은 그녀에게 무슨 말을 하고 싶었지만 의식이 끝난 것인지 아닌지 몰랐다. 사제가 그를 곤경에서 구출해주었다. 그는 선량한 입술로 미소를 지으며 조용히 말했다.

"아내에게 키스하세요. 당신은 남편에게 키스하세요." 그리고 그들의 손에서 초를 받아갔다.

레빈은 그녀의 미소 짓는 입술에 조심스레 키스하고는 그녀에게 손을 내밀고 새롭고 이상한 친밀감을 느끼며 교회에서 나왔다. 그는 이것이 현실인지 믿지 못했고, 믿을 수도 없었다. 그들의 놀라고 수줍은 시선이 마주쳤을 때에야 비로소 그는 이를 믿을 수 있었다. 그들이 이미 서로 하나라는 걸 느꼈기 때문이었다.

만찬이 끝나고 바로 그날 밤에 젊은 부부는 시골로 떠났다.

7

브론스끼와 안나는 이미 석달째 함께 유럽을 여행하고 있었다. 그들은 베네찌아, 로마, 나뽈리를 여행한 후 이제 막 이딸리아의 조그만 도시에 도착해서 얼마간 머무를 예정이었다.

숱이 많은 머리에 빳빳하게 기름을 발라 뒷목에서부터 가르마를 타고, 프록코트 차림으로 가슴께에 넓게 하얀 모시를 댄 셔츠를 입고 동그란 배 위로 시곗줄을 늘어뜨린 미남 급사장이 두 손을 호주머니에 집어넣고 경멸조로 눈을 가늘게 찡그린 채, 멈춰선 신사에게 뭔가를 엄숙하게 대답하고 있었다. 그는 다른 편으로 계단을 올라 다가오는 발소리를 듣고 몸을 돌려 그들의 호텔에서 가장 좋은 방들을 차지하고 있는 러시아 백작을 보자마자 호주머니에서 두 손을 빼고 허리를 굽히고는 우편배달부가 다녀갔고, 빨라쪼를 빌리는 문제가 해결되었다고 말했다. 관리인이 계약을 할 준비가 되어 있다는 것이다.

"아! 무척 기뻐요." 브론스끼가 말했다. "근데 부인은 안에 있나요, 나갔나요?"

"산책하러 나가셨다가 방금 돌아오셨습니다." 급사장이 대답했다.

브론스끼는 커다란 챙이 달린 얇은 모자를 벗고 손수건으로 땀이 난 이마와 대머리를 가리느라 뒤로 빗어넘겨 귀의 반쯤까지 늘어뜨린 머리카락을 닦았다. 그런 다음 아직 선 채로 그에게로 시선을 향하고 있는 신사를 무심코 쳐다보고는 지나가려 했다.

"이 러시아 신사분께서도 귀하에 대해서 물으셨습니다." 급사장이 말했다.

브론스끼는 어딜 가도 아는 사람을 피할 수 없다는 유감과 무엇으로든 조금이라도 단조로운 생활에서 벗어나보려는 희망이 섞인 심정으로 다시 한번 자기가 지나친, 멈춰서 있는 신사를 쳐다보았고 동시에 두 사람의 눈이 빛났다.

"골레니셰프!"

"브론스끼!"

실제로 그는 브론스끼의 사관학교 동기인 골레니셰프였다. 골레니셰프는 사관학교에서 자유주의 진영에 속해 있었고, 문관 관등을 받고 졸업한 후에 아무 데서도 복무하지 않았다. 동기들은 사관학교를 나온 후에 완전히 헤어졌고 나중에 단 한번 모인 적이 있을 뿐이었다.

그 모임에서 브론스끼는 골레니셰프가 어떤 고상한 자유주의 활동을 택했고, 그 결과 브론스끼의 활동이나 관등을 경멸하려 드는 것을 알아차렸다. 그래서 그때 브론스끼는 그가 사람들에게 하던 대로의 차갑고 거만한 반격, '내 생활 방식이 당신 마음에 들거나 안 들거나 내겐 전혀 상관이 없소. 당신이 나와 알고 지내고 싶다면 나를 존중해야 할 거요'라는 의미의 반격을 골레니셰프에게 가했던 것이다. 골레니셰프도 그의 그런 투에 마찬가지로 경멸적이고 상관없다는 투로 응했다. 그 모임이 이 둘을 더욱 멀어지게 했다. 그런데 지금 이들은 서로를 알아보고 기뻐서 얼굴을 빛내며 외치고 있는 것이다. 브론스끼는 자신이 골레니셰프를 보고 그렇게 기뻐하리라고는 예상하지 못했다. 하지만 그는 아마도 자신이 얼마나 권태를 느끼고 있는지 스스로 모르고 있었던 것 같다. 그는 지난번 모임에서의 불쾌한 인상을 잊고 솔직하게 기뻐하는 얼굴로 옛 동기에게 손을 내밀었다. 마찬가지로 기쁜 표정이 골레니셰프의 좀 전의 불안한 표정을 대체했다.

"자네를 만나다니 정말 기쁘네!" 브론스끼가 친밀한 미소를 지으며 강하고 하얀 이를 드러내면서 말했다.

"이름을 듣긴 했지만 어떤 브론스끼인지 몰랐네. 매우매우 기쁘네."

"어서 들어가세. 근데 자네 뭘 하고 지내나?"

"난 벌써 이년째 여기 살고 있네. 일을 하지."

"아!" 브론스끼가 관심 있게 말했다. "자, 들어가세."

러시아인들이 하인들에게 숨기고 싶은 것을 말할 때 으레 그러듯이 그는 프랑스어로 말하기 시작했다.

"까레닌 부인 아나? 우리는 함께 여행 중이네. 난 지금 그녀에게 가는 길이네." 그는 골레니셰프의 얼굴을 주의 깊게 들여다보면서 프랑스어로 말했다.

"아! 근데 난 몰랐네(하지만 그는 알고 있었다)." 골레니셰프가 무관심한 투로 말했다. "오래전에 왔나?" 그가 덧붙였다.

"나? 나흘째네." 브론스끼가 다시 한번 주의 깊게 친구의 얼굴을 들여다보면서 대답했다.

'그래, 그는 제대로 된 사람이고 사물을 제대로 보고 있어.' 브론스끼는 골레니셰프의 얼굴 표정과 화제를 다른 데로 돌리는 의미를 이해하고 속으로 말했다. '그를 안나에게 소개해야겠어. 그는 제대로 보고 있어.'

브론스끼는 안나와 외국에서 보낸 석달 동안 새로운 사람들을 만날 때마다 이 새로운 사람들이 그와 안나의 관계를 어떻게 보고 있는지 스스로에게 질문을 던졌다. 그리고 대부분의 경우 남자들은 제대로 이해했다. 하지만 그에게나 그가 제대로 이해했다고 생각한 사람들에게 그렇게 이해하는 것이 어떤 것이냐고 묻는다면 그도 그들도 답변하는 데 큰 어려움을 느꼈을 것이다.

브론스끼가 '제대로' 이해했다고 여긴 사람들은 실상 전혀 이해하지 못했으며, 그들은 대체로 교양 있는 사람들이 삶을 사방에서 둘러싸고 있는 모든 복잡하고 해결되지 않는 문제들에 대해서 일반적으로 견지하는 태도를 보인 것뿐이었다. 즉, 그들은 어떤 암시나 불편한 질문들을 피하면서 예의 바른 태도를 취했다. 그들은 그 상황의 의미와 중요성을 완전히 이해하며 인정하고 심지어 그를 격려하기까지 하는 척했지만 이 모든 것을 설명하는 것은 부적절하고 불필요하다고 여겼던 것이다.

브론스끼는 즉각 골레니셰프가 그런 사람들 중 하나라는 것을 알아챘고 그래서 그를 만난 것이 두배로 기뻤다. 실제로 골레니셰프는 까레닌 부인에게 소개되었을 때 브론스끼가 바랄 수 있는 바로 그런 태도를 취했다. 그는 조금도 힘들이지 않고 거북해질지도 모르는 모든 대화를 피하는 것이 분명했다.

그는 예전에 안나를 몰랐고, 그녀의 아름다움에 놀랐으며, 그녀가 자신의 상황을 받아들이는 자연스러움에 더더욱 놀랐다. 브론스끼가 골레니셰프를 데려왔을 때 그녀는 얼굴을 붉혔고, 그녀의 솔직하고 아름다운 얼굴을 덮은 이 어린애 같은 홍조는 지극히 그의 마음에 들었다. 하지만 특별히 마음에 들었던 것은 그녀가 다른 사람이 있는 데서 의심의 여지가 있을 수 없도록 하려는 의도를 가진 것처럼 당장 브론스끼를 알렉세이라고 부르면서 그들 둘이 다시 이곳으로부터 빨라쪼라고 부르는 빌린 집으로 이사할 것이라고 말한 것이었다. 자기의 상황에 대한 이 직선적이고 자연스러운 태도가 골레니셰프의 마음에 들었다. 안나의 심성 좋고 유쾌하며 활기 넘치는 행동거지를 보고, 알렉세이 알렉산드로비치와 브론스끼를 아는 골레니셰프로서는 자신이 안나를 완전히 이해하는 것처럼 여겨졌다. 그는 안나 자신이 전혀 이해하지 못하는 점을 자신이 이해한다고 여겼다. 즉, 남편에게 불행을 안겨주고 그와 아들을 버리고 좋은 평판을 잃고서도 어떻게 활기 넘치게 유쾌하고 행복을 느낄 수 있는가 하는 바로 그 점을.

"안내 책자에 있어요." 브론스끼가 빌린 빨라쪼에 대해 골레니셰프가 말했다. "거기에는 띤또레또[11]의 멋진 작품이 있어요. 그의 마지막 시기 것이죠."

"자, 어때요? 날씨가 좋으니 그리로 갑시다. 다시 한번 들여다봅시다." 브론스끼가 안나를 향해 말했다.

"아주 좋아요. 당장 모자를 쓰고 올게요. 덥다고 했죠?" 그녀는 문가에 멈춰서서 묻는 듯이 브론스끼를 바라보았고, 다시 선명한 붉은색이 그녀의 얼굴을 덮었다.

브론스끼는 그녀의 시선에서 그녀가 그가 골레니셰프와 어떤 관계에 있고 싶어하는지 모른다는 것과, 그가 원하는 대로 그녀 자신이 제대로 행동하고 있는지 염려하고 있다는 것을 알았다.

그는 한참을 부드럽게 그녀를 바라보았다.

"아니, 그리 덥지 않아요." 그가 말했다.

그러자 그녀도 자신이 모든 걸 이해했다고 여겨졌고, 무엇보다도 그가 그녀를 만족스러워하고 있다고 여겨졌다. 그녀는 그에게 미소를 짓고 나서 빠른 걸음으로 문에서 나갔다.

---

11 이딸리아의 화가 야꼬뽀 로부스띠(1518~94)의 별명. 베네찌아 유파에 속하며 19세기 후반에 다시 명성을 떨쳤다. 골레니셰프는 그림에 대한 당시 최신의 견해를 나타내고 있다.

두 친구는 서로에게 시선을 던졌고, 둘의 얼굴에는 당혹감이 나타났다. 안나에게 호감을 느낀 것이 분명한 골레니셰프는 그녀에 대해 뭐라도 말하려고 했지만 할 말을 찾아내지 못했고, 브론스끼도 바로 그것을 원하면서도 겁내고 있었다.

"그래, 자, 그건 그렇고." 브론스끼는 뭐라도 대화를 시작하려고 입을 열었다. "자네는 여기에 정착했다고? 그래, 자네는 여전히 같은 작업을 하고 있나?" 그는 골레니셰프가 뭔가를 쓰고 있다는 얘기를 들은 것을 기억하며 말을 이었다.

"그래, 『두 기원』의 제이부를 쓰고 있네." 이 질문을 듣자 만족감 때문에 갑자기 열을 올리며 골레니셰프가 말했다. "그러니까 정확하게 말하자면 아직 쓰지는 않고 준비하고 자료를 모으는 중이네. 제이부는 훨씬 더 광범위하고 거의 모든 문제들을 다룰 거네. 우리 러시아 사람들은 우리가 비잔틴의 후예라는 걸 이해하려 하지 않네."[12] 그가 길고 열정적인 설명을 시작했다.

브론스끼는 처음에는 저자가 뭔가 잘 알려진 것인 듯 말하는 『두 기원』의 제일부도 모르고 있어서 거북했다. 하지만 나중에 골레니셰프가 자기의 사상을 설명할 때에 이르자 브론스끼는 따라갈 수 있었을 뿐만 아니라 『두 기원』을 모르면서도 골레니셰프가 말을 잘했기 때문에 흥미까지 느끼며 들었다. 하지만 브론스끼가 놀라고 안타까웠던 점은 골레니셰프가 자신이 몰두하는 대상에 대해 말하면서 보이는 신경질적인 흥분이었다. 말을 하면 할수록 그는 두 눈에서 점점 더 불이 났고, 가상의 적들에게 점점 더 성급하

12 슬라브주의자들이 러시아 비잔틴정교의 진정성과 서구 교회의 비진정성을 대립시키는 견해를 피력한 바 있는데 이는 1870년대에 와서 다시 관심을 받는 주제가 되었다.

게 반박했으며, 얼굴 표정이 점점 더 불안해지고 모욕을 느끼는 듯했다. 골레니셰프를 마른 편이고 생기 있고 선량하고 고상하고 항상 사관학교 수석이던 청년으로 기억하는 브론스끼는 아무래도 이 신경질의 원인을 알 수 없었고 그것을 인정할 수도 없었다. 특히 그의 마음에 들지 않았던 것은 훌륭한 계층의 인간인 골레니셰프가 무슨 시시한 삼류 작가 나부랭이들이 신경을 돋운다고 그들과 동렬에 서서 그들에게 화를 낸다는 점이었다. 이게 그럴 가치가 있단 말인가? 이 점이 마음에 들지 않았지만, 그럼에도 불구하고 그는 골레니셰프가 불행하다고 느꼈고 그래서 안됐다는 생각이 들었다. 안나가 들어오는 것조차 알아채지 못하고 성급하게, 열을 올리며 자기 사상을 계속 피력하는 동안 이 민활하고 꽤 잘생긴 얼굴에 불행이, 거의 정신이상적인 증세가 나타났다.

안나가 모자를 쓰고 망토를 걸치고 나와서 아름다운 손으로 양산을 잡고 장난하듯 재빨리 돌리며 그의 옆에 섰을 때 브론스끼는 마음이 가벼워지는 것을 느꼈고, 집요하게 그를 향하며 원망하듯 쳐다보는 골레니셰프의 두 눈에서 떨어져나와 새로운 사랑을 느끼면서 매혹적이고 생명력과 기쁨으로 가득 찬 자기 연인을 바라보았다. 골레니셰프는 겨우 정신을 차렸으나, 처음 얼마간은 우울하고 어두웠다. 하지만 안나, 이즈음 그녀는 항상 그랬는데, 모두에게 상냥하게 대하는 안나가 자연스럽고 유쾌한 태도로써 이내 그를 기운 차리게 했다. 여러가지 화제를 시도해본 후 그녀는 그가 매우 말을 잘하는 화제인 그림으로 이야기를 이끌어 그의 말을 경청했다. 그들은 빌린 집까지 걸어가서 그 집을 살펴보았다.

"한가지는 아주 기뻐요." 이제 그들이 돌아오는 길에 안나가 골레니셰프에게 말했다. "알렉세이에게 좋은 아뜰리에가 생길 거라서요. 그 방은 꼭 당신이 쓰세요." 그녀는 브론스끼에게 당신이라고 부르면서 러시아어로 말했는데, 그건 그녀가 이제 그들의 외딴 생활 속에서 골레니셰프가 가까운 사람이 되리라는 것과 그 앞에서 이를 감출 필요가 없다는 것을 이해했기 때문이었다.

"자네, 그림 그리는군?" 골레니셰프가 브론스끼에게로 재빨리 몸을 돌리며 말했다.

"그렇네. 오래전에 했었는데 이제 다시 조금 시작했네." 브론스끼가 얼굴을 붉히며 말했다.

"큰 재능이 있어요." 안나가 기쁜 미소를 지으며 말했다. "물론 제가 이렇다 저렇다 평가할 처지는 아니지요. 하지만 전문가들이 그렇게 말했어요."

8

안나는 이 해방과 빠른 회복의 처음 시기에 용서할 수 없을 만큼 행복하고 삶의 기쁨으로 가득 차 있는 자신을 느꼈다. 남편의 불행에 대한 기억도 그녀의 행복을 망칠 수 없었다. 그 기억은 한편으로는 생각조차 못 할 만큼 끔찍한 것이었다. 다른 한편으로 남편의 불행은 후회하기에는 너무나 큰 행복을 주었다. 병이 난 후에 그녀에게 일어났던 모든 일에 대한 기억—남편과의 화해, 결별, 브론스끼의 부상에 대한 소식, 그가 나타난 것, 이혼 준비, 남편의 집을 나온 것, 아들과의 이별—이 모든 것이 그녀가 브론스끼와 함께 외국에 나온 이후 비로소 깨어난 열병 속의 꿈처럼 여겨졌다. 남편에게 행한 악행에 대한 기억이 일으킨 감정은 혐오감 같은 것으로,

물에 빠진 사람이 자기를 붙잡고 늘어지는 사람을 떼어냈을 때 느끼는 것과 비슷했다. 그 사람은 물에 빠져 죽었다. 물론 나쁜 짓이었지만 이것이 유일한 구원이었고, 그 무서운 구체적인 사항에 대해서는 기억하지 않는 것이 더 나았다.

그때 결별의 첫 순간에 떠올랐던, 자신의 행동에 대해 마음을 편하게 해주는 생각은 오직 한가지였는데, 지금 그녀는 모든 지나간 것에 대해 기억할 때 그 한가지 생각만을 되새겼다. '난 이 인간에게 어쩔 수 없이 불행을 안겨주었다.' 그녀는 생각했다. '하지만 나는 이 불행을 이용하고 싶지는 않다. 나 또한 괴로워하고 있고 앞으로도 괴로워할 것이다. 나는 내가 무엇보다도 아끼는 것을 잃는다. 나는 명예로운 이름과 아들을 잃는다. 나는 몹쓸 짓을 했고, 그래서 나는 행복을 원하지 않고 이혼을 원하지 않으며 치욕과 아들과의 이별 때문에 괴로워할 것이다.' 하지만 그녀가 아무리 진정으로 괴로워하기를 원했어도, 그녀는 괴로워하지 않았다. 아무런 치욕도 없었다. 두 사람은 기민한 행동거지로 외국에서 러시아 사교계 부인들을 피함으로써 자신들을 거북한 처지에 처하게 두지 않았고, 어디서나 그들 자신보다도 그들의 관계를 훨씬 더 잘, 완전히 이해하는 양 위선을 떠는 사람들을 만났다. 사랑하는 아들과의 이별, 그것도 처음에는 그녀를 고통스럽게 하지 않았다. 딸애가 너무나 사랑스러웠고, 그녀에게 딸애만 남게 된 이후로 이 딸애에게 몹시 애착을 느끼게 된 안나는 아들에 대해 드물게만 기억했다.

건강이 회복되면서 더욱 커진 삶의 욕구가 그렇게도 강했고 삶의 조건이 정말로 새롭고 편안해서, 안나는 자신이 용서 못 할 만큼 행복한 것을 느꼈다. 브론스끼를 알면 알수록 그녀는 점점 더 그를 사랑하게 되었다. 그녀는 그를 그 자체로서, 그리고 그녀를 향한 그의 사랑 때문에 사랑했다. 그를 완전히 차지하는 것은 항상 기쁜 일이었다. 그가 곁에 있는 것은 항상 기분이 좋았다. 그녀가 점점 더 많이 알게 되는 그의 성격의 특징들은 그녀에게 이루 표현할 수 없을 만큼 사랑스러웠다. 문관의 옷을 입어 달라진 그의 외양은 마치 사랑에 빠진 젊은 여자가 그렇듯이 그녀에게 매혹적이었다. 그가 말하고 생각하고 행동하는 모든 것에서 그녀는 뭔가 특별하게 고상하고 고결한 것을 보았다. 그에 대한 그녀의 감탄은 자주 그녀 자신을 겁나게 했다. 그녀는 그의 안에서 좋지 않은 점을 찾아보았으나 전혀 발견할 수 없었다. 그녀는 자신이 그 앞에서 보잘것없다는 의식을 그에게 나타내 보일 엄두를 내지 못했다. 그녀에게는 그가 그것을 알면 이내 그녀를 사랑하지 않을 수 있다고 여겨졌던 것이다. 비록 아무 계기도 없었음에도 그녀는 지금처럼 그의 사랑을 잃을까봐 염려한 적이 없었다. 하지만 그녀는 그가 자신을 대하는 태도에 감사하지 않을 수 없었고, 자신이 이를 얼마나 높이 평가하는지 보여주지 않을 수 없었다. 그녀 생각에는, 그가 두드러진 역할을 할 것이 틀림없는 국가적 활동에 그렇게 특별한 소명을 받은 그가 그녀를 위하여 조금의 유감도 보이지 않고 명예욕을 희생했던 것이다. 그는 예전보다도 더 그녀에게 친절하고 예의 발랐으며, 그녀가 항상 자신의 상황에 거북함을 느끼지 않도록 해야 한다는 생각이 한순간도 그를 떠나지 않았다. 그가, 그렇게도 남성적인 사람이 그녀와의 관계에 있어서는 한번도 그녀의 뜻을 거스르지 않았을 뿐만 아니라, 자신이 원하는 것은 아무것도 없이 그저 그녀가 원하는 것을 어떻게 미리 해놓을 수 있을까에만 몰두하는 사람으로 보였다. 그녀를 향한 그의 바로 이런 주의 집중이, 그녀를 둘러싸고 있는 그의 걱정하는 분위기가 가끔 부담스럽기는 했지만 그녀는 이 점을 높이 평가하지 않을 수 없었다.

한편 브론스끼는 그가 그렇게 오랫동안 욕망했던 것을 완전히 실현했음에도 불구하고 완전히 행복하지 않았다. 그는 이내 자신의 욕망의 실현이 그가 기대하던 행복이라는 거대한 산의 모래 한 알을 가진 것에 불과하다는 것을 느끼게 되었다. 이 실현은 그에게 욕망의 실현이 행복이라고 생각하는 사람들이 행하는 그 영원한 실수를 명백히 보여주었다. 그녀와 결합하고 문관의 옷을 입은 후 처음 시기에 그는 예전에는 알지 못했던 자유로움 자체와 사랑의 자유로움의 매력을 온통 느꼈고 만족스러워했지만, 오랫동안은 아니었다. 그는 곧 그의 마음속에 여러가지 욕망들을 향한 욕망, 즉 권태가 치받히는 것을 느꼈다. 그 자신의 의지와 무관하게 그는 모든 순간적 변덕들을 욕망이자 목표라고 받아들이고 이를 좇게 되었다. 그는 뻬쩨르부르그에서 시간을 차지하던 사회생활 조건의 테두리를 벗어나 외국에서 완전히 자유롭게 살고 있어서 하루 열여섯시간을 무슨 일인가로 보내야 했던 것이다. 예전에 외국 여행을 할 때 브론스끼를 사로잡았던 독신 시절의 오락들은 생각조차 할 수 없었다. 왜냐하면 그런 종류의 시도만으로도, 지인들과의 늦은 식사에는 적당하지 않은 예기치 못한 우울을 안나에게 불러일으켰기 때문이었다. 지역 사교계나 러시아 사교계와의 교류는 그들 처지의 애매함 때문에 역시 생각할 수 없는 것이었다. 명소를 관광하는 것은, 이미 모든 곳을 보았다는 것은 차치하고라도, 러시아인이자 현명한 인간으로서 그에게는 영국인들이 이 일에 부여할 줄 아는 그 설명할 수 없는 중요성을 띠지 못했다.

배고픈 짐승이 먹잇감을 발견할 수 있기를 바라면서 닥치는 대로 모든 대상에 덤벼들듯이 브론스끼도 완전히 무의식적으로 어떤 때는 정치, 어떤 때는 신간 서적, 어떤 때는 그림에 덤벼들었다.

어렸을 적부터 그림에 대한 재능이 있었기 때문에, 그리고 어디다 돈을 써야 할지 몰라 판화를 수집하기 시작했기 때문에 그는 그림에 머물렀고 몰두하기 시작했으며, 아직 점령되지 않은, 만족시켜주기를 요구하는 나머지 욕망들을 모두 그림 속으로 쏟아부었다.

그에게는 미술을 이해하고 미술을 정말로 격조 있게 모방하는 능력이 있었고, 그는 자신에게 화가에게 필요한 바로 그것이 있다고 생각했다. 그래서 그는 어떤 그림으로 할까, 종교화, 역사화, 장르화, 사실화 등 무엇으로 할까 얼마간 망설인 후에 그림을 그리기 시작했다. 그는 모든 종류의 그림을 이해했고, 이런 그림으로부터도 저런 그림으로부터도 영감을 받을 수 있었다. 하지만 그는 그가 그리는 그림이 어떤 종류의 그림인지 도대체 모를 수도 있다는 것, 또 어떤 특정한 종류에 속할 것인지 신경 쓰지 않고 영혼 속에 있는 것으로부터 직접 영감을 받을 수 있다는 것은 상상할 수 없었다. 그는 이 점을 모르고 있었고, 삶으로부터 직접적으로가 아니라 이미 예술로 구현된 삶으로부터 간접적으로 영감을 받았기 때문에 매우 빠르고 쉽게 영감을 받았으며, 역시 빠르고 쉽게 그의 그림이 그가 모방하고 싶어하는 종류와 매우 비슷해지도록 만들었다.

가장 그의 마음에 드는 종류는 우아하고 인상적인 프랑스식 화풍이어서, 그런 화풍으로 그는 이딸리아 옷을 입은 안나의 초상을 그리기 시작했고, 이 초상화는 그와 그것을 본 모든 사람들에게 성공적으로 보였다.

9

오래되고 돌보지 않은 빨라쪼, 높은 천장의 석회 장식과 사방 벽의 프레스꼬화, 모자이크 바닥, 높은 창문에 드리워진 두꺼운 누런색 직물 커튼, 장식장과 벽난로 위에 놓인 화병, 조각이 새겨진 문, 그림이 걸린 어둑한 방 들이 있는 이 빨라쪼는 그들이 이사를 들어온 이후 바로 이 외양 때문에 브론스끼의 마음속에서 그가 러시아의 지주이자 퇴역한 주렵관[13]이라기보다는 계몽된 미술 애호가이자 후원자이고 사랑하는 여자를 위해 사교계와의 친교 및 명예욕을 끊고 살아가는 겸허한 화가라는 기분 좋은 미망을 지지해 주었다.

빨라쪼로의 이사와 함께 브론스끼가 선택한 역할은 완전히 성공적이었고, 골레니셰프를 매개로 몇몇 흥미로운 인사들을 알고 지내게 된 처음 시기에 그는 평온했다. 그는 이딸리아 회화 교수의 지도 아래 풍경 스케치를 그렸고 중세 이딸리아식 생활에 몰두했다. 중세 이딸리아식 생활은 최근에 와서 브론스끼의 마음을 흠뻑 빼앗아 그는 심지어 중세식 모자와 어깨에 걸치는 망토까지 입게 되었는데, 이는 그에게 썩 잘 어울렸다.

“근데 우린 여기 살면서 아무것도 모르고 있네.” 브론스끼가 아침 무렵 그에게로 온 골레니셰프에게 말했다. “미하일로프의 그림을 봤나?” 그는 아침에 막 받은 러시아 신문을 내밀면서, 같은 도시에 살고 있으며 오래전부터 소문이 자자했고 선판매된 그림을 막

13 궁정의 제3등관. 이는 궁정의 마술 교관으로서 축하 행렬을 할 때 기마장교들의 선두에서 화려한 제복을 입고 등장한다. 오블론스끼의 관등인 궁정 시종보다 한 등급 높다.

완성한 러시아 화가를 다룬 기사를 가리켰다. 기사는 훌륭한 화가가 아무런 후원과 원조를 받지 못하고 있는 것에 대해 러시아 정부와 아카데미를 질책하고 있었다.

"봤네." 골레니셰프가 대답했다. "물론 그가 재능이 없는 건 아니네. 하지만 완전히 틀린 방향이야. 예수와 종교화에 대한 태도가 항상 이바노프-슈트라우스-르낭[14]식이지."

"그림이 나타내는 게 뭐예요?" 안나가 물었다.

"빌라도 앞의 예수예요. 새 유파의 완전한 리얼리즘으로 예수가 유대인으로 나타나 있지요."

그림의 내용에 대한 문제라는, 가장 좋아하는 테마의 하나로 향하게 된 골레니셰프가 서술하기 시작했다.

"그들이 어떻게 그렇게 거칠게 실수하는지 이해가 안 가네. 예수는 이미 위대한 거장들의 예술 속에서 특정하게 구현되어 있어. 그러니까 만약 그들이 신이 아니라 혁명가나 현자를 그리려고 한다면 역사적 인물 중에서 소크라테스나 프랭클린, 샤를로떼 꼬르데 같은 사람을 그려야지. 예수만은 안 되네. 그들은 미술로 가져와서는 안 될 바로 그 인물을 취해서…… 그러고서……"

"아, 근데 정말 이 미하일로프가 그렇게 가난하다는 게 사실인가?" 그림이 좋든 나쁘든 간에 러시아인 후원자로서 자신이 화가

14 알렉산드르 이바노프(1806~58)는 「백성들 앞에 나타난 예수」를 이딸리아에서 20년 동안 그려 1858년 뻬제르부르그에서 전시했다. 그는 예수를 신보다는 인간으로, 역사적 인물로 그리려는 러시아 화가들에게 자극을 주었다. 다비드 프리드리히 슈트라우스(1808~74)는 『예수의 일생』을 쓴 자유주의 신학자. 종교사가이자 철학자인 조제프 에르네스뜨 르낭(1823~92)의 『예수의 생애』는 러시아에서 금서였다. 똘스또이는 1878년에 처음 이 책을 알게 되었는데 매우 강하게 비판했다. 두 철학자는 예수를 인간으로 파악했다.

를 도와야겠다고 생각하며 브론스끼가 물었다.

"그럴 리 없네. 그는 훌륭한 초상화가야. 바실치꼬바의 초상화 봤나? 하지만 그는 더이상 초상화를 그리지 않기로 한 모양이네. 아마 그래서 돈이 궁한지도 모르지. 내 말은 ……"

"그에게 안나 아르까지예브나의 초상화를 그려달라고 부탁하면 안 될까?"

"뭣 때문에 내 초상화를요?" 안나가 말했다. "난 당신이 그린 것 이외에 다른 어떤 초상화도 원하지 않아요. 아냐(그녀는 딸을 그렇게 불렀다)의 초상화가 더 좋을 거예요. 저기 있네요." 그녀가 창문을 통해 어린애를 정원으로 데리고 나간 아름다운 이딸리아 유모에게 시선을 던지며 덧붙이고 나서 곧바로 슬쩍 브론스끼를 쳐다보았다. 브론스끼가 얼굴 그림을 그린 이 아름다운 유모가 안나의 삶에서 유일하게 비밀스러운 고통이었다. 브론스끼는 그녀의 얼굴을 그리면서 그녀의 아름다움과 중세풍을 즐겼고, 안나는 자신이 이 유모를 질투할까봐 두려워하고 있다고 스스로에게 말할 용기가 없었다. 그래서 안나는 그녀와 그녀의 어린 아들에게 특히 상냥하게 대하고 관심을 보였다.

브론스끼도 역시 창밖으로 시선을 주었다가 안나의 두 눈을 들여다보고 나서 즉각 골레니셰프에게로 몸을 돌리고 물었다.

"아, 자네 이 미하일로프를 아나?"

"마주친 적이 있네. 하지만 그는 괴짜에다가 아무 교육도 받지 않았네. 알겠나, 그는 요즘 자주 볼 수 있는 그런 미개한 새로운 부류네. 알겠나, 그는 무신론, 부정, 유물론의 개념들로써 *단숨에*[15] 교

15 d'emblée(프랑스어).

육받은 자유사상가의 하나지. 예전에는 종종……" 골레니셰프는 안나와 브론스끼도 말하고 싶어하는 것을 눈치채지 못하거나 눈치채기를 원하지 않는 듯 말을 이었다. "예전에는 종종 자유사상가들이 종교, 합법, 도덕성의 개념으로 교육받은 사람이거나 스스로가 싸우고 노력해서 자유사상에 다다른 사람이었네. 하지만 최근에 자생적 자유사상가라는 새로운 유형이 나타났다네. 그들은 도덕적 법칙이나 종교적 법칙이 있다는 것을, 권위가 있다는 것을 들어본 적도 없고 모든 것에 대한 부정의 개념으로부터 자라나온 자들, 즉 미개한 자들이네. 그도 그런 사람이지. 그는 모스끄바의 귀족 저택에서 일하던 하인의 아들인 모양인데, 아무 교육도 받지 못했네. 그는 아카데미에 들어가서 이름을 내기 시작했을 때 바보가 아닌 인간으로서 교양을 쌓으려 했네. 그래서 그는 자신에게 교양의 원천으로 보이는 것, 즉 잡지들로 향했다네. 그리고 알다시피 옛날부터 배우기 원하는 사람이라면, 가령 프랑스 사람이라면, 모든 고전들을 연구했지. 신학, 비극, 역사, 철학, 알다시피 이전의 모든 정신적 작업 전체를 공부했네. 하지만 우리나라의 그는 곧장 부정의 서적들에 빠져서 재빨리 부정의 학문의 모든 정수를 자기 것으로 만들고 준비 완료라네. 더군다나 이십년 전이라면 그는 이런 서적들에서 권위들과의, 수백년 동안 지배해온 견해들과의 투쟁의 징후들을 찾아냈을 테고 이 전쟁에 뭔가 다른 것이 있다는 것을 알았겠지. 하지만 지금은 곧바로 옛날의 견해들은 논쟁조차 해볼 가치가 없다고 여기고 직설적으로 '아무것도 없어, 그저 *진화*[16]가 있을 뿐이지. 선택, 생존경쟁, 그뿐이야'라고 말하는 그런 서적에 빠진다

16 évolution(프랑스어).

네. 내 논문에서 나는……"

"자, 어때요." 안나는 벌써부터 조심스레 브론스끼와 시선을 교환했고, 브론스끼가 그 화가의 교양에 대해서는 관심이 없고 다만 그를 돕고 초상화를 주문하겠다는 생각에만 몰두한 것을 알고 말했다. "자, 어때요?" 그녀는 말을 길게 늘어놓고 있는 골레니셰프를 단호하게 중단시켰다. "그에게로 가요!"

골레니셰프는 정신을 차리고 기꺼이 동의했다. 하지만 화가가 멀리 떨어진 지구에 살았기 때문에 반개마차를 타고 가야 했다.

한시간 후에 골레니셰프와 브론스끼와 안나가 앞자리에 나란히 앉은 마차는 먼 지구의 보기 흉한 새 건물에 이르렀다. 그들을 향해 나온 관리인의 아내로부터 미하일로프가 화실에 사람이 오는 것을 허락하긴 하지만 지금 그는 두걸음 떨어진 자기 아파트에 있다는 것을 알아내고서, 그들은 그녀에게 명함을 주어 보내서 그의 그림을 보는 것을 허락해달라고 청했다.

10

브론스끼 백작과 골레니셰프가 명함을 보내왔을 때, 화가 미하일로프는 언제나처럼 작업을 하던 중이었다. 아침 동안 그는 화실에서 커다란 그림을 그리는 작업을 했다. 집에 돌아온 그는 돈을 청구하는 안주인을 구슬리지 못한 아내에게 화를 냈다.

"스무번이나 말했잖소, 해명하지 말라고. 어떻게 그렇게 바보요. 게다가 이딸리아어로 해명하게 되면 세배나 더 바보가 되오." 길게 말다툼한 끝에 그가 말했다.

"그렇게 모른 척하지 마요. 내 죄가 아네요. 내가 돈만 있어도……"

"날 좀 내버려둬, 제발!" 미하일로프는 울음 섞인 목소리로 소리 지르고 나서 두 귀를 막고 칸막이 뒤의 작업실로 들어가 문을 잠갔다. '정신없는 여자!' 그는 혼잣말을 하고 나서 책상에 앉아서 화첩을 펼치고 당장 특별한 열의를 갖고 그리다 만 그림을 그리기 시작했다.

일상생활이 엉망진창으로 될 때보다, 특히 아내와 싸웠을 때보다 그가 더 열성적이고 성공적으로 작업하는 때는 없었다. '아흐, 어디로라도 꺼져버렸으면 좋겠다!' 일을 계속하며 그는 생각했다. 그는 분노가 폭발한 상태에 있는 사람의 형상을 그리고 있었다. 그림은 이전에 완성되긴 했다. 하지만 그는 이 그림에 만족하지 못했다. '아냐, 그게 더 나았어…… 어디 갔지?' 그는 아내에게로 가서 그녀를 보지 않은 채 이맛살을 찌푸리고 큰딸에게 그가 주었던 종이가 어디 있느냐고 물었다. 그림이 그려진 버려진 종이는 찾아냈지만 온통 더러워지고 스테아린으로 얼룩져 있었다. 그래도 그는 그림을 집어 책상 위에 놓고 좀 떨어져서 눈을 가늘게 뜨고 그것을 바라보았다. 갑자기 그는 미소 지었고 기뻐서 두 팔을 추켜올렸다.

"그거야, 그거야!" 그는 큰 소리로 말하고서 당장 연필을 쥐고 빠른 속도로 그리기 시작했다. 스테아린 얼룩이 인물에 새로운 자세를 부여하고 있었다.

이 새로운 자세를 그리는 중에 갑자기 그가 시가를 사는 상인의 정력적인 얼굴에 불거진 턱이 떠올랐고, 그래서 그는 그림 속 인물에게 이 턱을 그려넣었다. 그는 기뻐서 껄껄 웃기 시작했다. 인물의 모습이 갑자기 죽은 형상, 상상의 형상에서 살아 있는 형상, 이제는 더이상 손댈 수 없는 형상으로 변했다. 이 형상은 살아 있었고 분명하고 의심의 여지 없이 확고했다. 이 형상의 요구에 맞추어서 그림을 고칠 수 있었고 심지어 다리를 다르게, 왼팔의 위치를 완전히 바꾸고 머리카락을 뒤로 보내도록 그릴 수 있었으며 그래야 했다. 하지만 이런 수정을 가하면서 그는 형상을 바꾼 것이 아니라 형상을 덮고 있던 것들을 벗겨버린 것뿐이었다. 그는 그 형상에서 그 형상이 완전히 보이지 않도록 가렸던 덮개들을 벗겨낸 것이다. 새로이 그리는 선 하나하나는 스테아린으로 만들어진 얼룩으로 인해 갑자기 그에게 나타났던 그대로의 것으로서 가장 힘있는 형상 전체를 점점 더 드러낼 뿐이었다. 명함을 보내왔을 때, 그는 그 형상을 조심스레 마저 그리고 있었다.

"금방, 금방!"

그는 아내에게로 갔다.

"자, 그만, 사샤, 화내지 마!" 그가 그녀에게 수줍고 사랑스럽게 미소를 지으며 말했다. "당신이 잘못한 거야. 나도 잘못했고. 내가 다 처리할게." 아내와 화해한 다음 그는 벨벳 깃이 달린 올리브색 외투를 입고 모자를 쓰고 화실로 갔다. 성공한 형상은 이미 잊었다. 지금 그를 기쁘게 하고 흥분시키는 것은 이 중요한 러시아인들이 마차를 타고 자신의 화실을 방문한 사실이었다.

지금 캔버스에 있는 자기 그림에 대해서 그는 마음 깊은 곳에서 한가지 평가를 내리고 있었는데, 그것은 이런 비슷한 그림은 아무도 그린 적이 없다는 것이었다. 그는 자신의 그림이 라파엘로의 모든 그림보다 더 좋다고 생각하지는 않았지만, 자기가 이 그림에서 전하고 싶었고 전한 것을 아무도 전한 적이 없다는 것을 알고 있었다. 그는 이를 확실하게 알고 있었고, 이미 오래전부터, 이 그림을 그리기 시작할 때부터 알고 있었다. 하지만 사람들의 평가는 그것이 어떤 종류의 것이라도 여전히 그에게 크게 중요했고 영혼 깊이 그를 흔들었다. 모든 언급이, 평자들이 그가 이 그림에서 본 것의 조그만 부분이라도 본다는 것을 나타내는 정말 시시한 언급이라도 그를 영혼 깊이 흔들었다. 그는 항상 평자들이 자신이 이해하는 깊이보다 더 깊게 이해한다고 간주했다. 그리고 그는 자주 감상자들의 판단에서 그 점을 발견한다고 여겼다.

빠른 걸음으로 화실 문으로 다가간 그는 흥분했음에도 불구하고, 현관의 어둠 속에 서서 열심히 무엇인가를 말하는 골레니셰프에게 귀를 기울이면서도 동시에 분명 다가오는 화가를 몸을 돌려 보고 싶어하는 안나의 형상의 부드러운 명암에 놀랐다. 그는 그들에게로 다가가면서, 어떻게 자신이 시가를 파는 상인의 턱과 마찬가지로 이 인상을 붙잡아 삼켜서 필요할 때 꺼낼 수 있는 어딘가에 감추어두는지 스스로도 알아차리지 못했다. 화가에 대한 골레니셰프의 이야기로 이미 실망하고 있던 방문객들은 그의 외관 때문에 더더욱 실망했다. 중키에 살이 찐데다 침착하지 못한 걸음걸이하며, 연밤색 모자에 올리브색 외투를 걸치고 이미 오래전부터 넓은 바지가 유행이었는데도 좁은 바지를 입은 미하일로프는 특히 그의 넓적하고 평범한 얼굴과 소심함과 자기의 위엄을 지키려는 욕망이 합쳐진 표정으로 인하여 불쾌한 인상을 자아냈다.

"아무쪼록 잘 부탁드립니다." 그는 아무렇지 않은 태도를 보이려고 애쓰면서 복도로 들어가며 말하고 나서 주머니에서 열쇠를 꺼내 문을 열었다.

11

화실로 들어온 후 화가 미하일로프는 다시 한번 방문객들을 살펴보고 자신의 상상 속에 다시 한번 브론스끼의 얼굴, 특히 그의 광대뼈의 표정을 새겨두었다. 그의 예술적 감각이 자료들을 모으면서 중단 없이 작업을 계속하고 있었음에도 불구하고, 이제 그의 작업을 평가받을 순간이 가까워지는 것 때문에 점점 더 흥분을 느꼈음에도 불구하고, 그는 빠르고 기민하게 드러나지 않는 특징들로부터 이 세 사람에 대한 개념을 구성해냈다. 저자(골레니셰프)는 여기 사는 러시아인이군. 미하일로프는 그의 성도, 그를 어디서 만났는지도, 그와 무슨 이야기를 나눴는지도 기억하지 못했다. 다만 그가 언젠가 본 모든 얼굴들을 기억하듯 그의 얼굴만은 기억했고, 이 얼굴이 그의 상상 속에서 부자연스럽게 젠체하고 표정이 빈약한 얼굴들이 있는 거대한 구역에 저장되어 있다는 것 역시 기억했다. 작은 어린애 같은 불안한 표정이 좁은 양미간 위로 집중되어 있는 얼굴에 숱 많은 머리카락과 몹시 벗어진 이마가 외적인 중요성을 부여하고 있었다. 미하일로프의 상상에 따르면 브론스끼와 안나는 모든 부유한 러시아인들처럼 미술에 대한 이해가 전혀 없으면서 애호가나 비평가인 체하는, 신분이 높고 부유한 러시아인임에 틀림없었다. '필시 고전 작품을 다 보고서 이제 새로운 화실이나 독일 사기꾼이나 라파엘전파 영국인 바보를 찾아다니는 중이겠지. 그리고 내게는 그저 관람 목록 완성을 위해서 온 거지.' 그는 생각했다. 그는 딜레땅뜨의 매너를 매우 잘 알고 있었다(그들이 똑똑하면 똑똑할수록 더 나빴다). 그들은 예술이 저락低落했고 새로운 그림들을 보면 볼수록 위대한 고대 화가들을 모방할 수 없다는 것을 더욱더 잘 알게 된다고 말할 권리를 갖기 위해서, 오직 그 목적에서만 현대 화가들의 화실을 둘러보는 것이다. 그는 이 모든 것을 예상했고, 그들의 얼굴에서, 자기들끼리 이야기하고 전신상과 흉상 들을 보면서 자유롭게 돌아다니며 그가 그림의 덮개를 벗기기를 기다리는 그 무관심하고 부주의한 태도에서 이 모든 것을 보았다. 하지만 그럼에도 불구하고 자신의 스케치들을 넘기며 펼쳐 보여주고 휘장을 올리고 덮개를 벗기는 동안 그는 강한 흥분을 느꼈고, 더군다나 그의 생각에 모든 신분 높고 부유한 러시아인들은 짐승이고 바보임에 틀림없는데도 불구하고 브론스끼가, 그리고 특히 안나가 마음에 들었다.

"자, 어떠세요?" 그는 침착하지 못한 걸음걸이로 옆으로 비켜서서 그림을 가리키며 말했다. "이것은 빌라도의 교훈입니다. 마태복음 이십칠장입니다." 그는 자신의 입술이 흥분으로 떨리기 시작하는 것을 느끼며 말했다. 그는 물러나서 그들 뒤로 섰다.

방문객들이 침묵하며 그림을 보는 그 몇초 동안 미하일로프도 그림을 보았다. 무관심한 제삼자의 입장에서 보았다. 이 몇초 동안 그는 벌써부터 가장 높고 정당한 심판이 이들에 의해서 발설되리라는 것을 믿었다. 바로 일분 전만 해도 그가 그렇게 경멸했던 이 방문객들에 의해서. 그는 이 그림을 그리는 삼년 동안 예전에 자기 그림에 대해 생각했던 모든 것을 잊었다. 그는 자신에게 의심의 여지가 없었던 이 그림의 모든 훌륭한 점들을 잊고 그들의 무관심한 제삼자의 새로운 시선으로 그림을 보았고, 그 속에서 아무런 좋은 점도 볼 수 없었다. 그는 전경에서 화를 내는 빌라도의 얼굴과 예수의 평온한 얼굴을 보았고, 그 뒤로 빌라도 부하들의 형상과 무슨 일이 일어났는지 바라보는 요한을 보았다. 그렇게도 많이 탐구하고 그렇게도 많이 실수하고 수정해서 그의 내면에서 자라난, 고유한 성격을 가진 이 갖가지 얼굴들, 그에게 그렇게도 많은 고통과 기쁨을 주었던 이 얼굴들 하나하나, 전체의 공통성을 지키기 위해서 수없이 여러차례 자리를 바꾸었던 이 모든 얼굴들, 그렇게도 공들여서 이루어낸 이 모든 색채, 색조의 뉘앙스, 이 모든 것이 지금 그들의 눈으로 살펴보니 수천번 반복된 시시한 것으로 여겨졌다. 그가 가장 소중하게 여기는 예수의 얼굴, 이것을 발견했을 때 그렇게도 환희의 도취를 안겨주었던 그림의 핵심도 그들의 눈으로 보니 온통 형편없을 뿐이었다. 그는 띠찌아노, 라파엘로, 루벤스의 수없는 예수들, 똑같은 병정들, 빌라도의 잘 그린 또 하나의 반복을 보았다(심지어 잘 그린 것도 아니었다. 이제 수많은 결점들이 눈에 들어왔다). 이 모든 것이 시시하고 어설프고 구식이었으며, 심지어 잘못 그려진데다가 현란하고 약했다. 그들이 그린 사람 앞에서는 위선을 떨며 예의 바른 말을 하다가도 그들끼리만 남았을 때는 그를 불쌍히 여기고 비웃어도 싸지.

이 침묵이 그에게는 너무나 견디기 어려워졌다(비록 일분 이상 지속되진 않았지만). 침묵을 깨고 자기가 흥분하지 않았다는 것을 보여주려고 그는 자신을 억누르면서 골레니셰프를 향했다.

"언제 한번 뵈었던 것 같네요." 그들의 얼굴 표정 하나하나를 놓치지 않으려고 불안하게 안나를 보았다가 브론스끼를 보았다가 하면서 그가 골레니셰프에게 말했다.

"보다마다요! 로시의 집에서 만났지요. 기억하시죠, 그 이딸리아 귀족 아가씨, 새로운 라셸[17]이 낭독했던 그 야회에서요." 골레니

17 19세기 프랑스 고전비극의 부흥에 기여한 스위스 배우 엘리자베트 라셸 펠릭스(1821~58)의 뒤를 잇는다고 로시를 치켜세우고 있다.

셰프가 조금의 유감도 없이 그림에서 눈을 떼고 화가를 향하면서 술술 말을 시작했다.

하지만 미하일로프가 그림에 대한 평을 기다리고 있는 것을 눈치채고 그가 말했다.

"당신 그림은 제가 마지막으로 봤을 때보다 매우 진척되었군요. 그때처럼 지금도 저를 보통 아니게 놀라게 하는 것은 빌라도의 형상입니다. 그러니까 당신은 이 인간을 선량하고 명예로운 사람이지만 자기가 저지르는 일이 뭔지 모르는 골수 관리라고 해석하시는군요. 하지만 제가 보기에는……"

미하일로프의 예민한 얼굴 전체가 갑자기 빛났다. 두 눈이 반짝거렸다. 그는 뭔가를 말하려고 했으나 흥분 때문에 할 수 없어서 기침을 해서 가래를 뱉는 체했다. 그가 아무리 골레니셰프의 이해력을 낮게 평가했더라도, 관리로서 빌라도의 얼굴 표정의 진실에 대한 정당한 언급이 아무리 시시했더라도, 더 중요한 것들에 대해서는 언급하지 않은 반면 그런 시시한 언급을 처음 입에 올리는 것이 그에게 아무리 모욕적으로 느껴질 수 있었다 해도, 미하일로프는 이 언급 때문에 황홀했다. 그 스스로도 빌라도의 형상에 대해서 골레니셰프가 말한 바와 같이 생각하고 있었다. 미하일로프가 확실히 알고 있다시피, 이 견해가 모두 옳을 수 있는 수백만의 다른 견해들 중 하나라는 사실도 골레니셰프의 언급이 그에게 가지는 의미를 축소하지 않았다. 그는 이 언급 때문에 골레니셰프가 좋아졌으며, 우울한 상태에서 갑자기 황홀한 상태로 옮아갔다. 그와 동시에 즉각 그의 그림 전체가 그 앞에서 살아 있는 전체로서 이루 형언할 수 없는 복잡성을 지닌 채 되살아났다. 미하일로프는 다시 한번 자신도 빌라도를 그렇게 이해하고 있다고 말하려고 시도했지만 그의 두 입술이 말을 듣지 않고 떨렸고, 그는 말을 할 수 없었다. 브론스끼와 안나도, 화가를 모욕하지 않기 위해서이기도 하고 예술에 대해 말할 때 미술전람회에서 으레 그러는 것처럼 정말 하기 쉬운 바보 같은 소리를 크게 하지 않기 위해서이기도 한 그런 조용한 목소리로 역시 뭔가를 이야기했다. 미하일로프에게는 그림이 그들에게도 인상을 불러일으켰다고 여겨졌다. 그는 그들에게로 다가갔다.

"예수의 표정이 얼마나 놀라운지요!" 안나가 말했다. 그녀는 자신이 본 모든 것 중에서 이 표정이 무엇보다도 마음에 들었고, 이것이 그림의 핵심이어서 이를 칭찬하는 것이 화가를 기쁘게 하리라고 느꼈다. "그가 빌라도를 불쌍하게 여기는 모양이네요."

이 말 역시 그의 그림과 예수의 형상에서 발견할 수 있는 수천만의 옳은 견해들 중 하나였다. 그녀는 예수가 빌라도를 불쌍하게 여긴다고 말했다. 예수의 표정에는 연민의 표정이 있을 수밖에 없다. 왜냐하면 거기에는 사랑, 초지상적인 평온, 죽음에의 준비, 말의 헛됨에 대한 인식의 표정이 있기 때문이다. 물론 빌라도 안에는 관리의 표정이 있고 예수 안에는 연민의 표정이 있다. 왜냐하면 한 사람은 육적 삶의 화신이고 다른 사람은 영적 삶의 화신이기 때문이다. 이 모든 생각들과 또다른 여러가지 생각들이 미하일로프의 뇌리를 스쳐갔다. 그러자 다시 그의 얼굴이 황홀한 기쁨으로 빛났다.

"그래요, 이 형상은 어쩌면 이렇게 되어 있을까요? 여백이 정말 크네요. 지나가도 되겠네요." 이 말로써 분명 형상의 내용과 사상에 동의하지 않는다는 것을 나타내려고 하면서 골레니셰프가 말했다.

"그래요, 정말 대가다운 솜씨네요!" 브론스끼가 말했다. "배경에 있는 이 형상들이 어떻게 이렇게 두드러지는지! 이게 기교라네." 브론스끼는 자신이 이 기교를 습득하는 것을 단념한 데 대해 둘 사이에 있었던 대화를 암시하면서 골레니셰프를 향해 말했다.

"네, 네, 놀라워요!" 골레니셰프와 안나가 말했다. 그가 처한 흥분 상태에도 불구하고 기교에 대한 언급은 미하일로프의 심장을 아프게 에기 시작했고, 그는 분노해서 브론스끼를 쳐다보다가 갑자기 얼굴을 찌푸렸다. 그는 예전에 기교라는 말을 자주 들었지만 이 단어를 무슨 뜻으로 쓰는지 단연코 몰랐다. 이제 그는 사람들이 이 말을 내용과는 완전히 무관하게 선을 긋고 그리는 기계적인 능력을 의미하는 것으로 사용한다는 것을 알고 있었다. 자주 그는 진정 어린 칭찬 속에서도 기교를 내적인 가치에 대립하는 의미로 사용한다는 것을 알아챘다. 마치 흉한 것을 아름답게 그릴 수 있다는 듯이. 그는 덮개를 벗기면서 작품 자체를 훼손하지 않기 위해서는, 그리고 모든 덮개들을 다 벗기기 위해서는 많은 주의와 조심성이 필요하다는 것을 알고 있었다. 하지만 예술 작품을 그리는 것, 여기에는 아무런 기교도 없는 것이다. 만약 작은 어린애나 그애의 보모가 그가 본 것과 같은 것을 발견한다면 그녀도 자기가 본 것을 둘러싼 덮개를 벗겨낼 수 있을 것이다. 하지만 아무리 노련하고 기교가 훌륭한 화가-기술자라도 기계적 능력만 가지고는 아무것도 그릴 수 없을 것이다. 그가 내용의 윤곽선들을 발견하지 못한다면 말이다. 게다가 굳이 기교에 대해 말하자면, 그는 그것 때문에 자신이 칭찬받을 수는 없다는 것을 알고 있었다. 그가 그리고 있고 그린 모든 것에서 두드러지는 결점들이 눈에 확 들어왔다. 그가 덮개를 벗길 때 부주의해서 생긴 것들, 이제 작품 전체를 망치지 않고는 고칠 수 없는 것들이었다. 그는 거의 모든 형상과 얼굴에서 그림을 망치는, 완전히 벗겨지지 않은 덮개들의 잔재를 보았다.

“이 언급을 허락하신다면요, 한가지 말할 수 있는 것은……” 골레니셰프가 지적했다.

“아, 매우 기쁩니다. 어서 말씀하십시오.” 미하일로프가 거짓 미소를 지으며 말했다.

“그건 당신 그림에서 그는 신인간神人間이 아니라 인간신人間神이란 점입니다. 더군다나 당신은 그것을 원하기도 하신 걸로 압니다.”

“전 제 영혼 속에 없는 예수를 그릴 수는 없었지요.” 미하일로프가 침울하게 말했다.

“아, 네, 하지만, 제 생각을 말하는 것을 허락하신다면 말이죠…… 당신의 그림은 매우 훌륭해서 제 언급으로 손상할 수 없지요. 게다가 이건 제 개인적인 의견일 뿐이고요. 당신의 그림은 다릅니다. 주제 자체가 달라요. 이바노프만 보더라도 그렇습니다. 만약 예수가 역사적 인물의 수준으로 내려온다면 다른 역사적 인물, 아직 다루어지지 않은 신선한 인물을 고르는 것이 이바노프에겐 더 좋았을 겁니다.”

“하지만 이 위대한 테마가 예술가에게 떠올랐다면요?”

“찾으면 다른 것들도 발견할 수 있지요. 하지만 문제는 예술이란 논쟁이나 토론을 참을 수 없어한다는 점입니다. 이바노프의 그림을 보면 신앙을 가진 사람이나 가지지 않은 사람이나 이이가 신일까 신이 아닐까 하는 질문이 생기게 되고 이는 인상의 통일성을 파괴하지요.”

“대체 어째서 그런가요? 전 교육받은 사람들에겐 이미 이 논쟁이 있을 수 없다고 여깁니다.” 미하일로프가 말했다.

골레니셰프는 이 점에 동의하지 않았고 예술에 필수적인 인상의 통일에 대한 자신의 처음 생각을 견지하면서 미하일로프에게 반박했다.

미하일로프는 흥분했지만 자기 생각을 변호하기 위해서 무슨 말을 해야 할지 몰랐다.

12

안나와 브론스끼는 친구의 유식한 수다를 유감스러워하며 벌써 오래전부터 시선을 교환하다가, 마침내 브론스끼가 주인이 이끌어 주기를 기다리지 않고 다른, 작은 그림으로 건너갔다.

"아, 정말 매력적이군요. 정말 멋져요! 기적 같네요. 정말 멋져요!" 그들은 이구동성으로 말했다.

'뭐가 그리 그들 마음에 드는 걸까?' 미하일로프는 생각했다.

그는 삼년 전에 그린 이 그림 역시 잊고 있었다. 이 그림이 몇달 동안 밤이나 낮이나 그를 사로잡았을 때 이 그림과 함께 경험했던 모든 고뇌와 환희를 그는 잊었다. 완성한 그림들에 대해서 항상 잊듯이 그는 잊었다. 그는 이 그림을 보는 것조차 좋아하지 않았고 이 그림을 사고 싶어하는 한 영국인을 기다리고 있었기 때문에만 이 그림을 전시하고 있었던 것이다.

"이건 그냥, 오래전에 그린 스케치지요." 그가 말했다.

"정말 좋네요!" 골레니셰프 역시 분명 이 그림의 매력에 진정으로 사로잡혀서 말했다.

버드나무 아래 두 소년이 낚싯대로 고기를 잡고 있었다. 나이가 더 많은 소년은 막 낚싯대를 휘둘러 드리우고 관목 덤불 뒤에서 찌를 당기려고 애쓰며 이 일에 완전히 몰두하고 있었다. 다른 한 소년은 그보다 좀 어린데 헝클어진 연한 금발을 두 손으로 받치고 풀밭에 누워서 생각에 잠긴 푸른 눈으로 물을 바라보고 있었다. 그는 무엇에 대해 생각하고 있을까?

이 그림에 대한 감탄이 미하일로프의 내면에 예전의 흥분을 살짝 불러일으켰지만, 그는 이것이 두려웠고 지나간 것에 대한 이 쓸데없는 감정을 좋아하지 않았다. 그래서 비록 이런 감탄이 기쁘기는 했지만 방문객들을 세번째 그림으로 이끌었다.

하지만 브론스끼가 그 그림을 파느냐고 물었다. 방문객들로 인하여 흥분한 미하일로프에게 지금 돈 문제에 대한 언급은 지극히 불쾌했다.

"그림은 판매를 위해 전시한 것이죠." 그는 침울하게 미간을 찌푸리면서 말했다.

방문객들이 떠난 후에 미하일로프는 빌라도와 예수의 그림을 마주하고 앉아서 머릿속으로 방문객들이 한 말과 말은 안 했지만 암시한 것들을 되짚어보았다. 그런데 이상한 것은 그들이 여기 있었을 때, 그리고 생각 속에서 그들의 견해로 옮겨갔을 때 그에게 그다지도 큰 무게를 가졌던 것이 갑자기 모든 의미를 잃은 것이었다. 그는 자신의 그림을 자신의 완전한 예술적 견해를 가지고 관찰하게 되었으며, 자신의 그림의 완벽성과 중요성에 대해 확신하는 상태, 모든 다른 관심들을 배제하는 긴장을 위해서 그에게 필요한 상태, 그래야만 일을 할 수 있는 상태로 옮아갔다.

예수의 발은 여전히 원근법상 뭔가 맞지 않았다. 그는 빨레뜨를 쥐고 일하기 시작했다. 발을 수정하면서 그는 끊임없이 배경에 있는, 방문객들이 언급조차 하지 않았지만 완벽의 최정상이라는 것을 그 스스로 알고 있는 요한의 형상을 살폈다. 발을 다 마치고 나서 그는 이 형상에 손을 대보려 했지만 이 일을 하기에는 자신이 지나치게 흥분해 있는 것을 느꼈다. 그는 지나치게 예민해져서 모든 것을 지나치게 많이 볼 때도 냉정할 때와 마찬가지로 일을 할 수 없었다. 냉정에서 영감의 상태로 이행하는 중에 일이 가능한 단계가 오직 하나 있었다. 그러나 지금 그는 너무 흥분해 있었다. 그는 그림을 덮으려 하다가 멈춰섰다. 그는 덮개를 손에 쥐고 행복하게 미소를 지으면서 오랫동안 요한의 형상을 바라보았다. 드디어 슬프게 헤어지는 것처럼 덮개를 내리고 피곤하지만 행복한 상태로 집으로 돌아갔다.

브론스끼, 안나, 골레니셰프는 집으로 돌아오면서 유난히 생기에 넘쳤고 유쾌했다. 그들은 미하일로프와 그의 그림들에 대해 이야기했다. 그들이 지력이나 심장과는 무관한, 선천적이고 거의 육체적인 능력이라고 이해하는 재능이라는 말, 화가가 체험한 모든 것에 적용하고 싶어하는 이 말이 그들의 대화에서 유난히 자주 사용되었다. 왜냐하면 그들은 그들이 전혀 모르는 것, 그러나 이야기하고 싶어하는 것을 지칭하기 위해 이 말이 꼭 필요했기 때문이었다. 그들은 그에게 재능이 있는 것은 부정할 수 없지만 우리 러시아 화가들의 불행인 교육 부족으로 그의 재능이 발전할 수 없었다고 말했다. 하지만 소년들의 그림은 그들의 기억에 남아서 그들은 자꾸만 그 그림 이야기로 돌아갔다.

"정말 훌륭한 그림이야! 어떻게 그렇게 성공적인지, 어떻게 그렇게 자연스러운지! 그는 그것이 얼마나 좋은지도 이해하지 못하네. 그래, 양보하지 말고 그것을 사야겠네." 브론스끼가 말했다.

13

미하일로프는 브론스끼에게 그림을 팔았고 안나의 초상화를 그리는 데 동의했다. 그는 정해진 날에 와서 일을 시작했다.

다섯번째 작업부터 초상화는 모두를, 특히 브론스끼를 놀라게 했다. 유사하기 때문만이 아니라 특히 아름다웠기 때문이었다. 이상한 것은 어떻게 미하일로프가 그녀만의 이 특별한 아름다움을 발견할 수 있었느냐 하는 점이었다. 브론스끼는 비록 그 자신이 초상화를 통해서 비로소 그녀의 가장 아름다운 정신적 특징을 알게 되었음에도 불구하고, '그녀의 이 가장 사랑스러운 정신적 표정을 찾아내려면 그녀를 알아야 하고 내가 사랑하듯이 사랑해야 하는데'라고 생각했다. 하지만 이 표정은 너무나 진실해서 그와 다른 이들에게 그들이 오래전부터 그것을 알고 있었던 것처럼 여겨졌던 것이다.

"난 정말 오랫동안 애썼는데 아무것도 못 해냈네." 브론스끼가 자기가 그린 초상화에 대해 말했다. "근데 그는 보더니 다 그렸지. 이게 바로 기교라네."

"그건 다가오게 될 거네." 골레니셰프가 그를 위로했다. 그의 생각에 따르면 브론스끼는 재능도 있고, 보다 중요하게는 그가 예술에 대한 고상한 견해를 지닐 수 있도록 해주는 교양이 있다는 것이었다. 골레니셰프가 브론스끼의 재능에 대해 확언하는 것은 그 역시 자신의 논문과 사상에 대한 브론스끼의 공감과 지지가 필요했기 때문이기도 했다. 그는 칭찬이나 지지는 상호적이어야 한다고 느끼고 있었다.

다른 사람의 집에서, 특히 브론스끼의 빨라쪼에서 미하일로프는 자기 화실에서와는 전혀 다른 사람이었다. 그는 자기가 존경하지 않는 사람들과 가까워지는 것을 두려워하는 듯이 적의를 품고 깍듯이 예의를 차렸다. 그는 브론스끼를 각하라고 불렀고, 안나와 브론스끼의 초대에도 불구하고 한번도 식사하러 남지 않았으며 그림을 그릴 때 외에는 오지 않았다. 안나는 다른 사람들을 대하는 것보다 더욱 상냥하게 그를 대했으며 자신의 초상화를 고마워했다. 브론스끼는 그를 예의를 차리는 것 이상으로 대했으며, 자신이 그리는 초상화에 대한 화가의 평가에 관심을 가진 것이 분명했다. 골레니셰프는 미하일로프에게 예술에 대한 진정한 견해를 주입할 기회를 놓치는 법이 없었다. 하지만 미하일로프는 모두에게 한결같이 냉정했다. 안나는 그의 시선에서 그가 그녀를 바라보는 것을 좋아하지만 그녀와의 대화를 피하는 것을 느꼈다. 그는 자신의 그림에 대한 브론스끼의 이야기에 대해 고집스레 침묵했고, 그에게 브론스끼의 그림을 보여주었을 때에도 마찬가지로 고집스레 침묵했으며, 골레니셰프와의 대화도 분명 부담스러운 듯 그에게 대꾸하지 않았다.

전체적으로 미하일로프는 적의를 품은 듯한 유보적이고 불편한 태도를 보여, 그를 가까이 알게 되자 더욱 그들 마음에 들지 않았다. 초상화가 완성되어 그들 손에 훌륭한 초상화가 남겨지고 그가 더이상 오지 않게 되었을 때 그들도 기뻤다. 골레니셰프가 먼저 그들 모두가 가지고 있던 생각을 입 밖에 냈다. 그 생각은 한마디로 미하일로프가 브론스끼를 그냥 시기한다는 것이었다.

"그에게 재능이 있으니 시기하지 않는다고 생각해봅시다. 하지만 그래도 궁정 귀족이고 부유한 사람이, 게다가 백작이(왜냐하면 그들은 이 모든 것을 증오하니까 말이지요) 특별한 노력도 들이지 않고, 이 일에 일생을 바친 그보다 낫지는 않더라도 그와 똑같은 것을 한다는 사실이 못마땅한 거지요. 중요한 것은 그에게 결여된 교양이에요."

브론스끼는 미하일로프를 방어했지만 영혼 깊숙한 곳에서는 이 점을 믿고 있었다. 왜냐하면 그가 이해하기로 다른 세계, 낮은 세계의 인간은 시기할 수밖에 없기 때문이었다.

그와 미하일로프가 동일한 실물을 보고 그린 초상화는 그에게 그와 미하일로프 간의 차이를 보여주었어야 마땅할 것이다. 하지만 브론스끼는 그것을 보지 못했다. 그는 미하일로프가 안나의 초상화를 그린 이후에 그녀의 초상화를 그리는 것이 쓸데없는 일이라고 결심하고 곧 이를 중단했다. 하지만 중세적 삶을 소재로 한 그림은 계속 그렸다. 그 자신도, 골레니셰프도, 특히나 안나가 그 그림을 매우 아름답다고 보았는데, 그건 그 그림이 미하일로프의 그림보다 훨씬 더 유명한 그림들과 유사했기 때문이었다.

한편 미하일로프는 안나의 초상화가 매우 그의 마음을 끌었음에도 불구하고 초상화가 완성되어 더이상 골레니셰프의 예술에 대한 사설을 듣지 않아도 되고 브론스끼의 그림을 잊을 수도 있어서 그들보다도 훨씬 더 기쁜 마음이었다. 그는 브론스끼가 그림을 가지고 장난하는 것을 금지할 수는 없다는 것을 알고 있었다. 그를 포함한 모든 딜레땅뜨들이 그들이 그리고 싶은 것을 그릴 완전한 권리가 있다는 것을 알고 있었지만, 그는 불쾌감을 느꼈다. 밀랍으로 인형을 만들어서 그것에 키스하는 것을 금지할 수는 없다. 하지만 그 사람이 그 인형을 가지고 와서 사랑에 빠진 사람 앞에 앉아서 사랑에 빠진 사람이 사랑하는 여자를 애무하듯이 그 인형을 애무한다면 사랑에 빠진 사람은 불쾌할 것임에 틀림없다. 미하일로프는 브론스끼의 그림을 보면서 바로 그런 불쾌감을 느꼈다. 우스운 생각이 들기도 했고 유감스럽기도 했고 안쓰럽기도, 모욕적이기도 했다.

브론스끼가 그림과 중세에 마음을 빼앗긴 것은 오래 지속되지 않았다. 그는 자기 그림을 끝마칠 수 없을 만큼의 그림에 대한 취향은 가지고 있었다. 그림은 앞으로 나아가지 않았다. 그림의 결점들이 처음에는 그리 눈에 띄지 않지만 그는 계속 그린다면 놀랄 만큼 뚜렷해지리라는 것을 희미하게 느꼈다. 아무 할 말이 없는 것을 느끼면서도 계속 사상이 충분히 성숙하지 않았다고, 사상을 성숙시키고 있으며 자료를 준비하고 있다고 자신을 속이는 골레니셰프의 경우와 동일한 일이 브론스끼에게도 일어났던 것이다. 골레니셰프는 그로 인해 격분하고 괴로워했지만, 브론스끼는 자신을 속이거나 괴롭히거나 특히나 격분할 수는 없었다. 그는 그의 성격의 고유한 특징인 단호함으로 아무것도 해명하지 않고 자신을 정당화하지도 않고서 그림 그리기를 멈추었다.

하지만 이 일이 없으니 그에게나 그의 실망에 놀란 안나에게나 이딸리아 소도시에서의 삶은 무척 지루하게 여겨졌다. 빨라쪼는 갑자기 그렇게도 눈에 띄게 낡고 더러워 보였으며, 커튼의 얼룩과 바닥의 금, 창문이나 문 위에 붙인 석회 장식이 떨어져나간 부분들이 그렇게도 불쾌하게 눈에 들어왔으며, 내내 똑같은 골레니셰프, 이딸리아 교수, 독일 여행객이 그렇게도 지루해져서 생활을 바꾸는 게 절실히 필요했다. 그들은 러시아로, 시골로 가기로 결정했다. 뻬쩨르부르그에서 브론스끼는 형과 재산 분할을 할 생각이었고, 안나는 아들을 볼 생각이었다. 그들은 브론스끼의 광대한 세습영지에서 여름을 보낼 작정이었다.

14

레빈은 결혼한 지 석달째에 접어들었다. 그는 행복했지만, 그가 기대했던 것과는 완전히 달랐다. 한발짝 걸음을 뗄 때마다 그는 예전에 꾸었던 꿈이 무너지는 실망을 느끼거나 예기치 않았던 황홀을 발견했다. 레빈은 행복했지만, 결혼 생활로 들어가서 한발짝 걸음을 뗄 때마다 그가 상상했던 바가 전혀 아니라는 것을 알았다. 한발짝 걸음을 뗄 때마다 그는 호수 위에 작은 배 한척이 미끄러지듯 잘도 떠가는 것을 보기를 즐겼던 사람이 직접 그 배에 올라탄 이후 겪을 성싶은 것을 겪었다. 그 사람은 흔들리지 않고 균형을 잡고 앉아 있어야만 할 뿐 아니라, 한시도 잊지 말고 어디로 가야 할지 생각해야 하고, 발 아래에 물이 있어 노를 계속 저어야 한다는 것, 익숙지 않은 손이 아프다는 것, 이걸 보기만 하는 게 쉽지 직접 하는 것은, 비록 매우 기쁜 일이긴 하지만 매우 어렵다는 것을 알게 되는 것이다.

독신이었을 때 그는 다른 사람들의 결혼 생활, 사소한 걱정거리들, 언쟁들, 질투를 보면서 속으로 경멸적으로 미소 짓곤 했다. 그의 미래의 결혼 생활에는, 그의 확신에 따르면, 그런 비슷한 것이 있을 수 없을 뿐만 아니라, 심지어 모든 외적인 형식들이 다른 사람들의 생활과는 모든 면에서 완전히 다를 것임에 틀림없으리라고 여겼다. 그런데 그런 대신 갑자기 아내와의 삶이 아무 특별한 점 없이 꾸려졌을 뿐만 아니라 오히려 정반대로 삶 전체가 그가 예전에 그렇게도 경멸했던, 하지만 지금은 그의 의지와는 반대로 거부할 수 없고 대단한 중요성을 지니는 가장 시시껄렁하고 자질구레한 것들로 꾸려졌다. 자신이 가정생활에 대해 가장 정확한 개념을 가지고 있다고 생각했음에도 불구하고 레빈은 자기도 모르게 모든 다른 남자들처럼 가정생활이라는 것을 무엇으로도 방해받아서는 안 되고 자질구레한 걱정거리들로 인해 잊히면 안 되는 사랑의 기쁨으로서만 상상하고 있었다. 그의 개념에 따르면 그는 자기 일을 해야 했고 사랑의 행복 속에서 일로부터 쉬어야 했다. 그녀는 사랑스러워야 했고 다른 것은 필요 없었다. 하지만 그도 모든 남자들처럼 그녀도 일을 해야 한다는 것을 잊고 있었다. 그래서 그는 그녀, 이 시적이고 매력적인 끼찌가 가정생활의 첫 몇주가 아니라 첫 며칠에 식탁보, 가구, 손님용 매트리스, 쟁반, 요리사, 식사 등등 때문에 생각하고 기억하고 바쁠 수 있다는 것에 놀랐다. 아직 약혼자였을 때 그는 그녀가 자신에게 필요한 것이 무엇인가를 알고 있다는 듯이, 그리고 사랑 이외에 다른 것에 대해서도 생각할 수 있다는 듯이 외국으로 나가는 것을 거부하고 시골로 가기로 결정한 그 단호함에 놀랐다. 그때 그는 이 사실을 모욕적이라 느꼈는데, 지금도 그녀의 자질구레한 신경 씀이나 걱정거리가 몇차례 모욕적으로 느껴졌다. 하지만 그는 이것이 그녀에게 필요하다는 것을 깨달았다. 그녀를 사랑하는 그는 비록 그 이유를 알지 못했고 이 걱정거리들을 비웃기는 했지만 그녀의 이런 모습을 즐기지 않을 수 없었다. 그는 그녀가 모스끄바에서 온 가구를 배치하고, 자기 방과 그의 방을 새로 꾸미고, 커튼을 달고, 나중에 손님들이나 돌리가 오면 어디서 재울 것인가를 정하고, 자기의 새 하녀의 거처를 마련하고, 요리사 영감에게 저녁식사를 주문하고, 아가피야 미하일로브나를 식료품에 관여하지 못하게 하여 그녀와 논쟁하는 것을 보고 웃었다. 그는 요리사 영감이 그녀를 좋아하고 그녀의 말도 안 되는 불가능한 주문을 들으며 미소 짓는 것을 보았고, 아가피야 미하일로브나가

곳간에 대한 새 주인마님의 새로운 조처들에 대해 생각에 잠겨 잔잔하게 고개를 절레절레 흔드는 것을 보았다. 끼찌가 웃다가 울다가 그에게로 와서 하녀 마샤가 자기를 지주 아가씨로만 여기고 있으며 그렇기 때문에 아무도 자기 말을 듣지 않는다고 말할 때 그녀가 얼마나 사랑스러운지 보았다. 이것은 그에게 사랑스러워 보였지만 이상했고, 그는 이런 일이 없다면 더 좋겠다고 생각했다.

그는 그녀가 친정에서는 가끔 끄바스를 곁들인 양배추나 사탕과자를 먹고 싶어도 아무것도 받을 수가 없었던 반면, 지금은 그녀가 원하는 것을 주문할 수 있고 사탕과자를 한무더기 살 수도 있고 쓰고 싶은 대로 돈을 쓸 수 있고 어떤 케이크도 마음대로 주문할 수 있게 된 후 겪는 변화의 감정을 모르고 있었다.

그녀는 지금 돌리와 아이들이 올 것을 기쁘게 꿈꾸고 있었다. 특히 그녀가 아이들 각자에게 그들이 좋아하는 케이크를 주문해줄 것이고 돌리가 그것을 높이 평가하리라는 것 때문이었다. 그녀는 스스로도 무엇 때문에, 어째서 집안 살림이 억제할 수 없이 그녀의 마음을 끄는지 몰랐다. 그녀는 본능적으로 봄이 오는 것을 느끼고 날씨가 좋지 않은 날도 있으리라는 것을 알면서 할 수 있는 만큼 자기 둥지를 틀었고, 둥지 틀기와 동시에 이것을 어떻게 만들어가야 하는지 배우기를 서두르고 있었다.

레빈의 처음 시기의 고상한 행복의 이상에 그렇게도 상충하는 끼찌의 이 사소한 근심걱정은 실망스러운 점들 중 하나였다. 하지만 자신이 그 의미를 이해하지 못하는 이 사소한 근심걱정을 그는 사랑하지 않을 수 없었고, 이는 새로운 매혹적인 점들 중 하나이기도 했다.

또다른 실망스러운 동시에 매혹적인 점은 말다툼이었다. 레빈은 그와 아내 사이에 부드럽고 존경하고 사랑하는 관계 이외의 다른 관계가 있을 수 있다고 상상한 적이 한번도 없었지만, 갑자기 초기부터 그들은 다투었다. 그녀는 그가 그녀를 사랑하지 않고 그 자신만을 사랑한다고 하면서 울음을 터뜨렸고 두 손을 내저었던 것이다.

그들의 첫번째 싸움은 레빈이 새로 건설한 마을에 갔다가 가까운 길로 돌아오려고 하다가 길을 잃어서 반시간이 더 지체되었기 때문에 일어났다. 그는 그녀에 대해서만, 그녀의 사랑에 대해서만, 자신의 행복에 대해서만 생각하면서 집으로 돌아오고 있었고 집에 가까워질수록 그의 마음속에서는 그녀에 대한 사랑이 더욱더 불타올랐다. 그는 셰르바쯔끼가로 가서 청혼을 했을 때만큼 강한, 아마도 그보다 더 강한 감정을 지니고 방으로 뛰어들어갔다. 그런데 뜻밖에 그를 맞이한 것은 음울한, 그녀에게서 한번도 본 적이 없는 표정이었다. 그는 그녀에게 키스하려 했으나 그녀가 그를 떼밀었다.

"왜 그래요, 여보?"

"당신 기분은 유쾌하네요……" 그녀가 침착하면서도 날 선 태도를 보이려 애쓰면서 말을 시작했다.

하지만 그녀가 입을 열자마자, 창가에 앉아서 꼼짝 않고 보낸 이 반시간 동안 그녀를 괴롭혔던 모든 것인 말도 안 되는 질투로 인한 질책의 말들이 터져나왔다. 그는 결혼식이 끝나고 그녀를 교회에서 데리고 나왔을 때 이해하지 못했던 것을 이제야 처음으로 이해했다. 그는 그녀가 그에게 가까운 존재라는 것뿐만 아니라 어디까지가 그녀고 어디부터가 그인지 이제 더이상 알지 못한다는 점을 이해했다. 그는 이 점을 그가 그 순간 체험했던 분열의 고통스러운 감정을 통해서 이해했다. 그는 처음 순간에는 모욕을 느꼈지만 바로 그 순간 자신이 그녀에 의해서 모욕을 당할 수 없다는 것, 그녀가 그 자신이라는 것을 느꼈다. 그가 처음 순간 느낀 감정은 갑자기 뒤에서 세게 한대 맞은 사람이 화가 나서 복수를 하려고 생각하며 누가 죄인인가 알고자 몸을 돌렸다가, 어쩌다가 그 자신이 자신을 때렸기에 아무에게도 화를 낼 수도 없고 아픈 걸 참고 진정해야 한다는 것을 확인하고서 느끼는 것과 비슷한 감정이었다.

이후에는 이런 감정을 그렇게 강하게 느낀 적이 한번도 없었지만, 이 첫번째 경우에 그는 오랫동안 정신을 차릴 수 없었다. 자연스러운 감정은 그에게 자기를 정당화하고 그녀의 잘못을 증명하기를 요구했다. 하지만 그녀의 잘못을 증명하는 것은 더더욱 그녀를 자극할 것이고 모든 고통의 원인인 그 불화를 더 크게 만들 것이다. 습관적인 감정은 자기 책임을 벗고 그녀에게 책임을 전가하라는 쪽으로 그를 이끌었다. 다른 감정, 더 강한 감정은 빨리, 가능한 빨리 생긴 불화를 크게 만들지 말고 누그러뜨리라는 쪽으로 그를 이끌었다. 그런 부당한 비난을 받고 그냥 있는 것이 고통스러웠지만 자기를 정당화하여 그녀에게 고통을 주는 것은 더욱 나쁜 일이었다. 비몽사몽간에 아픔에 짓눌리는 사람처럼 그는 자기에게서 아픈 부분을 떼어내고 싶었지만 정신을 차리고 보니 아픈 부분이 바로 자기 자신이라는 것을 느꼈던 것이다. 아픈 부분이 견뎌내는 것을 도와주도록 애써야 했고, 그는 그렇게 하려고 노력했다.

그들은 화해했다. 그녀는 자기 잘못을 깨달았고, 실토하지는 않았지만 그를 더 사랑스럽게 대했고, 그들은 새로운 배가된 사랑의 행복을 느꼈다. 하지만 이것이 이런 충돌이 반복되는 것을, 심지어 가장 예기치 않은 시시한 빌미로 자주 반복되는 것을 막아주지는 못했다. 이런 충돌은 자주 일어났는데, 그건 그들이 아직 서로가 서로에게 중요하다는 것을 몰랐기 때문이었고, 이 신혼 초기에 그들 둘 다 기분이 나쁜 적이 많았기 때문이었다. 한 사람이 기분이 좋고 다른 사람이 기분이 나쁘면 평화가 깨지지 않았지만, 둘 다 기분이 좋지 않으면 그렇게도 하찮은, 이해가 안 가는 이유로 말미암아 충돌이 일어났고, 그들은 나중에 무엇에 대해서 싸웠는지조차 전혀 기억해낼 수 없었다. 둘 다 기분이 좋을 때는 삶의 기쁨이 두배가 되었다. 하지만 어쨌든 이 신혼 초기는 그들에게 힘든 시기였다.

신혼 초기 전체 동안 그들이 특히 강하게 느낀 것은 그들 둘을 연결한 사슬이 이리저리 끌어당겨지는 것 같은 긴장감이었다. 그 꿀 같은 달, 즉 결혼한 후 첫 한달, 레빈이 전해들은 이야기를 통해 무척 많은 것을 기대했던 그 한달은 꿀 같지 않았을 뿐만 아니라 그들 둘의 기억에 그들의 삶에서 가장 어렵고 굴욕적인 시기로 남았다. 이후의 삶에서 그들 둘은 똑같이 그들이 드물게만 정상적인 상태에 있었고 드물게만 그들 자신이었던 그 시간 동안의 비정상적이고 부끄러운 상황들을 모두 기억에서 지우려고 애썼다.

결혼 후 석달째에 이르러서 한달 동안 모스끄바에 머물고 돌아온 이후 그들의 삶은 좀더 평탄해졌다.

15

그들은 막 모스끄바에서 돌아와서 그들끼리만 있게 된 것이 기뻤다. 그는 서재의 책상 앞에 앉아서 글을 쓰고 있었다. 그녀는 결혼 초기에 입었던 짙은 보랏빛 드레스를 지금 다시 입었는데, 이 드레스는 그에게 특별한 기억을 지닌 것으로 매우 소중한 옷이었다. 이 옷을 입고 그녀는 소파에, 레빈의 할아버지와 아버지의 서재였던 이곳에 항상 놓여 있던 바로 그 오래된 가죽 소파에 앉아서 *영국 자수*[18]를 놓고 있었다. 그는 그녀가 이곳에 있는 것을 내내 기쁘게 느끼면서 생각하고 쓰고 있었다. 그는 농지경영도, 새로운 농지경영의 기초를 설명해야 하는 책의 집필도 그만두지 않았다. 하지만 예전에는 이 일과 생각들이 그의 삶 전체를 덮고 있던 어둠에 비해 미미하고 시시한 일로 보였다면, 지금은 행복의 밝은 빛이 흐르는 현재의 삶에 비해 꼭 마찬가지로 미미하고 시시해 보였다. 그는 자기 일을 계속하고 있었지만 이제 그의 관심의 중심이 다른 데로 넘어갔고, 그 결과 그는 전혀 다르고 더 명확하게 사물을 본다고 느꼈다. 예전에는 이 일이 삶으로부터의 구원이었다. 예전에는 이 일이 없으면 그의 삶이 너무나 암울할 것이라고 느꼈다. 그러나 지금은 삶이 너무나 한결같이 밝지 않기 위해서 이 일이 그에게 꼭 필요했다. 그는 자기 원고를 들고 자기가 쓴 것을 다시 읽으면서 이 일을 할 만한 가치가 있다고 만족스럽게 생각했다. 이 작업은 새롭고도 유익한 것이었다. 예전의 사고 가운데 많은 것들이 그에게 쓸데없고 극단적으로 보였고, 전체를 기억 속에서 환기해보니 많은 허점들이 명확해졌다. 그는 지금 러시아에서 농업이 열악한 상황에 처하게 된 원인들에 대한 새로운 장을 쓰고 있었다. 그는 러시아의 가난이 토지 소유의 불공정한 분배와 잘못된 방향 때문만이 아니라 최근에 들어와 비정상적으로 접목된 외부 문명, 특히

18 broderie anglaise(프랑스어).

도시 집중과 사치의 심화를 이끈 교통수단, 철도, 그 결과로서 농업에 해로운 공장 공업의 발달, 신용대출과 그에 따른 현상으로서 주식투자도 영향을 주었다고 지적했다. 그에게는 국가의 부의 정상적인 발전에서도 이러한 현상들이 나타나지만 그것은 농업에 이미 상당한 노력이 행해졌을 때, 농업이 제대로 된 조건, 적어도 확정된 조건에 다다랐을 때뿐이라고 여겨졌고, 나라의 부는 골고루, 특히 다른 분야의 부가 농업을 제압하지 않도록 성장해야 하며 농업 상황에 알맞게 그에 상응하는 교통수단들도 존재해야 한다고, 우리나라의 잘못된 토지 이용 상황에서 경제적 필요가 아니라 정치적 필요에서 만들어진 철도는 시기상조라고, 철도는 기대했던 농업에 미치는 효과 대신 농업을 앞지르고 공업과 신용대출의 발달을 불러일으키면서 농업을 멈추게 했다고, 그래서 동물에서 하나의 기관의 일면적이고 조숙한 발달이 전체적 발달을 저해하는 것처럼 유럽에서는 분명 필수적인 신용대출, 교통수단, 공장 노동의 강화가 시기적절한 농업의 정비에 따르는 주요한 문제인 반면 러시아에서는 전체적 부의 발전에 해악만을 끼칠 수 있다고 여겨졌다.

그가 글을 쓰고 있는 동안 그녀는 그들이 떠나오기 전날 밤에 매우 눈치 없이 그녀에게 아첨을 떨던 젊은 차르스끼 공작을 남편이 부자연스러울 정도로 지나치게 경계했던 일을 생각하고 있었다. '그는 질투를 한 거야.' 그녀는 생각했다. '세상에! 그는 얼마나 사랑스럽고 바보 같은지 몰라! 그들 모두가 내게는 요리사 뾰뜨르와 마찬가지라는 걸 그가 안다면.' 그녀는 스스로에게도 낯선 소유의 감정을 가지고 그의 뒷덜미와 빨간 목을 보면서 생각했다. '그의 일을 방해하는 것이 안됐긴 하지만(하지만 그는 다 해낼 거야) 그의 얼굴을 봐야겠어. 내가 자기를 보는 것을 알까? 그가 뒤돌아보면 좋겠는데…… 그랬으면, 자!' 그리고 그녀는 눈을 크게 떠서 시선에 힘을 더했다.

"그래, 그것들은 모든 수액을 빨아들이고 거짓된 광채를 주지." 그가 쓰기를 멈추고 중얼거렸다. 그리고 그녀가 자기를 보고 미소 짓는 것을 느끼고 돌아보았다.

"왜요?" 그가 미소 짓고 일어서며 물었다.

'돌아봤다.' 그녀는 생각했다.

"아무것도 아니에요. 당신이 돌아봤으면 했지요." 그녀가 그를 보고 자신이 방해한 것을 유감스러워하는지 아닌지 알아내려고 하면서 말했다.

"자, 우리 둘이 있으니 정말 좋네요! 내게는 말이지요." 그가 그녀에게로 다가오면서 행복의 미소로 환하게 빛나며 말했다.

"나도 정말 좋아요! 아무 데도 안 갈 거예요. 특히 모스끄바에는 안 가요."

"뭘 생각했어요?"

"나요? 난 생각했지요…… 아니, 아니, 어서 쓰세요. 정신 딴 데 쓰지 말고." 그녀가 입술에 주름을 잡으며 말했다. "나도 여기 이 구멍들을 잘라내야 해요. 보이죠?"

그녀는 가위를 잡고 도려내기 시작했다.

"그러지 말고 말해줘요. 뭘 생각했어요?" 그가 그녀에게 다가앉아 작은 가위의 동그란 형태의 움직임을 좇으면서 말했다.

"아, 내가 뭘 생각했더라? 난 모스끄바와 당신 뒷덜미에 대해 생각했지요."

"내게 어떻게 이런 행복이 주어진 거지요? 부자연스러워요, 너무나 좋아서." 그가 그녀의 손에 입을 맞추며 말했다.

"난 반대로, 좋을수록 더 자연스러운데요."

"근데 당신 머리카락이 흘러내렸네." 그가 그녀의 머리를 조심스럽게 돌리면서 말했다. "흘러내렸어요. 자, 여기. 안 돼, 안 돼, 우린 일하는 중인데."

일은 더이상 계속되지 못했다. 그러다가 그들은 꾸지마가 차가 준비되었다고 알리러 왔을 때 죄지은 사람들처럼 서로에게서 화닥닥 떨어졌다.

"시내에서 도착했나?" 레빈이 꾸지마에게 물었다.

"막 도착했습니다. 정리하고 있습니다."

"빨리 와요." 그녀가 서재를 나가면서 그에게 말했다. "그러지 않으면 당신 없이 편지를 읽을 거예요. 그리고 우리 네 손으로 피아노 치기로 해요."

그는 혼자 남아 자기 공책들을 그녀가 사준 새 가방에 넣고 나서, 그녀와 함께 등장한 모든 우아한 새로운 부속품들을 갖춘 새 세면대에서 손을 씻기 시작했다. 레빈은 자기가 하는 생각들에 미소를 띠었다가 그러면 안 된다는 듯이 이 생각들에 고개를 저었다. 회한 비슷한 감정이 그를 괴롭혔다. 뭔가 부끄럽고 안락에 젖은 것, 그가 혼자서 부르듯 까뿌아적인[19] 것이 그의 현재 생활 속에 있었다. '이렇게 사는 것은 나빠.' 그는 생각했다. '이제 곧 석달이 되는데, 나는 거의 아무것도 안 했어. 오늘 거의 처음으로 진지하게 일을 시작했는데 뭐야, 이게? 시작하자마자 집어치웠으니. 평상시에

19 똘스또이가 만들어낸 단어. 제이차 포에니전쟁(기원전 218~202) 당시 한니발의 군대는 겨울 진지인 까뿌아에 주둔해 있었다. 로마 역사가 티투스 리비우스는 이 사치와 타락의 도시가 한니발 군대의 사기를 약화해서 로마인들에게 패했다고 보았다.

하는 일들도 거의 버려두었네. 농지를 돌보러도 거의 나가지 않지. 그녀를 혼자 두는 게 안됐기도 하고 그녀가 지루해하는 것 같기도 해서 말이지. 난 결혼 전까지의 삶은 별로 중요하지 않고 결혼하고 나서야 진정한 삶이 시작된다고 생각했었지. 근데 곧 석달이 되는데, 나는 이처럼 태만하고 무익하게 시간을 보낸 적이 없었어. 안 돼, 이러면 안 돼. 시작해야 해. 물론 그녀 책임은 아니야. 그녀를 비난할 점은 없어. 나 스스로가 좀더 굳건해져야 하고 남자로서의 독립성을 지켜내야지. 그리고 그런 식으로 나 스스로가 습관을 들이고 나서 그녀를 가르쳐야지…… 물론 그녀는 죄가 없어.' 그는 스스로에게 말했다.

하지만 불만스러운 사람이 누군가 다른 사람에게, 그것도 누구보다 자신과 가까운 사람에게 그 불만스러운 점에 대해 비난하지 않기는 어렵다. 레빈의 머리에 어렴풋이 떠오른 것은 그녀 자체에 죄가 있는 것이 아니라(그녀는 어떤 점에서도 죄가 있을 수 없었다) 그녀의 너무나 피상적이고 경박한 교육에 죄가 있다는 것이었다.(그 바보 같은 차르스끼. 그녀는 그를 제지하고 싶었지만 그렇게 할 줄 몰랐지.) '그래, 집에 대한 관심(이것은 그녀에게 있었다) 이외엔, 자기 옷차림 이외엔, *영국 자수* 이외엔 그녀에게 아무 진지한 관심거리가 없어. 내 일에 대해서도, 경영에 대해서도, 농부들에 대해서도, 그녀가 상당히 뛰어난 재능을 가지고 있는 음악에 대해서도, 독서에 대해서도 아무런 관심이 없지. 그녀는 아무것도 안 하면서 완전히 만족하고 있어.' 레빈은 마음속으로 이 점을 비판했는데, 그는 그녀가 다른 활동 시기, 그녀가 아내인 동시에 안주인이 되고 아이를 낳아 젖을 먹이며 교육할 시기에 대비하고 있다는 것을 아직 이해하지 못하고 있었다. 그는 그녀가 본능적으로 이를 알고 있고 이 무서운 노고에 대비해 즐겁게 미래의 보금자리를 준비하며 지금 누리는 무위와 사랑의 행복한 순간들에 대해서 스스로를 책망하지 않는다는 것을 이해하지 못했던 것이다.

16

레빈이 이층으로 올라갔을 때 그의 아내는 새 은제 사모바르 곁에 새 찻잔 세트를 놓고 작은 탁자 앞에 늙은 아가피야 미하일로브나를 앉히고서 차 한잔을 따라준 다음, 앉아서 돌리의 편지를 읽고 있었다. 그들은 지속적으로 자주 편지 왕래를 하고 있었다.

"보세요, 안주인께서 제게 같이 앉으라고 명하셨어요." 아가피야 미하일로브나가 끼찌를 보고 친밀하게 미소 지으며 말했다. 아가피야 미하일로브나의 이 말 속에서 레빈은 최근에 아가피야 미하일로브나와 끼찌 사이에 벌어졌던 드라마가 종결된 것을 읽었다. 그는 실권을 앗아간 새 안주인 때문에 아가피야 미하일로브나에게 생겨난 모든 고민에도 불구하고 어쨌든 끼찌가 그녀를 제압한데다 그녀가 자기를 사랑하도록 만든 것을 알았다.

"여기 당신에게 온 편지가 있네요." 끼찌가 그에게 글씨가 서투른 편지를 건네면서 말했다. "그 여자한테서 온 것 같아요. 당신 형의……" 그녀가 말했다. "난 읽지 않았어요. 그리고 이건 나한테 온 것들과 돌리 언니에게서 온 거예요. 상상해봐요! 돌리 언니가 사르마쯔끼가의 소녀 무도회[20]로 그리샤와 따냐를 데리고 갔대요. 따냐

20 십육세 이하의 소녀들도 참석할 수 있는 무도회.

는 후작부인이었대요."

하지만 레빈은 그녀의 말에 귀를 기울이지 않았다. 그는 얼굴을 붉히고 형 니꼴라이의 정부였던 마리야 니꼴라예브나의 편지를 들고 읽기 시작했다. 그녀가 벌써 두번째로 보내온 편지였다. 첫번째 편지는 마리야 니꼴라예브나가 형이 아무 죄도 없는 그녀를 쫓아냈다는 것을 알리고, 그녀는 다시 가난하게 살고 있긴 해도 아무것도 부탁하지 않을 거라고, 아무것도 원하는 것이 없다고, 그녀를 죽도록 괴롭히는 것은 니꼴라이 드미뜨리예비치가 그녀 없이 건강이 약해져서 쓰러지게 될까 하는 걱정뿐이라고 감동적인 순진함을 나타내는 글귀를 덧붙이며 동생에게 그를 지켜보도록 청하는 내용이었다. 이번에 그녀는 다른 내용을 썼다. 그녀는 니꼴라이 드미뜨리예비치를 찾아내서 다시 모스끄바에서 살다가 그가 일자리를 얻게 된 지방 도시로 함께 갔었다고 썼다. 하지만 그가 상관과 싸워서 다시 모스끄바로 돌아가는데, 여행 중에 갑자기 병이 나서 일어나지 못할 지경이 되었다는 것이었다. "내내 당신 이야기만 하고 계시고 돈도 떨어졌습니다."

"읽어봐요. 돌리 언니가 당신 얘기를 썼네요." 끼찌가 미소 지으며 말을 시작했지만, 남편의 얼굴 표정이 바뀐 것을 알아채고 갑자기 멈추었다.

"왜 그래요, 당신? 무슨 일이에요?"

"그녀가 니꼴라이 형이 죽어간다고 썼어요. 내가 가봐야겠어요."

끼찌의 얼굴이 갑자기 바뀌었다. 후작부인으로 분장한 따냐에 대한 생각, 돌리에 대한 생각, 이 모든 게 다 사라져버렸다. "그럼 언제 가려고요?" 그녀가 말했다.

"내일."

"나도 함께 가요. 그래도 되지요?" 그녀가 말했다.

"끼찌! 대체 무슨 말이에요?" 그가 질책하며 말했다.

"무슨 말이긴요?" 그가 자신의 제안을 내키지 않아하며 유감스럽게 받아들이는 것 같은 데 모욕을 느끼면서 그녀가 말했다. "대체 왜 내가 가면 안 되나요? 당신을 방해하지 않을게요. 나는……"

"나는 내 형이 죽어가기 때문에 가는 거예요." 레빈이 말했다. "뭣 때문에 당신이……"

"뭣 때문이냐고요? 당신이 가는 이유와 같은 이유 때문이지요."

'내게 이렇게 중요한 순간에 그녀는 그저 자기 혼자서 지루할 것에 대해서만 생각하고 있군.' 레빈은 생각했다. 그리고 이렇게 중요한 일에 이런 핑계는 그를 화나게 했다.

"그건 불가능해요." 그가 엄격하게 말했다.

아가피야 미하일로브나는 일이 싸움에 이르게 되는 것을 보고 조용히 찻잔을 놓고 나갔다. 끼찌는 그녀가 나가는 것조차 알아채지 못했다. 남편이 그녀가 한 말을 믿지 않는 것이 분명한 이 마지막 말의 어조가 특히 그녀에게 모욕을 느끼게 했다.

"당신한테 말하겠는데요, 당신이 가면 나도 함께 갈 거예요. 꼭 갈 거예요." 그녀가 성급하게, 성이 나서 말을 시작했다. "왜 불가능한가요? 왜 불가능하다고 말하는 거예요?"

"왜냐하면 가는 곳이 어떤 곳인지, 길은 어떤지, 어떤 호텔에 머물 건지도 모르기 때문이에요. 당신은 나를 자유롭게 행동하지 못하게 할 거예요." 레빈이 냉정해지려고 애쓰면서 말했다.

"전혀 안 그래요. 내겐 아무것도 필요 없어요. 당신이 갈 수 있는 데면 나도……"

"자, 거기에 당신이 가까이할 수 없는 그 여자가 있다는 그 이유

하나만으로도 안 돼요."

"난 거기에 누가 있는지, 뭐가 있는지 아무것도 모르고 알고 싶지도 않아요. 내가 아는 건 남편의 형이 죽어가고 있고 남편이 그에게로 갈 거고 나도 남편과 함께 간다는 거죠. 가서……"

"끼찌! 화내지 마요. 하지만 생각해봐요. 이 일은 아주 중요해서, 당신이 이 일을 혼자 남기 싫은 약한 마음과 혼동한다고 생각만 해도 속상해요. 자, 혼자서 지루하겠지. 그럼 모스끄바로 가요."

"봐요, 당신은 항상 내 생각이 바보 같고 천하다고 여기지요." 그녀가 모욕과 분노의 눈물을 흘리면서 말하기 시작했다. "난 괜찮아요. 약하지 않아요. 괜찮아요…… 나는 남편이 슬플 때 함께하는 게 의무라고 느껴요. 하지만 당신은 일부러 나를 속상하게 하고 일부러 이해하려 하지 않아요……"

"아니, 이건 끔찍하군. 이렇게 노예가 되어야 하다니!" 레빈이 더이상 분노를 누르지 못하고 일어서며 소리쳤다. 하지만 이 순간 그는 자기 자신을 때리고 있다는 것을 느꼈다.

"그럼 당신은 뭣 때문에 결혼했어요? 자유로울 수 있었을 텐데 뭣 때문에, 후회한다면 뭣 때문에 결혼했나요?" 그녀는 말하고서 벌떡 일어나 거실로 뛰어갔다.

그가 그녀 뒤를 따라왔을 때 그녀는 눈물로 목이 메어 있었다.

그는 그녀의 마음을 돌려볼 말은 생각도 못 하고 그저 그녀를 진정시킬 수 있는 말만 찾으려고 하면서 말하기 시작했다. 하지만 그녀는 그의 말을 듣지 않았고 아무것에도 동의하지 않았다. 그는 그녀에게 몸을 굽히고 그녀가 뿌리치는 손을 잡았다. 그는 그녀의 손에 키스했고 머리카락에 키스했고 다시 손에 키스했고, 그녀는 내내 잠자코 있었다. 하지만 그가 두 손으로 그녀의 얼굴을 잡고 "끼찌!"라고 말했을 때 그녀는 갑자기 정신을 차리고 조금 울더니 화해했다.

내일 함께 떠나기로 결정되었다. 레빈은 아내에게 그녀가 오직 유용한 역할을 하기 위해서 가기를 원한다는 것을 믿는다고 말했고, 형의 곁에 있는 마리야 니꼴라예브나의 존재가 상스러울 것이 없다는 데 동의했다. 하지만 그는 영혼 깊숙이 그녀와 자신에게 불만을 품고 떠났다. 그가 그녀를 불만스러워하는 이유는 필요할 때 그녀가 그를 놓아줄 만큼 자신을 제어하지 못하기 때문이었다.(얼마 전까지만 해도 그녀가 그를 사랑한다는 행복을 감히 믿을 수 없는 지경이었는데, 지금은 그녀가 그를 너무 사랑해서 불행을 느낀다고 생각하니 참 이상했다!) 그가 자신을 불만스러워하는 이유는 자신의 강한 의지를 지키지 못했기 때문이었다. 더군다나 그는 마음 깊은 곳에서 형과 함께 있는 그 여자가 그녀에게 아무 상관이 없다는 데 동의하지 않았고, 벌어질 수 있는 모든 갈등에 대해 공포를 느끼며 생각했다. 그의 아내, 그의 끼찌가 그런 여자와 같은 방에 있게 될 거라는 사실 하나만으로도 벌써 그는 혐오와 공포로 몸서리쳤다.

17

니꼴라이 레빈이 누워 있는 지방 도시의 호텔은 최고의 청결과 안락, 심지어 우아함을 갖추려는 의도로 최신식으로 지어졌지만, 투숙객들로 인해 극도로 빠른 속도로, 현대적으로 개선된 설비로 멋을 부린 더러운 여관 술집으로 변해가고 있었고, 바로 이러한 멋부림 때문에 그냥 더러운 구식 호텔보다 더 나쁜 지방 호텔 중 하나였다. 이 호텔은 이미 이러한 상태에 도달해 있었다. 더러운 제복을 입고 입구에서 담배를 피우는, 문지기 역할을 하도록 되어 있는 군인, 어둡고 불쾌한 주물 계단으로 된 통로, 더러운 프록코트를 입고 건들거리는 무례한 하인, 식당의 식탁을 장식한 먼지가 뽀얗게 덮인 밀랍 꽃다발, 사방에 널려 있는 쓰레기, 먼지, 불결, 그리고 동시에 이 호텔의 새로운 유행에 따른, 시대에 맞춘 철도교통처럼 건방을 떠는 시시한 장삿속이 신혼 생활을 보낸 레빈 부부에게는 견디기 어려운 느낌을 자아냈는데, 특히 이 호텔이 자아내는 가짜의 인상이 그들이 기대했던 것과는 전혀 맞지 않아서 더더욱 그랬다.

항상 그렇듯이, 어떤 가격의 방을 원하느냐는 질문 뒤에는 좋은 방은 없다는 것이 판명되었다. 하나는 철도 감찰관이 차지했고, 다른 하나는 모스끄바에서 온 변호사가, 세번째 방은 시골에서 온 아스따피예바 공작부인이 차지하고 있었다. 더러운 방 하나만 남아 있었는데, 그 옆방도 저녁에 비워주겠다고 약속했다. 레빈은 그가 예상했던 일, 즉 형이 어떻게 되었나 하는 생각에 심장이 온통 동요하고 있는 도착 순간에 당장 형에게로 달려가는 대신 그녀를 걱정해야 하는 일이 일어난 데 대해 아내에게 유감을 느끼며 그는 그들에게 주어진 방으로 그녀를 데리고 들어갔다.

"가세요, 가세요!" 그녀가 소심하고 미안해하는 시선으로 그를 쳐다보며 말했다.

그는 말없이 문을 나서자마자 바로 그가 온 것을 알고도 그에게로 올 엄두를 내지 못했던 마리야 니꼴라예브나와 마주쳤다. 그녀는 그가 모스끄바에서 보았던 그대로였다. 똑같이 소매 없는 모직 원피스와 드러낸 팔과 목, 똑같이 착하고 멍청한, 좀 살이 찌고 얽은 얼굴이었다.

"그래, 어때요? 형은 어떤가요? 어때요?"

"아주 나빠요. 일어나질 못해요. 내내 기다리셨어요. 부인과 함께 오셨네요……"

레빈은 처음 순간에는 무엇이 그녀를 당황하게 하는지 이해하지 못했으나, 그녀가 당장 그에게 분명하게 알려주었다.

"전 갈게요. 부엌으로 갈게요." 그녀가 분명하게 말했다. "기뻐하실 거예요. 그분은 부인에 대해 들으셨고, 외국에서 보셨기 때문에 아시고 기억하세요."

레빈은 그녀가 자기 아내에 대해 말하고 있다는 걸 이해했지만 뭐라고 대답해야 할지 몰랐다.

"갑시다, 갑시다!" 그가 말했다.

하지만 그가 움직이자마자 그의 호텔방 문이 열리고 끼찌가 내다보았다. 레빈은 수치스럽기도 하고 그녀 자신과 그를 이런 어려운 상황에 처하게 한 아내가 유감스럽기도 해서 얼굴을 붉혔다. 하지만 마리야 니꼴라예브나는 더 심하게 얼굴을 붉혔다. 그녀는 온통 움츠러들었고 눈물이 날 지경으로 얼굴을 붉혔으며 무슨 말을 해야 할지, 어떻게 행동해야 할지 모른 채 두 손으로 옷자락을 움켜쥐고 붉은 손가락으로 꼬고 있었다.

첫 순간 레빈은 끼찌가 그녀로서는 이해할 수 없는 이 끔찍한 여인을 보는 시선에서 탐욕스러운 호기심의 표정을 보았다. 하지만 이는 오직 한순간만 지속되었다.

"그래, 어때요? 그분은 어때요?" 그녀는 남편을 향했고, 그다음에 마리야 니꼴라예브나를 향했다.

"근데 복도에서 이야기할 수는 없잖소!" 이때 두 다리를 떨면서 용무가 있다는 듯 복도를 걸어가는 한 신사를 유감스럽게 돌아보며 레빈이 말했다.

"자, 그럼 들어와요." 끼찌가 정신을 가다듬은 마리야 니꼴라예브나에게로 몸을 돌리며 말했다. 하지만 남편의 경악한 얼굴을 알아채고 "가세요. 가서 나를 부르러 사람을 보내세요"라고 말하고는 호텔방 안으로 들어갔다. 레빈은 형에게로 갔다.

그는 형에게서 이런 상황을 보고 느끼게 되리라고는 전혀 예상하지 못했었다. 그는 자신이 듣기로 폐병 환자에게서 자주 나타난다는, 형이 가을에 와 있는 동안 그를 그토록 놀라게 했던 변함없는 자기기만의 상태를 보게 되리라 예상했었다. 그는 그때 느꼈던 것과 똑같은 감정, 사랑하는 형을 잃는 애석함과 죽음 앞에서의 공포의 감정을, 하지만 좀더 강한 정도로 느끼게 되리라고 예상했었다. 그리고 그는 이에 대비하고 있었다. 하지만 상황은 전혀 달랐다.

칠한 판자벽마다 침을 뱉어놓은데다 말소리가 다 들리는 얇은 칸막이로 나뉜 작고 더러운 호텔방에는 숨 막힐 듯한 불결함의 악취가 밴 공기 속에 벽에서 떼어놓은 침대 위에 이불로 덮인 육체가 누워 있었다. 이 육체의 한 팔이 이불 위에 있었고, 이 팔의 크고 갈퀴 같은 손이 손목부터 팔꿈치까지 가느다랗고 곧게 뻗은 기다란 뼈다귀에 이해할 수 없이 붙어 있었다. 머리는 베개 위에 옆으로 놓여 있었다. 땀이 밴 몇가닥 머리카락이 붙은 양미간과 투명할 정도로 살갗이 얇아진 이마가 보였다.

'이 무서운 육체가 니꼴라이 형의 것일 수는 없어.' 레빈은 생각했다. 하지만 가까이 다가가 얼굴을 보니 더이상 의심하기란 불가능했다. 얼굴이 무섭게 변했음에도 불구하고 이 죽은 듯한 육체가 살아 있는 형이라는 그 무서운 진실을 이해하는 데는, 들어오는 사람을 향해 치뜬 살아 있는 두 눈을 보고 말라붙은 수염 밑으로 가볍게 움직이는 입술을 알아차리는 것으로 충분했다.

번쩍이는 두 눈이 들어오는 동생에게 엄격하고 힐난하는 듯한 시선을 던졌다. 그리고 이 시선으로써 즉각 살아 있는 두 사람 사이에 생생한 관계가 성립되었다. 레빈은 즉각 자신을 향한 형의 시선 속에서 비난을 느꼈고 자신의 행복에 대해 회한을 느꼈다.

꼰스딴찐이 그의 손을 잡았을 때 니꼴라이는 미소 지었다. 미소는 희미했고 거의 알아볼 수 없을 정도였다. 미소는 지었지만 두 눈의 엄격한 표정은 변하지 않았다.

"넌 내가 이러리라고 예상하지 못했구나." 그가 힘겹게 소리 내어 말했다.

"그래요…… 아니요." 레빈은 단어를 헷갈리며 말했다. "근데 왜 저번에 내가 결혼할 때 형은 근황을 알리지 않았어요? 사방으로 수소문했었어요."

침묵하지 않기 위해서는 말을 해야 했는데 그는 무슨 말을 해야 할지 몰랐다. 형이 아무 대답도 하지 않으며 눈을 떼지 않고 그를 쳐다보기만 하는데다 분명 단어 하나하나의 의미를 탐색하고 있었기에 더욱 그랬다. 레빈은 형에게 아내가 함께 왔다고 말했다. 니꼴라이는 만족을 표했으나 자기 상황이 그녀를 놀라게 할까봐 두렵다고 말했다. 침묵이 닥쳤다. 갑자기 니꼴라이가 웅얼거리며 뭔가를 말하기 시작했다. 레빈은 그의 얼굴 표정으로 보아 뭔가 특별히 의미 깊고 중요한 것을 기대했다. 하지만 니꼴라이는 자기 건강에 대해 이야기하기 시작했다. 그는 의사를 비난하면서 그곳에 유명한 모스끄바 의사가 없는 것을 한탄했고, 레빈은 그가 아직 희망을 가지고 있는 것을 알았다.

침묵하게 된 첫 순간을 잡아 레빈은 일분이라도 고통스러운 감정에서 벗어나기를 희망하면서 일어나서 아내를 데려오겠다고 말했다.

"그래, 좋아. 여기를 좀 청소하라고 할게. 여긴 더럽고 냄새가 나는 것 같구나. 마샤! 여기를 치워." 환자가 힘겹게 말했다. "그리고 치우자마자 당장 나가 있어." 그는 묻는 듯이 동생을 쳐다보며 덧붙였다.

레빈은 아무 대답도 하지 않았다. 그는 복도로 나와서 멈춰서 있었다. 그는 아내를 데려오겠다고 말했지만, 지금 자신이 겪은 감정을 파악하고 나서는 오히려 환자에게 오지 않도록 아내를 애써 설득하기로 마음먹었다. '뭣 때문에 그녀가 나처럼 괴로워해야 해?' 그는 생각했다.

"그래, 어떻대요? 어때요?" 겁먹은 얼굴로 끼찌가 물었다.

"아, 이건 끔찍해요, 끔찍해! 당신은 뭣 때문에 왔어요?" 레빈이 말했다.

끼찌는 소심하고 애처롭게 남편을 쳐다보며 몇초간 침묵했다. 그런 다음 다가와서 두 손으로 그의 팔꿈치를 붙잡았다.

"꼬스쨔! 날 그분께 데리고 가요. 둘이면 더 쉬워질 거예요. 나를 데려다만 줘요. 제발 데려다만 주고 당신은 나가 있어요." 그녀가 입을 열었다. "당신만 보고 그분을 보지 않는 게 내겐 훨씬 더 힘들다는 걸 이해해줘요. 거기서 내가 아마 당신에게나 그분에게 도움이 될 수 있을 거예요. 제발, 그렇게 해요." 그녀는 마치 자기 삶의 행복이 이것에 달려 있다는 듯이 남편에게 애원했다.

레빈은 동의해야 했고, 기운을 차린 다음 이미 마리야 니꼴라예브나에 대해서는 완전히 잊은 채 끼찌와 함께 다시 형에게로 갔다.

그녀는 가벼운 발걸음으로 계속 남편을 곁눈질하면서 용감하고 동정 어린 표정으로 환자의 방으로 들어가서는 천천히 몸을 돌려 소리 없이 문을 닫았다. 그녀는 들리지 않는 발걸음으로 재빨리 환자의 침상으로 다가가서 그가 머리를 돌리지 않아도 되도록 자리를 잡았고, 곧바로 그의 뼈만 남은 커다란 손을 자기의 싱싱하고 젊은 손에 쥐고 악수하고는 여자들에게만 있는, 감정을 상하게 하지 않으면서 동정하는 고요한 활기를 가지고 그와 말하기 시작했다.

"우린 만난 적이 있지요. 하지만 인사를 하지는 않았어요. 소젠에서요." 그녀가 말했다. "제가 당신의 제수가 되리라고 생각 안 하셨죠?"

"나를 못 알아보겠죠?" 그녀가 들어오자 환하게 미소를 지으며 그가 말했다.

"아니요, 알아봤어요. 우리에게 알려주신 건 정말 잘하셨어요! 꼬스쨔는 하루도 빠짐없이 형님을 떠올리며 걱정했어요."

하지만 환자의 생기는 잠깐만 지속되었다.

그녀가 아직 말을 마치기도 전에 그의 얼굴에는 다시 엄격하고 비난하는 투의, 죽은 자의 산 자에 대한 질투의 표정이 어렸다.

"여기서 완전히 편히 계시지는 않을 것 같아 걱정이네요." 그녀가 그의 집요한 시선으로부터 몸을 돌려 방을 둘러보며 말했다. "주인에게 다른 방이 있나 물어볼 필요가 있겠네요." 그녀가 남편에게 말했다. "그러면 우린 더 가까이 있을 수 있어요."

18

레빈은 형을 평온하게 볼 수 없었고, 그가 있는 데서는 자연스럽고 평온할 수 없었다. 환자의 방으로 들어갈 때면 그의 두 눈도 주의력도 무의식적으로 깜깜해져서 그는 아무것도 볼 수 없었고 형의 상태에 대해 구체적인 점들을 식별할 수 없었다. 그는 끔찍한 냄새만 맡았고 더러움과 무질서와 고통스러워하는 자세와 신음 소리만을 감지했을 뿐 아무 도움을 줄 수 없다고 느꼈다. 그의 머릿속에는 환자 상태의 구체적인 점들을 파악하기 위해서 그 몸이 이불 밑에서 어떻게 누워 있는지, 구부린 몸에 깡마른 종아리, 넓적다리 등이 어떻게 놓여 있는지, 그것들을 어떻게 더 잘 놓을 수 있는지, 더 낫지는 않더라도 덜 불편하게 하기 위해 뭔가 할 수는 없는지에 대한 생각이 떠오르지 않았다. 이 모든 구체적인 사항들에 대해서 생각하기 시작하면 그는 등골이 오싹해졌다. 그는 생명을 연장하거나 고통을 완화하기 위해서 아무것도 할 수 없다는 것을 의심할 바 없이 확신하고 있었다. 하지만 레빈이 어떤 도움도 불가능하다고 인정하고 있다는 인식은 환자를 가슴 아프게 하고 자극했다. 그래서 레빈은 더 힘이 들었다. 환자의 방에 있는 것은 그에게 고통스러웠고, 환자의 방에 있지 않는 것은 더 고통스러웠다. 그래서 그는 끊임없이 여러가지 핑계를 대고 나왔다가 혼자 있을 수가 없어 다시 들어가곤 했다.

하지만 끼찌가 생각하고 느끼고 행동하는 것은 전혀 그렇지 않았다. 그녀는 환자를 보면 불쌍한 마음이 들었다. 동정이 그녀의 남편 안에는 공포와 혐오의 감정을 불러일으켰지만, 그녀의 여성적인 마음속에는 환자 상태의 모든 구체적인 사항을 알아내어 그를 돕고 행동해야겠다는 욕구를 불러일으켰다. 그리고 그녀는 마음속으로 환자를 도와야 한다는 데 대해 아무 의심을 품지 않았기 때문에 그것이 가능하다는 것에 대해서도 아무 의심을 품지 않았고, 당장 일에 착수했다. 그녀의 남편에게는 생각만으로도 공포를 느끼게 한 바로 그 구체적인 것들이 당장 그녀의 주의를 끌었다. 그녀는 의사를 부르러 사람을 보내고, 약국으로 사람을 보내고, 그녀와 함께 온 하녀와 마리야 니꼴라예브나에게 쓸고 먼지를 닦고 뭔가를 씻으라고 시켰으며, 그녀 스스로도 뭔가를 씻고 소독하고 이불 밑에 뭔가를 깔았다. 그녀의 지시에 따라 방으로 뭔가를 들여오기도 하고 방에서 뭔가를 내가기도 했다. 마주치는 남자들에게 아랑곳하지 않고 그녀 자신도 몇번이나 자기 방으로 가서 이불잇, 베갯잇, 수건, 셔츠 들을 가져왔다.

공동 식당에서 기사技師들에게 식사를 내주던 하인도 몇번이나 화난 얼굴로 그녀의 부름에 응했는데, 가보면 그녀가 그렇게도 상냥한 완강함으로 지시를 내려서 마다할 수가 없었기 때문에 그녀의 명령을 이행하지 않을 수 없었다. 레빈은 이 모든 것을 격려하지 않았다. 그는 이런 일이 환자에게 무슨 소용이 되리라고 믿지 않았다. 무엇보다도 그는 환자가 화를 낼까봐 겁이 났다. 하지만 환자는 비록 보기에는 무관심했으나 이에 대해 화를 내지 않았으며 부끄러워할 뿐이었고, 전체적으로는 그녀가 그에게 하는 일에 흥미를 가지는 것으로 보였다. 끼찌가 보내서 의사에게 갔다가 돌아온 레빈은 문을 열자 환자를 맞닥뜨렸는데, 그때 끼찌의 지시로 환자의 속옷을 갈아입히는 장면을 보았다. 거대하게 불거져나온 어깨뼈, 튀어나온 갈비뼈, 허리뼈 들이 붙어 있는 길고 하얀 등뼈가 보였고, 마리야 니꼴라예브나와 하인은 셔츠 소매에 걸려서 길게 늘어진 팔을 그 속으로 밀어넣을 수가 없었다. 끼찌는 그쪽을 보지 않았고 서둘러 레빈 뒤의 문을 닫았다. 하지만 환자가 신음하기 시작하자 그녀는 재빨리 그에게로 향했다.

"좀더 빨리해요." 그녀가 말했다.

"아니, 오지 마요." 환자가 화가 나서 소리 내어 말했다. "내가 스스로……"

"무슨 말이에요?" 마리야 니꼴라예브나가 되물었다.

하지만 끼찌는 알아들었고 그가 그녀가 있는 데서 벗고 있는 것이 부끄럽고 불편하다는 것을 이해했다.

"전 안 봐요, 안 봐요!" 그녀가 팔을 고쳐주면서 말했다. "마리야 니꼴라예브나, 저쪽에서 하세요. 제대로 다시 넣으세요." 그녀가 덧붙였다.

"부탁해요, 우리 방에 가서 내 작은 가방에 유리병이 있으니……" 그녀는 남편에게로 향했다. "알죠, 옆 주머니에 말예요. 그걸 가져오세요. 그때까지 여기를 다 정리할 거예요."

레빈이 유리병을 가지고 돌아와보니 환자는 벌써 눕혀져 있었고 그 주위의 모든 것이 완전히 바뀌어 있었다. 맡기 힘들었던 냄새는 끼찌가 입술을 내밀고 장밋빛 뺨을 부풀려서 빨대로 뿜어낸 식초와 향수의 냄새로 바뀌어 있었다. 먼지는 아무 데도 없었고, 침대 아래에는 양탄자가 깔려 있었다. 탁자 위에는 약병들과 물병이 가지런히 세워져 있었고, 필요한 속옷들이 개켜져 있었으며, 끼찌의 *영국 자수* 일감이 놓여 있었다. 환자 옆의 다른 탁자 위에는 음료와 양초, 가루약이 놓여 있었다. 환자는 깨끗이 씻기고 머리가 빗겨져서, 깨끗한 시트 위에 높이 고인 베개를 베고 부자연스럽게 가는 목에 하얀 깃이 달린 깨끗한 셔츠를 입고 누워서 새로운 희망을 품은 표정으로 눈을 떼지 않고 끼찌를 바라보고 있었다.

클럽에서 찾아내 레빈이 데려온 의사는 니꼴라이 레빈이 불만스럽게 여기던, 그를 치료하던 의사가 아니었다. 새 의사는 청진기를 대어 환자를 진찰하더니 고개를 젓고 나서 약을 처방해주며 특별히 자세하게 우선 어떻게 복용해야 하는가를, 그러고 나서 어떤 식이요법을 해야 하는가를 설명했다. 그는 익히지 않았거나 아주 약간만 익힌 계란과 적정한 온도의 신선한 우유를 탄 소다수를 추천했다. 의사가 가고 나서 환자는 동생에게 뭔가를 말했지만, 레빈은 "너의 까쨔"라는 마지막 단어만을 들을 수 있었다. 그가 그녀를 쳐다보는 눈길로 봐서 레빈은 그가 그녀를 칭찬하고 있다는 것을 알았다. 그는 그녀를 자기식대로 까쨔라고 부르며 자기에게로 가까이 다가오게 했다.

"벌써 훨씬 나아졌어요." 그가 말했다. "여기서 당신과 함께였다면 난 벌써 완전히 건강해졌을 거예요. 정말 좋네요!" 그는 그녀의 손을 잡고 자기 입술로 끌어갔다가, 하지만 그녀가 불쾌해할 것이 두려운 듯이 생각을 바꾸어서 손을 놓고는 쓰다듬기만 했다. 끼찌는 두 손으로 그 손을 꼭 잡고 악수했다.

"이제 나를 왼쪽으로 뉘어주고 자러 가요." 그가 입을 열어 말했다.

아무도 그가 말한 것을 알아듣지 못했지만 끼찌만은 알아들었다. 그녀가 알아들은 것은 그녀가 끊임없이 그에게 무엇이 필요한가를 생각으로 뒤쫓고 있었기 때문이었다.

"다른 쪽으로요." 그녀가 남편에게 말했다. "형님은 항상 그쪽으로 주무세요. 그분을 돌려눕혀야 해요. 하인을 부르는 건 꺼려져요. 나는 못 하겠고요. 당신이 할 수 있나요?" 그녀는 마리야 니꼴라예브나에게로 향했다.

"겁나요." 마리야 니꼴라예브나가 대답했다.

두 손으로 이 끔찍한 육체를 안고 이불 아래 그가 알고 싶지 않은 부분들을 잡는 것이 아무리 끔찍한 일이라 해도, 그래도 레빈은 아내의 영향을 받아서 아내가 아는 그 특유의 단호한 얼굴을 하고 두 손을 내려서 잡았다. 하지만 그는 자신의 힘에도 불구하고 이 극도로 쇠약해진 사지의 이상한 무게에 경악했다. 그가 자기 목이 거대하고 깡마른 손에 의해 감싸지는 것을 느끼면서 형을 돌리는 동안 끼찌는 재빨리 소리 없이 베개를 돌려서 밀어넣고 환자의 머리와 미간에 다시 들러붙은 성긴 머리카락을 바로 해주었다.

환자는 자기 손에 동생의 손을 쥐고 있었다. 레빈은 그가 자기 손으로 뭔가를 하고 싶어하고 어딘가로 끌고 가는 것을 느꼈다. 레빈은 몸이 굳는 것을 느끼며 내맡겼다. 그렇다, 그는 그 손을 자기 입으로 이끌어서 입을 맞추었던 것이다. 레빈은 흐느낌으로 몸을 떨었고 아무 말도 할 수 없어서 밖으로 나왔다.

19

'현자들에게는 감추시고 아이들과 어리석은 사람들에게는 열어주셨다.'[21] 이날 저녁 아내와 이야기하면서 레빈은 아내에 대해 이렇게 생각했다.

---

21 마태복음 11:25 "그때에 예수께서 대답하여 이르시되 천지의 주재이신 아버지여 이것을 지혜롭고 슬기 있는 자들에게는 숨기시고 어린 아이들에게는 나타내심을 감사하나이다"를 참조할 수 있다.

레빈이 복음서의 말에 대해 생각한 것은 그가 자기를 현자라고 생각해서가 아니었다. 그는 자신을 현자라고 여기지 않았지만 자신이 아내나 아가피야 미하일로브나보다 더 똑똑하다는 것을 알 수밖에 없었고, 자신이 죽음에 대해 생각할 때 영혼의 온 힘을 다하여 생각했던 것을 알 수밖에 없었다. 그는 또한 이 문제에 대한 사상을 피력한 위대한 지성을 지닌 많은 남성들이 이 문제에 대해 그의 아내나 아가피야 미하일로브나가 아는 것의 백분의 일도 모른다는 것을 알고 있었다. 아가피야 미하일로브나와 까쨔, 니꼴라이 형이 그렇게 불렀고 그녀를 그렇게 부르는 것이 지금 레빈에게는 특히 기분 좋은 이름인 까쨔, 이 두 여자는 아무리 서로 다르더라도 이 문제에 있어서는 매우 비슷했다. 둘은 아무런 의혹 없이 삶이 무엇이고 죽음이 무엇인지 알고 있었고, 비록 레빈에게 떠오른 질문들에 대해서 답변은커녕 그 질문을 이해하지도 못하겠지만, 이 현상의 의미를 알고 이를 완전히 동일하게 보고 있었다. 그것도 그들끼리만 그런 것이 아니라 수백만의 사람들과 이 견해를 공유하면서. 그들이 죽음이 무엇인지 확고하게 알고 있다는 증거는 그들이 단 일초도 의심하지 않고 죽어가는 사람들에게 어떻게 행동해야 하는지 알고 있으며 그들을 무서워하지 않는다는 데 있었다. 그러나 레빈과 다른 사람들은 비록 죽음에 대해 많은 이야기를 할 수 있지만 모르고 있는 게 분명했다. 왜냐하면 죽음을 두려워하고 사람들이 죽어갈 때 뭘 해야 하는지 단연코 모르기 때문이다. 만약 레빈이 지금 혼자서 니꼴라이 형과 있다면 그는 경악을 느끼며 그를 바라보았을 것이고, 더욱 큰 경악을 느끼며 기다렸을 것이고, 더이상 아무 일도 할 줄 몰랐을 것이다.

그뿐만 아니라 그는 무슨 말을 해야 할지, 어디로 시선을 돌려야 할지, 어떻게 걸어야 할지 몰랐다. 다른 일에 대해 말하는 것은 형에게 모욕적일 것 같았다. 안 되지. 죽음에 대해, 어두운 것에 대해 말하자니 그것도 안 되는 일이었다. 침묵하자니 그것도 못 할 노릇이었다. '내가 바라보면 형은 내가 자기를 관찰하고 무서워한다고 생각하겠지. 보지 않으면 형은 내가 딴생각을 한다고 생각할 거야. 내가 발끝으로 걸으면 형은 불만일 거고, 발바닥 전체로 걷자니 마음에 걸리고.' 하지만 끼찌는 자기 자신에 대해서 생각하지 않았고 생각할 시간도 없는 게 분명했다. 그녀는 뭔가를 알고 있었기 때문에 그에 대해서 생각했고, 모든 것이 훌륭한 결과를 낳은 것이다. 그녀는 자신에 대해서, 자기 결혼식에 대해서 이야기했고 미소 지었으며 그를 동정했고 상냥하게 대했으며 회복되는 경우에 대해서도 말했는데, 모든 것이 훌륭한 결과를 낳았다. 그러니까 그녀는 알고 있는 것이다. 그녀와 아가피야 미하일로브나의 활동이 본능적이고 동물적이고 비이성적인 것이 아니라는 증거는 아가피야도 끼찌도 육체의 간호와 고통의 경감뿐만 아니라 죽어가는 사람을 위해 육체의 간호보다 더 중요한 뭔가를, 육체적 조건들과는 아무 공통점이 없는 뭔가를 요구했다는 데 있었다. 아가피야 미하일로브나는 죽은 노인에 대해 이야기하면서 말했었다. "다행히도 성찬식도 받고 성유식도 받았지요. 하느님, 모든 사람이 그렇게 죽도록 해주세요"라고. 까쨔도 꼭 마찬가지로 속옷과 욕창과 음료에 대한 모든 걱정 이외에도 첫날부터 성찬식을 받고 성유식을 받도록 환자를 설득했다.

환자를 떠나 밤을 보내러 그들의 호텔방으로 돌아온 레빈은 무엇을 해야 할지 몰라 고개를 숙이고 앉아 있었다. 그는 저녁식사를 하거나 잠자리를 준비하거나 그들이 뭘 할 것인가에 대해 생각하거나 하는 것은 말할 것도 없고 심지어 아내와 이야기도 할 수 없었다. 마음에 걸렸던 것이다. 그러나 끼찌는 반대로 평소보다 더 활동적이었다. 그녀는 평소보다 더 생기롭기까지 했다. 그녀는 저녁을 가져오라고 시키고 직접 물건들을 정리하고 침대에 잠자리를 펴는 것을 돕고 거기에 페르시아 방충제 가루를 뿌리는 것도 잊지 않았다. 남자들이 전투, 투쟁을 앞두고 자신이 가치 있고 자신의 모든 과거가 헛된 것이 아니라 이 순간을 위한 준비였다는 것을 단번에 영원히 보여주는 그 위험하고 결정적인 삶의 순간들에 나타나는 진작과 정신의 기민함이 그녀 안에 있었다.

그녀는 모든 일을 착착 진행했고, 열두시가 되기 전에 모든 물건이 깨끗하고 정확하게, 특유의 방식으로 정리되어서 호텔방은 그녀의 집, 그녀의 방과 비슷하게 되었다. 잠자리가 마련되었고, 솔, 빗, 거울 들이 가지런히 놓였으며, 덮개들이 덮였다.

레빈은 아직까지도 먹거나 자거나 말하는 것이 용서할 수 없는 것으로 생각되었고, 그의 모든 움직임이 무례하다고 느껴졌다. 하지만 그녀는 솔들을 정리했고, 그것도 그 일이 전혀 감정을 거스르는 구석이 없다는 듯이 그 일을 했다.

하지만 그들은 먹을 수 없었고 오랫동안 잠들지 못했으며 침대에 누울 수조차 없었다.

“내일 성찬식을 하도록 그분을 설득해서 기뻐요.” 그녀가 덧옷을 입고 접이거울 앞에 앉아서 가는 빗으로 부드럽고 향기로운 머리를 빗으며 말했다. “난 본 적이 없지만 알아요. 엄마가 그건 완치에 대한 기도라고 말했어요.”

“설마 형이 회복되리라고 생각하는 건 아니지요?” 레빈은 그녀가 빗을 앞으로 움직일 때마다 그녀의 동그랗고 작은 머리 뒤쪽의 가는 가르마가 자꾸만 가려지는 것을 보며 물었다.

"의사에게 물어봤더니 사흘 이상은 못 산다고 그랬어요. 하지만 그들이 알 수 있나요? 난 어쨌든 그분을 설득해서 매우 기뻐요." 머리카락 아래로 남편을 곁눈질하며 그녀가 말했다. "모든 일이 가능하지요." 그녀가 종교에 대해서 말할 때 얼굴에 항상 나타내는 그 특이한, 약간 약삭빠른 표정으로 덧붙였다.

약혼 시절에 나눈 종교에 대한 대화 이후 아직 그도 그녀도 이에 대한 대화를 시도하지 않았지만, 그녀는 항상 꼭 필요하다는 한결같고 평온한 의식을 품고 교회에 나가 기도를 행했다. 그가 정반대의 신념을 가지고 있음에도 불구하고 그녀는 그가 그녀와 같은, 혹은 더 훌륭한 기독교도이고 그가 이 문제에 대해서 말하는 것은 전부, 그가 *영국 자수*에 대해서 말할 때 좋은 사람들이라면 구멍을 막아야 하는데 그녀는 일부러 베어내어 구멍을 만든다는 둥 이러쿵저러쿵 말하는 것처럼 그의 남자 특유의 우스꽝스러운 괴짜 행동들 중 하나라고 굳게 확신하고 있었다.

"그래, 그 여자, 마리야 니꼴라예브나는 이 모든 것을 해내지 못했지요." 레빈이 말했다. "그리고 나는 당신이 와서 아주아주 기쁘다는 것을 고백해야 해요. 당신은 그렇게도 순수해서……" 그는 그녀의 손을 쥐었으나 키스는 하지 않았고(죽음이 이렇게 가까이 있는데 그녀의 손에 키스하는 것은 점잖지 못한 짓으로 여겨졌다), 그냥 그녀의 밝은 두 눈을 들여다보면서 죄스러운 표정으로 손을 꼭 잡았다.

"당신 혼자서는 정말 괴로웠을 거예요." 그녀가 말하고 만족감으로 붉어진 양 뺨을 가렸던 두 손을 들어 뒷덜미의 머리 타래를 돌돌 말아서 단단히 고정했다. "아니," 그녀가 말을 이었다. "그녀는 알지 못했어요…… 난 다행히도, 소젠에서 많은 것을 배웠지요."
"거기도 그런 환자들이 있었어요?"
"더 상태가 나쁜 사람들도 있었어요."
"형의 젊은 시절의 모습이 자꾸 떠올라서 끔찍해요…… 형이 얼마나 매력적인 젊은이였는지 믿지 못할 거예요. 하지만 그때 나는 형을 이해하지 못했지요……"
"아주아주 믿어요. 우리는 그분과 친하게 지냈을 거라고 진심으로 느껴요." 그녀는 말하고는 자신이 말한 것에 놀라서 남편을 돌아보았고, 그녀의 두 눈에는 눈물이 솟았다.
"그래, 그렇게 지냈을 거예요." 그가 서글프게 말했다. "형은 말하자면 이 세상을 위해서 있는 게 아닌 사람들 중 한 사람이에요."
"하지만 아직 우리 앞에는 여러 날이 있으니 자야 해요." 끼찌가 자기의 작은 시계를 들여다보면서 말했다.

20 죽음

다음 날 환자에게 성찬식과 성유식을 행했다. 의식을 하는 동안 니꼴라이 레빈은 뜨겁게 기도했다. 꽃무늬 보자기를 덮은 카드게임용 탁자 위에 놓인 성상을 향하던 그의 커다란 두 눈 속에는 아주 열정적인 애원과 희망이 나타나서 레빈은 그걸 보는 것조차 끔찍했다. 레빈은 이 열정적인 애원과 희망이 형이 그렇게 사랑하는 삶과의 작별을 더 힘들게만 만들 것을 알고 있었다. 레빈은 형과 형의 사상의 경로를 알고 있었다. 그는 형의 무신앙이 신앙 없이 사는 것이 더 쉬워서가 아니라 세계 현상에 대한 현대 학문의 설명이 한발짝 한발짝 신앙을 몰아냈기 때문에 생겨난 것을 알고 있었고, 지금 형의 회귀가 그런 사상의 경로에서 나타난 합법칙적인 것이 아니라 치유되리라는 정신 나간 희망에서 나타난 일시적이고 이기적인 것일 뿐이라는 걸 알았다. 레빈은 또한 끼찌가 이 희망을 그녀가 들은 예외적인 치유의 이야기들로 강화했으리라는 것도 알았다. 레빈은 이 모든 것을 알고 있었고, 이 애원하는 시선, 희망으로 가득 찬 시선을 보는 것도, 십자가를 힘겹게 들어올려서 팽팽한 이마와 더이상 환자가 요구하는 그 삶을 담아낼 수 없는 불거져나온 어깨와 골골거리는 텅 빈 가슴을 향해 누르는 이 깡마른 손바닥을 보는 것도 괴로울 만큼 가슴 아팠다. 성사聖事가 진행되는 동안 레빈도 기도를 했고 그가 무신론자로서 천번이나 했던 일을 했다. 그는 신을 향해 말했다. '당신이 존재한다면 이 인간이 치유되도록 해주세요(이런 일도 여러번 반복되어 나타났지요). 그러면 당신은 그와 저를 구원하는 겁니다.'

성유식 후에 환자는 갑자기 훨씬 좋아졌다. 그는 한시간 동안 한 번도 기침을 하지 않았고, 미소를 짓고 있었고, 끼찌의 손에 키스하면서 눈물을 흘리며 감사했고, 기분이 좋고 아픈 데가 없으며 식욕이 나고 힘이 난다고 말했다. 수프를 가져왔을 때 그는 심지어 혼자서 일어나 커틀릿까지 달라고 했다. 그가 아무리 가망 없고, 그를 보면 그가 회복하지 못하리라는 것이 아무리 분명해도, 레빈과 끼찌는 이 시간 동안 환자와 꼭 마찬가지로 행복하면서도 자신들이 잘못 생각한 것이 아니었으면 하고 기대해보는 소심한 흥분 상태에 있었다.

"나아졌지요?" "그래요, 훨씬." "놀라워요." "전혀 놀랄 것 없어요." "그래도 나아졌어요." 그들은 서로에게 미소를 지으며 속삭였다.

이 위안은 지속적인 것이 아니었다. 환자는 잠이 들었으나 반시간 후에 기침이 그를 깨웠다. 그리고 그의 주위에 있는 사람들에게도 그에게도 모든 희망이 사라졌다. 고통의 실재는 의심의 여지 없이, 이전의 희망에 대한 기억조차 몰아내고 레빈과 끼찌와 환자 자신 안에 있는 희망을 부수어버렸다.

그는 마치 그것을 기억하는 것만으로도 마음에 걸리는 듯 반시간 전에 믿었던 것조차 기억하지 못했고, 종이로 입구를 막고 구멍을 숭숭 뚫은 유리병에 담긴 흡입용 요오드를 달라고 요구했다. 레빈이 병을 건네자 그는 성찬식 때와 똑같은 그 열정적 희망의 시선을 이제 동생에게로 향하며 요오드 흡입이 기적을 가져온다는 의사의 말을 지지해주기를 요구했다.

"뭐야, 까쨔는 없어?" 레빈이 마지못해 의사의 말을 지지했을 때 그가 주위를 둘러보며 물었다. "그래, 그럼 내가 그녀를 위해 이 코미디를 연출했다고 말할 수 있지. 그녀는 정말 사랑스러워. 하지만 너와 나는 스스로를 속일 수 없어. 내가 믿는 건 이거야." 그는 말하고서 뼈만 남은 손으로 병을 꽉 쥐고 그 위로 숨을 들이마셨다.

저녁 여덟시에 레빈이 아내와 그들의 호텔방에서 차를 마시고 있을 때 마리야 니꼴라예브나가 숨을 헐떡거리며 달려들어왔다. 그녀는 창백했고 입술을 떨고 있었다.

"죽어가요!" 그녀가 속삭였다. "당장 바로 죽어버릴 것 같아 겁나요."

둘은 그에게로 달려갔다. 그는 일어나 팔꿈치를 침대에 괴고 긴 허리를 구부린 채 고개를 깊이 숙이고 앉아 있었다.

"어때요?" 침묵 후에 레빈이 속삭이듯 물었다.

"떠나가는 걸 느낀다." 니꼴라이가 힘겹게, 하지만 지극히 명확하게 천천히 말을 짜내 발음했다. 그는 고개를 들지 않고 눈만 위를 향했지만 동생의 얼굴에 미치지 못했다. "까쨔, 나가줘요!" 그가 다시 말했다.

레빈은 벌떡 일어나 명령조의 속삭임으로 그녀를 나가도록 했다.

"떠난다." 그가 다시 말했다.

"왜 그렇게 생각해요?" 레빈이 뭐라도 이야기하기 위해 말했다.

"내가 떠나기 때문이지." 그는 이 표현이 좋은 듯 되풀이했다. "끝이야."

마리야 니꼴라예브나가 그에게로 다가왔다.

"누우세요. 그게 편하실 거예요." 그녀가 말했다.

"곧 고요히 누울 건데." 그가 말했다. "시체로." 그는 화를 내며 조롱조로 말했다. "자, 원하면 눕혀라들."

레빈은 형을 침대에 등을 대고 눕게 하고 그 옆에 앉아서 숨죽이고 그의 얼굴을 바라보았다. 죽어가는 사람은 눈을 감고 누워 있었는데, 마치 골똘히 깊은 생각을 하는 사람처럼 그의 이마에서 어쩌다 근육이 실룩거렸다. 레빈은 형과 함께하며 지금 형에게 무슨 일이 일어나고 있는지 저도 모르게 생각하고 있었지만, 형과 함께하려고 온 힘을 다해 생각하고 있었지만, 이 평온하고 엄격한 얼굴 표정과 눈썹 위 근육의 움직임으로 보아 레빈에게는 여전히 이해되지 않는 것이 죽어가는 사람에게는 점점 더 명확해지는 것을 알았다.

"그래, 그래, 그렇군." 죽어가는 사람이 띄엄띄엄 천천히 말했다. "잠깐." 그는 다시 침묵했다. "그렇군!" 갑자기 그는 마치 모든 것이 해결된 것처럼 편안한 어조로 길게 늘여 말했다. "오, 주여!" 그는 말하고는 힘겹게 한숨을 쉬었다.

마리야 니꼴라예브나가 그의 발을 더듬어 만져보았다.

"차가워지고 있어요." 그녀가 속삭이듯 말했다.

레빈이 보기에 환자는 오랫동안, 매우 오랫동안 움직이지 않고 누워 있었다. 하지만 그는 아직 살아 있었고 가끔 한숨을 쉬었다. 레빈은 생각하느라 긴장해서 이미 지쳐버렸다. 그는 아무리 긴장해서 생각해봐도 '그렇군'이 무슨 뜻이었는지 자신이 이해할 수 없다는 것을 알았다. 그는 자신이 벌써 오래전에 죽어가는 사람으로부터 떨어진 것을 느꼈다. 그는 이미 더이상 죽음의 문제에 대해 생각할 수 없었고, 저절로 다가오는 생각은 그가 지금 당장 해야 할 일에 대한 것이었다. 눈을 감기고 옷을 입히고 관을 주문해야 했다. 그리고 이상한 일은 그가 완전히 냉정하고 비통도 상실도 느끼지 않았으며 형에 대한 동정심은 더더욱 작다는 사실이었다. 지금 형에 대한 감정이 있다면 그것은 차라리 그는 가질 수 없지만 죽어가는 사람이 지금 가지고 있는 인식에 대한 부러움이었다.

그는 끝을 기다리면서 또다시 오랫동안 형을 내려다보며 앉아 있었다. 하지만 끝은 오지 않았다. 문이 열리고 끼찌가 나타났다. 레빈은 그녀를 말리려고 일어섰다. 하지만 일어설 때 그는 죽은 사람의 움직임을 느꼈다.

"가지 마." 니꼴라이가 말하면서 손을 뻗었다. 레빈은 그에게 자기 손을 주고는 화를 내며 아내에게 밖으로 나가라고 손을 내저었다.

그는 죽어가는 사람의 손을 자기 손에 잡고 반시간, 한시간, 또다시 한시간을 앉아 있었다. 그는 이제 더이상 전혀 죽음에 대해 생각하고 있지 않았다. 그는 끼찌가 뭘 할까, 옆방에는 누가 사나,

의사에게 자기 소유의 집이 있을까 생각했다. 그는 먹고 자고 싶었다. 그는 조심스레 손을 뻗어 형의 두 발을 만져보았다. 발은 찼지만 환자는 아직 숨을 쉬고 있었다. 레빈은 발꿈치를 들고 나가려고 했는데 환자가 다시 움직이더니 말했다.

"가지 마."

....

날이 밝았다. 환자의 상태는 마찬가지였다. 레빈은 죽어가는 사람을 보지 않고 조용히 손을 빼서 자기 방으로 와서 잠이 들었다. 깨어났을 때 그는 기다리던 형의 죽음 소식 대신 환자가 예전 상태로 돌아온 것을 알았다. 그는 다시 앉아서 기침하게 되었고, 다시 먹게 되었으며, 다시 말하게 되었고, 다시 죽음에 대해 말하기를 중단했고, 다시 회복에 대한 희망을 표현하게 되었으며, 예전보다 더 신경질적이 되었고 더 침울해졌다. 동생도, 끼찌도, 아무도, 그를 진정시킬 수 없었다. 그는 모든 사람들에게 화를 냈고, 모두에게 불쾌한 말을 했으며, 자기가 아픈 것에 대해 모두를 질책했고, 모스끄바에서 유명한 의사를 데려올 것을 요구했다. 기분이 어떠냐고 묻는 모든 질문에 한결같이 분노와 질책의 표정으로 답했다.

"끔찍하게 아파. 참을 수 없이 아파!"

환자는 점점 더, 특히 이미 치료할 수 없는 욕창 때문에 고통스러워했고, 점점 더 주위의 모든 사람들에게, 모든 것에 대해, 특히 모스끄바에서 의사를 데려오지 않는 것에 대해 질책하며 화를 냈다. 끼찌는 어떻게 해서든 그를 돕고 진정시키려 했다. 하지만 모든 것이 허사였고, 레빈은 비록 그녀가 인정하지 않았지만 그녀 자신이 육체적으로나 정신적으로나 지친 것을 알았다. 니꼴라이가 동생을 불러온 그날 밤에 삶으로부터의 작별로써 모든 사람들에게 불러일으킨 그 죽음에 대한 감정은 산산이 부서졌다. 모두들 그가 피할 수 없이 곧 죽으리라는 것을, 그가 이미 반은 죽었다는 것을 알고 있었다. 모두들 그가 되도록 빨리 죽기를, 오직 그 한가지만을 기다리고 있었는데, 모두들 이를 숨기고 그에게 약병에서 약을 따라주고 약을, 의사를 찾노라 하면서 그를 속이고 자신을 속이고 서로를 속이고 있었다. 이 모든 것은 거짓이었다. 그리고 레빈은 이 거짓을 그의 성격의 특징상, 그리고 그가 죽어가는 사람을 누구보다도 사랑하기 때문에 특히 가슴 아프게 느꼈다.

오래전부터, 죽음을 앞두고라도 형들을 화해시키려는 생각에 사로잡힌 레빈은 형 세르게이 이바노비치에게 편지를 썼고, 그로부터 답장을 받아 이 편지를 환자에게 읽어주었다. 세르게이 이바노비치는 직접 올 수는 없다고 썼지만 감동적인 표현으로 동생에게 용서를 구했다.

환자는 아무 말도 하지 않았다.

"형에게 뭐라고 쓸까요?" 레빈이 물었다. "바라는 바인데, 큰형에게 화난 거 아니죠?"

"아니, 전혀!" 니꼴라이는 이 질문에 유감스럽게 대답했다. "그에게 나한테 의사를 보내라고 써라."

또 고통스러운 사흘이 지나갔다. 환자는 여전히 똑같은 상태였다. 이제는 그를 보는 사람이면 누구나 그의 죽음을 원하는 감정이 들었다. 호텔의 하인들도, 호텔 주인도, 모든 투숙객들도, 의사도, 마리야 니꼴라예브나도, 레빈도, 끼찌도. 오직 한 사람, 환자만이 이 감정을 나타내지 않았고, 오히려 의사를 데려오지 않는다고 화를 내면서 계속 약을 먹고 삶에 대해 이야기했다. 아편이 끊임없는 고통으로부터 잠시 자신을 잊게 해주는 몇 안 되는 드문 순간들에만 가끔 그는 반 수면 상태에서 다른 모든 사람들보다 그 자신의 영혼 속에 더 강하게 자리한 것을 말했다. '아, 끝이 났으면!' 또는 '이건 언제 끝날까?' 하고.

고통은 일정한 속도로 증가했고 제 일을 다해 그를 죽음에 대비시켰다. 어떤 자세를 취해도 고통스러웠고, 그가 자신을 잊을 수 있는 순간은 없었으며, 그의 육체의 모든 부분, 사지가 안 아픈 데 없이 그를 고통스럽게 했다. 이 육체의 기억, 인상, 생각조차도 지금은 그에게 육체 자체와 마찬가지로 지긋지긋했다. 다른 사람들의 모습, 그들의 말, 자기 자신의 기억들, 이 모두가 그에게는 고통스러울 뿐이었다. 주위 사람들도 그것을 느꼈고, 무의식적으로라도 그가 있는 데서 자유롭게 움직이거나 이야기하거나 희망을 나타내는 것을 스스로에게 허락하지 않았다. 그의 모든 삶은 고통과 이로부터 해방되려는 희망이라는 오직 한가지 감정으로 합류되었다.

그의 안에서 그로 하여금 죽음을 욕구의 충족으로, 행복으로 보도록 하는 전환이 일어난 것이 분명했다. 예전에는 배고픔, 피로, 갈증 같은 고통이나 결핍으로 인해 일어나는 개별 욕구들이 쾌락을 제공하는 육체 활동으로써 충족되었다. 하지만 지금은 결핍이나 고통이 충족되지 않았고 충족하려고 시도할 때마다 새로운 고통이 일어났다. 그래서 모든 욕구들은 하나로—모든 고통과 그것의 원천인 육체로부터 해방되고자 하는 욕구로 합쳐졌다. 하지만 그는 이 해방의 욕구를 표현할 말을 몰랐고, 그래서 이것에 대해서는 말하지 않고 습관대로 더이상 충족될 수 없는 그 욕구들의 충족만을 요구했던 것이다. "나를 다른 쪽으로 눕혀줘." 그는 이렇게 말하자마자 곧바로 방금 전처럼 눕혀달라고 요구했다. "커틀릿을 줘.

커틀릿을 치워줘. 뭔가를 말해, 왜 말들을 안 해." 그래서 말을 시작하면 그는 눈을 감고 피로와 무관심과 혐오를 나타냈다.

이 도시로 온 지 열흘째 되는 날 끼찌는 병이 났다. 머리가 아프고 구역질이 나서 그녀는 아침 내내 침대에서 일어나지 못했다.

의사는 피로와 흥분으로 인해 병이 났다고 설명하고 그녀에게 정신적 안정을 취할 것을 처방했다.

그러나 끼찌는 식사 후에 일어나서 여느 때처럼 일감을 가지고 환자에게로 갔다. 그녀가 들어왔을 때 그는 그녀를 엄격하게 바라보았고 그녀가 병이 났었다고 말하자 경멸조로 씩 웃었다. 이날 그는 끊임없이 코를 풀었고 애처롭게 신음을 했다.

"기분이 어떠세요?" 그녀가 그에게 물었다.

"더 나빠요." 그가 힘겹게 말했다. "아파요!"

"어디가 아프세요?"

"온 데가요."

"오늘 끝날 거예요. 보세요." 마리야 니꼴라예브나가, 비록 속삭이기는 했지만 레빈이 눈치챈 대로 귀가 매우 예민한 환자가 틀림없이 들었을 정도의 소리로 말했다. 레빈은 그녀에게 쉿, 조용히 하라고 말하고 환자를 바라보았다. 그 말은 니꼴라이에게 들렸다. 하지만 그 말은 그에게 아무런 인상을 남기지 않았다. 그의 시선은 여전히 질책하는 듯했고 긴장되어 있었다.

"왜 그렇게 생각해요?" 그녀가 그를 따라 복도로 나왔을 때 레빈이 물었다.

"자기를 잡아당기기 시작했어요." 마리야 니꼴라예브나가 말했다.

"어떻게 잡아당기나요?"

“이렇게요.” 그녀가 자기의 모직 원피스의 옷단을 잡아당기면서 말했다. 실제로 그는 환자가 이날 하루 종일 마치 뭔가를 잡아당겨 벗기고 싶은 듯 자기 몸을 꼭 움켜쥐는 것을 눈치챘다.

마리야 니꼴라예브나의 예언은 맞았다. 밤이 다가오자 환자는 이미 손을 들 힘이 없었고, 골똘히 집중한 시선의 변함없는 표정으로 그저 앞만 보고 있었다. 그가 볼 수 있도록 하기 위해 동생이나 끼찌가 그의 위로 몸을 굽힐 때조차 그는 그냥 그대로 앞만 보고 있었다. 끼찌는 임종 기도를 위해 사제를 부르러 사람을 보냈다.

사제가 임종 기도를 하는 동안 죽어가는 사람은 아무런 삶의 징후도 보이지 않았다. 두 눈은 감겨 있었다. 레빈, 끼찌, 마리야 니꼴라예브나가 침대 곁에 서 있었다. 사제가 임종 기도를 다 끝마치기 전에 죽어가는 사람이 몸을 길게 늘이면서 한숨을 쉬고 두 눈을 떴다. 사제는 기도를 마치고 차가운 이마에 십자가를 댄 다음 천천히 영대로 감싸고는 이분간 말없이 서 있더니 차가워진 핏기 없는 커다란 손을 건드렸다.

“임종하셨습니다.” 사제는 말하고 나가려 했다. 하지만 갑자기 죽은 이의 붙었던 입술이 움직였고, 가슴 깊은 곳에서 우러나는 확실히 또렷한 목소리가 고요 속에서 들렸다.

“완전히는 아니고…… 곧.”

그리고 일분 후에 그의 얼굴이 밝아졌고, 수염 아래로 미소가 나타났다. 모인 여자들은 주의 깊게 고인을 입관하는 일에 임했다.

형의 모습과 닥친 죽음은 레빈의 마음속에 형이 찾아왔던 그 가을 저녁에 그를 사로잡았던 죽음의 불가해성과 함께 죽음의 근접성과 불가피성에 대한 공포의 감정을 다시 불러일으켰다. 지금 이 감정은 예전보다 더 강했는데, 그는 죽음의 의미를 이해할 능력이 예전보다도 더 줄어든 것을 느꼈다. 하지만 지금은 아내가 가까이 있는 덕분에 이 감정이 그를 절망으로 이끌지 않았다. 그는 죽음에도 불구하고 살고 사랑해야만 하는 것을 느꼈다. 그는 사랑이 그를 절망에서 구한 것과, 이 사랑이 절망의 위협 앞에서 더욱 강해지고 순수해지는 것을 느꼈다.

풀 수 없는 수수께끼로 남은 죽음이라는 비밀 하나가 그의 눈앞에서 채 다 이루어지기도 전에, 똑같은 수수께끼인 사랑과 삶을 불러일으키는 다른 비밀이 생겨났다.

의사는 끼찌에 대한 자신의 예상이 맞았다고 확인조로 말했다. 그녀가 건강하지 않은 것은 임신 때문이었다.

21

알렉세이 알렉산드로비치는 벳시와 스쩨빤 아르까지치와의 논의 결과 자신의 존재로써 아내를 어렵게 하지 말고 그녀를 편안하게 두는 것만이 그에게 요구되고 있다는 것, 그리고 아내 자신도 그것을 원한다는 것을 이해한 그 순간부터 너무나도 어찌할 바를 몰라 스스로 아무것도 결정할 수 없었고, 자신이 지금 무엇을 원하는지 스스로도 몰랐고, 그에게 벌어진 일에 그렇게도 만족스럽게 몰두하는 사람들의 손아귀에 자신을 내맡기고 모든 것에 동의로써 답했다. 안나가 이미 그의 집에서 떠나고 영국 여자가 식사를 그와 함께 해야 하는지 아니면 따로 해야 하는지 물으러 사람을 보내왔을 때 그는 처음으로 명확하게 자신의 상황을 깨닫고 경악했다.

이 상황에서 무엇보다도 어려운 점은 그가 자신의 과거와 현재의 상태를 어떻게도 연결하거나 화해시킬 수 없다는 사실이었다. 그를 당황하게 한 것은 그가 아내와 행복하게 살았던 그 과거가 아니었다. 그 과거에서 아내의 부정에 대한 인식으로의 이행을 그는 이미 고통스럽게 겪었다. 이 상태는 어려웠지만 그가 이해할 수 있는 것이었다. 만약 아내가 그때 자기의 부정에 대해 밝히고 그로부터 떠나갔다면 그는 화가 나고 불행했겠지만 지금 느끼는 것과 같은 그런, 스스로에게 출구가 없는 이해 불가능한 상황에 처하지는 않았을 것이다. 지금 그는 얼마 전의 그의 용서, 그의 감동, 아픈 아내와 타인의 자식에 대한 사랑을 지금의 현실, 즉 그 모든 것에 대한 보상인 듯 모욕당하고 조롱당하며 아무에게도 소용이 없이 모두에게서 경멸당하는 고독한 존재가 되어 있는 지금의 현실과 전혀 화해시킬 수 없었다.

아내가 떠나고 첫 이틀 동안 알렉세이 알렉산드로비치는 청원인들과 사무관을 접견하고, 위원회에 나가고, 평소처럼 식당으로 식사를 하러 나왔다. 무엇 때문에 그런 일을 하는지 스스로도 이해하지 못한 채 그는 이 이틀 동안 모든 정신력을 평온한 모습과 심지어 무관심한 태도를 유지하는 데만 쏟았다. 안나 아르까지예브나의 물건들과 방을 어떻게 조치할 것인가에 대한 질문들에 답하면서, 그 사람에게 일어난 사건이 예상하지 못한 것이 아니고 그 사건 속에 의례적인 사건들의 대열에서 벗어나는 것은 아무것도 없다고 생각하는 그런 사람의 모습을 유지하느라고 그는 혼신의 힘을 다했고, 자신의 목표를 달성했다. 아무도 그의 내면에 있는 절망의 징후를 알아챌 수 없었던 것이다. 하지만 아내가 떠난 지 이틀째 되는 날 꼬르네이가 그에게 안나가 지불하기를 잊어버린 옷가게의 계산서를 주면서 점원이 여기 와 있다고 알렸을 때 알렉세이 알렉산드로비치는 점원을 불러오라고 했다.

"각하, 감히 번거롭게 해드려서 죄송합니다. 하지만 부인께 직접 청하라고 하신다면 주소를 알려주실 수 있으시겠습니까."

알렉세이 알렉산드로비치는 점원이 보기에 생각에 잠겨 있었는데, 갑자기 몸을 돌리더니 책상에 앉았다. 그는 두 손에 머리를 대고 그 자세로 오랫동안 앉아 있었는데, 몇번이나 무슨 말인가를 하려다가 멈추었다.

주인의 감정을 이해하고 꼬르네이는 점원에게 다음에 다시 오라고 했다. 다시 홀로 남은 알렉세이 알렉산드로비치는 자신이 더 이상 확고하고 평온한 역할을 견지해낼 힘이 없다는 것을 알았다. 그는 대기하고 있던 마차의 말을 풀라고 하고 아무도 들이지 말 것을 명하고는 식사를 하러 나오지 않았다.

그는 이 점원과 꼬르네이, 그리고 이 이틀 동안 그가 마주친 모든 사람의 얼굴에서 예외 없이 명확하게 본 그 경멸과 잔인함의 전방위적인 맹공격을 자신이 견뎌내지 못하리라는 것을 느꼈다. 그는 이 증오가 그가 나빠서 생겨난 것이 아니라(그렇다면 그는 좋아지려고 노력할 수 있을 것이다) 그가 수치스럽고 혐오스럽게 불행해서 생겨난 것이기 때문에 자기에게서 사람들의 증오를 떼어낼 수 없다는 것을 느꼈다. 그는 이 때문에, 바로 그의 심장이 찢어져 있기 때문에 그들이 자신에게 잔혹하리라는 것을 알았다. 그는 마치 개들이 찢어져 아파하며 비명을 지르는 개를 질식시키듯이 사람들이 자신을 파멸시키리라는 것을 느꼈다. 그는 사람들로부터의 유일한 구원이 그들에게 자신의 상처를 감추는 것이라는 것을 알고 있었고 이 일을 하려고 이틀 동안 시도했지만, 이제는 이미 이 불평등한 전쟁을 지속할 힘이 없다는 것을 느꼈다.

그의 절망은 그가 자신의 비통과 함께 완전히 고독하다는 인식 때문에 더욱 강해졌다. 뻬쩨르부르그만이 아니라 세상 어디에도 자신이 겪은 것을 터놓고 말할 수 있는 사람, 높은 관리나 사교계의 일원이 아니라 그냥 고통을 당하는 인간으로서의 그를 동정해 줄 만한 사람이 그에게는 단 한명도 없었다.

알렉세이 알렉산드로비치는 고아로 자랐다. 형제는 그와 형 둘뿐이었다. 그들은 아버지를 기억하지 못했고, 어머니는 알렉세이 알렉산드로비치가 열살 때 죽었다. 재산은 적었다. 고위 관리였고 한동안 죽은 여제의 정부였던 삼촌 까레닌이 그들을 교육했다.

고등학교와 대학교 과정을 우등 메달을 받으며 마친 후 알렉세이 알렉산드로비치는 곧 삼촌의 도움으로 전도유망한 관직의 길로 들어섰고, 그때부터 오직 직무상의 명예에만 헌신했다. 고등학교 시절에도 대학교 시절에도 그후 관직 시절에도 알렉세이 알렉산드로비치는 어느 누구와도 우정 관계를 맺지 않았다. 형이 그의 마음에 가장 가까운 사람이었는데, 그는 외무부에서 근무해서 항상 외국에 살았고 알렉세이 알렉산드로비치가 결혼한 후 곧 외국에서 죽었다.

그가 주지사였던 시절, 주의 부유한 귀부인이던 안나의 숙모가 이미 나이 젊지 않지만 주지사로서는 젊은 그를 조카딸에게 중매했고, 고백하거나 아니면 도시를 떠나야만 하는 지경에 이르도록 그를 몰아세웠다. 알렉세이 알렉산드로비치는 오랫동안 망설였다. 이 한걸음을 내딛기 위해서 얼마나 많은 근거들이 있었는지, 또 반대의 근거들은 얼마나 많았는지. 더구나 그로 하여금 자기의 원칙, 즉 회의하는 것은 보류한다는 원칙을 위배하게 할 결정적인 계기가 없었다. 하지만 안나의 숙모는 지인을 통해 그에게 그가 이미 처녀의 평판을 훼손했으니 명예의 의무에 따라 어쩔 수 없이 청혼을 해야 한다고 암시했다. 그는 청혼을 했고, 약혼녀, 그리고 결혼하며 아내가 된 안나에게 그에게서 우러날 수 있는 감정 전부를 바쳤다.

그가 안나를 향해 가졌던 애착은 그의 마음속에서 사람들과 마음으로 관계 맺으려는 마지막 필요성을 제거했다. 그래서 지금 그가 아는 모든 사람들 중에서 가까운 사람은 아무도 없었다. 소위 인맥이라 할 관계들은 많았지만 우정 관계는 없었다. 알렉세이 알렉산드로비치에게는 식사에 초대할 수 있는 사람들, 그가 흥미를 느끼는 일에 참가해달라고 부탁하거나 청원인을 잘 봐달라고 부탁할 수 있는 사람들, 다른 인물들이나 고위 행정관들의 행동에 대해 솔직하게 비판할 수 있는 사람들은 많았다. 하지만 이런 인물들과의 관계는 관례와 습관에 의해서 확고하게 정해진 범위에만 제한되어 있어서 그 바깥으로 나가는 것은 불가능했다. 나중에 가까워져서 개인적 고민을 이야기할 수 있을 만한 대학 동창이 한 사람 있긴 했는데, 그 친구는 멀리 있는 학군의 감독관이었다. 뻬쩨르부르그에 있는 인물들 중에서 다른 누구보다 가깝고 가능하게 여겨지는 사람은 사무관과 의사였다.

사무관 미하일 바실리예비치 슬류진은 평범하고 현명하고 선량하고 도덕적인 사람이었고, 알렉세이 알렉산드로비치는 그가 자기에 대해 호감을 가지고 있는 것을 느꼈다. 하지만 그들이 함께한 오년간의 공무가 그들 사이의 심정적 고백에 장애물을 세웠다.

알렉세이 알렉산드로비치는 서류에 서명을 하고 나서 오랫동안 말없이 미하일 바실리예비치를 쳐다보면서 몇차례 말을 꺼내려고 시도했으나 결국 입을 열지 못했다. 그는 이미 '내 비참함에 대해

들었지요?'라는 문구까지 준비했었다. 하지만 항상 그랬듯이 "그럼 이걸 내게 준비해줘요"라고 말하는 걸로 끝내고 그를 내보냈다.

역시 그에 대해 호감을 가진 또 한 사람은 의사였다. 하지만 둘 사이에는 이미 오래전부터 둘 다 일이 많은 사람들이니 서둘러야 한다는 것이 묵계로 되어 있었다.

알렉세이 알렉산드로비치는 여자 친구들과 그중 으뜸인 리지야 이바노브나 백작부인에 대해서는 생각하지 않았다. 모든 여자들은 그저 여자라는 것만으로 무서웠고 반감이 들었다.

22

알렉세이 알렉산드로비치는 리지야 이바노브나 백작부인에 대해서 잊었지만, 그녀는 그를 잊지 않았다. 그녀는 고독한 절망에 빠져 가장 어려운 이 순간에 그를 찾아와서 미리 알리지도 않고 그의 서재로 들어왔고, 두 손에 머리를 대고 앉아 있는 자세의 그를 발견했다.

"*제가 지시를 어기고 밀고 들어왔지요.*[22]" 그녀는 빠른 발걸음으로 들어와서 흥분과 빠른 동작으로 인해 힘겹게 숨을 쉬면서 말했다. "전 다 들었어요! 알렉세이 알렉산드로비치! 내 벗!" 그녀는 두 손으로 그의 손을 쥐고 아름답고 사려 깊은 눈으로 그의 눈을 들여다보면서 말을 이었다.

알렉세이 알렉산드로비치는 얼굴을 찌푸리며 반쯤 일어나 그녀

22 J'ai forcé la consigne(프랑스어).

에게서 손을 빼고 그녀에게 의자를 밀어주었다.

"앉으시겠어요, 백작부인? 전 병이 나서 손님을 맞지 않습니다, 백작부인." 그는 말했고, 그의 입술이 떨리기 시작했다.

"여봐요, 내 벗!" 리지야 이바노브나 백작부인은 그에게서 눈을 떼지 않고 되풀이했다. 그러더니 갑자기 그녀의 두 눈썹 안쪽 끝이 올라가며 이마에 세모꼴이 생겨났다. 그녀의 추한 누런 얼굴은 더욱 추해졌다. 하지만 알렉세이 알렉산드로비치는 그녀가 그를 동정하며 울음이 터질 태세인 것을 느꼈다. 그에게 감동이 밀려왔다. 그는 그녀의 통통한 손을 쥐고 입을 맞추었다.

"내 벗!" 그녀는 흥분 때문에 끊어지는 목소리로 말했다. "고통에 몸을 맡겨서는 안 돼요. 당신의 고통은 크지만, 당신은 위안을 찾아야 해요."

"저는 박살이 났고 파괴되었어요. 저는 더이상 인간이 아니에요!" 알렉세이 알렉산드로비치는 그녀의 손을 놓았지만, 그녀의 눈물 가득한 두 눈을 바라보면서 말했다. "제 상황은 어디서도, 바로 저 자신 안에서도 의지처를 발견할 수 없어서 더욱 끔찍합니다."

"당신은 의지처를 찾게 될 거예요. 그것을 제 안에서 찾지는 마세요. 비록 제 우정을 믿으라고 당신께 부탁드리지만요." 그녀는 한숨을 쉬면서 말했다. "당신의 의지처는 사랑, 하느님이 우리에게 물려주신 사랑이지요. 그의 짐은 가볍지요[23]." 그녀는 알렉세이 알렉산드로비치가 잘 아는 그 열광적인 눈빛으로 말했다. "그는 당신을 지지하시고 도와주실 겁니다."

이 말 속에는 그녀 자신의 고상한 감정에 대한 감동과 알렉세이

23 마태복음 11:30 "이는 내 멍에는 쉽고 내 짐은 가벼움이라 하시니라"를 참조할 수 있다.

알렉산드로비치에게는 쓸데없이 여겨지는 새롭고 열광적인, 얼마 전부터 뻬쩨르부르그에 널리 퍼진 신비적 경향이 있었음에도 불구하고, 알렉세이 알렉산드로비치는 지금 이 말을 듣는 것이 기분 좋았다.

"저는 약합니다. 저는 궁지에 빠졌어요. 저는 아무것도 예견하지 못했고, 지금 아무것도 이해하지 못합니다."

"내 벗." 리지야 이바노브나가 되풀이했다.

"지금은 없는 것의 상실을, 그것을……" 알렉세이 알렉산드로비치가 계속했다. "애석해하는 게 아닙니다. 하지만 저는 사람들 앞에서 제가 처한 상황을 수치스럽게 생각하지 않을 수 없습니다. 이건 나쁘지요. 하지만 전 그러지 않을 수 없어요. 그러지 않을 수 없어요."

"제가, 그리고 모든 이들이 감탄한 그 고상한 행동, 용서는 당신이 아니라 당신 심장 속에 계시는 그가 행하신 것이지요." 리지야 이바노브나 백작부인이 열광적으로 두 눈을 위로 향하며 말했다. "그러니까 당신은 당신이 행한 것을 부끄러워할 수 없습니다."

알렉세이 알렉산드로비치는 얼굴을 찌푸렸고, 손을 구부려서 손가락들로 우두둑 소리를 내기 시작했다.

"모든 구체적인 것들을 알아야 합니다." 그가 가느다란 목소리로 말했다. "인간의 힘에는 한계가 있습니다, 백작부인. 그리고 저는 제 힘의 한계를 발견했지요. 오늘 하루 종일 저는 저의 새로운, 고독한 처지에서 결과한(그는 결과한이라는 단어에 강세를 주었다) 일들을, 집안일을 처리해야만 했지요. 하인, 가정교사, 계산서……이 하찮은 불들이 저를 다 태웠어요. 저는 이제 더 견딜 힘이 없습니다. 식사 중에…… 저는 어제 식사하다가 거의 나갈 뻔했어요. 저는 제 아들이 저를 보는 것을 견딜 수 없었습니다. 아들은 이 모든 것의 의미를 묻지는 않았지만 묻고 싶어했어요. 그리고 전 그 시선을 견딜 수 없었지요. 아들은 저를 보기를 겁냈어요. 하지만 이건 약과지요……"

알렉세이 알렉산드로비치는 자신이 받은 계산서에 대해 언급하고 싶었지만, 그의 목소리가 떨리기 시작했고 그는 멈추었다. 푸른 종이 위에 적힌 모자, 리본 들의 계산서를 그는 자신에 대한 연민 없이 기억할 수 없었다.

"이해해요, 내 벗." 리지야 이바노브나 백작부인이 말했다. "전 다 이해해요. 도움과 위안을 제 안에서 찾게 되지는 않으실 테지만 그래도 전 어쨌든 제가 할 수 있다면 오직 당신을 돕기 위해서만 왔어요. 만약 제가 당신에게서 이 모든 사소한 인격모독적 근심거리들을 가져올 수만 있다면…… 전 여자의 말, 여자의 일처리가 필요하다는 걸 알아요. 제게 맡기시겠어요?"

알렉세이 알렉산드로비치는 말없이 감사하며 그녀의 손을 쥐었다.

"우리 둘이 함께 세료자를 돌보기로 해요. 전 실제적인 일들은 잘 못해요. 하지만 제가 맡을게요. 제가 집안 살림을 맡을게요. 제게 감사하지 마세요. 이걸 하는 건 제가 아니고……"

"하지만 저는 감사하지 않을 수 없어요."

"하지만, 내 벗, 당신이 말한 그 감정에 자신을 내맡기지 마세요. 기독교인에게 가장 높은 것을 부끄러워하지 마세요. **스스로 자신을 모욕하는 자, 그는 고양되리라.**[24] 그리고 당신은 제게 감사하면 안 돼요.

---

24 누가복음 14:11 "무릇 자기를 높이는 자는 낮아지고 자기를 낮추는 자는 높아지리라"를 참조할 수 있다.

하느님에게 감사하고 그에게 도움을 청해야 해요. 오직 그 안에서 만 평안, 위안, 구원, 사랑을 찾을 거예요." 말하고 나서 그녀는 두 눈을 하늘로 향하고 기도하기 시작했다. 알렉세이 알렉산드로비치는 그녀가 침묵하는 데에서 그것을 알았다.

알렉세이 알렉산드로비치는 지금 그녀의 말을 귀 기울여 듣고 있었는데, 예전에는 그에게 불쾌하게까지는 아니더라도 쓸데없어 보였던 그 표현들이 지금은 자연스럽고 위안이 되었다. 알렉세이 알렉산드로비치는 이 새로운 열광적 경향을 좋아하지 않았다. 그는 종교에 대해서는 주로 정치적인 의미에서 관심을 가진 종교인이었고, 바로 그 교리가 논쟁과 분석에 문을 열어주었기 때문에 새로운 이해를 허용하는 새로운 교리는 원칙적으로 그에게 불쾌했다. 그는 예전에는 이 새로운 교리에 대해서 냉정했고 심지어 적대적이었으며, 이 교리에 마음을 빼앗긴 리지야 이바노브나 백작부인과는 애써 침묵하여 그녀의 동참 권고를 피하면서 논쟁하지 않았다. 그러나 지금 처음으로 그는 그녀의 말을 만족스럽게 들으면서 심적으로 그 말에 반박하지 않았다.

"당신이 해주신 일과 말에 대해 심심한 감사를 드립니다." 그녀가 기도를 끝마쳤을 때 그가 말했다.

리지야 이바노브나 백작부인은 자기 친구의 두 손을 다시 한번 쥐었다.

"이제 일에 착수할게요." 그녀는 잠시 침묵했다가 얼굴에서 눈물 자국을 지우고 나서 미소를 띠며 말했다. "세료자에게로 갈게요. 아주 극한 상황이 생기는 경우에만 당신에게 말할게요." 그리고 그녀는 일어나서 나갔다.

리지야 이바노브나 백작부인은 세료자의 방으로 가서 경악한 소년을 눈물로 적시면서 그의 아버지는 성자이시고 그의 어머니는 죽었다고 말했다.

리지야 이바노브나 백작부인은 자기의 약속을 지켰다. 그녀는 실제로 알렉세이 알렉산드로비치의 집안 살림을 꾸리고 관리하는 데 있어서 모든 걱정거리들을 떠맡았다. 하지만 그녀가 실제적인 일을 잘 못한다고 말한 것은 과장이 아니었다. 그녀의 모든 조처들은 실행 불가능했기 때문에 변경해야 했으며, 그것은 알렉세이 알렉산드로비치의 하인 꼬르네이에 의해서 변경되었다. 그는 이제 모든 사람들의 눈에 띄지 않게 까레닌의 집 전체를 관리했으며, 주인에게 옷을 입히는 동안 필요한 것들을 조심스럽게 말했다. 하지만 리지야 이바노브나의 도움도 여전히 매우 효력이 있었다. 그녀는 알렉세이 알렉산드로비치에게 그에 대한 그녀의 사랑과 존경을 의식하게 함으로써, 특히 그녀가 그를 기독교로 거의 개종시킴으로써, 그녀는 이 생각만 하면 정말 위로가 되었는데, 즉 무관심하고 게으른 신앙인이었던 그를 최근 뻬쩨르부르그에 퍼진 새로운 기독교 교리 해석의 열렬하고 확고한 지지자로 만듦으로써 정신적 지주를 제공했던 것이다. 알렉세이 알렉산드로비치는 그 해석에 쉽사리 확신을 가졌다. 리지야 이바노브나와 그녀와 견해를 같이하는 다른 사람들과 꼭 마찬가지로 알렉세이 알렉산드로비치에게도 완전히 결여되어 있는 것은 저 상상의 심도, 상상으로 인해 일어난 생각들이 다른 생각들이나 현실과 조화를 이루도록 현실적으로 만드는 정신적 능력이었다. 무신앙자에게는 존재하는 죽음이 완전한 신앙을 가지고 있는—이에 대한 판단은 그 자신이 하는데—그 자신에게는 존재하지 않는다는 생각, 그의 영혼 속에는 죄가 없다는 생각, 그리고 그가 이 지상에서 이미 완전한 구원을 체험하고 있다는 생각, 이런 생각들 속에서 그는 아무런 불가능하고 모순되는 점을 보지 못했다.

알렉세이 알렉산드로비치에게 자신의 신앙에 대한 이런 생각의 경박함이나 오류가 어렴풋하게 느껴진 것은 사실이었고, 그는 자신의 용서가 높은 힘의 행위라고 전혀 생각하지 않고 그 직접적인 감정에 자신을 맡겼을 때, 그가 지금처럼 매 순간 그의 영혼 속에 그리스도가 살고 있고 서류에 서명하면서 그리스도의 의지를 행한다고 생각할 때보다 더 큰 행복을 느꼈다는 것을 알고 있었다. 하지만 알렉세이 알렉산드로비치에게는 이렇게 생각하는 것이 절실히 필요했고, 그의 모욕적인 처지에서는 그것이 비록 꾸며낸 고지高地일지라도 모든 사람들에게서 경멸당하는 그가 그곳에서 다른 사람들을 경멸할 수 있는 그런 고지가 정말로 절실하게 필요했기에, 그는 구원으로서, 그의 거짓된 구원으로서 그것을 붙들고 있었다.

23

리지야 이바노브나 백작부인은 아주 어린 나이의 열광적인 처녀로서 부자이고 이름 높고 아주 선량하고 방탕하며 유쾌하고 익살스러운 남자와 결혼을 했다. 두달째에 접어들자 남편은 그녀를 버렸고 그녀가 열광적으로 표현한 사랑의 말들에 조롱과 심지어 적대감으로만 답했다. 백작의 선량한 심장도 알고 있고 열광적인 리지야에게서도 아무런 결점을 보지 못했던 사람들은 이 적대감을 아무래도 이해할 수 없었다. 그때부터 그들은 이혼을 하지는 않았지만 별거했고 남편은 아내를 볼 때마다 항상 변함없이 독기 어린 조롱으로 대했는데, 그 이유는 알 수 없었다.

리지야 이바노브나 백작부인은 오래전부터 이미 남편에게 사랑을 느끼지 않았지만, 그때부터 줄곧 중단 없이 그 누구에게라도 사랑을 느껴왔다. 그녀는 갑자기 몇몇 사람들에게, 남자들에게도 여자들에게도 사랑을 느끼곤 했다. 그녀는 뭔가로 뛰어난 거의 모든 사람들에게 사랑을 느꼈다. 그녀는 황제와 친척관계에 있는 모든 공주와 왕자 들에게 사랑을 느꼈고, 한 주교에게, 한 부주교에게, 한 사제에게 사랑을 느꼈다. 그녀는 한 저널리스트에게, 세 슬라브인에게, 꼬미사로프[25]에게, 한 장관에게, 한 의사에게, 한 영국 선교사에게, 그리고 까레닌에게 사랑을 느꼈다. 이 모든 사랑은 약해지기도 했고 강해지기도 했지만, 궁정과 사교계에서 매우 발이 넓고 복잡한 관계들을 가지는 것을 방해한 적은 없었다. 하지만 까레닌에게 불행이 덮친 이후 그녀가 그를 자신의 특별 보호하에 두었을 때부터, 그녀가 그의 행복을 염려하면서 까레닌의 집에서 애썼을 때부터, 그녀는 다른 모든 사랑은 진정한 것이 아니었고 지금 진정으로 까레닌 한 사람만을 사랑한다고 느꼈다. 그녀에게는 지금 그에게 느끼는 감정이 이전의 모든 감정들보다 강한 것으로 여겨졌다. 자신의 감정을 분석하고 그것을 예전의 감정들과 비교해보며 그녀는 꼬미사로프가 황제의 목숨을 구하지 않았더라면 그에게 사랑을 느끼지 않았을 것이고, 슬라브 문제가 없었다면 리스띠치-꾸드지쯔끼에게 사랑을 느끼지 않았을 것이지만, 까레닌은 그 인간

25 알렉산드르 2세를 암살 기도에서 구한 오시쁘 꼬미사로프(1838~92)를 말한다.

자체 때문에, 그의 고상하고 이해 불가능한 영혼 때문에, 그의 피곤한 시선 때문에, 그의 성격과 힘줄이 불거진 약하고 하얀 손 때문에 사랑한다는 것을 확실히 알았다. 그녀는 그와 만나는 것을 기뻐했을 뿐만 아니라 자신이 그에게 불러일으킨 인상의 징후들을 그의 얼굴에서 찾아보았다. 그녀는 말로써만이 아니라 그녀의 인격 전부로써 그의 마음에 들기를 원했다. 요즈음 그녀는 그를 위해 자신의 의상에 이전 어느 때보다도 공을 들였다. 그녀는 자신이 결혼하지 않았고 그가 자유로운 몸이라면 어떨까 하고 공상해보았다. 그녀는 그가 방으로 들어오면 흥분으로 얼굴이 붉어졌고, 그가 그녀에게 좋은 말을 하면 환희의 미소를 억제할 수 없었다.

벌써 며칠 동안 리지야 이바노브나 백작부인은 강한 흥분 상태에 있었다. 그녀는 안나와 브론스끼가 뻬쩨르부르그에 있는 것을 알게 되었다. 알렉세이 알렉산드로비치가 안나를 만나지 않도록 그를 구원해야 했고, 심지어 그 끔찍한 여자와 같은 도시에 있는 그 자신이 어느 순간에든 그녀를 만날 수 있다는 괴로운 생각에서도 그를 구원해야 했다.

리지야 이바노브나는 지인들을 통해 그녀가 안나와 브론스끼를 부르는 대로 이 혐오스러운 사람들이 무엇을 하려고 하는지 알아냈고, 그동안 자기 친구의 모든 움직임을 지휘하여 그들을 만나지 못하도록 하려고 애썼다. 리지야 이바노브나 백작부인에게 정보를 주고 그녀를 통해 이권을 얻기를 희망하는 브론스끼의 친구인 젊은 부관은 그녀에게 그들이 볼일을 다 보았고 다음 날 떠난다고 말했다. 리지야 이바노브나는 이제 안심하기 시작했다. 그런데 다음 날 아침 쪽지를 받았다. 그녀는 그 필적을 알아보고 경악했다. 그것은 안나 까레니나의 필적이었다. 봉투는 판자처럼 두꺼운 종이로 되어 있었다. 기름한 누런 종이 위에 커다란 머리글자가 적혀 있었고, 편지에서는 향기로운 냄새가 났다.

"누가 가져왔지?"

"호텔에서 온 심부름꾼입니다."

오랫동안 리지야 이바노브나 백작부인은 편지를 읽기 위해 의자에 앉을 수 없었다. 흥분 때문에 그녀의 지병인 호흡곤란 발작이 일어났다. 진정한 뒤에 그녀는 프랑스어로 된 다음과 같은 편지를 읽었다.

백작부인[26], 당신의 심장을 가득 채우고 있는 기독교적 감정들이 당신에게 편지를 쓰는, 제가 느끼기에 용서 못 할 용기를 제게 줍니다. 저는 아들과 이별해서 불행합니다. 제가 떠나기 전에 그애를 한번만 보도록 허락하여주십시오. 제가 당신에게 저를 기억하게 하는 것을 용서하세요. 제가 알렉세이 알렉산드로비치가 아니라 당신에게 향하는 것은 그 관대한 인간으로 하여금 저에 대한 기억으로 고통받게 하고 싶지 않다는 오직 그 이유 때문입니다. 그를 향한 당신의 우정으로 보건대 당신은 저를 이해하실 것입니다. 세료자를 제게 보내주시겠습니까? 아니면 정해진 시간에 제가 집으로 갈까요? 그것도 아니면 언제 집 밖의 어디에서 만날 수 있는지 알려주시겠어요? 이것을 해주실 수 있는 이의 관대함을 알기에 거절하시리라고 예상하지 않습니다. 당신은 제가 얼마나 그애를 보고 싶어하는지 상상하실 수 없을 것이고, 그래서 당신이 제 안에 일깨우실 감사함도 상상하실 수 없을 것입니다.

안나

26 Madame la Comtesse(프랑스어).

이 편지의 모든 것이 리지야 이바노브나 백작부인의 신경을 자극했다. 내용도, 관대함에 대한 암시도, 특히 그녀가 보기에 그 지나치게 비위 좋은 어조가 그랬다.

"답변은 없을 거라고 해." 리지야 이바노브나 백작부인은 말하고 나서 당장 압지첩을 열고 알렉세이 알렉산드로비치에게 궁정 축하 행사에서 열두시 지나서 만나기를 희망한다고 썼다.

"중요하고 우울한 문제에 대해서 당신과 이야기해야 합니다. 그곳에서 어디서 만날지를 정하기로 해요. 가장 적당한 장소는 제가 당신의 차를 준비시킬 제 집입니다. 꼭 필요합니다. 그는 십자가를 지우시지만 힘도 주시지요." 그녀는 그를 조금이나마 준비시키기 위해서 그렇게 덧붙였다.

리지야 이바노브나 백작부인은 보통 하루에 두세번 알렉세이 알렉산드로비치에게 쪽지를 써보냈다. 그녀는 그와 가지는 이런 소통 과정을 좋아했는데, 그것은 그녀의 개인적 관계에 결여되어 있는 우아함과 비밀스러움 때문이었다.

24

축하 행사가 끝났다. 행사장을 떠나던 사람들은 서로 만나서 최신 소식들과 새로 수여된 훈장이나 중요한 관리들의 새로운 보직에 대해 이야기를 나누었다.

"마리야 보리소브나 백작부인에게 국방부를 맡기고 바뜨꼽스까야 공작부인에게 연대장을 맡기는 게 어떨까요?" 수놓은 금색 제복을 입은 백발의 작은 노인이 보직의 변경 사항에 대해 묻는 키가 크고 아름다운 궁정 시녀를 향해 말했다.

"저는 부관이 될래요." 궁정 시녀가 미소를 띠고 대답했다.

"당신은 벌써 임명되었어요. 종교부로요. 그리고 보좌관으로는 까레닌을 임명했고요."

"안녕하시오, 공작!" 노인이 다가온 사람에게 악수를 하면서 말했다.

"까레닌에 대해 뭐라고 하셨나요?" 공작이 물었다.

"그와 뿌쨔또프가 알렉산드르 넵스끼 훈장[27]을 받았어요."

"그는 벌써 받았다고 생각했는데요."

"아뇨. 그를 좀 보세요." 작은 노인이 수놓은 모자로 법제심의회의 영향력 있는 위원 한 사람과 함께 홀의 문가에 멈춰서 있는, 궁정 제복을 입고 새로운 빨간 휘장을 어깨에 두른 까레닌을 가리키며 말했다. "새 동전처럼 행복해하고 만족스러워하는군요." 그는 운동선수 같은 체격의 잘생긴 궁정 시종과 악수하려고 멈춰서면서 덧붙였다.

"아니요, 그는 정말 늙었네요." 궁정 시종이 말했다.

"걱정이 많아서지요. 그는 최근 내내 계획안을 쓰고 있어요. 그는 지금 저 운 없는 사람을 놓아주지 않을 거예요. 모든 걸 조목조목 다 말할 때까지 말이지요."

"뭐가 늙었어요? 그는 *여자들을 정복한다니까요*[28]. 전 리지야 이바노브나 백작부인이 그의 아내를 질투한다고 생각해요."

---

27 1797년 훈장 수여에 관한 법에 의하면 훈장은 문관이나 무관의 용기와 영웅적 행위의 영역에서 진정한 공로를 기리거나 표시하기 위해서, 그리고 공무를 위한 독려와 조국의 안녕을 위해서 수여한다고 되어 있다.

28 Il fait des passions(프랑스어).

"무슨 소리! 제발 리지야 이바노브나 백작부인에 대해서 나쁜 소리 하지 마요."

"그녀가 까레닌에게 사랑을 느끼는 게 나쁜 건가요?"

"까레닌 부인이 여기 있는 게 맞아요?"

"여기, 궁정은 아니고 뻬쩨르부르그에 있어요. 어제 브론스끼와 함께 있던데요. *팔짱을 끼고*[29] 해변 대로에서요."

"*그는 그런 것과는 거리가 먼 종류의 인간*[30]……" 궁정 시종이 말을 막 시작하려다가 지나가는 황족에게 길을 내주고 허리를 굽히느라 멈췄다.

그렇게 끊임없이 알렉세이 알렉산드로비치에 대해서 이야기하고 그를 비판하고 비웃는 동안, 그는 자신이 붙잡은 법제심의위원의 길을 막고서 그를 놓치지 않으려고 말을 한순간도 중단하지 않으며 그에게 조목조목 재정계획안을 설명했다.

알렉세이 알렉산드로비치에게서 아내가 떠나간 것과 거의 동시에 관리에게는 가장 쓰라린 일—승진의 중단이 일어났고 모든 사람들이 이를 확실히 알았는데도, 알렉세이 알렉산드로비치 자신만은 그의 경력이 끝났다는 것을 아직 인정하지 않았다. 스뜨레모프와의 충돌 때문이든, 아내와의 불행 때문이든, 그냥 알렉세이 알렉산드로비치가 그에게 예정된 한계까지 간 것이든, 올해 명백해진 것은 그의 공직 무대가 끝났다는 것이었다. 그는 아직 중요한 자리를 차지하고 있었다. 그는 여러 협의회와 위원회의 위원이었다. 하지만 그는 완전히 끝장난, 누구도 그로부터 더이상 아무것도 기대하지 않는 사람이었다. 그가 무슨 말을 하든지 간에, 그가 무엇을

29 bras dessus, bras dessous(프랑스어).
30 C'est un homme qui n'a pas(프랑스어).

제안하든지 간에, 사람들은 그의 제안이 이미 오래전에 다 아는 것이고 불필요한 것이라는 듯이 그의 말을 흘려들었다.

하지만 알렉세이 알렉산드로비치는 이를 느끼지 못했고 반대로, 국정 활동의 직접적 참여 기회가 사라졌는데도 이제 예전보다도 더 명확하게 다른 사람들의 결점과 실수 들을 보았고, 그것들을 바로잡는 방법을 지적하는 것이 자신의 의무라고 여겼다. 아내와 헤어진 이후 곧 그는 아무에게도 소용 없으나 그로서는 써야만 하는, 모든 행정 부문에 대한 수없이 많은 보고서들 중 하나인 재판에 관한 자신의 첫번째 보고서를 쓰기 시작했다. 알렉세이 알렉산드로비치는 공직 생활에서의 자신의 가망 없는 처지를 알아채지 못했고, 그 처지에 대해 고민하지 않았을 뿐만 아니라 그 어느 때보다도 자신의 활동에 만족했다.

'결혼한 사람은 어떻게 아내에게 봉사할 것인지 세상의 일에 대해 고민하지만 결혼하지 않은 사람은 어떻게 신에게 봉사할 것인지 주님의 일에 대해 고민한다.' 알렉세이 알렉산드로비치는 사도 바울이 한 이 말을 모든 일을 주도하는 지침으로 자주 떠올렸다. 아내 없이 남게 된 때부터 그는 자신이 바로 이런 계획들로 예전보다 더 신에게 봉사하는 것 같다고 느꼈다.

그로부터 벗어나고 싶어하는 법제심의위원의 확연한 초조함에도 알렉세이 알렉산드로비치는 전혀 개의치 않았다. 법제심의위원이 황족 중 한 인물이 다가오는 기회를 이용하여 그로부터 빠져나갔을 때에야 그는 설명하기를 멈추었다.

혼자 남게 되자 알렉세이 알렉산드로비치는 고개를 떨어뜨리고 생각을 정리해보다가 다시 넋을 잃고 주위를 돌아보고 나서 리지야 이바노브나 백작부인을 만날 기대를 품고 문으로 다가갔다.

'그리고 저들 모두는 육체적으로 얼마나 강하고 건강한가.' 알렉세이 알렉산드로비치는 그 곁을 지나가야만 했던, 깔끔하게 빗질하고 향기를 풍기는 구레나룻을 한 힘센 궁정 시종과 꼭 끼는 제복을 입은 공작의 붉은 목을 바라보며 생각했다. '공정하게 생각해보면 이 세상의 모든 것은 악이야.' 그는 궁정 시종의 장딴지를 다시 한번 곁눈질하면서 생각했다.

두 발을 느릿느릿 번갈아 움직이면서 알렉세이 알렉산드로비치는 그의 습관적인 피로하고 엄숙한 표정으로 그에 대해 이야기하는 이 신사들에게 허리 굽혀 절을 하고는 문을 바라보며 눈으로 리지야 이바노브나 백작부인을 찾았다.

"아! 알렉세이 알렉산드로비치!" 까레닌이 옆으로 지나가며 차가운 동작으로 고개를 숙였을 때 작은 노인이 두 눈을 심술궂게 빛내면서 말했다. "아직 축하 인사를 못 드렸네요." 그는 까레닌이 새로 받은 훈장띠를 가리키며 말했다.

"감사합니다." 알렉세이 알렉산드로비치가 대답했다. "오늘은 정말 훌륭한 날입니다." 그는 습관대로 '훌륭한'이라는 단어에 특히 힘을 주며 덧붙였다.

그들이 자기를 비웃고 있다는 것, 그는 이를 알고 있었지만 또한 그는 그들에게서 적대감 이외에는 아무것도 기대하지 않았다. 그는 이미 이것에 익숙해져 있었다.

문을 통해 걸어들어오는 리지야 이바노브나의 코르셋으로부터 올라온 누런 어깨와 그를 부르는 아름답고 꿈꾸는 듯한 눈초리를 보고서 알렉세이 알렉산드로비치는 퇴색하지 않은 하얀 이를 드러내며 미소를 짓고 그녀에게로 다가갔다.

리지야 이바노브나의 옷차림은 최근 그녀의 모든 옷차림이 그렇듯 많은 공을 들인 것이었다. 요새 그녀의 옷차림의 목적은 삼십 년 전에 그녀가 추구하던 옷차림의 목적과는 반대였다. 그때는 자신을 무엇으로라도 꾸미고 싶었고 많이 꾸밀수록 더 좋았다. 지금은 반대로 그녀의 치장이 그녀의 나이와 몸매에는 몹시 어울리지 않을 수밖에 없었으므로, 그녀는 그저 이 꾸밈과 자신의 외모 간의 대조가 너무나 끔찍하지 않도록만 신경을 썼다. 그리고 알렉세이 알렉산드로비치를 대할 때 그녀는 이 목적을 성공적으로 달성했고, 그래서 그녀는 그에게 매력적으로 보였다. 그에게 있어서 그녀는 그를 둘러싼 적대와 조롱의 바다에 유일하게 떠 있는 선량한 호의의 섬일 뿐만 아니라 사랑의 섬이었다.

조롱의 시선의 대열을 지나오면서 그는 마치 식물이 빛으로 끌리듯이 자연스럽게 그녀의 사랑에 빠진 시선에 끌렸다.

"축하해요." 그녀는 두 눈으로 훈장을 가리키며 그에게 말했다.

그는 만족의 미소를 누르면서 마치 이것이 그를 기쁘게 할 수 없다는 듯이 두 눈을 감고 어깨를 움찔했다. 리지야 이바노브나 백작부인은 비록 그가 결코 인정하지 않지만 이것이 그의 주요한 기쁨 중 하나라는 것을 잘 알고 있었다.

"우리 천사는 어때요?" 리지야 이바노브나 백작부인이 세료자를 의미하며 물었다.

"그애에게 완전히 만족한다고는 말할 수 없어요." 알렉세이 알렉산드로비치가 눈썹을 치켜세우며 두 눈을 뜨고 말했다. "시뜨니꼬프도 그애에게 만족하지 않아요(시뜨니꼬프는 세료자의 종교 이외 분야의 교육을 맡긴 교사였다). 제가 말했듯이, 그애는 모든 사람과 모든 어린애의 영혼을 움직이게 마련인 바로 그 가장 중요한 문제들에 대해서 뭔가 차가운 태도를 보입니다." 알렉세이 알렉산드로비치는 공무 이외에 그의 유일한 관심사인 아들의 교육에 대해서 자기 의견을 피력하기 시작했다.

리지야 이바노브나의 도움으로 다시 생활과 활동으로 돌아왔을 때 알렉세이 알렉산드로비치는 그의 손에 남겨진 아들의 교육에 몰두해야 할 의무를 느꼈다. 예전에 한번도 교육 문제에 관심을 기울인 적이 없었던 알렉세이 알렉산드로비치는 이 대상에 대한 이론적 연구에 얼마간의 시간을 바쳤다. 인류학, 교육학, 교수법에 대한 몇권의 책을 읽고 나서 알렉세이 알렉산드로비치는 그 나름대로 교육계획안을 세워서 뻬쩨르부르그의 훌륭한 선생을 초빙하여 지도를 맡기며 이 일에 착수했다. 그리고 이 일은 항상 그의 관심을 끌었다.

"그래요. 하지만 심장은요? 전 그애에게서 아버지의 심장을 보지요. 그리고 그런 심장을 가진 아이는 나쁠 수가 없어요." 리지야 이바노브나 백작부인이 감격해서 말했다.

"그래요, 아마도…… 하지만 저는요, 제 의무를 행하는 것뿐입니다. 그게 제가 할 수 있는 전부입니다."

"제 집으로 좀 오세요." 리지야 이바노브나 백작부인이 잠시 침묵한 후에 말했다. "당신에게 가슴 아픈 일에 대해서 이야기를 좀 해야 해요. 당신을 몇몇 기억들에서 해방시켜드릴 수 있다면 저는 모든 것을 다 내주겠어요. 하지만 다른 사람들은 그렇게 생각하지 않지요. 저는 그 여자에게서 편지를 받았어요. 그 여자가 여기 뻬쩨르부르그에 있어요."

알렉세이 알렉산드로비치는 아내가 언급되자 흠칫 몸을 떨었지만, 당장 그의 얼굴은 그 시체 같은 부동의 표정으로 굳어졌다. 이는 이 문제에 있어서 그가 완전히 무능하다는 것을 보여주었다.

"그럴 줄 알았어요." 그가 말했다.

리지야 이바노브나 백작부인은 그를 황홀하게 쳐다보았고, 그녀의 두 눈에 그의 영혼의 위대함에 대한 감격의 눈물이 솟았다.

25

알렉세이 알렉산드로비치가 골동품 도자기들이 빼곡히 놓여 있고 초상화들이 가득 걸려 있는 작고 안락한 리지야 이바노브나 백작부인의 서재로 들어갔을 때 안주인은 아직 거기에 없었다. 그녀는 옷을 갈아입고 있었다.

둥그런 탁자에는 테이블보가 덮여 있었고 중국제 다기와 알코올 연료를 쓰는 은제 찻주전자가 차려져 있었다. 알렉세이 알렉산드로비치는 서재를 장식하고 있는 수많은 아는 얼굴들을 무심코 둘러보고 나서 책상 앞에 앉아 그 위에 놓여 있는 복음서를 펼쳤다. 백작부인의 비단 드레스가 사각거리는 소리가 그를 기분 좋게 했다.

"자, 그럼, 이제 우리 편히 앉아요." 리지야 이바노브나 백작부인이 흥분한 미소를 띠고 서둘러 책상과 소파 사이를 지나오면서 말했다. "그리고 차를 마시며 이야기 좀 해요."

몇마디 말을 건네고 본론으로 들어가며 리지야 이바노브나 백작부인은 무거운 숨을 쉬며 얼굴을 붉히고 그녀가 받은 편지를 알렉세이 알렉산드로비치의 손에 넘겨주었다.

그는 편지를 읽고 나서 오랫동안 침묵했다.

"제게 그녀를 거절할 권리가 있다고 생각하지 않아요." 그가 눈을 들며 소심하게 말했다.

"내 벗! 당신은 무엇에서도 악을 보지 않네요!"

"반대예요. 전 모든 것이 악이라고 생각해요. 하지만 그게 정당한 일일까요?"

그의 얼굴에는 우유부단한 기색과 그가 이해할 수 없는 일에 있어 조언과 지지와 지도를 구하는 표정이 있었다.

"아뇨." 리지야 이바노브나 백작부인이 그의 말을 막았다. "모든 것에는 한계가 있어요. 저는 부도덕은 이해해요." 그녀는 완전히 정직하게는 말하지 않았다. 왜냐하면 그녀는 무엇이 여자들을 부도덕으로 이끄는지 결코 이해할 수 없었기 때문이었다. "하지만 전 잔인성은 이해하지 못해요. 대체 누구에게죠? 당신에게죠! 어떻게 당신이 있는 도시에 머물 수 있느냔 말이에요. 기가 막혀요. 평생 살아도 또 배울 일이 있지요. 전 당신의 고매함과 그녀의 저열함을 이해하는 걸 배웁니다."

"하지만 누가 돌을 던질까요?" 분명 자신의 역할에 만족하는 알렉세이 알렉산드로비치가 말했다. "전 모든 걸 용서했고, 그래서 그녀로부터 빼앗을 수 없지요, 그녀에게 있어서 사랑의 욕구인 것을, 아들에 대한 사랑의……"

"하지만 그게 사랑일까요, 내 벗? 정말 그럴까요? 당신은 용서하셨고 지금도 용서하신다고 쳐요…… 하지만 우리에게 이 천사의 영혼에 영향을 줄 권리가 있을까요? 그애는 그녀가 죽었다고 생각하고 있어요. 그애는 그녀를 위해 기도하고 그녀의 죄를 용서해달라고 신께 빌고 있어요. 그리고 그게 더 나아요. 하지만 이제 그애가 뭘 생각하게 되겠어요?"

"전 그 생각은 안 했어요." 알렉세이 알렉산드로비치가 분명 동의하며 말했다.

리지야 이바노브나 백작부인은 두 손으로 얼굴을 가리고 침묵했다. 그녀는 기도를 하고 있었다.

"당신이 제 조언을 구하신다면요." 그녀가 기도를 하고 나서 얼굴을 드러내고 말했다. "저는 그렇게 하시라고 조언하지 않겠어요. 당신이 얼마나 고통스러워하고 있고 이게 얼마나 당신의 그 모든 상처를 다시 벌어지게 했는지 제가 보지 못한단 말인가요? 하지만, 항상 그랬듯이 당신이 당신 자신에 대해서는 잊는다고 쳐요. 하지만 이 일이 대체 무슨 결과를 낳을까요? 당신에게는 새로운 아픔을, 아이에게는 괴로움만을 주게 되지 않을까요? 그녀 안에 뭐라도 인간적인 것이 남아 있다면 그녀 자신이 이것을 원하면 안 되지요. 아니요, 전 흔들림 없어요. 전 그러시라고 조언하지 못해요. 그리고 당신이 허락하신다면 제가 그녀에게 편지를 쓰겠어요."

알렉세이 알렉산드로비치도 동의했고, 리지야 이바노브나 백작부인은 프랑스어로 다음과 같은 편지를 썼다.

친애하는 부인,

당신의 아들에게 신성해야 하는 것에 대한 비난의 마음을 그 아이의 영혼 속에 불어넣지 않고서는 당신에 대한 기억은 그 아이로서는 답할 수 없는 몇가지 의문들로 그 아이를 이끌 것입니다. 그러니 기독교적 사랑의 정신으로 행한 당신 남편의 거절을 이해하기를 청합니다. 당신에게 주님의 자비가 내리시기를 청합니다.

리지야 백작부인

이 편지는 리지야 이바노브나 백작부인이 스스로에게도 감추고 있었던 그 은밀한 목적을 달성했다. 편지는 영혼 깊숙이 안나를 모욕했던 것이다.

한편 알렉세이 알렉산드로비치는 리지야 이바노브나의 집에서 돌아온 후 평소의 일에 몰두할 수 없었고, 이전에 느꼈던, 믿고 구원받은 인간으로서의 영혼의 평안을 찾을 수 없었다.

그 앞에서 그토록 죄가 많은 그녀이고 그녀 앞에서 그토록 성스러운 그이기 때문에, 리지야 이바노브나 백작부인이 정당하게 말했듯이 그녀는 그를 당혹하게 하면 안 되었다. 하지만 그는 마음이 평온하지 않았다. 그는 읽고 있는 책을 이해할 수 없었고, 그녀와의 관계에 대한, 지금 그가 보기에 그녀와 연관하여 저지른 실수들에 대한 기억을 떨쳐낼 수 없었다. 경마에서 돌아오면서 자신의 부정에 대한 그녀의 고백을 받아들인 그의 태도(특히 그가 그녀에게 외면적인 품위만을 요구하고 결투를 신청하지 않은 그 점)에 대한 기억이 후회로써 그를 괴롭혔다. 그가 그녀에게 썼던 편지에 대한 기억도 마찬가지로 그를 괴롭혔다. 특히 아무에게도 소용이 안 되었던 그의 용서, 그리고 그가 타인의 아이를 보살핀 일이 수치와 후회로써 그의 심장을 태웠다.

그리고 그녀와의 모든 과거를 곱씹어보면서, 오랫동안 망설인 뒤에 그녀에게 청혼했을 때의 그 어색한 말을 회상하면서, 그는 지금 정확히 똑같은 수치와 후회의 감정을 느꼈다.

'하지만 내게 대체 무슨 죄가 있단 말인가?' 그는 혼잣말을 했다. 그리고 이 질문은 항상 그에게 다른 질문을 불러일으켰다—이 다른 사람들, 이 브론스끼들, 오블론스끼들…… 이 두꺼운 장딴지를 가진 궁정 시종 같은 사람들은 달리 느끼고 달리 사랑하고 달리 결혼하는가 하는 질문을. 그러자 언제 어디서나 저도 모르게 그의 호기심 어린 주의를 끄는 이 생생하고 힘세고 회의를 모르는 사람들이 떠올랐다. 그는 이런 생각들을 떨쳐내고 자신이 이 지상에서의 잠시 동안의 삶을 위해 사는 것이 아니라 영원한 삶을 위해 산다고, 자신의 영혼 속에는 평화와 사랑이 있다고 스스로를 확신시키려고 애썼다. 하지만 그가 보기에 이 잠시 동안의 하찮은 삶에서 행한 몇몇 하찮은 실수들이 그가 믿는 그 영원한 구원이 존재하지 않는다는 듯이 그를 몹시 괴롭혔다. 하지만 이 시련은 잠시만 지속되었고, 곧 알렉세이 알렉산드로비치의 영혼 속에 평온함과 고매함이 되살아나서 그는 그가 기억하고 싶지 않은 것에 대해서 잊을 수 있었다.

26

"그래, 어때, 까삐또니치?" 붉은 뺨의 세료자가 생일 전날 저녁 산책에서 돌아와서, 큰 키의 높은 위치에서 작은 사람을 미소 지으며 내려다보는 키가 큰 늙은 문지기에게 주름 잡힌 반외투를 주면서 즐겁게 말했다. "어때, 오늘 팔을 동여맨 관리가 왔었어? 아빠가 그를 맞았어?"

"맞으셨지요. 사무관이 나오자마자 제가 알렸어요." 문지기가 유쾌하게 윙크하며 말했다. "자, 제가 벗겨드릴게요."

"세료자!" 슬라브주의자 가정교사가 안채로 들어가는 문어귀에 멈춰서서 말했다. "직접 벗어요."

하지만 세료자는 가정교사의 약한 목소리를 들었음에도 아무 주의를 기울이지 않았다. 그는 손으로 문지기의 어깨끈을 잡고 그의 얼굴을 들여다보았다.

"그래, 아빠가 그를 위해 필요한 일을 했어?"

문지기는 그렇다고 고개를 끄덕였다.

알렉세이 알렉산드로비치에게 뭔가를 청하러 벌써 일곱번이나 찾아온 팔을 동여맨 관리는 세료자와 문지기의 흥미를 끌었다. 세료자는 복도에서 한번 그를 맞닥뜨렸고, 그가 아이들과 함께 죽어갈 수밖에 없다고 말하며 문지기에게 자기에 대해서 알려달라고 애처롭게 말하는 것을 들었다.

다시 한번 복도에서 관리를 만났을 때부터 세료자는 그에게 관심을 가지기 시작했다.

"그래, 그가 아주 기뻐했어?" 세료자가 물었다.

"어떻게 기쁘지 않을 수가 있나요! 그는 거의 뛰다시피 여기서 나갔지요."

"근데 뭔가 온 게 있어?" 세료자가 잠시 침묵했다가 물었다.

"네, 도련님." 문지기가 고개를 저으며 속삭이는 소리로 말했다. "백작부인에게서 온 게 있어요."

세료자는 문지기가 말한 것이 리지야 이바노브나 백작부인에게서 온 생일선물이라는 것을 당장 이해했다.

"뭐라고? 어디?"

"꼬르네이가 아버지께 들여갔어요. 틀림없이 멋진 것 같아요!"

"얼마나 커? 이만해?"

"좀더 작아요. 그리고 멋져요."

"책이야?"

"아니, 물건이에요. 가세요, 가세요. 바실리 루끼치가 불러요." 가정교사가 다가오는 발소리를 듣고 문지기가 반쯤 벗겨진 장갑을 끼고 그의 어깨끈을 잡고 있는 손을 조심스럽게 풀면서 머리로 루

끼치를 가리키고 윙크하며 말했다

"바실리 루끼치, 곧 가요!" 세료자가 그 즐겁고 사랑을 머금은 미소, 꼼꼼한 바실리 루끼치를 항상 무장해제시키는 미소를 띠고 대답했다.

세료자는 너무나 즐거웠다. 모든 게 너무나 행복해서, 그가 여름 공원을 산책하면서 리지야 이바노브나 백작부인의 조카딸에게서 알게 된 가족의 기쁨을 자기 친구인 문지기와 또다시 나누지 않을 수 없었다. 이 기쁨은 그 관리의 기쁨과 장난감들이 온 것에 대한 기쁨과 동시에 일어났기 때문에 그에게 특히 중요했다. 세료자에게 오늘은 모두가 기쁘고 즐거운 게 틀림없는 그런 날로 보였다.

"아빠가 알렉산드르 넵스끼를 받은 거 알아?"

"어떻게 몰라요! 축하하러들 오셨어요."

"어때, 기뻐하시지?"

"황제의 은총을 어찌 기뻐하지 않을 수 있나요! 그 말인즉, 받을 만하시다는 거죠." 문지기는 엄격하고 진지하게 말했다.

세료자는 아주 작은 부분까지 세세히 살펴본 문지기의 얼굴을, 특히 잿빛 볼수염 사이에 걸려 있는 턱을, 항상 아래로부터만 그를 보는 세료자 이외에는 아무도 보지 않는 턱을 보면서 생각에 잠겼다.

"그래, 딸은 집에 왔어?"

문지기의 딸은 발레리나였다.

"어떻게 맨날 와요? 걔들도 수업이 있는데. 도련님도 수업이 있어요. 가세요."

세료자는 방으로 와서 교과를 공부하러 자리에 앉는 대신 선생에게 도착한 선물이 기차임에 틀림없다고 말했다. "어떻게 생각해요?" 그가 물었다.

하지만 바실리 루끼치는 두시에 올 선생을 위해 문법 과목을 익혀야 한다는 것만 생각하고 있었다.

"아니, 바실리 루끼치, 그것만 말해줘요." 세료자는 이미 공부 책상 앞에 앉아서 두 손에 책을 잡고 있다가 갑자기 물었다. "알렉산드르 넵스끼보다 더 높은 건 뭐예요? 아빠가 알렉산드르 넵스끼를 받은 거 알지요?"

바실리 루끼치는 알렉산드르 넵스끼보다 더 높은 것은 블라지미르라고 대답했다.

"그 위는요?"

"가장 높은 건 안드레이 뻬르보즈반니죠."

"안드레이보다 더 높은 건요?"

"몰라요."

"네? 바실리 루끼치도 모른다고요?" 세료자는 턱을 괴고 생각에 잠겼다.

그의 생각은 복잡하고 다양한 것이었다. 그는 아버지가 갑자기 블라지미르도 안드레이도 받는 것을, 그 자신도 어른이 되면 모든 훈장들을 받고, 사람들이 안드레이보다 더 높은 것을 생각해내면 그것도 받는 것을 상상했다. 사람들이 생각해내자마자 그는 받을 것이다. 그들이 더 높은 것을 생각해내면 그는 당장 그것들을 받을 것이다.

그런 생각 속에 시간은 흘러갔고, 선생이 왔을 때 시간부사와 장소부사와 양태부사가 준비되지 않았고, 선생은 만족하지 않았을 뿐만 아니라 고민하기까지 했다. 선생의 이런 고민이 세료자의 마음을 움직였다. 그는 자신이 그 과목을 공부해놓지 않아서 잘못했다고 여기지는 않았다. 하지만 그가 아무리 노력해도 확실히 이건 할 수 없는 일이었다. 선생이 설명하는 동안에는 그는 이해했다고 믿었고 이해한 것 같았지만, 혼자 남으면 '갑자기' 같은 그렇게 짧고 쉬운 단어가 양태부사라는 것을 결코 기억해내지도 이해하지도 못했다. 하지만 그래도 자신이 선생을 고민하게 한 것이 미안해서 그는 선생을 위로하고 싶었다.

그는 선생이 말없이 책을 들여다보는 순간을 골랐다.

"미하일 이바니치, 선생님 명명일은 언제예요?" 그가 갑자기 물었다.

"자기 일이나 생각하는 게 좋아요. 그리고 현명한 존재들에게는 명명일이란 아무런 의미도 가지지 못하지요. 그날도 다른 날이나 마찬가지로 일을 해야 하는 날이죠."

세료자는 선생을, 그의 듬성한 수염을, 원래 걸쳤던 자리에서 많이 미끄러져 내려온 코안경을 주의 깊게 바라보았고, 생각에 잠겨서 이미 선생이 설명하는 말이 전혀 들려오지 않았다. 그는 선생이 자신의 입으로 설명하는 것에 대해 생각하고 있지 않다는 것을 알아차렸다. 그는 이를 선생의 어조에서 느꼈다. '하지만 뭣 때문에 모든 사람들이 이걸, 이 모든 정말 지루하고 쓸데없는 것을 내내 똑같은 어조로 말하기로 합의한 것일까? 뭣 때문에 그는 나를 멀리하고, 뭣 때문에 그는 나를 싫어하는 것일까?' 그는 우울하게 스스로에게 물었지만 답변을 생각해낼 수 없었다.

27

선생의 수업 이후에는 아버지의 수업이 있었다. 아버지가 올 때까지 세료자는 앉아서 작은 칼로 장난하며 생각하기 시작했다. 세료자가 좋아하는 일 중 하나가 산책하는 동안 어머니를 찾는 것이었다. 그는 전체적으로 죽음이라는 것을 믿지 않았고, 리지야 이바노브나가 그에게 말했고 아버지가 확인해주었는데도 불구하고 특히나 어머니의 죽음은 믿지 않았다. 그래서 그들이 어머니가 죽었다고 말했는데도 산책하는 동안 어머니를 찾는 것이었다. 통통하고 우아하고 검은 머리를 한 모든 여자가 그의 어머니였다. 그런 여자를 보면 그의 마음속에 사랑의 감정이 치밀어올라왔다. 숨이 막히고 눈에 눈물이 솟을 만큼. 그는 이제 곧 어머니가 자기에게로 다가와 베일을 올리기를 기다리고 있었다. 그녀의 얼굴 전체가 보일 것이고, 그녀는 미소 지을 것이고, 그를 껴안을 것이고, 그는 그녀의 냄새를 맡을 것이고, 그녀의 사랑의 손길을 느낄 것이고, 행복해서 울기 시작할 것이다. 언젠가 한번 밤에 그녀의 침대 발치에 누워서 그녀가 간지럼을 태우자 막 웃으며 반지들을 낀 그녀의 손을 물었던 때처럼. 후에 그가 우연히 유모로부터 어머니가 죽지 않았다는 것을 알게 되었을 때, 아버지와 리지야 이바노브나는 그녀가 나쁜 여자이기 때문에(그는 그녀를 사랑했기 때문에 그 말을 결코 믿을 수 없었다) 그에게는 죽은 것이나 다름없다고 설명했지만, 그는 변함없이 마찬가지로 그녀를 찾고 기다렸다. 그는 오늘 여름 공원에서 오솔길을 따라 그에게로 다가오는 라일락빛 베일을 쓴 한 귀부인을 어머니일 것이라고 기대하며 얼어붙는 심장으로 지켜보았었다. 이 귀부인은 그에게로 오지 않고 어디론가 자취를 감추었다. 세료자는 오늘 어느 때보다도 강하게 어머니에 대한 사랑이 밀려오는 것을 느꼈고, 지금 아버지를 기다리는 동안 반짝이는 두 눈으로 자기 앞을 바라보며 어머니에 대해 생각하면서, 자기도 모르게 책상 한 모서리를 이리저리 마구 베어 칼자국을 냈다.

"아빠가 오세요!" 바실리 루끼치가 그의 주의를 돌렸다. 세료자는 벌떡 일어나 아버지에게로 다가가서 손에 입을 맞추고, 알렉산드르 넵스끼를 받은 기쁨의 징후들을 찾으면서 그의 얼굴을 주의 깊게 바라보았다.

"산책 잘했니?" 알렉세이 알렉산드로비치가 자기 소파로 가 앉아서 구약성경을 끌어당겨 펼치면서 물었다. 알렉세이 알렉산드로비치는 세료자에게 모든 기독교도는 기독교의 역사를 확실히 알아야 한다고 여러번 말했음에도 불구하고, 구약성경에 대해서는 그 자신도 자주 책을 참조했고 세료자도 이를 알아챘다.

"네, 아주 즐거웠어요, 아빠." 세료자는 의자에 옆으로 앉아서 의자를 앞뒤로 흔들었는데, 그것은 금지된 행동이었다. "나젠까(나젠까는 리지야 이바노브나의 집에서 양육되는 그녀의 조카딸이었다)를 만났어요. 그애가 나한테 말해줬어요, 아빠가 새 별을 받으셨다고요. 기쁘세요, 아빠?"

"첫째, 흔들지 말아라, 제발." 알렉세이 알렉산드로비치가 말했다. "둘째, 소중한 것은 보상이 아니라 일이다. 그리고 난 네가 이 점을 이해하기를 바란다. 자, 만약 네가 보상을 받기 위해서 일하고 공부하면 일은 네게 힘들어 보일 것이다. 하지만 네가 일을 사랑하면서……" 알렉세이 알렉산드로비치는 오늘 아침 백열여덟장의 서류에 서명하는 지루한 일을 하면서 의무감으로써 자기를 억제한 것을 기억하며 말했다. "일을 하면 너는 그 안에서 너 자신을 위한 보상을 찾게 될 것이다."

세료자의 사랑과 기쁨으로 반짝이는 두 눈은 아버지의 시선 아래서 빛이 꺼지고 아래를 향해 떨어졌다. 이것은 그가 오래전부터 익히 아는, 아버지가 그를 대할 때 항상 취하는 태도였고, 이에 대해 세료자는 이미 위선으로 대하는 법을 익혔다. 세료자는 아버지가 자신과 이야기할 때면 항상 마치 책에 나오는, 아버지가 상상한 어떤 소년, 하지만 자신과는 전혀 비슷하지 않은 소년에게 말하듯이 이야기한다고 느꼈다. 그래서 세료자는 아버지와 있을 때 항상 자신을 바로 그 책에 나오는 소년으로 위장하려고 애썼다.

"이해하지, 바라건대?" 아버지가 말했다.

"네, 아빠." 세료자는 상상의 소년처럼 위장하면서 말했다.

수업은 복음서의 몇행을 외우고 구약성경의 처음 부분을 반복하는 것이었다. 세료자는 복음서의 행들을 제대로 알고 있었지만, 그것들을 외울 때 미간에서 너무도 가파르게 휘어져 있는 아버지의 이마뼈를 정신 놓고 바라보다가 헷갈려서 한 행의 끝 단어를 다른 행의 첫 단어로 잘못 외웠다. 알렉세이 알렉산드로비치가 보기에 이는 분명 아들이 자신의 입으로 말하는 것을 이해하지 못하는 것이었고, 그래서 그는 신경이 날카로워졌다.

그는 얼굴을 찌푸리고 세료자가 이미 여러번 들었고, '갑자기'가 양태부사라는 것을 기억할 수 없듯이 너무도 분명하게 이해하기 때문에 결코 기억할 수 없는 설명을 하기 시작했다. 세료자는 겁먹은 시선으로 아버지를 보며 한가지에 대해서만 생각하고 있었다. 아버지가 가끔 그러듯이 자신이 말한 것을 반복해보라고 시킬까 아닐까. 그러자 이 생각이 세료자를 겁나게 해서, 그는 더이상 아무것도 이해할 수 없었다. 하지만 아버지는 반복해보라고 시키지 않고 구약성경 수업으로 넘어갔다. 세료자는 일어난 사건에 대해서는 잘 이야기했으나 몇몇 사건들이 무엇을 예시하는가에 대한 질문에 답해야 했을 때는, 이 때문에 이미 벌을 받았는데도 불구하고 아무것도 아는 것이 없었다. 그가 더이상 아무것도 말하지 못하고 꾸물거리며 책상에 칼자국을 내고 의자를 앞뒤로 흔들었던 부분은 노아의 홍수 이전 족장들의 이름이었다. 그는 그들 중에서 살아서 하늘로 간 에녹 이외에는 아무도 몰랐다. 예전에는 그 이름들을 기억했지만 지금은 완전히 잊어버렸는데, 그것은 특히 에녹이 구약성경 중에서 그가 가장 좋아하는 사람이었기 때문이었다. 그의 머릿속에서 길고 완전한 생각의 과정이 에녹이 살아서 승천한 것과 연결되어 그것에 몰두하느라 그는 지금 고정된 눈으로 아버지의 시곗줄과 조끼의 반까지 잠근 단추를 바라보고 있었다.

사람들이 그렇게 자주 말해주는 죽음을 세료자는 전혀 믿지 않았다. 그는 자신이 사랑하는 사람들이 죽는다는 것, 특히 그 자신이 죽는다는 것을 믿지 않았다. 그것은 그에게 완전히 불가능하고 불가해한 것이었다. 하지만 사람들은 그에게 모두가 죽는다고 말했다. 그는 자신이 믿는 사람들에게까지 물었고, 그들은 그렇다고 했다. 유모도 비록 마지못해 말하기는 했지만 그렇다고 했다. 하지만 에녹은 죽지 않았다. 그러니까 모든 사람이 죽는 것은 아니다. '그러면 대체 왜 누구나 신 앞에 그런 식으로 복무해서 살아서 하늘로 갈 수 없는 거지?' 세료자는 생각했다. 나쁜 사람들, 그러니까 세료자가 좋아하지 않는 사람들, 그들은 죽을 수 있다. 하지만 좋은 사람들은 모두 에녹처럼 될 수 있다.

"자, 그러니까 어떤 족장들이 있었지?"

"에녹, 에노스."

"그래, 그건 네가 이미 말했다. 나쁘구나, 세료자, 아주 나쁘다. 만약 네가 기독교인에게 가장 필요한 것을 알려고 노력하지 않으면……" 아버지는 일어서면서 말했다. "그럼 대체 뭐가 너를 점령하게 되겠느냐? 나는 네게 불만이다. 뾰뜨르 이그나찌치(그는 주임 교사였다)도 네게 불만이다…… 너에게 벌을 줘야겠다."

아버지도 교사도 세료자에게 불만이었고, 실제로 그는 매우 공부를 못했다. 하지만 그가 능력이 없는 소년이라고는 결코 말할 수 없었다. 반대로 그는 교사가 그에게 본받으라고 하는 소년들보다 훨씬 더 능력이 있었다. 아버지의 관점으로는 그는 가르쳐주는 것을 배우려 하지 않았다. 본질적으로 그는 그것을 배울 수 없었다. 그가 배울 수 없었던 이유는 그의 영혼 속에 아버지와 교사가 표명하는 것보다 더 필요한 요구가 있었기 때문이다. 두 요구는 상충했고, 그는 직접 자신의 교육자들과 대결하고 있었다.

그는 아홉살 어린아이였다. 하지만 그는 자기의 마음을 알고 있었고, 그것이 그에게 소중했으며, 그것을 눈꺼풀이 눈을 아끼듯이 아꼈다. 그는 사랑의 열쇠가 없이는 아무도 영혼 속에 들어오지 못하게 했다. 그의 교육자들은 그가 배우려 하지 않는다고 한탄했지만, 그의 영혼은 인식에 대한 갈증으로 가득 차 있었다. 그는 까삐또니치에게서, 유모에게서, 나젠까에게서, 바실리 루끼치에게서 배웠지 선생들에게서 배우지 않았다. 아버지와 교사가 자신들의 물레방아를 돌릴 거라고 기대했던 물은 오래전에 이미 다른 데로 새서 다른 곳에서 작동하고 있었다.

아버지는 세료자에게 리지야 이바노브나의 조카딸인 나젠까에게 가지 못하게 하는 벌을 주었다. 하지만 이 벌은 세료자에게 오히려 다행이었다. 바실리 루끼치가 기분이 나서 그에게 풍차 만드는 법을 보여주었던 것이다. 저녁 시간은 전부 풍차 만들기와 풍차를 타고 빙글빙글 돌아갈 수 있게 만들려면, 두 손으로 날개를 잡고 돌거나 자기를 거기에다 매달고 돌려면 어떻게 해야 하나 하는 궁리들로 지나갔다. 저녁 내내 세료자는 어머니에 대해서 생각하지 않았지만 침대에 눕자 갑자기 어머니를 떠올렸고, 어머니가 내일 자기 생일에 더이상 숨지 말고 자기에게로 와줄 것을 자신의 말로 기도했다.

"바실리 루끼치, 아세요, 제가 해야 하는 것 말고 무엇에 대해 더 많이 기도했는지?"

"공부를 더 잘하게 해달라고?"

"아니요."

"장난감들?"

"아니요. 맞히지 못하네요. 굉장한 거지만 비밀이에요! 그 일이 일어나면 이야기할게요. 맞히지 못했지요?"

"맞히지 못하겠어요. 말해줘요." 바실리 루끼치가 그로서는 드물게 미소를 지으며 말했다. "자, 누워요. 촛불을 꺼줄게요."

"촛불이 없으면 내가 보는 것과 기도하는 것이 더 잘 보여요. 이런, 거의 비밀을 말할 뻔했네요!" 세료자가 즐겁게 웃으면서 말했다.

바실리 루끼치가 촛불을 가지고 나갔을 때 세료자는 어머니 목소리를 들었고 어머니를 느꼈다. 그녀는 그의 위에서 사랑스러운 시선으로 그를 어루만지고 있었다. 하지만 풍차와 칼이 나타났고, 모든 것이 섞였고, 그는 잠이 들었다.

28

빼쩨르부르그에 도착한 브론스끼와 안나는 제일 좋은 호텔 중 한군데에 머물렀다. 브론스끼는 따로 아래층에, 안나는 아이, 유모, 하녀와 함께 위층의 네개 방으로 되어 있는 커다란 특실에 들었다.

브론스끼는 도착한 첫날 바로 형에게로 갔다. 거기서 그는 볼일이 있어서 모스끄바에서 온 어머니를 만났다. 어머니와 형수는 그를 평소처럼 맞았다. 그들은 그에게 외국 여행에 대해 물었고 아는 사람들에 대해 이야기했지만 안나와의 관계에 대해서는 한마디도 하지 않았다. 형은 다음 날 아침 브론스끼에게 와서 직접 그에게 그녀에 대해서 물었고, 알렉세이 브론스끼는 직설적으로 자신은 까레니나와의 관계를 부부관계로 보며, 자신은 이혼을 성사시키기를 희망하고 있고 그때 그녀와 결혼할 것이라고, 그때까지 그녀를 다른 모든 아내들과 똑같은 아내로 여긴다고, 그리고 어머니와 형수에게 그렇게 전해줄 것을 청하노라고 형에게 말했다.

"사교계가 이를 인정하지 않는다 해도, 제겐 아무 상관 없어요." 브론스끼가 말했다. "하지만 제 가족이 저와 가족관계를 유지하고 싶다면 그들은 제 아내에게도 마찬가지 관계를 유지해야 해요."

항상 동생의 판단을 존중하는 형은 사교계가 이 문제를 결정할 때까지 동생이 옳은지 아닌지 잘 알 수 없었다. 그 자신으로 말하자면 이에 대해 아무 이의가 없었고, 그는 알렉세이와 함께 안나에게로 갔다.

브론스끼는 다른 모든 사람들 앞에서와 마찬가지로 형 앞에서도 안나에게 존칭을 쓰면서 그녀를 가까운 지기 정도로 대했으나 형이 그들의 관계를 알도록 암시했고, 안나가 브론스끼가의 영지에 갔던 것에 대해 이야기했다.

그의 모든 사교계 경험에도 불구하고 브론스끼는 자신이 처한 그 새로운 처지의 결과로 이상한 착각 속에 있었다. 사교계가 그와 안나에게 닫혀 있다는 것을 이해할 필요가 있었지만, 지금 그의 머릿속에서는 그것은 예전 일이고, 지금은 빠른 속도로 진보한 가운데(그는 자기도 모르게 어느새 모든 진보의 편이 되었다) 사회의 시선은 변했고 그들이 사교계에 받아들여질 것인가 아닌가의 문제는 아직 결정되지 않았다는 불분명한 생각이 생겨났다. '물론……' 그는 생각했다. '궁정 사교계는 그녀를 받아들이지 않을 거야. 하지만 가까운 사람들은 응당 이를 이해할 수 있고 이해해야 해.'

사람은 다리를 똑같은 자세로 오그리고 몇시간을 앉아 있을 수 있다. 만약 아무도 자세를 바꾸는 것을 방해하지 않는다는 것을 안다면 말이다. 하지만 만약 그가 오그린 다리로 그렇게 앉아 있어야만 한다는 것을 알게 되면 경련이 일어날 것이고, 다리는 떨리고 그가 뻗고 싶어하는 곳으로 당겨질 것이다. 브론스끼는 바로 이런 감정을 사교계에 대해 느꼈다. 영혼 깊은 곳에서는 사교계가 그들에게 닫혀 있다는 것을 알고 있었음에도 불구하고 그는 이제 사교계가 변하지 않았는지, 그들을 받아들이지 않을 것인지 시험했다.

브론스끼가 처음 만난 뻬쩨르부르그 사교계의 귀부인들 중 하나는 사촌누이 벳시였다.

"드디어!" 그녀는 기쁘게 그를 맞았다. "근데 안나는요? 정말 기뻐요. 어디 머물고 있어요? 그 매력적인 여행 이후이니 당신들은 우리 뻬쩨르부르그가 끔찍하게 여겨질 거라고 상상이 돼요. 로마에서의 당신들의 밀월을 상상해요. 이혼은 어떻게 되었나요? 이 모든 게 다 끝났나요?"

브론스끼는 이혼이 아직 해결되지 않은 것을 알고 난 뒤 벳시의 감격이 줄어든 것을 알아챘다.

"나에게 돌을 던지겠지요. 알아요." 그녀가 말했다. "하지만 나는 안나에게로 가겠어요. 그래요, 꼭 가겠어요. 뻬쩨르부르그에 오래 머물 건가요?"

그리고 실제로 그녀는 바로 그날 안나에게 왔다. 하지만 그녀의 태도는 이미 예전의 그것이 전혀 아니었다. 그녀는 분명 자신의 용감함을 자랑스러워했으며 안나가 자신의 우정의 신실함을 높이 사주기를 원했다. 그녀는 사교계의 새 소식을 전하면서 채 십분도 머물지 않았고, 떠나면서 말했다.

"당신은 언제 이혼할지 저한테 말 안 했어요. 제가 모자를 물방앗간 너머로 던진다고[31] 쳐요. 하지만 옷깃을 높이 추켜올린 다른 사람들은 당신이 결혼하기 전까지는 당신을 냉정으로 때릴 거예요. 요즘은 그냥 그렇게 해요. *사람들은 으레 그렇게 해요.*[32] 그러니까 금요일에 떠나나요? 더 볼 수 없어서 안됐네요."

벳시의 태도에서 브론스끼는 사교계로부터 그가 무엇을 기대해야 할지 이해할 수 있었을 것이다. 하지만 그는 자신의 가족 안에서 다시 한번 시도했다. 어머니에게는 희망을 품지 않았다. 그가 안나를 처음 사귀었을 때 안나에게 그렇게 감탄하던 어머니가 지금은 아들의 경력을 망가뜨린 원인으로서 그녀에 대해 가혹하다는 것을 그는 알고 있었다. 하지만 형의 아내인 바랴에게 큰 희망을 품고 있었다. 그녀는 돌을 던지지 않을 것이고 자연스럽고 단호하게 안나에게로 와서 그녀를 받아줄 거라고 여겼다.

---

31 프랑스식 표현으로 세간의 견해를 완전히 무시한다는 뜻.

32 Ça se fait(프랑스어).

도착한 다음 날 바로 브론스끼는 그녀의 집으로 가서 혼자 있는 그녀를 만나 자신의 희망을 입 밖에 꺼냈다.

"알잖아요, 알렉세이." 그의 말을 듣고 나서 그녀가 말했다. "내가 알렉세이를 얼마나 좋아하는지, 그리고 알렉세이를 위해 모든 걸 다 할 준비가 되어 있는 걸요. 하지만 나는 내가 알렉세이와 안나 아르까지예브나에게 유용할 수 없다는 걸 알기 때문에 침묵하고 있었어요." 그녀는 특히 '안나 아르까지예브나'를 힘들여 발음하면서 말했다. "제발 내가 비판한다고 생각하지 마세요." 그녀는 조심스럽게 그의 암울한 얼굴을 주시하면서 말했다. "하지만 현실을 직시해야지요. 내가 그녀에게로 가서 그녀를 받아들이고 사교계에서 그녀의 위치를 복원해주기를 바라고 계시죠. 하지만 이해해주세요. 나는 그렇게 할 수 없어요. 내 딸들이 자라고 있어요. 나도 남편을 위해 사교계에서 살아야 해요. 자, 내가 안나에게로 간다면 그녀는 내가 그녀를 내 집에 초대하지 못한다는 걸, 그녀가 의견이 다른 사람들을 만나지 않도록 그렇게 할 수밖에 없다는 걸 알게 될 거예요. 그건 그녀를 모욕하는 일이 될 거예요. 난 그녀를 감당할 수 없어요……"

"난 그녀가 형수가 집에 받아들이는 그런 수백명의 여자들보다 더 타락했다고 전혀 생각하지 않아요!" 브론스끼는 더욱 암울하게 그녀의 말을 막고는, 형수의 결심이 변함없는 것을 알고 말없이 일어섰다.

"알렉세이, 내게 화내지 마세요. 제발 내 책임이 아니라는 걸 이해해줘요." 바랴가 조심스럽게 미소 지으며 그를 바라보고 입을 열었다.

"형수에게 화내는 거 아니에요." 그는 마찬가지로 암울하게 말했다. "하지만 두배나 가슴 아파요. 게다가 우리의 우정이 깨진다고 생각하니 더욱 가슴 아파요. 깨지지는 않더라도 약해지겠지요. 형수는 내가 달리 어쩔 수 없다는 걸 알잖아요."

그는 이 말과 함께 그녀를 떠났다.

브론스끼는 더이상 시도해봐야 아무 소용 없으며, 뻬쩨르부르그에 며칠 머무르는 동안 낯선 도시에 있는 것처럼 불쾌하고 모욕적인 상태에 처하지 않기 위해서는 예전 사교계와의 모든 연결을 피하고 끊고 지내야 한다는 것을 깨달았다. 그는 이 점이 몹시 괴로웠다. 뻬쩨르부르그에서의 상황이 불쾌한 커다란 이유 중 하나는 어딜 가나 알렉세이 알렉산드로비치와 그의 이름이 있다는 것이었다. 무슨 이야기를 시작하든지 결국 알렉세이 알렉산드로비치와 연결되었다. 어딜 가든지 그를 맞닥뜨리지 않을 수 없었다. 적어도 브론스끼에게는 그렇게 보였다. 이건 마치 손가락을 다친 사람이 일부러 그러는 듯이 바로 그 손가락으로 모든 것에 부딪는 것 같았다.

뻬쩨르부르그에 머무는 것이 브론스끼에게 더 힘들게 여겨진 이유는 머무는 동안 내내 안나에게서 뭔가 새로운, 그로서는 알 수 없는 기분 상태를 느꼈기 때문이었다. 그녀는 그에게 사랑에 폭 빠진 것처럼 보이다가도 냉정하고 신경질적이었고 속을 보이지 않았다. 그녀는 뭔가로 괴로워하고 있었으며, 그에게 뭔가를 감추고 있었고, 그의 삶에 독을 뿌리는 그 모욕들, 그렇게 예민한 그녀로서는 더 괴로울 것이 분명한 그 모욕들을 알아차리지 못하는 듯했다.

29

안나가 러시아에 온 중요한 이유 중 하나는 아들을 만나는 것이었다. 이딸리아에서 돌아온 그날부터 이 만남에 대한 생각은 그녀를 계속 흥분시켰다. 뻬쩨르부르그가 가까워질수록 이 만남의 기쁨과 중요성은 그녀에게 점점 더 크게 생각되었다. 그녀는 이 만남을 어떻게 이루어내야 할지 하는 문제는 생각해보지도 않았다. 그녀는 자신이 아들과 같은 도시에 있게 되면 아들을 만나는 것은 자연스럽고 쉬운 일로 보였다. 하지만 뻬쩨르부르그에 도착하자 갑자기 그녀에게 지금 자신이 사교계에서 처한 위치가 명확해졌고 아들을 만나는 일을 이루어내기가 어렵다는 것을 깨달았다.

그녀는 뻬쩨르부르그에서 벌써 이틀을 지내고 있었다. 아들에 대한 생각은 한시도 그녀를 떠나지 않았지만, 그녀는 아직 아들을 만나지 못했다. 알렉세이 알렉산드로비치를 맞닥뜨릴지도 모르는 집으로 직접 찾아갈 권리는 없다고 느꼈다. 그녀를 들여놓지도 않고 모욕할 수도 있었다. 남편에게 편지를 쓰고 그와 접촉하는 것은 생각만 해도 괴로웠다. 그녀는 남편에 대해서 생각하지 않아야 평온할 수 있었다. 아들이 언제 어디로 가는지 알아보고 산책하는 그를 보는 것으로는 너무 부족했다. 그녀는 이 만남을 아주 오랫동안 준비했고, 아들에게 할 말이 아주 많았으며, 그를 껴안고 입 맞추기를 몹시도 원했다. 세료자의 늙은 보모가 그녀를 도와주고 지침을 줄 수 있었다. 그러나 보모는 더이상 알렉세이 알렉산드로비치의 집에 있지 않았다. 그녀는 이렇게 오락가락 흔들리는 생각 속에서 보모를 찾느라고 이틀을 보냈다.

안나는 알렉세이 알렉산드로비치와 리지야 이바노브나의 가까운 관계를 알고 나서 셋째날에, 자신이 아들을 보도록 허락하는 것은 전적으로 남편의 관대함에 달려 있다는 것을 일부러 강조한, 무척 많은 노력이 들어간 편지를 그녀에게 쓰기로 결심했다. 그녀는 백작부인이 편지를 남편에게 보여주면 그는 자신의 관대함의 역할을 계속하느라 그녀를 거절하지 않을 거라는 사실을 알고 있었다.

편지를 전하러 갔던 사람은 그녀에게 가장 잔인하고 예기치 않았던 답변, 답장은 없을 거라는 소식을 전해왔다. 그녀가 편지를 전하러 갔던 사람을 불러 그에게서 그가 어떻게 한참을 기다리다가 '아무런 답장도 없을 것이다'라는 말을 들었는지 상세한 정황을 들었던 순간처럼 멸시와 모욕을 느낀 적은 한번도 없었지만, 그녀는 리지야 이바노브나 백작부인의 관점에서는 그것이 옳다고 보았다. 그녀의 비참함은 혼자서 겪는 것이라 더더욱 컸다. 그녀는 이 비참함을 브론스끼와 나눌 수도 없었고 나누기를 원하지도 않았다. 그녀는 그가 그녀의 불행의 주원인임에도 불구하고 그녀가 아들을 만나는 문제가 그에게는 가장 하찮은 문제로 보이리라는 것을 알고 있었다. 그녀는 그가 결코 그녀의 고통의 전체 깊이를 이해하지 못하리라는 것을 알고 있었다. 그녀는 이 문제를 언급할 때의 그의 차가운 어조 때문에 그녀가 그를 증오하게 되리라는 것을 알고 있었다. 그리고 그녀는 이것을 세상에서 가장 두려워했으며, 그래서 아들에 관한 것은 모두 그에게 감추었다.

그녀는 하루 종일 집에 앉아서 아들과 만날 방법에 대해 생각하다가 남편에게 편지를 쓰려는 결심에 이르렀다. 리지야 이바노브나의 편지가 도착했을 때 그녀는 이미 편지 쓰기를 마친 상태였다. 백작부인의 침묵은 그녀를 겸손하고 온순하게 했고 복종시켰다. 하지만 이 편지와 행간에서 읽은 모든 것이 그녀를 너무나 자극했고, 이 적의는 아들에 대한 그녀의 열정적이고 정당한 사랑과 비교해볼 때 너무나 불쾌한 것이어서 그녀는 타인들에게 반기를 들고 자책하기를 그만두었다.

'이 냉정함은 감정을 속이는 술책이야.' 그녀는 혼잣말을 했다. '그들에겐 나를 모욕하고 아들을 괴롭히는 게 필요하지. 그러면 내가 그들에게 복종하게 될 거라고 말이야! 천만의 말씀! 그녀는 나보다 더 나빠. 난 적어도 거짓말은 안 하지.' 그리고 그녀는 당장 결심했다. 세료자의 생일인 바로 내일 직접 남편의 집으로 가서 사람들을 구워삶거나 속이기라도 해서 무슨 일이 있더라도 아들을 만나고 불행한 아들을 에워싸고 있는 그들의 이 말도 안 되는 속임수를 파괴하리라고 결심했다.

그녀는 장난감가게로 가서 장난감을 잔뜩 사고 행동 계획을 생각했다. 그녀는 알렉세이 알렉산드로비치가 아마도 아직 일어나지 않았을 이른 시각, 아침 여덟시에 도착할 것이다. 그녀는 문지기와 하인이 자신을 들여보내게 만들 수 있도록 수중에 돈을 가지고 갈 것이고, 베일을 들어올리지 않은 채 세료자의 대부의 심부름으로 생일을 축하하기 위해 아들의 침대 곁에 장난감을 놓으러 왔다고 말할 것이다. 그녀는 아들에게 할 말만은 준비하지 못했다. 아무리 생각해도 도무지 아무 말도 생각해낼 수 없었다.

다음 날 아침 여덟시, 안나는 삯마차에서 내려 예전 자기 집의 초인종을 울렸다.

"무슨 일인지 가봐. 어떤 귀부인이 왔어." 까삐또니치가 아직 옷을 차려입지 않은 채 외투만 걸치고 덧신을 신고서 창문을 통해 베일로 얼굴을 가리고 바로 문가에 서 있는 귀부인에게 시선을 던지며 말했다.

안나가 모르는 젊은 문지기 보조가 문을 열자마자 그녀는 벌써 문안으로 들어서서 토시에서 삼 루블짜리 지폐를 꺼내어 얼른 그의 손안으로 찔러주었다.

"세료자…… 세르게이 알렉세이치." 그녀는 말하고서 앞으로 가려고 했다. 지폐를 보던 문지기 보조는 그녀를 유리로 된 다른 문에서 막았다.

"무슨 용무이신지요?" 그가 물었다.

그녀는 그의 말을 듣지 못했고 아무 대답도 하지 않았다.

모르는 여인이 당황한 것을 알아챈 까삐또니치가 그녀에게로 나와서 문안으로 들이고 무엇을 원하는지 물었다.

"스꼬로두모프 공작께서 세르게이 알렉세이치에게." 그녀가 말했다.

"아직 일어나지 않으셨습니다." 문지기가 그녀를 주의 깊게 가까이 들여다보면서 말했다.

안나는 자신이 구년 동안 살았던 그 집의 전혀 변하지 않은 현관 분위기가 자신에게 이렇게 강한 영향을 미치리라고는 전혀 예상하지 못했다. 기쁜 기억들과 고통스러운 기억들 하나하나가 그녀의 영혼 속에서 깨어 일어났고, 그녀는 순간 왜 자신이 여기 있는지를 잊었다.

"기다리시렵니까?" 까삐또니치가 그녀에게서 털가죽 외투를 벗겨주면서 물었다.

털가죽 외투를 벗겨주고 나서 까삐또니치는 그녀의 얼굴을 보고 그녀를 알아보았고 말없이 깊이 허리 굽혀 절을 했다.

"자, 들어오십시오, 마님." 그가 그녀에게 말했다.

그녀는 뭔가를 말하고 싶었지만 목소리가 나오지 않아 아무 소리도 하지 못 했다. 죄스러운 침묵으로 노인을 쳐다본 후 그녀는 빠르고 가벼운 걸음걸이로 계단을 오르기 시작했다. 까삐또니치는 온몸을 앞으로 잔뜩 구부린 채 계단에 덧신이 걸려가면서 그녀를 뒤쫓아 달려와서 그녀를 앞지르려 했다.

"선생이 거기 있을 텐데, 아마 옷을 차려입지 않았을 겁니다. 제가 알리겠습니다."

안나는 노인이 하는 말을 알아듣지 못하고 낯익은 계단을 따라 계속 올라갔다.

"이리로, 왼쪽으로 오십시오. 청소를 하지 않아 죄송합니다. 도련님은 지금은 예전의 소파 방을 쓰십니다." 문지기가 숨 가빠하며 말했다. "잠깐만 기다려주십시오, 마님. 제가 들여다보겠습니다." 그가 말하고 나서 그녀를 앞질러 높은 문을 조금 열고 그 뒤로 사라졌다. 안나는 기대하면서 멈춰서 있었다. "막 일어나셨습니다." 문에서 다시 나오며 문지기가 말했다.

문지기가 이 말을 할 때, 안나는 아이의 하품 소리를 들었다. 이 하품 소리 하나로 그녀는 아들을 알아보았고 그를 자기 앞에 생생하게 보는 듯했다.

"들어가게 해줘요, 들어가게 해줘. 저리 가요!" 그녀는 말하고 높은 문 안으로 들어갔다. 문 오른쪽으로 침대가 놓여 있었고, 침대 위에 단추를 잠그지 않은 셔츠만 입은 소년이 일어나 앉아 있었고, 구부렸던 몸을 다시 펴며 하품을 마저 하고 있었다. 그의 입술이 다시 합쳐진 순간 입술은 행복한—잠에 취한 미소를 띠었고, 이 미소와 함께 그는 다시 천천히 달콤하게 뒤로 쓰러졌다.

"세료자!" 그녀가 소리 없이 그에게로 다가가면서 속삭였다.

그와 떨어져 있는 동안, 최근 내내 넘치는 사랑을 느끼는 동안,

그녀는 그를 자신이 무엇보다도 사랑한 그 모습 그대로의 네살짜리 소년이라고 상상하고 있었다. 지금 그는 심지어 그녀가 그를 떠날 때의 그 모습도 아니었다. 그는 네살짜리 소년에서 더 멀어졌으며 더 자랐고 더 말랐다. 이게 뭐야! 얼굴이 왜 이리 수척해! 머리카락은 왜 이리 짧아! 팔은 길기도 하네! 그녀가 떠난 이후 얼마나 변했는지! 하지만 이 소년은 머리 윤곽, 입술, 부드러운 목, 넓은 어깨를 한 영락없는 그였다.

"세료자!" 그녀가 아이의 귀 바로 위에서 다시 말했다.

그는 팔꿈치를 짚고 다시 일어나서 어리벙벙한 얼굴로 무언가를 찾듯이 고개를 양옆으로 돌리더니 눈을 떴다. 그는 몇초간 그의 앞에 미동도 없이 서 있는 어머니를 조용히 묻는 듯이 쳐다보고 나서 갑자기 행복한 미소를 지었고 다시 들러붙는 눈을 감고 쓰러졌다. 하지만 뒤쪽으로가 아니라 그녀를 향해, 그녀의 두 팔 안으로.

"세료자, 사랑하는 내 아들!" 그녀가 숨이 막힌 채 두 팔로 그의 부드러운 몸을 안으며 말했다.

"엄마!" 그가 두 팔 안에서 몸의 이곳저곳이 그녀의 손에 닿도록 움직이며 말했다.

그는 잠에 취한 채 아직 눈을 감고서 포동포동한 작은 두 손을 침대의 등받이로부터 옮겨 그녀의 두 어깨를 붙잡고 어린애들에게만 있는 냄새와 온기로써 그녀를 감싸며 그녀를 향해 쓰러져 얼굴로 그녀의 목과 어깨를 비볐다.

"난 알았지." 그가 눈을 뜨며 말했다. "오늘은 내 생일이야. 엄마가 올 걸 알았어. 금세 일어날게."

이 말을 하면서 그는 다시 잠들었다.

안나는 그를 탐욕스럽게 살펴보았다. 그녀는 자기가 없는 동안 그가 얼마나 자랐고 변했는지 알았다. 그녀는 이불 밖으로 삐어 나온 그의 맨발을, 이제는 그렇게도 큰 발을 알 것도 모를 것도 같았고, 이 수척해진 뺨을, 그녀가 그렇게도 자주 키스했던 뒷덜미의 짧게 자른 머리꼬리를 알아보았다. 그녀는 이 모든 것을 더듬어 만져보며 아무 말도 할 수 없었다. 눈물이 그녀를 내리눌렀던 것이다.

"대체 뭣 때문에 울어, 엄마?" 그가 완전히 깨어나서 말했다. "엄마, 뭣 때문에 울어?" 그는 울먹이는 소리로 외쳤다.

"나? 안 울게⋯⋯ 기뻐서 우는 거야. 너무 오랫동안 너를 못 봤잖니. 안 그럴게, 안 그럴게." 그녀가 눈물을 삼키고 몸을 돌리며 말했다. "자, 이제 옷 입을 시간이네." 그녀가 자신을 추스르고 잠시 침묵한 후 덧붙였고, 그의 손을 잡은 채로 옷이 준비되어 있는 침대 곁 의자에 앉았다.

"엄마 없이 어떻게 옷을 입니? 어떻게⋯⋯" 그녀는 자연스럽고 즐겁게 이야기하고 싶었지만 할 수 없었고 다시 몸을 돌렸다.

"나는 찬물로 씻지 않아. 아버지가 그러지 말라고 하셨어. 근데 바실리 루끼치 못 봤어? 그가 올 거야. 근데 엄마는 내 옷 위에 앉았네." 그러고서 세료자는 큰 소리로 웃었다.

그녀는 그를 바라보며 미소 지었다.

"엄마, 좋은 엄마, 사랑하는 엄마!" 그가 다시 한번 그녀에게로 몸을 던져 그녀를 껴안으며 소리쳤다. 그녀의 미소를 보고 이제야 무슨 일이 일어났는지 확실히 이해한 듯이. "이건 필요 없어." 그는 그녀에게서 모자를 벗기며 말했다. 그는 모자를 벗은 그녀를 처음 본 듯이 다시 한번 몸을 던져 그녀에게 키스했다.

"엄마에 대해 뭘 생각했니? 엄마가 죽었다고 생각하지 않았지?"

"한번도 믿은 적 없어."

"안 믿었다고, 내 친구?"

"난 알았지, 난 알았지!" 그는 자기가 좋아하는 그 문구를 되풀이하고 나서 자신의 머리를 어루만지는 그녀의 손을 잡고 그 손바닥을 자기 입으로 가져가서 키스하기 시작했다.

30

그러는 사이, 처음에는 이 귀부인이 누군지 몰랐던 바실리 루끼치는 대화를 듣고 이 귀부인이 남편을 버리고 떠난, 자기는 그녀가 이미 떠난 뒤에 집으로 들어왔기 때문에 누구인지 모르는 바로 그 어머니라는 것을 알고서 아이방에 들어가야 할지 말아야 할지, 알렉세이 알렉산드로비치에게 알려야 할지 말아야 할지 망설이고 있었다. 마침내 그는 자신의 의무가 세료자를 정해진 시각에 일어나게 하는 것이고 그래서 누가 거기에 앉아 있든, 어머니나 다른 누가 있든 주의할 필요 없이 자기 의무를 이행해야 한다고 생각을 정리하고서 옷을 차려입고 문으로 다가가 문을 열었다.

하지만 어머니와 아들이 다정하게 어루만지는 손길과 그들의 목소리와 그들이 하는 말, 이 모든 것이 그의 마음을 바꾸었다. 그는 머리를 흔들고 한숨을 쉬고 나서 문을 닫았다. '십분만 더 기다려야지.' 그는 헛기침을 하고 눈물을 닦으면서 스스로에게 말했다.

이때 집의 하인들 사이에서는 강한 동요가 일었다. 모두들 주인마님이 온 것을, 까삐또니치가 그녀를 들여보낸 것을, 그녀가 지금 아이방에 있는데 주인은 항상 아홉시에 직접 아이방으로 온다는 것을 알고 있었고, 모두들 부부가 만나서는 안 되고 만나지 않도록 막아야 한다는 것을 이해했다. 하인 꼬르네이는 문지기의 방으로 와서 누가 어떻게 그녀를 들였는가를 물어보고, 까삐또니치가 맞이하고 그녀를 안내했다는 것을 알고서 노인을 질책했다. 문지기는 고집스레 침묵했다. 하지만 꼬르네이가 그에게 이 일로 그를 내쫓아야 한다고 말하자, 까삐또니치는 꼬르네이를 향해 달려들어 그의 앞에서 두 손을 내저으며 말했다.

"그래, 넌 들여보내지 않았겠지! 나는 십년을 복무하며 호의밖에는 본 게 없어. 그래, 너는 지금 가서 말해, 제발 나가시라고! 넌 교묘하게 정치하는 거 잘 아니까! 그래, 그렇지! 넌 어떻게 하면 주인님을 속여서 너구리가죽 외투를 우려낼까 하는 것만 유념하는 게 좋을 거다."

"군바리!" 꼬르네이가 경멸스럽게 말하고 들어오는 보모에게로 몸을 돌렸다. "알렉세이 알렉산드로비치께서 이제 나오셔서 아이방으로 가실 거요."

"일 났네, 일 났어!" 보모가 말했다. "당신이 말이에요, 꼬르네이 바실리예비치, 어떻게든 그분을, 주인 나리를 좀 지체시켜보시우. 난 달려가서 어떻게든 마님을 모시고 나올 테니. 일 났네, 일 났어!"

보모가 아이방으로 갔을 때, 세료자는 어머니에게 산에서 나젠까와 함께 썰매를 타고 내려오다가 넘어져서 세번이나 곤두박질친 것을 이야기하고 있었다. 그녀는 아이의 목소리를 듣고, 그의 얼굴과 표정의 변화를 보고, 그의 손을 만지고 있었지만, 그가 무슨 말을 하는지 이해하지 못했다. 나가야 해. 이애를 두고 가야 해. 그녀는 오직 이 하나만 생각하고 느끼고 있었다. 그녀는 문을 향해 다가와서 기침을 하는 바실리 루끼치의 발소리도 들었고 다가오는 보모의 발소리도 들었다. 하지만 말을 시작할 힘도, 일어날 힘도 없이 돌로 굳어진 것처럼 앉아 있었다.

"마님, 착한 마님!" 보모가 안나를 향해 다가와 그녀의 두 손과 두 어깨에 키스하며 말을 시작했다. "생일을 맞은 우리 도련님에게 신께서 기쁨을 주셨네요. 마님은 아무것도 변하지 않으시고 그대로시네요."

"아, 보모, 착한 보모, 이 집에 있는 줄 몰랐어요." 순간 정신이 든 안나가 말했다.

"전 여기 살지 않고 딸과 살아요. 오늘은 도련님께 축하드리러 왔어요, 안나 아르까지예브나, 착한 마님!"

보모는 갑자기 울기 시작했고 다시 그녀의 손에 키스했다.

세료자는 두 눈을 반짝이며 미소로 환해진 채 한 손으로는 어머니를, 다른 손으로는 보모를 잡고 윤기 흐르는 맨발로 양탄자 위를 굴렀다. 사랑하는 보모가 어머니를 대하는 다정함이 그를 환희로 이끌었다.

"엄마! 보모는 자주 제게 와요. 그리고 와서는……" 그는 말을 시작하려 했으나, 보모가 어머니에게 무어라 귓속말을 하고 어머니의 얼굴에 공포와 어머니에게는 그렇게도 어울리지 않는 수치심 비슷한 뭔가가 나타나는 것을 보고 멈추었다.

그녀가 그에게로 다가왔다.

"사랑스러운 내 아들!" 그녀가 말했다.

그녀는 안녕이라고 말할 수 없었다. 하지만 그녀의 얼굴 표정이 그것을 말했고, 그는 이해했다. "사랑스러운, 사랑스러운 꾸찌끄!" 그녀는 그가 어린애였을 때 부르던 이름으로 불렀다. "넌 날 잊지 않을 거지? 넌……" 하지만 그녀는 더이상 말을 할 수 없었다.

나중에 아들에게 할 말이 얼마나 많이 떠올랐던가! 하지만 지금 그녀는 아무 할 말을 찾지 못했고 말을 할 수도 없었다. 하지만 세료자는 어머니가 하고 싶은 말을 모두 이해했다. 그는 어머니가 불행하며, 자신을 사랑하고 있다는 것을 이해했다. 그는 심지어 보모가 귓속말로 한 이야기까지 이해했다. 그는 '항상 여덟시에서 아홉시에'라는 말을 들었고, 이것이 아버지에 대한 말이고 어머니는 아버지를 만나면 안 된다는 것을 이해했다. 이를 이해했지만 그가 이해하지 못하는 한가지는 왜 어머니의 얼굴에 공포와 수치가 나타나는가 하는 점이었다. 어머니는 죄가 없는데, 그런데도 아버지를 두려워하고 뭔가에 수치를 느낀다. 그는 이 의문을 자신에게 설명해줄 질문을 하고 싶었다. 하지만 그럴 용기가 없었다. 그는 어머니가 괴로워하는 것을 보았고 어머니가 불쌍했다. 그는 말없이 어머니에게 자기 몸을 꼭 붙이고 귓속말로 말했다.

"아직 가지 마. 아버지는 금방 안 오셔."

어머니는 그가 무슨 생각으로 말한 것인지 알기 위해서 그를 자기에게서 떼어내서 살펴보았고, 그의 겁먹은 얼굴에서 그가 아버지에 대해서 말했을 뿐만 아니라 아버지에 대해 어떻게 생각해야 하는지 그녀에게 묻고 있는 것을 읽어냈다.

"세료자, 얘야." 그녀가 말했다. "아버지를 사랑해라. 아버지는 나보다 더 훌륭하고 착하셔. 나는 네 아버지 앞에 죄를 졌단다. 네가 어른이 되면 판단하게 될 거야."

"엄마보다 더 좋은 사람은 없어!" 그는 눈물 사이로 절망적으로 소리쳤고, 그녀의 두 어깨를 잡고 긴장으로 떨리는 두 팔로 온 힘을 다해 그녀를 자기에게로 끌어당겼다.

"착하지, 내 아들!" 안나는 말하고는, 아들과 마찬가지로 약하게,

어린애같이 울기 시작했다.

이때 문이 열리고 바실리 루끼치가 들어왔다. 다른 문에서 발소리가 들리자 보모가 겁먹은 속삭임으로 말했다.

"오세요." 그리고 안나에게 모자를 주었다.

세료자는 침대로 쓰러져서 얼굴을 두 손으로 가리고 흐느꼈다. 안나는 이 손을 떼어내고 다시 한번 그의 젖은 얼굴에 키스한 후 빠른 걸음으로 문으로 나갔다. 알렉세이 알렉산드로비치가 그녀의 맞은편에서 걸어오고 있었다. 그녀를 보고 그는 멈춰서서 고개 숙여 인사했다.

그녀는 방금 그가 그녀보다 훌륭하고 착하다고 말했음에도 불구하고, 빠르게 시선을 던져 그의 모습을 모든 세세한 면까지 전부 살펴보고 나니 그를 향한 혐오와 분노, 그리고 아들로 인한 질투의 감정에 휩싸였다. 그녀는 빠른 동작으로 베일을 내리고 걸음을 재촉해서 거의 뛰다시피 방을 나왔다.

그녀는 자신이 어제 그렇게 큰 사랑과 슬픔을 담아 고른 그 장난감들을 꺼내지도 못한 채 그냥 그대로 숙소로 가지고 왔다.

31

안나가 아들과의 만남을 얼마나 원했든지 간에, 얼마나 오랫동안 그것에 대해 생각하고 대비했든지 간에, 그녀는 이 만남이 자신에게 이렇게 강한 영향을 미치리라고는 전혀 예상하지 못했다. 외로운 호텔방으로 돌아온 그녀는 자신이 왜 여기 있는지 이해할 수 없었다. '그래, 이 모든 게 끝났어. 그리고 나는 다시 혼자야.' 그녀는 스스로에게 말하고, 모자도 벗지 않은 채 벽난롯가에 놓여 있는 안락의자에 앉았다. 그녀는 창문 사이에 놓여 있는 책상 위 청동 시계에 시선을 고정한 채 생각에 빠졌다.

외국에서 데려온 프랑스인 하녀가 옷을 갈아입으시라고 들어왔다. 그녀는 놀란 듯이 하녀를 바라보며 말했다.

"나중에."

하인이 커피를 권했다.

"나중에." 그녀가 말했다.

이딸리아인 유모가 딸아이를 잘 꾸며서 방으로 안고 들어와 안나에게 건네주었다. 잘 먹고 포동포동한 딸아이는 언제나처럼 어머니를 보고 가는 실로 동여맨 듯한 맨살의 조그만 두 팔을 손바닥이 아래로 향하도록 뻗고 이가 없는 조그만 입으로 미소를 지으면서 물고기가 지느러미로 헤엄치듯, 작은 두 손으로 수놓은 아기 치마의 풀 먹인 단을 소리가 나도록 치면서 두 팔을 휘젓기 시작했다. 딸아이에게 미소 짓지 않을 수 없었고, 입을 맞추지 않을 수 없었고, 아이가 잡고 꺅꺅거리며 온몸으로 통통 튀어오르도록 손가락을 내밀지 않을 수 없었다. 아이가 키스하듯 조그만 입안으로 넣도록 입술을 내밀지 않을 수 없었다. 그래서 안나는 이 모든 것을 했고, 아이를 두 팔로 받치고 깡총거리게 했고, 아이의 싱싱한 볼과 맨살의 팔꿈치에 입을 맞추었다. 하지만 이 아이를 보면서, 자신이 이 아이에게 가지는 감정이 세료자에게 가지는 감정과 비교해볼 때 사랑이라고 할 수 없다는 것이 그녀에게 더욱더 명확해졌다. 첫아이에게, 비록 사랑하지 않는 사람과의 사이에서 태어났지만, 그녀는 충족되지 않은 애정의 모든 힘을 쏟았던 것이다. 딸아이는 가장 어려운 조건에서 태어났는데, 이 아이에게는 첫아이에게 쏟은 관심의 백분의 일도 주지 못했다. 게다가 딸아이는 아직 모든 것이 어떻게 될지 기대를 받지만, 세료자는 이미 거의 완전한 인간이었고 그녀가 사랑하는 인간이었다. 그 인간 속에는 이미 갈등하는 생각과 감정이 있었다. 그의 말과 시선을 떠올리며 그녀는 그가 그녀를 이해하고 사랑하고 판단하고 있었다고 생각했다. 그녀는 육체적으로만이 아니라 정신적으로도 영원히 그와 합일되어 있었고, 이를 바꾸는 것은 불가능했다.

그녀는 딸아이를 유모에게 넘겨주고 그녀를 내보내고 나서 세료자가 지금 딸아이 나이였던 때의 초상화가 들어 있는 로켓을 열었다. 그녀는 일어나서 모자를 벗고 작은 탁자 위에 놓여 있는, 아들의 다른 나이 때 사진들이 들어 있는 앨범을 잡았다. 그녀는 비교해보고 싶어서 앨범에서 사진들을 꺼내려 했다. 그녀는 사진들을 모두 꺼냈다. 마지막 한장, 가장 좋은 사진이 남았다. 그는 하얀 셔츠를 입고 의자에 말 탄 것처럼 앉아서 두 눈을 찌푸리고 입으로는 미소를 짓고 있었다. 지금 특별히 긴장하여 움직이는 작고 날쌘 두 손으로 하얗고 가느다란 손가락들을 놀려 그녀는 몇번이나 사진의 귀퉁이를 건드렸지만 사진이 잡히지 않아서 꺼낼 수가 없었다. 책상 위에는 종이칼이 없었고, 그녀는 그 옆에 있던 사진(이 사진은 로마에서 찍은, 긴 머리에 둥근 모자를 쓴 브론스끼의 사진이었다)을 꺼내서 그것으로 아들의 사진을 밀어 빼냈다. "그래, 그이네!" 그녀는 브론스끼의 사진을 보고 말했고, 그러자 갑자기 지금 자신이 느끼는 비통함의 원인이 누구인지 퍼뜩 떠올랐다. 오늘 아침 내내 그는 한번도 그녀의 머릿속에 떠오르지 않았었다. 하지만 지금 갑자기 그의 남성적이고 위풍당당한, 그녀에게 그리도 친숙하고 사랑스러운 얼굴을 보자 예기치 않게 그에 대한 사랑이 밀려오는 것을 느꼈다.

'근데 그는 어디 있지? 어떻게 이렇게 고통스러워하는 나를 혼자 남겨둘 수 있는 거지?' 자기 스스로가 아들에 관한 모든 것을 그에게 숨기고 있었다는 것을 잊고 그녀는 갑자기 그를 향한 비난의 감정을 품고 생각했다. 그녀는 그에게 당장 자신에게 와달라고 청하도록 사람을 보냈다. 심장이 얼어붙는 것을 느끼며 그녀는 그에게 할 모든 말과 그녀를 위로해줄 그의 사랑의 표현을 생각해보며 기다렸다. 보냈던 사람은 그에게 손님이 있지만 곧 돌아올 것이며, 뻬쩨르부르그에 온 야시빈 공작도 함께 맞이할 수 있느냐고 물어보라고 명했다는 대답과 함께 돌아왔다. '혼자 오지 않을 거군. 근데 어제 식사 이후 그는 나를 보지 않았어.' 그녀는 생각했다. '내가 그에게 모든 것을 다 말할 수 있도록 혼자 오지 않고 야시빈하고 올 거군.' 그러자 갑자기 이상한 생각이 들었다. 어쩌지, 만약 그가 나를 사랑하지 않게 된다면?

그런 생각으로 최근 며칠 동안 일어난 일들을 돌이켜보니 이 무서운 생각이 모든 것에서 확인되는 것 같았다. 어제 그가 집에서 식사를 하지 않은 것도, 그가 뻬쩨르부르그에서 그들이 따로 지내야 한다고 주장한 것도, 그리고 지금도 둘이만 만나는 것을 피하듯이 혼자 오지 않는 것도.

'하지만 그는 내게 그런 말을 해야 해. 나는 알아야 할 필요가 있어. 만약 내가 그것을 알게 되면 그때 나는 내가 뭘 해야 할지 알아.' 그녀는 그의 무관심을 확인했을 때 자신이 처할 상황을 그려낼 힘이 없이 스스로에게 말했다. 그녀는 그가 자기를 사랑하지 않게 되었다고 생각했고, 절망에 가까운 감정을 느꼈으며, 이 감정 때문에 특히 흥분한 자신을 느꼈다. 그녀는 하녀를 불러 화장실로 갔다. 그녀는 옷을 차려입으며 최근 그 어떤 날보다 더 옷차림에 공을 들였다. 마치 그녀를 싫어하게 된 그가 그녀에게 어울리는 이 옷과 머리 모양 때문에 그녀를 다시 사랑할 수도 있다는 듯이.

차림새가 미처 다 준비되기 전에 초인종 소리가 들려왔다.

그녀가 거실로 나갔을 때 그녀에게 시선을 준 것은 그가 아니라 야시빈이었다. 브론스끼는 그녀가 잊고 탁자 위에 놓고 온 그녀 아들의 사진들을 보고 있었으며 서둘러 그녀를 보려 하지 않았다.

"우리는 아는 사이지요." 어쩔 줄 몰라하는 야시빈(이는 그의 큰 키와 거친 얼굴에 매우 어울리지 않는 느낌이었다)의 커다란 손 안에 자신의 작은 손을 얹고 그녀가 말했다. "작년 경마 때부터지요. 주세요." 그녀는 빠른 동작으로 브론스끼로부터 그가 보고 있던 아들의 사진들을 잡아채며 유난히 번쩍이는 눈으로 그를 쳐다보면서 말했다. "올해 경마는 좋았나요? 전 그 대신 로마 꼬르소에서 경마를 봤어요. 그런데 당신은 외국 생활을 좋아하지 않으시죠." 그녀가 애교스럽게 미소 지으며 말했다. "전 당신을 알고 당신의 모든 취향을 알아요. 거의 만나뵙지는 못했지만요."

"참 유감입니다. 왜냐하면 제 취향들은 모두 나쁜 편이라서요." 야시빈이 자기의 왼쪽 콧수염을 씹으면서 말했다.

얼마간 이야기를 하다가 브론스끼가 시계를 보는 것을 알아챈 야시빈은 그녀에게 뻬쩨르부르그에 더 오래 머물 것이냐고 물었고 거대한 몸을 펴서 모자를 쥐었다.

"얼마 안 있을 것 같아요." 그녀는 브론스끼를 바라보고 나서 망설이며 말했다.

"그럼 더이상 뵙지 못하겠네요?" 야시빈이 일어나서 브론스끼를 향하면서 말했다. "자네는 어디서 식사할 건가?"

"오셔서 저와 함께 식사해요." 안나가 마치 자기가 당혹한 것에 대해 스스로에게 화를 내듯이 분명하게, 하지만 새로운 사람 앞에서 자기의 처지를 보일 때마다 항상 그랬듯이 얼굴을 붉히며 말했다. "여기 식사는 좋지는 않지만 적어도 그가 당신과 함께할 수 있지요. 알렉세이가 모든 연대 동료들 중에서 당신만큼 사랑하는 분이 없어요."

"매우 기쁩니다." 야시빈이 미소를 지으며 말했고, 그 미소에서 브론스끼는 안나가 무척 그의 마음에 들었다는 것을 알았다.

야시빈은 허리 굽혀 절하고 나갔고, 브론스끼는 뒤에 남았다.

"당신도 가요?" 그녀가 그에게 말했다.

"벌써 늦었어요." 그가 대답했다. "가게, 내 곧 따라잡을 테니." 그가 야시빈에게 소리쳤다.

그녀는 그의 손을 잡고 머릿속으로 그를 제지하려면 무슨 말을 해야 할까를 생각하면서 눈을 내리지 않고 그를 바라보았다.

"잠깐만요, 할 말이 있어요." 그리고 그녀는 그의 짧은 팔을 잡고 그 손을 자기 목에 갖다 대고 꼭 눌렀다. "그를 식사에 초대한 거 괜찮아요?"

"참 잘했어요." 그는 편안한 미소를 지으면서 단단한 이를 드러내고 그녀의 손에 키스하며 말했다.

"알렉세이, 당신, 변하지 않았지요?" 그녀가 두 손으로 그의 손을 쥐며 말했다. "알렉세이, 난 여기 있는 거 정말 괴로워요. 우리 언제 떠나죠?"

"곧, 곧. 내게도 여기서의 우리 생활이 얼마나 힘든지 당신은 믿을 수 없을 거예요." 그가 말하고는 손을 뺐다.

"그래요, 가요, 가!" 그녀가 모욕을 느끼며 말하고는 얼른 그로부터 멀어졌다.

32

브론스끼가 돌아와보니 안나는 아직 없었다. 그가 떠난 후 바로 어떤 부인이 왔고 안나는 그녀와 함께 나갔다고 했다. 그녀가 어디로 간다고 말도 않고 나간 것, 아직까지 돌아오지 않은 것, 그녀가 아침에도 아무 말도 안 하고 어딘가로 다녀온 것, 이 모든 것이 오늘 아침 그녀의 이상하게 흥분한 얼굴 표정과 야시빈이 있는 자리에서 그녀가 그의 손에서 아들의 사진들을 거의 뺏다시피 하며 보인 적대적인 태도에 대한 기억과 함께 그를 생각에 잠기게 했다. 그는 그녀와 털어놓고 이야기해야겠다고 마음먹었다. 그래서 그는 거실에서 그녀를 기다렸다. 하지만 안나는 혼자서 돌아오지 않았고 친척 아주머니인 노처녀 오블론스끼 공작영애를 데리고 왔다. 이 공작영애가 아침에 와서 안나와 함께 물건을 사러 나갔던 바로 그 부인이었다. 안나는 마치 브론스끼의 걱정스럽고 묻는 듯한 얼굴 표정을 눈치채지 못한 듯이 그에게 오늘 아침에 산 것에 대해 즐겁게 이야기했다. 그는 그녀 안에서 뭔가 특별한 일이 일어난 것을 알았다. 그에게 잠시 머무른 그녀의 번쩍이는 눈 속에는 긴장한 주의력이 보였고, 말과 동작 속에는 그들이 처음 가까워졌을 때 그를 그렇게도 매혹했던, 하지만 지금은 그를 불안하게 하고 겁나게 하는 그 날카로운 기민함과 우아함이 보였다.

식사는 네 사람을 위해 차려졌다. 모두들 벌써 모여서 작은 식당으로 나가려고 할 때 뚜시께비치가 안나에게 보내는 벳시의 전

갈을 가지고 왔다. 벳시 공작부인은 건강이 좋지 않아서 작별 인사를 하러 오지 못하는 것을 용서해달라고 청했고, 그럼에도 안나에게 여섯시 반에서 아홉시 사이에 자기에게 와달라고 청했다. 브론스끼는 그녀를 아무하고도 마주치지 않게 하려는 조치를 나타내는 이 정해진 시간을 보고 안나에게 시선을 던졌다. 하지만 안나는 이를 알아채지 못한 것 같았다.

"매우 유감이네요. 제가 딱 여섯시 반에서 아홉시 사이에는 갈 수가 없거든요." 그녀가 보일락 말락 미소를 지으면서 말했다.

"공작부인이 매우 유감스러워할 겁니다."

"저도 그래요."

"아마도 빠띠[33]를 들으러 가시지요?" 뚜시께비치가 말했다.

"빠띠요? 좋은 아이디어를 주시네요. 특별석에 좌석을 얻을 수 있으면 갈 거예요."

"제가 구할 수 있어요." 뚜시께비치가 나섰다.

"아주아주 고마울 거예요." 안나가 말했다. "저희와 함께 식사하지 않으시겠어요?"

브론스끼는 보일락 말락 하게 어깨를 으쓱했다. 그는 안나가 하는 일을 이해할 수 없었다. 그녀는 왜 늙은 공작영애를 데려왔을까? 왜 뚜시께비치에게 식사하러 남으라고 했을까? 무엇보다도 놀랄 일은, 왜 특별석 좌석을 구하라고 그를 보낼까? 그녀의 처지에 그녀를 아는 모든 사교계 사람들이 오게 될 빠띠의 정기 공연에 가

33 이딸리아의 꼴로라뚜라 소프라노인 아델리나 빠띠(1843~1919)는 세기의 디바로서, 뻬쩨르부르그에서 몇차례 성공적인 공연을 했다. 여기서는 그녀의 언니인 까를로따 빠띠(1840?~89)를 가리키는 듯한데, 그녀 역시 1872~75년에 러시아에서 공연하여 큰 성공을 거두었다.

는 것이 과연 가능하단 말인가? 그는 진지한 표정으로 그녀를 바라보았지만, 그녀는 똑같이 도전적인 시선, 즐겁지도 절망적이지도 않은, 그로서는 의미를 알 수 없는 시선으로 답할 뿐이었다. 식사하는 동안 안나는 공격적일 만큼 유쾌했다. 그녀는 뚜시께비치와 야시빈에게 거의 교태를 부리다시피 했다. 식사를 끝내고 일어섰을 때, 뚜시께비치는 특별석을 구하러 갔고, 야시빈은 밖에 나가 담배를 피웠으며, 브론스끼는 그와 함께 자기 방으로 돌아왔다. 얼마간 앉아 있다가 그는 다시 위층으로 올라갔다. 안나는 이미 빠리에서 맞춘, 가슴이 깊이 파이고 벨벳을 댄 밝은색 실크 드레스를 입고 있었고, 머리는 그녀의 얼굴을 둘러싸 그녀의 선명한 아름다움을 더 돋보이게 하는 하얀 고급 레이스로 장식하고 있었다.

"정말 극장에 갈 거예요?" 그녀를 보지 않으려고 애쓰며 그가 물었다.

"대체 왜 그렇게 겁먹은 듯 물어요?" 그가 자기를 보지 않는 것에 다시 모욕을 느낀 그녀가 말했다. "대체 왜 가면 안 되지요?"

그녀는 마치 그의 말뜻을 못 알아듣는 것 같았다.

"물론 아무 이유도 없지요." 그가 얼굴을 찌푸리며 말했다.

"내 말이 바로 그거예요." 그녀는 일부러 그의 아이러니한 어조를 못 알아들은 척하며 향수 냄새가 나는 긴 장갑을 태연하게 말아 올리면서 말했다.

"안나, 제발! 무슨 일이에요?" 언젠가 그녀의 남편이 그녀에게 했던 것과 꼭 마찬가지로 그녀를 일깨우려고 하면서 그가 말했다.

"뭘 묻는지 모르겠네요."

"가면 안 된다는 걸 알잖아요."

"왜요? 난 혼자 가는 게 아니에요. 바르바라 공작영애가 옷을 차려입으러 갔어요. 그녀가 나와 함께 갈 거예요."

그는 회의와 절망의 표시로 어깨를 들었다 놓았다.

"하지만 정말 당신이 모른단 말인가요." 그가 말을 시작하려 했다.

"네, 난 알고 싶지 않아요!" 그녀는 거의 소리를 지르다시피 했다. "알고 싶지 않아요! 내가 한 일을 후회하냐고요? 아뇨, 아뇨, 아뇨. 만약 처음부터 똑같은 일이 되풀이된다 해도 똑같을 거예요. 우리에게, 나에게, 당신에게 중요한 것은 오직 하나, 우리가 서로를 사랑하느냐 하는 거예요. 다른 생각은 없어요. 여기서 우리는 왜 따로 살고 서로 보지 않나요? 왜 내가 가면 안 돼요? 난 당신을 사랑해요. 아무래도 좋아요." 그녀는 그로서는 원인을 알 수 없는 특별한 광채를 눈에 담고 그를 바라보며 러시아어로 말했다. "만약 당신이 변하지 않는다면요. 당신은 왜 나를 보지 않아요?"

그는 그녀를 보았다. 그는 그녀의 얼굴과 항상 그녀에게 그렇게도 잘 어울리는 매무새의 아름다움 전부를 보았다. 하지만 그녀의 아름다움과 우아함이 지금은 그의 신경을 곤두세우는 바로 그것이었다.

"내 감정은 변할 수 없다는 걸 잘 알잖아요. 하지만 당신에게 가지 말라고 청해요. 간청해요." 그는 사랑스러운 애원을 담은 목소리로, 그러나 냉정한 시선으로, 프랑스어로 그녀에게 말했다.

그녀는 그의 말은 듣지 못했으나 냉정한 시선을 보았고, 신경이 곤두서서 대답했다.

"내가 가면 왜 안 되는지 설명해봐요."

"왜냐하면 그 때문에 당신이……" 그는 말을 흐렸다.

"아무것도 이해할 수 없어요. 야시빈은 *체면을 깎는 사람이 아니*

고요[34], 바르바라 공작영애도 다른 사람들보다 못할 게 없지요. 아, 마침 그녀가 왔네요."

33

브론스끼는 처음으로 안나가 자신의 처지를 고의로 이해하지 않는 데 대해서 유감을, 거의 분노에 가까운 감정을 느꼈다. 이 감정은 그가 자신의 유감의 원인을 그녀에게 표현할 수 없었기 때문에 더욱 강해졌다. 그가 만약 그녀에게 자기가 생각한 것을 그대로 말했다면 '이런 차림을 하고 모두가 다 아는 공작영애와 극장에 나타난다는 것은 자기 처지가 타락한 여자라고 인정하는 것일 뿐만 아니라 사교계에 도전장을 던지는 것, 즉 영원히 사교계에 발을 끊겠다는 것을 의미해요'라고 말했을 것이다.

그는 이를 그녀에게 말할 수 없었다. '하지만 어떻게 그녀가 이를 이해하지 못할까? 그녀 안에서 무슨 일이 일어나고 있는 걸까?' 그는 스스로에게 말했다. 그는 그녀에 대한 자신의 존경이 줄어드는 동시에 그녀의 아름다움에 대한 인식이 커지는 것을 느꼈다.

그는 얼굴을 찌푸린 채 자기 방으로 돌아와서, 긴 두 다리를 의자 위로 뻗고 탄산수에 섞은 꼬냑을 마시고 있는 야시빈에게로 다가앉아 자기에게도 같은 것을 가져오라고 명했다.

"자네, 란꼽스끼의 모구치에 대해 말했지. 아주 좋은 말이네. 나도 자네가 사기를 바라네." 야시빈이 친구의 암울한 얼굴을 보고

34 n'est pas compromettant(프랑스어).

말했다. "엉덩이가 처졌지만 다리와 머리 부분은 더이상 좋을 수 없지."

"살 생각이네." 브론스끼가 대답했다.

말에 대한 대화는 그의 관심을 끌긴 했지만, 그는 한순간도 안나를 잊지 않고 저도 모르게 복도의 발소리에 귀를 기울이며 벽난로 위의 시계를 쳐다보았다.

"안나 아르까지예브나가 극장으로 간다고 전하라고 하셨습니다."

야시빈은 다시 꼬냑 한잔을 탄산수에 부어 다 마시고 나서 단추를 채우며 일어났다.

"뭐 어때? 가세." 그가 수염 아래서 보일 듯 말 듯 미소를 지으며, 이 미소로써 브론스끼가 침울한 이유를 이해하지만 그 침울함에 아무 의미도 두지 않는다는 것을 보이면서 말했다.

"안 가겠네." 브론스끼가 침울하게 대답했다.

"난 가야 해. 약속했네. 자, 또 보세. 아니면 일등석으로 오게. 끄라신스끼의 좌석에 앉게." 야시빈이 나가며 덧붙였다.

"아냐, 난 일이 있어."

'아내와 함께 있어도 걱정이고, 아내가 아닌 여자와 함께는 더 나쁘군.' 야시빈은 호텔을 나가며 생각했다.

브론스끼는 혼자 남아 의자에서 일어나 방 안을 왔다 갔다 하기 시작했다.

'그래, 오늘 네번째 정기 공연…… 예고르가 아내와 함께 거기 있을 거고, 아마 어머니도 있을 거야. 그건 뻬쩨르부르그 전체가 거기 모인다는 얘기지. 지금쯤 그녀는 들어가서 모피 코트를 벗고 환하게 불이 밝혀진 데로 나왔겠군. 뚜시께비치, 야시빈, 바르바라 공작영애……' 그는 혼자 상상했다. "그럼 난 대체 뭐야? 내가 겁을 먹은 건가, 아니면 그녀의 보호를 뚜시께비치에게 넘긴 건가? 아무리 봐도 바보 같다, 바보 같아…… 그런데 그녀는 왜 나를 이런 처지로 몰아세우는 걸까?" 그는 손을 내저으면서 말했다.

이 동작을 하다가 그는 탄산수병과 꼬냑병이 놓여 있는 작은 탁자에 걸렸고, 꼬냑병을 밀어 떨어뜨릴 뻔했다. 그는 병을 쥐려고 했지만 놓쳤고, 화가 나서 발로 탁자를 걷어차고 종을 울렸다.

"내 밑에서 일을 하고 싶으면……" 그는 들어오는 하인에게 말했다. "네 할 일을 잊지 마. 이런 일은 없어야지. 네가 치워야 해."

하인은 억울한 느낌에 변명하려 했으나 주인의 얼굴을 보고 잠자코 있어야 한다는 것을 감지했고, 서둘러 용서를 구하며 양탄자 위에 쪼그리고 앉아서 온전한 잔과 병들과 깨진 유리조각들을 치우기 시작했다.

"그건 네 일이 아니야. 호텔 하인더러 치우라고 하고, 넌 내게 프록코트를 준비해줘."

브론스끼는 여덟시 반에 극장으로 들어갔다. 공연은 최고조에 달해 있었다. 나이 든 공연장 시종은 브론스끼에게서 털가죽 외투를 벗겨주며 그를 알아보고 '각하'라고 부르며, 번호표를 가지고 가실 것 없이 그냥 표도르를 부르시라고 권했다. 불이 밝혀진 복도에는 공연장 시종과 손에 털가죽 외투를 들고 문가에서 듣고 있는 하인 두명 이외에는 아무도 없었다. 조금 열린 문으로부터 오케스트라의 조심스러운 스타카토 반주 소리와 생생하게 악구를 노래하는 소프라노의 아리아가 들려왔다. 문이 열리더니 공연장 시종이 미끄러져 들어갔고, 마지막을 향해 가는 악구가 선명하게 브론스끼의 청각을 놀라게 했다. 하지만 문이 바로 닫혔고, 브론스끼는 마지막을 향해 가는 악구의 끝부분과 종지부를 듣지 못했지만 문밖으로 들리는 우레 같은 박수 소리로 종지부가 끝난 것을 알았다. 그가 샹들리에들과 길쭉한 청동 가스등으로 밝게 조명한 홀로 들어갔을 때 아우성은 아직 계속되고 있었다. 무대에서 여가수는 드러난 어깨와 보석들로 빛나는 몸을 굽히고 미소를 지으면서, 그녀의 손을 잡고 있는 테너 가수의 도움을 받아 무대 앞쪽 각광脚光 너머로 서투르게 날아드는 꽃다발들을 주워모으며, 포마드로 번쩍거리는 머리카락에 가운데 가르마를 탄, 무대 앞쪽 각광 너머로 긴 손을 내뻗어 뭔가를 건네주는 신사에게로 다가갔고, 일반석과 특별석의 모든 관객들이 야단법석을 떨며 앞으로 몸을 내밀고 소리를 지르고 박수를 치고 있었다. 지휘자는 단 위에서 건네주는 것을 도우면서 자기의 하얀 넥타이를 바로 하고 있었다. 브론스끼는 일반석 가운데로 들어가 멈춰서서 주위를 둘러보았다. 지금은 그 어느 때보다도 더 이 익숙한 무대장치나 무대, 이 아우성, 극장에 입추의 여지 없이 들어찬 이 모든 그가 아는 지루하고 다양한 관객들 무리에 주의를 돌리지 않았다.

특별석 칸마다, 항상 그렇듯이 뒤에 장교를 동반한 똑같은 귀부인들이 있었다. 누군지는 모르겠는 똑같은 색색의 귀부인들, 제복들, 연미복들. 꼭대기 층에는 똑같은 너절한 군중들, 그리고 이 모든 무리 가운데 특별석과 일반석 앞쪽 몇줄에 마흔명쯤 되는 진정한[35] 남녀들이 있었다. 그리고 브론스끼는 이 오아시스로 당장 주의를 돌렸고, 곧바로 그들과 시선을 교환했다.

그가 들어왔을 때 막이 끝났고, 그래서 그는 형의 특별석에 들르지 않고 맨 앞줄까지 와서 무대 앞 가장자리 부근에 세르뿌홉스

35 제1부 34장(제1권 201면) 참조.

꼬이와 함께 서 있었다. 그는 무릎을 구부리고 구두 뒤축으로 무대 앞 가장자리를 치고 있다가 멀리서 브론스끼를 알아보고 미소를 지으며 그를 자기에게로 불렀던 것이다.

브론스끼는 아직 안나를 보지 못했다. 그는 일부러 그녀 쪽을 보지 않았다. 하지만 그는 사람들 시선의 방향을 보아 안나가 어디 있는지를 알았다. 그는 눈에 띄지 않게 둘러보았으나, 그녀를 찾은 것이 아니라 더 나쁜 것을 기대하며 두 눈으로 알렉세이 알렉산드로비치를 찾았던 것이다. 운 좋게도 이번에는 알렉세이 알렉산드로비치가 극장에 없었다.

"자네에게 군인 분위기는 거의 남지 않았군!" 세르뿌홉스꼬이가 그에게 말했다. "외교관, 예술가, 그런 분위기네."

"그렇네. 난 집에 돌아오자마자 프록코트를 입었네." 브론스끼가 미소를 짓고 천천히 오페라글라스를 꺼내면서 말했다.

"그래, 그 점에서 나는 자네가 부럽네. 외국에서 돌아와서 이것을 달면 자유가 그립다네." 그는 견장을 건드렸다.

세르뿌홉스꼬이는 벌써 오래전에 브론스끼의 복무 활동에 대해서는 포기했지만, 여전히 그를 사랑했고 지금도 그에게 특별히 친절했다.

"안됐군, 자네는 제일막을 놓쳤네."

브론스끼는 한 귀로 들으면서 오페라글라스를 아래층 특별석에서 이층 특등석까지 돌리며 특별석을 훑어보았다. 터번을 두른 귀부인과 화가 나서 오페라글라스를 들고 이리저리 돌리며 눈을 껌벅거리는 대머리 노인 부부 옆칸에서, 도도한 자태로 레이스 테두리 안에서 미소를 짓고 있는 놀랄 만큼 아름다운 안나의 얼굴을 보았다. 그녀는 그로부터 스무보쯤 떨어진 아래층 특별석 오번에 앉아 있었다. 앞에 앉은 그녀는 살짝 몸을 돌리고 야시빈에게 뭔가를 이야기하고 있었다. 아름답고 당당한 어깨 위의 고개를 가누는 모습과 눈과 얼굴 전체의 자제했으면서도 일깨워진 광채는 그에게 완전히 그가 그녀를 모스끄바 무도회에서 처음 보았을 때의 모습을 상기시켰다. 하지만 그는 지금 이 아름다움을 완전히 다르게 느끼고 있었다. 지금 그녀를 향한 그의 감정에는 아무 신비스러운 것이 없어서, 그녀의 아름다움은 예전보다 더 강하게 그의 마음을 끌었음에도 불구하고 동시에 그를 모욕했다. 그녀는 그가 있는 쪽을 보지 않았지만 브론스끼는 그녀가 이미 자신을 보았다고 느꼈다.

다시 그쪽으로 오페라글라스를 돌렸을 때 브론스끼는 바르바라 공작영애가 별나게 상기되어 부자연스럽게 웃으며 내내 옆칸을 돌아보는 것을 알았다. 안나는 부채를 접어서 그것으로 붉은 벨벳 커튼을 탁탁 치면서 어딘가로 시선을 돌렸지만, 무엇을 보는 것은 아니고 분명 옆칸에서 일어나는 일을 보고 싶지 않은 것 같았다. 야시빈의 얼굴에는 그가 도박에서 졌을 때의 표정이 나타나 있었다. 그는 이맛살을 찌푸리고 자기의 왼쪽 수염을 점점 더 깊게 입속으로 밀어넣으면서 같은 그 옆칸을 곁눈질하고 있었다.

왼쪽에 있는 이 특별석에는 까르따소프 부부가 앉아 있었다. 브론스끼는 그들을 알고 있었고, 안나가 그들과 아는 사이라는 것도 알고 있었다. 마르고 작은 여자인 까르따소바는 자기 칸에서 안나를 등 뒤로 하고 남편이 건네주는 겉옷을 걸치고 있었다. 그녀의 얼굴은 창백했고 화가 나 있었으며 그녀는 흥분해서 뭔가를 말하고 있었다. 뚱뚱하고 대머리인 까르따소프는 끊임없이 안나를 돌아보면서 아내를 진정시키려고 애쓰고 있었다. 아내가 나가자 남편은 오랫동안 꾸물대면서 눈으로 안나의 시선을 찾았다. 분명 안나에게 허리 굽혀 인사하기를 원하는 것 같았다. 하지만 안나는 분명히 일부러 모른 척하면서 뒤로 몸을 돌리고 그녀에게 짧게 깎은 머리를 숙이고 있는 야시빈에게 뭔가를 말하고 있었다. 까르따소프는 인사를 하지 않은 채 나갔고, 이 특별석은 비었다.

브론스끼는 까르따소프 부부와 안나 사이에 대체 무슨 일이 일어났는지 알 수 없었지만, 뭔가 안나에게 모욕적인 일이 일어났다는 것을 알았다. 그는 이를 무엇보다도 안나의 얼굴을 보고 알았다. 그는 그녀가 자기 역할을 유지하기 위해 마지막 힘을 다하고 있다는 것을 알았다. 그리고 그녀는 이 외적으로 평온한 역할을 연기하는 데 완전히 성공했다. 그녀나 그녀가 속하는 사회를 모르고, 부인들이 그녀가 어떻게 사교계에 자기를 내보일 엄두를 낼 수 있느냐고, 그것도 그렇게 레이스 장식을 하고 그렇게 아름답게 눈에 띄게 내보일 수 있느냐고 동정, 분노, 경탄의 말들을 하는 것을 듣지 못한 사람들은 이 여자의 평온과 아름다움을 감탄스럽게 바라보았고, 그녀가 치욕의 기둥에 세워진 사람의 감정을 느끼고 있다는 것을 의심조차 할 수 없었다.

무슨 일인가가 일어난 것을 알았지만 실제로 무슨 일이 일어났는지 모르는 브론스끼는 고통스러운 불안을 느꼈고, 무슨 일인지 알아보려고 형의 특별석으로 향했다. 그는 일부러 안나의 특별석 바로 맞은편의 일반석 통로를 통해서 나가다가 아는 사람 둘과 이야기하고 있던 예전의 연대장과 마주쳤다. 브론스끼는 까레닌 부부의 이름이 입에 오르는 것을 들었고, 연대장이 대화하던 사람들에게 의미 있게 시선을 던지며 서둘러 큰 소리로 자신을 부르는 것을 알아차렸다.

"아, 브론스끼! 대체 언제 연대로 올 텐가? 파티도 안 하고 자네를 풀어줄 수는 없지. 자넨 우리의 가장 골수 군인인데." 연대장이 말했다.

"틈이 안 납니다. 정말 유감입니다. 다음번에." 브론스끼는 말하고 계단을 따라 위로 올라가 형의 특별석으로 갔다.

브론스끼의 어머니, 은회색 곱슬머리를 지닌 늙은 백작부인은 형의 특별석에 있었다. 바랴와 소로끼나 공작영애가 이층 복도에서 그와 마주쳤다.

소로끼나 공작영애를 어머니에게 데려다주고 나서 바랴는 시동생에게 손을 내밀고 당장 그가 관심을 두는 문제에 대해 이야기하기 시작했다. 그녀는 그가 거의 본 적이 없을 정도로 흥분해 있었다.

"이건 비열하고 추잡해요. *마담*[36] 까르따소바는 그럴 권리가 전혀 없어요. *마담* 까레니나를……"

"그래, 무슨 일인가요? 전 몰라요."

"저런, 못 들었어요?"

"제가 항상 맨 마지막에 듣는 사람이라는 걸 알잖아요."

"그 까르따소바보다 더 사악한 존재가 있을까요?"

"그래, 그녀가 어쨌는데요?"

"남편이 그러는데…… 그녀가 까레니나를 모욕했대요. 그녀의 남편이 특별석 칸막이 너머로 그녀와 말을 하기 시작했는데, 까르따소바가 그에게 대들었던 거지요. 사람들이 그러는데 그녀가 큰 소리로 뭔가 모욕적인 말을 하고 나갔대요."

"백작님, 당신 *마망*이 당신을 부르세요." 소로끼나 공작영애가 특별석 문에서 내다보며 말했다.

---

36 madame(프랑스어).

"난 널 내내 기다리고 있었다." 어머니가 비웃음의 미소를 지으며 그에게 말했다. "널 전혀 볼 수가 없구나."

아들은 어머니가 기쁨의 미소를 참지 못하는 것을 보았다.

"안녕하세요, *마망*. 어머니께 오는 중이었지요." 그가 차갑게 말했다.

"근데 넌 왜 *마담 까레니나에게 알랑대러*[37] 가지 않니?" 소로끼나 공작영애가 저쪽으로 떨어져 앉았을 때 그녀가 덧붙였다. "*그 여자가 볼거리를 만드네. 그 여자 때문에 빠띠를 잊는다니까*[38]."

"*마망*, 그것에 대해서는 제게 말씀하시지 말라고 청했잖아요." 그는 얼굴을 찌푸리면서 말했다.

"난 모두가 말하는 걸 말할 뿐이다."

브론스끼는 아무 대답도 하지 않고 소로끼나 공작영애에게 몇 마디 한 다음 나왔다. 문에서 그는 형을 만났다.

"아, 알렉세이!" 형이 말했다. "정말 추악한 일이야! 바보짓이지, 그 이상은 아니야…… 막 그녀에게 가려던 참이었다. 같이 가자."

브론스끼는 그에게 귀 기울이지 않았다. 그는 빠른 걸음으로 아래층으로 내려왔다. 그는 자기가 뭔가를 해야 한다고 느꼈다. 하지만 뭘 해야 할지 몰랐다. 그녀가 그녀 자신과 그를 그런 잘못된 상황에 몰아넣은 것 때문에 생긴 그녀에 대한 유감과 그녀의 고통 때문에 생긴 동정이 그를 동요시켰다. 그는 일반석으로 내려가서 곧장 안나의 특별석으로 향했다. 특별석 앞에 스뜨레모프가 서서 그녀와 이야기하고 있었다.

37 faire la cour à madame Karenine(프랑스어).

38 Elle fait sensation. On oublie la Patti pour elle(프랑스어).

“테너 가수들이 더이상 없네요. *그런 사람들은 멸종했어요*[39].”

브론스끼는 그녀에게 허리 굽혀 절하고 멈춰서서 스뜨레모프와 인사했다.

“늦게 오셔서 제일 좋은 아리아를 못 들으신 것 같네요.” 안나가 그가 보기에는 조롱하듯이 브론스끼를 쳐다보며 말했다.

“난 평가할 수준이 못 되지요.” 그는 그녀를 엄격하게 바라보며 말했다.

“야시빈 공작과 같네요.” 그녀는 미소 지으며 말했다. “그는 빠띠가 너무 크게 노래한다고 생각해요.”

“고마워요.” 그녀는 브론스끼가 집어주는 프로그램을 긴 장갑을 낀 작은 손으로 쥐면서 말했는데, 이 순간 갑자기 그녀의 아름다운 얼굴이 흠칫 떨렸다. 그녀는 일어나서 특별석의 안쪽 깊숙한 곳으로 들어갔다.

다음 막에 그녀의 특별석이 비어 있는 것을 알아챈 브론스끼는 까바띠나 소리에 조용해진 극장에 쉿 하는 소리를 일으키면서 극장을 나와 돌아왔다.

안나는 벌써 돌아와 있었다. 브론스끼가 그녀의 방으로 갔을 때 그녀는 극장에 갈 때 입었던 것과 똑같은 차림으로 혼자 있었다. 그녀는 벽에서 가장 가까운 안락의자에 앉아서 앞을 바라보고 있었다. 그녀는 그에게 시선을 한번 던지고 당장 이전의 자세로 돌아왔다.

“안나.” 그가 말했다.

“모든 것이 당신 책임이에요, 당신 책임이에요!” 그녀는 일어서

39 Le moule en est brisé(프랑스어).

며 목소리에 절망과 분노의 눈물을 담아 소리 질렀다.

"내가 부탁하고 간청했지요, 가지 말라고. 당신이 불쾌할 거라는 걸 알았으니까요……"

"불쾌하다고요!" 그녀가 소리 질렀다. "끔찍했어요! 살아 있는 동안 절대로 잊지 못할 거예요. 그 여자가 내 옆에 앉아 있는 것이 모욕적이라고 말했어요."

"어리석은 여자의 말이에요." 그가 말했다. "하지만 뭣 때문에 그런 위험 속으로 들어가고 도전을 하는 거예요……"

"난 당신의 그 태연함을 증오해요. 당신은 나를 이 지경으로 만들지 말아야 했어요. 만약 당신이 나를 사랑한다면……"

"안나, 뭣 때문에 내 사랑의 문제를 들먹거리는 거예요?"

"그래요, 만약 당신이 나를 사랑한다면, 나처럼, 만약 당신이 괴로움을 당한다면, 나처럼……" 그녀가 겁먹은 표정으로 그를 보며 말했다.

그는 그녀가 불쌍한 생각이 들었지만 여전히 유감스러웠다. 그는 그녀에게 자기 사랑을 맹세했다. 왜냐하면 오직 그것만이 지금 그녀를 진정시킬 수 있다는 것을 알았기 때문이다. 그는 그녀를 말로써 책망하지는 않았지만 영혼 깊이 그녀를 질책했다.

그런 사랑의 맹세들은 너무나 천박하게 여겨져서 그는 그런 말을 입 밖에 내는 것이 유감스러웠다. 하지만 그녀는 그것을 속으로 허겁지겁 빨아들이고 차츰 진정했다. 이 일이 있은 다음 날, 완전히 화해한 그들은 시골로 떠났다.

(3권으로 이어집니다)

발간사

고전의 새로운 기준, 창비세계문학

오늘날 우리는 인간의 존엄과 개성이 매몰되어가는 시대를 살고 있다. 물질만능과 승자독식을 강요하는 자본주의가 전지구적으로 확산되면서 현대사회는 더 황폐해지고 삶의 질은 크게 훼손되었다. 경제성장만이 최고의 선으로 인정되고 상업주의에 물든 문화소비가 삶을 지배할수록 문학은 점점 더 변방으로 밀려나고 있다. 삶의 본질을 성찰하는 문학의 자리가 위축되는 세계에서는 가진 자와 못 가진 자 할 것 없이 모두가 불행할 수밖에 없다.

이 시대야말로 인간답게 산다는 것의 의미가 무엇인지 근본적인 화두를 다시 던지고 사유의 모험을 떠나야 할 때다. 우리는 그 여정에 반드시 필요한 벗과 스승이 다름 아닌 세계문학의 고전이라는 점을 강조한다. 고전에는 다양한 전통과 문화를 쌓아올린 공동체의 경험이 녹아들어 있고, 세계와 존재에 대한 탁월한 개인들의 치열한 탐색이 기록되어 있으며, 새로운 세상을 꿈꾸는 아름다운 도전과 눈물이 아로새겨 있기 때문이다. 이 무궁무진한 상상력의 보고이자 살아 있는 문화유산을 되새길 때만 개인의 일상에서 참다운 인간적 가치를 실현하고 근대적 삶의 의미와 한계를 성찰하는 지혜를 얻을 수 있을 것이다.

'창비세계문학'은 이러한 문제의식에서 출발한다. 세계문학의 참의미를 되새겨 '지금 여기'의 관점으로 우리의 정전을 재구성해야 할 필요성이 그 어느 때보다 절실하다. '정전'이란 본디 고정된 목록으로 존재하는 것이 아니라 그때그때 주어진 처소에서 새롭게 재구성됨으로써 생명을 이어가는 것이다. 우리는 먼저 전세계 문학들의 다양성과 차이를 존중하면서 국가와 민족, 언어의 경계를 넘어 보편적 가치에 기여할 수 있는 가능성에 주목하고자 한다. 근대를 깊이 성찰한 서양문학뿐 아니라 아시아와 라틴아메리카, 중동과 아프리카 등 비서구권 문학의 성취를 발굴하고 재평가하는 것 역시 세계문학의 지형도를 다시 그리려는 창비의 필수적인 작업이 될 것이다.

여러 전집들이 나와 있는 세계문학 시장에서 '창비세계문학'은 세계문학 독서의 새로운 기준이 되고자 한다. 참신하고 폭넓으면서도 엄정한 기획, 원작의 의도와 문체를 살려내는 적확하고 충실한 번역, 그리고 완성도 높은 책의 품질이 그 기초이다. 독서시장을 왜곡하는 값싼 유행과 상업주의에 맞서 문학정신을 굳건히 세우며, 안팎의 조언과 비판에 귀 기울이고 독자들과 꾸준히 소통하면서 진정 이 시대가 요구하는 세계문학이 무엇인지 되묻고 갱신해 나갈 것이다.

1966년 계간『창작과비평』을 창간한 이래 한국문학을 풍성하게 하고 민족문학과 세계문학 담론을 주도해온 창비가 오직 좋은 책으로 독자와 함께해왔듯, '창비세계문학' 역시 그러한 항심을 지켜나갈 것이다. '창비세계문학'이 다른 시공간에서 우리와 닮은 삶을 만나게 해주고, 가보지 못한 길을 걷게 하며, 그 길 끝에서 새로운 길을 열어주기를 소망한다. 또한 무한경쟁에 내몰린 젊은이와 청소년 들에게 삶의 소중함과 기쁨을 일깨워주기를 바란다. 목록을 쌓아갈수록 '창비세계문학'이 독자들의 사랑으로 무르익고 그 감동이 세대를 넘나들며 이어진다면 더없는 보람이겠다.

2012년 가을
창비세계문학 기획위원회
김현균 서은혜 석영중 이욱연 임홍배 정혜용 한기욱

창비세계문학 71

안나 까레니나 2

초판 1쇄 발행 / 2019년 11월 8일

지은이 / 레프 니꼴라예비치 똘스또이
옮긴이 / 최선
펴낸이 / 강일우
책임편집 / 양재화 정편집실
조판 / 전은옥
펴낸곳 / (주)창비
등록 / 1986년 8월 5일 제85호
주소 / 10881 경기도 파주시 회동길 184
전화 / 031-955-3333
팩시밀리 / 영업 031-955-3399 편집 031-955-3400
홈페이지 / www.changbi.com
전자우편 / lit@changbi.com

ISBN 978-89-364-6473-8 03890